新編元稹集 十二

國家『十二五』重點圖書出版規劃項目

[唐]元稹 原著

吳偉斌 輯佚 編年 箋注

陝西新華出版傳媒集團

三秦出版社

新編元稹集第十二冊目錄

1

長慶元年辛丑（821） 四十三歲

◎ 蕭俛等加封爵制^{(一)①}

門下：列爵惟五，所以褒有德也②。朝議大夫、守門下侍郎、同中書門下平章事、上騎都尉、襲徐國公、賜紫金魚袋蕭俛等③，外撫四夷，內順百度，同德比義，以堯舜之道事予，厥惟懋哉④！

遂行益地之詔，俛乃讓封於弟，亦協推恩⑤。開國承家，永綏厥後。惟克恭敬，以和神人。可依前件^{(二)⑥}。

録自《元氏長慶集》卷四九

［校記］

（一）蕭俛等加封爵制：《全文》同，楊本、盧校、叢刊本作“蕭俛等加封爵”，各備一説，不改。

（二）可依前件：原本無，《全文》同，據楊本、叢刊本補。《編年箋注》亦補此句，但忘記出校。

［箋注］

① 蕭俛：《舊唐書·蕭俛傳》：“蕭俛字思謙……貞元七年進士擢第，元和初復登賢良方正制科，拜右拾遺，遷右補闕……（元和）十三年，皇甫鎛用事，言於憲宗，拜俛御史中丞。俛與鎛及令狐楚同年登進士第，明年鎛援楚作相，二人雙薦俛於上。自是顧眄日隆，進階朝

議郎、飛騎尉、襲徐國公、賜緋魚袋。穆宗即位之月，議命宰相，令狐楚援之，拜中書侍郎、平章事，仍賜金紫之服。八月，轉門下侍郎。"從元稹角度講，蕭俛"元和初復登賢良方正制科"，元稹與蕭俛是同年；蕭俛"拜右拾遺"，元稹與蕭俛是同僚；元和十五年八月因元稹執筆令狐楚貶任衡州刺史的詔書，引起蕭俛的極大不滿，蕭俛又成了元稹的政敵。　等：文題有"等"字，説明一起封爵的還有他人，但僅從本文考察，似乎應該同樣處於宰相之顯貴地位的段文昌、崔植，具體內容應該包含在文末所言的"前件"中，一個由有關部門事先擬就的封爵名單及封爵名號。不見文獻記載，難得其詳。　封爵：封土授爵。《漢書·高惠高后文功臣表》："封爵之誓曰：'使黃河如帶，泰山若礪，國以永存，爰及苗裔。'"《後漢書·光武帝紀》："功臣宗室，咸蒙封爵，多受廣地，或連屬縣。"

②　門下：即門下省，官署名。後漢謂侍中寺，晉時因其掌管門下衆事，始稱門下省，南北朝因之，與中書省、尚書省並立，侍中爲長官，亦即主官。隋承其制。唐龍朔二年改名東臺，咸亨初復舊稱，武則天臨朝，改名鸞堂、鸞臺，神龍初復舊稱，開元元年改名黃門省，五年仍復舊稱。門下省掌受天下之成事，審查詔令，駁正違失，受發通進奏狀，進請寶印等。其長官初名侍中，後又或稱左相、黃門監等。《宋書·王僧達傳》："僧達文旨仰揚，詔付門下。侍中何偃以其詞不遜，啓付南臺，又坐免官。"張淏《雲谷雜記·門下》："門下省掌管詔令，今詔制之首，必冠以'門下'二字，此制蓋自唐已然。傅亮《修張子房廟教》，首曰紀綱，唐呂延濟注云：紀綱爲主簿之司，教皆主簿宣之，故先呼之，亦猶今出制首言'門下'是也。"　列爵：分頒爵位。《書·武成》："列爵惟五，分土惟三。"孔傳："爵五等，公侯伯子男。"《文選·張衡〈西京賦〉》："列爵十四，競媚取榮。"薛綜注："從皇后以下，凡十四等。"指爵位。《商君書·錯法》："列爵祿賞不道其門，則民不以死爭位矣！"指爵位。元稹《贈韋審規等父制》："守尚書左司郎中韋審規父

大理卿漸等，生有列爵，殁有懿行。" 褒：嘉獎，稱讚，與"貶"相對。《公羊傳·隱公元年》："'與公盟者眾矣！曷爲猶褒乎此？''因其可褒而褒之。'"韓愈《唐故銀青光禄大夫太原郡公神道碑文》："元和元年，上朝太后南宫，大褒外氏，自外高王父而下至外王父，咸册登公師，事載之史。" 有：助詞，無義，作名詞詞頭。《詩·召南·摽有梅》："摽有梅，其實七兮。"酈道元《水經注·伊水》："南望過於三塗，北瞻望於有河。" 德：道德，品德。《周禮·地官·師氏》："以三德教國子。"鄭玄注："德行，内外之稱，在心爲德，施之爲行。"《論語·述而》："德之不修，學之不講，聞義不能徙，不善不能改，是吾憂也。"謂有道德。《國語·周語》："吾聞之，國德而鄰於不修，必受其福。"韋昭注："國德，己國有德也。"

　　③ 朝議大夫：正五品下，文散官，並非實職，作爲文官的榮銜。蘇頲《授李懷讓兵部郎中制》："黄門：朝議大夫、行大理正、上柱國李懷讓……可行尚書兵部郎中，散官勛如故。"徐鍔《大寶積經述》："復有潤文官者……朝議大夫、守中書舍人、崇文館學士、上柱國、野王縣開國男蘇晉……等，位列鳳池，聲流難圃，分别二諦，潤而色之。" 門下侍郎：官名，秦漢時稱黄門侍郎，君主近侍官。唐天寶改稱門下侍郎，爲門下省長官侍中之副，唐宋時多以此官同平章事，爲宰相之稱，元以後不設。《新唐書·百官志》："門下侍郎二人，正三品。掌貳侍中之職。"皇甫澈《禮部尚書門下侍郎平章事李峴》："時来遇明聖，道濟寧邦國。狗歟瑚璉器，竭我股肱力。" 同中書門下平章事：古代官名，唐代以尚書、中書、門下三省長官爲宰相，因官高權重，不常設置，選任其他官員加同中書門下平章事之名，簡稱"同平章事"，同參國事。唐睿宗時又有平章軍國重事之稱。韓愈《爲韋相公讓官表》："伏奉今日制命，以臣爲尚書右丞、同中書門下平章事。非常之寵，忽降於上天；不次之恩，遽屬於庸品。"白居易《除韋貫之中書侍郎平章事制》："具官韋貫之……歷試必中，衆望允屬，倚之爲相，僉曰宜哉！可

中書侍郎、同中書門下平章事。" 都尉：官名，唐代有輕車都尉、騎都尉等，皆勛官。孔穎達《周易正義序》："至十六年，又奉敕與前修疏人及給事郎、守四門博士、上騎都尉臣蘇德融等對敕……爲之《正義》，凡十有四卷。"蘇頲《授王守廉申王府長史制》："黃門：朝議大夫、守忠州刺史、上騎都尉王守廉……可申王府長史，散官、勛如故。" 國公：封爵名，隋始置，自唐至明皆因之。《隋書·百官志》："國王、郡王、國公、郡公、縣公、侯、伯、子、男，凡九等。"元稹《贈太保嚴公行狀》："階崇金紫，爵極國公。" 魚袋：唐代官吏所佩盛放魚符的袋，宋以後無魚符，仍佩魚袋。《舊唐書·輿服志》："咸亨三年五月，五品以上賜新魚袋，並飾以銀……垂拱二年正月，諸州都督刺史並准京官帶魚袋。"《宋史·輿服志》："魚袋，其制自唐始，蓋以爲符契也……宋因之，其制以金銀飾爲魚形，公服則繫於帶而垂於後，以明貴賤，非復如唐之符契也。"

④ 四夷：古代華夏族對四方少數民族的統稱，常常含有輕蔑之意。張惟儉《賦得西戎獻白玉環》："當時無外守，方物四夷通。列土金河北，朝天玉塞東。"李益《登長城》："當今聖天子，不戰四夷平。"百度：百事，各種制度。陸機《辨亡論》："天人之分既定，百度之缺粗修。"《新唐書·陳子昂傳》："今百度已備，但刑急罔密，非爲政之要。"同德：猶同心同德。吳兢《貞觀政要·公平》："且世俗常人，心無遠慮，情在告訐，好言朋黨。夫以善相成，謂之同德；以惡相濟，謂之朋黨……"岑參《尹相公京兆府中棠樹降甘露詩》："王澤布人和，精心動靈祇。君臣日同德，禎瑞方潛施。" 比義：效法。《國語·楚語》："教之訓典，使知族類，行比義焉！"《國語·楚語》："其知能上下比義，其聖能光遠宣朗。"王引之《經義述聞·國語》："'比義'，義字皆當讀爲'儀'，《説文》曰：'儀，度也。'比儀者，比之度之也。" 堯舜：唐堯和虞舜的並稱，遠古部落聯盟的首領，古史傳説中的聖明君主。崔曙《奉酬中書相公至日圜丘行事合於中書宿直移止於集賢院叙情見寄之

什》：“勳共山河列，名同竹帛垂。年年佐堯舜，相與致雍熙。”權德輿《奉和聖製九月十八日賜百寮追賞因書所懷》：“錫宴朝野洽，追歡堯舜情。秋堂絲管動，水榭烟霞生。”　厥：代詞，其，起指示作用。《詩·周頌·噫嘻》：“率時農夫，播厥百穀。”《孟子·滕文公》：“書曰：‘若藥不瞑眩，厥疾不瘳。’”　懋：勤勉，努力。《書·舜典》：“汝平水土，惟時懋哉！”《文選·張衡〈東京賦〉》：“兆民勸於疆場，感懋力以耘籽。”李善注引《爾雅》：“懋，勉也。”

　　⑤　益地：增加功臣食邑的户數。張説《奉和聖製暇日與兄弟同遊興慶宮作應制》：“問俗兆人阜，觀風五教宣。獻圖開益地，張樂奏鈞天。”韓翃《送李中丞赴辰州》：“暮雨山開少，秋江葉落遲。功成益地日，應見竹即祠。”　讓封：推讓皇上對自己的封爵。江淹《爲蕭驃騎讓封第二表》：“臣某言，寫瀝愚丹，已續前表。猥降前詔，未垂鏡恕。一省驚慚，再悸魂府。”張説《讓封燕國公表》：“臣某言，伏奉今月七日制書，封臣燕國公、食封三百户……乞迴聖慈，以容介節。”　推恩：帝王對臣屬推廣封贈，以示恩典。庾信《周隴右總管長史贈少保豆盧永恩神道碑》：“朝廷以兄弟相讓，不無前史。推恩分邑，有詔許焉！”張説《贈陳州刺史義陽王碑》：“故齊王之胤，以爵推恩；周公之子，以才分政。”

　　⑥　開國：晉以後在五等封爵前所加的稱號。王儉《褚淵碑文》：“封雩都縣開國伯，食邑五百户。”高承《事物紀原·開國》：“晉令始有開國之稱，故五等皆郡縣開國。陳亦有開國郡公、縣侯伯子男，侯已降，無郡封。由唐迄今，因而不改。”　承家：承繼家業。《易·師》：“開國承家，小人勿用。”徐陵《與王僧辯書》：“未有膺龍圖以建國，御鳳邸以承家。”　綏：安，安撫。《書·盤庚》：“天其永我命於兹新邑，紹復先王之大業，底綏四方。”蔡沈集傳：“天其將永我國家之命於殷，以繼復先王之大業，而致安四方乎？”韓愈《順宗實錄》：“奉若成憲，永綏四方。”　恭敬：對人謙恭有禮貌。《史記·陳丞相世家》：“項王爲

人，恭敬愛人，士之廉節好禮者多歸之。"張鷟《朝野僉載》卷四："〔武三思〕貌象恭敬，心極殘忍。" 神人：謂神和人。《書·舜典》："八音克諧，無相奪倫，神人以和。"《左傳·昭公元年》："爲晉正卿，以主諸侯，而儕於隸人，朝不謀夕，棄神人矣！"杜預注："民爲神主，不恤民，故神人皆去。" 前件：前已述及的人或事物，制詔文下達前，一般由有關部門擬就向皇上申報的升遷或降職的名單及其擬定的新官職、封爵名目等，擬請皇上批准。《舊唐書·日本國傳》："元和元年日本國使判官高階真士上言：'前件學生，藝業稍成，願歸本國，便請與臣同歸。'從之。"蘇軾《喬執中兩浙運副張安上提刑制》："其謹視貪吏以無害我成法，可依前件。"

［編年］

《年譜》編年本文于元和十五年八月戊戌以後，理由是："《制》稱蕭俛爲'守門下侍郎、同中書門下平章事'。"《編年箋注》根據蕭俛在相位的起止時間，以及"此《制》稱其爲守門下侍郎、同中書門下平章事、上騎都尉、襲徐國公，則時在元和十五年（八二〇）八月以後，長慶元年（八二一）正月以前。"《年譜新編》編年："蕭俛元和十五年正月爲中書侍郎、同平章事，而制稱蕭俛爲'守門下侍郎、同中書門下平章事'，則當作於元和十五年七月原'守門下侍郎、同中書門下平章事'令狐楚罷相之後。"

我們以爲，《年譜》、《編年箋注》、《年譜新編》的編年結論及編年理由均應該商榷。本文不是元稹元和十五年所作，《年譜》框定本文於元和十五年八月之後的歲月肯定有誤。而《編年箋注》框定的時間同樣錯誤，因爲按照字面理解"正月以前"，即應該不包含長慶元年正月的時間在內。而且，宋敏求《唐大詔令集·蕭俛平章事制》："朝議郎、守御史中丞、飛騎尉、襲徐國公、賜緋魚袋蕭俛……可朝散大夫、守中書侍郎、同中書門下平章事，仍賜紫金魚袋。"其"騎都尉、襲徐國公"是穆宗朝拜蕭俛爲相之前就具有的職銜,《舊唐書·蕭俛傳》:"明年,鏈援楚作相,二人雙薦俛於上。自是顧眄日隆,進階朝議郎、飛騎尉、襲徐國公、賜緋魚袋。穆宗即位之月,議命宰相,令狐楚援之,拜中書侍郎平章事,仍賜金紫之服。八月,轉門下侍郎。"《編年箋注》將其作爲本文的編年理由,是不是有點荒謬?《年譜新編》的錯誤不僅與《年譜》一樣,將本文的撰作時間限定在元和十五年之内,而且又莫名其妙將它與令狐楚罷相牽涉在一起,與《編年箋注》一樣荒唐。蕭俛"守門下侍郎、同中書門下平章事"在元和十五年八月戊戌,亦即八月二十九日,離開令狐楚罷相的七月"丁卯",亦即七月二十七日已經將近一月。

我們以爲,穆宗朝初期共有三次慶典活動:元和十五年二月五日的登位慶典、長慶元年正月初三的改元慶典、長慶元年七月十八日的上尊號慶典。據《舊唐書·穆宗紀》,蕭俛"守門下侍郎、同中書門下平章事"在元和十五年八月戊戌,亦即八月二十九日;其罷相改任尚書右僕射在長慶元年正月壬戌,亦即長慶元年正月二十四日。本文稱蕭俛"守門下侍郎、同中書門下平章事",而"改元慶典"正在蕭俛"守門下侍郎、同中書門下平章事"任期之内。據《舊唐書·穆宗紀》:"長慶元年正月己亥朔……辛丑,祀昊天上帝於圓丘,即日還宫,御丹鳳樓,大赦天下,改元長慶。內外文武及致仕官三品已上,賜爵一級;四品已下,加一階;陪位白身人,賜勛兩轉。"又宋敏求《唐大詔令集·長慶元年正月南郊改元赦》:"其內外文武及致仕官三品以上,賜爵一級;四品以下,各加一階;陪位白身人,賜勛兩轉……中書門下及節度使帶平章事,各與一子八品正員官,祖父母父母並與贈官,官封父没母存者,與邑號,已贈已封者,更與追贈。"蕭俛的"加封爵"正在其時,而段文昌、崔植也在相位,三人的情況與《舊唐書·穆宗紀》"賜爵一級"、《唐大詔令集·長慶元年正月南郊改元赦》"賜爵一級"一一相符。據此,我們以爲本文撰作於長慶元年正月辛丑,亦即正月三日改元慶典當日或次日,地點在長安,元稹時任祠部郎中知制誥之職。

◎ 郭釗等轉勳制^{(一)①}

粵若十有二勳,以馭親賢,以詔勞舊,以稽秩序,以行慶賜②。

而刑部尚書兼司農卿郭釗,實我元舅,寅亮朕躬③。傳師洎肇,共司予言,發揚書命④。倰貳教官,長財善物⑤。証居環尹,夜警晝巡⑥。堪致厥政,時惟舊老⑦。高陽而下五十有六人,分命內外,祗勤于理⑧。越二月,發大號于天下⑨。延寵庶官,錫爾崇勳,無替嘉命⑩。

録自《元氏長慶集》卷四九

[校記]

(一)郭釗等轉勳制:《全文》同,楊本、盧校、叢刊本作"郭釗等轉勳",各備一説,不改。

[箋注]

① 郭釗:郭子儀之孫,駙馬都尉郭曖之子,唐穆宗之舅。郭釗對穆宗即位之事,多所貢獻。《舊唐書·郭釗傳》:"(郭)釗偉姿儀,身長七尺,方口豐下,沉默寡言。母昇平長公主,代宗朝釗為外孫,恩寵踰等,起家為太常寺奉禮郎。德宗朝,累官至太子右庶子。元和初,為左金吾衛大將軍,充左街使。九年十一月,檢校工部尚書,兼邠州刺史,充邠寧節度使。數歲,檢校户部尚書,入為司農卿。釗,大勳之後,姻聯戚里,而謙和接物,恭慎自持,居家臨民,無驕怠之色,無奢侈之失,士君子重之。十五年正月,憲宗寢疾彌旬,諸中貴人秉權者欲

議廢立,紛紛未定。穆宗在東宮,心甚憂之,遣人問計於釗,釗曰:'殿下身爲皇太子,但旦夕視膳,謹守以俟,又何慮乎?'迄今稱釗得元舅之體。穆宗即位,册皇太后南內,推崇外氏,以釗兼司農卿。未幾,檢校戶部尚書,充河陽三城懷節度使。歲中換河中尹、河中晉絳慈隰節度使。釗歷踐藩鎮,以汾陽胄胤,材能選用,不獨憑椒房之勢,所莅簡約不撓,其俗自理……(大和)四年,入爲太常卿、檢校司徒。十二月,在道卒,詔贈司徒。"　轉勛:原來已有勛級,轉贈更高級別的勛級。強至《代元給事謝加勛并食邑表》:"親郊已事,灑澤均休。賜詔十行,轉勛一級。賦益爰田之數,寵深維谷之憂。"王禹偁《三月二十七日偶作簡仲咸》:"一未量移一轉勛(時赦後予未量移,仲咸祇加騎都尉),貂冠羊胄總非真(予檢校常侍,故云貂冠;仲咸騎都尉,故云羊胄)。"

②粵若:發語詞,用於句首,以起下文。王延壽《魯靈光殿賦》:"粵若稽古帝漢,祖宗濬哲欽明。"殷璠《河嶽英靈集叙》:"粵若王維、王昌齡、儲光羲等二十四人,皆河嶽英靈也。"　勛:指勛官的等級,勛官是授給有功官員的一種榮譽稱號,沒有實職。北周時本以獎勵有功的戰士,後漸及朝官,隋置上柱國至都督,凡十一等。初名散官,至唐始別稱爲勛官,定用上柱國、柱國、上大將軍、大將軍、上輕車都尉、輕車都尉、上騎都尉、騎都尉、驍騎尉、飛騎尉、雲騎尉、武騎尉,凡十二等,起正二品,至從七品。韓愈《故金紫光祿大夫檢校尚書左僕射同中書門下平章事兼汴州刺史充宣武軍節度副大使知節度事管內支度營田汴宋亳潁等州觀察處置等使上柱國隴西郡開國公贈太傅董公行狀》:"階累升爲金紫光祿大夫,勛累升爲上柱國。"歐陽修《皇從侄康州刺史高密侯墓誌銘》:"居三歲,遷右監門衛將軍,兼御史大夫,轉勛上騎都尉,進爵子,加食邑三百户。"　親賢:親戚與賢臣。《文選·任昉〈齊竟陵文宣王行狀〉》:"地尊禮絕,親賢莫貳。"呂向注:"位居尊重之地,與百官禮儀隔絕,則親戚賢臣皆無有二心也。"《南史·宋宗室及諸王傳上論》:"自古帝王之興,雖係之於曆數,至於經啟多難,莫

不兼藉親賢。" 勞舊:有功的舊臣。元稹《故中書令贈太尉沂國公墓誌銘》:"凡魏之廢置,不關於有司者悉罷,軍司馬已下,皆請命於廷,然後斬暴亂,叙勞舊,除僣異,弛禁閉,家家始以燈火相會聚,親戚吉凶通吊問,出入無所詰。"《舊唐書·張九齡傳》:"官爵者,天下之公器,德望爲先,勞舊次焉!" 秩序:上下尊貴,依次有序。元稹《李拭可宗正卿韋虔度可殿中監制》:"睿宗而上,五十餘族。長幼秩序,盡委之於大宗正。苟非能賢,不敢輕授。"白居易《鄭絪可吏部尚書制》:"天官太宰,秩序常尊。自昔迄今,冠諸卿首。非位望崇盛者,不可以處之。" 慶賜:賞賜。《禮記·月令》:"〔孟夏之月〕慶賜遂行,無不欣説。"劉禹錫《代武中丞謝新茶表》:"恭承慶賜,跪啓緘封。"

③ 刑部尚書:《舊唐書·職官志》:"刑部尚書:正三品……尚書、侍郎之職,掌天下刑法及徒隸、勾覆、關禁之政令。其屬有四:一曰刑部,二曰都官,三曰比部,四曰司門。總其職務,而行其制命。凡中外百司之事,由於所屬,咸質正焉!"蘇頲《扈從鄂杜間奉呈刑部尚書舅崔黃門馬常侍》:"翠輦紅旗出帝京,長楊鄂杜昔知名。雲山一一看皆美,竹樹蕭蕭畫不成。"白居易《刑部尚書致仕》:"十五年来洛下居,道緣俗累兩何如? 迷路心迴因向佛,宦途事了是懸車。" 司農卿:《舊唐書·職官志》"司農寺,卿一員(從三品上)……卿之職,掌邦國倉儲委積之事,總上林、太倉、鈎盾、導官四署與諸監之官屬,謹其出納。少卿爲之貳。凡京百司官吏禄給及常料,皆仰給之。孟春藉田祭先農,則進末耜。季冬藏冰,仲春頒冰,皆祭司寒。"李軨《泗州刺史李君神道碑》:"烈祖諱孝義,武德初封安永郡王,貞觀中改封膠西郡公,銀青光禄大夫、司農卿、上柱國、冀貝等州刺史。"權德輿《金紫光禄大夫司農卿邠州長史李公墓誌銘》:"元道等泣以墓石見托,雖文之鄙樸,而不敢辭也。" 元舅:長舅。《詩·大雅·崧高》:"不顯申伯,王之元舅,文武是憲。"孟郊《送從舅端適楚地》:"元舅唱離别,賤生愁不窮。"寅亮:恭敬信奉。《書·周官》:"貳公弘化,寅亮天地,弼予一人。"孔

傳:"敬信天地之教,以輔我一人之治。"班固《封燕然山銘》:"寅亮聖皇,登翼王室。"　朕躬:我,我身,多用於天子自稱。徐陵《封始興王詔》:"今嗣王乖德,獲罪慈訓,永言主奠,宜自朕躬。"陸贄《奉天改元大赦制》:"乃者公卿百寮,累抗章疏。猥以徽號,加於朕躬。"

④　傳師:即沈傳師,元稹的制科同年,《舊唐書·沈傳師傳》:"傳師擢進士,登制科乙第。授太子校書郎、鄠縣尉,直史館,轉左拾遺、左補闕,並兼史職,遷司門員外郎知制誥,召充翰林學士,歷司勛兵部郎中,遷中書舍人……"韓愈《進順宗皇帝實錄表狀(退之以元和八年守比部郎中、史館修撰,而吉甫以九年十月卒,則進〈實錄〉在十年夏也)》:"去八年十一月,臣在史職,監修李吉甫授臣以前史官韋處厚所撰《先帝實錄》三卷,云未周悉,令臣重修。臣與修撰左拾遺沈傳師、直館京兆府咸陽縣尉宇文籍等共加採訪,并尋檢詔敕,修成《順宗皇帝實錄》五卷。"《柳先生集附錄》之《集古錄·羅池廟碑跋》:"右《羅池廟碑》,尚書吏部侍郎韓愈撰,中書舍人史館修撰沈傳師書。碑後題云:'長慶元年正月建。'"　洎:通"暨",和,與。《書·無逸》:"其在高宗,時舊勞於外,爰洎小人。"劉攽《薛公神道碑》:"歷夏逮商,爰洎有周。"　肇:即李肇,有《唐國史補》、《翰林志》傳世。穆宗即位之時,在翰林學士之職,《舊唐書·穆宗紀》:"(元和)十五年正月庚子,憲宗崩。(閏正月)丙午,即皇帝位於太極殿東序。是日,召翰林學士段文昌、杜元穎、沈傳師、李肇、侍讀薛放、丁公著對於思政殿,並賜金紫。"王建《荊南贈別李肇著作轉韵詩》:"輝天復耀地,再爲歌詠始。素傳學道徒,清門有君子。"白居易《東林寺經藏西廊記》:"其集經名數與創藏由緣,詳于李肇碑文。此但書新作西廊而已。十四年月日,忠州刺史白居易記。"　共司予言:意謂一起在翰林學士之任,起草詔誥。司:主管,職掌。韓愈《祭虞部張員外文》:"分司憲臺,風紀由振。"陸游《春殘》:"庸醫司性命,俗子議文章。"　發揚:宣佈,宣揚。《漢書·薛宣傳》:"〔王莽〕發揚其罪,使使者以太皇太后詔賜主藥。"韓愈《賀

册尊號表》："乃以新秋首序，令月吉辰，發揚鴻休，膺受顯册。" 書命：書寫詔書、命令。劉禹錫《代郡開國公王氏先廟碑》："厥後三典書命，再參内廷。"王禹偁《寓直偶題》："兩朝書命愧無才，漫逐詞臣侍玉階。"

　　⑤俛：即崔俛。《舊唐書·憲宗紀》："（元和）十五年春正月甲戌朔……壬午，以前湖南觀察使崔俛權知戶部侍郎判度支。"《舊唐書·穆宗紀》："（長慶元年）冬十月甲子朔……己丑，以戶部侍郎判度支崔俛爲工部尚書判度支。"白居易《授崔俛河南尹制》："敕：河洛千里，邦畿在焉！俾之义安，屬在尹正。鳳翔隴州節度觀察處置等使、正議大夫、檢校禮部尚書兼鳳翔尹御史大夫、上柱國、安平縣開國男、食邑三百戶、賜紫金魚袋崔俛……可檢校禮部尚書，兼河南尹，散官、勛、封、賜如故。" 貳：副手，副職。《國語·晉語》："夫太子，君之貳也。"韋昭注："貳，副也。"《三國志·廖立傳》："立本意，自謂才名宜爲諸葛亮之貳，而更遊散在李嚴等下，常懷怏怏。" 教官：掌教化的官員。《周禮·地官·司徒》："乃立地官司徒，使帥其屬而掌邦教，以佐王安擾邦國。教官之屬，大司徒卿一人，小司徒中大夫二人。" 長財：猶善於管理，使財富不斷增長。《周官義疏》卷六："凡失財用物辟名與足用長財善物者，詔冢宰誅賞之，以司會諸官會計得其實耳！"王安石《周官新義》卷一："凡失財用物辟名者，以官刑詔冢宰而誅之，其足用長財善物者賞之。" 善物：謂能使獸畜繁盛、器具精良。《周禮·天官·宰夫》："其足用長財善物者賞之。"張擴《提舉兩浙市舶到任謝表》："雖慚無濟劇撥繁之材見稱能吏，猶可舉長財善物之令申戒攸司。"崔俛當時任職戶部侍郎判度支，故言。

　　⑥証：即胡証，曾任職金吾大將軍。《舊唐書·胡証傳》："胡証，字啓中，河東人……元和四年由侍御史歷左司員外郎、長安縣令、戶部郎中……十三年徵爲金吾大將軍，依前兼御史大夫。十四年充京西京北巡邊使，訪其利害以聞。長慶元年太和公主出降回紇，詔以本

官檢校工部尚書，充和親使。"歐陽修《唐陽公舊隱碣（元和中）》："右陽公舊隱碣，胡証撰，黎煐書，李靈省篆額。"洪炎《次韵公寶與用中夜話》："忽逢京國舊，相對夜燈明。歎息胡証老，猶思摘鐵槊。"　環尹：即"環列之尹"，皇宮禁衛官。《左傳・文公元年》："穆王立，以其爲大子之室，與潘崇使爲大師，且掌環列之尹。"杜預注："環列之尹，宮衛之官，列兵而環王宮。"後亦省作"環尹"。元稹《授楊元卿涇原節度使制》："自居環尹，益茂勛勤。"胡証曾經任職"金吾大將軍"，而金吾大將軍就是"環列之尹、宮衛之官"，職責就是晝巡夜警。　夜警：夜間警戒。《新唐書・儀衛志》："伶工謂夜警爲嚴，凡大駕嚴，夜警十二曲，中警三曲，五更嚴三遍。"吴融《無題》："鶺鴒夜警池塘冷，蝙蝠晝飛樓閣空。"　晝巡：白天巡邏。李邕《贈安州都督王仁忠神道碑》："除左千牛衛將軍，晝巡……"封敖《授李執方陳許節度使盧弘宣易定節度使制》："或執金吾而勤晝巡夜警之績，或尹京兆而著擒奸摘伏之名。輦轂之下，風稜甚舉，人有畏矣！"《編年箋注》將"証居環尹"誤爲"證居環尹"，不知"証"是胡証之名，然後張冠李戴，强行解讀："崔倰曾任鳳翔尹、河南尹，一在西，一在東，故云。"《舊唐書・穆宗紀》："（長慶）二年春正月癸巳朔……甲寅，以工部尚書、度支崔倰檢校禮部尚書、兼鳳翔尹、充鳳翔隴節度使……（長慶二年）三月壬辰朔……戊午……以鳳翔節度使崔倰爲河南尹。"我們以爲，"崔倰曾任鳳翔尹"、"河南尹"不假，但時間已經在本文撰寫的長慶元年正月三日之後的長慶二年之初，元稹已先後解翰林承旨學士、工部侍郎之職，這時正在宰相任上。長慶元年的元稹豈能未卜先知，預知一年之後才發生的事情？關於崔倰，元稹有《有唐贈太子少保崔公墓誌銘》，叙述崔倰生平甚詳，《編年箋注》曾加箋注，不應該忘記。關於胡証，元稹本人也有《胡証等加階制》可證，《編年箋注》也曾加箋注，如何能夠前後自相矛盾？

　　⑦ 堪：即裴堪，憲宗朝、穆宗朝老臣之一，歷職諫議大夫、同州防

禦使、河西觀察使、江西觀察使兼御史中丞等職,最後以工部尚書致
仕退休。白居易《除裴堪江西觀察使制》:"同州刺史裴堪,素蓄器幹,
久經任遇。日者資其忠諒,入爲諫議大夫。藉其良能,出爲左馮翊。
曾未周歲,政立績成。區區一郡,未盡其用。鍾陵要鎮,可以委之。
夫簡其條章,平其賦役,徇公率正,以臨其人,而人不安,未之有也。
祗服厥命,往修乃官,仍兼中憲,以示優寵。可江西觀察使兼御史中
丞。"元積《裴堪授工部尚書致仕制》:"而裴堪等奉事先帝,無非舊老。
更歷中外,備有典刑。以疾以年,皆致厥政。遺名自遂,勇退推高。
並沐新恩,例升榮級。禆朕厥德,猶俟安車。可依前件。"關於元積的
《裴堪授工部尚書致仕制》,今存《元氏長慶集》中,《編年箋注》曾經箋
注過,怎麼能夠這麼容易忘記? 元積也有《裴堪授工部尚書致仕制》
之文,今存,箋注過《裴堪授工部尚書致仕制》的《編年箋注》,怎麼能
夠這麼容易忘記?　　舊老:資歷很深的老臣,年紀很大的老人。白居
易《重到渭上舊居》:"因驚成人者,盡是舊童孺。試問舊老人,半爲繞
村墓。"李德裕《故贈越州都督徐有功》:"右當天后革命之初,宗室英
賢、將相舊老忠於國者,相繼受誅……"《編年箋注》對"堪致厥政,時
惟舊老"兩句不作任何箋注,不知是《編年箋注》覺得這兩句不必解
釋,還是連他自己也沒有真正讀懂? 而且在標點上,也存在不該有的
錯誤,"倰貳教官,長財善物。証居環尹,夜警晝巡。堪致厥政,時惟
舊老"六句,本來應該兩句一句斷,分別叙述崔倰、胡証、裴堪三人的
功勞,後面"高陽而下五十有六人,分命內外,祗勤于理"則是表述"高
陽"等五十六人的辛勞,而《編年箋注》卻標點爲:"倰貳教官,長財善
物,證居環尹。夜警晝巡,堪致厥政。時惟舊老,高陽而下五十有六
人,分命內外,祗勤于理。"同時又將"胡証"之"証",自說自話改爲
"證",很不應該。

　　⑧ 高陽:人名,參與當時巡邏皇宮的五十六人之一,應該是五十
六人的首領,其餘不詳。　　分命:命令,任命。陸機《辯亡論》:"分命

銳師五千。"皇甫曾《送和西蕃使》："白簡初分命，黃金已在腰。"　内
外：指皇后六宮和朝廷卿大夫。《周禮·天官·内豎》："内豎掌内外
之通令。"鄭玄注："内，后六宮；外，卿大夫也。"《北史·魏明元密皇后
杜氏傳》："太后訓厘内外，甚有聲稱。"　祗勤：敬慎勤勞。《後漢書·
黃香傳》："香亦祗勤物務，憂公如家。"《舊唐書·德宗紀》："小大之
務，莫不祗勤。"

⑨ "越二月"兩句：《資治通鑑》卷二四一："初，左軍中尉吐突承
璀謀立澧王惲爲太子，上不許。及上寢疾，承璀謀尚未息，太子聞而
憂之，密遣人問計於司農卿郭釗。釗曰：'殿下但盡孝謹以俟之，勿恤
其他！'釗，太子之舅也。上服金丹，多躁怒，左右宦官往往獲罪有死
者，人人自危。庚子，暴崩於中和殿，時人皆言内常侍陳弘志弑逆，其
黨類諱之，不敢討賊，但云藥發，外人莫能明也。中尉梁守謙與諸宦
官馬進潭、劉承偕、韋元素、王守澄等共立太子，殺吐突承璀及澧王
惲。賜左右神策軍士錢人五十緡，六軍、威遠人三十緡，左右金吾人
十五緡。閏月丙午，穆宗即位於太極殿東序。"　越二月：唐穆宗登位
在元和十五年閏正月初三，倒推二個月，知唐穆宗問計於郭釗之時應
該在元和十四年十二月初，說明吐突承璀的陰謀一直未息，李恒的憂
慮一直存在，問計於郭釗之事應該在唐憲宗病重之前，或者"上服金
丹，多躁怒，左右宦官往往獲罪有死者，人人自危"的狀況應該早就開
始，並不是到了元和十五年正月才突然發生，《資治通鑑》的時間叙述
存在一定的含糊不清之處，司馬光也許真的不清楚其中的委曲，也許
内心其實是清楚的，但不便說清，大約是爲聖者諱吧！　大號：國號，
帝號。《陳書·高祖紀》："大同之末，邊政不修，李賁狂迷，竊我交愛，
敢稱大號，驕恣甚於尉他。"劉知幾《史通·本紀》："夫位終北面，一概
人臣，儻追加大號，止入傳限。"　天下：全國。王昌齡《塞下曲四首》
三："奉詔甘泉宮，總徵天下兵。"陶翰《經殺子谷》："扶蘇秦帝子，舉代
稱其賢。百萬猶在握，可爭天下權。"

⑩延：延續，延長，伸長。《左傳·成公十三年》："君亦悔禍之延，而欲徼福於先君獻穆。"陸機《長歌行》："兹物苟難停，吾壽安得延！" 庶官：百官，多指一般官員。《書·周官》："推賢讓能，庶官乃和。"曹植《與楊德祖書》："采庶官之實録，辨時俗之得失。" 錫：賜予。《詩·大雅·崧高》："既成藐藐，王錫申伯：四牡蹻蹻，鉤膺濯濯。"鄭玄箋："召公營位，築之已成，以形貌告於王，王乃賜申伯。"陸游《過張王行廟》："善人錫之福，奸偽亦擊汝。" 崇勛：珍貴的勛位。杜甫《諸將五首·故司徒李公光弼》："異王册崇勛，小敵信所怯。"李華《故相國兵部尚書梁國公李峴傳》："夫人某，官某之女，以才淑禮法聞於邦族，公爲茂德崇勛之後。" 無替：不廢，無盡。《北史·羊祉傳》："詔册褒美，無替倫望。"李頻《長安書懷投知己》："與善應無替，垂恩本有終。" 嘉命：稱朝廷授官賜爵的敕命。江淹《雜體詩·陸平原羈宦》："儲後降嘉命，恩紀被微身。"韓愈《除崔群户部侍郎制》："擇才均賦，自古尤難。往慎乃司，以服嘉命。"

［編年］

《年譜》編年本文於元和十五年，理由是："《制》稱郭釗爲'刑部尚書兼司農卿'。據《舊唐書·穆宗紀》，元和十五年三月乙丑郭釗始爲此官。《制》當撰于三月乙丑以後。"《編年箋注》編年："此《制》有'越二月，發大號于天下，延寵庶官'，當指穆宗即位事。郭釗轉勛，本乎《穆宗即位赦》相關條文，時在元和十五年（八二〇）二月。元稹時在祠部員外郎試知制誥任。"《年譜新編》編年："制稱郭釗爲'刑部尚書兼司農卿'，又云：'傳師洎肇，共司予言……越二月，發大號于天下，延寵庶官，錫爾崇勛，無替嘉命。'據《舊唐書·穆宗紀》云：'（元和十五年三月）乙丑，以皇太后兄司農卿郭釗爲刑部尚書兼司農卿。''發大號于天下'指元和十五年登基事，制當作於元和十五年三月乙丑後。"

　　我們以爲，《編年箋注》編年本文於元和十五年二月的意見肯定是無法接受的，"元稹時在祠部員外郎試知制誥任"云云也是不對的，因爲元稹曾任"膳部員外郎、試知制誥"之職，從未拜職"祠部員外郎、試知制誥"；而《年譜》、《年譜新編》的編年意見也是錯誤的，因爲"元和十五年三月乙丑後"的時間概念衹是表明不包含"三月乙丑"之前歲月的"元和十五年"十個多月的時間，它并沒有包含長慶元年在內。至於"發大號于天下"云云，衹是回憶元和十五年已經發生過的事情，並非是長慶元年撰寫本文時的實況敘述，以此作爲編年本文的理由是不合適的。

　　據現有史料，穆宗朝初期共有三次慶典活動：登位、改元、上尊號，都有詔書，都有大赦天下、百官晉爵加官的類似條文，據此很難取捨。但本文仍然不難編年，本文云："刑部尚書兼司農卿郭釗……"《舊唐書·穆宗紀》云："（元和十五年三月）乙丑，以皇太后兄司農卿郭釗爲刑部尚書兼司農卿。"故元和十五年二月五日的登位慶典可以排除。《舊唐書·穆宗紀》又云："長慶元年正月己亥朔……辛丑，祀昊天上帝於圓丘，即日還宮，御丹鳳樓，大赦天下，改元長慶。內外文武及致仕官三品已上賜爵一級，四品已下加一階，陪位白身人賜勳兩轉……癸卯，以河陽懷節度使田布爲涇州刺史、充四鎮北庭行營涇原節度使；以刑部尚書兼司農卿郭釗檢校戶部尚書、懷州刺史、充河陽三城懷節度使。"據"正月己亥朔"推算，"辛丑"應該是正月三日，"癸卯"應該是正月五日，如此，以"刑部尚書兼司農卿"身份出現的郭釗，不可能趕上長慶元年七月"壬子"亦即七月十八日的上尊號慶典，而恰恰趕上長慶元年正月初三的改元慶典，得到"內外文武及致仕官三品已上賜爵一級"的機會。元稹《辨日旁瑞氣狀》："謹按：乙巳占有赤氣，橫在日上，謂之戴其分。當有益土進爵，推戴人君之象。又人君當立王侯，封建親戚，以爲福祐之徵。竊見其日除王潛、郭釗、田布等官，則陛下凡有舉措，盡合天心。微臣所引占書，悉皆期驗。"據此，本文應該撰作於長慶元年正月初三當日或其後一日之內，因爲正月初五郭釗已經改官，不再是"刑部尚書兼司農卿"的身份。本文撰作地點在長安，元稹時任祠部郎中、知制誥之職。

◎ 青州道渤海慎能至王佺大公則等授金吾將軍放還蕃制^{(一)①}

敕：慎能至王佺大公則等：洲東之國，知義之道。與華夏同風者，爾輩是也②。冒越深阻，和會于庭。

予嘉乃誠，命以崇秩③。用奮威衛，保爾恩榮。無怠無違，永作藩服。可依前件^{(二)④}。

録自《元氏長慶集》卷四九

[校記]

（一）青州道渤海慎能至王佺大公則等授金吾將軍放還蕃制：《全文》同，楊本、叢刊本作"青州道渤海授金吾將軍等放還蕃"，各備一說，不改。

（二）可依前件：原本無，《全文》同，據楊本、叢刊本補。

[箋注]

① 青州：古九州之一。《書·禹貢》："海岱惟青州。"孔傳："東北據海，西南距岱。"應劭《風俗通·山澤·藪》："今漢有九州之藪……青州曰孟諸，不知在何處。"張說《南中別蔣五岑向青州》："老親依北海，賤子棄南荒。有淚皆成血，無聲不斷腸。"岑參《送裴校書從大夫淄川覲省》："尚書東出守，愛子向青州。一路通關樹，孤城近海樓。"道：古代行政區劃名，唐初分全國爲十道，後增爲十五道。《新唐書·

地理志》："太宗元年,始命併省,又因山川形便,分天下爲十道:一曰關内,二曰河南,三曰河東,四曰河北,五曰山南,六曰隴右,七曰淮南,八曰江南,九曰劍南,十曰嶺南……開元二十一年,又因十道分山南、江南爲東西道,增置黔中道及京畿、都畿,置十五採訪使。"但"青州道"不能與十五道中等量齊觀,祇是一個地域名稱,亦即渤海國所在而已。　渤海:我國唐代以靺鞨族爲主體所建的政權。《新唐書·渤海國傳》:"渤海,本粟末靺鞨附高麗者,姓大氏。高麗滅,率衆保挹婁之東牟山,地直營州東二千里,南北新羅,以泥河爲境,東窮海,西契丹……寶應元年,詔以渤海爲國,欽茂王之,進檢校太尉。大曆中,二十五來,以日本舞女十一獻諸朝……建中、貞元間,凡四來……元和中,凡十六朝獻,長慶四,寶曆凡再……餘俗與高麗、契丹略等。幽州節度府與相聘問,自營、平距京師蓋八千里而遠。後朝貢至否,史家失傳,故叛附無考焉!"徐浩《唐尚書右丞相中書令張公神道碑》:"渤海國王武藝違我王命,思絕其詞。中書奏章,不愜上意。命公改作,援筆立成。"貫休《送人之渤海》:"國之東北角,有國每朝天。海力侵不盡,夷風常宛然。山藏羅刹宅,水雜巨鰲涎。好去吳鄉子,歸來莫隔年!"　慎能至、王姪大公則:渤海國王大金秀派出的使者之名,一名慎能至,一名大公則,而後者又是國王大金秀的姪子。金毓黻《渤海國志長編·大公則傳》將大公則等"朝唐"事編於渤海宣王建興三年(亦即唐穆宗長慶元年),就是明證。　金吾將軍:古代官名,掌管宮中及京城晝夜巡警之事。韓愈《送鄭尚書序》:"入朝爲金吾將軍,散騎常侍。"馬其昶注:"元和十四年十一月,權爲右金吾衛大將軍,充左街使。"樂史《廣卓異記·三世執金吾》:"程知節爲武侯將軍,知節子處弼,處弼子孝伯,並爲金吾將軍。"本文所示,僅是榮銜,並非實職。　還蕃:亦作"還藩",回到封地。《魏書·高句麗傳》:"今不以一過掩卿舊款,即送還藩。"張九齡《敕護密國王書》:"卿比者雖受册立,緣此未得還蕃。"

②知義：猶“明義”，顯示忠義。《三國志·諸葛亮傳》：“將軍既帝室之胄，信義著於四海，總攬英雄，思賢如渴。”韓愈《唐故贈絳州刺史馬府君行狀》：“君在家，行孝友，待賓客朋友有信義。” 華夏：原指我國中原地區，後復包舉我國全部領土而言，遂又爲我國的古稱。《書·武成》：“華夏蠻貊，罔不率俾。”《三國志·關羽傳》：“羽威震華夏，曹公議徙許都以避其銳。” 同風：格調、風格相同。班固《兩都賦序》：“而後大漢之文章，炳焉與三代同風。”劉知幾《史通·鑒識》：“然此二書，雖互有修短，遞聞得失，而大抵同風，可爲連類。”謂同受天子之教化。《漢書·王吉傳》：“《春秋》所以大一統者，六合同風，九州共貫也。”

③冒越：冒險。曹植《上卞太后誄表》：“是以冒越諒暗之禮，作誄一篇，知不足讚揚名貴，以展臣蓼莪之思，憂荒情散，不足觀采。”陳子昂《上益國事》：“不懼身誅，區區上奏，冒越非次，伏待顯戮，惶慄死罪死罪！” 深阻：謂路途偏遠險阻。吕温《代李侍郎論伐劍南更發兵表》：“若更務濟師，屢聞動衆，山嶮深阻，暑濕爲沴，北人南役，誰不憚行？”葉適《宋故中散大夫張公行狀》：“其樹林巖石，幽茂深阻，恍惚隔塵世。” 和會：猶歡會。《書·康誥》：“四方民大和會。”孔傳：“四方之民大和悦而集會。”《漢書·王莽傳》：“諸生、庶民大和會，十萬衆並集。” 庭：通“廷”，朝廷。《易·夬》：“揚于王庭。”陳子昂《諫政理書》：“陛下若不以臣而廢言，乞以臣此章與三公九卿賢大夫議之於庭。” 嘉：嘉許，表彰。《水經注·穀水》：“何湯，字仲弓，嘗爲門侯，上微行夜還，湯閉門不内，朝廷嘉之。”韓愈《師説》：“余嘉其能行古道，作《師説》以貽之。” 誠：誠實，真誠，忠誠。《禮記·學記》：“今之教者，呻其佔畢，多其訊，言及於數，進而不顧其安，使人不由其誠，教人不盡其材。”孔穎達疏：“誠，忠誠。”韓愈《爲裴相公讓官表》：“陛下知其孤立，賞其微誠，獨斷不謀，獎待踰量。” 崇：高貴而顯要。《後漢書·公孫瓚傳》：“今車騎將軍袁紹，託承先軌，爵任崇厚，而性本淫

亂,情行浮薄。"杜甫《贈特進汝陽王二十韻》:"招要恩屢至,崇重力難任。"　秩:官職,品位。《左傳·文公六年》:"委之常秩。"杜預注:"常秩,官司之常職。"韓愈《雪後寄崔二十六丞公》:"秩卑俸薄食口衆,豈有酒食開客顔?"

④ 威:尊嚴,威嚴,指表現出的使人敬畏的氣勢、態度。《論語·學而》:"君子不重,則不威,學則不固。"何晏集解引孔安國曰:"言人不能敦重,既無威嚴,又不能識其義理。"韓愈《劉統軍碑》:"復入居許,爲軍司馬,脱權下威,士心益歸。"　衛:衛士,警衛。《書·康王之誥》:"一二臣衛,敢執壤奠?"孔穎達疏:"言衛者,諸侯之在四方,皆爲天子蕃衛,故曰臣衛。"《漢書·高帝紀》:"〔漢王〕令諸侯子在關中者,皆集櫟陽爲衛。"本文之"衛",與文題"金吾將軍"呼應。　恩榮:謂受皇帝恩寵的榮耀。謝靈運《命學士講書》:"古人不可攀,何以報恩榮?"白居易《續古詩十首》五:"一曲稱君心,恩榮連九族。"　怠:懈怠,懶惰。《書·大禹謨》:"汝惟不怠,總朕師。"孔傳:"汝不懈怠於位。"柳宗元《送薛存義序》:"今受其直怠其事者,天下皆然。"　違:違背,違反。《書·君陳》:"違上所命,從厥攸好。"孔傳:"人之於上不從其令從其所好。"韓愈《元和聖德詩》:"天錫皇帝,爲主天下。並包畜養,無異細鉅。億載萬年,敢有違者?"　蕃服:古九服之一,古代分王畿以外之地爲九服,其封國區域離王畿最遠的稱"蕃服"。《周禮·夏官·職方氏》:"乃辨九服之邦國……又其(鎮服)外方五百里曰蕃服。"賈公彦疏:"言蕃者,以其最在外爲藩籬,故以蕃爲稱。"後用以指蕃國或蕃臣。《後漢書·西羌傳》:"夏后氏末及商周之際,或從侯伯征伐有功,天子爵之,以爲蕃服。"蘇軾《司馬溫公行狀》:"願陛下擇宗室賢者,使攝儲貳,以待皇嗣之生,退居蕃服。"

[編年]

《年譜》編年本文於元和十五年,理由是:一、"《制》云:'冒越深阻，和會於庭。'"二、《舊唐書》卷一九九下《北海傳・渤海靺鞨傳》云：'(元和)十五年閏正月，遣使來朝，加大仁秀金紫光禄大夫、檢校司空。十二月，復遣使來朝貢。'"結論是："當撰於元和十五年閏（正）月或十二月。"《編年箋注》根據《年譜》所示理由，得出"推知此《制》……作於元和十五年（八二〇）"的結論。後面又補充："元稹正月在膳部員外郎任，閏正月爲憲宗山陵使判官，五月爲祠部郎中，知制誥。未知制誥則不與草詔。"推知此《制》"作於元和十五年（八二〇）十二月"。《年譜新編》舉出《年譜》所引《渤海靺鞨傳》作爲理由，編年本文於元和十五年。

首先應該指出，《年譜》的"閏月"應該是"閏正月"之誤書。而元和十五年閏正月初三祇是唐穆宗李桓登位的日子，二月五日才進行"登位慶典"，晋升百僚，故《年譜》的舉證與本文編年無關。其次，《年譜》推論之"元和十五年閏正月"之時，元稹還没有參與知制誥之工作，《年譜》的推斷有誤。復次，元稹二月五日時已經以膳部員外郎的身份試知制誥，《編年箋注》的補充是不符元稹生平，難以成立。第四，《年譜新編》祇編年本文於元和十五年，前後時常共十三個月，應該排除閏正月三月至十二月，《年譜新編》含糊其詞，不可取。

我們以爲，第一，《舊唐書・北海傳》："(元和)十五年閏正月遣使來朝，加大仁秀金紫光禄大夫、檢校司空。"大仁秀一行這次前來是參加唐穆宗登位慶典的，因爲路遠，故提前在閏正月趕到，合乎情理，唐穆宗因此在二月五日給予大仁秀加封以示恩寵，本文却没有隻字片言提及大仁秀加封的官職，故本文不應該撰作於元和十五年閏正月或二月五日之時。第二，元和十五年十二月渤海國已知唐穆宗新登帝位，次年必定要將元和改元新的年號，所以在元和十五年十二月又提前派出使者慎能至以及王侄大公則前來祝賀，唐穆宗自然又在長慶元年改元慶典之時是給予加封，以進一步籠絡異族，也是情理之中的事情。故本文應該撰作於長慶元年改元慶典之時。金毓黻《渤海國志長編》將大公則等"朝唐"事編于渤海宣王建興三年(亦即唐穆宗長慶元年),與《舊唐書》的記載在時間上雖有出入,但應該更爲合理,因爲改元慶典確實是長慶元年正月進行的,大公則等人出發自然要在元和十五年十二月,到達也應在元和十五年的十二月,因而我們認爲長慶元年正月三日之時或稍後一二天才是元稹撰寫本文的真正時間,地點在長安,元稹時任祠部郎中知制誥之職。

◎ 青州道渤海大定順王侄大多英等授諸衞將軍放還藩制(一)①

　　敕:大定順王侄大多英等:我十有二衞將軍,以率其屬。皆匡備左右,爲吾近臣。自非勛庸,不以輕授②。

　　以汝各贄琛賚,勞於梯航。俾耀遠人,宜示恩寵。歸撫爾類,知吾勸來。可依前件(二)③。

録自《元氏長慶集》卷四九

[校記]

　　(一)青州道渤海大定順王侄大多英等授諸衞將軍放還藩制:《全文》同,楊本、叢刊本作"青州道渤海等授諸衞將軍放還藩",各備一説,不改。

　　(二)可依前件:原本無,《全文》同,據楊本、叢刊本補。

[箋注]

　　① 大定順、王侄大多英:渤海國王大金秀派出的使者之名,一名大定順,一名大多英,而後者又是國王大金秀的侄子。金毓黻《渤海國志長編·大多英傳》將大多英等"朝唐"事編於渤海宣王建興五年

（亦即唐穆宗長慶三年）。但長慶三年元稹已經離開知制誥及翰林承旨學士之任職，從本文即可證明金毓黻的推論有誤。而從本文與《青州道渤海慎能至王侄大公則等授金吾將軍放還蕃制》行文風格來看，兩文應該是同時所作，亦即大公則與大多英應該是同時從渤海國來到李唐，代表國王大英秀參與李唐改元長慶的慶典活動。李唐爲了籠絡異族，在給衆多大臣進封加爵的同時，也給從渤海國趕來參加慶賀的渤海國使者大公則、大多英進封，不過王侄大公則授予金吾將軍，而王侄大多英則授予諸衛將軍，故分開在兩個制文之中。　諸衛：古代官名，宮廷儀衛隊長。《周書·宣帝紀》："皇帝衍稱正陽宮，置納言、御正、諸衛等官，皆准天臺。"高承《事物紀原·諸衛》："秦有衛尉，掌門衛，則衛亦先秦之舊制爾！晉武重兵官，選清重之士置中軍以統諸宿衛，此諸衛之始也。"

　　② 十有二衛：據《舊唐書·職官志》記載，李唐有左右衛、左右驍衛、左右武衛、左右威衛、左右領軍衛、左右金吾衛等名目，統稱"十二衛"，爲正三品，職責是保衛皇宮的安全。元稹《授杜叔良左領軍衛大將軍制》："敕：十二衛大將軍，典掌禁旅，張皇六師，猶藩垣之捧宸極也。"白居易《王元輔可左羽林衛將軍知軍事制》："敕：國家設十二衛，猶漢之有南北軍。而左右羽林，尤稱親重，自諸衛而移鎮者，謂之美遷。"　匡備：猶"戒備"，警戒防備。《國語·晉語》："內謀外度，考省不倦，日考而習，戒備畢矣！"猶警備，警戒防備。《漢書·陳湯傳》："南郡獻白虎，邊陲無警備。"　近臣：指君主左右親近之臣。《墨子·親士》："臣下重其爵位而不言，近臣則喑，遠臣則唫。"韓愈《天星送楊凝郎中賀正》："侍從近臣有虛位，公今此去歸何時？"　勛庸：功勛。《後漢書·荀彧傳》："曹公本興義兵，以匡振漢朝，雖勛庸崇著，猶秉忠貞之節。"《舊唐書·李嗣業傳》："總驍果之衆，親當矢石，頻立勛庸。"

　　③ 琛賮：獻貢的財貨。《魏書·匈奴劉聰等傳序》："辮髮之渠，

非逃則附；卉服之長，琛賮繼入。"歐陽詹《石韞玉賦》："我唐文武建元，成康紹胤，獲王母之玉瑁，致淮夷之琛賮。"　梯航："梯山航海"的緊縮語，謂長途跋涉。李隆基《賜新羅王》："玉帛遍天下，梯杭歸上都。"杭，通"航"。張孝祥《念奴嬌·仲欽提刑仲冬行邊》："梯航入貢，路經頭痛身熱。"　遠人：指遠方來人。儲光義《述韋昭應畫犀牛》："遐方獻文犀，萬裏隨南金。大邦柔遠人，以之居山林。"劉長卿《送獨孤判官赴嶺》："伏波初樹羽，待爾靜川鱗。嶺海看飛鳥，天涯問遠人。"　恩寵：謂帝王對臣下的優遇寵倖。王充《論衡·幸偶》："無德薄才，以色稱媚……邪人反道而受恩寵。"韓愈《論淮西事宜狀》："臣謬承恩寵，獲掌綸誥，地親職重，不同庶寮。"　撫：存恤，安撫。《後漢書·陳俊傳》："俊撫貧弱，表有義，檢制軍吏不得與郡縣相干，百姓歌之。"韓愈《祭董相公文》："帝念東土，公其來撫。"　勸來：獎勉歸順。白居易《韓愈等二十九人亡母追贈國郡太夫人制》："敕：王者有褒贈之典，所以旌往而勸來也。"劉攽《侍御史王巖叟可起居舍人制》："報其成效，示勸來者。"

[編年]

《年譜》編年本文於元和十五年，理由是：一、《制》云：'以汝各贊琛賝，勞於梯航。'"二、《舊唐書》卷一九九下《北海傳·渤海靺鞨傳》云：'(元和)十五年閏正月，遣使來朝，加大仁秀金紫光祿大夫、檢校司空。十二月，復遣使來朝貢。'"結論是："當撰於元和十五年閏(正)月或十二月。"《編年箋注》的編年及理由同《青州道渤海慎能至王佺大公則等授金吾將軍放還蕃制》所示，亦即本文"作於元和十五年(八二〇)十二月"。《年譜新編》編年本文於元和十五年，沒有說明理由，也沒有指明具體時間，其實應該排除元和十五年閏正月。

我們首先應該說明，《年譜》、《編年箋注》、《年譜新編》的編年意見存在嚴重問題，不可信從。我們以爲本文與《青州道渤海慎能至王侄大公則等授金吾將軍放還蕃制》應該是同時所作,都是李唐長慶元年正月初三改元慶典的組成部份,具體時間應該是長慶元年正月三日之時或稍後一二天,地點在長安,元稹時任祠部郎中、知制誥之職。至於理由,我們已經在《青州道渤海慎能至王侄大公則等授金吾將軍放還蕃制》詳細論及,此不重複。

◎ 劍南西川節度使下將士史憲等叙勛制⁽一⁾①

　　門下:劍南西川節度使下准制叙勛將士、朝議大夫、試太子家令、上護軍史憲等:蜀,形勝之地也。南控蠻蜑,西搤戎羌。屬禁之勞,實賴汝三千八百六十有六人之力②。

　　使之必報,並賜崇勛。各懋乃誠,勛率以敬。可依前件⁽二⁾③。

　　　　　　　　　　　　　　錄自《元氏長慶集》卷四九

[校記]

　　(一)劍南西川節度使下將士史憲等叙勛制:《全文》同,楊本、叢刊本作"劍南西川節度使下將士叙勛",各備一説,不改。

　　(二)可依前件:原本無,《全文》作"可結前件",據楊本、叢刊本、盧校補。

[箋注]

　　① 劍南西川:節度使府名,府治成都。《元和郡縣志·劍南道》:"成都府,今爲西川節度使理所。管益州、彭州、蜀州、漢州、卭州、簡州、資州、嘉州、戎州、雅州、眉州、松州、茂州、翼州、維州、當州、悉州、靜州、柘州、恭州、真州、黎州、嶲州、姚州、協州、曲州,管縣一百一十

二。"《舊唐書·地理志》:"劍南西川節度使,治成都府,管彭、蜀、漢、眉、嘉、資、簡、維、茂、黎、雅、松、伏、文、龍、戎、翼、卭、巂、姚、柘、恭、當、悉、奉、疊、靜等州,使親王領之。"權德輿《唐故光禄大夫檢校太尉兼中書令成者尹劍南西川節度副大使知節度事兼管内支度營田觀察處置統押近界諸蠻夷西山八國雲南安撫等使上柱國南康郡王贈太師韋公先廟碑銘》:"萬物本乎天,人本乎祖,乃立宗廟,以安神明。"吕温《祭座主故兵部尚書顧公文》:"維貞元十年,歲次甲申月日,門生侍御史王播、監察御史劉禹錫、陳諷、柳宗元、左拾遺吕温、李逢吉、右拾遺盧元輔、劍南西川觀察支使李正叔、萬年縣主簿談元茂、集賢殿校書郎王啓、秘省校書郎李建、京兆府文學李逢、渭南縣尉席夔、鄂縣尉張隸初、奉禮郎獨孤鬱、協律郎蕭節、奉禮郎時元佐、榮陽主薄李宗衡、前鄉貢進士鄭素等,謹以清酌之奠,祭於座主故兵部尚書東都留守顧公之靈。"　將士:將帥士卒,也泛指全軍人員。《管子·樞言》:"霸主積於將士,衰主積於貴人。"《後漢書·光武帝紀》:"於是大饗將士,班勞策勳。"　史憲:人名,應該是劍南西川節度使管轄下的將士之一,但不見兩《唐書》及《資治通鑑》等史籍記載,除本文外,也無其他零星材料可供參考。本制文是元稹撰寫的制文中獎勵人數最多的一個。叙:按規定的等級次第授官職,按勞績的大小給予獎勵。《周禮·天官·宫伯》:"凡在版者,掌其政令,行其秩叙。"鄭玄注:"叙,才等也。"賈公彦疏:"秩謂依班秩受禄;叙者,才藝高下爲次第。"　勳:功勳,功勞。《書·大禹謨》:"爾尚一乃心力,其克有勳。"指勳官的等級。韓愈《故金紫光禄大夫董公行狀》:"階累升爲金紫光禄大夫,勳累升爲上柱國。"

②　門下:即"門下省",官署名,後漢謂侍中寺,晉時因其掌管門下衆事,始稱門下省。唐龍朔二年改名東臺,咸亨初復舊稱,武則天臨朝,改名鸞堂、鸞臺。神龍初復舊稱,開元元年改名黄門省,五年仍復舊稱。王從敬《授李彭年等中書舍人制》:"門下:朝請大夫、守給事

中李彭年等……可依前件。"陸贄《貞元改元大赦制》:"門下:王者體元立極,欽若乎天地;纂業承統,嚴奉於祖宗。" 朝議大夫:文散官,正五品下。《舊唐書·劉禕之傳》:"儀鳳二年,轉朝議大夫、中書侍郎,兼豫王府司馬,尋加中大夫。"《舊唐書·李逢吉傳》:"(元和十一年)四月,加朝議大夫、門下侍郎同平章事、賜金紫。" 試:唐制,擔任某一官職,但不屬於正式的任命,稱爲"試"。韓愈《試大理評事王君墓誌銘》:"君隨往,改試大理評事,攝監察御史觀察判官。"白居易《唐贈尚書工部侍郎吳郡張公神道碑銘》:"有唐嶺南觀察推官、試大理評事吳郡張公,大曆三年十一月八日終於伊川別墅。" 太子家令:文職事官,從四品上。《舊唐書·職官志》:"家令掌太子飲膳、倉儲、庫藏之政令,總食官、典倉、司藏三署之官屬。"《舊唐書·肅宗章敬皇后吳氏傳》:"父令珪,寶應初贈太尉。母李氏,贈秦國夫人。叔令瑤,拜太子家令,封馮翊郡公。"《舊唐書·吳溆傳》:"溆以兄弟三品,固辭太過,乞授卑官,乃以溆檢校太子賓客,兼太子家令,充十宅王使。" 上護軍:唐及以後歷朝置上護軍及護軍,爲僅有名號而無職事的勛官。白居易《侯丕可霍邱縣尉制》:"賜太常寺奉禮郎、翰林待詔、上護軍侯丕……可守壽州霍邱縣尉,依前翰林待詔,勋如故。"蘇遇《忠武軍監軍使朱公神道碑》:"掉三寸舌,息數州兵,古人所難,公有餘裕。拜宮闈令、上護軍,以寵勞也。" 形勝:地理位置優越,地勢險要。《史記·高祖本紀》:"秦,形勝之國,帶河山之險,縣隔千里。"《周書·齊煬王憲傳》:"初,平蜀之後,太祖以其形勝之地,不欲使宿將居之。"蠻蜑:南方少數民族名,多船居,稱蜑戶,也稱蛋戶。劉恂《嶺表錄異》卷中:"邕州舊以刺竹爲墻,蠻蜑來侵,竟不能入。"王讜《唐語林·補遺》:"諸葛武侯相蜀,制蠻蜑侵漢界。自吐蕃西至東,接夷陵境,七百餘年不復侵軼。" 搇:捉住,掐住。《陳書·始興王叔陵傳》:"長沙王叔堅手搇叔陵,奪去其刀。"楊乘《甲子歲書事》:"賊臂既已斷,賊喉既已搇。" 戎:古代典籍泛指我國西部的少數民族。韓愈《武關西逢配流吐蕃(謫潮州時途中作)》："嗟爾戎人莫慘然！湖南地近保生全。我今罪重無歸望，直去長安路八千。"元稹《和李校書新題樂府十二首·縛戎人》："邊頭大將差健卒，入抄禽生快於鶻。但逢賴面即捉來，半是邊人半戎羯。"　羌：我國古代民族名，主要分佈地相當於今甘肅、青海、四川一帶。秦漢時，部落衆多，總稱西羌，以遊牧爲主，其後逐漸與西北地方的漢族及其他民族融合。司空圖《河湟有感》："一自蕭關起戰塵，河湟隔斷異鄉春。漢兒盡作羌人語，却向城頭罵漢人。"牛殳《琵琶行》："潏潏汩汩聲不定，羌人學漢語未正。若似長安月蝕時，滿城敲鼓聲嶙嶙。"　厲禁：遮擋，禁止，謂設衛警戒，限制出入。《周禮·秋官·司隸》："執其邦之兵，守王宮與野舍之厲禁。"鄭玄注："厲，遮例也。"洪邁《夷堅乙志·神霄宮商人》："時道教尊重，出入門皆有厲禁。"

③ 報：報效，報答。《逸周書·命訓》："極罰則民多詐，多詐則不忠，不忠則無報。"韓愈《縣齋有懷》："祇緣恩未報，豈謂生足藉！"勛：功勛，功勞。元稹《崔薿檢校都官員外郎兼侍御史》："崔薿等自元和以來，有大勛烈於天下。"《新唐書·李峴傳》："垣從上皇，峴翊戴肅宗，以勛力相高，同時爲御史大夫。"　懋：勤勉，努力。《書·舜典》："汝平水土，惟時懋哉！"《文選·張衡〈東京賦〉》："兆民勸於疆埸，感懋力以耘耔。"李善注引《爾雅》："懋，勉也。"　乃誠：誠意，忠誠。《晉書·元帝紀》："是以陳其乃誠，布之執事。"《南齊書·河南傳》："又卿乃誠遙著，保寧遐壃。"　勖率：亦作"勗率"，勉力遵循。班固《白虎通·嫁娶》："往迎爾相，承我宗事，勗率以敬先妣之嗣，若則有常。"張廷珪《授内官張禹珪加官制》："古人有言，爾宜勉自勗率。"

[編年]

《年譜》編年："《制》云：'准制叙勛。'"然後引《唐大詔令集·穆宗即位赦》》"内外文武見任、致仕官，三品已上賜爵一級，四品以上(下)

加一階"、《唐大詔令集·長慶元年南郊改元赦》"其内外文武及致仕官,三品已上賜爵一級,四品已下加一階"、《唐大詔令集·長慶元年册尊號赦》"其内外文武及致仕官,三品已下各加一階"作爲根據,得出編年結論:"當作於元和十五年二月丁丑,或長慶元年正月辛丑,或長慶元年七月壬子。"《編年箋注》所據理由與《年譜》同,然後編年:"權定此《制》撰於元和十五年(八二〇)至長慶元年(八二一)元稹知制誥期間。"惟"穆宗即位、南郊、改元、册尊號等"表述與《年譜》異,想來是《編年箋注》的誤筆"南郊改元"爲"南郊、改元"所致。《年譜新編》則編年"庚子至辛丑所作其他文章"欄内,没有説明理由。

我們以爲,一、根據本文"准制叙勛"以及《唐大詔令集》所示唐穆宗登位之後、元稹知制誥任内的即位、改元、上尊號三次慶典活動,本文無疑應該撰作於唐穆宗朝初期三次慶典活動中的其中一次。二、本文究竟應該撰作於三次慶典活動中的哪一次?確實難於考定,但根據《舊唐書·穆宗紀》所載:"(元和十五年)冬十月庚午朔……乙酉,涇州奏吐蕃退去。時夏州節度使田縉貪猥。侵刻党項羌,羌引西蕃入寇,賴郝玭、李光顔奮命拒之,方退。丁亥,西川奏吐蕃侵雅州,令發兵鎮守。東川節度使王涯陳破吐蕃策,言以厚賂北蕃,俾入西蕃,據地得人多少賞之……十一月己亥朔……癸亥……以渭州刺史、涇原行營兵馬使、保定郡王郝玭爲慶州刺史。玭勇將,深入吐蕃接戰,朝廷恐失勇將,故移之内地。"又根據本文"南控蠻蜑,西撅戎羌。屬禁之勞,實賴汝三千八百六十有六人之力",我們可以作出大致的推定:本文應該撰作於吐蕃之亂平息之後,亦即長慶元年正月初三改元慶典之時,目的是犒賞在這次平息吐蕃之亂中諸多有功將士,元稹時任祠部郎中、知制誥臣,撰文地點在長安。

◎ 追封宋若華河南郡君制^{(一)①}

　　敕：司徒之妻有禮，齊加石窌；延鄉之母有德，漢置封丘。生既不渝，沒亦宜及②。

　　故宋若華，我德宗孝文皇帝躬勤庶務，寤寐以之，乃命女子之知書可付信者，省奏中宮。而若華等伯姊季妹，三英粲兮！皆在選中，參掌宥密③。班妃裂素之詠，謝氏散鹽之章，琤然玉音，記在彤管④。先皇帝乙夜觀書之際，亦嘗傳"窈窕"、"德象"之篇於若華⑤。

　　言念云亡^(二)，禮宜加等。特追封邑，豈礙彝章！可贈河南郡君⑥。

　　　　　　　　　　　錄自《元氏長慶集》卷五〇

[校記]

　　（一）追封宋若華河南郡君制：《全文》同，楊本、盧校、叢刊本作"追封宋若華"，各備一說，不改。

　　（二）言念云亡：楊本、叢刊本同，《全文》作"言念云忘"，各備一說，不改。

[箋注]

　　① 追封：死後封爵。高承《事物紀原·追封》："《漢書·張賀傳》：賀爲掖庭令，宣帝以皇曾孫收養掖庭，恩甚密，及帝即位，追思賀，封恩德侯，此則追封之始也。"《吳越春秋·吳太伯傳》："追謚古公爲大王，追封太伯於吳。"《後漢書·袁紹傳》："自立爲遼東侯、平州

牧,追封父延爲建義侯。" 宋若華:德宗、憲宗、順宗、穆宗四朝宮中女學士,據傳是宋之問之孫女。《舊唐書·宋若昭傳》:"女學士、尚宮宋氏者,名若昭,貝州清陽人。父庭芬,世爲儒學,至庭芬有詞藻。生五女,皆聰惠,庭芬始教以經藝。既而課爲詩賦,年未及笄,皆能属文。長曰若莘,次曰若昭、若倫、若憲、若荀。若莘、若昭文尤淡麗,性復貞素閑雅,不尚紛華之飾。嘗白父母,誓不從人,願以藝學揚名顯親。若莘教誨四妹,有如嚴師。著《女論語》十篇,其言模倣《論語》,以韋逞母宣文君宋氏代仲尼,以曹大家等代顏、閔,其間問答悉以婦道所尚。若昭注解,皆有理致。貞元四年,昭義節度使李抱真表薦以聞。德宗俱召入宮,試以詩賦,兼問經史中大義,深加賞歎。德宗能詩,與侍臣唱和相属,亦令若莘姊妹應制。每進御,無不稱善,嘉其節概不群,不以宮妾遇之,呼爲學士先生。庭芬起家受饒州司馬,習藝館內,敕賜第一區,給俸料。元和末,若莘卒,贈河内郡君。自貞元七年已後,宮中記注簿籍,若莘掌其事。穆宗復令若昭代司其職,拜尚宮。"《新唐書·宋若昭傳》所記略同,不過兩書傳文中的"若莘"是"若華"之誤,其他史籍均作"若華":《舊唐書·穆宗紀》"(元和十五年)十二月己巳朔,戊寅,召故女學士宋若華妹若昭入宮掌文奏",《唐音癸籤·評彙》:"宮媛前有上官昭容,後有宋若華,姊妹五人。昭容,儀之孫。若華,之問裔孫。"就是其中的兩條,並與本文所述相符。 河南郡:即河南府,洛陽的舊名。不過凡對死者的贈封,具體地名有一定的隨意性,不能過分較真。陳子昂《唐陳州宛邱縣令高府君夫人河南宇文氏墓誌銘》:"夫人諱某,河南郡人也。"獨孤及《唐太府少卿兼萬州刺史賀若公故夫人河南郡君元氏墓誌銘并序》:"夫人諱某,魏景穆皇帝九代孫也。" 郡君:古代婦女的封號。漢武帝尊王太后母臧兒爲平原君,爲封郡君之始。唐代封四品官之妻爲郡君,母爲郡太君。《北齊書·段韶傳》:"啟求歸朝陵公,乞封繼母梁氏爲郡君。"白居易《二年三月五日齋畢開素當食偶吟贈妻弘農郡君》:"睡足肢體暢,晨起開中堂。初旭泛簾幕,微風拂衣裳。"

　　② 司徒之妻有禮:《左傳・成公二年》:齊晉戰,齊師敗績,齊侯逃歸,入臨淄,"辟女子,女子曰:'君免乎?'曰:'免矣!'曰:'銳司徒免乎?'曰:'免矣!'曰:'苟君與吾父免矣! 可若何?'乃奔。齊侯以爲有禮,既而問之,辟司徒之妻也。"庾信《周趙國夫人紇豆陵氏墓誌銘》:"武成二年,册拜趙國公夫人,漢王聞,立義之婦邑以延鄉。齊侯見有禮之妻,封之石窌,異代同榮,差無慚德(《陳留風俗傳》曰:'延丘者,衛地也,故燕之延鄉。高祖與項氏戰,敗,有翟母者,免其難,故以延鄉封焉!'《左傳・成三年》:'案之戰,齊侯見保者曰:勉之,齊師敗矣! 辟女子,女子曰:君免乎? 曰:免矣! 曰:銳司徒免乎? 曰:免矣! 曰:苟君與吾父免矣! 可若何? 乃奔。齊侯以爲有禮,既而問之,辟司徒之妻也,予之石窌。'杜注:'石窌,邑名,濟北盧縣東有地名石窌'。)"石窌:古邑名,春秋齊地,故址在今山東省長清縣東南。《左傳・成公二年》:"齊侯以爲有禮,既而問之,辟司徒之妻也,予之石窌。"後用以泛指封地。張說《贈吏部尚書蕭公神道碑》:"封其石窌,俾承土宇之榮;表以金章,永閟珩璜之飾。"王維《故南陽夫人樊氏挽歌》:"石窌恩榮重,金吾車騎盛。將朝每贈言,入室還相敬。" "延鄉之母有德"兩句:《元和郡縣志・汴州》:"管縣六:開封、浚儀、陳留、雍丘、封丘、尉氏。封丘縣,古之封國,後屬衛,亦屬魏。漢高祖與項羽戰,敗於延鄉。有翟母者,免其難,故以延鄉爲封丘縣,以封翟母。屬陳留郡,後魏併入酸棗,宣武帝又置封丘縣,屬陳留郡。隋開皇三年置郡,以縣屬汴州。"《漢書・地理志》:"千乘郡,戶十一萬六千七百二十七,口四十九萬七百二十。縣十五:千乘、東鄒、濕沃、平安、博昌、蓼城、建信、狄、琅槐、樂安、被陽、高昌、繁安、高宛、延鄉。"杜牧《晚泊》:"篷雨延鄉夢,江風阻暮秋。倘無身外事,甘老向扁舟。" 不渝:不改變。《詩・鄭風・羔裘》:"彼其之子,捨命不渝。"毛傳:"渝,變也。"劉孝標《廣絕交論》:"風雨急而不輟其音,霜雪零而不渝其色。" 及:追上,

趕上。《論語·顏淵》：“子貢曰：‘惜乎！夫子之説君子也，駟不及舌。’”《後漢書·虞詡傳》：“虜衆多，吾兵少，徐行則易爲所及，速進則彼所不測。”

③ 躬勤：義近“躬親”，親自親身從事。語本《詩·小雅·節南山》：“弗躬弗親，庶民弗信。”董仲舒《春秋繁露·爲人者天》：“躬親職此於上，而萬民聽生善於下矣！”葛洪《抱朴子·用刑》：“逮於軒轅，聖德尤高，而躬親征伐，至於百戰。”　庶務：各種政務，各種事務。陸機《辯亡論》：“百官苟合，庶務未遑。”《宋史·司馬光傳》：“躬親庶務，不舍晝夜。”　寤寐：醒與睡，常用以指日夜。《詩·周南·關雎》：“窈窕淑女，寤寐求之。”毛傳：“寤，覺；寐，寢也。”錢起《秋夜作》：“寤寐怨佳期，美人隔霄漢。”　中宫：宫中。《晉書·姚興載記》：“起浮圖於永貴里，立波若臺于中宫，沙門坐禪者恆有千數。”王建《宫詞一百首》六一：“中宫傳旨音聲散，諸院門開觸處行。”　伯姊：大姐。《詩·邶風·泉水》：“問我諸姑，遂及伯姊。”高亨注：“伯姊，大姐。”柳宗元《亡姊崔氏夫人墓誌蓋石文》：“我伯姊之葬，良人博陵崔氏爲之誌。”　季妹：最小的妹妹。范純仁《比部杜君夫人崔氏墓誌銘》：“以比部君登朝，封萬年縣君，改封壽安。晚年又以季妹爲相國韓公元妃，恩加冠帔。”鄭棨《開天傳信記》：“安樂公主，上之季妹也。”　三英：三位英才。任昉《九日侍宴樂游苑》：“共貫沿五勝，獨道邁三英。”元稹《酬樂天東南行詩》：“二妙馳軒陛，三英詠袴襦。”原注：“庾三十二、杜十四並居北省；李十一、崔二十二、韋大各典方州。”　粲：鮮明貌，美好貌。《詩·唐風·葛生》：“角枕粲兮，錦衾爛兮。”朱熹集傳：“粲、爛，華美鮮明之貌。”《詩·小雅·大東》：“西人之子，粲粲衣服。”朱熹集傳：“粲粲，鮮盛貌。”　參掌：參與掌管。《晉書·職官志》：“及當塗得志，克平諸夏，初有軍師祭酒，參掌戎律。”《新五代史·史圭傳》：“故事，直學士職雖清，而承領文書，參掌庶務，與判官無異。”　宥密：深密，機密。權德輿《太中大夫守國子祭酒潁川縣開國男賜紫金魚袋贈户

部尚書韓公行狀》："未幾,以本官知制誥,參掌宥密,式敷聲明,炳然訓辭,潤色王度。"袁允《五色露賦》："上帝宥密,露滋覬吉。青紫相宜,元黄間出。湛鮮輝以交透,涵潤彩以爭溢。"

　④ 班妃裂素之詠:據《漢書》記載,孝成帝之妃班倢伃,越騎校尉彪之女,初入宮爲少使,俄而大幸,爲倢伃。其後趙飛燕姊弟亦從微賤興,班倢伃失寵,稀復進見。倢伃恐久見危,求供養太后長信宮,帝許焉! 作《怨歌行》以抒情:"新裂齊紈素,鮮潔如霜雪。裁爲合歡扇,團團似明月。出入君懷袖,動搖微風發。常恐秋節至,涼飆奪炎熱。弃捐篋笥中,恩情中道絶。"《怨歌行》之作,被人稱爲"裂素之詠",傳流後世。唐人以"班倢伃",抒發自己的失落之感,如:徐彦伯《班倢伃》:"君恩忽斷絶,妾思終未央。巾櫛不可見,枕席空餘香。"嚴識玄《班倢伃》:"賤妾如桃李,君王若歲時。秋風一已勁,搖落不勝悲。"謝氏散鹽之章:典見《世説新語·言語》:"謝太傅寒雪日内集,與兒女講論文義。俄而雪驟,公欣然曰:'白雪紛紛何所似?'兄子胡兒曰:'撒鹽空中差可擬。'兄女曰:'未若柳絮因風起。'公大笑樂。"劉禹錫《柳絮》:"飄颺南陌起東鄰,漠漠濛濛暗度春……縈迴謝女題詩筆,點綴陶公漉酒巾。"李紳《祭禹廟迴降雪五言二十韵》:"麻引詩人興,鹽牽謝女才。"　玪然:聲音清脆貌。陸龜蒙《自遣詩三十首》六:"玉芝敲折玪然墮,合有真人上姓名。"王讜《唐語林·補遺》:"其人乘小馬至門,審度端直,鞭馬而過,玪然聞劍動之聲,既過而人馬無傷。"　玉音:對別人言辭的敬稱。曹植《七啓》:"將敬滌耳,以聽玉音。"元稹《酬李甫見贈十首》一〇:"開坼新詩展大璆,明珠炫轉玉音浮。"　彤管:杆身漆朱的筆,古代女史記事用。《詩·邶風·静女》:"静女其變,貽我彤管。"毛傳:"古者后夫人必有女史彤管之法,史不記過,其罪殺之。"鄭玄箋:"彤管,筆赤管也。"陳奂傳疏引董仲舒曰:"彤者,赤漆耳!"元稹《内狀詩寄楊白二員外(時知制誥)》:"天門暗闢玉玪鎬,書送中樞曉禁清。彤管内人書細膩,金匜御印篆分明。"

⑤ 先皇帝：已經過世的皇帝，本文指唐憲宗。白居易《蕭俛除吏部尚書制》：“敕：古者君使臣以禮，臣事君以忠，季代以還，鮮由兹道。先皇帝常創於是，故在位十五載，凡解相印者殆二十人，多寵爲大僚，或付以兵柄。”李虞仲《授學士王源中等中書舍人制》：“二者皆國器也，先皇帝能用之。顧予沖人，敢不加敬？” 乙夜：二更時候，約爲夜間十時。《舊唐書·李百藥傳》：“雜以文詠，間以玄言，乙夜忘疲，中宵不寐。”《資治通鑑·魏邵陵屬公嘉平元年》：“義兄弟默然不從，自甲夜至五鼓。”胡三省注：“夜有五更：一更爲甲夜，二更爲乙夜，三更爲丙夜，四更爲丁夜，五更爲戊夜。” “窈窕”、“德象”之篇：事見《漢書·班倢伃傳》：“成帝遊於後庭，嘗欲與倢伃同輦載，倢伃辭曰：‘觀古圖畫，聖賢之君，皆有名臣在側；三代末主，乃有嬖女。今欲同輦，得無近似之乎？’上善其言而止。太后聞之，喜曰：‘古有樊姬，今有班倢伃。’倢伃誦詩及‘窈窕’、‘德象’、‘女師’之篇，每進見上疏，依則古禮。自鴻嘉後，上稍隆於内寵。”顏師古注：“《詩》謂《關雎》以下也，‘窈窕’、‘德象’、‘女師’之篇，皆古箴戒之書也。故傳云：誦詩及‘窈窕’以下諸篇，明《詩》外別有此篇耳！而説者便謂‘窈窕’等即是詩篇，蓋失之矣！”

⑥ 封邑：古時帝王賜給諸侯、功臣以領地或食邑。《史記·晉世家》：“賞從亡者及功臣，大者封邑，小者尊爵。”李嶷《讀前漢外戚傳》：“印綬妻封邑，軒車子拜郎。寵因宮掖裹，勢極必先亡。” 彝章：常典，舊典。任昉《爲范尚書讓吏部封侯第一表》：“矜臣所乞，特迴寵命，則彝章載穆，微物知免。”司空圖《上考功狀》：“共仰推公之志，敢忘效報之心！克振彝章，必光僉議。”

[編年]

《年譜》編年：“《舊唐書·穆宗紀》云：‘（元和十五年十二月）戊寅，召故女學士宋若華妹若昭入宮，掌文奏。’此《制》當撰於此時。”

《編年箋注》編年:"《舊唐書·后妃列傳》:'元和末,若莘卒,贈河內郡君。'推知此《制》撰於元和十五年(八二○)。"《年譜新編》編年理由、意見同《編年箋注》。

　　我們以爲,一、兩《唐書》均云:"元和末,若莘(華)卒,贈河內郡君。"宋若華的病卒時間"元和末"雖然是個模糊概念,但其妹妹"入宮掌文奏"的時間却是清楚無誤。而據兩《唐書》之《宋若昭傳》"穆宗復令若昭代司其職,拜尚宮"云云,宋若昭是接替宋若華"掌文奏"之職,此事不可一日或缺,應該前後相接,估計宋若華病故當在元和十五年十二月十日之前。或者因宋若華卧病不起,無法署職,宋若昭已經提前接替宋若華的工作,總之前後相隔不會超過數日。二、《舊唐書·穆宗紀》:"(元和十五年)十二月己巳朔,戊寅,召故女學士宋若華妹若昭入宮掌文奏。"推其干支,宋若昭"入宮掌文奏"應該是元和十五年十二月十日。而宋若昭的"入宮掌文奏",又促成了對其姐姐宋若華的"追封",并與本文文題相應。三、根據《長慶元年正月南郊改元赦》"亡官失爵不齒者,量加優叙"的規定,宋若華正在"優叙"之列,也正好趕上這個得以"優叙"的機會。據此,我們以爲本文即撰成於長慶元年正月三日李唐改元長慶之時,具體時日應該就在正月三日之後的一二日之內,地點在長安,元稹時任祠部郎中知制誥之職。

◎ 贈韓愈父仲卿尚書吏部侍郎[一][①]

　　敕:國子祭酒韓愈父、贈秘書少監仲卿等,子生則射桑弧蓬矢,以告四方。三月孩而名之,十年出就外傅[②]。孔子雖欲遠於鯉也,而猶教之《詩》、《禮》,所以相承先而重後嗣也[③]。然而免水火之災,從師友之後,服軒冕以爲卿大夫者,一族幾何人[④]?

惟爾愈雄文奧學，秉筆者師之。與緘等各用所長⁽二⁾，列官朝右，榮則至矣！其父皆不及焉⑤！歿而有知，能不望顯揚於地下？贈以崇秩，慰其幽魂。推吾永懷，示用怛然於此。可依前件⑥。

録自《元氏長慶集》卷五〇

［校記］

（一）贈韓愈父仲卿尚書吏部侍郎：原本作"贈韓愈等父制"，《全文》同，據楊本、盧校、叢刊本改。

（二）與緘等各用所長：原本作"與某等各用所長"，《全文》同，據楊本、叢刊本改，以與"惟爾愈雄文奧學"前後互爲對應。

［箋注］

① 韓愈：史迹見兩《唐書》本傳，《舊唐書·韓愈傳》："韓愈，字退之，昌黎人。父仲卿，無名位。愈生三歲而孤，養於從父兄。愈自以孤子，幼刻苦學儒，不俟奬勵。大曆、貞元之間，文字多尚古學，效揚雄、董仲舒之述作，而獨孤及、梁肅最稱淵奧，儒林推重。愈從其徒遊，銳意鑽仰，欲自振於一代。洎舉進士，投文於公卿間，故相鄭餘慶頗爲之延譽，由是知名於時。尋登進士第，宰相董晉出鎮大梁，辟爲巡官。府除，徐州張建封又請爲其賓佐。愈發言真率，無所畏避，操行堅正，拙於世務，調授四門博士，轉監察御史。德宗晚年，政出多門，宰相不專機務，宮市之弊，諫官論之不聽。愈嘗上章數千言，極論之，不聽，怒貶爲連州山陽令，量移江陵府掾曹。元和初，召爲國子博士，遷都官員外郎。時華州刺史閻濟美以公事停華陰令柳澗縣務，俾攝掾曹。居數月，濟美罷郡，出居公館，澗遂諷百姓遮道索前年軍頓役直。後刺史趙昌按得澗罪以聞，貶房州司馬。愈因使過華，知其

事，以爲刺史相黨，上疏理潤，留中不下。詔監察御史李宗奭按驗，得潤贓狀，再貶潤封溪尉。以愈妄論，復爲國子博士。愈自以才高，累被擯黜，作《進學解》以自喻曰：'國子先生晨入太學，召諸生立館下，誨之曰：“業精于勤，荒于嬉，行成于思，毀于隨。方今聖賢相逢，治具畢張，拔去兇邪，登崇俊良。占小善者率以錄，名一藝者無不庸。爬羅剔抉，刮垢磨光。蓋有幸而獲選，孰云多而不揚？諸生業患不能精，無患有司之不明；行患不能成，無患有司之不公……”言未既，有笑于列者曰：'先生欺予哉！弟子事先生，于茲有年矣！先生口不絕吟於六藝之文，手不停披於百家之編。記事者必提其要，纂言者必鉤其玄。貪多務得，細大不捐。燒膏油以繼晷，常兀兀以窮年。先生之業，可謂勤矣！觝排異端，攘斥佛、老，補苴罅漏，張皇幽眇。尋墜緒之茫茫，獨旁搜而遠紹；障百川而東之，回狂瀾於既倒。先生之於儒，可謂有勞矣！沉浸醲郁，含英咀華，作爲文章，其書滿家。上規姚、姒，渾渾無涯。周《誥》殷《盤》，佶屈聱牙。《春秋》謹嚴，《左氏》浮誇。《易》奇而法，《詩》正而葩。下迨《莊》《騷》，太史所錄，子雲、相如，同工異曲。先生之於文，可謂閎其中而肆其外矣！少始知學，勇於敢爲；長通於方，左右具宜。先生之於爲人，可謂成矣！然而公不見信於人，私不見助於友，跋前躓後，動輒得咎。暫爲御史，遂竄南夷。三爲博士，冗不見治。命與仇謀，取敗幾時？冬暖而兒號寒，年豐而妻啼饑。頭童齒豁，竟死何裨？不知慮此，而反教人爲！'先生曰：'吁！子来前！夫大木爲杗，細木爲桷，欂櫨侏儒、椳闑扂楔，各得其宜。施以成室者，匠氏之工也。玉札丹砂、赤箭青芝、牛溲馬勃、敗鼓之皮，俱收並蓄，待用無遺者，醫師之良也。登明選公，雜進巧拙，紆餘爲妍，卓犖爲傑，校短量長，唯器是適者，宰相之方也。昔者，孟軻好辯，孔道以明，轍環天下，卒老于行。荀卿守正，大論是弘，逃讒于楚，廢死蘭陵。是二儒者，吐辭爲經，舉足爲法，絕類離倫，優入聖域，其遇于世何如也？今先生學雖勤，不繇其統；言雖多，不要其中；文雖奇，不濟於用；行雖修，不顯於衆。猶且月費俸錢，歲糜廩粟，子不知耕，婦不知織，乘馬從徒，安坐而食，踵常塗之促促，窺陳編以盜竊。然而聖主不加誅，宰臣不見斥，此非其幸哉！動而得謗，名亦隨之，投閑置散，乃分之宜。若夫商財賄之有無，計班資之崇庳，忘己量之所稱，指前人之瑕疵，是所謂詰匠氏之不以杙爲楹，而訾醫師以昌陽引年，欲進其豨苓也。’執政覽其文而憐之，以其有史才，改比部郎中、史館修撰。踰歲，轉考功郎中、知制誥，拜中書舍人。俄有不悅愈者，擿其舊事，言愈前左降爲江陵掾曹，荊南節度使裴均館之頗厚，均子鍔，凡鄙，近者鍔還省父，愈爲序餞鍔，仍呼其字。此論喧於朝列，坐是改太子右庶子。元和十二年八月，宰臣裴度爲淮西宣慰處置使兼彰義軍節度使，請愈爲行軍司馬，仍賜金紫。淮蔡平，十二月隨度還朝，以功授刑部侍郎，仍詔愈撰《平淮西碑》，其辭多叙裴度事。時先入蔡州擒吳元濟，李愬功第一，愬不平之。愬妻出入禁中，因訴碑辭不實，詔令磨愈文。憲宗命翰林學士段文昌重撰文勒石。鳳翔法門寺有護國真身塔，塔內有釋迦文佛指骨一節，其書本傳法，三十年一開，開則歲豐人泰。十四年正月，上令中使杜英奇押宮人三十人，持香花，赴臨皋驛迎佛骨。自光順門入大內，留禁中三日，乃送諸寺。王公士庶，奔走捨施，唯恐在後。百姓有廢業破産、燒頂灼臂而求供養者。愈素不喜佛，上疏諫曰：‘伏以佛者，夷狄之一法耳！自後漢時始流入中國，上古未嘗有也。昔黃帝在位百年，年百一十歲；少昊在位八十年，年百歲；顓頊在位七十九年，年九十八歲；帝嚳在位七十年，年百五歲；帝堯在位九十八年，年百一十八歲；帝舜及禹年，皆百歲。此時天下太平，百姓安樂壽考，然而中國未有佛也。其後，殷湯亦年百歲，湯孫太戊在位七十五年，武丁在位五十年，書史不言其壽，推其年數，蓋亦俱不減百歲。周文王年九十七歲，武王年九十三歲，穆王在位百年。此時佛法亦未至中國，非因事佛而致此也。漢明帝時，始有佛法，明帝在位纔十八年耳！其後，亂亡相繼，運祚不長。宋、齊、梁、陳、元魏已下，事佛漸謹，年代尤促。唯梁武帝在位四十八年，前後三度捨身施佛，宗廟之祭，不用牲牢，晝日一食，止於菜果，其後竟爲侯景所逼，餓死臺城，國亦尋滅。事佛求福，乃更得禍。由此觀之，佛不足信，亦可知矣！高祖始受隋禪，則議除之。當時群臣識見不遠，不能深究先王之道、古今之宜，推闡聖明，以救斯弊，其事遂止，臣嘗恨焉！伏惟皇帝陛下，神聖英武，數千百年以来未有倫比。即位之初，即不許度人爲僧尼、道士，又不許別立寺觀。臣當時以爲，高祖之志，必行於陛下之手。今縱未能即行，豈可恣之，轉令盛也？今聞陛下令群僧迎佛骨於鳳翔，御樓以觀，舁入大内，令諸寺遞迎供養，臣雖至愚，必知陛下不惑於佛，作此崇奉以祈福祥也。直以年豐人樂，徇人之心，爲京都士庶設詭異之觀、戲玩之具耳！安有聖明若此，而肯信此等事哉？然百姓愚冥，易惑難曉，苟見陛下如此，將謂真心信佛，皆云天子大聖，猶一心敬信，百姓微賤，於佛豈合惜身命，所以灼頂燔指，百十爲群，解衣散錢，自朝至暮，轉相倣效，唯恐後時，老幼奔波，棄其生業。若不即加禁遏，更歷諸寺，必有斷臂臠身以爲供養者。傷風敗俗，傳笑四方，非細事也。佛本夷狄之人，與中國言語不通，衣服殊製，口不道先王之法言，身不服先王之法服，不知君臣之義、父子之情。假如其身尚在，奉其國命，来朝京師，陛下容而接之，不過宣政一見，禮賓一設，賜衣一襲，衛而出之於境，不令惑於衆也。況其身死已久，枯朽之骨，凶穢之餘，豈宜以入宮禁？孔子曰："敬鬼神而遠之。"古之諸侯，行弔於國，尚令巫祝先以桃茢祓除不祥，然後進弔。今無故取朽穢之物，親臨觀之，巫祝不先，桃茢不用，群臣不言其非，御史不舉其失，臣實恥之。乞以此骨付之水火，永絕根本，斷天下之疑，絕後代之惑。使天下之人，知大聖人之所作爲，出於尋常萬萬也，豈不盛哉！豈不快哉！佛如有靈，能作禍祟，凡有殃咎，宜加臣身。上天鑒臨，臣不怨悔。'疏奏，憲宗怒甚。間一日，出疏以示宰臣，將加極法。裴度、崔群奏曰：'韓愈上忤尊聽，誠宜得罪。然而非内懷忠懇、不避黜責，豈能至此？伏乞稍賜寬容，以來諫者。'上曰：'愈言我奉佛太過，我猶為容之。至謂東漢奉佛之後，帝王咸致夭促，何言之乖刺也？愈為人臣，敢爾狂妄，固不可赦。'于是人情驚惋，乃至國戚諸貴亦以罪愈太重，因事言之，乃貶為潮州刺史。愈至潮陽，上表曰：'臣今年正月十四日蒙恩授潮州刺史，即日馳驛就路。經涉嶺海，水陸萬里。臣所領州，在廣府極東去，廣府雖云二千里，然來往動皆踰月。過海口，下惡水，濤瀧壯猛，難計期程，颶風鱷魚，患禍不測。州南近界，漲海連天，毒霧瘴氛，日夕發作。臣少多病，年纔五十，髮白齒落，理不久長。加以罪犯至重，所處又極遠惡，憂惶慚悸，死亡無日。單立一身，朝無親黨，居蠻夷之地，與魑魅同群。苟非陛下哀而念之，誰肯為臣言者？臣受性愚陋，人事多所不通，唯酷好學問文章，未嘗一日暫廢，實為時輩推許。臣於當時之文，亦未有過人者，至於論述陛下功德，與《詩》、《書》相表裏，作為歌詩，薦之郊廟，紀太山之封，鏤白玉之牒，鋪張對天之宏休，揚屬無前之偉迹，編於《詩》、《書》之策而無愧，措於天地之間而無虧。雖使古人復生，臣未肯多讓。伏以大唐受命有天下，四海之內，莫不臣妾，南北東西，地各萬里。自天寶之後，政治少懈，文致未優，武克不綱。孽臣奸隸，外順內悖，父死子代，以祖以孫，如古諸侯，自擅其地，不朝不貢，六七十年。四聖傳序，以至陛下，躬親聽斷，干戈所麾，無不從順。宜定樂章，以告神明，東巡泰山，奏功皇天，使永永萬年，服我成烈。當此之際，所謂千載一時不可逢之嘉會，而臣負罪嬰釁，自拘海島，戚戚嗟嗟，日與死迫，曾不得奏薄伎於從官之內，隸御之間，窮思畢精，以贖前過。懷痛窮天，死不閉目！瞻望宸極，魂神飛去。伏惟陛下，天地父母，哀而憐之。'憲宗謂宰臣曰：'昨得韓愈到潮州表，因思其所諫佛骨事，大是愛我，我豈不知？然愈為人臣，不當言人主事佛乃年促也，我以是惡其容易。'上欲復用愈，故先語及，觀宰臣之奏對。而皇甫鎛惡愈狷直，恐其復用，率先對曰：'愈終大狂疏，且可量移一郡。'乃授袁州刺史。初，愈至潮陽，既視

事，詢吏民疾苦，皆曰：‘郡西湫水有鱷魚，卵而化，長數丈，食民畜産
將盡，以是民貧。’居數日，愈往視之，令判官秦濟炮一豚一羊，投之湫
水，呪之曰：‘前代德薄之君，棄楚、越之地，則鱷魚涵泳於此可也。今
天子神聖，四海之外，撫而有之。況揚州之境，刺史縣令之所治，出貢
賦以共天地宗廟之祀，鱷魚豈可與刺史雜處此土哉？刺史受天子命，
令守此土，而鱷魚睅然不安谿潭，食民畜熊鹿麛豕，以肥其身，以繁其
卵，與刺史爭爲長。刺史雖駑弱，安肯爲鱷魚低首而下哉？今潮州大
海在其南，鯨鵬之大，蝦蟹之細，無不容，鱷魚朝發而夕至。今與鱷魚
約，三日乃至七日，如頑而不徙，須爲物害，則刺史選材伎壯夫，操勁
弓毒矢，與鱷魚從事矣！’呪之夕，有暴風雷起於湫中。數日，湫水盡
涸，徙於舊湫西六十里。自是，潮人無鱷患。袁州之俗，男女隸於人
者，踰約則没入出錢之家。愈至，設法贖其所没男女，歸其父母。仍
削其俗法，不許隸人。十五年，徵爲國子祭酒，轉兵部侍郎。會鎮州
殺田弘正，立王廷凑，令愈往鎮州宣諭。愈既至，集軍民，諭以逆順，
辭情切至，廷凑畏重之。改吏部侍郎，轉京兆尹兼御史大夫，以不臺
參，爲御史中丞李紳所劾。愈不伏，言準敕仍不臺參。紳、愈性皆褊
僻，移刺往來，紛然不止。乃出紳爲浙西觀察使，愈亦罷尹，爲兵部侍
郎。及紳面辭赴鎮，泣涕陳叙，穆宗憐之，乃追制以紳爲兵部侍郎，愈
復爲吏部侍郎。長慶四年十二月卒，時年五十七，贈禮部尚書，謚曰
文。”《新唐書·韓愈傳》此處有一段文字提及元稹：“鎮州亂，殺田弘
正而立王庭凑，詔愈宣撫。既行，衆皆危之，元稹言：‘韓愈可惜！’穆
宗亦悔，詔愈：‘度事從宜，無必入。’”竇庠《酬韓愈侍郎登岳陽樓見
贈》：“野杏初成雪，松醪正滿瓶。莫辭今日醉，長恨古人醒。”王建《寄
上韓愈侍郎》：“重登大學領儒流，學浪詞鋒壓九州。不以雄名疏野
賤，唯將直氣折王侯。”　仲卿：即韓仲卿，韓愈之父，史籍無傳，僅有
零星記載。《五百家註柳先生新編外集·韓仲卿夢曹子建求序》：“韓
仲卿一日夢一烏幘少年，風姿磊落，神仙人也。拜求仲卿言：‘某有文

集在建鄴李氏，公當名出一時，肯爲我討是文而序之，俾我亦陰報爾！'仲卿諾之，去復回曰：'我，曹植子建也。'仲卿既窹，檢鄴中書，得《子建集》，分爲十卷，異而序之，即仲卿作也。"《明一統志》："韓仲卿：武昌令，有美政。既去，縣人刻石頌德。" 吏部侍郎：吏部主官吏部尚書之副職，正四品上，本文僅僅是對死者的贈官，並非實職。獨孤及《唐故給事中贈吏部侍郎蕭公墓誌銘并序》："公諱直，字正仲，梁長沙王懿七代孫，有唐御史中丞臨汝郡守諒之孟子。"《新唐書·蘇詵傳》："頃之，出徐州刺史，治有迹，卒贈吏部侍郎。"

　　② 國子祭酒：古代學官名。晉武帝咸寧四年設，以後歷代多沿用，爲國子學或國子監的主管官員。傅咸《贈何劭王濟詩序》："朗陵公何敬祖，咸之從內兄。國子祭酒王武子，咸從姑之外孫也。"張説《素盤盂銘序》："國子祭酒韋公好遊山水。" 秘書少監：秘書省主官秘書監之副職。據《舊唐書·職官志》，"從四品上。少監，隋煬帝置，龍朔改爲蘭臺侍郎，天授爲麟臺少監，神龍復爲秘書少監……秘書監之職，掌邦國經籍圖書之事，有二局：一曰著作，二曰太史。皆率其屬而修其職，少監爲之貳。"杜甫《故秘書少監蘇公源明》："武功少也孤，徒步客徐兗。讀書東岳中，十載考墳典。" "子生則射桑弧蓬矢"兩句：古時男子出生，以桑木作弓，蓬草爲矢，射天地四方，象徵男兒應有志於四方，後用作勉勵人應有大志之辭。《禮記·內則》："國君世子生，告於君，接以大牢，宰掌具，三日，卜士負之，吉者宿齊，朝服寢門外，詩負之，射人以桑弧蓬矢六，射天地四方。"鄭玄注："桑弧蓬矢本大古也，天地四方男子所有事也。"李白《上安州裴刺史書》："士生則桑弧蓬矢，射乎四方。" 外傅：古代貴族子弟至一定年齡，出外就學，所從之師稱外傅，與內傅相對。《禮記·內則》："十年，出就外傅，居宿於外，學書記。"鄭玄注："外傅，教學之師也。"《魏書·禮志》："將謂童子時甫稚齡，未就外傅。"

　　③ "孔子雖欲遠於鯉也"三句：事見《論語·季氏》："陳亢問於伯

魚曰：'子亦有異聞乎？'對曰：'未也。'嘗獨立，鯉趨而過庭，曰：'學《詩》乎？'對曰：'未也。''不學《詩》，無以言？'鯉退而學《詩》。他日又獨立，鯉趨而過庭，曰：'學《禮》乎？'對曰：'未也。''不學《禮》，無以立？'鯉退而學《禮》。聞斯二者，陳亢退而喜曰：'問一得三，聞《詩》，聞《禮》，又聞君子之遠其子也。"伯魚，即孔鯉，字伯魚，孔子之子。《詩》、《禮》：指《詩經》和"三禮"，這裏泛指儒家經典。《莊子·外物》："儒以《詩》、《禮》發冢。"王建《送於丹移家洺州》："詩禮不外學，兄弟相攻研。"　後嗣：後代，子孫。《書·伊訓》："敷求哲人，俾輔於爾後嗣。"元稹《告贈皇祖祖妣文》："公實能德，延於後嗣。"

④ 水火之災：水災與火災，代指人成長過程中可能遇到的方方面面的災害。《三國志·劉馥傳》："藩落高峻，絕穿窬之心；五種別出，遠水火之災。"元稹《有唐武威段夫人墓誌銘》："始予亡妻生不月而先夫人歿，免水火之災，成習柔之性，用至於妝櫛、針組、書誡、琴瑟之事無遺訓，誠有以賴焉！"　師友：老師和朋友，亦泛指可以請益的人。《荀子·修身》："庸眾駑散，則劫之以師友。"楊倞注："言以師友去其舊性也。"《後漢書·李膺傳》："膺性簡亢，無所交接，惟以同郡荀淑、陳寔為師友。"　軒冕：古時大夫以上官員的車乘和冕服。《管子·立政》："生則有軒冕、服位、穀祿、田宅之分，死則有棺槨、絞衾、壙壟之度。"陶潛《感士不遇賦》："既軒冕之非榮，豈縕袍之為恥？"卿大夫：卿和大夫，後借指高級官員。權德輿《河東裴府君神道碑銘》："春秋時賢卿大夫，皆叙其代功舊德，章明似續。"歐陽詹《與鄭伯義書》："又令公侯子孫、卿大夫子弟，能力役供給者，曰千牛進馬三衛齋郎，限以年月，終亦試之。"

⑤ 雄文：內容精深、氣勢雄偉的詩文，常用為對他人詩文之美稱。李逢吉《送令狐秀才赴舉》："子有雄文藻思繁，韶年射策向金門。"蘇軾《王元之畫像贊叙》："故翰林王公元之，以雄文直道，獨立當世。"　奧學：高深的學問。岑參《入劍門作寄杜楊二郎中》："高文出

詩騷,奧學窮討賾。"張彦遠《歷代名畫記·叙畫之興廢》:"雄詞冠於一時,奧學窮乎千古。" 秉筆:執筆。韓愈《送文暢師北遊》:"薦紳秉筆徒,聲譽耀前閥。"宋敏求《春明退朝録》卷下:"秉筆之臣,得以紀録焉!" 緘:人名,時與韓愈爲同僚,其父親與韓愈父親同時得以封贈,其餘不詳。 朝右:位列朝班之右,指朝廷大官。《後漢書·王堂傳》:"其憲章朝右,簡覈才職,委功曹陳蕃。"陸雲《言事者啓使部曲將司馬給事覆校諸官財用出入啓》:"臣以虛薄,忝竊朝右。"

⑥ 有知:有知覺。《禮記·三年問》:"凡生天地之間者,有血氣之屬,必有知。"范縝《神滅論》:"人之質所以異木質者,以其有知耳!"顯揚:顯親揚名。白居易《爲崔相陳情表》:"爵禄之榮,實有踰於同輩;顯揚之命,獨未及於先人。"曾鞏《史館申請三道札子》:"爲人子孫者,亦宜知父祖善狀,合要顯揚,使得見於國史,以稱爲人後嗣之義。"地下:指陰間。《吕氏春秋·直諫》:"夫差將死,曰:'死者如有知也,吾何面以見子胥於地下!'"杜甫《懷舊》:"地下蘇司業,情親獨有君。"崇秩:猶"上秩",官職的高級品位。《文心雕龍·程器》:"王戎開國上秩,而鬻官囂俗。"猶"峻秩",高位,高官。蔣防《授柳公綽襄州節度使制》:"霜臺峻秩,人部榮班。" 幽魂:謂人死後的陰魂。劉希夷《洛川懷古》:"碑塋或半存,荆棘斂幽魂。揮涕棄之去,不忍聞此言。"孟郊《哭李丹員外並寄杜中丞》:"生死方知交態存,忍將齟齬報幽魂。十年同在平原客,更遣何人哭寢門?" 永懷:長久思念。蘇頲《奉和姚令公温湯舊舘永懷故人盧公之作》:"新慟情莫遣,舊遊詞更述。空令還辱和,長歎知音日。"趙冬曦《酬燕公出湖見寄》:"鸞翮非常戢,鵬天會昭曠。永懷宛洛遊,曾是彈冠望。" 怛然:憂傷貌。《漢書·成帝紀》:"朕惟其難,怛然傷心,夫'過而不改,是爲過矣'!其罷昌陵。"《後漢書·譙玄傳》:"竊聞後宮皇子産而不育,臣聞之怛然,痛心傷剥,竊懷憂國,不忘須臾。"

［編年］

　　《年譜》疏漏本文編年，沒有說明理由。《編年箋注》編年：“此《制》稱韓愈既有官銜爲國子祭酒，則贈其父官在韓愈任是職以後。據卞孝萱等《韓愈評傳·韓愈生平》：‘韓愈約於元和十五年（八二〇）十一月到長安，任國子祭酒。’‘長慶元年七月二十六日，韓愈由國子祭酒轉兵部侍郎。’此期間，有爲文武官亡父母贈官之國家慶典祇有長慶元年正月改元大赦。推知此《制》撰於長慶元年（八二一）正月。”《年譜新編》編年：“制云：‘敕：國子祭酒韓愈……’張清華《韓學研究·韓愈年譜匯證》謂韓愈元和十五年十一月，到京城就職國子祭酒；長慶元年七月，授兵部侍郎。制長慶元年改元大赦時作。”

　　我們以爲，一、本文稱韓愈爲“國子祭酒”，而據《舊唐書·穆宗紀》：“（元和十五年）九月庚子朔……辛酉……以袁州刺史韓愈爲朝散大夫、守國子祭酒，復賜金紫……（長慶元年）七月乙未朔……庚申……以國子祭酒韓愈爲兵部侍郎。”據干支推算，韓愈任職，起自元和十五年九月二十七日，終於長慶元年七月二十六日。這一期間，穆宗朝有兩次重大的慶典活動，亦即長慶元年正月初三的改元慶典與長慶元年七月十八日的上尊號慶典。對韓愈父親的贈官，究竟是兩次慶典中的哪一次？《編年箋注》、《年譜新編》沒有明確排除“上尊號慶典”，應該向讀者說明。二、在長慶元年改元慶典之時，韓愈以及韓愈的父親，完全符合“追贈”的規定，即使後面還有類如的“追贈”活動，如無特殊情況，一般也應該在第一次機遇時給予追贈，不會隨隨便便拖到下一次。三、而我們查閱元稹代爲起草的《册文武孝德皇帝赦文》，亦即長慶元年七月十八日的上尊號慶典時的赦文，其中並無爲文武百官亡父母贈官之內容。據此，本文應該撰寫於長慶元年正月初三改元慶典之時或其後一二日內，地點在長安，元稹時任祠部郎中、知制誥之職。

◎ 追封孔戣等母制^{(一)①}

敕：潁考叔食羮而思遺其親^(二)，此孝子不違於一飯也。而況於萬石在前，累茵在側，慰心不及，非贈而何②？

尚書吏部侍郎孔戣母、贈扶風郡太君韋氏等：柔以睦姻，明於訓子；帷殯之禮，始自敬姜^(三)；擇鄰之規，優於孟母③。慶鍾嗣子，皆我藎臣。祇告有司，丕序先烈。錫以大邑，達其深誠。庶無風樹之嗟，且壯秋霜之節。可依前件④。

錄自《元氏長慶集》卷五〇

［校記］

（一）追封孔戣等母制：楊本、盧校、叢刊本作"追封孔戣母韋氏等"，《全文》作"追封孔戣母韋氏等制"，各備一說，不改。

（二）潁考叔食羮而思遺其親：楊本、叢刊本、《全文》作"潁考叔食美而思遺其親"，各備一說，不改。

（三）帷殯之禮，始自敬姜：原本作"惟嬪之禮，始自敬姜"，楊本、叢刊本、《全文》同，據《禮記·檀弓》改。

［箋注］

① 追封：死後封爵。權德輿《張公遺愛碑銘》："德宗皇帝不視朝三日，冊贈太傅，詔郎吏弔祠，禮賻以加。其後累贈太師，易曰貞武，追封上谷郡王。"白居易《唐故湖州長城縣令贈戶部侍郎博陵崔府君神道碑銘》："興元元年，疾歿於宋。太和五年，遷葬於洛。享年若干，詔贈尚書戶部侍郎。夫人隴西李氏，追封岐國夫人。皆從子貴也。"孔戣：事見《舊唐書·孔戣傳》："戣字君嚴，登進士第，鄭滑節度使盧

群辟爲從事。群卒，命戣權掌留務，監軍使以氣凌之，戣無所屈降。
入爲侍御史，累轉尚書郎。元和初，改諫議大夫。侃然忠讜，有諫臣
體。上疏論時政四條，帝意嘉納。六年十月，內官劉希光受將軍孫璹
賂二十萬貫以求方鎮，事敗，賜希光死。時吐突承璀以出軍無功，諫
官論列，坐希光事，出爲淮南監軍。試太子通事舍人李涉知上待承璀
意未衰，欲投匭上疏，論承璀有功，希光無事，久委心腹，不宜遽棄。
戣爲匭使，得涉副章，不受，面詰責之。涉乃進疏於光順門，戣極論其
與中官交結，言甚激切，詔貶涉爲陝州司倉。倖臣聞之側目，人爲危
之。戣高步公卿間，以方嚴見憚。俄兼太子侍讀，遷吏部侍郎，轉左
丞。九年，信州刺史李位爲州將韋岳讒譖於本使監軍高重謙，言位結
聚術士，以圖不軌。追位至京師，鞠於禁中。戣奏曰：'刺史得罪，合
歸法司按問，不合劾於內仗。'乃出付御史臺，戣與三司訊鞠得其狀。
位好黃老道，時修齋籙，與山人王恭合煉藥物，別無逆狀。以岳誣告，
決殺，貶位建州司馬。時非戣論諫，罪在不測，人士稱之。愈爲中官
所惡，尋出爲華州刺史、潼關防禦等使。入爲大理卿，改國子祭酒。
十二年，嶺南節度使崔詠卒，三軍請帥，宰相奏擬皆不稱旨，因入對，
上謂裴度曰：'嘗有上疏論南海進蚶菜者，詞甚忠正，此人何在？卿第
求之！'度退訪之，或曰：'祭酒孔戣嘗論此事。'度徵疏進之，即日授廣
州刺史兼御史大夫、嶺南節度使。戣剛正清儉，在南海，請刺史俸料
之外，絕其取索。先是帥南海者，京師權要多託買南人爲奴婢，戣不
受託。至郡，禁絕賣女口。先是，準詔禱南海神，多令從事代祠。戣
每受詔，自犯風波而往。韓愈在潮州，作詩以美之。時桂管經略使楊
旻、桂仲武、裴行立等騷動生蠻，以求功伐，遂至嶺表，累歲用兵。唯
戣以清儉爲理，不務邀功，交、廣大理。穆宗即位，召爲吏部侍郎。長
慶中，或告戣在南海時家人受賂，上不之責，改右散騎常侍。二年，轉
尚書左丞。累請老，詔以禮部尚書致仕，優詔褒美。仍令所司歲致羊
酒，如漢禮徵士故事。長慶四年正月卒，時年七十三。"《唐會要·致

仕官》："長慶三年四月，敕尚書左丞孔戣可守禮部尚書致仕。仍委所在長吏歲時親自存問，兼致羊酒。如至都，其芻米什器之類，委河南尹量事供送，務從優禮。筋力未衰，堅請休退，故示優禮。"《寶刻叢編·廣州》："《唐南海廣利王神廟碑》：唐袁州刺史韓愈撰，循州刺史陳諫書并篆額。元和十二年，廣州刺史孔戣重修南海神祠，以十五年十月立此碑在南海廟中（《集古録目》）。"

②"潁考叔食羹而思遺其親"兩句：事見《左傳·隱公元年》，鄭莊公因"寤生"，爲其母武姜所惡，處處維護其次子共叔段的利益，最後導致共叔段叛亂，準備奪取鄭莊公的京城，而武姜作爲内應，爲共叔段開啓城門。由於鄭莊公早有防備，共叔段的叛亂最後以失敗告終，共叔段不得不出奔他國，鄭莊公"遂寘姜氏於城潁，而誓之曰：'不及黃泉，無相見也！'既而悔之。潁考叔爲潁谷封人，聞之，有獻於公。公賜之食，食舍肉，公問之，對曰：'小人有母，皆嘗小人之食矣！未嘗君之羹，請以遺之！'公曰：'爾有母遺，繄我獨無！'潁考叔曰：'敢問何謂也？'公語之故，且告之悔。對曰：'君何患焉！若闕地及泉，隧而相見，其誰曰不然？'公從之，公入而賦：'大隧之中，其樂也融融！'姜出而賦：'大隧之外，其樂也泄泄。'遂爲母子如初。君子曰：'潁考叔，純孝也！愛其母，施及莊公。《詩》曰：孝子不匱，永錫爾類。其是之謂乎！'" 羹：用肉類或菜蔬等製成的帶濃汁的食物。《詩·商頌·烈祖》："亦有和羹。"孔穎達疏："羹者，五味調和。"杜甫《秋日寄題鄭監湖上亭三首》三："羹煮秋蒓滑，杯凝露菊新。" 孝子：孝順父母的兒子。《詩·大雅·既醉》："威儀孔時，君子有孝子。孝子不匱，永錫爾類。"王延壽《魯靈光殿賦》："忠臣孝子，烈士貞女，賢愚成敗，靡不載叙。" 萬石：指一家有五人官至二千石或一家多人爲大官者。《漢書·嚴延年傳》："延年兄弟五人皆有吏材，至大官，東海號曰'萬石嚴嫗'。"《新唐書·張文瓘傳》："〔張文瓘〕四子：潛，爲魏州刺史，沛，同州刺史，洽，衛尉卿，涉，殿中監。父子皆至三品，時謂'萬石張家'。"

後泛指官職高的人。顏師古《百官公卿表》題解：“漢制，三公號稱萬石，其俸月各三百五十斛穀。”葉適《致政通直錢公挽歌詞》：“好兒須萬石，廣廈剩千間。”　累茵：《孔子家語·致思》：“昔者由也事二親之時，常食藜藿之實，爲親負米百里之外。親歿之後，南游於楚，從車百乘，積粟萬鍾，累茵而坐，列鼎而食。願欲食藜藿、爲親負米不可復得也。”累茵，多層墊褥，後因以“累茵之悲”爲悲念已故父母的典故。元稹《追封李逢吉母王氏等制》：“孝子之於事親也，貧則有啜菽之歡，仕則有捧檄之慶，離則有陟屺之歎，歿則有累茵之悲。”　贈：賜死者以爵位或榮譽稱號。錢珝《代兵部崔相公謝追贈三代表》：“上公端揆，已承褒飾之恩。大國贈封，更荷顯揚之賜。”白居易《與從史詔》：“雖祿難逮養，已閟靈於九原，而孝在顯親，宜旌賢於三徙，俾崇封贈以極哀榮。”

③ 太君：封建時代官員母親的封號，唐制，四品官之妻爲郡君，五品爲縣君，其母邑號，皆加“太”字。權德輿《先公先太君靈表》：“先太君以貞元四年，歲在戊辰，夏六月二十三日棄代於洪州。”元稹《有唐贈太子少保崔公墓誌銘》：“母曰范陽盧氏，贈本郡太君。”　睦姻：亦作“睦婣”，語出《周禮·地官·大司徒》：“二曰六行：孝、友、睦、婣、任、恤。”鄭玄注：“睦，親於九族；姻，親於外親。”後因以“睦婣”謂對宗族和睦，對外親親密。王安石《謝林中舍啓》：“雖睦姻之風可以厚俗，而貶損之意有如過中；言觀以思，頗恐且愧。”　訓子：教育兒子。白居易《唐故溧水縣令太原白府君墓誌銘并序》：“夫人在室以孝敬奉親爲淑女，既嫁以柔和從夫爲順婦，及主家以慈正訓子爲賢母。”崔嘏《封竇浣等母邑號制》：“具官竇浣等母某氏等，或以衣冠胄允，或以勳績緒餘，皆知訓子之方，早識從夫之義。”　“帷殯之禮”兩句：典見《禮記·檀弓》：“帷殯非古也，自敬姜之哭穆伯始也。”鄭玄注：“穆伯，魯大夫，季悼子之子公甫靖也。敬姜，穆伯妻，文伯歜之母也。”王之望《監學同官祭馮國正文》：“一兒未冠，先子而逝。兩喪相望，曾不期

年。吊哭無主,帷殯蕭然。” 擇鄰:選擇好的鄰居。劉向《列女傳·鄒孟軻母》:“鄒,孟軻之母也,號孟母。其舍近墓,孟子之少也,嬉遊爲墓間之事,踴躍築埋。孟母曰:‘此非吾所以居處子。’乃去,舍市傍。其嬉戲爲賈人衒賣之事,孟母又曰:‘此非吾所以居處子也。’復徙舍學宮之傍,其嬉遊乃設俎豆揖讓進退,孟母曰:‘真可以居吾子矣!’遂居之。”此爲孟母三遷擇鄰事,後世所云“擇鄰”多本此。何晏《景福殿賦》:“嘉班妾之辭輦,偉孟母之擇鄰。”白居易《欲與元八卜鄰先有是贈》:“每因暫出猶思伴,豈得安居不擇鄰?” 孟母:孟子的母親,姓仉,曾三次遷移,選擇良鄰;斷所織之布,以激勵孟子勤奮學習;舊時奉爲賢母的典範。潘岳《閑居賦》:“此里仁所以爲美,孟母所以三徙也。”蘇軾《潘推官母李氏挽詞》:“杯盤慣作陶家客,弦誦常叨孟母鄰。”

④ 慶:祝賀,慶賀。《周禮·春官·大宗伯》:“以賀慶之禮,親異姓之國。”賈公彥疏:“言賀慶者,謂諸侯之國有喜可賀可慶之事,王使大夫往,以物慶賀之。”《新唐書·岑文本傳》:“始爲中書令,有憂色,母問之,答曰:‘非勛非舊,責重位高,所以憂也。’有來慶者,輒曰:‘今日受吊不受賀。’” 鍾:通“鐘”,古代禮樂器,祭祀或宴享時用。《詩·小雅·鼓鐘》:“鼓鍾將將,淮水湯湯,憂心且傷。”《詩·周頌·執競》:“鐘鼓喤喤,磬管將將。” 嗣子:舊時稱嫡長子。韓愈《唐故檢校尚書左僕射右龍武軍統軍劉公墓誌銘》:“子四人:嗣子光禄主簿縱,學於樊宗師,士大夫多稱之;長子元一……次子景陽、景長,皆舉進士。”王應奎《柳南隨筆·嗣子》:“又〔昌黎〕《節度使李公墓誌銘》云:公有四子,長曰元孫,次曰元質,曰元立,曰元本。元立、元本皆崔氏出。’葬得日,嗣子元立與其昆弟四人請銘於韓氏。’昌黎所謂嗣子,與《漢書》正同,皆所謂嫡長子也。蓋庶出之子,雖年長於嫡出,而不得爲嗣子。” 藎臣:《詩·大雅·文王》:“王之藎臣,無念爾祖。”朱熹集傳:“藎,進也,言其忠愛之篤,進進無已也。”本謂王所進用之臣,

後引申指忠誠之臣。白居易《韓愈等二十九人亡母追贈國郡太夫人制》："生此哲人，爲我藎臣。率由茲訓，教有所自，恩不可忘。" 有司：官吏，古代設官分職，各有專司，故稱。皇甫冉《賦長道一絕送陸邃潛夫并序》："頃者，江淮征鎮，屢有掄材之舉，子不列焉！有司之過。"元稹《酬翰林白學士代書一百韵》："昔歲俱充賦，同年遇有司。八人稱迥拔，兩郡濫相知。" 丕：奉。《書·洛誥》："丕視功載。"孫星衍疏："丕者，《漢書·郊祀志》集注云：奉也。"《漢書·郊祀志》："丕天之大律。"顏師古注："丕，奉也。" 序：同"叙"，指官爵品位。《左傳·昭公二十九年》："卿大夫以序守之。"杜預注："序，位次也。"《晉書·賀循傳》："然〔循〕無援於朝，久不進序。"同"叙"，舊指按等級次第授官或依照功績給予獎勵。《史記·商君列傳》："序有功，尊有德。"王安石《賀致政趙少保啓》："緜西省諫諍之官，序東宮師保之位。" 先烈：建有功業的先人。杜牧《唐故銀青光禄大夫禮部尚書崔公行狀》："易名定謚，爲國常典，敢書先烈，達于執事，附于史氏云爾！"司馬光《進古文孝經指解表》："伏惟尊號皇帝陛下，純孝之性發於自然，動静云爲，必咨訓典，起居出入，不忘先烈。" 錫：賜予。《詩·大雅·崧高》："既成藐藐，王錫申伯：四牡蹻蹻，鉤膺濯濯。"鄭玄箋："召公營位，築之已成，以形貌告於王，王乃賜申伯。"陸游《過張王行廟》："善人錫之福，奸偽亦擊汝。" 大邑：古稱王畿、侯國、大夫采地曰邑；尊大之，稱"大邑"。《書·多士》："今朕作大邑於茲洛。"《左傳·襄公三十一年》："大官、大邑，身之所庇也。" 風樹：《韓詩外傳》卷九："皋魚曰：'……樹欲静而風不止，子欲養而親不待也。'"後因以"風樹"爲父母死亡，不得奉養之典。《晉書·孝友傳序》："聚薪流慟，銜索興嗟，曬風樹以隕心，頫寒泉而沫泣，追遠之情也。"范仲淹《上執政書》："今親亡矣！縱使異日授一美衣，對一盛饌，尚當泣感風樹，憂思無窮。"秋霜：喻白髮。李白《秋浦歌十七首》一五："不知明鏡裏，何處得秋霜？"蘇軾《老人行》："或安貧，或安富，或爵通侯封萬户。一任秋霜換鬢毛，本來面目長如故。"本文暗喻孔戣等人的母親。

[編年]

《年譜》編年："《舊唐書·穆宗紀》云：'（元和十五年九月）戊辰，以前嶺南節度使孔戣爲吏部侍郎。'此《制》稱孔戣爲'尚書吏部侍郎'，是元和十五年九月戊辰以後之官銜。"《編年箋注》引錄《舊唐書·穆宗紀》和本文對孔戣的稱謂之後説："則事在元和十五年九月以後。"又指出《唐大詔令集》之《長慶元年正月南郊改元赦》、《長慶元年册尊號赦》"均有'文武常參官并致仕官……父母亡歿與贈官及邑號'條文，推知此《制》撰於長慶元年（八二一）正月或七月。"《年譜新編》根據《唐大詔令集》的兩個赦文，編年："當撰於長慶元年正月辛丑或七月壬子後。"

我們以爲，《年譜》、《編年箋注》、《年譜新編》所舉證的材料均可採信，但理由還需要補充，結論也仍需微調：一、穆宗朝前期共有三次重大的慶典活動，即元和十五年二月五日的登位慶典、長慶元年正月初三的改元慶典、長慶元年七月十八日的上尊號慶典，如果再説得全面一點，還應該包括元和十五年七月六日唐穆宗的聖誕慶典在內，而孔戣的官職稱謂已經排除了前兩次慶典活動中的"追封"機會。二、後面兩次慶典中的的"追封"機會均有可能，但按照常理，應該以長慶元年正月初三的改元慶典最爲可能。因爲孔戣的官職已經列入了父母"追封"的範圍之內，爲什麼改元慶典中沒有"追封"，而偏偏要到上尊號慶典中才予以"追封"？因此"元和十五年九月以後"説，或"正月或七月"説，或"長慶元年正月辛丑或七月壬子後"説都應該認真商榷。據此，我們以爲本文應該撰成於長慶元年正月初三之後一二天之內，地點在長安，元稹時任祠部郎中、知制誥臣之職。

◎ 郊天日五色祥雲賦（以題并賦字爲韵）(一)①

臣奉某日詔書曰：“惟元祀月正之三日，將有事於南郊。直端門而未出，天錫予以雲瑞(二)，是何祥而何吉？”②

臣稽稽首(三)，敢言其實：陛下乘五位而出震，迎五帝以郊天(四)。五方騰其粹氣，故雲五色以相宣③。控壇乍直(五)，捧日初圓。獸蹲而龍鱗熠熠，鳥跂而鳳翼翩翩。羽蓋凝而軒皇暫駐，風馬駕而王母欲前(六)④。影帶旗常(七)，疑錯繡之遙動(八)；昭章文物(九)，皆擴錦之相連(一〇)。觀之者無小無大，謂之曰若烟非烟(一一)⑤。昔者《卿雲》作歌於虞舜，《白雲》著詞於漢武，皆跂望而爲言，非仰觀而遂睹⑥。

今陛下德至天地，恩覃草莽。當翠輦黃屋之方行(一二)，見金枝玉葉之可數(一三)。陋泰山之觸石方出，鄙高唐之舉袂如舞⑦。昭布於公侯卿士，莫不稱萬歲者三；並美于麟鳳龜龍，可以與四靈而爲五(一四)⑧。於是載筆氏書百辟之詞曰：“郁郁紛紛，慶霄之雲(一五)。古有堯舜(一六)，幸得以爲君。”⑨象胥氏譯四夷之歌曰：“煒煒煌煌，天子之祥(一七)。唐有神聖，莫敢不來王。”⑩

帝用愀然曰：“予何力，澤未周於四海，雲胡爲而五色(一八)？來爾群后(一九)，舉爾衆職⑪。因五行以修五事(二〇)，由五常以厚五德(二一)，正五刑以去五虐，繁五稼以除五賊⑫。苟順夫人理之父子君臣(二二)，安知夫雲物之赤黃蒼黑(二三)？進我輦路(二四)，就我陶匏(二五)。雖有光華之萬狀，不若豐穰於四郊。”⑬

凡百庶寮,相趨而顧。稍疑江上之綺,果異封中之素⑭。補天者,雖欲抑之而不出⁽²⁶⁾;吞筆者,安可寢之而無賦⑮?越明日,臣稹詠霈澤於雞竿之前,竚斯雲散之爲五采之湛露⁽²⁷⁾⑯。

録自《元氏長慶集》卷二七

[校記]

（一）以題并賦字爲韵:楊本、叢刊本同,《英華》、《歷代賦彙》、《全文》作“以題爲韵”,各備一説,不改。

（二）天錫予以雲瑞:楊本、叢刊本、《英華》、《歷代賦彙》、《淵鑑類函》同,《全文》作“天錫予以靈瑞”,各備一説,不改。

（三）臣稹稽首:原本作“臣拜稽首”,楊本、叢刊本、《全文》同,《英華》、《淵鑑類函》作“臣稹稽首”,語義較順,據改。

（四）迎五帝以郊天:楊本、叢刊本、《英華》、《歷代賦彙》、《淵鑑類函》同,《全文》作“迎五帝而郊天”,各備一説,不改。

（五）控壇乍直:楊本、叢刊本、《全文》同,《英華》、《歷代賦彙》、《淵鑑類函》作“排空乍直”,各備一説,不改。

（六）風馬駕而王母欲前:叢刊本、《英華》、《歷代賦彙》、《淵鑑類函》、《全文》同,楊本作“風馬駕而王毋欲前”,刊刻之誤,不從不改。

（七）影帶旗常:楊本、叢刊本、《全文》同,《英華》、《歷代賦彙》、《淵鑑類函》作“影帶其彩”,語義不同,各備一説,不改。

（八）疑錯繡之遙動:楊本、叢刊本、《全文》同,《英華》、《淵鑑類函》、《歷代賦彙》作“疑錯繡之遙屬”,語義不同,各備一説,不改。

（九）昭章文物:楊本、叢刊本、《全文》同,《英華》、《淵鑑類函》、《歷代賦彙》作“光照乎物”,語義不同,各備一説,不改。

（一〇）皆摛錦之相連:楊本、叢刊本同,《英華》、《歷代賦彙》、

《淵鑑類函》、《全文》作“比摛錦之相連”，語義不同，各備一說，不改。

（一一）謂之曰若烟非烟：楊本、叢刊本、《全文》同，《淵鑑類函》作“觀之曰若烟非烟”，“觀”字上下相重複，不取。《英華》、《歷代賦彙》作“觀之曰若烟非烟”，語義不同，不取。

（一二）當翠輦黃屋之方行：楊本、叢刊本、《歷代賦彙》、《淵鑑類函》、《全文》同，《英華》作“當翠輦黃屋之行”，語義不同，不取。

（一三）見金枝玉葉之可數：楊本、叢刊本、《淵鑑類函》、《歷代賦彙》、《全文》同，《英華》作“見金枝玉葉之數”，語義不同，不改。

（一四）可以與四靈而爲五：楊本、叢刊本、《歷代賦彙》同，《英華》、《淵鑑類函》、《全文》作“可以與四靈而五”，語義不同，各備一說，不改。

（一五）慶霄之雲：楊本、叢刊本、《全文》同，《英華》、《歷代賦彙》、《淵鑑類函》作“維慶霄之雲”，各備一說，不改。

（一六）古有堯舜：楊本、叢刊本、《全文》同，《英華》、《歷代賦彙》、《淵鑑類函》作“古之堯舜”，語義相類，不改。

（一七）天子之祥：楊本、叢刊本、《英華》、《歷代賦彙》、《全文》同，《淵鑑類函》作“天宇之祥”，語義不同，不改。

（一八）雲胡爲而五色：楊本、叢刊本、《全文》同，《英華》、《歷代賦彙》、《淵鑑類函》作“雲胡爲乎五色”，語義不同，不改。

（一九）來爾群后：楊本、叢刊本、《歷代賦彙》、《全文》同，《英華》、《淵鑑類函》作“來以群后”，各備一說，不改。

（二〇）因五行以修五事：楊本、叢刊本、《歷代賦彙》、《全文》同，《英華》、《淵鑑類函》作“由五行以修五事”，語義相類，不改。

（二一）由五常以厚五德：楊本、叢刊本、《全文》同，《英華》、《歷代賦彙》、《淵鑑類函》作“遵五常而厚五德”，語義相近，不改。

（二二）苟順夫人理之父子君臣：楊本、叢刊本、《歷代賦彙》、《全文》同，《英華》作“苟順夫人理父子君臣”，《淵鑑類函》作“苟順乎人理之父子君臣",語義相近,不改。

（二三）安知夫雲物之赤黄蒼黑：楊本、叢刊本、《全文》同,《英華》作"則安知雲物赤黄蒼黑",《歷代賦彙》、《淵鑑類函》作"則安知雲物之赤黄蒼黑",語義相近,不改。

（二四）進我輦路：叢刊本、蘭雪堂本、《淵鑑類函》、《全文》同,《英華》、《歷代賦彙》作"進我輦輅",語義不同,各備一説,不改。楊本作"進我輩路",刊刻之誤,不從不改。

（二五）就我陶匏：楊本、叢刊本、《全文》同,《英華》、《淵鑑類函》、《歷代賦彙》作"就我鈞陶",語義不同,各備一説,不改。

（二六）雖欲抑之而不出：叢刊本、《淵鑑類函》、《全文》同,楊本作"雖欲押之而不出",《英華》、《歷代賦彙》作"維欲抑之而不出",語義相近,各備一説,不改。

（二七）竚斯雲散之爲五采之湛露：楊本、叢刊本同,《英華》、《歷代賦彙》、《淵鑑類函》、《全文》作"睹斯雲散之爲五采之湛露",語義不同,不改。

［箋注］

① 郊：古帝王祭祀天地,冬至祭天於南郊,夏至瘞地於北郊。《書·召誥》："越三日丁巳,用牲於郊。"《漢書·郊祀志》："古者天子夏親郊祀上帝於郊,故曰郊。"　天日：天空和太陽,有時偏指太陽。《三國志·胡綜傳》："款心赤實,天日是鑒。"杜牧《阿房宮賦》："覆壓三百餘里,隔離天日。"　五色：青、赤、白、黑、黄五種顏色,古代以此五者爲正色。《書·益稷》："以五采彰施於五色,作服,汝明。"孫星衍疏："五色,東方謂之青,南方謂之赤,西方謂之白,北方謂之黑,天謂之玄,地謂之黄,玄出於黑,故六者有黄無玄爲五也。"　祥雲：吉祥的雲彩。庾信《廣饒公宇文公神道碑》："祥雲入境,行雨隨軒。"趙彦昭《奉和人日清暉閣宴群臣遇雪應制》："祥雲應早歲,瑞雪候初旬。"

賦：文體名，是韵文和散文的綜合體，講究詞藻、對偶、用韵。最早以"賦"名篇的爲戰國荀况，今實存《禮賦》、《知賦》等五篇。後盛行於漢魏六朝。班固《西都賦序》："賦者，古詩之流也。"韓愈《感二鳥賦序》："故爲賦以自悼。"

②詔書：皇帝頒發的命令。《史記·儒林列傳》："臣謹案詔書律令下者，明天人分際，通古今之義，文章爾雅，訓辭深厚，恩施甚美。"《文心雕龍·詔策》："漢初定儀則，則命有四品：一曰策書，二曰制書，三曰詔書，四曰戒敕。"　元祀：元年。《書·伊訓》："惟元祀，十有二月，乙丑。"陸德明釋文："祀，年也。夏曰歲，商曰祀，周曰年。"《逸周書·柔武》："維王元祀一月，既生魄。"這裏指長慶元年，又指大祭天地之禮，本文兩者兼而有之。《書·洛誥》："記功，宗以功，作元祀。"孔傳："有大功則列大祀。"《文選·張衡〈東京賦〉》："元祀惟稱，群望咸秩。"薛綜注："元，大也；祀，祭也；稱，舉也。謂大祭天地之禮既舉，群岳衆神，望以祭祀之，皆有秩次。"　月正：正月。《書·舜典》："月正元日，舜格于文祖。"孔傳："月正，正月。"孔穎達疏："正訓長也，月正言月之最長，正月長於諸月，月正還是正月也。"　南郊：都邑南面的地區。《書·甘誓》："啓與有扈戰于甘之野。"孔穎達疏引馬融："甘，有扈南郊地名。"古代天子在京都南面的郊外，築圜丘以祭天的地方。《禮記·月令》："〔孟夏之月〕立夏之日，天子親帥三公、九卿、大夫，以迎夏於南郊。"特指帝王祭天的大禮。《南史·宋少帝紀》："秋九月丁未，有司奏武皇帝配南郊，武敬皇后配北郊。"　端門：宮殿的正南門。《史記·呂太后本紀》："代王即夕入未央宮，有謁者十人持戟衛端門，曰：'天子在也，足下何爲者而入？'"《後漢書·左雄傳》："請自今孝廉年不滿四十不得察舉，皆先詣公府，諸生試家法，文吏課箋奏，副之端門。"王先謙集解引胡三省曰："宮之正南門曰端門，尚書於此受天下奏章，令舉者詣公府課試，以副本納之端門，尚書審覈之。"　錫：賜予。《詩·大雅·崧高》："既成藐藐，王錫申伯：四牡蹻

蹻,鉤膺濯濯。"鄭玄箋:"召公營位,築之已成,以形貌告於王,王乃賜申伯。"陸游《過張王行廟》:"善人錫之福,奸偽亦擊汝。" 雲瑞:謂雲呈祥瑞之色。《左傳·昭公十七年》:"昔者黃帝氏以雲紀,故爲雲師而雲名。"杜預注:"黃帝受命有雲瑞,故以雲紀事。"謝超宗《郊廟歌辭·凱容樂》:"月靈誕慶,雲瑞開祥。"

③ 稽首:古時一種跪拜禮,叩頭至地,是九拜中最恭敬者。《公羊傳·宣公六年》:"靈公望見趙盾,愬而再拜,趙盾逡巡北面再拜稽首,趨而出。"《史記·趙世家》:"公子成再拜稽首曰:'臣固聞王之胡服也。'" 五位:九五之位,指帝位。沈約《辯聖論》:"若不登九五之位,則其道不行。"《隋書·越王侗傳》:"且化及偽立秦王之子,幽遏比於囚拘,其身自稱霸相,專擅擬於九五。" 出震:八卦中的"震"卦位應東方,出震,即出於東方。徐陵《勸進梁元帝表》:"伏惟陛下出震等於勛華,鳴謙同於旦奭。握圖秉鉞,將在御天;玉勝珠衡,先彰元后。"劉禹錫《武陵書懷五十韻》:"繼明懸日月,出震統乾坤。" 五帝:古代所謂五方天帝。《周禮·春官·小宗伯》:"兆五帝於四郊。"鄭玄注:"五帝,蒼曰靈威仰,太昊食焉;赤曰赤熛怒,炎帝食焉;黃曰含樞紐,黃帝食焉;白曰白招拒,少昊食焉;黑曰汁光紀,顓頊食焉。"《後漢書·顯宗孝明帝紀》:"今令月吉日,宗祀光武皇帝於明堂,以配五帝。" 五方:東、南、西、北和中央,亦泛指各方。《禮記·王制》:"五方之民,言語不通,嗜欲不同。"孔穎達疏:"五方之民者,謂中國與四夷也。"顏真卿《贈司空上柱國隴西郡開國公李公神道碑》:"陸海殷湊,五方浩劇。" 粹:不雜,純。《文子·原道》:"不與物雜,粹之至也。"李德裕《漢元帝論》:"粹也者,不雜之謂也,故乖氣消散,陰陽不謬。"純美。《後漢書·張衡傳》:"歘神化而蟬蛻兮,朋精粹而爲徒。"李賢注:"粹,美也。"精華,精粹。白行簡《石韞玉賦》:"孕明含粹,養素挺英。"

④ 壇:高臺,古代祭祀天地、帝王、遠祖或舉行朝會、盟誓及拜將

的場所,多用土石等建成。《書·金縢》:"公乃自以爲功,爲三壇同墠,爲壇於南方北面,周公立焉!"孔傳:"壇,築土。"《東觀漢記·吳良傳》:"蕭何舉韓信,設壇即拜。"　捧日:喻忠心輔佐帝王,語本《三國志·程昱傳》:"表昱爲東平相,屯范。"裴松之注引王沈《魏書》:"昱少時常夢上泰山,兩手捧日,昱私異之,以語荀彧……或以昱夢白太祖,太祖曰:'卿當終爲吾腹心。'"盧肇《除歙州途中寄座主王侍郎》:"驅車雖道還家近,捧日惟愁去國遙。"　熠熠:鮮明貌,閃爍貌。阮籍《清思賦》:"色熠熠以流爛兮,紛雜錯以葳蕤。"白居易《宣州試射中正鵠賦》:"銀鏑急飛,不夜而流星熠熠。"　翩翩:飛行輕快貌。《詩·小雅·四牡》:"翩翩者雕,載飛載下,集於苞栩。"朱熹集傳:"翩翩,飛貌。"白居易《燕詩示劉叟》:"梁上有雙燕,翩翩雄與雌。"　軒皇:即黃帝軒轅氏。張衡《同聲歌》:"眾夫所希見,天老教軒皇。"張說《聖德頌》:"稽諸瑞典,昔祚軒皇,而今表聖,土德以昌。"　王母:神話傳說中一個地位崇高的女神。張衡《思玄賦》:"聘王母於銀臺兮,羞玉芝以療飢。"杜甫《秋興八首》五:"西望瑤池降王母,東來紫氣滿函關。"

　⑤影帶:猶輝映,映襯。楊炯《王勃集序》:"糅之金玉龍鳳,亂之朱紫青黃。影帶以徇其功,假對以稱其美。"鄒浩《中秋日泛湖雜詩》一三:"誰家修竹拂雲電?影帶晴光漾淥漪。風日無情促歸檝,不教閑客共題詩。"　旗常:旗與常,旗畫交龍,常畫日月,是王侯的旗幟。語本《周禮·春官·司常》:"日月爲常,交龍爲旗……王建大常,諸侯建旗。"借指王侯。楊炯《群官尋楊隱居詩序》:"以不貪爲寶,均珠玉以咳唾;以無事爲貴,比旗常於糞土。"　錯繡:色彩錯雜的錦繡。元稹《酬翰林白學士代書一百韻》:"坐捧迷前席,行吟忘結簦。匡床鋪錯繡,几案蹋靈芝。"劉宰《送衛汝積歸句曲》:"而下瞰數百里,丘陵川澤若錯繡。"　昭章:亦作"昭彰",光耀。王融《三月三日曲水詩序》:"昭章雲漢,暉麗日月。"杜光庭《中元眾修金籙齋詞》:"昭彰帝紀,炳蔚人文。"　文物:指車服旌旗儀仗之類。《隋書·煬帝紀》:"丙辰,上

御觀風行殿,盛陳文物,奏九部樂。"宋之問《駕出長安》:"太平多扈從,文物有光輝。" 摛錦:鋪陳錦繡。班固《西都賦》:"若摛錦布繡,爛耀乎其陂。"蘇軾《沁園春》:"漸月華收練,晨霜耿耿。雲山摛錦,朝露漙漙。" 非烟:《史記·天官書》:"若烟非烟,若雲非雲,鬱鬱紛紛,蕭索輪囷,是謂卿雲。卿雲,喜氣也。"後因以"非烟"指慶雲,五色祥雲。張嗣初《賦得白雲起封中》:"金泥光乍掩,玉檢氣潛通。欲與非烟並,亭亭不散空。"權德輿《雜詩五首》一:"婉彼嬴氏女,吹簫偶蕭史。綵鸞駕非烟,綽約兩仙子。"

⑥《卿雲》:歌名,傳說虞舜將禪位給禹時和百官一起唱的歌。《尚書大傳》卷二:"舜爲賓客而禹爲主人……于時卿雲聚,俊乂集,百工相和而歌《卿雲》,帝乃倡之曰:'卿雲爛兮,糺縵縵兮,日月光華,旦復旦兮。'"鄭玄注:"卿,當爲'慶'。"《文心雕龍·通變》:"虞歌《卿雲》,則文於唐時。" 《白雲》:漢武帝劉徹有《秋風辭》,其中有"秋風起兮白雲飛"之句,王益之《西漢年紀·武帝》:"天漢元年春三月行幸河東,祠后土,上作《秋風辭》曰:'秋風起兮白雲飛,草木黃落兮雁南歸。蘭有秀兮菊有芳,懷佳人兮不能忘。泛樓船兮濟汾河,橫中流兮揚素波。簫鼓鳴兮發棹歌,歡樂極兮哀情多,少壯幾時兮奈老何?"指《白雲謠》。李白《大獵賦》:"哂穆王之荒誕,歌《白雲》之西母。"白居易《八駿圖》:"白雲黃竹歌聲動,一人荒樂萬人愁。" 跂望:舉踵翹望。語本《詩·衛風·河廣》:"誰謂宋遠?跂予望之。"《三國志·董昭傳》:"遠近跂望,冀一朝獲安。"

⑦ 天地:天和地,指自然界或社會。《荀子·天論》:"星隊木鳴,國人皆恐……是天地之變、陰陽之化,物之罕至者也。"柳宗元《封建論》:"天地果無初乎? 吾不得而知之也。"猶天下。《文選·張衡〈南都賦〉》:"方今天地之睢剌,帝亂其政,豺虎肆虐,真人革命之秋也。"李善注:"天地,猶天下也。" 恩:德澤,恩惠。《孟子·梁惠王》:"今恩足以及禽獸,而功不至於百姓者,獨何與?"曹植《求通親親表》:"誠

可謂恕己治人,推惠施恩者矣!」　覃:遍及,廣施。徐陵《爲貞陽侯與太尉王僧辯書》:"慈孝之道通於百靈,仁信之風覃於萬國。"李隆基《遊興慶宮作》:"所希覃率土,孝悌一同規。"　草莽:草野,民間,與"朝廷"、"廊廟"相對。《孟子·萬章》:"孟子曰:'在國曰市井之臣,在野曰草莽之臣,皆謂庶人。'"趙岐注:"民會於市,故曰市井之臣,在野居之曰草莽之臣。"顧況《思歸》:"不能經綸大經,甘作草莽閑臣。青瑣應須長別,白雲漫與相親。"　翠輦:飾有翠羽的帝王車駕。《北史·突厥傳》:"啓人奉觴上壽,跪伏甚恭。帝大悅,賦詩曰:'鹿塞鴻旗駐,龍庭翠輦回。'"李賀《追賦畫江潭苑四首》一:"行雲霑翠輦,今日似襄王。"　黃屋:古代帝王專用的黃繒車蓋。《史記·秦始皇本紀》:"子嬰度次得嗣,冠玉冠,佩華紱,車黃屋。"裴駰集解引蔡邕曰:"黃屋者,蓋以黃爲裏。"借指帝王之車。許渾《登尉佗樓》:"劉項持兵鹿未窮,自乘黃屋島夷中。"　金枝玉葉:比喻皇族子孫以及出身高貴的人。賈正義《周公祠碑》:"朝請大夫行令博陽縣開國男彭城劉體微,金枝玉葉之門,上善通賢之量。"《敦煌曲子詞·感皇恩》:"當今聖受(壽)被(比)南山,金枝玉葉竟(盡)想(相)連。"　泰山:山名,在山東省中部,古稱東岳,爲五岳之一,也稱岱宗、岱山、岱岳、泰岱,主峰玉皇頂在泰安市北,古代帝王常在泰山舉行封禪大典。《春秋公羊傳》卷一二:"觸石而出,膚寸而合,不崇朝而遍雨乎天下者,唯太山爾!"酈道元《水經注·禹貢山水澤地所在》:"泰山爲東嶽,在泰山博縣西北,岱宗也,王者封禪於其山,示增高也,有金策玉檢之事焉!"高唐:戰國時楚國臺觀名,在雲夢澤中,傳說楚襄王游高唐,夢見巫山神女,幸之而去。宋玉《高唐賦序》:"昔者楚襄王與宋玉遊於雲夢之臺,望高唐之觀。"韋莊《謁巫山廟》:"亂猿啼處訪高唐,路入烟霞草木香。山色未能忘宋玉,水聲猶似哭襄王。"　舉袂如舞:義近"袂雲汗雨",語本《晏子春秋·雜》:"張袂成陰,揮汗成雨。"極言行人之多。《史記·蘇秦列傳》:"臨菑之塗,車轂擊,人肩摩,連袵成帷,舉袂成幕,揮汗成雨。"

⑧ 昭布:明白地宣佈,公佈。張廷珪《諫停市犬馬表》:"使明詔遐臨,聖意昭布,上非治國之要,下非即戎之功。"李曄《授崔允崔遠平章事制》:"爕調茂績,敏嘿嘉名;昭布朝倫,洋溢休稱。" 公侯:公爵與侯爵。《禮記·王制》:"王者之制祿爵,公侯伯子男凡五等。"班固《白虎通·爵》:"所以名之爲公侯者何? 公者通,公正無私之意也;侯者候也,候逆順也。"泛指有爵位的貴族和官高位顯的人。《後漢書·朱景王杜馬等傳論》:"自兹下降,迄於孝武,宰輔五世,莫非公侯。"李賢注:"自高祖至於孝武凡五代也,其中宰輔皆以公侯勳貴爲之。"白居易《歌舞》:"秦中歲雲暮,大雪滿皇州。雪中退朝者,朱紫盡公侯。"卿士:指卿、大夫,後用以泛指官吏。《書·牧誓》:"是信是使,是以爲大夫卿士。"孫星衍疏:"大夫卿士不云卿大夫士,蓋以此士,卿之屬也。"《史記·宋微子世家》:"殷既小大好草竊奸宄,卿士師師非度,皆有罪辜,乃無維獲,小民乃並興,相爲敵讎。" 萬歲:祝頌之詞,意爲千秋萬世,永遠存在。《戰國策·齊策》:"〔馮諼〕驅而之薛,使吏召諸民當償者,悉來合券。券遍合,起矯命以責賜諸民,因燒其券,民稱萬歲。"蘇軾《九馬圖贊》:"牧者萬歲,繪者惟霸,甫爲作誦,偉哉九馬!"四靈:指麟、鳳、龜、龍四種靈畜。《禮記·禮運》:"何謂四靈? 麟、鳳、龜、龍,謂之四靈。"孔穎達疏:"以此四獸皆有神靈,異於他物,故謂之靈。"《舊唐書·楊炯傳》:"麟、鳳有四靈之名,玄龜有負圖之應。"

⑨ 載筆:携帶文具以記錄王事。《禮記·曲禮》:"史載筆,士載言。"鄭玄注:"筆,謂書具之屬。"孔穎達疏:"史,謂國史,書録王事者。王若舉動,史必書之;王若行往,則史載書具而從之也。"謝朓《始出尚書省》:"趨事辭宮闕,載筆陪旌棨。"借指史官。《新唐書·褚遂良傳》:"對曰:'守道不如守官,臣職載筆,君舉必書。'"蘇軾《賜翰林學士中大夫兼侍讀趙彥若辭免國史修撰不允詔》:"卿學世其家,宜居載筆之地;官宿其業,已奏殺青之書。" 百辟:諸侯。《文選·張衡〈東

京賦〉》:"然後百辟乃入,司儀辨等尊卑以班。"薛綜注:"百辟,諸侯
也。"百官。白居易《醉後走筆酬劉五主簿長句之贈》:"閶闔晨開朝百
辟,冕旒不動香烟碧。"　郁郁:文采盛貌。《論語·八佾》:"周監於二
代,郁郁乎文哉! 吾從周。"邢昺疏:"郁郁,文章貌。"羅讓《梢雲》:"梢
梢含樹彩,郁郁動霞文。"　紛紛:眾多貌。陶潛《勸農六章》三:"紛紛
士女,趨時競逐。"蘇軾《論會于澶淵宋災故》:"春秋之際,何其亂也!
故曰春秋之盟無信盟也,春秋之會無義會也。雖然,紛紛者天下皆是
也。"　慶霄:即慶雲。《文選·謝瞻〈張子房詩〉》:"明兩燭河陰,慶霄
薄汾陽。"李善注:"慶霄,即慶雲也。"劉禹錫《唐故衡州刺史呂君集
紀》:"天子之文章焕乎垂光,慶霄在上,萬物五色。"　堯舜:唐堯和虞
舜的並稱,遠古部落聯盟的首領,古史傳說中的聖明君主。《禮記·
大學》:"堯舜率天下以仁,而民從之。"韓愈《論今年權停舉選狀》:"今
者陛下聖明在上,雖堯舜無以加之。"

　　⑩ 象胥:古代接待四方使者的官員,亦用以指翻譯人員。《周
禮·秋官·象胥》:"掌蠻、夷、閩、貉、戎、狄之國使,掌傳王之言而諭
說焉! 以和親之。"《舊唐書·玄宗紀論》:"象郡、炎州之玩,雞林、鯷
海之珍,莫不結轍於象胥,駢羅於典屬。"　四夷:古代華夏族對四方
少數民族的統稱,含有輕蔑之意。《書·畢命》:"四夷左袵,罔不咸
賴。"孔傳:"言東夷、西戎、南蠻、北狄,被髮左袵之人,無不皆恃賴三
君之德。"《後漢書·東夷傳》:"凡蠻、夷、戎、狄總名四夷者,猶公、侯、
伯、子、男皆號諸侯云。"　煒煒:華盛貌。夏侯湛《朝華賦》:"灼煌煌
以煒煒,獨崇朝而達暮。"郭璞《山海經圖贊·丹木玉膏》:"丹木煒煒,
沸沸玉膏。"光彩炫耀貌。王延壽《魯靈光殿賦》:"濩渹燐亂,煒煒煌
煌。"　煌煌:明亮輝耀貌,光彩奪目貌。《詩·陳風·東門之楊》:"昏
以爲期,明星煌煌。"朱熹集傳:"煌煌,大明貌。"貫休《善哉行》:"識曲
別音兮,令姿煌煌。"　神聖:帝王的尊稱。《文選·揚雄〈羽獵賦〉》:
"麗哉神聖,處於玄宮。"李善注引《禮記·月令》:"季冬,天子居玄堂

右。"呂向注："神聖,謂成帝也。"岳飛《奏乞出師札子》："臣實何人,誤辱神聖之知如此?" 來王:指古代諸侯定期朝覲天子。《書·大禹謨》："無怠無荒,四夷來王。"孔傳："言天子常戒慎無怠惰荒廢,則四夷歸往之。"《南齊書·蕭赤斧傳》："世祖嗣興,增光前業,雲雨之所沾被,日月之所出入,莫不舉踵來王,交臂納貢。"

⑪ 用:介詞,猶言以,表示憑藉或者原因。《書·顧命》："命汝嗣訓,臨君周邦,率循大卞,爕和天下,用答揚文武之光訓。"《史記·佞幸列傳》："衛青、霍去病亦以外戚貴幸,然頗用材能自進。" 愀然:容色改變貌。《文選·司馬相如〈上林賦〉》："於是二子愀然改容,超若自失,逡巡避席。"李善注引郭璞曰："愀然,變色貌。"劉義慶《世說新語·言語》："唯王丞相愀然變色曰:'當共勠力王室,克復神州,何至作楚囚相對?'" 澤:恩德,恩惠。《書·多士》："殷王亦罔敢失帝,罔不配天其澤。"柳宗元《答元饒州論政理書》："是澤不下流,而人無所告訴,其爲不安亦大矣!" 四海:猶言天下,全國各處。李約《過華清宮》："君王遊樂萬機輕,一曲霓裳四海兵。玉輦升天人已盡,故宮猶有樹長生。"劉禹錫《西塞山懷古》："人世幾回傷往事?山形依舊枕江流。今逢四海爲家日,故壘蕭蕭蘆荻秋。" 群后:四方諸侯及九州牧伯。《書·舜典》："乃日覲四岳群牧,班瑞於群后。"蔡沈集傳："群后,即侯牧也。"《漢書·韋賢傳》："庶尹群后,靡扶靡衛。"顏師古注："庶尹,衆官之長也;群后,諸侯也。"泛指公卿。《文選·張衡〈東京賦〉》:"於是孟春元日,群后旁戾。"李善注:"群后,公卿之徒也。"《宋書·文帝紀》:"群后百司,某各獻讜言。"

⑫ 五行:水、火、木、金、土,我國古代稱構成各種物質的五種元素,古人常以此說明宇宙萬物的起源和變化。《書·甘誓》："有扈氏威侮五行,怠棄三正。"孔穎達疏："五行,水、火、金、木、土也。"《孔子家語·五帝》："天有五行,水、火、金、木、土,分時化育,以成萬物。"五事:指古代統治者修身的五件事,謂貌恭、言從、視明、聽聰、思睿。

《書·洪範》:"五事:一曰貌,二曰言,三曰視,四曰聽,五曰思。貌曰恭,言曰從,視曰明,聽曰聰,思曰睿。"《漢書·谷永傳》:"竊聞明王即位,正五事,建大中,以承天心。"顏師古注:"五事,貌、言、視、聽、思也。"　五常:謂仁、義、禮、智、信。董仲舒《賢良策》:"夫仁、義、禮、智、信五常之道,王者所當修飭也。"柳宗元《時令論》:"聖人之為教,立中道以示於後,曰仁、曰義、曰禮、曰智、曰信,謂之五常,言可以常行之也。"　五德:指人的五種品德,謂溫、良、恭、儉、讓。《論語·學而》:"夫子溫、良、恭、儉、讓以得之。"何晏集解引鄭玄曰:"言夫子行此五德而得之。"也指智、信、仁、勇、嚴。《孫子·始計》:"將者,智、信、仁、勇、嚴也。"王維《謝集賢學士表》:"固當宣其五德,列在四科。"趙殿成箋:"《新論》:五德者,智、信、仁、勇、嚴也。"　五刑:五種輕重不等的刑法,各代有所不同:一、秦以前為墨、劓、剕(刖)、宮、大辟(殺)。《書·舜典》:"五刑有服。"孔傳:"五刑:墨、劓、剕、宮、大辟。"《周禮·秋官·司刑》:"掌五刑之法,以麗萬民之罪,墨罪五百,劓罪五百,宮罪五百,刖罪五百,殺罪五百。"二、秦漢時為黥、劓、斬左右趾、梟首、菹其骨肉。《史記·秦始皇本紀》:"斯卒囚,就五刑。"《漢書·刑法志》:"漢興之初……尚有夷三族之令。令曰:'當三族者,皆先黥、劓、斬左右止、笞殺之、梟其首、菹其骨肉於市。其誹謗詈詛者,又先斷舌。'故謂之具五刑。"三、隋唐以後為死、流、徒、杖、笞。《舊唐書·刑法志》:"有笞、杖、徒、流、死,為五刑。"　五虐:指大辟、割鼻、斷耳、宮、黥等五種酷刑,濫用五刑以殘民故謂"五虐"。《書·呂刑》:"苗民弗用靈,制以刑,惟作五虐之刑曰法。殺戮無辜,爰始淫為劓、刵、椓、黥。"孔傳:"三苗之主,頑凶若民,敢行虐行,以殺戮無罪,於是始大為截人耳、鼻,椓陰,黥面,以加無辜,故曰五虐。"《北史·隋紀》:"淫荒無度,法令滋彰,教絕四維,刑參五虐。"　五稼:五穀。杜預《論水利疏》:"今者水災,東南特劇,非但五稼不收,居業並損。"《魏書·天象志》:"歲主農事,火星以亂氣干之,五稼旱傷之象也。"　五賊:指五種有害禾稼的東西。皮日休《奉和魯望讀陰符經見寄》："玄機一以發，五賊紛然起。結爲日月精，融作天地髓。"《農政全書》卷二："鎡錤寸隙，不立一毛。鬱蒸所至，並鍾五賊。"

⑬　父子：父親和兒子。《易·序卦》："有夫婦，然後有父子。"韓愈《原道》："其位：君臣，父子，師友，賓主，昆弟，夫婦。"　君臣：君主與臣下。《易·序卦》："有父子，然後有君臣；有君臣，然後有上下。"韓愈《送浮屠文暢師序》："彼見吾君臣父子之懿，文物事爲之盛，其心有慕焉！"　赤黃：紅、黃之間的顏色。《史記·天官書》："星色赤黃而沈，所居野大穰。"顧況《李供奉彈箜篌歌》："國府樂手彈箜篌，赤黃條索金錔頭。"　蒼黑：青黑色，灰黑色。《晉書·天文志》："枉矢，類流星，色蒼黑，蛇行。"蘇軾《大雪獨留尉氏》："紛紛笠上已盈寸，下馬登堂面蒼黑。"　輦路：天子車駕所經的道路。《文選·班固〈西都賦〉》："輦路經營，修除飛閣。"李善注："輦路，輦道也。"陸游《韓太傅生日》："珥貂中使傳天語，一片驚塵飛輦路。"　陶匏：原指實用而合于古制的器用。班固《東都賦》："女修織紝，男務耕耘，器用陶匏，服尚素玄。"也指古代樂器。蕭統《文選序》："譬陶匏異器，並爲入耳之虞；黼黻不同，俱爲悦目之玩。"本文比喻教化。　光華：光芒，光彩。阮籍《詠懷八十二首》七四："色容艷姿美，光華耀傾城。"王安石《上邵學士書》："譬之擷奇花之英，積而玩之，雖光華馨香，鮮縟可愛，求其根柢濟用，則蔑如也。"　萬狀：多種形態，形形色色。劉長卿《奉使新安自桐廬縣經嚴陵釣臺宿七里灘下寄使院諸公》："回轉百里間，青山千萬狀。連崖去不斷，對嶺遙相向。"白居易《草堂記》："春有錦繡谷花，夏有石門澗雲，秋有虎溪月，冬有爐峰雪。陰晴顯晦，昏旦含吐。千變萬狀，不可殫紀。"　豐穰：猶豐熟。《漢書·王莽傳》："歲豐穰則充其禮，有灾害則有所損。"韓愈《爲宰相賀雪表》："春雲始繁，時雪遂降，實豐穰之嘉瑞，銷癘疫於新年。"　四郊：都城四周的地區。《周禮·秋官·遂士》："〔遂士〕掌四郊。"鄭玄注："鄭司農云：'謂百里外至三

百里也。'玄謂其地則距王城百里以外至二百里。"泛指郊外。杜甫
《喜晴》："出郭眺四郊,蕭蕭春增華。"陸游《春雨》："四郊農事興,老稚
迭歌舞。"

⑭ 庶寮:亦作"庶僚",百官。張衡《思玄賦》："戒庶寮以夙會兮,
僉恭職而並迓。"沈約《齊太尉文憲王公墓誌銘》："微言永謝,庶寮誰
仰?"也指一般官吏。《新五代史·裴皞傳》："我見桑公於中書,庶寮
也;桑公見我於私第,門生也。"　趨:古代的一種禮節,以碎步疾行表
示敬意。《論語·子罕》："子見齊衰者、冕衣裳者與瞽者,見之,雖少,
必作;過之,必趨。"《舊唐書·李源傳》："寺之正殿,即憕之寢室,源過
殿必趨,未嘗登踐。"　顧:視,看。《韓非子·外儲說》："乘白馬而過
關,則顧白馬之賦。"王先慎集解:"顧,視也。"《文心雕龍·辨騷》："每
一顧而掩涕,歎君門之九重,忠怨之辭也。"　綺:光彩。《文選·張協
〈七命〉》："流綺星連,浮綵艷發。"李善注:"綺,光色也。"華麗,美盛。
《文心雕龍·原道》："山川煥綺,以鋪理地之形。"　封:封禪時所建的
祭壇或刻石。《史記·孝武本紀》："封禪祠,其夜若有光,晝有白雲起
封中。"《淮南子·泰族訓》："登泰山,履石封,以望八荒。"　素:白色,
無色。《詩·召南·羔羊》："羔羊之皮,素絲五紽。"毛傳:"素,白也。"
《管子·水地》："素也者,五色之質也。"尹知章注:"無色謂之素。"本
文形容雲彩之白。

⑮ 補天:古代神話傳說,女媧煉石補天。《淮南子·覽冥訓》:
"往古之時,四極廢,九州裂,天不兼覆,地不周載……於是女媧煉五
色石以補蒼天,斷鰲足以立四極。"《舊唐書·音樂志》："高祖縮地補
天,重張區宇,反魂肉骨,再造生靈。"　吞筆:猶含毫,比喻構思為文。
虞世南《勸學篇》："余中宵之間,遂夢吞筆。既覺之後,若在胸臆。"元
稹《送東川馬逢侍御使回十韻》："思湧曾吞筆,投虛慣用刀。詞鋒倚
天劍,學海駕雲濤。"　寢:謂湮沒不彰。《陳書·樊毅傳》："會施文慶
等寢隋兵消息,毅計不行。"元稹《鶯鶯傳》："誠欲寢其詞,則保人之

奸,不義。"

⑯ 霈澤：喻恩澤。李嘉祐《江湖秋思》："共望漢朝多霈澤，蒼蠅早晚得先知。"范仲淹《鄧州謝上表》："迺宣霈澤，以安黎元。" 雞竿：一端附有金雞的長竿，古代多於大赦日樹立。《新唐書·百官志》："赦日，樹金雞於仗南，竿長七丈，有雞高四尺，黃金飾首，衔絳幡長七尺，承以綵盤，維以絳繩，將作監供焉！"許渾《正元》："高揭雞竿闢帝闈，祥風微曖瑞雲屯。"據《舊唐書·穆宗紀》記載，長慶元年正月三日大赦天下，改元長慶，故本文中有"雞竿"之詞。 湛露：《詩·小雅》篇名。《左傳·文公四年》："昔諸侯朝正於王，王宴樂之，於是乎賦《湛露》。則天子當陽，諸侯用命也。"後因喻君主之恩澤。陳子昂《爲建安王獻食表》："策勛飲至，頻承湛露之恩。"《舊唐書·太宗賢妃徐氏》："願陛下布澤流人，矜弊恤乏，減行役之煩，增湛露之惠。"

[編年]

《年譜》編年本文於長慶元年，理由是："《賦》云：'臣奉某日詔書曰："惟元祀月正之三(?)日，將有事於南郊。直端門而未出，天錫予以雲瑞，是何祥而何吉？"……越明日，臣積詠霈澤於雞竿之前。'"《編年箋注》編年："《舊唐書·穆宗紀》：'長慶元年正月己亥朔，上親薦獻太清宮、太廟，是日，法駕赴南郊。日抱珥，宰臣賀於前。辛丑，祀昊天上帝於圓丘，即日還宮，御丹鳳樓，大赦天下。改元長慶。'此《賦》云：'惟元祀月正之三日，將有事於南郊。直端門而未出，天錫予以雲瑞。'所言日期事實正相符合。'補天者，雖欲抑之而不出；吞筆者，安可寢之而無賦？'知此《賦》成於長慶元年(八二一)正月三日。元稹時在祠部郎中知制誥任。"《年譜新編》編年："賦云：'臣奉某日詔書曰："惟元祀月正之三日，將有事於南郊。"'長慶元年正月作。"

我們以爲，《年譜》編年本文於長慶元年、《年譜新編》編年本文於長慶元年正月、《編年箋注》編年本文於長慶元年正月三日的說法都是不確切的。《舊唐書·穆宗紀》:"長慶元年正月己亥朔,上親薦獻太清宮、太廟,是日,法駕赴南郊。日抱珥,宰臣賀於前。辛丑,祀昊天上帝於圓丘,即日還宮,御丹鳳樓,大赦天下。改元長慶。"據元稹《辨日旁瑞氣狀》:"今月二日,日旁瑞氣。"《舊唐書·穆宗紀》在"日抱珥"之前應該補上"庚子"兩字。而"辛丑"是正月初三,是日"祀昊天上帝於圓丘",即所謂的"郊天"。而本文又云:"越明日,臣稹詠霈澤於鸞竿之前。"據此,本文應該賦成於長慶元年正月四日,地點在長安城內,而非長安的南郊,元稹時任祠部郎中知制誥。

而所謂作於正月三日的結論,不僅不符合本文"越明日"的記載,而且,正月一日"上親薦獻太清宮、太廟"以及"法駕赴南郊",二日,"日抱珥,宰臣賀於前",元稹正在思考史官誤解"日抱珥"的含義。三日,"祀昊天上帝於圓丘,即日還宮,御丹鳳樓,大赦天下,改元長慶",作爲知制誥臣的元稹,定然繁忙異常,沒有時間顧及郊天之時的五色祥雲之事,直到郊天、御樓、大赦、改元之後的正月初四,才有時間顧及,本文應該賦成於其時。

◎ 裴武可司農卿制(一)①

敕:農,天下之本也。故國有九列,而司農氏居其一焉!前代非年融之循理、康成之儒學,不在茲選②。今海內無事,思與公卿等樹立根柢,以制四方③。是用外選方伯之善職者(二),入補茲任,謂之恩榮④。

前荆南節度觀察處置等使、中散大夫、守江陵尹、兼御史大夫、上柱國、賜紫金魚袋裴武(三),予聞其先,始以孝友書於國籍⑤。其後累有丞相(四),爲唐名臣。賢彥因仍,代濟不絕⑥。

武亦嗣其忠孝,益熾家聲。鬱爲元僚,所至稱理。嘗居

內史，屢入正卿⑦。自華至荆，無非劇地。鈐轄豪右^(五)，衣食
兇孽。嚴而不殘，仁而有制⑧。

鎮定南服，予方賴之。而巫請來朝，因求内任。嘉其戀
我，難奪乃誠⑨。假以秩宗之榮，用制國泉之重。費而不屈，
其在勉之^(六)。可檢校禮部尚書兼司農卿，餘如故⑩。

録自《元氏長慶集》卷四五

［校記］

（一）裴武可司農卿制：楊本、宋浙本、叢刊本作“裴武授司農
卿”，《英華》作“授裴武司農卿制”，《淵鑑類函》、《全文》作“授裴武司
農卿制”，録以備考，不改。

（二）是用外選方伯之善職者：楊本、叢刊本、《全文》同，《英華》、
《淵鑑類函》作“於是外選方伯之善於其職者”，各備一説，不改。

（三）前荆南節度觀察處置等使、中散大夫、守江陵尹、兼御史大
夫、上柱國、賜紫金魚袋裴武：原本作“具官裴武”，楊本、叢刊本、《淵
鑑類函》、《全文》同，據《英華》補改。

（四）其後累有丞相：楊本、叢刊本、《全文》同，《英華》作“其後果
有丞相”，各備一説，不改。

（五）鈐轄豪右：楊本、叢刊本、《全文》同，《英華》、《淵鑑類函》作
“鍵轄豪右”，各備一説，不改。

（六）其在勉之：楊本、叢刊本、《英華》同，《全文》作“爾其勉之”，
各備一説，不改。

［箋注］

① 裴武：《舊唐書·王承宗傳》：“元和四年三月，士真卒，三軍推
（王承宗）爲留後。朝廷伺其變，累月不問，承宗懼，累上表陳謝。至

八月，上令京兆少尹裴武往宣諭……而承宗象恭懷奸，肖貌稔禍，欺裴武於得位之後，縲昌朝於受命之中。"《舊唐書·憲宗紀》："(元和八年)八月辛巳朔……丁亥，以司農卿裴武爲鄜坊觀察使……十二月庚辰朔，以京兆尹李銛爲鄜坊觀察使，以代裴武，(裴武)入爲京兆尹……(元和十年)秋七月庚午朔……乙未，以京兆尹裴武爲司農卿，以捕賊弛慢故也……(元和十一年)秋七月丁丑……以華州刺史裴武爲江陵尹充荆南節度使……(長慶元年)十一月甲午朔……戊申，以司農卿裴武爲鎮州行營供軍使……(寶曆二年)三月戊辰朔……壬午，以工部尚書裴武爲同州刺史……十一月甲子朔……乙酉，同州刺史裴武卒。"除此而外，李絳有《論裴武事》一篇長文，爲裴武宣諭王承宗回京之後先稟告宰相裴垍再上朝陳奏憲宗之事辯護，讀者可以參讀。裴武元和十年七月從京兆尹改官爲司農卿，《編年箋注》誤"七月"爲"九月"，也請讀者注意辨別。　司農卿：官名，李唐九卿之一。《舊唐書·職官志》："司農寺(漢初治粟内史，景帝改爲大農，武帝加寺字，隋爲司農卿，龍朔二年改爲司稼卿，咸享復也)，卿一員(從三品上，舊署十二寺，以署爲寺，以官爲卿)少卿二員(從四品上)，卿之職，掌邦國倉儲委積之事，總上林、太倉、鉤盾、導官四署與諸監之官屬，謹其出納。少卿爲之貳。凡京百司官吏禄給及常料，皆仰給之。孟春藉田祭先農，則進耒耜，季冬藏冰，仲春頒冰，皆祭司寒。"李頎《送李回》："知君官屬大司農，詔幸驪山職事雄。歲發金錢供御府，晝看仙液注離宮。"于鵠《餞司農宋卿立太尉碑了還江東》："追立新碑日，憐君苦一身。遠移深澗石，助立故鄉人。"

②農：農事，農業。《國語·周語》："夫民之大事在農。"韋昭注："穀，民之命，故農爲大事也。"《宋史·食貨志》："農爲生之本也，泉流灌溉，所以毓五穀也。"　天下：古時多指中國範圍内的全部土地。張説《東都酺宴》："堯舜傳天下，同心致太平。吾君内舉聖，遠合至公情。"沈佺期《則天門赦改年》："聖人宥天下，幽鑰動圜狴。六甲迎黄

氣，三元降紫泥。" 本：事物的根基或主體。《書・五子之歌》："皇祖有訓，民可近，不可下。民爲邦本，本固邦寧。"王融《永明九年策秀才文》："食爲民天，農爲政本。" 九列：九卿的職位，包括太常卿、光禄卿、衛尉卿、宗正卿、太僕卿、大理卿、鴻臚卿、司農卿、太府卿。《漢書・韋玄成傳》："明明天子，俊德烈烈，不遂我遺，恤我九列。"顏師古注："九列，卿之位。"《晉書・韋謏傳》："前後四登九列，六在尚書，二爲侍中，再爲太子太傅，封京兆公。"張説《祈國公碑》："〔祈公〕貴踰九列，榮並三臺。" 牟融：漢代人，曾歷職大司農。《後漢書・牟融傳》："牟融，字子優，北海安邱人也。少博學，以大夏侯《尚書》教授，門徒數百人，名稱州里……永平五年，入代鮑昱爲司隸校尉，多所舉正，百僚敬憚之。八年，代包咸爲大鴻臚。十一年，代鮭陽鴻爲大司農。是時顯宗方勤萬幾，公卿數朝會，每輒延謀政事，判折獄訟。融經明才高，善論議，朝廷皆服其能。帝數嗟歎，以爲才堪宰相。" 循理：依照道理或遵循規律。《荀子・議兵》："義者循理，循理故惡人之亂之也。"《漢書・徐樂傳》："間者，關東五穀數不登，年歲未復，民多窮困，重之以邊境之事，推數循理而觀之，民宜有不安其處者矣！" 康成：漢代鄭玄之字，以儒學稱於世，曾被袁紹徵爲大司農，託病回家。《後漢書・鄭玄傳》："鄭玄，字康成，北海高密人也。八世祖崇，哀帝時尚書僕射。玄少爲鄉嗇夫，得休歸，常詣學官，不樂爲吏。父數怒之，不能禁，遂造太學受業，師事京兆第五元……（袁）紹乃舉玄茂才，表爲左中郎將，皆不就。公車徵爲大司農，給安車一乘，所過長吏送迎，玄乃以病自乞還家。"劉長卿《送鄭説之歙州謁薛侍御》："嘗聞馬南郡，門下有康成。"司馬光《爲龐相公讓明堂加恩第二表》："昆侖傲玉帶之圖，路寢采康成之義。" 儒學：儒家學説，儒家經學。《史記・老子韓非列傳》："世之學老子者絀儒學，儒學亦絀老子。"《後漢書・李郃傳》："父頡，以儒學稱，官至博士。"

③ 海内：國境之内，古謂我國疆土四面臨海，故稱。孫逖《故右

丞相贈太師燕文貞公挽詞二首》一："海內文章伯，朝端禮樂英。一言
興寶運，三入濟群生。"劉長卿《送王員外歸朝》："往來無盡目，離別要
逢春。海內罷多事，天涯見近臣。"　無事：沒有變故，多指沒有戰事、
災異等。《禮記·王制》："天子無事，與諸侯相見，曰朝。"鄭玄注：
"事，謂征伐。"《史記·平準書》："漢興七十餘年之間，國家無事。"
根柢：比喻事物的根基，基礎。《後漢書·王充王符傳論》："百家之言
政者尚矣！大略歸乎寧固根柢，革易時敝也。"陸游《寄題方伯暮遠
庵》："方侯胸中負經濟，議論源源有根柢。"　四方：天下，各處。《淮
南子·原道訓》："泰古二皇，得道之柄，立於中央，神與化遊，以撫四
方。"高誘注："撫，安也。四方，謂之天下也。"《新唐書·吐蕃傳》："陛
下平定四方，日月所照，並臣治之。"

　④ 是用：因此。《左傳·襄公八年》："如匪行邁謀，是用不得於
道。"張衡《東京賦》："百姓弗能忍，是用息肩於大漢，而欣戴高祖。"
方伯：殷周時代一方諸侯之長，後泛稱地方長官，漢以來之刺史，唐之
採訪使、觀察使，明清之布政使，均稱"方伯"。《漢書·何武傳》："刺
史，古之方伯，上所委任，一州表率也，職在進善退惡。"韓愈《送許使
君刺郢州序》："于公身居方伯之尊，蓄不世之材，而能與卑鄙庸陋相
應答如影響。"　善職：猶稱職，好職。《新唐書·岑文本傳》："時顏師
古爲侍郎，自武德以來，詔誥或大事皆所草定。及得文本，號善職，而
敏速過之。"田錫《前資州內江令鍾文拯可黃州黃陂令》："咸俾吾民，
實受爾賜，則將奬遷善職，無所吝焉！"　恩榮：謂受皇帝恩寵的榮耀。
謝靈運《命學士講書》："古人不可攀，何以報恩榮？"白居易《續古詩十
首》五："一曲稱君心，恩榮連九族。"

　⑤ 先：先世，祖先。《漢書·禮樂志》："喪祭之禮廢，則骨肉之恩
薄，而背死忘先者衆。"顏師古注："先者先人，謂祖考。"韓愈《河南府
同官記》："嗣紹家烈，不違其先。"　孝友：事父母孝順，對兄弟友愛。
《詩·小雅·六月》："侯誰在矣？張仲孝友。"毛傳："善父母爲孝，善

兄弟爲友。"韓愈《楚國夫人墓誌銘》:"夫人在家,以聰明孝友爲父母所偏愛。" 國籍:國家的典籍,史籍。元稹《爲蕭相謝追贈祖父祖妣亡父表》:"臣祖臣父,或勛或賢,義著族姻,名書國籍。"張詠《詹何對楚王疏》:"因疏詹何之言,彰載治之要由,身形國藉,司君鑒焉!"

⑥ 丞相:古代輔佐君主的最高行政長官,戰國秦悼武王二年始置左右丞相,秦以後各朝,時廢時設。張說《五君詠五首·蘇許公瓌》:"朱户傳新戟,青松拱舊塋。凄凉丞相府,餘慶在玄成。"楊重元《正朝上左相張燕公》:"歲去愁終在,春還命不來。長吁問丞相,東閣幾時開?" 名臣:有名望的賢臣。李頎《行路難》:"漢家名臣楊德祖,四代五公享茅土。父子兄弟縉銀黄,躍馬鳴珂朝建章。"劉禹錫《河南白尹有喜崔賓客歸洛兼見懷長句因而繼和》:"幾年侍從作名臣?却向青雲索得身。朝士忽爲方外士,主人仍是眼中人。" 賢彦:德才俱佳的人。李白《獻從叔當塗宰陽冰》:"弱冠燕趙來,賢彦多逢迎。"《舊唐書·高駢傳》:"且唐虞之世,未必盡是忠良;今巖野之間,安得不遺賢彦!" 因仍:猶因襲,沿襲。《三國志·程昱傳》:"轉相因仍,莫正其本。"王禹偁《五哀詩》:"文自咸通後,流散不復雅。因仍歷五代,秉筆多艷冶。" 代濟:謂世代相繼。王維《故右豹韜衛長史賜丹州刺史任君神道碑》:"薛侯之裔兮,代濟其美。"元稹《贈裴行立左散騎常侍制》:"故朝散大夫、持節桂州刺史兼御史中丞裴行立,積德之門,代濟英哲。" 絶:斷絶,净盡。《論語·衛靈公》:"在陳絶糧,從者病,莫能興。"《後漢書·馬援傳》:"名滅爵絶,國土不傳。"

⑦ 嗣:繼承,接續。《詩·大雅·思齊》:"太姒嗣徽音,則百斯男。"毛傳:"嗣太任之美音,謂續行其善教令。"酈道元《水經注·清水》:"故東川有清河之稱,相嗣不斷。" 忠孝:忠於君國,孝於父母。《孝經·開宗明義》:"終於立身。"鄭玄注:"忠孝道著,乃能揚名榮親,故曰終於立身也。"韓愈《潮州請置鄉校牒》:"人吏目不識鄉飲酒之禮,或未嘗聞《鹿鳴》之歌,忠孝之行不勸,亦縣之恥也。" 熾:昌盛,

興盛。《詩·魯頌·閟宮》：“俾爾昌而熾，俾爾壽而富。”阮籍《大人先生傳》：“故天下被其澤，而萬物所以熾也。”　家聲：家族世傳的聲名美譽。《史記·李將軍列傳》：“單于既得陵，素聞其家聲，及戰又壯，乃以其女妻陵而貴之。”《新唐書·狄兼謨傳》：“卿，梁公後，當嗣家聲，不可不慎。”　鬱：隆盛，繁多。李白《明堂賦》：“層檐屹其霞矯，廣廈鬱以雲布。掩日道，遏風路。”王安石《送程公闢之豫章》：“下視城塹真金湯，雄樓傑屋鬱相望。”　元僚：賢佐，重臣。《南史·庾杲之傳》：“盛府元僚，實難其選。”岳珂《桯史·周益公降官》：“惟光宗興念於元僚，亦屢分於閫寄。”　理：謂治理得好，秩序安定，與“亂”相對。《後漢書·劉平傳》：“其後每屬縣有劇賊，輒令平守之，所至皆理。”王讜《唐語林·政事》：“數年之間，漁商闐湊，州境大理。”　內史：官名，秦官，掌治理京師。漢景帝分置左右內史，漢武帝太初元年改右內史爲京兆尹，左內史爲左馮翊。《史記·蒙恬列傳》：“始皇二十六年，蒙恬因家世得爲秦將，攻齊，大破之，拜爲內史。”《史記·袁盎晁錯列傳》：“景帝即位，以錯爲內史……法令多所更定。”本文指裴武多年擔任京兆尹，故言。　正卿：上卿，春秋時諸侯國的高級執政大臣。《國語·晉語》：“晉爲諸侯盟主，子爲正卿，若能靖端諸侯，使服聽命於晉，晉國其誰不爲子從？”《史記·汲鄭列傳》：“（汲）黯數質責（張）湯於上前，曰：‘公爲正卿，上不能襃先帝之功業，下不能抑天下之邪心，安國富民，使囹圄空虛，二者無一焉！’”本文指九寺的主官，如司農卿，裴武曾多次擔任此職，故言“屢入正卿”。

⑧ 劇地：險阻之地。《三國志·呂據傳》：“數討山賊，諸深惡劇地，所擊皆破。”《晉書·賀循傳》：“以循所聞，江中劇地惟有閭廬一處，地勢險奧，亡逃所聚。”繁雜難治之地。權德輿《送建州趙使君序》：“是邦爲東閩劇地，故相安平穆公嘗理焉！”蘇舜欽《答范資政書》：“況某性疏且拙……苟致之劇地，責其功績，徒自勞困，而無補於時也。”　鈐轄：節制管轄。來鵠《早春》：“偏憎楊柳難鈐轄，又惹東風

意緒來。"柳開《與河北都轉運樊諫議書》："開言及此者,以開先父太祖朝乾德三年任監察御史,爲泗州兵馬,鈐轄通判州事。" 豪右:封建社會的富豪家族、世家大户。《後漢書·明帝紀》："濱渠下田,賦與貧人,無令豪右得固其利。"李賢注："豪右,大家也。"劉禹錫《訊甿》:"其佐嘗宰京邑也,能誅鉏豪右。" 衣食:給人穿衣與飲食,謂養活。《國語·鄭語》："周棄能播殖百穀蔬,以衣食民人者也。"《漢書·溝洫志》:"涇水一石,其泥數斗。且溉且糞,長我禾黍。衣食京師,億萬之口。" 熒嫠:亦即"熒嫠""熒釐",寡婦。《文選·張協〈七命〉》:"熒釐爲之擗摽,媚老爲之鳴咽。"李善注引杜預曰:"寡婦爲釐。"孫揆《靈應傳》:"〔九娘子〕曰:'雖以孤枕寒床,甘心没齒,熒嫠有托,負荷逾多。'" 嚴:威嚴,嚴肅。《詩·小雅·六月》:"有嚴有翼,共武之服。"毛傳:"嚴,威嚴也。"韓愈《南海神廟碑》:"公正直方嚴,中心樂易,祇慎所職,治人以明,事神以誠。" 殘:殘忍,殘暴。《左傳·昭公二十年》:"政寬則民慢,慢則糾之以猛,猛則民殘,殘則施之以寬。寬以濟猛,猛以濟寬,政是以和。"《漢書·雋不疑傳》:"不疑爲吏,嚴而不殘。" 仁:仁慈,厚道。《論語·泰伯》:"君子篤於親,則民興於仁;故舊不遺,則民不偷。"何晏集解:"君能厚於親屬,不遺忘其故舊,行之美者,則民皆化之,起爲仁厚之行,不偷薄。"《孟子·告子》:"惻隱之心,仁也。" 制:控制。《國語·晉語》:"吾以子見天子,令子爲上卿,制晉國之政。"《晉書·賀循傳》:"循辭以脚疾,手不制筆,又服寒食散,露髮袒身,示不可用。"

⑨ 鎮定:安定,穩定。《國語·晉語》:"柔惠小物,而鎮定大事。"韋昭注:"鎮,安也,言智思能安定也。"元稹《贈裴行立左散騎常侍制》:"而况於鎮定遠荒,經略逋寇,毗倚方切,忽焉薨殂,不有追崇,曷彰憫悼?" 南服:古代王畿以外地區分爲五服,故稱南方爲"南服"。《文選·謝瞻〈王撫軍庾西陽集别時爲豫章太守庾被徵還東〉》:"祇召旋北京,守官反南服。"李善注:"南服,南方五服也。"《晉書·劉弘

傳》:"弘專督江漢,威行南服。"本文指荆南節度使府所轄之地。
賴:依靠,憑藉。《書・大禹謨》:"帝曰:'俞,地平天成,六府三事允
治,萬世永賴,時乃功。'"孔穎達疏:"汝治水土,使地平天成,六府三
事信皆治理,萬代長所恃賴,是汝之功也。"陶潛《贈羊長史》:"得知千
載外,正賴古人書。"　亟請:一再請求。元稹《修堤請種樹判》:"善防
既畢,固合程功。柔木載施,亦將補敗。乙之亟請,誰謂過求?"李德
裕《冥數有報論》:"若亟請居外,代公者受患,後十年終當作相。"　來
朝:前來朝覲。《詩・小雅・采菽》:"君子來朝,何錫予之?"張循之
《送泉州李使君之任》:"執玉來朝遠,還珠入貢頻。"　内任:指朝廷中
的重任和要職。《後漢書・劉玄傳》:"以李松爲丞相,趙萌爲大司馬,
共秉内任。"《北齊書・高睿傳》:"世祖崩,葬後數日,睿與馮翊王潤、
安德王延宗及元文遙奏後主云:'和士開不宜仍居内任。'並入奏太
后,因出士開爲兗州刺史。"　嘉:嘉許,表彰。《書・文侯之命》:"汝
多修,扞我於艱,若汝予嘉。"韓愈《師説》:"余嘉其能行古道,作《師
説》以貽之。"　戀:留戀,依依不捨。王粲《從軍詩五首》二:"征夫懷
親戚,誰能無戀情?"白居易《酬李少府曹長官舍見贈》:"戀月夜同宿,
愛山晴共看。"　乃誠:誠意,忠誠。《晉書・元帝紀》:"是以陳其乃
誠,布之執事。"《南齊書・河南傳》:"又卿乃誠遙著,保寧遐壃。"

　　⑩ 秩宗:古代掌宗廟祭祀的官。《書・舜典》:"咨伯,汝作秩
宗。"陳子昂《唐故袁州參軍李府君妻清河張氏墓誌銘》:"天人之禮,
位掌於秩宗;侯伯之尊,寵優於露冕。"　國泉:亦即"國本",立國的基
礎。《禮記・冠義》:"敬冠事所以重禮,重禮所以爲國本也。"陳亮《廷
對》:"正人心以立國本,活民命以壽國脈。"　不屈:不竭,不盡。《老
子》:"虛而不屈,動而愈出。"王弼注:"故虛而不得窮屈,動而不可竭
盡也。"《荀子・王制》:"使國家足用而財物不屈,虞師之事也。"　勉:
盡力,努力。王充《論衡・禍虚》:"惰窳之人,不力農勉商以積穀貨,
遭歲飢饉,腹餓不飽。"王安石《上仁宗皇帝言事書》:"不患人之不能,

而患己之不勉。" 檢校：檢校之後所帶的官職，屬榮譽性職銜，並非實職。張鷟《朝野僉載》卷一："正員不足，權補試、攝、檢校之官。"陸游《老學庵筆記》卷四："宣和末，鄭伸自檢校太師，忽落檢校爲真太師，國初以來所無有也。" 禮部尚書：尚書省六部之一爲禮部，尚書是其主官。《舊唐書·職官志》："禮部尚書一員（正三品，隋舊，龍朔改爲司禮太常伯，光宅改爲春官尚書，神龍復也），侍郎一員（正四品下，名因隋曹改易也）。尚書、侍郎之職。掌天下禮儀、祭享、貢舉之政令。其屬有四：一曰禮部，二曰祠部，三曰膳部，四曰主客，總其職務，而行其制命。凡中外百司之事，由於所屬，皆質正焉！凡舉試之制，每歲仲冬率與計偕。"李乂《奉和幸禮部尚書竇希玠宅應制》："家住千門側，亭臨二水傍。貴遊開北地，宸眷幸西卿。"皇甫冉《洪澤館壁見故禮部尚書題詩》："底事洪澤壁，空留黃絹詞？年年淮水上，行客不勝悲。"

［編年］

《年譜》引述本文"具官裴武……自華至荆……予方賴之。而丞請來朝，因求内任……可檢校禮部尚書兼司農卿"的一段話，又引述《方鎮年表》關於荆南節度使交替時間的現成結論："以時考之，王潜代武。"然後得出結論："《制》當撰於長慶元年正月癸卯王潜爲荆南節度使以後。"《編年箋注》、《年譜新編》引述理由與《年譜》同，結論也類似："在長慶元年（八二一）王潜代其爲荆南節度使之際。""王潜長慶元年正月癸卯授荆南節度使，制約作於此時。"

我們以爲，裴武任職司農卿的時間，不必繞來繞去玩噱頭，根據田布、郭釗、王潜三人的調動記載即可大致框定：《舊唐書·穆宗紀》："長慶元年正月己亥朔……癸卯，以河陽懷節度使田布爲涇州刺史，充四鎮北庭行營、涇原節度使；以刑部尚書兼司農卿郭釗檢校户部尚書、懷州刺史，充河陽三城懷節度使；以涇原節度使王潜檢校兵部尚書、江陵尹,充荆南節度使。"據"長慶元年正月己亥朔"推算,"癸卯"
應該是正月五日,這一天,李唐調動諸多大臣:田布接替王潜,郭釗接
替田布,而王潜接替裴武,元稹《辨日旁瑞氣狀》也有涉及:"又人君當
立王侯,封建親戚,以爲福祐之徵。竊見其日除王潜、郭釗、田布等
官,則陛下凡有舉措,盡合天心。微臣所引占書,悉皆期驗。"所有這
些,《舊唐書·穆宗紀》已經記載。裴武接替郭釗的司農卿職務,史籍
雖然沒有記載,但應該就在同時。據此,本文應該發佈於正月五日,
而撰成本文應該於長慶元年正月初五之前一二天之内,地點在長安,
元稹時任祠部郎中、知制誥臣。

◎ 裴誗等可充河陽節度判官制^{(一)①}

　　敕:守京兆府醴泉縣令裴誗等:昔竇憲以元舅出征,大開
幕府,以致賢彦。是以銘燕然,備勛籍,用參畫也②。
　　爾等佐釗,斯任不細。苟或無狀,其思有尤。可依
前件^{(二)③}。

録自《元氏長慶集》卷四八

[校記]

　　(一)裴誗等可充河陽節度判官制:原本作"裴誗等可充河南節
度判官制",楊本、盧校、叢刊本作"裴誗檢校尚書庫部郎中可充河南
節度判官",《全文》作"裴誗等充河南節度判官制",據《舊唐書·穆宗
紀》、《舊唐書·郭釗傳》、《新唐書·郭釗傳》改。
　　(二)可依前件:原本無,《全文》同,據楊本、宋浙本、盧校、叢刊
本補。

［箋注］

① 裴訥：不見文獻記載，僅元稹《彈奏劍南東川節度使狀》有記載："加徵梓、遂兩州元和二年秋稅外錢及米，元舉牒判官、攝節度判官、監察御史裏行裴訥：計兩州加徵錢共七千貫文，米共五千石。"元稹提出處理意見："其本判官及諸州刺史等，或苟務容嫗，競謀侵削；或分憂列郡，莫顧詔條。但受節將指撝，不懼朝廷典憲。共爲蒙蔽，皆合痛繩。臣職在觸邪，不勝其憤。謹録奏聞。伏候敕旨。"御史臺處理意見："判官崔廷等，名叨參佐，非道容身……撫事論情，豈宜免戾？但以罪非首坐，法合會恩。亦以恩後加徵，又已去官停職，俾從寬宥，重此典常。"此事發生在元和四年。又據本文，至長慶元年，裴訥當時任職"守京兆府醴泉縣令"，現在轉任郭釗的節度使判官，從貶後官職、所歷時間來看，此"裴訥"當爲同一人，是否如此，當有待新文獻的佐證。　河陽：節度使府名，管轄懷、孟、澤三州，府治分別是河內、河陽、晉城，地當今河南沁陽、孟縣以及山西晉城。《元和郡縣志・河北道》："懷州：今爲河陽三城懷州節度使理所。"岑參《送裴判官自賊中再歸河陽幕府》："東郊未解圍，忠義似君稀。誤落胡塵裏，能持漢節歸。"杜甫《石壕吏》："老嫗力雖衰，請從吏夜歸。急應河陽役，猶得備晨炊。"　判官：古代官名，唐代節度使、觀察使、防禦使均置判官，爲地方長官的僚屬，輔理政事。韓愈《董公行狀》："崔圓爲揚州，詔以公爲圓節度判官。"徐鉉《稽神録・劉存》："劉存爲舒州刺史，辟儒生霍某爲團練判官，甚可信任。"

② 縣令：一縣之行政長官，唐時縣置令，縣有赤、畿、望、緊、上、中、下七等，不分令長。《史記・司馬相如列傳》："至蜀，蜀太守以下郊迎，縣令負弩矢先驅，蜀人以爲寵。"韓愈《贈崔復州序》："縣令不以言，連帥不以信，民就窮而斂愈急，吾見刺史之難爲也。"　竇憲：事見《後漢書・竇憲傳》："憲字伯度……少孤。建初二年，女弟立爲皇后，拜憲爲郎，稍遷侍中、虎賁中郎將，弟篤爲黃門侍郎。兄弟親幸，並侍

宮省,賞賜累積,寵貴日盛……和帝即位,太后臨朝,憲以侍中內幹機密(幹,主也;或曰古管字也),出宣誥命……遣客刺殺暢於屯衞之中,而歸罪於暢弟利侯剛……後事發覺,太后怒閉憲於內宮。憲懼誅,自求擊匈奴以贖死。會南單于請兵北伐,乃拜憲車騎將軍……與北單于戰於稽落山,大破之,虜衆崩潰,單于遁走……憲、秉遂登燕然山,去塞三千餘里,刻石勒功,紀漢威德,令班固作銘曰……”　元舅:長舅。班固《封燕然山銘》:“有漢元舅,曰車騎將軍竇憲。”《新唐書·郭子儀傳》:“憲宗寢疾,宦竪或妄議廢立者。穆宗問計於釗,答曰:‘殿下爲太子,當旦夕視膳,何外慮乎?’時稱得元舅體。”　幕府:幕僚,幕賓。韓愈《河南少尹李公墓誌銘》:“崇文命幕府唯公命從。”王讜《唐語林·賞譽》:“吾聞長史劉從事非有通家之舊,復無舉薦之力,歘自□衆爲賢侯幕府,必有足觀者。”　賢彦:德才俱佳的人。元稹《謝賜設狀》:“臣聞推食之賜,用勸勛勞;置醴之恩,以待賢彦。”元稹《祭禮部庾侍郎太夫人文》:“赫赫韋門,祁祁騫騫。南山峻峙,洛澤清源。公卿委累,賢彦駢繁。金玉不耗,芝蘭有根。”　燕然:古山名,即今蒙古人民共和國境內的杭愛山,東漢永元元年,車騎將軍竇憲領兵出塞,大破北匈奴,登燕然山,刻石勒功,記漢威德。班固《封燕然山銘序》:“遂踰涿邪,跨安侯,乘燕然,躡冒頓之區落,焚老上之龍庭。”《文心雕龍·銘箴》:“若班固燕然之勒,張昶華陰之碣,序亦盛矣!”　勛籍:記載功勛的簿籍,相當於後代的功勞簿。權德輿《朝散大夫守司農少卿賜紫金魚袋隴西縣開國男李公墓誌銘》:“代以忠厚而膺爵命,勛籍吏部,皆冠宗室。”元稹《王昃等升秩制》:“乃祖乃父,勤勞邦家,佐吾先臣相國,捍患摧凶,世爲勛籍。”　參畫:參與謀劃。元稹《泛江翫月十二韻》:“楚塞分形勢,羊公壓大邦。因依多士子,參畫盡敦厖。”黃滔《司直陳公墓誌銘》:“今府相繼擁於節旄,益賢其參畫。”

③ 細:微小,與“大”相對。《左傳·襄公四年》:“吾子舍其大而重拜其細,敢問何禮也?”張祜《塞上曲》:“莫道功勛細,將軍昔戍師。”　荀

或:假如,如果。《左傳·昭公元年》:"苟或知之,雖憂何害?"賈誼《新書·匈奴》:"苟或非天子民,尚豈天子也?" 無狀:沒有功績。《史記·夏本紀》:"〔舜〕行視鯀之治水無狀,乃殛鯀於羽山以死。"謂行爲失檢,沒有禮貌。《史記·項羽本紀》:"諸侯吏卒異時故繇使屯戍過秦中,秦中吏卒遇之多無狀。"周密《齊東野語·汪端明》:"陛下方以天下養,有司無狀,褻慢如此。" 其:副詞,表推測與估計,大概與或許。《易·乾》:"知進退存亡而不失其正者,其唯聖人乎?"《左傳·隱公六年》:"善不可失,惡不可長,其陳桓公之謂乎!" 尤:過失,罪愆。《詩·小雅·四月》:"廢爲殘賊,莫知其尤。"鄭玄箋:"尤,過也。"責備,怪罪。司馬遷《報任安書》:"顧自以爲身殘處穢,動而見尤。"劉言史《苦婦詞》:"氣噎不發聲,背頭血涓涓。有時強爲言,祇是尤青天。"

[編年]

《年譜》、《年譜新編》編年:"《制》有'爾等佐釗,斯任不細'之語。據《舊唐書·穆宗紀》云:'(長慶元年正月癸卯)以刑部尚書兼司農卿郭釗檢校戶部尚書、懷州刺史,充河陽三城懷節度使。'《制》當撰於長慶元年正月癸卯以後。"《編年箋注》所舉理由同《年譜》,結論是本文撰作於"長慶元年(八二一)正月。"

我們以爲,一、"長慶元年正月癸卯以後"含糊不清,"以後"究竟"以後"到何年何月? 而"長慶元年(八二一)正月"云云仍然過於籠統,而且還包含不應該包含的長慶元年正月初五之前的時日。二、據《舊唐書·穆宗紀》記載推算,本文應該撰成於長慶元年正月癸卯郭釗拜命下達之後的一二天之內,亦即長慶元年正月初六、初七之時,地點在長安,元稹時任祠部郎中、知制誥臣之職。

◎ 辨日旁瑞氣狀①

今月二日，日旁瑞氣。右奉宣，某日，日上有橫赤氣五色(一)，鮮明黃潤，日兩邊各有嘉氣，內赤外青。宰臣稱賀，云是五色雲見，不知是否者②？

謹按乙巳占，有赤氣橫在日上謂之戴，其分當有益土進爵推戴人君之象(二)③。又人君當立王侯，封建親戚，以爲福祐之徵④。竊見其日除王潛、郭釗、田布等官，則陛下凡有舉措，盡合天心⑤。微臣所引占書，悉皆明驗(三)。伏請以戴氣宣付史官，不可誤書五色雲見⑥。

又云：青赤短小在日旁謂之珥，微曲向日謂之抱。珥者，纓珥之象，天子有嘉(四)，并有和親之事，又當拜將⑦。抱者，扶抱向就之象，鄰國臣佐來降，天子有喜賀之事，子孫之慶，臣下忠誠輔主，國中歡喜和合⑧。今北狄和親，西戎通好。昨者承元請命，其日五將同升(五)，萬姓歡呼，四方來賀，亦可謂陛下凡有舉措，盡合天心⑨。微臣所引占書，悉皆明驗。伏請亦以抱珥宣付史官，不可誤書五色雲見。以前謹具圖籍所載如右(六)⑩。

伏以五色慶雲，蓋是小瑞。戴氣抱珥，所謂殊祥。宰臣忽遽之間，未暇精究其事⑪。此皆陛下禮行郊廟，誠達神祇，展百拜而忘疲，入九室而流涕⑫。近臣興感，上帝垂休，克呈捧日之祥，以表動天之德⑬。微臣同霑侍從，別感恩慈。方當鼓舞之時，恨不叫呼而賀⑭。

然臣以爲陛下特宜手敕宰臣云(七)："今月二日，卿等所言日旁五色雲見，參驗圖書，蓋是戴珥之象⑮。此皆祖宗積慶，特示子孫之祥⁽ᵁⁱⁱⁱ⁾。豈冲昧微誠，能致昊穹之貺？宜令有司擇日告廟，上以奉高祖無窮之祐，次以報憲宗有截之功。誕告華夷，並令知悉⑯。"

若此，則陛下感通之德已見九霄，推讓之風將光萬葉⁽ⁿⁱⁿᵉ⁾⑰。爛然宸翰，手敕以示於宰臣⁽¹⁰⁾；焕乎天文，撰詔自生於聖旨⑱。事超萬古，道冠百王，伏惟天恩，密賜裁察⑲。

録自《元氏長慶集》卷三五

［校記］

（一）日上有橫赤氣五色：叢刊本同，楊本、《全文》同，《英華》作"日上有橫赤五色氣"，語義相近，不改。

（二）其分當有益土進爵推戴人君之象：蘭雪堂本、叢刊本、《英華》、《全文》同，楊本作"其分當有益土進爵惟戴人君之象"，刊刻之誤，不從不改。

（三）悉皆明驗：原本作"悉皆期驗"，楊本、叢刊本、《全文》同，盧校、《英華》作"悉皆明驗"，據改。

（四）天子有嘉：楊本、叢刊本、《英華》、《全文》作"天子有喜"，語義相類，不改。

（五）其日五將同升：原本作"其日三將同升"，楊本、叢刊本、《英華》、《全文》同，據《舊唐書·穆宗紀》，同時升遷者爲五人，"三"與"五"字極易混淆或刊誤，據改。

（六）以前謹具圖籍所載如右：楊本、叢刊本同，《英華》作"以前件圖籍作載如右"，《全文》作"以前件圖籍所載如右"，語義相類，不改。

（七）然臣以爲陛下特宜手敕宰臣云：楊本、叢刊本同，《英華》、

《全文》作"然臣以爲陛下特宣手敕宰臣云",語義相類,不改。

（八）特示子孫之祥:原本作"特爾子孫之祥",楊本、叢刊本同,據《英華》、《全文》改。

（九）推讓之風將光萬葉:楊本、叢刊本、《全文》同,《英華》作"推讓之風將傳萬葉",語義不同,各備一說,不改。

（一〇）手敕以示於宰臣:楊本、叢刊本、《全文》同,《英華》作"手敕以示於天下",語義不同,各備一說,不改。

［箋注］

① 辨:辨別,區分。《易·同人》:"君子以族類辨物。"孔穎達疏:"辨物,謂分辨事物,各同其黨,使自相同,不相雜也。"韓愈《長安交遊者贈孟郊》:"何以辨榮悴？且欲分賢愚。"　瑞氣:瑞應之氣,泛指吉祥之氣。《晉書·天文志》:"瑞氣:一曰慶雲。若烟非烟,若雲非雲,鬱鬱紛紛,蕭索輪囷,是謂慶雲,亦曰景雲。此喜氣也,太平之應。二曰歸邪。如星非星,如雲非雲。或曰,星有兩赤彗上向,有蓋,下連星。見,必有歸國者。三曰昌光。赤,如龍狀;聖人起,帝受終,則見。"史浩《瑞鶴仙·元日朝回》:"靄祥烟瑞氣,青葱繚繞。"　狀:文體名,向上級陳述意見或事實的文書,如:奏狀,訴狀,供狀。《漢書·趙充國傳》:"充國上狀曰:'……臣謹條不出兵留田便宜十二事。'"韓愈《論今年權停舉選狀》:"謹詣光順門奉狀以聞,伏聽聖旨。"

② "今月二日"兩句:據《舊唐書·穆宗紀》:"長慶元年正月己亥朔,上親薦獻太清宮、太廟,是日法駕赴南郊。日抱珥,宰臣賀於前。辛丑,祀昊天上帝於圓丘,即日還宮,御丹鳳樓,大赦天下,改元長慶。"今月二日指長慶元年正月二日,而開頭兩句,是撰寫本文的起因,十分必要,也必不可少,但《編年箋注》卻無故省略了這兩句,而且不作任何説明,這在古籍整理中不應發生。而楊本、叢刊本、《英華》與《全文》均有此兩句,且無異文。　赤氣:紅色的雲氣,傳説謂帝王

的祥瑞,舊史稗說中每載帝王降生,或所處之地有赤氣出現。舊題郭憲《洞冥記》:"漢武皇帝未生之時,景帝夢一赤彘從雲中而下,當崇芳之閣,見赤氣如霧,來蔽戶牖。"《北齊書·神武帝紀》:"〔神武〕後從榮徙據并州,抵揚州邑人龐蒼鷹,止團焦中。每從外歸,主人遙聞行響動地,蒼鷹母數見團焦赤氣赫然屬天。" 鮮明:色彩耀眼。《漢書·陳遵傳》:"公府掾吏率皆羸車小馬,不上鮮明。"《新唐書·李貞素傳》:"性和裕,衣服喜鮮明。" 黃潤:占氣術語。瞿曇悉達《唐開元占經·日冠》:"洛書曰:日兩珥,有直出珥中,中赤外青,色皆黃白潤澤,天子有珠寶,喜立王侯。"《古微書》卷三一:"王者敬諸父有差,則大角光明以揚。按《天官書》:'大角者,天王帝廷。'《正義》曰:'大角,一星在兩攝提間,人君之象也。占其明盛黃潤,則天下大同也。'" 嘉氣:瑞氣。李嶠《百寮賀戮逆人王慈徵後慶雲見表》:"伏見今月十一日誅反逆王慈徵等,乃有慶雲見於申未之間。蕭索滿空,氛氳蔽日。"《宋史·樂志》:"祥光奕奕,嘉氣懞懞。" 稱賀:猶道賀。劉禹錫《賀赦箋》:"承顏拜慶,榮耀古今。某職守有限,不獲隨例稱賀宮庭。無任欣悅之至。"蘇軾《論擒獲鬼章稱賀太速札子》:"生擒西藩首領鬼章,宰相欲以明日稱賀。"

　③戴:星象術語。魏了翁《董侍郎居誼生日三首》三:"當日燕毛誰與並? 後來接踵未應稀。從星元合陪天柱,戴氣寧當遠日幾?"王應麟《玉海·天禧日有戴氣》:"天禧元年三月甲寅日有戴氣,文量連環,三年六月己丑日有赤黃冠承戴氣,八月丁未日上有五色雲暈珥戴氣,十一月己巳齋于太廟日有赤黃珥承戴氣。" 進爵:進升爵位。《禮記·射義》:"射中者得與於祭,不中者不得與於祭。不得與於祭者有讓,削以地;得與於祭者有慶,益以地,進爵也。"葛洪《抱朴子·良規》:"霍光之徒,雖當時增班進爵,賞賜無量,皆以計見崇,豈斯人之誠心哉!" 推戴:推舉擁戴。劉知幾《史通·疑古》:"觀近古有奸雄奮發,自號勤王……始則示相推戴,終亦成其篡奪。"吳曾《能改齋

漫録・地理》:"太祖北征,次陳橋,軍士推戴,即其地也。"

④ 人君:君主,帝王。《左傳・文公十六年》:"且既爲人君,而又爲人臣,不如死。"李白《大獵賦》:"且夫人君以端拱爲尊。" 王侯:謂天子與諸侯,後多指王爵與侯爵,或泛指顯貴者。《史記・陳涉世家》:"王侯將相寧有種乎?"杜甫《秋興八首》四:"王侯第宅皆新主,文武衣冠異昔時。" 封建:封邦建國,古代帝王把爵位、土地分賜親戚或功臣,使之在各該區域内建立邦國。相傳黃帝爲封建之始,至周制度始備。《禮記・王制》:"王者之制禄爵,公、侯、伯、子、男凡五等……天子之田方千里,公、侯田方百里,伯七十里,子、男五十里。"秦統一中國,廢封建立郡縣,漢自景帝平七國之亂後,雖行封王侯建邦國之制,但集權於中央。《史記・三王世家》:"昔五帝異制,周爵五等,春秋三等,皆因時而序尊卑。高皇帝撥亂世反諸正,昭至德,定海内,封建諸侯,爵位二等。"司馬貞索隱:"謂王與列侯。" 親戚:與自己有血緣或婚姻關係的人。《左傳・僖公二十四年》:"昔周公吊二叔之不咸,故封建親戚,以蕃屏周。"孔穎達疏:"故封立親戚爲諸侯之君,以爲蕃籬,遮罩周室。"《南史・岑之敬傳》:"之敬年五歲,讀《孝經》,每燒香正坐,親戚咸加歎異。" 福祐:賜福保佑。《漢書・哀帝紀》:"陛下聖德寬仁,敬承祖宗,奉順神祇,宜蒙福祐子孫千億之報。"顏師古注:"《大雅・假樂》之詩曰'干禄百福,子孫千億',言成王宜衆宜人,天所保祐,求得福禄,故子孫衆多也。"《顏氏家訓・名實》:"忘名者,體道合德,享鬼神之福祐,非所以求名也。"

⑤ 王潛、郭釗、田布:《舊唐書・穆宗紀》:"長慶元年正月己亥朔……癸卯,以河陽懷節度使田布爲涇州刺史,充四鎮北庭行營涇原節度使。以刑部尚書兼司農卿郭釗檢校户部尚書、懷州刺史,充河陽三城懷節度使。以涇原節度使王潛檢校兵部尚書、江陵尹,充荆南節度使。"其日即"癸卯",時爲正月初五日。白居易《李愬李愿薛平王潛馬總孔戢崔能李翱李文悦咸賜爵一級并迴授男同制》:"敕:封爵之

6013

設，在乎賞勸。有以襃德，有以序勤。聳善興功，實由玆道。”元稹《追封王潛母齊國大長公主制（潛父縣尚玄宗女永穆公主）》：“敕：檢校兵部尚書王潛母、贈晉國大長公主，於朕祖宗之姑姊妹也。”元稹《郭釗等轉勛制》：“粵若十有二勛，以馭親賢，以詔勞舊，以稽秩序，以行慶賜。而刑部尚書兼司農卿郭釗，實我元舅，寅亮朕躬。”李德裕《貨殖論》：“踰年徙劍南西川，蜀自南詔入寇，敗杜元穎，而郭釗代之，病不能事民。”白居易《鄭絪烏重胤馬總劉悟李佑田布薛平等亡母追封國郡太夫人制》：“敕：《經》曰：立身揚名，以顯父母，孝之終也。而絪等學文武之道以飭厥躬，可謂善立身矣！居將相之位以光大其門，可謂能揚名矣！”元稹《田布贈右僕射制》：“敕：朕聞古之臣子，有忍死效節爲忠者，有不傷髮膚全歸爲孝者，有不顧性命引決爲忠者，但問所操所蹈何如耳！豈繫去就生死之間耶？” 舉措：措置，措施。《荀子·天論》：“政令不明，舉錯不時。”《漢書·何武傳》：“君舉錯煩苛，不合衆心。” 天心：猶天意。《書·咸有一德》：“克享天心，受天明命。”《漢書·杜周傳》：“宜修孝文時政，示以儉約寬和，順天心，說民意，年歲宜應。”君主的心意。郭湜《高力士傳》：“頃緣風疾所侵，遂使言辭舛謬，今所塵黷，不稱天心，合當萬死。”梅堯臣《王龍圖知江陵》：“捧詔出荆州，天心寄遠憂。”

⑥ 占書：關於占卜的書。《晉書·索統傳》：“太守陰澹從求占書。”陸贄《論叙遷幸之由狀》：“京師之人，動逾億計，固非悉知算術，皆曉占書，則明致寇之由，未必盡關天命。” 明驗：明顯的證驗或應驗。《後漢書·袁安傳》：“安到郡，不入府，先往案獄，理其無明驗者，條上出之。”王勃《三國論》：“以知曹孟德不爲人下，事之明驗也。”戴氣：罩在太陽之上的黃氣，日暈時可見。《宋史·天文志》：“凡黃氣環在日左右爲抱氣；居日上爲戴氣，爲冠氣；居日下爲承氣，爲履氣。”王應麟《玉海·圖》：“孝宗一議蠲放之令，而日有戴氣；一萌祈禱之念，而雨已霑濡。誠心所形，其答如響。” 五色雲：五色雲彩，古人以

爲祥瑞。《舊唐書·鄭肅傳》:"仁表文章尤稱俊拔……自謂門地、人物、文章具美,嘗曰:'天瑞有五色雲,人瑞有鄭仁表。'"《宋史·韓琦傳》:"琦風骨秀異,弱冠舉進士,名在第二。方唱名,太史奏日下五色雲見,左右皆賀。"

⑦ 珥:日、月兩旁的光暈。《隋書·天文志》:"青赤氣圓而小,在日左右爲珥……月暈有兩珥。"王禹偁《日月光天德賦》:"重輪重珥,爲當代之休祥。"　和親:指封建王朝利用婚姻關係與邊疆各族統治者結親和好。《史記·劉敬叔孫通列傳》:"〔高祖〕取家人子名爲長公主,妻單于,使劉敬往結和親約。"蘇郁《詠和親》:"君王莫信和親策,生得胡雛虜更多。"本文指太和公主即將出嫁迴紇之事。《舊唐書·穆宗紀》:(長慶元年)"五月丙申朔……癸亥……皇妹太和公主出降迴紇登羅骨没施合毗伽可汗,甲子,命金吾大將軍胡証充送公主入迴紇使,兼册可汗,又以太府卿李鋭爲入迴紇婚禮使。"

⑧ 臣佐:泛指臣僚官佐。楊衒之《洛陽伽藍記·冲覺寺》:"懌愛賓客,重文藻,海内才子,莫不輻輳。府僚臣佐,並選寯俊。"劉知幾《史通·雜説》:"又其列傳之叙事也,或以武定臣佐,降在成朝;或以河清事迹,擢居襄代,故時日不接而隔越相偶。"　降:降服,使馴服。《春秋·莊公八年》:"夏,〔魯〕師及齊師圍郕,郕降於齊師。"《史記·絳侯周勃世家》:"〔周勃〕以將軍從高帝擊反韓王信於代,降下霍人。"喜賀:欣喜慶賀。白居易《和答詩十首·和大觜烏》:"云此非凡鳥,遙見起敬恭。千歲乃一出,喜賀主人翁。"周朴《喜賀拔先輩衡陽除正字》:"黃紙晴空墜一緘,聖朝恩澤洗冤讒。李膺門客爲閑客,梅福官銜改舊銜。"　歡喜:快樂,高興。《戰國策·中山策》:"長平之事,秦軍大尅,趙軍大破;秦人歡喜,趙人畏懼。"《後漢書·光武帝紀》:"及見司隸僚屬,皆歡喜不自勝。老吏或垂涕曰:'不圖今日復見漢官威儀。'"　和合:和睦同心。《墨子·尚同》:"内之父子兄弟作怨讎,皆有離散之心,不能相和合。"《史記·循吏列傳》:"施教導民,上下

和合。"

⑨ 北狄：原指古代的狄族，因其主要居住於北方，故稱，後用爲對北方各少數民族的泛稱。《孟子·梁惠王》："東面而征西夷怨，南面而征北狄怨。"杜審言《送高郎中北使》："北狄願和親，東京發使臣。馬銜邊地雪，衣染異方塵。" 西戎：古代西北戎族的總稱。《書·禹貢》指織皮、昆侖、析支、渠搜。《史記·匈奴列傳》指綿諸、緄戎、翟獂、義渠、大荔、烏氏、朐衍等。最早分佈在黃河上游及甘肅西北部，以後逐漸東遷，春秋時分屬秦、晉等國。阮籍《詠懷八十二首》四〇："園綺遁南岳，伯陽隱西戎。"用以稱我國西北方吐蕃等少數民族。杜甫《秦州雜詩二十首》一八："西戎外甥國，何得迕天威？" "昨者承元請命"兩句：意謂王承元請求朝廷命帥河朔，一日之內，田弘正、王承元、李愬、劉悟、田布被任命河朔地區的軍事統帥。《舊唐書·穆宗紀》："（長慶元年）冬十月庚午朔……庚辰……成德軍節度使王承宗卒，其弟承元上表請朝廷命帥，遣起居舍人柏耆宣慰之……乙酉，以魏博等州節度觀察等使、光祿大夫、檢校司徒、兼侍中、魏博大都督府長史、上柱國、沂國公、食邑三千户、實封三百户田弘正可檢校司徒，兼中書令、鎮州大都督府長史、成德軍節度、鎮冀深趙等州觀察處置等使。以鎮冀深趙等觀察度支使、朝議郎、試金吾左衛胄曹參軍、兼監察御史王承元可銀青光祿大夫，檢校工部尚書，使持節滑州諸軍事，守滑州刺史、御史大夫，充義成軍節度、鄭滑等州觀察等使。以昭義節度使、檢校尚書左僕射、同中書門下平章事李愬可本官，爲魏州大都督府長史，充魏博等州節度、觀察等使。以義成軍節度使劉悟依前檢校右僕射，兼潞州大都督府長史，充昭義節度、澤潞邢洺磁等州觀察等使。以左金吾將軍田布爲檢校左散騎常侍，兼懷州刺史、御史大夫，充河陽三城懷孟節度使。" 請命：請求任命。《左傳·襄公三十年》："伯有既死，使大史命伯石爲卿，辭。大史退，則請命焉！復命之，又辭。如是三，乃受策入拜。"杜預注："請命，請大史更命已。"請

求指示，表示願意聽命。《儀禮·聘禮》：“幾筵既設，擯者出請命。”《新五代史·盧光稠傳》：“梁初，江南、嶺表悉爲吳與南漢分據，而光稠獨以虔、韶二州請命於京師，願通道路，輸貢賦。”　萬姓：萬民。《漢書·元帝紀》：“相守二千石誠能正躬勞力，宣明教化，以親萬姓，則六合之内和親，庶幾虖無憂矣！”孟元老《東京夢華録·朱雀門外街巷》：“〔迎祥池〕唯每歲清明日，放萬姓燒香遊觀一日。”　四方：指四方諸侯之國。《詩·大雅·下武》：“受天之祜，四方來賀。”孔穎達疏：“武王既受得天之祜福，故四方諸侯之國皆貢獻慶之。”《論語·子路》：“子曰：‘誦詩三百，授之以政，不達；使於四方，不能專對，雖多，亦奚以爲！’”

⑩ 微臣：卑賤之臣，常用作謙詞。《後漢書·崔琦傳》：“微臣司戚，敢告在斯。”《宋書·彭城王義康傳》：“臣草莽微臣，竊不自揆，敢抱葵藿傾陽之心，仰慕《周易》匪躬之志。”　抱珥：義同“抱戴”，太陽周圍的光圈，古代以爲是祥瑞的徵兆。《古微書·孝經援神契》：“王者德及於天則日抱戴，斗極明。”舊注：“在上曰戴，在旁曰抱。”《舊唐書·玄宗紀》：“上還齋宮，慶雲見，日抱戴。”　圖籍：文籍圖書。王符《潛夫論·慎微》：“當時尊顯，後世見思，傳爲令名，載在圖籍。”《新唐書·魏徵傳》：“徵奏引諸儒校集秘書，國家圖籍粲然完整。”

⑪ 慶雲：五色雲，古人以爲喜慶、吉祥之氣。《列子·湯問》：“慶雲浮，甘露降。”《漢書·天文志》：“若烟非烟，若雲非雲，鬱鬱紛紛，蕭蕭輪囷，是謂慶雲。慶雲見，喜氣也。”　瑞：祥瑞，古人認爲自然界出現某些現象是吉祥之兆。王充《論衡·指瑞》：“王者受富貴之命，故其動出見吉祥異物，見則謂之瑞。”韓愈《春雪間早梅》：“誰令香滿座，獨使净無塵？芳意饒呈瑞，寒光助照人。”　殊祥：不同尋常的祥瑞。柳宗元《禮部賀白龍並青蓮花等表》：“二氣交泰，萬國同和，動植思協於殊祥，邇爾畢陳其嘉應。”司馬光《交趾獻奇獸賦》：“於是三光澄清，萬靈敷佑，風雨時若，百穀豐茂，休氣充塞，殊祥輻湊。”　精究：精心

研究。《晉書·董景道傳》:"董景道通明《春秋三傳》、《京氏易》、《馬氏尚書》、《韓詩》,皆精究大義。"何薳《春渚紀聞·寄寂堂墨如犀璧》:"賀方回、張秉道、康爲章皆能精究和膠之法,其製皆如犀璧也。"

⑫ 禮:敬神,謂事神致福。《儀禮·覲禮》:"禮日於南門外,禮月與四瀆於北門外,禮山川丘陵於西門外。"杜甫《往在》:"前春禮郊廟,祀事親聖躬。" 郊廟:古代天子祭天地與祖先。《書·舜典》:"汝作秩宗。"孔傳:"秩,序;宗,尊也。主郊廟之官。"孔穎達疏:"郊謂祭天南郊,祭地北郊;廟謂祭先祖,即《周禮》所謂天神人鬼地祇之禮是也。"古帝王祭天地的郊宮和祭祖先的宗廟。陳琳《爲袁紹檄豫州》:"使從事中郎徐勛,就發遣操,使繕修郊廟,翊衛幼主。" 神祇:天神與地神。《史記·宋微子世家》:"今殷民乃陋淫神祇之祀。"裴駰集解引馬融曰:"天曰神,地曰祇。"韓愈《與孟尚書書》:"天地神祇,昭布森列,非可誣也。"泛指神靈。趙曄《吳越春秋·勾踐伐吳外傳》:"吾自禹之後,承元常之德,蒙天靈之祐、神祇之福,從窮越之地,籍楚之前鋒,以摧吳王之干戈。" 百拜:多次行禮。《禮記·樂記》:"是故先王因爲酒禮,壹獻之禮,賓主百拜,終日飲酒而不得醉焉,此先王之所以備酒禍也。"鄭玄注:"百拜以喻多。"呂溫《河南府試贖帖賦得鄉飲酒詩》:"百拜賓儀盡,三終樂奏長。" 九室:即九廟,天子的祖廟。杜甫《朝享太廟賦》:"壬辰,既格於道祖,乘輿即以是日致齋於九室。"王應麟《小學紺珠·九廟》:"武德元年始立四廟,正觀七年立七廟,開元十年增太廟爲九室。"

⑬ 近臣:指君主左右親近之臣。《墨子·親士》:"臣下重其爵位而不言,近臣則喑,遠臣則喑。"韓愈《天星送楊凝郎中賀正》:"侍從近臣有虛位,公今此去歸何時?" 上帝:天帝。《易·豫》:"先王以作樂崇德,殷薦之上帝,以配祖考。"《國語·晉語》:"夫鬼神之所及,非其族類,則紹其同位,是故天子祀上帝,公侯祀百辟,自卿以下不過其族。"指先帝。蘇軾《西掖告詞·安燾三代妻》:"朕初見上帝,嚴配文

考。”　垂休：顯示祥瑞，降福。陸雲《答孫顯世》：“邈矣上祖，垂休萬葉。廣問弘被，崇軌峻躔。”司馬光《乞開言路札子》：“公私兩困，盜賊已繁，猶賴上帝垂休，歲不大飢。”　捧日：喻忠心輔佐帝王。李嶠《奉和驪山高頂寓目應制》：“步輦陟山巔，山高入紫烟。忠臣還捧日，聖后欲捫天。”鄭愔《奉和幸三會寺應制》：“舊苑經寒露，殘池問劫灰。散花將捧日，俱喜聖慈開。”　動天：感動上天。李商隱《一片》：“一片瓊英價動天，連城十二昔虛傳。良工巧費真爲累，楮葉成來不直錢。”李群玉《聞笛》：“冉冉生山草何異？截而吹之動天地。望鄉臺上望鄉時，不獨落梅兼落淚。”

　　⑭侍從：隨侍帝王或尊長左右。《漢書·史丹傳》：“自元帝爲太子時，丹以父高任爲中庶子，侍從十餘年。”元稹《進馬狀》：“右臣竊聞道路相傳，車駕欲暫游幸溫湯，未知虛實者，臣職居守土，侍從無因。”恩慈：寵愛慈惠。徐陵《爲貞陽侯與王僧辯書》：“被此恩慈，如何酬答？”杜甫《夔州書懷四十韵》：“萍流仍汲引，樗散尚恩慈。”　方當：猶將要，會當。《梁書·簡文帝紀》：“方當玄默在躬，栖心事外。”韋應物《冰賦》：“微客卿之言，則何以雪余惑？方當命有司而撤冰，書盤盂以自式。”　鼓舞：手足舞動，表示歡欣。《孔子家語·辨政》：“天將大雨，商羊鼓舞。”蘇軾《奏户部拘收度牒狀》：“吏民鼓舞，歌詠聖澤。”叫呼：呼喊，呼叫。《淮南子·兵略訓》：“喜怒而合四時，叫呼而比雷霆。”《新唐書·陳子昂傳》：“春作無時，何望有秋？雕甿遺噍，再罹艱苦。有不堪其苦，則逸爲盜賊，揭梃叫呼，可不深圖哉！”

　　⑮手敕：手詔。《周書·宇文亮傳》：“晉公護誅後，亮心不自安，唯縱酒而已，高祖手敕讓之。”《資治通鑑·唐高祖武德二年》：“上出手敕曰：‘賊勢如此，難與爭鋒，宜棄大河以東，謹守關西而已。’”　戴珥：即本文所謂的“戴氣抱珥”，“有赤氣橫在日上謂之戴”，“青赤短小在日旁謂之珥”。瞿曇悉達《唐開元占經·日冠》：“高宗日傍氣圖曰：日戴珥，人主有喜，天下和平，有所立。”瞿曇悉達《唐開元占經·日

冠》：“高宗日傍氣圖曰：日重戴，左右珥，天子有喜，得地，若有所立。”

⑯ 祖宗：特指帝王的祖先，語本《禮記‧祭法》：“（殷人）祖契而宗湯，（周人）祖文王而宗武王。”韓愈《禘祫議》：“陛下追孝祖宗，肅敬祀事。” 積慶：謂行善積福。錢起《陪郭常侍令公東亭宴集》：“不悲歡樂盡，積慶在和羹。”沈遘《文懿皇后齋文》：“恭惟文懿皇后積慶自先，發祥開後。” 子孫：兒子和孫子，泛指後代。劉長卿《送嚴維赴河南充嚴中丞幕府》：“蓮府開花萼，桃園寄子孫。何當舉嚴助？偏沐漢朝恩。”岑參《太白東溪張老舍即事寄舍弟姪等》：“主人東溪老，兩耳生長毫。遠近知百歲，子孫皆二毛。” 冲昧：年幼愚昧。《魏書‧高祖紀》：“昔四代養老，問道乞言。朕雖冲昧，每尚其美。”元稹《授趙宗儒尚書左僕射制》：“顧朕冲昧，實賴老成。” 微誠：微小的誠意，常用作謙詞。庾亮《讓中書令表》：“而微誠淺薄，未垂察諒。憂惶屏營，不知所厝。”駱賓王《爲齊州父老請陪封禪表》：“儻允微誠，許陪大禮。”昊穹：猶蒼天。《文選‧司馬相如〈封禪文〉》：“伊上古之初肇，自昊穹之生民。”李善注引張揖曰：“昊穹，春、夏天名。”李益《大禮畢皇帝御丹鳳門改元建中大赦》：“昊穹景命既已至，王事乃可酬乾坤。” 貺：賜給，賜與。《國語‧魯語》：“君之所以貺使臣，臣敢不拜貺。”韋昭注：“貺，賜也。”鮑照《擬古八首》三：“羞當白璧貺，恥受聊城功。” 有司：官吏，古代設官分職，各有專司，故稱。杜甫《病橘》：“汝病是天意，吾敢罪有司？”元結《舂陵行》：“軍國多所需，切責在有司。有司臨郡縣，刑法競欲施。” 告廟：古代天子或諸侯出巡或遇兵戎等重大事件而祭告祖廟，稱“告廟”。《左傳‧桓公二年》：“凡公行，告於宗廟，反行飲至，舍爵策勛焉，禮也。”班固《白虎通‧巡狩》：“王者出，必告廟何？孝子出辭反面，事死如事生。” 高祖：始祖，遠祖。《左傳‧昭公十五年》：“且昔而高祖孫伯黶司晉之典籍，以爲大政，故曰籍氏。”杜預注：“孫伯黶，晉正卿，籍談九世祖。”孔穎達疏：“九世之祖稱高祖者，言是高遠之祖也。”多爲開國之君的廟號。《漢書‧高帝紀》：“高

祖，沛豐邑中陽里人也。”顏師古注引張晏曰：“《禮》謚法無‘高’，以爲功最高而爲漢帝之太祖，故特起名焉！”《新唐書·高祖紀》：“貞觀三年，太上皇徙居大安宮，九年五月崩於垂拱前殿，年七十一，謚曰太武，廟號高祖。”　　無窮：無盡，無限，指事物沒有窮盡。《孫子·虛實》：“人皆知我所以勝之形，而莫知吾所以制勝之形，故其戰勝不復，而應形於無窮。”《史記·田單列傳論》：“兵以正合，以奇勝。善之者，出奇無窮。”　　祐：保佑，舊指神明保佑。《易·大有》：“自天祐之，吉無不利。”韓愈《唐故朝散大夫越州刺史薛公墓誌銘》：“公宜有後，有二稚子，其祐成之，公食廟祀。”　　憲宗：即唐憲宗李純，唐穆宗的父親。《舊唐書·穆宗紀》：“穆宗睿聖文惠孝皇帝諱恒，憲宗第三子，母曰懿安皇后郭氏。貞元十一年七月生於大明宮之別殿，初名宥，封建安郡王。元和元年八月進封遂王，五年三月領彰義軍節度大使，七年十月冊爲皇太子，改今諱。”　　有截：齊一貌，整齊貌，有，助詞。《詩·商頌·長髮》：“苞有三蘖，莫遂莫達，九有有截。韋顧既伐，昆吾夏桀。”鄭玄箋：“九州齊一截然。”白居易《刑禮道策》：“方今華夷有截，内外無虞，人思休和。”後人割取《詩》句“有截”二字代稱九州。《北齊書·樊遜傳》：“後服之徒，既承風而慕化，有截之内，皆蹈德而詠仁。”杜牧《奉和門下相公送西川相公出鎮全蜀詩十八韵》：“無私天雨露，有截舜衣裳。”　　功：功勞，功績。《周禮·夏官·司勛》：“王功曰勛，國功曰功。”杜甫《八陣圖》：“功蓋三分國，名成八陣圖。”　　誕告：廣泛告知。《書·湯誥》：“王歸自克夏，至於亳，誕告萬方。”孔傳：“誕，大也，以天命大義告萬方之衆人。”范仲淹《睦州謝上表》：“初傳入道之言，則臣遽上封章，乞寢誕告。”　　華夷：指漢族與少數民族，後亦指中國和外國。《晉書·元帝紀》：“天地之際既美，華夷之情允洽。”杜甫《嚴公廳宴詠蜀道畫圖》：“華夷山不斷，吳蜀水相通。”　　知悉：知曉，舊時多用於上對下的文書、信件。陸贄《馬燧渾瑊副元帥招討河中制》：“惟輸誠歸順，罔有不赦；惟執逆拒命，罰止元凶。寧失不經，無濫無罪,列爵懸賞,用俟勛賢。佈告遠邇,咸令知悉。"李德裕《代宏敬與澤潞軍將書》:"公等須知罪惡貫盈,神人共棄,更不得扇虛妄之説,歸怨朝廷。聊布所懷。各當知悉。"

⑰ 感通:謂此有所感而通於彼,意即一方的行爲感動對方,從而導致相應的反應。語本《易·繫辭》:"《易》無思也,無爲也,寂然不動,感而遂通天下之故。"《朱子語類》卷七二:"趙致道問感通之理。曰:'感,是事來感我;通,是自家受他感處之意。'" 九霄:天之極高處。李頎《送劉四赴夏縣》:"九霄特立紅鸞姿,萬仞孤生玉樹枝。劉侯致身能若此,天骨自然多歟美。"包佶《元日觀百僚朝會》:"壽色凝丹檻,歡聲徹九霄。御爐分獸炭,仙管弄雲韶。" 推讓:遜讓,推辭。《莊子·刻意》:"語仁義忠信,恭儉推讓,爲修而已矣!"王充《論衡·本性》:"一歲嬰兒,無推讓之心。" 萬葉:萬世,萬代。《晉書·武帝紀》:"見土地之廣,謂萬葉而無虞;睹天下之安,謂千年而永治。"吳兢《貞觀政要·納諫》:"微臣竊思秦始皇之爲君也,藉周室之餘,因六國之盛,將貽之萬葉。"

⑱ 宸翰:帝王的墨迹。沈佺期《立春日内出彩花應制》:"花迎宸翰發,葉待御筵披。"趙彦衛《雲麓漫抄》卷一:"我淵聖皇帝居東宫日,親灑宸翰,畫唐十八學士,並書姓名序贊,以賜宫僚。" 天文:義同"宸翰",天子之墨迹,亦即唐穆宗的親筆旨意。張九齡《奉和聖製幸晉陽宫》:"三后既在天,萬年斯不刊。尊祖實我皇,天文皆仰觀。"李嶠《奉和幸三會寺應制》:"天文光聖草,寶思合真如。謬奉千齡日,欣陪十地初。" 聖旨:帝王的意旨和命令。《三國志·張遼傳》:"以明公威信著於四海,遼奉聖旨,豨必不敢害故也。"杜甫《江陵望幸》:"甲兵分聖旨,居守付宗臣。"

⑲ 萬古:猶遠古。《宋書·顧覬之傳》:"皆理定於萬古之前,事徵於千代之外。"葛洪《抱朴子·勖學》:"故能究覽道奥,窮測微言,觀萬古如同日,知八荒若户庭。"猶萬代,萬世,形容經歷的年代久遠。

《北齊書·文宣帝紀》：“〔高洋〕詔曰：‘朕以虛寡，嗣弘王業，思所以贊揚盛績，播之萬古。’”杜甫《戲爲六絶句》二：“爾曹身與名俱滅，不廢江河萬古流。”　百王：歷代帝王。沈約《光宅寺刹下銘》：“濡足萬古，援手百王。”廣宣《禁中法會應制》：“道場三教會，心地百王期。”　伏惟：亦作“伏維”，下對上的敬詞，多用於奏疏或信函，表示希望，願望。韓愈《賀皇帝即位表》：“臣聞昔者堯舜以籲嗟，君臣相戒，以致至治……伏惟皇帝陛下儀而象之，以永多福。”王安石《上仁宗皇帝言事書》：“伏維陛下詳思而擇其中，幸甚！”　天恩：指帝王的恩惠。《後漢書·班超傳》：“幸得以微功，特蒙重賞，爵列通侯，位二千石，天恩殊絶。”李白《經亂離後天恩流夜郎憶舊遊書懷贈江夏韋太守良宰》：“中夜四五歎，常爲大國憂。旌旆夾兩山，黄河當中流。”　密賜：秘密賜予。《魏書·王睿傳》：“睿出入帷幄，太后密賜珍玩繒綵，人莫能知。”周密《武林舊事·北使到闕》：“又次日，遣近臣賜御筵。自到闕至朝辭，密賜大使銀一千四百兩，副使八百八十兩。”　裁察：裁斷審察。《漢書·晁錯傳》：“竊願陛下幸擇聖人之術可用今世者，以賜皇太子，因時使太子陳明於前，唯陛下裁察。”《舊唐書·陸贄傳》：“若有幽贊，一失其便，後何可追？幸垂裁察！”

[編年]

　　《年譜》編年本文於長慶元年，理由是：“《狀》云：‘今月二日，日旁瑞氣。’據《唐會要》卷二十九《祥瑞》下云：‘長慶元年正月二日有事於南郊，出東省門，日抱珥，五色。’”《編年箋注》編年：“《舊唐書·穆宗紀》：‘長慶元年正月己亥朔，上親薦獻太清宮、太廟。是日法駕赴南郊，日抱珥，宰臣賀於前。’《唐會要》卷二九《祥瑞下》：‘長慶元年正月二日，有事於南郊，出東省門，日抱珥，五色。’此《狀》云：‘某日日上有橫赤氣，五色，鮮明黃潤；日兩邊各有嘉氣，内赤外青，宰臣稱賀，云是五色雲見。’元稹此《狀》辨其非五色祥雲之小瑞，實爲戴氣抱珥之殊祥。建議特宜手敕臣下以正之,并令有司擇日告廟,誕告華夷,並令知悉。此《狀》宜撰于《郊天五色祥雲賦》稍後。元稹先有《五色祥雲賦》,意有數人同題之作,亦稱五色祥雲也。兹爲個人深思之結果。"《年譜新編》編年本文於長慶元年,理由是:"狀云:'今月二日,日旁瑞氣。'"

我們以爲,《年譜》、《年譜新編》將長慶元年正月二日出現"日旁瑞氣"、"日抱珥,五色"作爲本文撰作的具體時間。其實元稹先有《郊天日五色祥雲賦》,而本文是事後所撰,《年譜》、《年譜新編》的編年有誤,而《編年箋注》的編年意見也没有説清具體的時間與真正的理由,非常可惜。《册府元龜·符瑞》:"穆宗長慶元年正月,帝饗太廟,禮畢,出朱雀門中路,日抱珥,五色。宰臣蕭俛等率兩省供奉官稱賀於馬前。"元稹的《郊天日五色祥雲賦》亦即作於此後,亦即正月初四日。至於《編年箋注》所云"意有數人同題之作,亦稱五色祥雲也",查閲現存文獻,未見唐時同代人的同題之作,應該屬於《編年箋注》的想當然之語。本文云"竊見其日除王潜、郭釗、田布等官",據《舊唐書·穆宗紀》,此事正式在朝廷上公佈是長慶元年正月初五。本文又有"謹按乙巳占,有赤氣横在日上謂之戴"云云,所謂"赤氣横在日上"就是被誤認爲"五色雲見",而"乙巳",據《舊唐書·穆宗紀》長慶元年正月"己亥朔"推算,此"乙巳"當爲正月初七。據此,本文應該作于長慶元年正月初七之時,地點在長安,元稹時任祠部郎中知制誥臣。

◎ 劉士涇授太僕卿制(一)①

敕:卿寺甚重,不易其人。其或以勛以親(二),以報以勸,又何愛焉②!

銀青光禄大夫、前檢校大理少卿(三)、駙馬都尉劉士涇:

去歲西戎跳入涇上（時吐蕃數入寇），京師戒嚴。朕慨然有思廉
頗、李牧之志③。而習事者言爾父司空（名昌）之在涇也，築平
涼等八城二堡壍﹝四﹞，保定平原，使涇人益樹麥禾，以復后稷、
公劉之教，十有六年，犬戎不敢東顧（貞元七年，劉昌爲涇原節度使，
城平涼，開地二百里，扼彈箏峽，又西築保定，扞青石嶺，凡七城二堡。昌在軍十
五年，軍有美粮，兵械銳新，邊妥寧）④。

　　朕聞其人，思見其後。果有令子，在吾懿親（士涇尚順宗女
雲安公主）。與之討論，自亦奇士﹝五﹞。鋪陳將略，殊有父風。訪
其班資，則曰亞諸卿之間﹝六﹞，嘗十年矣（時涇官少卿已十餘年）⑤！

　　今乃除其憂服，命以大僚﹝七﹞。豈惟報爾先臣，榮吾戚
里，亦欲使緣邊諸將，視其愛子，爲我竭誠。可守太僕卿、駙
馬都尉，餘如故⑥。

錄自《元氏長慶集》卷四六

［校記］

　　（一）劉士涇授太僕卿制：楊本、叢刊本同，《英華》、《文章辨體彙
選》、《淵鑑類函》、《全文》作“授劉士涇太僕卿制”，各備一説，不改。

　　（二）其或以勛以親：楊本、叢刊本、《全文》同，《英華》、《文章辨
體彙選》作“或以勛以親”，各備一説，不改。《淵鑑類函》無“敕”以下
八句，僅錄以備考。

　　（三）銀青光禄大夫、前檢校大理少卿、駙馬都尉：原本作“檢校
大理少卿、駙馬都尉”，楊本、叢刊本、《全文》同，《文章辨體彙選》作
“具官”，據《英華》改。

　　（四）築平涼等八城二堡壍：楊本、叢刊本、《英華》、《文章辨體彙
選》、《淵鑑類函》同，《全文》作“築平涼等八城一堡壍”，各備一説，
不改。

（五）自亦奇士：楊本、叢刊本、《全文》同，《英華》、《文章辨體彙選》、《淵鑑類函》作“亦自奇士”，各備一説，不改。

（六）則曰亞諸卿之間：楊本、叢刊本、《英華》、《文章辨體彙選》、《淵鑑類函》、《全文》均同，《元稹集》校勘：“亞卿：原作‘亞諸卿’，‘諸’爲衍文，故删。”其實“亞諸卿”語義可通，“諸”不是衍文，不該删除。

（七）今乃除其憂服，命以大僚：楊本、叢刊本、《全文》同，《英華》、《文章辨體彙選》作“今乃除其憂服，命以太僕”，《淵鑑類函》作“今命以太僕”，各備一説，不改。

［箋注］

① 劉士涇：關於“劉士涇”，史籍記載多所舛誤：《舊唐書·劉士涇傳》：“士涇，德宗朝尚主，官至少列十餘年。家富於財，結託中貴，交通權倖。憲宗朝，遷大府卿。制下，給事中韋弘景等封還制書，言士涇不合居九卿，辭語激切。憲宗謂弘景曰：‘士涇父有功於國，又是戚屬，制書宜下。’弘景奉詔。士涇善胡琴，多遊權倖之門，以此爲之助，時論鄙之。”《新唐書·劉士涇傳》略同。《舊唐書·劉士涇傳》、《新唐書·劉士涇傳》均言此事發生在唐憲宗在位之時。而《新唐書糾謬》僅僅舉出異同，不作判斷：“韋弘景封還詔書事，一以爲憲宗，一以爲穆宗。”又云：“今案《劉士涇傳》云遷太僕卿，給事中韋弘景等封還制書，以士涇交通近倖，不當居九卿。憲宗曰：‘昌有功於邊，士涇又尚主，官少卿已十餘年，制書宜下。’弘景等乃奉詔。此二傳一以爲穆宗，一以爲憲宗；一則云弘景固執，帝怒，使宣慰安南，一則云弘景等乃奉詔。二説殊不同，未知其孰是。且又士涇傳云‘弘景等’，即不知餘人爲誰？此皆舛誤之甚者也。”而《舊唐書·韋弘景傳》則云：“劉士涇以駙馬交通邪倖，穆宗用爲太僕卿。弘景與給事薛存慶封還詔書，論士涇曰：‘……’穆宗遣宰臣宣諭，弘景等固執如前。宰臣不得已，改衛尉少卿。穆宗復遣諭弘景曰：‘士涇父昌有邊功，士涇爲少列

十餘年，又尚雲安公主，宜有加恩。朕思賞勞睦親之意，竟行前命。'弘景執奏不可，中人宣諭再三，弘景不爲之迴，穆宗怒，乃令弘景使安南邕容宣慰，時論翕然推重。"《舊唐書》記載與其他史籍記載不同，何者爲是？我們以爲，元稹《劉士涇授太僕卿制》即可證明此事發生在穆宗朝，與唐憲宗無涉。而所謂的"'弘景等'，即不知餘人爲誰"的問題，此"餘人"即是薛存慶，《舊唐書·韋弘景傳》"弘景與給事薛存慶封還詔書"之言已經清清楚楚標示"餘人"是"薛存慶"。而從薛存慶的角度來考察，薛存慶拜給事中在穆宗朝，亦可證明此事發生在穆宗朝。《舊唐書·元稹傳》錄入元稹"自叙"："穆宗初，宰相更相用事。丞相段公一日獨得對，因請亟用兵部郎中薛存慶、考功員外郎牛僧孺，予亦在請中。上然之，不十數日，次用爲給舍。"《舊唐書·穆宗紀》更明白無誤指出具體的時日："長慶元年正月己亥朔……己酉，以前檢校大理少卿、駙馬都尉劉士涇爲太僕卿。給事中韋弘景、薛存慶封還詔書，上諭之曰：'士涇父昌有邊功，久爲少列十餘年，又以尚雲安公主，朕欲加恩，制宜放下。'制命始行。"另外，《新唐書·諸公主傳》："雲安公主，亦漢陽同生，下嫁劉士涇。"而雲安公主屬於"順宗十一女"之列，並非"德宗朝尚主"，《舊唐書·劉士涇傳》亦誤。韋弘景《封還劉士涇授太僕卿詔疏》："臣等伏觀制書，授前件太僕卿者。伏以司僕正卿，位居九列，在周之命，伯冏其人。所以惟月膺名，象河稱重。漢朝亦以石慶之謹願，陳萬年之行潔，皆踐斯職，謂之大僚。今士涇戚里常人，班叙散秩，徒以父任將帥，家富貲財，聲名不在於士林，行義無聞於朝野，忽長卿寺，有瀆官常。況以親則人物未賢，以勛則寵待常厚。今更顯任，誠謂謬官。《傳》曰：'唯名與器，不可假人。'蓋士涇之謂。臣等職司違失，實在守官。其劉士涇新除太僕卿敕，不敢行下，謹隨狀封進。"錄以備考。　　太僕卿：《舊唐書·職官志》："太僕寺(太僕，古官，梁置十二卿，署加寺字，後因之。龍朔改爲司馭寺，光宅爲司僕寺，神龍復也)，卿一員(從三品，古有太僕正，即其名也。

後無正字,唯名太僕。梁置爲列卿,隋品第三。龍朔爲司馭正卿,光宅曰司僕卿,神龍復也)。少卿二人(從四品上)。卿之職,掌邦國廐牧,車輿之政令,總乘黃、典廐、典牧、車府四署及諸監牧之官屬,少卿爲之貳。凡國有大禮及大駕行幸,則供其五輅屬車之屬。凡監牧羊馬所通籍帳,每歲則受而會之,以上尚書駕部,以議其官吏之考課。凡四仲之月,祭馬祖、馬步、先牧、馬社。"杜甫《奉送郭中丞兼太僕卿充隴右節度使三十韵》:"詔發西山將,秋屯隴右兵。凄涼餘部曲,燀赫舊家聲。"羅隱《裴庶子除太僕卿因賀》:"秩隨科第臨時貴,官逐簪裾到處清。應笑馬安虛巧宦,四迴遷轉始爲卿。"

② 卿寺:九卿的官署。《左傳·隱公七年》:"初,戎朝於周,發幣於公卿,凡伯弗賓。"杜預注:"如今計獻,詣公府、卿寺。"孔穎達疏:"自漢以來,三公所居謂之府,九卿所居謂之寺。"楊伯峻注:"據《儀禮·聘禮》,貴賓於朝君以後,又訪問公卿,公卿接待之於祖廟,復又私相見面,兩次皆有財禮。"《隸釋·漢太尉陳球碑》:"君諱球,字伯真。"洪適釋:"陳公名球,下邳淮浦人,三剖郡符,五入卿寺,再爲三公,靈帝光和二年卒。" 不易:不改變,不更換。《易·乾》:"不易乎世,不成乎名。"王弼注:"不爲世俗所移易。"《漢書·哀帝紀》:"制節謹度以防奢淫,爲政所先,百王不易之道也。"顏師古注:"言爲常法,不可改易。" 勛:即勛臣,功臣。《後漢書·祭遵傳》:"昔高祖大聖,深見遠慮,班爵割地,與下分功,著録勛臣,頌其美德。"《宋書·臧質傳》:"質國戚勛臣,忠誠篤亮。" 親:親人,親戚。《周禮·秋官·掌戮》:"凡殺其親者焚之,殺王之親者辜之。"鄭玄注:"親,總服以内也。"杜甫《送高司直尋封閬州》:"與子姻婭間,既親亦有故。" 報:回贈,回報。《詩·衛風·木瓜》:"投我以木瓜,報之以瓊琚,匪報也,永以爲好也。"韓愈《答張徹》:"辱贈不知報,我歌爾其聆!" 勸:獎勉,鼓勵。《國語·越語》:"國人皆勸,父勉其子,兄勉其弟,婦勉其夫。"蘇軾《東坡志林·記告訐事》:"然熙寧、元豐間,每立一法……皆立重

賞以勸告訐者。"

　　③ 駙馬都尉:從五品下,《舊唐書·職官志》:"駙馬都尉:武散官,駙馬自近代已來唯尚公主者授之。"李白《走筆贈獨孤駙馬》:"都尉朝天躍馬歸,香風吹人花亂飛。銀鞍紫鞓照雲日,左顧右盼生光輝。"權德輿《谷氏神道碑銘》:"幼曰茂宗,銀青光祿大夫、行光祿少卿、員外置同正員、駙馬都尉。"　去歲西戎跳入涇上:事見《舊唐書·穆宗紀》:"(元和十五年十月)壬午,吐蕃寇涇州,命中尉梁守謙將神策軍四千人及八鎮兵赴援……乙酉,涇州奏吐蕃退去。時夏州節度使田縉貪猥,侵刻党項羌,羌引西蕃入寇,賴郝玼、李光顏奮命拒之,方退。丁亥,西川奏吐蕃侵雅州,令發兵鎮守。東川節度使王涯陳破吐蕃策,言以厚賂北蕃,俾入西蕃,據地得人多少賞之。"　西戎:用以稱我國西北方吐蕃等少數民族。杜甫《秦州雜詩二十首》一八:"西戎外甥國,何得迕天威?"張祜《詠史二首》一:"漢代非良計,西戎世世塵。無何求善馬,不算苦生民。"　涇:即涇州,州郡名,府治安定,地當今甘肅涇川縣地。《元和郡縣志·關內道》:"涇州:今爲涇原節度使理所(管涇州、原州,管縣九)……後魏太武帝神䴥三年於此置涇州,因水爲名。隋大業三年改爲安定郡,大業末金城賊帥薛舉侵擾幽涇,武德元年太宗西討,會舉死,因平舉子仁杲,遂改安定郡爲涇州。"王昌齡《山行入涇州》:"倦此山路長,停驂問賓御。林巒信回惑,白日落何處?"孟浩然《送張參明經舉兼向涇州覲省》:"十五綵衣年,承歡慈母前。孝廉因歲貢,懷橘向秦川。"　京師:《詩·大雅·公劉》:"京師之野,於時處處。"馬瑞辰通釋:"京爲幽國之地名……吳斗南曰:'京者,地名;師者,都邑之稱,如洛邑亦稱洛師之類。'其說是也。""京師"之稱始此,後世因以泛稱國都。李頎《贈別高三十五》:"小縣情未愜,折腰君莫辭。吾觀主人意,不久召京師。"王昌齡《旅望》:"白花原頭望京師,黃河水流無盡時。窮秋曠野行人絕,馬首東來知是誰?"戒嚴:在戰時或其他非常情況下,所採取的嚴密防備措施。《三國

志·賈逵傳》："太祖心善逵。"裴松之注引魚豢《魏略》："太祖欲征吳
而大霖雨,三軍多不願行。太祖知其然,恐外有諫者,教曰:'今孤戒
嚴,未知所之,有諫者死。'"王禹偁《授節度使左金吾衛上將軍制》:
"爾其戒嚴黃道,警肅紫垣,致高枕于宸居,是予繫賴,法鈎陳於環衛,
在汝恪恭。" 廉頗:戰國時期趙國名將,事見《史記·廉頗藺相如列
傳》:"廉頗者,趙之良將也。趙惠文王十六年,廉頗爲趙將,伐齊,大
破之,取陽晉,拜爲上卿,以勇氣聞於諸侯……"杜甫《奉和嚴中丞西
城晚眺十韻》:"汲黯匡君切,廉頗出將頻。直詞才不世,雄略動如
神。"李端《贈故將軍》:"恃功淩主將,作氣見王侯。誰道廉頗老?猶
能報遠讎。" 李牧:戰國時期趙國名將,事見《史記·廉頗藺相如列
傳》:"李牧者,趙之北邊良將也。常居代雁門,備匈奴。以便宜置吏,
市租皆輸入莫府,爲士卒費。日擊數牛饗士,習射騎,謹烽火,多閒
諜,厚遇戰士。爲約曰:'匈奴即入盜,急入收保,有敢捕虜者斬。'匈
奴每入,烽火謹,輒入收保,不敢戰。如是數歲,亦不亡失。然匈奴以
李牧爲怯,雖趙邊兵,亦以爲'吾將怯'。趙王讓李牧,李牧如故。趙
王怒,召之,使他人代將。歲餘,匈奴每來,出戰。出戰,數不利,失亡
多,邊不得田畜。復請李牧,牧杜門不出,固稱疾。趙王乃復强起使
將兵,牧曰:'王必用臣,臣如前,乃敢奉令。'王許之,李牧至,如故約。
匈奴數歲無所得,終以爲怯。邊士日得賞賜而不用,皆願一戰。於是
乃具選車,得千三百乘。選騎,得萬三千匹。百金之士五萬人,彀者
十萬人,悉勒習戰。大縱畜牧,人民滿野。匈奴小入,佯北不勝,以數
千人委之。單于聞之,大率衆來入。李牧多爲奇陳,張左右翼擊之,
大破殺匈奴十餘萬騎。滅襜襤,破東胡,降林胡,單于奔走。其後十
餘歲,匈奴不敢近趙邊城……"雍陶《罷還邊將》:"白鬚虜將話邊事,
自失公權怨語多。漢主豈勞思李牧,趙王猶是用廉頗。"周曇《春秋戰
國門·郭開》:"秦襲邯鄲歲月深,何人沾贈郭開金?廉頗還國李牧
在,安得趙王爲爾擒?"

④“而習事者言爾父司空之在涇也”七句：事見《舊唐書·劉昌傳》：“劉昌，字公明，汴州開封人也……貞元三年，玄佐朝京師，上因以宣武士衆八千委昌北出五原。軍中有前却沮事，昌繼斬三百人，遂行。尋以本官授京西北行營節度使。歲餘，授涇州刺史，充四鎮、北庭行營，兼涇原節度支度營田等使。昌躬率士衆，力耕三年，軍食豐羨，名聞闕下。復築連雲堡，受詔城平凉，以扼彈箏峽口。昌命徒庀事，旬餘而畢。又於平凉西別築胡谷堡，名曰彰信。平凉當四會之衝，居北地之要，分兵援戍，遏其要衝，遂以保寧邊鄙，加檢校右僕射……昌在西邊僅十五年，強本節用，軍儲豐羨。及嬰疾，約以是日赴京求醫，未發而卒，年六十四，廢朝一日，贈司空。”又見《新唐書·劉昌傳》：“（貞元）七年，城平凉，開地二百里，扼彈箏峽。又西築保定，扞青石嶺，凡七城二堡，旬日就。以功檢校尚書右僕射，累封南川郡王……昌在邊凡十五年，身率士墾田，三年而軍有羨食，兵械銳新，邊障妥寧。及感疾，詔赴京師，未行卒，年六十五，贈司空。”又見《舊唐書·德宗紀》：“（貞元七年）二月己巳，涇原帥劉昌復築平凉城，城去故原州一百五十里，本原之屬縣，地當禦戎之衝要，昌復浹辰而功畢，分兵戍之，邊患稍弭……（三月）甲子，涇原節度使劉昌築胡谷堡，改名彰義堡，堡在平凉西三十五里，亦禦戎之要地。”　習事：謂熟諳事理。《史記·田叔列傳》：“趙禹以次問之，十餘人無一人習事有智略者。”《顔氏家訓·涉務》：“軍旅之臣，取其斷決有謀，強幹習事。”　后稷：周之先祖，相傳姜嫄踐天帝足迹，懷孕生子，因曾棄而不養，故名之爲“棄”，虞舜命爲農官，教民耕稼，稱爲“后稷”。周曇《唐虞門·后稷》：“人惟邦本本由農，曠古誰高后稷功？百穀且繁三曜在，牲牢郊祀信無窮。”貫休《上劉商州》：“丘軻文之天，代天有餘功。代天復代天，后稷何所從？”　公劉：古代周族的領袖，傳爲后稷的曾孫，他遷徙豳地（今陝西旬邑）定居，不貪享受，致力於發展農業生產，後用爲仁君的典實。張九齡《對嗣魯王道堅所舉道侔伊吕科第二道》：“是時

漢武事胡，豈比重華之干羽？秦皇戍越，奚擬公劉之橐囊？"劉得仁
《送王書記歸邠州》："陰雲翳城郭，細雨紊山川。從事公劉地，元戎舊
禮賢。" 犬戎：舊時對我國少數民族的蔑稱。李白《送族弟綰從軍安
西》："漢家兵馬乘北風，鼓行而西破犬戎。爾隨漢將出門去，剪虜若
草收奇功。"岑參《玉門關蓋將軍歌》："玉門關城迥且孤，黃沙萬里白
草枯。南鄰犬戎北接胡，將軍到來備不虞。" 十有六年：意謂劉昌領
鎮涇原節度使府始於貞元四年（788），終於貞元十九年（803）前後計
十六年。《舊唐書·德宗紀》："貞元四年春正月庚戌朔……庚午……
以宣武軍行營節度使劉昌爲涇州刺史、四鎮北庭行軍、涇原等州節度
使……（貞元十九年五月）甲子，四鎮北庭行軍、涇原節度使、檢校右
僕射、涇州刺史劉昌卒。" 東顧：顧念東方。阮瑀《爲曹公作書與孫
權》："上令聖朝無東顧之勞，下令百姓保安全之福。"也謂東望。張九
齡《奉和聖製早渡蒲津關》："東顧重關盡，西馳萬國陪。"

　　⑤ 令子：猶言佳兒，賢郎，多用於稱美他人之子。王維《送嚴秀
才還蜀》："寧親爲令子，似舅即賢甥。別路經花縣，還鄉入錦城。"元
稹《去杭州》："昔公令子尚貴主，公執舅禮婦執箒。返拜之儀自此絶，
關雎之化皎不昏。" 懿親：特指皇室宗親、外戚。曹植《求通親親
表》："昔周公弔管蔡之不咸，廣封懿親，以藩屏王室。"《舊唐書·牛仙
客傳》："時有監察御史周子諒竊言於御史大夫李適之曰：'牛仙客不
才，濫登相位，大夫國之懿親，豈得坐觀其事？'" 討論：謂共同商討
辯論。《南史·顧越傳》："弱冠遊學都下，通儒碩學。必造門質疑，討
論無倦。"羅隱《題玄同先生草堂三首》三："常時憶討論，歷歷事猶
存。" 奇士：非常之士，德行或才智出衆的人。楊炎《雲麾將軍李府
君神道碑》："有沈謀以忠中國，有長技以服諸戎。天子聞而思之，密
命奇士，要之信誓。"李翱《薦所知於徐州張僕射書》："隴西李觀，奇士
也！" 鋪陳：鋪叙，陳述。《周禮·春官·大師》："教六詩。"鄭玄注：
"賦之言鋪，直鋪陳今之政教善惡。"柳宗元《爲文武百官請復尊號第

三表》：“實以功德俱茂，典禮宜崇；然而不能鋪陳，無以動寤。”　將
略：用兵的謀略。《三國志・諸葛亮傳》：“然亮才，於治戎爲長，奇謀
爲短。理民之幹，優於將略。”王安石《贈尚書工部侍郎鄭公挽辭》：
“南去伏波推將略，北來光禄擅詩名。”　風：風操，節操。《孟子・萬
章》：“故聞伯夷之風者，頑夫廉，懦夫有立志。”沈亞之《上壽李大夫
書》：“昔者燕昭以千金市駿骨而百代稱之……今亞之仰閣下之風而
進於前，聞閣下又不以朽鈍而顧之，寧鄙人之宜顧也。”猶風範，風度。
《後漢書・龐參傳》：“〔龐參〕勇謀不測，卓爾奇偉，高才武略，有魏尚
之風。”蘇軾《送水丘秀才叙》：“頭骨磽然，有古丈夫風。”　班資：官階
和資格。韓愈《進學解》：“商財賄之有亡，計班資之崇庳。”范仲淹《潤
州謝上表》：“削天閣之班資，奪神州之寄任。”　亞：並排，依傍。袁康
《越絶書・外傳紀策考》：“吳越爲鄰……兩邦同城，相亞門户。”元稹
《山枇杷》：“亞水依巖半傾側，籠雲隱霧多愁絶。”　諸卿：古代天子和
諸侯所屬的衆高級官員。《左傳・昭公元年》：“若野賜之，是委君貺
於草莽也，是寡大夫不得列於諸卿也。”《韓非子・内儲説》：“公不聽，
居三月，諸卿作難，遂殺厲公而分其地。”

　　⑥ 憂服：謂因父母死而居憂服喪，亦指喪服。《晉書・顧和傳》：
“古人或有釋其憂服以祗王命，蓋以才足幹時，故不得不體國徇義。”
元稹《姚文壽右監門衛將軍知内侍省事制》：“憂服既除，庸功可獎。
崇階厚秩，兼以命之。”　大僚：大官職。《書・多方》：“迪簡在王庭，
尚爾事，有服在大僚。”柳宗元《唐故萬年令裴府君墓碣》：“世服大僚，
仍耀烈名。”　先臣：古代臣於君前稱自己已死的祖先、父親爲“先
臣”，或者皇上敬稱臣僚已死的祖先、父親爲“先臣”。《左傳・文公十
五年》：“宋華耦來盟……公與之宴，辭曰：‘君之先臣督，得罪於宋殤
公，名在諸侯之策，臣承其祀，其敢辱君？’”杜預注：“耦，華督曾孫
也。”陸機《謝平原内史表》：“世無先臣宣力之效，才非丘園耿介之
秀。”　戚里：帝王外戚聚居的地方。《史記・萬石張叔列傳》：“於是

高祖召其姊爲美人，以奮爲中涓，受書謁，徙其家長安中戚里。"司馬貞索隱引顏師古曰："於上有姻戚者皆居之，故名其里爲戚里。"《文選·左思〈魏都賦〉》："亦有戚里，寘宮之東。"呂延濟注："戚里，外戚所居之里。"借指外戚。《後漢書·張霸傳贊》："霸貴知止，辭交戚里。"　緣邊：沿邊，指邊境。《後漢書·張奐傳》："寇掠緣邊九郡，殺略百姓。"白居易《西涼伎》："緣邊空屯十萬卒，飽食溫衣閑過日。"竭誠：忠誠，盡心。《漢書·劉向傳》："賴忠正大臣絳侯、朱虛侯等竭誠盡節以誅滅之，然後劉氏復安。"《舊唐書·德宗紀》："賴天地降祐，人祇協謀，將相竭誠，爪牙宣力，群盜斯屏，皇維載張。"

[編年]

　　《年譜》編年："《舊唐書·穆宗紀》云：'（長慶元年正月）己酉，以前檢校大理少卿、駙馬都尉劉士涇爲太僕卿。給事中韋弘景、薛存慶封還詔書，上諭之曰："士涇父昌，有邊功，久爲少列十餘年，又以尚雲安公主，朕欲加恩，制宜放下。"制命始行。'"《編年箋注》、《年譜新編》編年理由均與《年譜》同，前者結論是："此《制》即長慶元年（八二一）正月己酉（十一日）所下制。"後者的結論是："制長慶元年正月作。"

　　我們的編年理由與《年譜》、《編年箋注》、《年譜新編》同，但編年意見稍有出入：《舊唐書·穆宗紀》："長慶元年正月己亥朔……己酉，以前檢校大理少卿、駙馬都尉劉士涇爲太僕卿。給事中韋弘景、薛存慶封還詔書，上諭之曰：'士涇父昌，有邊功，久爲少列十餘年，又以尚雲安公主，朕欲加恩，制宜放下。'制命始行。"據干支推算，"己酉"應該是長慶元年正月十一日。這是"劉士涇爲太僕卿"之詔令正式發佈并最終實施的日子，但元稹撰成此文應該在此前一二日，亦即正月九日、十日之間，經過韋弘景、薛存慶的庭諍，最終才在十一日下達，地點在長安，元稹時任祠部郎中知制誥之職。

　　順便說明一下，王詠剛《兩千年中西曆速查》以爲長慶元年正月

“戊戌朔”。我們以爲推算有誤，長慶元年正月應該是“己亥朔”，我們的“己酉”是長慶元年正月十一日就是根據“己亥朔”推算而得。

◎ 崔倰可守尚書戶部侍郎制（一）①

敕：朝議大夫、權知尚書戶部侍郎、判度支、上柱國、賜紫金魚袋崔倰：惟朕憲考，亟征不庭，熏剔幽妖，擒滅罪庚（二），用力滋廣，理財是切②。而奸臣乘上之急，刻括以充其求（三）。帝用惘然，思克攸濟（四）。乃詔南服，傳置甚繁③。

爾倰授以耗登之書，俾陳生聚之術。善於其職（五），嚴而不殘④。辟名用物者逃無所入，減私奉公者得以自明。吏不敢欺，人不加賦。公費當其所則不吝，上求非其故則不獻⑤。挺直廉厚，真爲吏師。試可甄明，歲滿當陟。朕保其始，爾思其終。始終不渝，乃可用乂。可守尚書戶部，依前判度支，散官、勳、賜如故⑥。

録自《元氏長慶集》卷四五

［校記］

（一）崔倰可守尚書戶部侍郎制：原本作“崔稜可守尚書戶部侍郎制”，盧校、楊本作“崔稜授尚書戶部侍郎制”，宋浙本、叢刊本、《全文》作“授崔稜尚書戶部侍郎制”，各本文題及正文“崔倰”俱誤爲“崔稜”，白居易《授崔倰河南尹制》，也誤“崔倰”爲“崔陵”。元稹《有唐贈太子少保崔公墓誌銘》：“公諱倰，字德長，以孝公爲從祖父，則其官族可知也。”《舊唐書·憲宗紀》：“（元和）十五年春正月甲戌朔……壬午，以前湖南觀察使崔倰權知戶部侍郎判度支……（長慶二年）冬十月甲子朔……己丑,以户部侍郎判度支崔倰爲工部尚書判度支……(長慶)二年春正月癸巳朔……甲寅,以工部尚書度支崔倰檢校禮部尚書兼鳳翔尹充鳳翔隴節度使……三月壬辰朔……戊午……以鳳翔節度使崔倰爲河南尹……(長慶三年)二月……户部尚書崔倰卒。"《舊唐書·崔倰傳》:"倰字德長,祖濤,大理卿,孝公沔之弟也。濤生儀甫,終大理丞,即倰之父……"《新唐書·崔倰傳》:"倰字德長祐甫從子也……入爲户部侍郎判度支……出爲鳳翔節度使,踰年,徙河南尹以户部尚書致仕,卒贈太子少保,謚曰肅。"據以上各條記載改。

(二)擒滅罪戾:原本誤作"擒滅罪疾",《全文》同誤,據楊本改。

(三)刻括以充其求:楊本作"刻亂以充其求",《全文》作"刻刮以充其求",各備一説,不改。

(四)思克攸濟:楊本、《全文》作"思克攸濟",各備一説,不改。

(五)善於其職:《全文》同,楊本作"稜亦善於其職",盧校作"倰亦善於其職",録以備考,不改。

[箋注]

① 崔倰:元稹有《有唐贈太子少保崔公墓誌銘》一文,記載甚詳,本書稿收録,拜請參閱。另外,《郭釗等轉勛制》:"倰貳教官,長財善物。"也曾提及崔倰。《新唐書·崔倰傳》:"倰字德長,祐甫從子也。性介潔,矜己之清,視贓負者若讎。以蘇州刺史奏課第一,遷湖南觀察使。湖南舊法:雖豐年,貿易不出境,鄰部灾荒,不恤也。倰至,謂屬吏曰:'此豈人情乎? 無閉糴以重困民。'削其禁,自是商賈流通,貨物益饒。入爲户部侍郎,判度支。時田弘正徙鎮州,以魏兵二千行。既至,留自衛,請度支給歲糧。穆宗下其議,倰固執不與,弘正不得已,遣魏卒。俄而鎮兵亂,弘正遇害,倰之爲也。時天子失德,倰黨與盛,有司不敢名其罪。出爲鳳翔節度使,踰年徙河南尹,以户部尚書致仕,卒贈太子少保,謚曰肅。"《舊唐書·田弘正傳》:"(元和)十五年

十月，鎮州王承宗卒，穆宗以弘正檢校司徒、兼中書令、鎮州大都督府長史，充成德軍節度、鎮冀深趙觀察等使。弘正以新與鎮人戰伐，有父兄之怨，乃以魏兵二千爲衛從。十一月二十六日至鎮州，時賜鎮州三軍賞錢一百萬貫，不時至，軍衆誼騰以爲言。弘正親自撫喻，人情稍安，仍表請留魏兵爲紀綱之僕，以持衆心，其糧賜請給於有司。時度支使崔倰不知大體，固阻其請，凡四上表不報。明年七月，歸卒於魏州，是月二十八日夜軍亂，弘正并家屬參佐將吏等三百餘口並遇害，穆宗聞之震悼，册贈太尉，賻賵加等。"《資治通鑑·長慶元年》："戶部侍郎判度支崔倰性剛褊，無遠慮，以爲魏鎮各自有兵，恐開事例，不肯給。弘正四上表，不報，不得已，遣魏兵歸，（弘正遇害）……崔倰於崔植爲再從兄，故時人莫敢言其罪。"　戶部侍郎：正四品下，戶部次官。《舊唐書·職官志》："戶部尚書一員（正三品。隋爲民部尚書，貞觀二十三年改爲戶部，明慶元年改爲度支，龍朔二年改爲司元太常伯，光宅元年改爲地官尚書，神龍復爲戶部）侍郎二員（正四品下。因隋已來改易名位，皆隨尚書也）尚書、侍郎之職，掌天下田戶、均輸、錢穀之政令，其屬有四：一曰戶部，二曰度支，三曰金部，四曰倉部。總其職務，而行其制命。凡中外百司之事，由於所屬，皆質正焉！"劉禹錫《奉送李戶部侍郎自河南尹再除本官歸闕》："昔年內署振雄詞，今日東都結去思。宮女猶傳洞簫賦，國人先詠袞衣詩。"姚合《和戶部侍郎省中晚歸》："寒日南宮晚，閑吟半醉歸。位高行路靜，詩好和人稀。"

②　權知：謂代掌某官職。《新唐書·黨項傳》："〔拓拔思恭〕俄進四面都統，權知京兆尹。"王君玉《國老談苑》卷一："太祖嘗語趙普曰：'唐室禍源在諸侯難制，何術以革之？'普曰：'列郡以京官權知，三年一替，則無虞。'因從之。"　憲考：即顯考，指亡父。韓愈《鄆州溪堂》："及我憲考，一牧正之。"元稹《蕭俛等加勛制》："惟朕憲考，集大命於朕躬，宅憂昏逾，罔克攸濟。"　不庭：不朝於王庭者，不朝於王庭。

《左傳·隱公十年》:"以王命討不庭。"杜預注:"下之事上皆成禮於庭中。"楊伯峻注:"庭,動詞,朝於朝庭也。九年《傳》云'宋公不王',故此云以討不庭。此不庭爲名詞,義爲不庭之國。"《漢書·趙充國傳》:"鬼方賓服,罔有不庭。"顏師古注:"庭,來帝庭也。" 熏剔:用烟火驅除,比喻徹底剷除。猶"熏燒",《後漢書·虞延傳》:"爾,人之巨蠹,久依城社,不畏熏燒,今考實未竟,宜當盡法。"猶"熏袚",范成大《吳船錄》卷上:"民皆束艾蒿於門,燃之發烟,意者熏袚穢氣,以爲候迎之禮。" 幽妖:隱藏的妖魔,喻奸臣。元稹《苦雨》:"又提精陽劍,蛟螭支節屠。陰沴皆電掃,幽妖亦雷驅。"王安石《九鼎》:"禹行掘山走百穀,蛟龍竄藏魑魅伏。心誌幽妖尚覬隙,以金鑄鼎空九牧。" 罪戾:罪愆。《國語·晉語》:"君實不能明訓,而棄民主。餘,罪戾之人也,又何患焉?"秦觀《邊防策》:"赦其罪戾,與之更始。" 用力:使用力氣,花費精力。《禮記·祭義》:"小孝用力,中孝用勞。"《史記·秦楚之際月表》:"以德若彼,用力如此,蓋一統若斯之難也。"施展才能。韓愈《送李愿歸盤谷序》:"大丈夫之遇知於天子,用力於當世者之所爲也。" 理財:治理財物。《易·繫辭》:"理財正辭,禁民爲非曰義。"孔穎達疏:"言聖人治理其財,用之有節。"王符《潛夫論·叙錄》:"先王理財,禁民爲非。"

③ 奸臣:指不忠於君主,弄權誤國之臣。《後漢書·皇甫規傳》:"大賊從橫,流血丹野,庶品不安,譴誠累至,殆以奸臣權重之所致也。"吳兢《貞觀政要·論擇官》:"内實險詖,外貌小謹,巧言令色,妬善嫉賢;所欲進,則明其美隱其惡,所欲退,則明其過匿其美,使主賞罰不當,號令不行,如此者,奸臣也。" 刻括:剝削搜刮。猶"刻虐"苛刻凶殘。《南史·戴明寶傳》:"顯度刻虐爲百姓疾,比當除之。"蘇軾《乞罷稅務歲終賞格狀》:"臣至淮南,體訪得諸處稅務,自數年來,刻虐日甚,商旅爲之不行。" 憫然:哀憐貌。《南齊書·曹虎傳》:"若遂迷復,知進忘退,當金鉦戒路,雲旗北掃……兵交無遠,相爲憫然。"陳

鴻《長恨歌傳》：“〔玉妃〕次問天寶十四載已還事，言訖，憫然。”　克：
戰勝，攻取。《吕氏春秋·愛士》：“〔繆公〕遂大克晉，反獲惠公以歸。”
高誘注：“克，勝也。”韓愈《司徒兼侍中許國公神道碑銘》：“師道之誅，
公以兵東下，進圍考城，克之。”　攸：通“悠”，憂慮。《左傳·昭公十
二年》：“南蒯之將叛也，其鄉人或知之，過之而歎，且言曰：‘恤恤乎！
湫乎！攸乎！’”俞樾《群經平議·左傳》：“攸即悠之假字，古書悠字或
省作攸，蓋亦聲近而義通……恤，憂也；愁，憂也；悠，憂也。恤恤乎！
愁乎！悠乎！三句一意，深憂之，故重言之也。”柳宗元《答問》：“攸攸
恤恤，卒自戕賊。”　濟：救助。《易·繫辭》：“知周乎萬物，而道濟天
下。”韓愈《原道》：“爲之醫藥，以濟其夭死。”　南服：古代王畿以外地
區分爲五服，故稱南方爲“南服”。《文選·謝瞻〈王撫軍庾西陽集別
時爲豫章太守庾被徵還東〉》：“祗召旋北京，守官反南服。”李善注：
“南服，南方五服也。”《晉書·劉弘傳》：“弘專督江漢，威行南服。”本
文指崔倰任職的湖南都團練觀察處置使、潭州刺史地處“南服”。
傳置：驛站。《漢書·文帝紀》：“太僕見馬遺財足，餘皆以給傳置。”顏
師古注：“置者，置傳驛之所，因名置也。”王先謙補注引宋祁云：“傳，
傳舍；置，廄置。”《宋史·禮志》：“出廄馬，增傳置。”指驛站轉運。元
稹《李立則知鹽鐵東都留後》：“敕李立則：國有移用之職曰轉運使，每
歲傳置貨賄於京師。”

　　④ 耗登：猶言豐歉，田賦因年成豐歉而增減，故借指田賦。元稹
《屯田官考績判》：“三時罔害，然有別於耗登；五稼未終，安可議其誅
賞！”《宋史·食貨志》：“天下賦入之繁，但存催科一簿，一有散亡，則
耗登之數無從鉤考，請復置實行簿。”　生聚：亦即“生聚教訓”，《左
傳·哀公元年》：“〔伍員〕退而告人曰：‘越十年生聚，而十年教訓，二
十年之外，吴其爲沼乎！’”《梁書·賀琛傳》：“今北邊稽服，戈甲解息，
政是生聚教訓之時，而天下户口減落，誠當今之急務。”權德輿《岐國
公杜公淮南遺愛碑銘序》：“惟公鎮定一方，心平德和，言仁必及人，言

智必及事，生聚教訓，勤身急病。” 善職：猶稱職。張說《大唐中散大夫行淄州司馬鄭府君神道碑》：“在昔周王敦叙九族，封懿親於鄭；維時鄭伯敬敷五教，賦善職於周。”《新唐書·岑文本傳》：“時顏師古爲侍郎，自武德以來，詔誥或大事皆所草定。及得文本，號善職，而敏速過之。” 嚴：嚴厲，嚴格。《易·遯》：“君子以遠小人，不惡而嚴。”《韓非子·難》：“知微之謂明，無救赦之謂嚴。” 殘：殘忍，殘暴。《左傳·昭公二十年》：“政寬則民慢，慢則糾之以猛，猛則民殘，殘則施之以寬。寬以濟猛，猛以濟寬，政是以和。”《漢書·雋不疑傳》：“不疑爲吏，嚴而不殘。”

⑤ 辟名：謂庫存財物與帳面不符，指因錢財物資短缺而造假帳，以無作有，或以少作多。《周禮·天官·宰夫》：“凡失財用、物辟名者，以官刑詔冢宰而誅之，其足用、長財、善物者，賞之。”鄭玄注：“辟名，詐爲書，以空作見，文書與實不相應也。”孫詒讓正義：“蓋辟者，差戾之言，以空作見，即《漢書·食貨志》所謂‘多張空簿，府臧不實’。若是，則財用物等與實差戾不相應，故謂之辟名。”鄭伯謙《太平經國書·撰節財》：“九式之法，不過以摶節人主，亦以堤防百官有司之失物，辟名也。” 用物：耗用物品。《書·旅獒》：“不作無益害有益，功乃成；不貴異物賤用物，民乃足。”《國語·周語》：“今細過其主妨於正，用物過度妨於財，正害財匱妨於樂。” 滅私：不徇私。張九齡《故許州長史趙公墓誌銘并序》：“秩滿，除洛州伊闕縣令，事舉其中，斂從其薄，惠小鎮大，狗公滅私，政之在人，今而遺愛。”陸贄《渾瑊侍中制》：“播越巴梁時，乃并轡載馳，執羈從邁，有見危致命之節，有憂國滅私之誠。” 奉公：奉行公事。《後漢書·侯霸傳》：“〔霸〕在位明察守正，奉公不回。”韓愈《贈太傅董公行狀》：“制曰，事上盡大臣之節。又曰，一心奉公。” 自明：自我表白。《史記·萬石張叔列傳》：“人或毀曰：‘不疑狀貌甚美，然獨無奈其善盜嫂何也！’不疑聞，曰：‘我乃無兄。’然終不自明也。”《漢書·孝武衛皇后傳》：“衛后立三十八年，遭

巫蠱事起,江充爲奸,太子懼不能自明,遂與皇后共誅充,發兵,兵敗,太子亡走。” 公費:官方的費用。元稹《盧士玫權知京兆尹制》:“公費則多,而利不下究。”宋祁《楊太尉行狀》:“十二月,移知亳州,蕃錫之目,倍越常鈞,仍給帑金,以增公費。” 不吝:不吝惜。《書·仲虺之誥》:“用人惟己,改過不吝。”孔穎達疏:“改悔過失,無所悋惜。”陳善《捫虱新話·趨炎附勢自古而然》:“唐令狐綯當國日,以姓氏少,族人有投名者不吝,由是遠近皆趨至,有姓狐冒令者。” 獻:奉獻,進貢,指藩屬奉獻禮物。《書·旅獒》:“西旅獻獒,太保作《旅獒》。”孔傳:“西戎遠國貢大犬。”《三國志·魏文帝紀》:“二月,鄯善、龜兹、于闐王各遣使奉獻。”

　　⑥ 挺直:正直,剛直。元稹《李拭授宗正卿制》:“執憲南臺,挺直不撓。”范祖禹《鮮于諫議挽詞二首》二:“墓劍知誰挂? 人琴竟兩亡。猶思挺直操,松柏凜秋霜。” 廉厚:猶“廉公”,清廉公正。《後漢書·馬援傳》:“龍伯高敦厚周慎,口無擇言,謙約節儉,廉公有威,吾愛之重之。”猶“樸厚”,樸質厚道。駱賓王《上兗州刺史啓》:“賓王淹中故俗,體樸厚之弘規;稷下遺甿,陶禮義之餘化。”曾鞏《與杜相公書》:“伏以閣下樸厚清明,讜直之行,樂善好義,遠大之心,施於朝廷而博見於天下。” 試:唐制,擔任某一官職,但無正式任命之書,稱爲“試”。韓愈《試大理評事王君墓誌銘》:“君隨往,改試大理評事,攝監察御史觀察判官。”陸深《玉堂漫筆》:“唐制有曰攝者,如侍中之攝吏部是也。又有行、守、試之别,職事高者爲守,職事卑者爲行,未正名命者爲試。” 師:老師,先生。《論語·爲政》:“溫故而知新,可以爲師矣!”韓愈《師説》:“師者,所以傳道授業解惑也。” 甄明:通曉。《晉書·崔遊傳》:“少好學,儒術甄明。”《北齊書·孫靈暉傳》:“後以儒術甄明,擢授太學博士。”顯明。《北史·信都芳傳》:“又私撰曆書,名曰《靈憲曆》,算月頻大頻小,食必以朔,證據甚甄明。”元稹《邵常政内侍省内謁者監》:“其或久更事任、績效甄明者,必擇其良能而分命

焉！" 陟：提拔，升遷。《書·舜典》："三載考績，三考，黜陟幽明。"孔傳："黜退其幽者，升進其明者。"《文心雕龍·史傳》："舉得失以表黜陟，徵存亡以標勸戒。" 始終不渝：自始至終一直不變。陸贄《謝密旨因論所宣事狀》："士感知己，尚合捐軀！臣雖屢微，能不激勵？至於彌綸庶績，督課群官，始終不渝，夙夜匪懈，是皆常分，曷足酬恩！"徐鉉《唐故文水縣君王氏夫人墓銘》："蘋藻盡敬，儒元勵操，環佩中節，始終不渝。" 乂：治理。《舊唐書·杜佑傳》："將施有政，用乂邦家。"王禹偁《省試三傑佐漢孰優論》："粵自有天地，建國家，歷代已來，固非賢而不乂也。" 散官：有官名而無固定職事之官，與職事官相對而言。漢制，朝廷對大僚重臣於本官之外加賜名號，而實無官守。魏晉南北朝因之，隋代始定散官之制，唐、宋、金、元因之。文散官有開府儀同三司、特進、光祿大夫等，武散官有驃騎將軍、輔國將軍、鎮國將軍等。其品秩之高下，待遇之厚薄，各代不一。《隋書·百官志》："居曹有職務者爲執事官，無職務者爲散官。"陸游《施司諫注東坡詩序》："東坡蓋嘗直史館，然自謫爲散官，削去史館之職久矣！"勛：指勛官的等級。韓愈《故金紫光祿大夫董公行狀》："階累升爲金紫光祿大夫，勛累升爲上柱國。"蘇舜欽《春日感懷》："望國勛名晚，傷時歲月飛。" 賜：對帝王下達旨意的敬稱。《周禮·春官·小宗伯》："賜卿、大夫、士爵則儐。"鄭玄注："賜，猶命也。"《新唐書·承天皇帝倓傳》："帝惑偏語，賜倓死，俄悔悟。"

［編年］

《年譜》編年本文的理由是："《制》稱崔倰爲'權知户部侍郎、判度支'，又有'歲滿當陟'之語。據《舊唐書·憲宗紀》：'（元和十五年正月）壬午，以前湖南觀察使崔倰權知户部侍郎、判度支。'《制》當撰於長慶元年初。"《編年箋注》、《年譜新編》根據同樣的理由，一致編年本文："長慶元年春。"

我們以爲,《舊唐書‧憲宗紀》:"(元和)十五年春正月甲戌朔……壬午,以前湖南觀察使崔倰權知户部侍郎、判度支。"據此推算,崔倰授職"權知户部侍郎、判度支"的"壬午"應該是正月九日,"歲滿"應該是長慶元年正月九日之後,本文即應該撰成於正月九日之後數日之内,元稹時任祠部郎中知制誥臣,地點自然在長安。"長慶元年初"、"長慶元年春"的説法不僅籠統,而且又無緣無故包含了"正月九日""歲滿"之前的八天時間,而且"年初"、"春"的時間概念非常寬泛,與"正月九日""歲滿"很不相稱。

◎ 裴注等可侍御史制(一)①

敕:諸道鹽鐵轉運、東都留後兼侍御史裴注等(二):法者,古今所公共也。一日去之,則百職盡墜②。是以秦漢以降,御史府莫不用剛果勁正之士,以維持紀綱③。季代而還,埋輪破柱之徒,絶不復出,朕甚異焉(三)④!

去歲以来,比命御史丞爲宰相(四),蓋欲慰薦人之不敢爲也⑤。爾等或以吏最,或以文學(五),當僧孺(時僧孺爲御史中丞)慎簡之初,遇朝廷渴用之日,又安可迴惑顧慮於豪黠,而姑以揖讓步趨之際爲塞職乎(六)? 可依前件⑥。

録自《元氏長慶集》卷四七

[校記]

(一)裴注等可侍御史制:《英華》同,楊本、叢刊本作"裴注侍御史",盧校作"裴注授侍御史",《全文》作"授裴注等侍御史制",各備一説,不改。《編年箋注》引用盧校云:"宋本無'等'字。"據本文"爾等或以吏最,或以文學"之語,盧校之校文以及《編年箋注》的引録均誤。

（二）諸道鹽鐵轉運、東都留後兼侍御史裴注等：楊本、叢刊本、《全文》同，《英華》作"水部員外郎"，各備一説，不改。《元稹集》校勘："'裴注'上，《英華》卷三九四有'水部員外郎'五字。"表達與《英華》不同，有誤。

（三）朕甚異焉：楊本、叢刊本、《全文》同，《英華》作"朕甚□焉"，僅録以備考。

（四）比命御史丞爲宰相：楊本、叢刊本、《全文》同，《英華》作"俾命御史丞爲宰相"，各備一説，不改。

（五）或以文學：《全文》同，楊本、叢刊本作"或以學文"，《英華》作"或以學聞"，各備一説，不改。《元稹集》與《全文》校勘時，將本文所在的《全文》"卷六四八"誤作"卷六四九"，請讀者注意，以免難以翻尋。

（六）而姑以揖讓步趨之際爲塞職乎：楊本、叢刊本、《英華》同，《全文》作"而姑以揖讓步趨之際爲塞責乎"，各備一説，不改。

[箋注]

① 裴注：史籍記載甚少，白居易《兵部郎中知制誥馮宿侍御史裴注義武軍行軍司馬御史中丞蕭籍饒州刺史齊照鄧州刺史渾鐬並可朝散大夫同制》涉及裴注："某官馮宿等：凡品秩之制有九，自五而上謂之貴階。而宿，司吾言；注，持吾憲；籍、照以降，皆著勤由朝議郎一進而及此。此之所以爲貴者，蔭及子命及妻，豈唯腰白金，服赤茀，從大夫之後而已。寵數既重，思有以稱之，並可朝散大夫。"可作參閱。本文與白居易文，是事關裴注僅有的兩篇文獻，彌足珍貴。不過，白居易所云"饒州刺史齊照"應該是"饒州刺史齊煚"之誤，元稹《齊煚可饒州刺史王堪可澧州刺史制》就是最好的證據。朱金城先生《白居易集箋校‧兵部郎中知制誥馮宿侍御史裴注義武軍行軍司馬御史中丞蕭籍饒州刺史齊照鄧州刺史渾鐬並可朝散大夫同制》沒有發現原文的

錯誤，疏忽所致。郁賢皓先生《唐刺史考》據元稹《齊煦可饒州刺史王堪可澧州刺史制》和《千唐志·唐故京兆韋府君夫人高陽齊氏墓誌銘并序》已經改正，應該採納。　　侍御：唐代稱殿中侍御史、監察御史爲侍御，李白有《贈韋侍御黃裳二首》，王琦注引《因話録》：“御史臺三院，一曰臺院，其僚曰侍御史，衆呼爲端公；二曰殿院，其僚曰殿中侍御史，衆呼爲侍御；三曰察院，其僚曰監察御史，衆呼亦曰侍御。”陶翰《贈鄭員外》：“數年侍御史，稍遷尚書郎。人生志氣立，所貴功業昌。”劉長卿《奉餞郎中四兄罷餘杭太守承恩加侍御史充行軍司馬赴汝南行營》：“星使三江上，天波萬里通。權分金節重，恩借鐵冠雄。”

②　鹽鐵：即“鹽鐵使”，古代官名，唐代中葉以後特置，以管理食鹽專賣爲主，兼掌銀銅鐵錫的采冶，爲握有財權的重要官職。《新唐書·食貨志》：“自兵起，流庸未復，稅賦不足供費，鹽鐵使劉晏以爲因民所急而稅之，則國足用。”亦省稱“鹽鐵”。杜甫《李鹽鐵二首》二：“一見能傾産，虛懷只愛才。鹽官雖絆驥，名是漢庭來。”《宋史·職官志》：“鹽鐵，掌天下山澤之貨、關市、河渠、軍器之事，以資邦國之用。”轉運：運輸。王維《送元中丞轉運江淮》：“薄賦歸天府，輕徭賴使臣。歡霑賜帛老，恩及卷綃人。”元稹《授蕭睦鳳州周載渝州刺史制》：“前劍南三川榷鹽判官、殿中侍御史内供奉蕭睦，前知鹽鐵轉運山南東道院事、殿中侍御史周載等，由文學古，施於有政，三驗所至，莫非良能。”　　留後：官職名，唐中葉後，藩鎮坐大，節度使遇有事故，往往以其子侄或親信將吏代行職務，稱節度留後或觀察留後。亦有叛將推翻統帥，自稱留後，而後由朝廷補行正式任命者。劉長卿《送度支留後若侍御之歙州便赴信州省觀》：“林響朝登嶺，江喧夜過灘。遙知驄馬色，應待倚門看。”杜甫《陪章留後惠義寺餞嘉州崔都督赴州（節度使朝覲，擇置留後一人，時章彝爲梓州留後）》：“中軍待上客，令肅事有恆。前驅入寶地，祖帳飄金繩。”　　法：刑法，亦泛指法律。《史記·孝文本紀》：“法者，治之正也，所以禁暴而率善人也。”劉禹錫《天論》：

"法大行,則是爲公是,非爲公非。天下之人蹈道必賞,違之必罰。"
古今:古代和現今。《史記・太史公自序》:"故禮因人質爲之節文,略
協古今之變。"杜甫《登樓》:"錦江春色來天地,玉壘浮雲變古今。"
公共:公有的,公用的。《史記・張釋之馮唐列傳》:"釋之曰:'法者天
子所與天下公共也,今法如此而更重之,是法不信於民也。'"司馬貞
索隱引小顏曰:"公,謂不私也。"陸贄《謝密旨因論所宣事狀》:"是以
爵人必於朝,刑人必於市,惟恐衆之不睹,事之不彰,君上行之無愧
心,兆庶聽之無疑議,受賞安之無怍色,當刑居之無怨言,此聖王所以
宣明典章,與天下公共者也。" 百職:各種職位和事務。《漢書・百
官公卿表》:"自周衰,官失而百職亂,戰國並爭,各變異。"蔡邕《月令
問答》:"《月令》與《周官》,並爲時王政令之記,異文而同體,官名百
職,皆《周官》解。"

③ 御史府:即"御史臺",官署名,專司彈劾之職,西漢時稱御史
府,東漢初改稱御史臺,又名蘭臺寺。梁及後魏、北齊或謂之南臺,後
周則稱司憲,隋及唐皆稱御史臺。惟唐一度改稱憲臺或肅政臺,不久
又恢復舊稱。韓翃《送夏侯侍郎》:"元戎車右旱飛聲,御史府中新正
名。翰墨已齊鍾大理,風流好繼謝宣城。"張籍《傷歌行(元和中楊憑
貶臨賀尉)》:"黃門詔下促收捕,京兆尹繫御史府。出門無復部曲隨,
親戚相逢不容語。" 剛果:剛毅果斷。《逸周書・謚法》:"猛以剛果
曰威。"《後漢書・楊政傳》:"其剛果任情,皆如此也。" 勁正:剛正。
《禮記・樂記》:"廉直勁正莊誠之音作,而民肅敬。"元稹《有唐贈太子
少保崔公墓誌銘》:"銘曰:勇怯聲佞,直持勁正根乎性;抑厄病橫,耆
壽景盛由乎命。我以其勁,齒與位併。銘於子孫,用我爲鏡。" 維
持:維繫,保持。《史記・三王世家》:"齊王之國,左右維持以禮義,不
幸中年早夭。"干寶《晉紀總論》:"是以昔之有天下者所以長久也,夫
豈無僻主?賴道德典刑以維持之也。" 紀綱:法度。《書・五子之
歌》:"惟彼陶唐,有此冀方。今失厥道,亂其紀綱,乃底滅亡。"崔瑗

《座右銘》："世譽不足慕,唯仁爲紀綱。"

④ 季代:末世,近代。白居易《蕭俛除吏部尚書制》："古者君使臣以禮,臣事君以忠。季代以還,鮮由茲道。"王禹偁《宣示宰臣已下復百官轉對御札》："朕聞古之王者,樹謗木,懸諫鼗,所以求己之過失也。季代以還,斯道雲廢。"　埋輪:東漢順帝時,大將軍梁冀專權,朝政腐敗。漢安元年(142)選派張綱等八人巡視全國,糾察吏治。餘人皆受命之部,而綱獨埋其車輪於洛陽都亭,曰:"豺狼當路,安問狐狸!"遂上書彈劾梁冀,揭露其罪惡,京都爲之震動。後以"埋輪"爲不畏權貴,直言正諫之典。沈約《奏彈王源》："雖埋輪之志,無屈權右;而狐鼠微物,亦蠹大猷。"楊衒之《洛陽伽藍記·靈應寺》："牧民之官,浮虎慕其清塵;執法之吏,埋輪謝其梗直。"亦作"埋車"。《舊唐書·畢構傳》："載馳原隰,徒煩出使之名;安問狐狸,未見埋車之節。"　破柱:即"破柱求奸"之略語,《後漢書·李膺傳》："時張讓弟朔爲野王令,貪殘無道,至乃殺孕婦,聞膺厲威嚴,懼罪逃還京師,因匿兄讓第舍,藏於合柱中。膺知其狀,率將吏卒破柱取朔,付洛陽獄。受辭畢,即殺之。"後以"破柱求奸"爲不畏權貴,搜索壞人,以正國法的典故。元稹《代李中丞謝官表》："如或綸言既降,丹慊莫從,則當破柱求奸,碎首請事,死而後已,義不苟然。"《舊唐書·畢構傳》："睿宗聞而善之,璽書勞曰:'……覽卿前後執奏,何異破柱求奸?'"亦省作"破柱",司馬光《送聶之美攝尉韋城》："官曹大兒戲,弓槊小軍行。破柱翻偷窟,傾林索盜贓。"　異:驚異,詫異。陶潛《桃花源記》："漁人甚異之。"曾鞏《祭王逵龍圖文》："止若山淵,動若風雷。衆皆異其設施。"

⑤ "去歲以來"三句:事見《舊唐書·穆宗紀》:"(元和十五年閏正月)辛亥,以朝議郎、守御史中丞、飛騎尉、襲徐國公、賜緋魚袋蕭俛爲朝散大夫、守中書侍郎。"又見《舊唐書·蕭俛傳》:"蕭俛,字思謙……穆宗即位之月,議命宰相,令狐楚援之,拜中書侍郎、平章事,仍賜金紫之服。"　去歲:去年。任昉《爲范尚書讓吏部封侯第一表》:

"且去歲冬初，國學之老博士耳！今茲首夏，將亞冢司。"張說《幽州新歲作》："去歲荊南梅似雪，今年薊北雪如梅。"本文之"去歲"指元和十五年。　比：副詞，近日，近來。《後漢書·呂強傳》："比穀雖賤，而戶有饑色。"梅堯臣《送蕭秘校》："比從江南來，又從江南去。"　御史丞爲宰相："御史丞"即御史中丞，指蕭俛拜相前擔任的"守御史中丞"之職務。而"宰相"即蕭俛去年新拜的"守中書侍郎"、"中書侍郎、平章事"之職。《舊唐書·穆宗紀》："（元和十五年正月）辛亥，以朝議郎、守御史中丞、飛騎尉、襲徐國公、賜緋魚袋蕭俛爲朝散大夫、守中書（侍郎）；（中書）舍人、翰林學士、武騎尉、賜紫金魚袋段文昌爲中書侍郎、同平章事。"中華書局本《舊唐書·穆宗紀》卷後校勘記："（一）蕭俛爲朝散大夫守中書　據《册府》卷七三，蕭俛爲朝散大夫守中書侍郎；下文段文昌所署官'舍人'，當爲中書舍人。疑史文'中書'下脫'侍郎中書'四字。"《編年箋注》把蕭俛的宰相官職誤栽在牛僧孺的頭上，大誤特誤：《舊唐書·穆宗紀》："（元和十五年）十二月己巳朔……己丑，以庫部郎中、知制誥牛僧孺爲御史中丞……（長慶三年）三月丁巳……以牛僧孺同中書門下平章事。"因爲此說與本文"去歲以來，比命御史丞爲宰相"根本不相符合，蕭俛元和十五年已經拜相，而牛僧孺長慶三年三月才拜相，如果是"牛僧孺"，以"去歲""拜相"衡之，本文似乎應該撰成於長慶四年，而這又與元稹任職知制誥職務起止的時間無法重合，長慶元年十月十九日，元稹已經離開翰林承旨學士的職務，改命爲工部侍郎，長慶四年已經不可能撰寫制誥文。　蓋：連詞，承接上文，表示原因或理由。《論語·季氏》："丘也聞有國有家者，不患寡而患不均，不患貧而患不安。蓋均無貧，和無寡，安無傾。"《史記·外戚世家》："孔子罕稱命，蓋難言之也。"　慰薦：猶慰藉。《漢書·匈奴傳》："〔匈奴〕既服之後，慰薦撫循，交接賂遺，威儀俯仰，如此之備也。"柳宗元《與太學諸生書》："乃知欲煩陽公宣風裔土，覃布美化於黎獻也，遂寬然少喜，如獲慰薦於天子休命。"

⑥ 吏最：謂吏績考核優異。《新唐書·薛苹傳》："(薛)苹以吏最，拜長安令，歷虢州刺史。憲宗時，奏最，擢湖南觀察使。"《宋史·趙湘傳》："遷秘書省著作佐郎，知新繁縣，以吏最，命知商州，徙隴州、興元府，再遷太常博士。"　文學：文章博學，孔門四科之一。《論語·先進》："德行：顏淵、閔子騫、冉伯牛、仲弓。言語：宰我、子貢。政事：冉有、季路。文學：子游、子夏。"刑昺疏："若文章博學，則有子游、子夏二人也。"朱熹集注："弟子因孔子之言，記此十人，而並目其所長，分爲四科。孔子教人各因其材，於此可見。"特指有關獄訟的文書、文件。《史記·蒙恬列傳》："恬嘗書獄典文學。"司馬貞索隱："謂恬嘗學獄法，遂作獄官文學。"　"當僧孺慎簡之初"兩句：事見《舊唐書·穆宗紀》："(元和十五年)十二月己巳朔……己丑，以庫部郎中、知制誥牛僧孺爲御史中丞。"又見《舊唐書·牛僧孺傳》："牛僧孺，字思黯……穆宗即位，以庫部郎中知制誥，其年十一月，改御史中丞。"據《舊唐書·穆宗紀》，"己丑"爲十二月二十一日，而《舊唐書·牛僧孺傳》標示有誤，元和十五年十一月無"己丑"之干支紀日，"十一月"應該是"十二月"之刊誤。由兩句可知，《編年箋注》把"御史丞爲宰相"硬套到牛僧孺的頭上，肯定是不合適的。另外，元稹《高允恭授侍御史知雜事制》："敕：御史府不以一職名官，蓋總察群司，典掌衆政。副其丞者，是選尤難。而御史丞僧孺(時牛僧孺爲御史中丞，例得奏除御史)首以朝議郎、守尚書戶部郎中、判度支案、飛騎尉高允恭聞於予曰……"賦成於元和十五年十二月二十一日之後，可以作爲本文的旁證。　慎簡：謹慎簡選。《書·冏命》："慎簡乃僚，無以巧言令色。"孔傳："當謹慎簡選汝僚屬侍臣。"元稹《崔薿檢校都官員外郎兼待御史制》："慎簡其屬，毗於厥政。"　渴：急切。《公羊傳·隱公三年》："葬者曷爲或日或不日，不及時而日，渴葬也。"何休注："渴，喻急也。"蘇軾《葉嘉傳》："〔上〕喜甚，以手撫嘉曰：'吾渴見卿久矣！'"　迴惑：疑惑，彷徨。《拾遺記·洞庭山》附蕭綺錄："或有乍無，或同乍異，故使

覽者迴惑而疑焉！"庾信《象戲賦》："猶豫樞機，嫌疑涇渭。顧望迴惑，心情怖畏。" 顧慮：思前顧後，有所疑慮。《晉書·劉琨傳》："遂使南北顧慮，用愆成舉，臣所以泣血宵吟，扼腕長歎者也。"柳宗元《懲咎賦》："不顧慮以周圖兮，專茲道以爲服。" 豪黠：指強暴狡猾的人。元稹《唐慶萬年縣令》："豪黠僄輕，擾之則獄市不容，緩之則囊橐相聚。"《新唐書·韓滉傳》："此輩皆鄉縣豪黠，不如殺之。" 揖讓：指禮樂文德。《漢書·禮樂志》："揖讓而天下治者，禮樂之謂也。"即"三揖三讓"，古代迎賓之禮。《周禮·秋官·司儀》："賓三揖三讓，登，再拜授幣。"鄭玄注："三揖者，相去九十步揖之使前也。至而三讓，讓入門也。"《儀禮·鄉飲酒》："主人與賓三揖，至於階三讓。"鄭玄注："三揖者，將進揖，當陳揖，當碑揖。" 步趨：追隨，效法。語出《莊子·田子方》："夫子步亦步，夫子趨亦趨，夫子馳亦馳，夫子奔逸絕塵，而回瞠若乎後矣！"葉適《題陳壽老論孟紀蒙》："使子及其時步趨規矩於親領密承之間，回復折旋於互暢交闢之盛，不挺然異材乎？" 塞職：猶稱職。韓愈《藍田縣丞廳壁記》："官無卑，顧材不足塞職。"杜牧《李蔚除侍御史盧潘除殿中侍御史等制》："爾等吐茹侮畏之道，能不愧於詩人，斯塞職矣！可不勉之。"

［編年］

《年譜》編年本文於長慶元年年初，理由是："《制》云：'去歲以來，比命御史丞爲宰相。'指元和十五年閏月以御史中丞蕭俛爲宰相。《制》又云：'當僧孺慎簡之初，遇朝廷渴用之日。'據《舊唐書·穆宗紀》云：'（元和十五年十二月）已丑，以庫部郎中、知制誥牛僧孺爲御史中丞。'以上《制》，當撰於長慶元年初。"順便説一句，"閏月"應該是"閏正月"之筆誤。《編年箋注》照抄《年譜》的編年理由，同意《年譜》"'去歲以來，比命御史丞爲宰相'，指元和十五年閏月以御史中丞蕭俛爲宰相"的意見，但在"比命"下又箋注："'比命'：御史丞即御史中丞,指牛僧孺。僧孺於元和十五年十二月遷御史中丞,長慶元年以户部侍郎同平章事。"《編年箋注》的著者恐怕連自己也没有搞清楚本文所指之"宰相"究竟是"蕭俛"還是"牛僧孺"吧?《年譜新編》編年理由同《年譜》、《編年箋注》,結論是:"制長慶元年作。"

　　我們以爲,"長慶元年年初"、"長慶元年"的時間概念過於寬泛,理應給予進一步細化。本文撰寫的背景是《高允恭授侍御史知雜事制》:"當僧孺慎簡之初,遇朝廷渴用之日。"而據《舊唐書·穆宗紀》,牛僧孺拜御史中丞在元和十五年十二月二十一日:"(元和十五年)十二月己巳朔……己丑,以庫部郎中、知制誥牛僧孺爲御史中丞。"牛僧孺上任伊始,眼前要務之一,自然是選擇自己的屬吏,高允恭與裴注就是牛僧孺選中的屬吏之一。擇人理應在牛僧孺上任不久,亦即元和十五年内進行,但裴注的任命爲何又拖延至長慶元年?拖延的原因其實也很簡單:牛僧孺任命之時,已經是接近歲末的"十二月二十一日",無論是李唐朝廷,還是御史臺,事情肯定不少,故拖延至長慶元年年初想來也屬正常,本文"去歲以來"就是最好的證據。既稱"去歲",結合元稹任職知制誥臣的起始時間,那末本文無疑應該撰成於長慶元年年初,估計最合理的時間應該在長慶元年正月上旬的後期,地點自然在長安,元稹時任祠部郎中、知制誥之職。

◎ 李珏起復仍前監察御史制(一)①

　　敕:前監察御史裏行李珏:比制多以詳練法理者行於御史府(二),或滿歲即真,或不時署位,亦試可之義也②。

　　以爾珏文學周敏,操行端方。執喪有聞,俯以就制。復爾故秩,勉修乃誠。可行監察御史(三)。餘如故(四)③。

録自《元氏長慶集》卷四七

［校記］

（一）李珏起復仍前監察御史制：楊本、盧校、叢刊本作“李珏監察御史”，《全文》作“李珏起復監察御史制”，各備一説，不改。《元稹集》誤校作：“馬本題作‘李珏起復似前監察御史制’。”

（二）比制多以詳練法理者行於御史府：楊本、叢刊本、《全文》同，《英華》作“比制多以詳練法理者行於御史府中”，各備一説，不改。

（三）可行監察御史：楊本、叢刊本、《全文》同，《英華》作“可監察御史”，各備一説，不改。

（四）餘如故：原本無，楊本、叢刊本、《全文》同，據《英華》補。

［箋注］

① 李珏：兩《唐書》無傳，但有零星記載，後期也任職御史中丞：《五禮通考·荒禮》：“（大和）四年七月，許州上言：‘去年六月二十一日被水。’有詔仍令宣慰使李珏與本道勘會人户實水損，每人量給米一石，其當户人多，亦不得過五石。令度支以逐便支送，其人粟數分并以聞。”《新唐書·李訓傳》：“（大和八年）十月，（仲言，即李訓）遷《周易》博士，兼翰林侍講學士。入院，詔法曲弟子二十人侑宴，示優寵。於是給事中鄭肅、韓佽、諫議大夫李珏、郭承嘏、中書舍人高元裕、權璩等共劾仲言憸人，天下共知，不宜在左右。帝不聽。”《唐會要·御史臺》：“開成元年五月，上御紫宸殿，宰相李固言奏曰：‘御史中丞李珏，在臺雖無甚過，以爲人疏易，不稱此官。天下紀綱，有司繩準，苟用人非，當則紊亂典章。’上曰：‘李珏官業應不甚舉，然爲人豈不長厚耶？’固言對曰：‘臣所奏，緣與御史中丞不相宜。人即長厚，彈憲奏司，事若至難，官要得宜者。’”《册府元龜·振舉》：“開成元年正月，御史中丞李珏奏：‘御史臺舊制，大藏左藏庫以殿中侍御史兩人分監，今珏請以監察二人代之，仍放朝參，本俸外依舊加給三十千出納

小差,委以彈舉。'從之。"　起復:封建時代官員遭父母喪,守制尚未滿期而破例應召任職。《舊唐書‧房玄齡傳》:"其年,玄齡丁繼母憂去職,特敕賜以昭陵葬地。未幾,起復本官。"《宋史‧富弼傳》:"故事,執政遭喪皆起復,帝虛位五起之。弼謂此金革變禮,不可施於平世,率不從命。"　監察御史:御史臺屬員,正八品上,《舊唐書‧職官志》:"監察掌分察巡按郡縣屯田、鑄錢、嶺南選補、知太府、司農出納、監決囚徒。監祭祀則閱牲牢,省器服,不敬則劾祭官。尚書省有會議,亦監其過謬。凡百官宴會、習射,亦如之。"錢珝《授監察御史李漸左補闕前著作佐郎張實右拾遺制》:"具官李漸等:朕常推感寤之意,辟艱難之途。實務塞違,用昭致理。"徐鉉《袁州宜春縣重造紫微觀碑文》:"監察御史李君思義,奉使宜春,稅駕斯館。"

②　裏行:官名,唐置,有監察御史裏行、殿中裏行等,皆非正官,也不規定員額,等於今日所謂的不在編制之內的意思。白居易《崔墉可河南府法曹參軍制》:"鄆曹觀察判官、監察御史裏行崔墉,文行飾躬,公清奉職,士林推美,藩府薦能。"杜牧《鄭碣除江西判官李仁範除東川推官裴虔餘除山南東道推官處士陳威除西川安撫巡官等制》:"浙江西道都團練判官、將仕郎、監察御史裏行鄭碣、李仁範暨虔餘等,咸以文行,策名清時,諸侯知之,命爲幕吏。"　比:近日,近來。《北齊書‧元暉業傳》:"文襄嘗問之曰:'比何所披覽?'"梅堯臣《送蕭秘校》:"比從江南來,又從江南去。"　制:法度,制度。《禮記‧曲禮》:"越國而問焉! 必告之以其制。"鄭玄注:"制,法度。"《漢書‧敘傳》:"營都立宮,定制修文。"　詳練:精詳熟習。《宋書‧蔡興宗傳》:"卿詳練清濁,今以選事相付,便可開門當之,無所讓也。"《新唐書‧李尚隱傳》:"〔李尚隱〕尤詳練故實,前後制令,誦記略無遺。"　法理:法律,法律原理。《東觀漢記‧張禹傳》:"明帝以其明達法理,有張釋之風,超遷非次,拜廷尉。"《隋書‧裴蘊傳》:"蘊亦機辯,所論法理,言若懸河,或重或輕,皆由其口,剖析明敏,時人不能致詰。"　御史府:

即"御史臺",官署名,專司彈劾之職。西漢時稱御史府,東漢初改稱御史臺,又名蘭臺寺,梁及後魏、北齊或謂之南臺,後周則稱司憲,隋及唐稱御史臺。白居易《除孔戡萬年縣令制》:"兵部員外郎孔戡,自御史府遷夏官之屬。"杜牧《唐故處州刺史李君墓誌銘》:"不一歲,御史府取爲真御史,分察鹽池左藏史盜隱官錢千萬,獄竟,遷左補闕。"滿歲:任職期滿。《漢書·尹翁歸傳》:"以高等入守右扶風,滿歲爲真。"元稹《授杜元穎户部侍郎依前翰林學士制》:"職勞可舉,德懋宜升。不俟踰時,寧拘滿歲?" 即真:謂官吏由代理而轉爲正式職務。《三國志·楊洪傳》:"亮於是表洪領蜀郡太守,衆事皆辦,遂使即真。"《新唐書·戴叔倫傳》:"皋討李希烈,留叔倫領府事,試守撫州刺史……耕餉歲廣,獄無繫囚,俄即真。" 不時:隨時,臨時。晁錯《論貴粟疏》:"〔農夫〕勤苦如此,尚復被水旱之災,急政暴賦,賦斂不時。"韓愈《柳子厚墓誌銘》:"其俗以男女質錢,約不時贖。子本相侔,則没爲奴婢。" 署:委任,任命。《唐故秘書少監贈絳州刺史後漢書·劉永傳》:"遂招諸豪傑沛人周建等,並署爲將帥。"韓愈《獨孤府君墓誌銘》:"楊於陵爲華州,署君鎮國軍判官。" 位:職位,地位。《吕氏春秋·勸學》:"故爲師之務,在於勝理,在於行義,理勝義立,則位尊矣!"夏侯湛《東方朔畫贊》:"栖遲下位,聊以從容。" 試:唐制,擔任某一官職,但無正式任命,稱爲"試"。宋代任職低於階官名銜二等,稱爲"試"。韓愈《試大理評事王君墓誌銘》:"君隨往,改試大理評事,攝監察御史觀察判官。"《宋史·職官志》:"凡除職事官,以寄禄官之高下爲準:高一品已上爲行,下一品爲守,下二品已下爲試,品同者否。" 可:謂批准任命。《北齊書·楊愔傳》:"以帝仁慈,恐不可所奏,乃通啓皇太后,具述安危。"《舊唐書·德宗紀》:"伊西北庭節度觀察使李元忠可北庭大都護、四鎮節度留後郭昕可安西大都護、四鎮節度觀察使。"

③ 文學:泛指文章經籍。《吕氏春秋·蕩兵》:"今世之以偃兵疾説者,終身用兵而不自知悖,故説雖强,談雖辨,文學雖博,猶不見

聽。”韓愈《上兵部李侍郎書》：“性本好文學，因困厄悲愁，無所告語，遂得究於經傳史記百家之説。”　周敏：謂文詞博贍，才思敏捷。令狐楚《爲鄭儋謝河東節度表》：“監使李輔光器能周敏，智識通明。”蘇軾《乞擢用程遵彦狀》：“〔遵彦〕吏事周敏，學問該洽，文詞典麗，三者皆有可觀。”　操行：操守，品行。《史記·伯夷列傳論》：“操行不軌，專犯忌諱，而終身逸樂，富厚累世不絶。”韓愈《遣瘧鬼》：“不修其操行，賤薄似汝稀。”　端方：莊重正直。《宋書·王敬弘傳》：“敬弘形狀短小，而坐起端方，桓玄謂之‘彈棋八勢’。”《舊唐書·鄭朗傳》：“植操端方，稟氣莊重。”　執喪：《禮記·檀弓》：“曾子謂子思曰：‘伋，吾執親之喪也，水漿不入於口者七日。’”後以“執喪”爲奉行喪禮或守孝之稱。《史記·萬石張叔列傳》：“其執喪，哀戚甚悼。”　制：法度，制度。《禮記·曲禮》：“越國而問焉！必告之以其制。”鄭玄注：“制，法度。”《漢書·叙傳》：“營都立宮，定制修文。”本文指父母等病故之後的守喪制度。　故秩：原職，舊職。許渾《送從兄别駕歸蜀川序》：“長慶中非罪受譴，前年會赦復故秩，詔未及而已殁。”胡宿《陳湜可太常丞制》：“特出常均，俾還故秩。當念推恩之異，勉思復缺之難。”　修：學習，培養。《禮記·學記》：“故君子之於學也，藏焉！修焉！息焉！遊焉！”鄭玄注：“修，習也。”《後漢書·和熹鄧皇后紀》：“帝知後勞心曲體，歎曰：‘修德之修勞，乃如是乎！’”　誠：忠誠。《北史·李景傳》：“楊玄感之反，朝臣子弟多預焉！景獨無關涉，帝曰：‘公誠直天然，我梁棟也。’”《舊唐書·裴延齡傳》：“良以内顧庸昧，一無所堪；夙蒙眷知，唯以誠直。”

[編年]

　　《年譜》、《年譜新編》編年本文於“庚子至辛丑所作其他制誥”、“庚子至辛丑所作其他文章”欄内，《編年箋注》編年：“此《制》謂其起復仍前監察御史，并稱賞其文學周敏操行端方。要在元和十五年（八二〇）至長慶元年(八二一)間。元稹時任祠部員外郎、試知制誥,或已正拜。"

　　應該指出,《年譜》編年本文於"庚子至辛丑所作其他制誥"欄內稍顯籠統。《年譜新編》編年"庚子至辛丑所作其他文章"欄內不僅籠統,還存在語病,因爲"文章"與"制誥"的概念並不相同。而《編年箋注》斷言"元稹時任祠部員外郎、試知制誥"是錯誤的,因爲元稹終生并未擔任此職;"正拜"云云也值得商榷,因爲在"元和十五年(八二〇)至長慶元年(八二一)間",元稹不僅從膳部員外郎、試知制誥臣"正拜"爲祠部郎中、知制誥臣,而且還在長慶元年二月十六日晋升爲中書舍人、翰林承旨學士,已經超出了"正拜"的範疇。

　　我們以爲,一、本文題爲:"李玙起復仍前監察御史制",文云:"復爾故秩。"既云"起復"、"復秩",應該是官員遭父母喪,守制尚未滿期而應召任職。這應該是朝廷的恩寵,也應該是御史臺之主官御史中丞的舉薦所致,特別是新任御史中丞,上任伊始,常常急需組織新的班底。二、據史書記載,元和十五年至長慶二年初,共有四位御史中丞:穆宗登位之時,蕭俛爲御史中丞,但閏正月初八即改拜"中書侍郎",蕭俛擔任御史中丞時,元稹尚未拜職知制誥臣,可以不予考慮。元稹拜職知制誥臣以後,《舊唐書·穆宗紀》:"(元和十五年)三月癸卯朔……丁巳,御史中丞崔植奏……(元和十五年八月)戊戌,以朝議郎、守御史中丞、武騎尉、賜紫金魚袋崔植爲朝散大夫、守中書侍郎、同中書門下平章事。"崔植拜職估計在蕭俛卸職之後的閏正月初八之時,元稹二月五日拜職知制誥臣以後,時經一月,崔植的班底應該已經完備,似乎也可以不考慮在內。崔植卸職御史中丞而拜相之後是牛僧孺拜職御史中丞,《舊唐書·穆宗紀》:"(元和十五年)十二月己巳朔……己丑,以庫部郎中、知制誥牛僧孺爲御史中丞。"《舊唐書·穆宗紀》:"(長慶二年二月)辛巳……以翰林學士、中書舍人李德裕爲御史中丞。"但李德裕拜職御史中丞時,元稹已經卸職知制誥臣,也可以不予考慮。如此,祇有牛僧孺初任御史中丞應該考慮。三、牛僧孺組織自己的班底,也在元稹的制誥中留下些些痕迹:元稹《高允恭授侍御史知雜事制》:"而御史丞僧孺(時牛僧孺爲御史中丞,例得奏除御史),首以朝議郎、守尚書户部郎中、判度支案、飛騎尉高允恭聞於予曰:'允恭始以儒家子,能文入官。在監察御史時,分務東臺,無所顧慮。爲刑部郎中,能守訓典。復以人曹郎佐掌邦計,懸石允厘,撓而不煩,簡而不傲,静專勤直,志行修明。乞以臺郎,兼授憲簡,雜錯之務,一以咨之。'朕俞其言,爾其自勉,無俾僧孺狹於知人,可以本官兼侍御史、知雜事。"元稹《裴注等可侍御史制》:"去歲以来,比命御史丞爲宰相,蓋欲慰薦人之不敢爲也。爾等或以吏最,或以文學,當僧孺(時僧孺爲御史中丞)慎簡之初,遇朝廷渴用之日,又安可迴惑顧慮於豪黠,而姑以揖讓步趨之際爲塞職乎?"據此,李玨起復監察御史應該出於御史中丞牛僧孺的舉薦,時間在牛僧孺新拜御史中丞不久,應該與高允恭、裴注拜職侍御史先後同時,根據我們在《裴注等可侍御史制》闡明的理由,李玨起復監察御史的任命,應該與裴注同時,亦即長慶元年正月上旬間,撰文地點在長安,元稹時任祠部郎中、知制誥之職。

◎ 謝准朱書撰田弘正碑文狀[①]

魏博節度使李愬請與田弘正立德政碑[②]。

右,臣伏奉今月二十四日敕[(一)],令臣撰前件碑文者。伏以田弘正首變魏俗,彰先帝之睿謀;近入鎮州,宣陛下之神武。積成忠懇,大有勛勞。人懷去思,願刻金石[③]。

陛下所宜外詔台席,内委翰林,妙選雄文,式揚丕績。豈謂天光曲照,御札特書,猥付微臣,實非常例[④]。且臣頃以特恩拔擢[(二)],便欲效死仰酬,遂竭愚誠,累蒙召對。自去年九月已後,横遭謗毀,無因再睹天顏[(三)],分隨枯朽而凋,永絶恩波之望⑤。豈料聖慈長在記憶,姓名無人奏請,撰碑便自宸衷宣付⑥。微臣忝非木石,粗有肺肝⁽四⁾,空懷感涕之心⁽五⁾,未獲殺身之所。無任感恩思報,鏤骨銘肌之至⑦。

録自《元氏長慶集》卷三五

[校記]

(一)臣伏奉今月二十四日敕:楊本、叢刊本同,《英華》作“臣伏準今月二十四日敕”,《全文》作“臣伏准今月二十四日敕”,各備一說,不改。

(二)且臣頃以特恩拔擢:原本作“臣頃以特恩拔擢”,楊本、叢刊本、《全文》同,據《英華》補改。

(三)無因再睹天顏:楊本、叢刊本同,《英華》、《全文》作“無由再睹天顏”,各備一說,不改。

(四)粗有肺肝:楊本、叢刊本同,《英華》、《全文》作“粗有肺腸”,各備一說,不改。

(五)空懷感涕之心:楊本、叢刊本、《全文》同,《英華》作“空懷感激之心”,各備一說,不改。

[箋注]

① 謝准朱書撰田弘正碑文狀:本文與元稹《沂國公魏博德政碑》、《進田弘正碑文狀》應該是有連帶關係的三篇文章,而元稹《沂國公魏博德政碑》無疑應該在本文之後,與《進田弘正碑文狀》同時進呈。而《編年箋注》却在“長慶元年”之中首先編入《沂國公魏博德政碑》,相隔十一篇之後,再前後相連編入本文以及《進田弘正碑文狀》,《編年箋注》如此荒謬的編年,令人愕然。同樣讓人愕然的還有:《編年箋注》在本文的“箋證”中竟然稱:“元稹《沂國公魏博多政碑》……”

而此錯誤又絕非一處,在《進田弘正碑文狀》"箋證"中又兩處提及《沂國公魏博多政碑》。三處一再提及《沂國公魏博多政碑》,想來不應該是偶爾的筆誤吧? 是否元稹還有一篇從來未被學術界發現的《沂國公魏博多政碑》存在? 而我們查遍整個古代文獻,未見有《沂国公魏博多政碑》的存在,更不要說是以"元稹"名義存在的《沂国公魏博多政碑》了。而查閱《編年箋注》關於"沂國公"之碑,卻又明明白白寫著:"《沂國公魏博德政碑》",不知是《編年箋注》著者自己糊塗了,還是作爲讀者的我們被忽悠糊塗了? 本來應該以嚴肅態度對待的學術著作,《編年箋注》卻出現了令人啼笑皆非的失誤,原因祇能由《編年箋注》的著者自己來解釋。　　謝:酬謝,酬答。《韓非子·外儲說》:"解狐舉邢伯柳爲上黨守,柳往謝之。"《新唐書·李光弼傳》:"萬有一不捷,當自刎以謝天子。"　准:允許,批准。《周書·文帝紀》:"乃於戰所,准當時兵士,人種樹一株,以旌武功。"李上交《近事會元·金銀銅魚俗》:"至垂拱二年正月,諸州都督刺史並准京官帶魚袋。"　朱書:用朱墨書寫的文字。元稹《同州刺史謝上表》:"不料陛下天聽過卑,知臣薄藝,朱書授臣制誥,延英召臣賜緋。"錢珝《代宰相謝降朱書御札表》:"捧戴聖慈,如親丹宸,臣某等無任銘篆兢越榮感之至。"田弘正:中唐時期名臣,爲維護李唐的統一作出重要的貢獻,長慶元年七月二十八日夜被鎮州叛鎮王庭湊殺害。韓愈《魏博節度觀察使沂國公先廟碑銘》:"謹案:魏博節度使、銀青光禄大夫、檢校工部尚書兼魏州大都督府長史、御史大夫沂國公田弘正,北平盧龍人,故爲魏博諸將,忠孝畏慎。"李翱《百官行狀奏》:"伏以陛下即位十五年矣……七年,田弘正以魏博六州來受常貢。十二年,平淮西斬元濟……神斷武功,自古中興之君莫有及者。"　碑文:文體名。《後漢書·孔融傳》:"〔融〕所著詩、頌、碑文、論議、六言、策文、表、檄、教令、書記凡二十五篇。"《文心雕龍·銘箴》:"蔡邕銘思,獨冠古今;橋公之鉞,吐納典謨;朱穆之鼎,全成碑文:溺所長也。"

② 魏博節度使:《舊唐書·地理志》:"魏博節度使,治魏州,管魏、貝、博、相、澶、衛六州。"裴抗《魏博節度使田公神道碑》:"理天地者陰陽,統邦國者文武。才得其位,政由其理,則元后作聖,九有以寧。"崔元翰《爲河東副元帥馬司徒請罷節度表》:"臣以往年奉詔,東征田悦,尋又伏奉恩命,加臣魏博節度使。" 李愬:中唐時期平定叛亂的名將,曾雪夜入蔡州,擒獲吳元濟。王建《贈李愬僕射》:"唐州將士死生同,盡逐雙旌舊鎮空。獨破淮西功業大,新除隴右世家雄。"《唐大詔令集·置行蔡州敕》:"新除蔡州刺史楊元卿,宜令與李愬商量計會。" 德政碑:舊時爲頌揚官吏政績而立的碑石。《南史·蕭恭傳》:"恭至州,政績有聲,百姓請於城南立碑頌德,詔許焉!名爲德政碑。"白居易《青石》:"不願作官家道傍德政碑,不鐫實録鐫虛辭。"

③ 伏奉:敬語,意即接到,一般指接到帝皇的詔令。令狐楚《爲人謝賜天德防秋將士綿絹狀》:"臣今月七日中使朱孝誠至,伏奉詔書,兼宣恩旨,賜前件綿絹等。"元稹《同州刺史謝上表》:"伏奉今月三日制書,授臣使持節同州諸軍事守同州刺史兼本州防禦使。" 今月二十四日敕:元稹《沂國公魏博德政碑》:"陛下以元年正月壬戌詔臣稹曰:'朕有臣弘正,自魏入鎮,魏人思之,因守臣愬狀其德政乞文,爾司予言,其文以付。'"據《舊唐書·穆宗紀》,長慶元年正月己亥朔,壬戌應該是正月二十四日。而本文:"臣伏奉今月二十四日敕,令臣撰前件碑文者",兩者一一相符。而王詠剛《兩千年中西曆速查》長慶元年正月戊戌朔,這樣"壬戌"就應該是"正月二十五日",據元稹本文以及《舊唐書·穆宗紀》,王詠剛推算有誤,不取。 "首變魏俗"兩句:事見《舊唐書·田弘正傳》:"田弘正,本名興,祖延惲,魏博節度使承嗣之季父也……及(魏博節度使)季安病篤,其子懷諫幼騃,乃召弘正署其舊職。季安卒,懷諫委家僮蔣士則改易軍政,人情不悦,咸曰:'都知兵馬使田興可爲吾帥也!'銜兵數千詣興私第陳請,興拒關不出,衆呼噪不已。興出,衆環而拜,請入府署。興頓仆於地,久之,度

終不免,乃令於軍中曰:'三軍不以興不肖,令主軍務,欲與諸軍前約,當聽命否?'咸曰:'惟命是從!'興曰:'吾欲守天子法,以六州版籍請吏,勿犯副大使,可乎?'皆曰:'諾!'是日入府視事,殺蔣士則十數人而已。晚自府歸第,其兄融責興曰:'爾卒不能自晦,取禍之道也!'翌日,具事上聞,憲宗嘉之,加興銀青光禄大夫、檢校工部尚書、魏州大都督府長史、兼御史大夫、上柱國、沂國公,充魏博等州節度觀察處置支度營田等使,仍賜名弘正。" 　先帝:前代已故的帝王。劉禹錫《唐故中書侍郎平章事韋公集序》:"長慶四年春,敬宗踐祚,以公用經術左右先帝五年,稔聞其德,尤所欽倚。"元稹《授牛元翼深冀等州節度使制》:"苟獲戎首,置之槁街。下以報忠臣之冤,上以告先帝之廟。則蚩蚩從亂,予又何誅?"本文指唐憲宗。　　睿謀:指皇帝的謀劃。許孟容《夏旱上疏》:"今此炎旱,直支一百餘萬貫,代京兆百姓一年差科,實陛下巍巍睿謀,天下鼓舞歌揚者也。"陳諫《勸聽政表》:"伏惟陛下省當時安危之理,順普天延企之望。睿謀光於八葉,成天子不匱之孝,答先聖乃眷之情。" "近入鎮州"兩句:事見《舊唐書·田弘正傳》:"十五年十月,鎮州王承宗卒,穆宗以弘正檢校司徒兼中書令、鎮州大都督府長史,充成德軍節度、鎮冀深趙觀察等使……十一月二十六日至鎮州,時賜鎮州三軍賞錢一百萬貫不時至,軍衆諠騰以爲言,弘正親自撫喻,人情稍安。"《舊唐書·穆宗紀》:"(元和十五年十月)乙酉,以魏博等州節度觀察等使、光禄大夫、檢校司徒兼侍中、魏博大都督府長史、上柱國、沂國公、食邑三千户、實封三百户田弘正可檢校司徒兼中書令、鎮州大都督府長史、成德軍節度、鎮冀深趙等州觀察處置等使。以鎮冀深趙等觀察度支使、朝議郎、試金吾左衛冑曹參軍兼監察御史王承元可銀青光禄大夫、檢校工部尚書、使持節滑州諸軍事、守滑州刺史、御史大夫,充義成軍節度鄭滑等州觀察等使。以昭義節度使、檢校尚書左僕射、同中書門下平章事李愬可本官,爲魏州大都督府長史,充魏博等州節度觀察等使。以義成軍節度使劉悟依前檢校右僕射兼潞州大都督府長史,充昭義節度澤潞邢洺磁等州觀察等使。以左金吾將軍田布爲檢校左散騎常侍兼懷州刺史、御史大夫,充河陽三城懷孟節度使。" 神武:原謂以吉凶禍福威服天下而不用刑殺。《易·繫辭》:"古之聰明睿知,神武而不殺者夫。"孔穎達疏:"夫《易》道深遠,以吉凶禍福威服萬物,故古之聰明睿知神武之君,謂伏犧等用此《易》道能威服天下,而不用刑殺而畏服之也。"後沿用爲英明威武之意,多用以稱頌帝王將相。《漢書·叙傳》:"皇矣漢祖,纂堯之緒。實天生德,聰明神武。"杜甫《投贈哥舒開府翰二十韻》:"君王自神武,駕馭必英雄。" 忠懇:忠貞誠懇。《三國志·陸凱傳》:"表疏皆指事不飾,忠懇內發。"《資治通鑑·唐憲宗元和十四年》:"裴度、崔群爲言:'愈雖狂,發於忠懇,宜寬容以開言路。'" 勛勞:功勛,功勞。馬總《代鄭滑李僕射乞朝覲表》:"高祖淮安郡王神通,弼亮太宗,戮力締構,榮登左揆,以寵勛勞。"元稹《謝賜設狀》:"臣聞推食之賜,用勸勛勞;置醴之恩,以待賢彦。" 去思:謂地方士民對離職官吏的懷念,語出《漢書·何武傳》:"欲除吏,先爲科例以防請託,其所居亦無赫赫名,去後常見思。"沈約《齊故安陸昭王碑文》:"去思一借之情,愈久彌結。"歐陽修《與韓忠獻王書》:"廣陵嘗得明公鎮撫,民俗去思未遠。" 金石:指古代鎸刻文字、頌功紀事的鐘鼎碑碣之屬。《墨子·兼愛》:"以其所書於竹帛,鏤於金石,琢於槃盂,傳遺後世子孫者知之。"孫詒讓間詁:"《呂氏春秋·求人》篇云:'功績銘乎金石,著於槃盂。'高注云:'金,鐘鼎也;石,豐碑也。'"韓愈《平淮西碑》:"既還奏,群臣請紀聖功,被之金石。"

④ 台席:古以三公取象三台,故稱宰相的職位爲台席。姚合《和門下李相餞西蜀相公》:"計日歸台席,還聽長樂鐘。"《資治通鑑·唐敬宗寶曆元年》:"奇章公甫離台席,方鎮重宰相,所以尊朝廷也。"胡三省注:"宰相之位,取象三台,故曰台席。" 翰林:即"翰林學士",官名。杜甫《宴胡侍御書堂》:"翰林名有素,墨客興無違。今夜文星動,

吾儕醉不歸。"魏萬《金陵酬李翰林謫仙子》:"南遊吳越遍,高揖二千
石。雲上天台山,春逢翰林伯。"　雄文:內容精深、氣勢雄偉的詩文,
常用爲他人詩文之美稱。李逢吉《送令狐秀才赴舉》:"子有雄文藻思
繁,韶年射策向金門。"蘇軾《王元之畫像贊叙》:"故翰林王公元之,以
雄文直道,獨立當世。"　式:語助詞。《詩·大雅·蕩》:"式號式呼,
俾晝作夜。"《舊唐書·文宗紀》:"載軫在予之責,宜降恤辜之恩,式表
殷憂,冀答昭誠。"　揚:稱揚,稱説。《穀梁傳·僖公元年》:"其不言
齊侯何也? 以其不足乎揚。"范寧注:"救不及事,不足稱揚。"《荀子·
不苟》:"君子崇人之德,揚人之美,非諂諛也。"　丕績:大功業。
《書·大禹謨》:"予懋乃德,嘉乃丕績。"宋祁《上皇太后第二表》:"獲
贊事經,亟成丕績。"　天光:喻君主。王禹偁《謝加朝請大夫表》:"年
鬢漸高,郡封甚僻……未知何日,再睹天光。"蘇舜欽《答杜公書》:"況
今主上好諫樂善,丈人日對天光,故未可與彼同年而語。"　曲照:光
的曲折照射,形容恩澤無所不至。陸機《謝平原內史表》:"不悟日月
之明,遂垂曲照;雲雨之澤,播及朽瘁。"司馬光《爲文相公謝神道碑文
表》:"豈意睿明曲照,優渥逡臻。"　御札:帝王的書札,手詔。《舊五
代史·唐莊宗紀》:"出御札示中書門下。"《宋史·職官志》:"凡命令
之體有七……曰御札,佈告登封、郊祀、宗祀及大號令,則用之。"　特
書:特別書寫。李華《安陽縣令廳壁記》:"記事者,志盛德而旌善人。
今特書公何? 尊王命,其春秋之義歟!"盧華《請旌賞外官能理冤獄
奏》:"伏見本朝故事:'凡內外官司,有能辨雪冤獄,活得人命者,特書
殊考,非時命官。'"又作"大書特書",謂對大事鄭重地予以記述。韓
愈《答元侍御書》:"足下勉逢令終始其躬,而足下年尚强,嗣德有繼,
將大書特書,屢書不一書而已也!"　猥:副詞,猶辱、承,謙詞。楊修
《答臨淄侯箋》:"猥受顧錫,教使刊定,《春秋》之成,莫能損益。"干寶
《搜神記》卷五:"家女子並醜陋,而猥垂榮顧。"　微臣:卑賤之臣,常
用作謙詞。《後漢書·崔琦傳》:"微臣司戚,敢告在斯。"《宋書·彭城

王義康傳》:"臣草莽微臣,竊不自揆,敢抱葵藿傾陽之心,仰慕《周易》匪躬之志!" 常例:常規,慣例。《晉書·賈充傳》:"至於周之公旦,漢之蕭何,或豫建元子,或封爵元妃,蓋尊顯勛庸,不同常例。"《北齊書·樊遜傳》:"才高不依常例。"

⑤ 特恩:皇帝所給予的特殊恩典。《晉書·禮志》:"魏制,藩王不得朝覲。魏明帝時,有朝者皆由特恩,不得以爲常。"《宋史·選舉志》:"自大卿、監特恩獎擢,或入給諫焉……凡正言、監察以上,皆特恩或被舉方除。" 拔擢:選拔提升。《漢書·王嘉傳》:"今之郡守重於古諸侯,往者致選賢材,賢材難得,拔擢可用者,或起於囚徒。"杜甫《送陵州路使君赴任》:"國待賢良急,君當拔擢新。" 效死:捨命報效。《公羊傳·昭公十三年》:"比之義,宜乎效死不立。"《新唐書·陸贄傳》:"陛下雖有股肱之臣、耳目之佐,見危不能竭誠,臨難不能效死,是則群臣之罪也。" 酬:報答。《左傳·昭公二十七年》:"令尹將必來辱,爲惠已甚,吾無以酬之,若何?"《資治通鑑·晉惠帝永寧元年》:"殷幼孤貧,養曾祖母以孝聞。人以穀帛遺之,殷受而不謝,直云:'待後貴當相酬耳!'" 愚誠:謙指己之誠意、衷情。《漢書·劉向傳》:"欲竭愚誠,又恐越職。"李密《陳情表》:"願陛下矜湣愚誠,聽臣微志。" 召對:君主召見臣下令其回答有關政事、經義等方面的問題。權德輿《朝散大夫容州刺史戴公墓誌銘》"黎明,率其徒西向拜泣,指期詣闕。家臣列狀,天子召對。而推功於府,不伐其勞,時談翕然。"元稹《同州刺史謝上表》:"臣所恨今月三日尚蒙召對延英,此時不解泣血仰辭天顏,便至今日竄逐。" "自去年九月已後"兩句:事見《舊唐書·元稹傳》:"穆宗皇帝在東宮,有妃嬪左右嘗誦稹歌詩以爲樂曲者,知稹所爲,嘗稱其善,宮中呼爲'元才子'。荊南監軍崔潭峻甚禮接稹,不以椽吏遇之,常徵其詩什諷誦之……潭峻歸朝,出稹《連昌宮辭》等百餘篇奏御,穆宗大悅,問稹安在,對曰:'今爲南宮散郎。'即日轉祠部郎中、知制誥,朝廷以書命不由相府,甚鄙之。"有人據此

附會元稹因宦官崔潭峻進獻元稹詩篇而得以以祠部郎中的資格知制誥,得出元稹勾結宦官作到宰相的結論。關於此事的前因後果及其錯誤荒謬,我們已經在拙稿《元稹評傳》、《元稹考論》中一一辯明,此不重複。　自去年九月已後:亦即元和十五年九月以後。元和十五年九月,究竟發生了什麼樣的事件,使元稹"橫遭謗毀"? 事情還得從頭説起:元和十五年正月憲宗謝世,令狐楚被拜爲山陵使,其年六月山陵事畢,有人告發令狐楚下屬親吏賕污事發,出爲宣歙觀察使。但群情仍然難平,元和十五年的八月三十日,再貶令狐楚爲衡州刺史。時元稹爲祠部郎中、知制誥臣,奉命撰寫《令狐楚衡州刺史制》。而《令狐楚衡州刺史制》並非是一篇普通的奉命而作的制誥,元稹撰作本文之後,不僅令狐楚"深恨稹",而且令狐楚的同黨蕭俛也大爲不滿,也從元稹的制科同年轉而成爲元稹的政敵,製造出元稹晉職祠部郎中、知制誥臣的"書命""不由相府"的謊言。元稹因《令狐楚衡州刺史制》而結怨蕭俛,平白無故被戴上"勾結宦官"的帽子,這樣的帽子關乎元稹後半生的仕途,成爲元稹勾結宦官的罪證,成爲元稹蒙冤千年的原因之一。"謗毀"的製造者就是蕭俛,而"謗毀"的受害者則是元稹。除此而外,元稹長慶元年文《謝恩賜告身衣服并借馬狀》又云:"去年陛下擢自郎吏,命掌書詞。非因宰相奏論,特是聖慈超授。感恩深切,頻獻封章。遂遭分外侵誣,不敢保全軀命。"這裏的"去年"是元和十五年,具體時間應該也是元和十五年九月,"擢自郎吏"是指元稹從膳部員外郎、試知制誥臣晉升爲祠部郎中、知制誥臣,"宰相"也是指蕭俛,"分外侵誣"元稹的仍然還是蕭俛。兩者所述,可以互爲印證。《資治通鑑》卷二四一所載,就是其中的另外一個例子:"(元和十五年)夏五月庚戌,以稹爲祠部郎中、知制誥,朝論鄙之。會同僚食瓜於閤下,有青蠅集其上,中書舍人武儒衡以扇揮之,曰:'適從何來,遽集於此(以蠅喻稹)?'同僚皆失色,儒衡意氣自若。"　橫遭:謂慘遭。于志甯《論李宏泰疏》:"伏惟陛下情篤功臣,恩隆右戚,以無忌橫遭誣告,事並是虛,欲戮告人,以明賞罰,一以絕誣謗之路,二以慰勛戚之心。"陸贄《授馬燧渾瑊副元帥招討河中制》:"又以朔土之衆,代著忠勞,橫遭污脅,深所憫惜。" 謗毀:詆謗。《孔叢子·詰墨》:"墨子雖欲謗毀聖人,虛造妄言,奈此年世不相值何!"陳子良《辯正論注序》:"乃有道士李仲卿、劉進喜等,並作庸文,謗毀正法,在俗人士,或生邪信。" 無因:無所憑藉,沒有機緣。謝惠連《雪賦》:"怨年歲之易暮,傷後會之無因。"段成式《酉陽雜俎續集·金剛經鳩異》:"夢至荒野,遇大河,欲渡無因。" 睹:看見,察看。《史記·趙世家》:"愚者暗成事,智者睹未形。"韓愈《順宗實錄》:"願一睹聖顏,因再拜而起。" 天顏:天子的容顏。僕固懷恩《陳情書》:"且葵藿尚解仰陽,犬馬猶能戀主,臣忝恩至重,委任非輕,夙夜思奉天顏,豈暫心離魏闕?"呂頌《黔州刺史謝上表》:"臣於延英殿獻《大禮賦》一首,特奉恩旨,令臣自讀。天顏咫尺,芻鄙必聞。一覽繁詞,三蒙眷獎。宣付史館,列在圖書。此微臣之榮,一也。" 枯朽:指枯槁腐朽之物。《漢書·異姓諸侯王表》:"鑄金石者難爲功,摧枯朽者易爲力。"蘇軾《次韻呂梁仲屯田》:"空虛豈敢酬瓊玉,枯朽猶能出菌芝。" 凋:泛指人或事物受到損傷或衰敗困窮。葛洪《抱朴子·嘉遁》:"夫繩舒則木直,正進則邪凋。"陸贄《答宰臣請復御膳表》:"軍儲國計,資用皆空,凋戶疲甿,膏澤已竭。" 永絕:永別,永遠斷絕。曹植《洛神賦》:"悼良會之永絕兮!哀一逝而異鄉。"谷神子《博異志·白幽求》:"幽求自是休糧,常服茯苓,好遊山水,多在五嶽,永絕宦情矣!" 恩波:謂帝王的恩澤。劉駕《長門怨》:"御泉長繞鳳皇樓,只是恩波別處流。"莊季裕《雞肋編》卷中:"所謂天波溪者,由景龍門實錄宮循城西南以至京第。其子條上書其父,謂今日恩波,他年禍水。"

⑥ 豈料:哪裏料到。封常清《遺表》:"豈料長安日遠,謁見無由;函谷關遙,陳情不暇。"呂溫《代辛將軍與普潤劉尚書書》:"豈料尚書推宏深之量,啓特達之心,愛念不遺,眷知益重。" 聖慈:聖明慈祥,

舊時對皇帝或皇太后的諱稱。《後漢書·孔融傳》:"臣愚以爲諸在冲齡,聖慈哀悼,禮同成人,加以號謚者,宜稱上恩,祭祀禮畢,而後絶之。"楊巨源《春日奉獻聖壽無疆詞十首》六:"造化膺神契,陽和沃聖慈。"　長在:猶常在,長久存在。焦贛《易林·小畜之遯》:"天之所予,福禄常在。"劉子翬《次韵陳成季郡會》:"惜花意欲春常在,對酒年來飲不多。"　記憶:記得,不忘。《隋書·何妥傳》:"臣少好音律,留意管絃,年雖耆老,頗皆記憶。"韓愈《祭十二郎文》:"汝時猶小,當不復記憶;吾時雖能記憶,亦未知其言之悲也。"　姓名:姓和名字。《史記·樗里子甘茂列傳》:"昔曾參之處費,魯人有與曾參同姓名者殺人。"蘇軾《送路都曹詩引》:"予幼時聞父老言,恨不問其姓名。"　奏請:上奏請示,上奏請求。《漢書·彭越傳》:"吕后令其舍人告越復謀反,廷尉奏請,遂夷越宗族。"《舊唐書·經籍志後序》:"及隋氏平陳,南北一統。秘書監牛弘奏請搜訪遺逸,著定書目,凡三萬餘卷。"　撰碑:撰寫碑文。方干《哭喻鳧先輩》:"日夜役神多損壽,先生下世未中年。撰碑縱託登龍伴,營奠應支賣鶴錢。"王禹偁《高閑》:"京中吏去慵傳信,江外僧來與撰碑。"　宸衷:帝王的心意。沈約《瑞石像銘》:"有符皇德,乃眷宸衷。就言鷲室,栖誠梵宮。"《舊唐書·楊發傳》:"禮之疑者,決在宸衷。"　宣付:唐宋以來謂皇帝的詔令交付外廷官署辦理。林蕴《修定順宗實録錯誤奏》:"其實録伏條,示舊記最錯誤者,宣付史官,委之修定。"元稹《辨日旁瑞氣狀》:"伏請以'戴氣'宣付史官,不可誤書'五色雲見'。"

⑦ 木石:比喻無知覺、無感情之物。司馬遷《報任少卿書》:"身非木石,獨與法吏爲伍。深幽囹圄之中,誰可告愬者?"《周書·文帝紀》:"縱使木石爲心,猶當知感;況在生靈,安能無愧!"　肺肝:比喻內心。《禮記·大學》:"人之視己如見其肺肝然。"《新唐書·袁滋傳》:"性寬易,與之接者,皆謂可見肺肝。"　空懷:徒自懷有,無從實現的抱負。王勃《滕王閣序》:"孟嘗高潔,空懷報國之情。"韓愈《寄三

學士》:"空懷焉能果？但見歲已遒。" 感涕:感動得落淚。陳子昂《登薊州樓送賈兵曹入都》:"孤負平生願,感涕下沾襟。"《宋史·蘇軾傳》:"宣仁後與哲宗亦泣,左右皆感涕。" 殺身:舍生,喪生。《史記·楚世家》:"殺生以明君,臣之願也。"盧綸《雪謗後書事上皇甫大夫》:"豈言沈族重,但覺殺生輕!" 感恩:感懷恩德。《三國志·駱統傳》:"饗賜之日,可人人別進,問其燥濕,加以密意,誘諭使言,察其志趣,令皆感恩戴義,懷欲報之心。"陳潤《闕題》:"丈夫不感恩,感恩寧有淚？心頭感恩血,一滴染天地。" 鏤骨銘肌:比喻牢記不忘,多用爲感激之詞。上官儀《爲太僕卿劉基請致仕表》:"鏤骨銘肌,無忘夙夜。但犬馬之齒,甲子已多。風雨之疾,惛眊日甚。"陳亮《謝留丞相啓》:"自頂至踵,橫嘉惠於不貲;鏤骨銘肌,悵餘年之無幾。"

[編年]

《年譜》編年本文於長慶元年,理由是:"《狀》云'臣伏奉今月二十四日敕,令臣撰前件碑文者'云云。'今月二十四日'即長慶元年正月壬戌。"《編年箋注》編年:"元稹《沂國公魏博多政碑》云:'陛下以元年正月壬戌詔臣稹曰:"朕有臣弘正,自魏入鎮,魏人思之,因守臣懇狀其德政乞文,爾司予言,其文以付。"'此《制》云:'臣伏奉今月二十四日敕,令臣撰前件碑文者。'長慶元年正月己亥朔,壬戌即爲二十四日……故此《謝狀》,時宜在長慶元年(八二一)正月二十四日稍後。"《年譜新編》編年本文於長慶元年,理由是:"《沂國公魏博德政碑》碑云:'陛下以元年正月壬戌詔臣稹曰:"朕有臣弘正,自魏入鎮,魏人思之,因守臣懇狀其德政,乞文。爾司予言,其文以付。"'"

我們以爲,一、無論《年譜》認定本文撰作於"'今月二十四日'即長慶元年正月壬戌",還是《年譜新編》認定本文撰作於"正月壬戌",都是不合適的。因爲"正月壬戌",亦即"今月二十四日",僅僅是唐穆宗"宣付"撰寫田弘正碑文聖意發佈的日子,並不是元稹撰寫本文的日子。元稹撰寫本文應該在"正月壬戌",亦即"今月二十四日"之後的次日,應該以"今月二十五日"爲宜,地點在長安,元稹時任祠部郎中知制誥臣。二、至於《編年箋注》所框定的"宜在長慶元年(八二一)正月二十四日稍後"的意見大致可取,可惜過於籠統。因爲"以後"是個無法框定時間長短的模糊概念,短則數分鐘、數小時,長則數天、數月、數年。而按照封建時代的一般慣例,聖意下達的次日,應該正是臣僚向皇上表示接受囑託并謝恩的最佳時間,而過分拖延時日,則有"慢君"之罪。當然,《編年箋注》所謂"元稹《沂國公魏博多政碑》"云云是不對的,應該是"元稹《沂國公魏博德政碑》"之誤。

◎ 沂國公魏博德政碑(一)①

陛下以元年正月壬戌詔臣稹曰:"朕有臣弘正,自魏入鎮,魏人思之。因守臣懇狀其德政,乞文於碑(二)。爾司予言,其文以付。"臣拜稽首,退而奏書於陛下曰②:

始安禄山以玄宗四十三年盗幽州兵,劫擊郡縣,踰關據京,天下掉撓③。肅宗征之,海內甫定。而夾河五十餘州,或服或叛(三),更立迭奪,廢置征伐,朝覲賦入之宜(四),皆自爲意④。五紀四宗,容受隱忍。田承嗣始有魏、博、相、衞、貝、澶之地(五),承嗣卒,以其地傳兄子悦,悦傳緒,緒傳季安⑤。

既而季安悍誕淫驕,風勃蠱蠱,發則喜殺左右(六),漸及於骨肉,往往顧妻子曰:"安用此?"⑥由是,內外惴悸。妻元氏,因人不忍,移置他所。餘一月,乃卒,是歲先皇帝元和之七年八月也⑦。

季安子懷諫,始十餘歲,衆襲故態(七),名之爲副大使(八)。

而家臣蔣士則逆虐用事，士眾不分服，日夜相告曰："田中丞興博大孝敬，於軍謹廉，讀儒家書，好言君臣事，儻可依倚爲將帥乎？"⑧聞者皆踴躍，一朝牙旗下眾來捧附。興仆地不肯起，眾亦不肯去，乃大言曰："爾輩即欲用吾語，能不殺副大使，且許吾取天子恩澤(九)，洗汝痕穢(一〇)，使千萬眾知君臣父子之道，從我乎？"⑨皆曰："諾！"遂殺蔣士則等十數人(一一)，以興知留後事，移懷諫於外，明年歸之朝，蓋七年之十月四日也⑩。

興乃圖六州之地域，籍其人與三軍之生齒，自軍司馬已下(一二)，至於郡邑吏之廢置(一三)，盡獻於先帝⑪。先帝詔興以工部尚書長魏、博、相、衛、貝、澶之地，仍敕司封郎中、知制誥裴度使於興，且以錢一百五十萬緡賜其軍(一四)。曲赦管内，使百姓一年勿復事。問者贏，賑乏困，改前政之不以法者(一五)⑫。魏之人相喜曰："歸天子乃如是耶？"興又悉取魏之僭服、異器、人臣所不當爲者，斥去之。先帝曰："興吾六州善心者，田興也！使興弘吾至正，不亦可乎？"因名曰弘正⑬。

先是，魏諸賓，猶僕役也，將卒無畏避。弘正始求副節度以下於朝，至則迎迓承奉，功雖勳將，莫不乘者避，謁者趨，付授咨度，始用賓禮⑭。先是諸將之外有權者，莫不拘劫妻子以爲固。四方之來聘問者，莫不防礙出入以爲密。士吏工賈，限其往來，人多懼愁，稀復會聚。至是皆曠然矣！魏之人又相喜曰："人之生不當如是耶！"⑮

滑以水害聞於朝，請移河於衛之四十里(一六)，且役衛工三萬餘。詔弘正議之。皆曰："壞吾地(一七)，役吾人，以利他邑，古無有也！"⑯弘正曰："魏於滑、信，彼此矣！朝廷何異焉!"不時興工,以教人讓,魏俗丕變⁽¹⁸⁾,先帝多之,以右僕射就加焉⑰!

十三年,又加司空,以子布之會蔡有勞也。是歲,李師道燒河陰,驚洛邑,陰通元濟,詔弘正誅之。明年,破賊五萬於東阿,進收鄆之陽谷⁽¹⁹⁾,距其城四十里營焉⑱!二月壬戌,劉悟斬師道,以其首歸於弘正。正入鄆而十二州之地平,以功加司徒平章事⁽²⁰⁾,復歸於魏⑲。其年八月朝京師,先帝待之有加焉!乞留,不獲,詔加侍中以遣之⑳。

又明年,陛下以成德喪師,詔弘正入焉!初,王武俊以戰朱滔功,得有趙地,傳子孫凡三十九年矣㉑!至承宗爲盧從史、李師道所詿誤,先皇帝征而赦之者再,憂畏戚恩,不克來覲。既而聞陛下天覆海深,悉包悉受,乃果自信,將朝有時㉒。未行,會病,將殁,以志付其弟承元,聽命於朝㉓。陛下語宰相曰:"弘正在魏,吾何惠焉?"即日內出五詔,詔弘正爲中書令,節度於鎮⁽²¹⁾。且詔父子皆爲帥,以大其威㉔。

十一月甲寅,成德獻狀曰:"弘正自去魏⁽²²⁾,魏人哭之,鎮人歌之,奉宣詔條,除去僭異,猶魏政也。"㉕且臣聞之,德之至者有二,政之大者有三。三政:一曰仁,爲惠政。二曰法,爲善政。三曰謙,爲和政。二德:一曰忠,爲令德。二曰孝,爲吉德㉖。今弘正獻魏博六州之地,平淄青四代之寇,入鎮冀不測之泉,可以爲忠矣㉗!祖考食宗廟,父子分土疆,兄弟羅軒冕,可以爲孝矣㉘!始初山東鍵閉束縛,泳而游之,歌而舞之,可以爲仁矣㉙!始初山東逼越廢怠,裁而制之,舉而用之,可以爲法矣㉚!始初山東傲狠侵取地,德以讓之⁽²³⁾,功以助之,可以爲謙矣㉛!謙法仁孝,資之以忠,不曰德政,謂之何哉？臣請奉制以一百九十二字付守臣愬,銘之石,用申約束㉜。

銘曰:帝命弘正,予言是聽。理亂有數,其道甚明⁽²⁴⁾。亂則隱約,理由亂生。既理復亂,生於翫輕㉝。唐受天命,海內承平⁽²⁵⁾。高祖太宗,不荒不寧。玄宗抑厄,其否乃革。四十三年,奄有丕宅㉞。始視燕寇,胡雛弄兒。雖我寵重,彼將胡爲?所細所忽,忽焉而罹㉟。四后垂顧,山東不夷。逮我聖父,殷憂儉克。乘其淫驕,乃伐乃殛㊱。爾視群孽,胡爲而亡?僭久而大,頑昏暴狂。爾亦自視,胡爲而昌?憂畏逼側,永思悠長㊲。曩爾之無,今爾之有。既克而有,在克而守。惟爾惟我,而今而後。爾雖穹崇,無忘辱詬。我雖平寧,無忘燕寇。銘之戒之⁽²⁶⁾,以永聲臭㊳。

録自《元氏長慶集》卷五二

[校記]

(一)沂國公魏博德政碑:楊本、叢刊本、《全文》同,《英華》、《文章辨體彙選》作"魏博節度使田弘正碑",宋蜀本、盧校作"魏博節度使田弘正碑文銘",各備一說,不改。

(二)乞文於碑:原本作"乞文",楊本、叢刊本同,據《英華》、《文章辨體彙選》、《全文》改。

(三)或服或叛:楊本、叢刊本、《全文》同,《英華》、《文章辨體彙選》作"或伏或叛",各備一說,不改。

(四)朝覲賦入之宜:楊本、叢刊本、《全文》同,《英華》、《文章辨體彙選》作"覲見賦入之宜",各備一說,不改。

(五)田承嗣始有魏、博、相、衞、貝、澶之地:叢刊本、《英華》、《文章辨體彙選》、《全文》同,楊本作"田承嗣兹有魏、博、相、衞、貝、澶之地”，各備一說，不改。

（六）發則喜殺左右：楊本、叢刊本、《全文》同，《英華》、《文章辨體彙選》作“發時喜殺左右”，各備一說，不改。

（七）眾襲故態：宋蜀本、盧校、《英華》、《文章辨體彙選》、《全文》同，楊本、叢刊本誤作“眾襲能”，不從不取。

（八）名之爲副大使：原本作“名爲副大使”，《全文》同，據楊本、叢刊本、《英華》、《文章辨體彙選》改。

（九）且許吾取天子恩澤：楊本、叢刊本、《全文》同，《英華》、《文章辨體彙選》作“且使吾取天子恩澤”，各備一說，不改。

（一〇）洗汝痕穢：楊本、叢刊本、《英華》、《文章辨體彙選》、《全文》同，宋蜀本作“洗此痕穢”，各備一說，不改。

（一一）遂殺蔣士則等十數人：楊本、叢刊本、《舊唐書·田弘正傳》、《全文》同，《英華》、《文章辨體彙選》作“遂殺蔣士則等數十人”，各備一說，不改。

（一二）自軍司馬已下：《英華》、《文章辨體彙選》、《全文》同，楊本、叢刊本誤作“自寅司馬已下”，不從不改。

（一三）至於郡邑吏之廢置：《全文》同，《英華》、《文章辨體彙選》作“至于郡邑吏人廢置”，楊本、叢刊本作“至於郡邑史之廢置”，各備一說，不改。

（一四）且以錢一百五十萬緡賜其軍：楊本、叢刊本、《舊唐書·田弘正傳》、《全文》同，《英華》、《文章辨體彙選》作“且以錢一百十萬緡賜其軍”，各備一說，不改。

（一五）改前政之不以法者：《全文》同，楊本、叢刊本、《英華》、《文章辨體彙選》作“褒殛誅之不以法者”，各備一說，不改。

（一六）請移河於衛之四十里：楊本、叢刊本、《全文》同，《英華》、《文章辨體彙選》作“請移河於衛之十四里”，各備一說，不改。

（一七）壞吾地：《英華》、《文章辨體彙選》、《全文》同，楊本、叢刊本作“壞吾地”,各備一説,不改。

（一八）**魏俗丕變**：原本作“魏俗丕乂”,楊本、叢刊本同,據《英華》、《文章辨體彙選》、《全文》改。

（一九）**進收郓之陽穀**：原本作“進收郓之陽谷”,楊本、叢刊本、《英華》、《文章辨體彙選》、《全文》同,據《元和郡縣志》、蘇源明《小洞庭洇源亭讌四郡太守詩》、《舊唐書·憲宗紀》、《新唐書·李師道傳》改。

（二〇）**以其首歸於弘正,正入郓而十二州之地平,以功加司徒、平章事**：原本作“以功加司徒、平章事”,楊本、叢刊本、《全文》同,語義不順,據《英華》、《文章辨體彙選》補改。

（二一）**節度於鎮**：楊本、叢刊本、《全文》同,《英華》、《文章辨體彙選》作“節度德棣於鎮”,各備一説,不改。

（二二）**弘正自去魏**：《全文》同,《英華》作“弘正至自魏”,各備一説,不改。楊本、宋蜀本、叢刊本、《文章辨體彙選》誤作“弘正自至魏”,意思則完全相反,也不符本文:“自魏入鎮,魏人思之。”之説,不從不改。《元稹集》採用楊本,但對此誤不予改正,也不出校,不妥。《編年箋注》雖然標示了楊本、宋蜀本、叢刊本之異文,但没有指出如此明顯的基本史實之錯誤,也屬不妥。

（二三）**德以讓之**：原本作“以讓之”,楊本、叢刊本同,據《英華》、《文章辨體彙選》、《全文》補。《元稹集》作“以德讓之”,與下句不配。

（二四）**其道甚明**：楊本、叢刊本、《全文》同,《英華》、《文章辨體彙選》作“其數甚明”,各備一説,不改。

（二五）**海内承平**：楊本、叢刊本、《全文》同,《英華》、《文章辨體彙選》作“既理既平”,各備一説,不改。

（二六）**銘之戒之**：《英華》、《文章辨體彙選》、《全文》同,楊本、叢刊本誤作“銘之戒之”,不從不改。

［箋注］

① 沂國公：即田弘正，《舊唐書·憲宗紀》：“（元和七年十月）甲辰，以魏博都知兵馬使兼御史中丞、沂國公田興爲銀青光禄大夫、檢校工部尚書兼魏州大都督府長史，充魏博節度使。”詳細史實見《舊唐書·田弘正傳》：“田弘正，本名興……少習儒書，頗通兵法，善騎射，勇而有禮，伯父承嗣愛重之。當季安之世，爲衙内兵馬使。季安惟務侈靡，不恤軍務，屢行殺罰，弘正每從容規諷，軍中甚賴之。季安以人情歸附，乃出爲臨清鎮將，欲捃摭其過害之。弘正假以風痹請告，灸灼滿身，季安謂其無能爲。及季安病篤，其子懷諫幼騃，乃召弘正署其舊職。季安卒。懷諫委家僮蔣士則。改易軍政。人情不悅。咸曰：‘都知兵馬使田興可爲吾帥也！’衙兵數千詣興私第陳請，興拒關不出，衆呼噪不已。興出，衆環而拜，請入府署。興頓仆於地，久之，度終不免，乃令於軍中曰：‘三軍不以興不肖，令主軍務，欲與諸軍前約，當聽命否？’咸曰：‘惟命是從！’興曰：‘吾欲守天子法，以六州版籍請吏，勿犯副大使，可乎？’皆曰：‘諾！’是日入府視事，殺蔣士則十數人而已。晚自府歸第，其兄融責興曰：‘爾卒不能自晦，取禍之道也。’翌日，具事上聞，憲宗嘉之，加興銀青光禄大夫、檢校工部尚書、魏州大都督府長史兼御史大夫、上柱國、沂國公，充魏博等州節度觀察處置支度營田等使，仍賜名弘正。仍令中書舍人裴度使魏州宣慰，賜魏博三軍賞錢一百五十萬貫。弘正既受節鉞，上表曰：‘……’優詔褒美。弘正樂聞前代忠孝立功之事，於府舍起書樓，聚書萬餘卷，視事之隙，與賓佐講論古今言行可否。今河朔有《沂公史例》十卷，弘正客爲弘正所著也。魏州自承嗣已來，舘宇服玩有踰常制者，悉命徹毀之。以正廳大侈，不居，乃視事于採訪使廳。賓寮參佐，請之於朝。頗好儒書，尤通史氏，《左傳》、《國史》，知其大略。自弘正歸國，幽、恒、鄆、蔡有齒寒之懼，屢遣客間説，多方誘阻，而弘正終始不移其操。裴度明理體，詞説雄辨，弘正聽其言，終夕不倦，遂深相結納，由是奉

上之意逾謹。元和十年，朝廷用兵討吳元濟，弘正遣子布率兵三千進討，屢戰有功。李師道以弘正效忠，又（憂）襲其後，不敢顯助元濟，故絕其掎角之援，王師得致討焉！俄而王承宗叛，詔弘正以全師壓境，承宗懼，遣使求救於弘正，遂表其事，承宗遂納二子，獻德、棣二州以自解。十三年，王師加兵於鄆，詔弘正與宣武、義成、武寧、橫海等五鎮之師會軍齊進。十一月，弘正自帥全師自楊劉渡河築壘，距鄆四十里。師道遣大將劉悟率重兵以抗弘正，結壘相望。前後合戰，魏軍大捷，而李愬、李光顏三面進攻，賊皆挫敗，其勢將危。十四年三月，劉悟以河上之眾倒戈入鄆，斬師道首，詣弘正請降，淄青十二州平，論功加檢校司徒、同中書門下平章事。是年八月，弘正入覲，憲宗待之隆異，對於麟德殿，參佐將校二百餘人皆有頒錫，進加檢校司徒兼侍中，實封三百戶。仍以其兄檢校刑部尚書、相州刺史，融爲太子賓客，東都留司。弘正三上章，願留闕下，憲宗勞之曰：'昨韓弘至朝，稱疾懇辭戎務，朕不得不從。今卿復請留，意誠可尚，然魏土樂卿之政，鄰境服卿之威，爲我長城，不可辭也，可亟歸藩！'弘正每懼有一旦之憂，嗣襲之風不革，兄弟子侄悉仕於朝，憲宗皆擢居班列，朱紫盈庭，當時榮之。十五年十月，鎮州王承宗卒，穆宗以弘正檢校司徒兼中書令、鎮州大都督府長史，充成德軍節度、鎮冀深趙觀察等使。"韓愈《魏博節度觀察使沂國公先廟碑銘》："元和八年十一月壬子，上命丞相元衡（武元衡）、丞相吉甫（李吉甫）、丞相絳（李絳），召太史尚書比部郎中韓愈至政事堂，傳詔曰：'田弘正始有廟京師……謹案：魏博節度使、銀青光禄大夫、檢校工部尚書、兼魏州大司馬長史、御史大夫、沂國公田弘正，北平盧龍人，故爲魏博諸將……"劉禹錫《唐故邠寧慶等州節度觀察處置使朝散大夫檢校户部尚書兼御史大夫賜紫金魚袋贈右僕射史公神道碑》："長慶二年，常山眾叛，害其帥沂國公田司徒於帳下。沂公發迹于魏，人猶懷之，詔命其子布以尚書授鉞，統魏兵問罪于北疆，且報家禍。"　魏博：即魏博節度使府的簡稱，《舊唐書·地理志》：

"魏博節度使,治魏州,管魏、貝、博、相、澶、衛六州。"魏州府治元城,今河北大名。貝州府治清河,今屬河北。博州府治聊城,今屬山東。相州府治安陽,今屬河南。澶州府治頓丘,今河南清豐。衛州府治汲縣,今屬河南。王建《朝天詞十首寄上魏博田侍中》七:"四海無波乞放閑,三封手疏犯龍顏。他時若有邊塵動,不待天書自出山。"楊巨源《辭魏博田尚書出境後感恩戀德因登蓐臺却贈》:"薦書及龍鍾,此事鏤心骨。親知殊悢悢,徒御方咄咄。"　德政碑:舊時爲頌揚官吏政績而立的碑石。元稹《謝准朱书撰田弘正碑文狀》:"魏博节度使李愬请与田弘正立德政碑。"白居易《答盧虔謝賜男從史德政碑文并移貫屬京兆表》:"勒石所以表勛,賜文所以褒德。惟功是念,有善必旌。是國舊章,非予私渥。"

　②　元年正月壬戌:據《舊唐書·穆宗紀》,長慶元年正月己亥朔,據干支推算,壬戌應該是正月二十四日。而元稹《謝准朱書撰田弘正碑文狀》:"臣伏奉今月二十四日敕,令臣撰前件碑文者。"兩者一一相符。而王詠剛《兩千年中西曆速查》推算有誤,不取。　德政:舊指有仁德的政治措施或政績。《左傳·隱公十一年》:"既無德政,又無威刑。"葛洪《抱朴子·審舉》:"夫急轡繁策,伯樂所不爲;密防峻法,德政之所恥。"　乞文:意謂請求銘刻在石碑上的表彰文章。元稹《故中書令贈太尉沂國公墓誌銘》:"魏之人相與立石,乞文於陛下,陛下詔臣稹爲文以付之。"皮日休《破山龍堂記》:"君爲其祠已,乞文其事。日休佳君之爲志在民,故從之。咸通十三年二月十九日,襄陽皮日休記。"　稽首:古時一種跪拜禮,叩頭至地,是九拜中最恭敬者。《公羊傳·宣公六年》:"靈公望見趙盾,愬而再拜;趙盾逡巡北面再拜稽首,趨而出。"《史記·趙世家》:"公子成再拜稽首曰:'臣固聞王之胡服也。'"　奏書:漢時在諸侯王國中,臣下向王公陳述意見的文書稱"奏書"。《文心雕龍·書記》:"戰國以前,君臣同書。秦漢立儀,始有表奏。王公國內,亦稱奏書。"泛指奏章。王安石《王中甫學士挽詞》:

"同學金陵最少年，奏書曾用牘三千。"

③ "始安禄山以玄宗四十三年盜幽州兵"四句：唐玄宗李隆基先天元年(712)登位，至天寶十四載(755)安禄山叛亂，前後計四十三年，所說的"玄宗四十三年"，即天寶十四載。《舊唐書·玄宗紀》有記載："(天寶十四載十一月)丙寅，范陽節度使安禄山率蕃、漢之兵十餘萬，自幽州南向詣闕，以誅楊國忠爲名，先殺太原尹楊光翽於博陵郡。壬申，聞於行在所。癸酉，以郭子儀爲靈武太守、朔方節度使。封常清自安西入奏，至行在。甲戌，以常清爲范陽、平盧節度使兼御史大夫，令募兵三萬以禦逆胡。戊寅，還京。以羽林大將軍王承業爲太原尹，以衞尉卿張介然爲陳留太守、河南節度採訪使。以金吾將軍程千里爲潞州長史，並令討賊。甲申，以京兆牧、榮王琬爲元帥，命高仙芝副之，於京城召募，號曰天武軍，其衆十萬。丙戌，高仙芝等進軍，上御勤政樓送之。十二月丙戌朔，禄山於靈昌郡渡河。辛卯，陷陳留郡，殺張介然。甲午，陷滎陽郡，殺太守崔無詖。丙申，封常清與賊戰于成皋罌子谷，官軍敗績，常清奔於陝郡。丁酉，禄山陷東京，殺留守李憕、中丞盧奕、判官蔣清。時高仙芝鎮陝郡，棄城西保潼關。常山太守顔杲卿與長史袁履謙、賈深等殺賊將李欽湊，執賊將何千年、高邈送京師。辛丑，詔皇太子統兵東討。以永王璘爲山南節度使，以江陵長史源洧副之。穎王璬爲劍南節度使，以蜀郡長史崔圓副之，二王不出閣。丙午，斬封常清、高仙芝于潼關，以哥舒翰爲太子先鋒兵馬元帥，領河、隴兵募守潼關以拒之……十五載春正月乙卯，御宣政殿受朝。其日，禄山僭號於東京。庚申，以李光弼爲雲中太守、河東節度使。壬戌，賊將蔡希德陷常山郡，執太守顔杲卿、長史袁履謙，殺民吏萬餘，城中流血……乙丑，賊將安慶緒犯潼關，哥舒翰擊退之。乙巳，加平原太守顔真卿户部侍郎，獎守城也……六月癸未朔，顔真卿破賊將袁知泰於堂邑，北海太守賀蘭進明收信都。庚寅，哥舒翰將兵八萬與賊將崔乾祐戰于靈寶西原，官軍大敗，死者十六七。其日，李

光弼與賊將史思明戰于常山東嘉山，大破之，斬獲數萬計。辛卯，哥舒翰至潼關，爲其帳下火拔歸仁以左右數十騎執之降賊，關門不守，京師大駭，河東、華陰、上洛等郡皆委城而走。甲午，將謀幸蜀，乃下詔親征，仗下後，士庶恐駭，奔走于路。乙未凌晨，自延秋門出，微雨霑濕，扈從惟宰相楊國忠、韋見素、内侍高力士及太子、親王、妃主、皇孫已下多從之不及。平明渡便橋，國忠欲斷橋，上曰：'後來者何以能濟？'命緩之。辰時，至咸陽望賢驛置頓，官吏駭散，無復儲供。上憩於宮門之樹下，亭午未進食。俄有父老獻麨，上謂之曰：'如何得飯？'於是百姓獻食相繼。俄又尚食持御膳至，上頒給從官而後食。是夕次金城縣，官吏已逃，令魏方進男允招誘，俄得智藏寺僧進芻粟，行從方給。丙辰，次馬嵬驛，諸衛頓軍不進。龍武大將軍陳玄禮奏曰：'逆胡指闕，以誅國忠爲名，然中外群情，不無嫌怨。今國步艱阻，乘輿震蕩，陛下宜徇群情，爲社稷大計，國忠之徒可置之于法。'會吐蕃使二十一人遮國忠告訴於驛門，衆呼曰：'楊國忠連蕃人謀逆……'兵士圍驛四合，乃誅楊國忠、魏方進一族，兵猶未解。上令高力士詰之，迴奏曰：'諸將既誅國忠，以貴妃在宮，人情恐懼。'上即命力士賜貴妃自盡，玄禮等見上請罪，命釋之。"　安禄山：發動安史之亂的首領之一。高適《賀安禄山死表》："臣得河南道及諸州牒，皆言逆賊安禄山苦痛而死，手足俱落，眼鼻殘壞。"元結《大唐中興頌》："天寶十四載，安禄山陷洛陽。明年，陷長安。天子幸蜀，太子即位於靈武。"　劫擊：劫掠攻打。《太平御覽·楯》："江漢字子甫，遷丹陽太守。是時大江劇賊余來等劫擊牛渚、丹陽邊水諸縣居民，驅略良善，經歲爲害。"　劫：搶奪，強取。《漢書·尹賞傳》："城中薄暮塵起，剽劫行者，死傷橫道，枹鼓不絶。"韓愈《元和聖德詩》："其出穰穰，隊以萬數，遂劫東川，遂據城阻。"　擊：殺，搏殺。《儀禮·少牢饋食禮》："司馬刲羊，司士擊豕。"鄭玄注："刲、擊，皆謂殺之。"杜甫《畫鷹》："何當擊凡鳥，毛血灑平蕪。"　郡縣：郡和縣的並稱，郡縣之名，初見于周，秦始皇統一中國，分國內爲三十六郡，爲郡縣政治之始，漢初封建制與郡縣制並行，其後郡縣遂成常制。《史記·秦始皇本紀》：“今陛下興義兵，誅殘賊，平定天下，海內爲郡縣。”《魏書·崔浩傳》：“若無水草，何以畜牧？又漢人爲居，終不於無水草之地築城郭、立郡縣也。” 關：特指函谷關或潼關。賈誼《過秦論》：“秦人開關延敵，九國之師逡巡而不敢進。”馬縞《中華古今注·關塞》：“關者，長安之關門也，函谷、潼關之屬也。” 京：國都。《詩·大雅·文王》：“殷士膚敏，祼將於京。”朱熹集傳：“京，周之京師也。”張衡《東京賦》：“是以論其遷邑易京，則同規乎殷盤。” 掉撓：動盪。《翰苑群書·韋處厚翰林學士記》：“近日丞相府不由內庭者斷國論，宰法度，雖有利器長材，未免缺折掉撓。” 掉：通“踔”，跳躍，騰躍。《文選·司馬相如〈上林賦〉》：“捷垂條，掉希間。”郭璞注：“掉，懸擿也。”轉過，翻轉。韋莊《觀獵》：“直到四郊高鳥盡，掉鞍齊向國門歸。” 撓：攪動，拌和。《淮南子·説林訓》：“使水濁者，魚撓之。”王儉《褚淵碑文》：“汪汪焉！洋洋焉！可謂澄之不清，撓之不濁。”

④“肅宗征之”八句：事見《新唐書·藩鎮傳》：“安、史亂天下，至肅宗大難略平，君臣皆幸安，故瓜分河北地，付授叛將，護養孽萌，以成禍根。亂人乘之，遂擅署吏，以賦稅自私，不朝獻于廷。效戰國，肢髀相依，以土地傳子孫，脅百姓，加鋸其頸，利怵逆污，遂使其人自視由羌狄然。一寇死，一賊生，訖唐亡百餘年，卒不爲王土。當其盛時，蔡附齊連，內裂河南地，爲合從以抗天子。杜牧至以‘山東，王不得，不王；霸不得，不霸；賊得之，故天下不安’。又曰：‘厥今天下何如哉？干戈朽，鈇鉞鈍，含引混貸，照育逆孽，殆爲故常。而執事大人曾不歷算周思，以爲宿謀，方且虺岸抑揚，自以爲廣大繁昌莫已若也。嗚呼！其不知乎？其俟塞頓顛傾而後爲之支計乎？且天下幾里？列郡幾所？自河以北，蟠城數百，角奔爲寇，伺吾人顦領，天時不利，則將與其朋伍駭亂吾民於掌股之上。今者及吾之壯，不圖擒取，乃偷處恬

逸，以爲後世子孫背脅痼根，此復何也？議者曰：倔强之徒，吾以良將
勁兵爲衛策，高位美爵充飽其腸，安而不撓，外而不拘，猶豢虎狼而不
拂其心，則忿氣不萌，此大曆、貞元所以守邦也。何必疾戰焚煎吾民，
然後爲快也！愚曰：大曆、貞元之間，有城數十，千百卒夫，則朝廷貸
以法，故於是闞視大言，自樹一家，破制削法，角爲尊奢。天子不問，
有司不呵；王侯通爵，越禄受之；覲聘不來，几杖扶之；逆息虜胤，皇子
嬪之。地益廣，兵益强，僭擬益甚，佟心益昌。土田名器，分割大盡，
而賊夫貪心，未及畔岸，淫名越號，走兵四略，以飽其志。趙、魏、燕、
齊，同日而起；梁、蔡、吳、蜀，躡而和之。其餘混淆軒囂，欲相效者，往
往而是。運遭孝武，前英後傑，夕思朝議，故能大者誅鉏，小者惠來，
大抵生人油然多欲，欲而不得則怒，怒則争亂隨之。是以教笞於家，
刑罰於國，征伐於天下，裁其欲而塞其争也。大曆、貞元之間反此，提
區區之有，而塞無涯之争，是以首尾指支，幾不能相運掉也。凡今者
不知非此，而反用以爲經，將見爲盜者非止於河北而已。嗚呼！大
曆、貞元守邦之術，永戒之哉！魏博傳五世，至田弘正入朝，十年復
亂，更四姓，傳十世，有州七。成德更二姓，傳五世，至王承元入朝，明
年王庭凑反，傳六世，有州四。盧龍更三姓，傳五世，至劉總入朝，六
月朱克融反，傳十二世，有州九。淄青傳五世而滅，有州十二。滄景
傳三世，至程權入朝，十六年而李全略有之，至其子同捷而滅，有州
四。宣武傳四世而滅，有州四。彰義傳三世而滅，有州三。澤潞傳三
世而滅，有州五。雖然，迹其由來，事有因藉，地之輕重，視人謀臧否
歟！今取擅興若世嗣者，爲《藩鎮傳》。若田弘正、張孝忠等，暴忠納
誠，以屏王室，自如别傳云。”　肅宗：即唐肅宗李亨，《舊唐書·肅宗
紀》：“肅宗文明武德大聖大宣孝皇帝諱亨，玄宗第三子。”至德元年
(756)至上元二年(761)在位。顏真卿《正議大夫行國子司業上柱國
金鄉縣開國男顏府君神道碑銘》：“真卿至自河北，元宗給君驛至鳳
翔，令相見，從肅宗入西京，遷司封。真卿以尚書兼大夫，弟允臧又爲

殿中,兄弟三人,同時臺省,當人無比,時人欽羨焉!"元稹《與史館韓侍郎書》:"肅宗高其行,因授館於三司治所,令從賊官囚慚拜之。"

海内:國境之内,全國,古謂我國疆土四面臨海,故稱。劉長卿《送王員外歸朝》:"往來無盡目,離別要逢春。海内罷多事,天涯見近臣。"李白《自溧水道哭王炎三首》三:"王家碧瑤樹,一樹忽先摧。海内故人泣,天涯吊鶴來。" 甫:方才,剛剛。《漢書·孝成許皇后傳》:"今吏甫受詔讀記,直豫言使後知之,非可復若私府有所取也。"顏師古注:"甫,始也。"《漢書·翼奉傳》:"天下甫二世耳!然周公猶作詩書深戒成王,以恐失天下。"顏師古注:"甫,始也。" 定:安定,平定。《易·家人》:"正家而天下定矣!"《史記·白起王翦列傳》:"四十八年十月,秦復定上黨郡。" 河:古代對黃河的專稱。《書·禹貢》:"島夷皮服,夾右碣石入於河。"曾鞏《本朝政要策·黃河》:"河自西出而南,又東折,然後北注於海。" 夾河五十餘州:意謂黃河兩岸的州郡約有五十多州,都被藩鎮控制,反復無常,變化不斷。據上引《新唐書·藩鎮傳》所載,共有四十八州,這裏是約而言之,其中也包括增置與廢去之州,因此數目很難固定不變。 夾河:義近"沿河",靠河地帶。敬括《省試七月流火》:"氣含凉夜早,光拂夏雲收。助月微明散,沿河麗景浮。"《宋史·河渠志》:"自常州至望亭一百三十五里,運河一有所節,則沿河之田,旱歲資以灌溉。"州:在古代,各個時期有不同的具體内容。一、古代民户編制,二千五百户爲一州。《周禮·地官·大司徒》:"令五家爲比,使之相保;五比爲閭,使之相受;四閭爲族,使之相葬;五族爲黨,使之相救;五黨爲州,使之相賙;五州爲鄉,使之相賓。"賈公彦疏:"二千五百家爲州,立一中大夫爲州長。"《左傳·昭公二十二年》:"冬十月丁巳,晉籍談、荀躒帥九州之戎及焦、瑕、温、原之師,以納王於王城。"杜預注:"州,鄉屬也,五州爲鄉。"二、古代民户編制,四十三萬二千户爲一州。《尚書大傳》卷四:"古者處師,八家而爲鄰,三鄰而爲朋,三朋而爲里,五里而爲邑,十邑而爲都,十都而爲師,州

十有二師焉！”鄭玄注：“州凡四十三萬二千家,此蓋虞夏之數也。”三、
古代民戶編制。一萬戶爲一州。《管子·度地》：“州者謂之術,不滿
術者謂之里。故百家爲里,里十爲術,術十爲州,州十爲都。”尹知章
注：“地數充爲州者,謂之術。”古代行政區劃。《書·舜典》：“肇十有
二州,封十有二山。”孔傳：“禹治水之後,舜分冀州爲幽州、并州,分青
州爲營州,始置十二州。”《後漢書·桓帝紀》：“二月,荊、揚二州人多
餓死,遣四府掾分行賑給。”韓愈《贈崔復州序》：“賦有常而民産無恒,
水旱癘疫之不期,民之豐約懸於州。”趙彥衛《雲麓漫鈔》卷五：“東漢
末分天下爲州,如唐之道、本朝之路,非如今之州,但指一郡言也。”
服：順從,降服。《史記·伍子胥列傳》：“當是時,吳以伍子胥、孫武之
謀,西破强楚,北威齊晉,南服越人。”陳子昂《爲喬補闕論突厥表》：
“窮兵黷武,傾天下以事之,終不能屈一王,服一國。”　叛：背叛。
《書·大誥序》：“武王崩,三監及淮夷叛。”韓愈《曹成王碑》：“(王國)
良以武岡叛,戍衆萬人。”　更立：改立。《禮記·祭法》：“七代之所更
立者,禘郊祖宗,其餘不變也。”《史記·魏世家》：“畢萬封十一年,晉
獻公卒,四子争更立,晉亂。”　迭：更迭,輪流。《漢書·律曆志》：“三
代各據一統,明三統常合,而迭爲首。”顏師古注：“迭,互也。”謝靈運
《過白岸亭》：“榮悴迭去來,窮通成休感。”　奪：强取。《易·繫辭》：
“小人而乘君子之器,盜思奪之矣！”杜甫《揚旗》：“公來練猛士,欲奪
天邊城。”　廢置：廢滅和建立,撤銷和設立。劉知幾《史通·書志》：
“夫兩曜百星,麗於玄象,非如九州萬國,廢置無恆。”《宋史·兵志》：
“厥後廢置損益,隨時不同。”　征伐：討伐。儲光羲《同諸公秋日遊昆
明池思古》：“上兵貴伐謀,此道不能爲。籲哉蒸人苦,始曰征伐非。”
邵謁《戰城南》：“武皇重征伐,戰士輕生死。”　朝覲：謂臣子朝見君
主。《禮記·樂記》：“朝覲,然後諸侯知所以臣；耕藉,然後諸侯知所
以敬。”李肇《唐國史補》卷上：“淮西賊將僭竊,問儀注於魯公,公答
曰：‘老夫所記,唯諸侯朝覲之禮耳！’”　賦：田地税,泛指賦税。劉得

仁《書事寄萬年厲員外》：“封疆親日月，邑裏出王公。賦稅充天府，歌謠入聖聰。”杜荀鶴《亂後逢村叟》：“還似平寧徵賦稅，未嘗州縣略安存。至今雞犬皆星散，日落前山獨倚門。”

　　⑤ 五紀：一紀爲十二年，五紀爲六十年。《南齊書·高帝紀論》：“宋氏正位八君，卜年五紀。”杜牧《冬至日寄小侄阿宜詩》：“家集二百編，上下馳皇王。多是撫州寫，今來五紀強。” 宗：古代帝王廟號之一，有德者稱宗。《孔子家語·廟制》：“古者祖有功而宗有德，謂之祖宗者，其廟皆不毀。”王肅注：“有德者謂之宗。”蘇軾《賜韓絳辭免恩命不允批答制》：“永惟三宗眷遇之重，宜極一品褒崇之榮。”自長慶元年（821）前推六十年，爲寶應元年（762），其年平定安史之亂，在肅宗之後，中間歷經代宗、德宗、順宗、憲宗四朝，故言。 容受：容納接受。《漢書·成帝紀》：“博覽古今，容受直辭，公卿稱職，奏議可述。”《朱子語類》卷三五：“所謂‘弘’者，不但是放令公平寬大，容受得人，須是容受得許多衆理。” 隱忍：克制忍耐。《史記·伍子胥列傳贊》：“方子胥窘於江上，道乞食，志豈嘗須臾忘郢邪？故隱忍就功名，非烈丈夫孰能致此哉？”韓愈《送進士劉師服東歸》：“低頭受侮笑，隱忍硍矹冤。” “田承嗣始有魏博相衛貝澶之地”五句：據《新唐書·藩鎮魏博傳》記載，田承嗣、田悅、田緒、田季安前後相繼：“承嗣盜有貝、博、魏、衛、相、磁、洺七州，而未嘗北面天子。凡再興師會，國威中奪，窮而復縱，故承嗣得肆奸無怖忌。十四年死，年七十五，贈太保……（田）悅，蚤孤，母更嫁平盧戍卒，悅隨母轉側淄青間。承嗣得魏，訪獲之，年十三，拜伏有禮，承嗣異之，委以號令，裁處皆與承嗣意合……承嗣愛其才，將死，顧諸子弱，乃命悅知節度事，令諸子佐之。帝因詔悅自中軍兵馬使、府左司馬擢留後，俄檢校工部尚書，爲節度使……（田緒）承嗣第六子……悅既死，懼衆不附，以其徒數百將出奔，邢曹俊率衆追還，緒乃下令軍中曰：‘我先王子，能立我者賞！’衆乃共推緒爲留後……（田）季安字夔，母微賤，公主命爲己子，寵冠諸兄。數歲爲左

衛冑曹參軍、節度副使。緒死時，年十五，匱喪觀變，軍中推爲留後，因授節度使。除喪，加檢校尚書右僕射，進位檢校司空，俄同中書門下平章事……"

　　⑥　悍誕：凶暴放蕩。元稹《唐故京兆府盩厔縣尉元君墓誌銘》："寮友之悍誕鄙異者，游於君則必怡然，無自疑於我矣！"鄭絪《衍極·古學篇》："其悍誕奸宄，見於顏眉，吾知千載之下，使人掩鼻而過之也。"　淫驕：荒淫驕橫。賈誼《過秦論》："借使秦王計上世之事，並殷周之迹，以制御其政，後雖有淫驕之主而未有傾危之患也。"《史記·太史公自序》："維禹之功，九州攸同。光唐虞際，德流苗裔。夏桀淫驕，乃放鳴條，作《夏本紀第二》。"　風勃：猶狂悖。義近"風狂"，瘋狂，發瘋。段成式《酉陽雜俎·貝編》："蘇州貞元中，有義師狀如風狂。"張齊賢《洛陽搢紳舊聞記·焦生見亡妻》："時已十月，崖下水深處，河道彎曲，有筏數十隻，上有人宿止。筏上人見乘驢欲投崖，謂之風狂。"　蠱蠹：毒害侵蝕。義近"蠱惑"，迷亂，惑亂。王符《潛夫論·潛歎》："末世則不然，徒信貴人驕妒之議，獨用苟媚蠱惑之言。"白居易《古塚狐》："何況褒姒之色善蠱惑，能喪人家覆人國。"　左右：身邊。《詩·大雅·文王》："文王陟降，在帝左右。"韓愈《唐故贈絳州刺史馬府君行狀》："方書、《本草》，恒置左右。"　骨肉：比喻至親，指父母兄弟子女等親人。《墨子·尚賢》："當王公大人之於此也，雖有骨肉之親，無故富貴，面目美好者，誠知其不能也，不使之也。"沈亞之《上壽州李大夫書》："亞之前應貢在京師，而長幼骨肉萍居於吳。"妻子：妻和子。吳少微《爲任虛白陳情表》："元忠或入處台相，出臨藩牧，門庭曜軒組之榮，妻子厭梁錦之美。"元稹《授劉總守司徒兼侍中天平軍節度使制》："誠嘉素尚，難遂過中，縱妻子之可捐，豈君父之能舍？"

　　⑦　內外：內部和外部，裏面和外面。《國語·楚語》："夫美也者，上下、內外、小大、遠近皆無害焉！故曰美。"韓愈《論淮西事宜狀》：

"爲統帥者盡力行之於前,而參謀議者盡心奉之於後,內外相應,其功乃成。" 惴悸:驚懼。錢珝《爲集賢崔相公讓大學士第二表》:"伏乞聖慈速降明詔允許,臣某無任瀝血輸懷、祈恩俟命、激切惴悸之至,謹奉表陳讓以聞。"

⑧ 故態:老脾氣,舊日或平素的舉止神態。《後漢書・嚴光傳》:"光不答,乃投札與之,口授曰:'君房足下:位至鼎足,甚善!懷仁輔義天下悅,阿諛順旨要領絶。'霸得書,封奏之,帝笑曰:'狂奴故態也。'"葉適《故大宗丞高公墓誌銘》:"公由此坐廢,即復具野航,出没圩圲如其故態,不少介吝。" 副大使:也作"副使",指節度使或三司使等的副職。《舊唐書・職官志》:"節度使一人,副使一人。"《宋史・職官志》:"巡幸,有行宫都部署,行宫有三司使、副使、判官、行宫使、都監。" 家臣:春秋時各國卿大夫的臣屬,卿大夫家的總管叫宰,宰下又有各種官職,總稱爲家臣,後亦泛指諸侯、王公的私臣。《史記・孔子世家》:"孔子適齊,爲高昭子家臣,欲以通乎景公。"《漢書・張山傳》:"德配周召,忠合《羔羊》,未得登司徒,有家臣,卒然早終,尤可悼痛!"顏師古注:"家臣,若今諸公國官及府佐也。" 逆:背叛,作亂。《詩・魯頌・泮水》:"既克淮夷,孔淑不逆。"荀悦《漢紀・高祖紀》:"上還過趙,趙相貫高伏兵柏人亭,欲爲逆。" 虐:殘害,侵淩。《書・洪範》:"無虐煢獨,而畏高明。"孔傳:"煢獨者不侵虐之。"《左傳・文公十五年》:"君子之不虐幼賤,畏於天命也。" 用事:執政,當權。《戰國策・秦策》:"今秦,太后、穰侯用事,高陵、涇陽佐之。"葛洪《抱朴子・審舉》:"靈、獻之世,閹宦用事,群奸秉權。" 士衆:衆士兵,指部隊的普通戰鬥成員。《穀梁傳・昭公八年》:"禽雖多,天子取三十焉!其餘與士衆。"王讜《唐語林・補遺》:"蕃兵大呼,士衆鼓而前。" 分服:順服。義近"分義",謂遵守名分,爲所宜爲。《荀子・強國》:"禮樂則修,分義則明,舉錯則時,愛利則形。如是,百姓貴之如帝,高之如天。"楊倞注:"分,謂上下有分;義,謂各得其宜。"元稹《胡証授定

遠將軍制》：“爾等率其屬部，分義甚明，皆吾勞臣。”　博大：寬廣，廣大。《管子·權修》：“萬乘之國，兵不可以無主；土地博大，野不可以無吏。”袁宏《後漢紀·獻帝紀》：“孝章皇帝，至孝烝烝，仁恩博大。”孝敬：孝順父母，尊敬親長。《詩大序》：“先王以是經夫婦，成孝敬，厚人倫，美教化，移風俗。”許渾《題衛將軍廟詩序》：“既而以孝敬睦閨門，以然信居鄉里。”　謹廉：謹慎廉正。元稹《授牛元翼成德軍節度使制》：“而又忠孝謹廉，慈仁和惠，愛養士伍，均如鳲鳩。”汪應辰《應詔薦將帥辭免權宣撫札子》：“持身謹廉，御衆嚴整。”　儒家：崇奉孔子學說的重要學派，崇尚“禮樂”和“仁義”，提倡“忠恕”和“中庸”之道，主張“德治”、“仁政”，重視倫常關係。西漢以後，逐漸成爲我國封建社會占統治地位的學派。《漢書·藝文志》：“儒家者流……游文於六經之中，留意於仁義之際，祖述堯舜，憲章文武，宗師仲尼。”《文心雕龍·奏啓》：“必使理有典刑，辭有風軌，總法家之式，秉儒家之文。”君臣：君主與臣下。《易·序卦》：“有父子，然後有君臣；有君臣，然後有上下。”韓愈《送浮屠文暢師序》：“彼見吾君臣父子之懿，文物事爲之盛，其心有慕焉！”　將帥：將領。《禮記·樂記》：“君子聽鼓鼙之聲，則思將帥之臣。”徐幹《中論·慎所從》：“若夫攻城必拔，野戰必克，將帥之事也。”

⑨踊躍：歡欣鼓舞貌。《詩·邶風·擊鼓》：“擊鼓其鏜，踊躍用兵。”劉琨《勸進表》：“臣等各忝守方任，職在遐外，不得陪列闕庭，共觀盛禮，踊躍之懷，南望罔極。”　牙旗：旗竿上飾有象牙的大旗，多爲主將主帥所建，亦用作儀仗。《文選·張衡〈東京賦〉》：“戈矛若林，牙旗繽紛。”薛綜注：“兵書曰，牙旗者，將軍之旌。謂古者天子出，建大牙旗，竿上以象牙飾之，故云牙旗。”陸游《將至金陵先寄獻劉留守》：“別都王氣半空紫，大將牙旗三丈黃。”　仆：向前跌倒。《左傳·定公八年》：“偃且射子鉏。”孔穎達疏引《吳越春秋》：“臣迎風則偃，背風則仆。”《史記·項羽本紀》：“樊噲側其盾以撞，衛士仆地。”　大言：高聲

地说。《書·盤庚》：“汝克黜乃心，施實德於民，至於婚友，丕乃敢大言汝有積德。”韓愈《虢州司户韓府君墓誌銘》：“後大衙會日，司録君趨以前，大言曰：‘請舉公過。’” 恩澤：帝王或朝廷給予臣民的恩惠，言其如雨露之澤及萬物，故云。《史記·律書》：“今陛下仁惠撫百姓，恩澤加海内。”薛用弱《集異記·張鎰》：“因奏事稱旨，代宗面許宰相，恩澤獨厚。” 痕穢：污穢的痕迹，指過去的缺點、錯誤，義近“奸穢”，亦作“奸穢”，指邪惡污穢的行爲。陸雲《國人兵多不法啓》：“都督李嬰，行實奸穢。”《北齊書·司馬子如傳》：“〔司馬世雲〕恃叔之勢，所在聚斂，仍肆奸穢。”

⑩ “季安子懷諫”三十句：事見《舊唐書·憲宗紀》：“（元和七年）冬十月乙未，魏博三軍舉其衙將田興知軍州事。時田季安死，子懷諫年十一，爲副大使、知軍府事，軍政一决於家僮蔣士則，數易大將，軍情不安。因田興入衙，兵環而劫請，興頓仆於地，軍衆不散，興曰：‘欲聽吾命，勿犯副大使！’衆曰：‘諾！’但殺蔣士則等十數人而止。即日移懷諫於外，令朝京師。甲辰，以魏博都知兵馬使、兼御史中丞、沂國公田興爲銀青光禄大夫、檢校工部尚書兼魏州大都督府長史，充魏博節度使。” 留後：官職名，唐中葉後，藩鎮坐大，節度使遇有事故，往往以其子侄或親信將吏代行職務，稱節度留後或觀察留後。亦有叛將推翻統師，自稱留後，而後由朝廷補行正式任命者。《舊唐書·裴度傳》：“節度副使王智興自河北行營率師還，逐節度使崔群，自稱留後。”《新唐書·兵志》：“兵驕則逐帥，帥强則叛上。或父死子握其兵而不肯代，或取捨由於士卒，往往自擇將吏，號爲‘留後’，以邀命於朝。”

⑪ 圖：繪畫，描繪。《左傳·宣公三年》：“昔夏之方有德也，遠方圖物。”杜預注：“圖畫山川奇異之物而獻之。”張喬《華山》：“青蒼河一隅，氣狀杳難圖。” 地域：土地的範圍，地區的範圍。《周禮·地官·大司徒》：“凡造都鄙，制其地域，而封溝之。”李翰《蘇州嘉興屯田紀績

頌》：“至於宣上命，齊下力，經地域，制地事，辨土宜，均土法……則都知之職，專達其事焉！”　生齒：人口，人民。權德輿《司徒贈太傅馬公行狀》：“生齒益息，庶物蕃阜。”《宋史·河渠志》：“橫遏西山之水，不得順流而下，壅溢於千里，使百萬生齒居無廬，耕無田，流散而不復。”司馬：官名，唐制，節度使屬僚有行軍司馬。郎士元《送王司馬赴潤州》：“暫屈文爲吏，聊將祿代耕。金陵且不遠，山水復多名。”劉禹錫《贈澧州高大夫司馬霞寓》：“前年牧錦城，馬蹋血泥行。千里追戎首，三軍許勇名。”　邑吏：地方官府的小吏。《呂氏春秋·具備》：“邑吏皆朝，宓子賤令吏二人書。吏方將書，宓子賤從旁時掣搖其肘。”元稹《賽神》：“邑吏齊進説，幸勿禍鄉原！”　廢置：指官吏的任免或帝王的廢立。《周禮·天官·大宰》：“三曰廢置，以馭其吏。”鄭玄注：“廢猶退也，退其不能者，舉賢而置之。”《漢書·霍光傳論》：“處廢置之際，臨大節而不可奪。”　先帝：前代已故的帝王。令狐楚《進憲宗哀册文狀》：“竊以揚先帝無疆之德，薦陛下罔極之恩，宜擇能者，永垂不朽。”元稹《授牛元翼深冀等州節度使制》：“苟獲戎首，置之槁街，下以報忠臣之冤，上以告先帝之廟，則蚩蚩從亂，予又何誅？”這裏指唐憲宗。

　⑫　長：主管，執掌。《墨子·尚賢》：“故可使治國者治國，可使長官者長官。”王充《論衡·感虛》：“使一郡皆寒，賢者長一縣，一縣之界能獨溫乎？”　緡：量詞。古代通常以一千文爲一緡。王嘉《拾遺記·晉時事》：“因墀國獻五足獸，狀如師子；玉錢千緡，其形如環。”《新唐書·張弘靖傳》：“詔以錢百萬緡賚將士。”　“曲赦管内”二句：事見《舊唐書·憲宗紀》：“(元和七年)十一月丙辰朔，乙丑詔田興以魏博請命，宜令司封郎中、知制誥裴度往彼宣慰，賜三軍賞錢一百五十萬貫，以河陰院諸道合進内庫物充。六州百姓給復一年，兼赦管内見繫囚徒。”　曲赦：猶特赦。《晉書·惠帝紀》：“〔永康元年八月〕曲赦洛陽。”《資治通鑑·晉惠帝永康元年》引此文，胡三省注曰：“不普赦天下，而獨赦洛陽，故曰曲赦。”《舊唐書·高祖紀》：“夏四月己未，舊宅

改爲通義宮,曲赦京城繫囚。" 管內:管轄的區域之内。白居易《答劉濟詔》:"所奏茂昭送卿管內百姓殷進等七人,奏前後事由具悉。"孫光憲《北夢瑣言》卷一四:"〔劉仁恭〕自破太原軍於安塞城後,士兵精强,孩視鄰道,發管內丁壯,號三十萬,南取鄰中。" 事:侍奉,供奉。《論語·先進》:"季路問事鬼神,子曰:'未能事人,焉能事鬼?'"《孟子·梁惠王》:"是故明君制民之産,必使仰足以事父母,俯足以畜妻子。" 耆贏:義近"耆耋",老年。《禮記·射義》:"幼壯孝母,耆耋好禮。"鄭玄注:"耆、耋皆老也。"《周書·武帝紀》:"軍民之間,年多耆耋;眷言衰暮,宜有優崇。" 乏困:缺乏,不足。《左傳·僖公三十年》:"行李之往來,共其乏困。"《吕氏春秋·原亂》:"文公施捨,振廢滯,匡乏困。" 前政:前人的政績,亦謂前任官員。《書·畢命》:"欽若先王成烈,以休於前政。"《南史·虞願傳》:"出爲晉平太守,在郡不事生業,前政與百姓交關,質録其兒婦,願遣人於道奪取將還。"

⑬ 僭服:越禮違制的服飾。李治《禁僭服色立私社詔》:"采章服飾,本明貴賤,升降有殊,用崇勸獎。"《宋史·輿服志》:"荔支帶本是内出,以賜將相。在於庶僚,豈合僭服?" 異器:不尋常的器物。王充《論衡·幸偶》:"調飯也殊筐而居,甘酒也異器而處。"徐鉉《以端溪硯酬張員外水精珠》:"方圓雖異器,功用信俱呈。" 善心:善良的心,好心腸。《荀子·樂論》:"使其曲直、繁省、廉肉、節奏,足以感動人之善心。"《雲笈七籤》卷九五:"大王及諸群臣八千餘人,皆發善心。"至正:最中正之道。《莊子·駢拇》:"此皆多駢旁枝之道,非天下之至正也。"郭象注:"至正者不以己正天下,使天下各得其正而已。"《禮記·禮運》:"王前巫而後史,卜筮瞽侑皆在左右。王中,心無爲也,以守至正。"陳澔集説:"王居其中,此心何所爲哉?不過守君道之至正而已。"

⑭ 賓:賓客。《詩·小雅·鹿鳴》:"我有嘉賓,鼓瑟吹笙。"《文心雕龍·哀悼》:"故賓之慰主,以至到爲言也。" 僕役:僕人。《後漢

書·烏桓傳》：“其嫁娶則先略女通情，或半歲百日，然後送牛馬羊畜，以爲娉幣。婿隨妻還家……爲妻家僕役，一二年間，妻家乃厚遣送女，居處財物一皆爲辦。”厙狄履溫《讓起復表》：“幼在隴畝，輟臣讀書，家貧本無僕役，柴水爲資。”　畏避：因畏懼而躲避。《漢書·嚴延年傳》：“大姓西高氏、東高氏，自郡吏以下皆畏避之，莫敢與忤。”《舊唐書·王求禮傳》：“〔求禮〕性忠謇敢言，每上封彈事，無所畏避。”　迎迓：猶迎接。元稹《薛公神道碑文銘》：“王師出征，以中貴人護諸將，州府吏迎迓舘穀畏不及，持畚鍤於道路者相接。”李商隱《爲滎陽公上門下李相公狀》：“昨者迎迓之初，粗停浮費；至止之後，務扇仁風。”　承奉：承命奉行。《後漢書·和帝紀》：“宣佈以來，出入九年，二千石曾不承奉，恣心從好。”《晉書·慕容超載記》：“超亦深達德旨，入則盡歡承奉，出則傾身下士，於是内外稱美焉！”　勛將：有功勛的將領。《北齊書·高德政傳》：“世宗暴崩，事出倉卒，群情草草。勛將等以纘戎事重，勸帝早赴晉陽。”元稹《故中書令贈太尉沂國公墓誌銘》：“近世勛將，尤貴富者言李、郭，然而汾陽、西平，猶不得父子並世爲節制。”　乘：駕御。《詩·小雅·采芑》：“方叔率止，乘其四騏。”高亨注：“乘，猶駕也。”韓愈《駑驥》：“惟昔穆天子，乘之極遐遊。”　避：躲開，回避。《管子·立政》：“罰避親貴，不可使主兵。”枚乘《上書諫吳王》：“忠臣不避重誅，以直諫，則事無遺策，功流萬世。”　謁：稟告，陳説。《禮記·月令》：“〔孟春之月〕先立春三日，太史謁之天子曰：‘某日立春。’”鄭玄注：“謁，告也。”《史記·蘇秦列傳》：“臣聞明王務聞其過，不欲聞其善，臣謂謁王之過。”　趨：古代的一種禮節，以碎步疾行表示敬意。《史記·蕭相國世家》：“賜帶劍履上殿，入朝不趨。”《舊唐書·李源傳》：“寺之正殿，即憕之寢室，源過殿必趨，未嘗登踐。”　付授：囑託授予。《晉書·羊祜傳》：“取吳不必須臣自行，但既平之後，當勞聖慮耳！功名之際，臣所不敢居。若事了，當有所付授，願審擇其人。”元稹《南陽郡王贈某官碑文銘》：“在昔徐師，知於南陽，付授兵柄,渦俾爲防。" 咨度:諮詢,商酌。《左傳·襄公三十年》:"晉未可媮也,有趙孟以爲大夫,有伯瑕以爲佐,有史趙、師曠而咨度焉!"楊伯峻注:"咨度猶今言顧問、諮詢。"《三國志·孫休傳》:"諸卿尚書,可共咨度,務取便佳。" 賓禮:敬重。《漢書·晁錯傳》:"賓禮長老,愛恤少孤。"《晉書·江灌傳》:"頃之,簡文帝又以爲撫軍司馬,甚相賓禮。"

⑮ 聘問:國與國或各個方面之間遣使訪問。韓愈《徐泗豪三州節度掌書記廳石記》:"而又外與賓客四鄰交,其朝覲、聘問、慰薦、祭祀、祈祝之文,與所部之政,三軍之號令升黜,凡文辭之事,皆出書記。"皇甫湜《制策》:"夫王者,其道如天,其威如神,以聘問先之,以禮貌接之,造膝而言,虛心以受,猶恐懼隔越而不得盡其懷,況乎坐之階庭……" 防礙:因防範而有所限制。王周《誌峽船具詩序》:"人聲灘亂,無以相接,所以節動止進退、牽之防礙者,謂之下緯。"曾公亮《武經總要後集》卷三:"隋開皇中,文帝大議伐陳……襄邑公賀若弼獻十策,其一請多造船,船既多,賊必防礙更甚。" 士:武士,兵士。《荀子·王制》:"故王者富民,霸者富士,僅存之國富大夫。"楊倞注:"士,卒伍也。"韓愈《鄭公神道碑文》:"凡河東軍之士,與太原之氓吏,及旁九郡百邑之鰥寡,外夷狄之統於府者,聞公之薨,皆哭曰:'吾其如何!'" 吏:古代對官員的通稱。《左傳·成公二年》:"王使委於三吏。"杜預注:"三吏,三公也。三公者,天子之吏也。"白居易《策林·使官吏清廉策》:"臣聞爲國者,皆患吏之貪,而不知去貪之道也;皆欲吏之清,而不知致清之由也。" 工賈:製造物品兼出售成品的手工業者。《左傳·昭公二十六年》:"在禮,家施不及國,民不遷,農不移,工賈不變,士不濫,官不滔,大夫不收公利。"《北史·陽固傳》:"貴農桑,賤工賈。" 懼愁:猶"懼怖",恐懼,惶懼。趙曄《吳越春秋·闔閭內傳》:"吾國君懼怖,令於國:有能還吳軍者,與之分國而治。"猶"懼悚",恐懼。劉崇遠《金華子雜編》卷下:"闔縣懼悚,慮致災變。" 會

聚：聚會,匯合。《公羊傳·莊公四年》：“古者諸侯必有會聚之事,相朝聘之道。”《隋書·音樂志》：“宗室會聚,奏《族夏》。”　曠然：豁達貌。嵇康《養生論》：“曠然無憂患,寂然無思慮。”《新唐書·柳渾傳》：“免後數日,置酒召故人出遊,酣肆乃還,曠然無黜免意。”

　⑯ “滑以水害聞於朝”十五句：事見《舊唐書·憲宗紀》：“(元和八年十二月)以河溢,浸滑州羊馬城之半。滑州薛平、魏博田弘正徵役萬人,於黎陽界開古黃河道,南北長十四里,東西闊六十步,深一丈七尺,決舊河水勢,滑人遂無水患。”　滑：即滑州,府治胙城,在今河南延津,與衛州夾黃河而相鄰。《元和郡縣志·河南道》：“滑州,今爲鄭滑節度使理所,管滑州、鄭州……隋開皇九年又於今州理置杞州,十六年改杞州爲滑州(取滑臺爲名),大業三年又改爲東郡。武德元年罷郡置滑州,二年陷寇,四年討平王世充,依舊置滑州……管縣七：白馬、韋城、衛南、胙城、靈昌、酸棗、匡城。”王維《至滑州隔河望黎陽憶丁三寓》：“隔河見桑柘,藹藹黎陽川。望望行漸遠,孤峰没雲烟。”李嘉祐《送馬將軍奏事畢歸滑州使幕》：“吳門別後蹈滄州,帝里相逢俱白頭。自歎馬卿常帶病,還嗟李廣未封侯。”　水害：水之禍害,水災。《管子·度地》：“桓公曰：‘願聞水害。’”楊譚《進孝烏頌表》：“黃軒有涿鹿之戰,以定火災；顓頊有共工之陣,以平水害。”

　⑰ 信：守信用,實踐諾言。《國語·晉語》：“吾聞之,申生甚好信而強,又失言於衆矣！雖欲有退,衆將責焉！”韋昭注：“信,言必行之。”《新唐書·張巡傳》：“待人無所疑,賞罰信,與衆共甘苦寒暑。”丕變：大變。《書·盤庚》：“罔有逸言,民用丕變。”孔傳：“民用大變從化。”劉禹錫《新修驛路記》：“近者嘗爲王所,百態丕變。”　多：稱讚,重視。《韓非子·五蠹》：“以其不收也外之,而高其輕世也；以其犯禁也罪之,而多其有勇也。”獨孤及《送游員外赴淮西》：“多君有奇略,投筆佐元戎。”　以右僕射就加焉：事見《舊唐書·憲宗紀》：“(元和九年閏八月)己巳,加田弘正檢校右僕射,賞三軍錢二十萬貫。”　僕射：官

名,秦始置,漢以後因之,唐宋左右僕射爲宰相之職。岑參《送郭僕射節制劍南》:"鐵馬擐紅縲,幡旗出禁城。明王親授鉞,丞相欲專征。"杜甫《新安吏》:"況乃王師順,撫養甚分明。送行勿泣血,僕射如父兄。"

⑱ "十三年"三句:事見《新唐書·田弘正傳》:"天子討蔡,弘正遣子布以兵三千進戰,數有功。李師道疑其襲己,不敢顯助蔡,故元濟失援,王師得致誅焉!"《舊唐書·田弘正傳》:"李師道以弘正效忠,又襲其後,不敢顯助元濟。"其中的"又襲其後"應該是"憂襲其後"之誤。《舊唐書·田布傳》:"及弘正節制魏博,布掌親兵。國家討淮蔡,布率偏師隸嚴綬,軍於唐州。授檢校秘書監,兼殿巾侍御史。前後十八戰,破凌雲柵,下郾城,布皆有功,擢授御史中丞。" 又加司空,以子布之會蔡有勞也:事見《舊唐書·憲宗紀》:"(元和十三年七月)甲申,以田弘正檢校司空。" "是歲"五句:事見《舊唐書·王承宗傳》:"四月,遣盜燒河陰倉。六月,遣盜伏於靖安里,殺宰相武元衡,京師震恐,大索旬日,天子爲之旰食。是時,承宗、師道之盜,所在竊發,焚襄州佛寺,斬建陵門戟,燒獻陵寢宮,欲伏甲屠洛陽。憲宗赫怒,命田弘正出師臨其境,并鄰道六節度之衆討之。時方淮西用兵,國用虛竭,河北諸軍多觀望不進。獨昭義節度使郗士美率精兵壓賊壘,欲乘釁而取之,軍威甚盛。承宗懼,不敢犯。俄詔權罷河北用兵,并力淮西。" 河陰:縣名,地當今河南鄭州市西北。《元和郡縣志·河南道》:"河南府……管縣二十六:洛陽、河南、偃師、緱氏、鞏、伊闕、密、王屋、長水、伊陽、河陰、陽翟、潁陽、告成、登封、福昌、壽安、澠池、永寧、新安、陸渾、河陽、溫、濟源、河清、氾水。"白居易《河陰夜泊憶微之》:"憶君我正泊行舟,望我君應上郡樓。萬里月明同此夜,黃河東面海西頭。"姚合《送丁端公赴河陰》:"炎天木葉焦,曉夕絕涼飆。念子獨歸縣,何人不在朝?" 洛邑:這裏指洛陽,事見《舊唐書·憲宗紀》:"(元和十年八月)丁未,淄青節度使李師道陰與嵩山僧圓淨謀

反,勇士數百人伏於東都進奏院,乘洛城無兵,欲竊發焚燒宮殿而肆
行剽掠。小將楊進、李再興告變,留守呂元膺乃出兵圍之,賊突圍而
出,入嵩岳山棚,盡擒之。訊其首,僧圓淨主謀也。僧臨刑歎曰:'誤
我事,不得使洛城流血!'"蘇頲《題壽安王主簿池舘》:"洛邑通馳道,
韓郊在屬城。舘將花雨映,潭與竹聲清。"沈佺期《洛陽道》:"九門開
洛邑,雙闕對河橋。白日青春道,軒裳半下朝。"　"明年"四句:事見
《舊唐書‧憲宗紀》:"十四年春正月庚辰朔,以東師宿野,不受朝
賀……丙申,魏博軍破賊五萬於東阿……丙午,魏博軍破賊萬人於陽
谷。"　東阿、陽谷:縣名,在鄆州。《元和郡縣志‧河南道》:"鄆
州……管縣九:東平、須昌、陽谷、壽張、盧、東阿、鄆城、鉅野、平陰。"
蘇源明《小洞庭洄源亭讌四郡太守詩序》:"源明請廢濟陽,以平陰、長
清屬濟南,盧、東阿歸我,陽谷隸濮陽,役均三邦,利倍二邑。"

　　⑲ "二月壬戌"六句:事見《舊唐書‧憲宗紀》:"(元和十四年二
月)壬戌,田弘正奏,今月九日淄青都知兵馬使劉悟斬李師道并男二
人首請降,師道所管十二州平。"又見《舊唐書‧李師道傳》:"魏博節
度使田弘正率本軍自陽劉渡河,距鄆州九十里下營,再接戰,破賊三
萬餘衆,生擒三千人,收器械不可勝紀。陳許節度使李光顏於濮陽縣
界破賊,收斗門城、杜莊柵。田弘正復於故東阿縣界破賊五萬,諸軍
四合,累下城柵。"《新唐書‧李師道傳》:"初,遣大將劉悟屯陽穀,當
魏博軍,疑其逗留,悟懼不免,引兵反攻城。師道晨起聞之,白其嫂裴
曰:'悟兵反,將求爲民,守墳墓。'即與弘方匿溷間,兵就禽之。師道
請見悟,不許。復請送京師。悟使謂曰:'司空今爲囚,何面目見天
子!'猶俯仰祈哀,弘方曰:'不若速死!'乃并斬之,傳首京師。棄其
尸,無敢收視者。有士英秀爲殯城左。馬總至,以士禮更葬。初,師
古見劉悟,曰:'後必貴,然敗吾家者,此人也!'田弘正之度河也,禽其
將夏侯澄等四十七人,有詔悉赦之,給繒絮,還隸魏博、義成軍,父母
在欲還者優遣。賊皆感慰相告,由是悟得行其謀。師道首傳弘正營,

召澄驗之，澄舐目中塵，號絕良久。悟素與師道妻魏亂，妄言鄭公徵之裔，不死，没入掖廷，它宗屬悉遠徙。”“以功加司徒平章事”兩句：《舊唐書·憲宗紀》：“（元和十四年二月）癸酉，田弘正加檢校司徒、同中書門下平章事。”

⑳ “其年八月朝京師”五句：事見《舊唐書·憲宗紀》：“（元和十四年九月）甲辰，以魏博節度使、光禄大夫、檢校司徒、同平章事兼魏州大都督長史、上柱國、沂國公、食邑三千户田弘正依前檢校司徒兼侍中，賜實封三百户。時弘正三上表，乞留闕庭，不許。”侍中：唐時爲門下省長官，一般爲正規官職外的加官之一。陳子良《酬蕭侍中春園聽妓》：“微雨散芳菲，中園照落暉。紅樹摇歌扇，緑珠飄舞衣。”王維《春日直門下省早朝》：“騎省直明光，鷄鳴謁建章。遥聞侍中珮，暗識令君香。”

㉑ “又明年”三句：事見《舊唐書·穆宗紀》：“（元和十五年）冬十月庚午朔……庚辰……成德軍節度使王承宗卒，其弟承元上表請朝廷命帥，遣起居舍人柏耆宣慰之……乙酉，以魏博等州節度觀察等使、光禄大夫、檢校司徒兼侍中、魏博大都督府長史、上柱國、沂國公、食邑三千户、實封三百户田弘正可檢校司徒兼中書令、鎮州大都督府長史、成德軍節度、鎮冀深趙等州觀察處置等使。”喪師：謂戰敗而損失軍隊。《左傳·隱公十一年》：“犯五不韙，而以伐人，其喪師也，不亦宜乎！”陸機《辯亡論》：“强寇敗績宵遁，喪師太半。”各本均是“喪師”，並無異文，筆者疑“喪師”爲“喪帥”之誤，亦即王承宗病故，此時成德軍並無“喪師”之記載。帥：軍隊中主將、統帥。酈道元《水經注·河水》：“齊田肸及邯鄲韓舉戰於平邑，邯鄲之帥敗逋，獲韓舉。”韓愈《唐故檢校尚書左僕射右龍武軍統軍劉公墓誌銘》：“公不好音聲，不大爲居宅，於諸帥中獨然。”“初”四句：王武俊爲“恒冀觀察使”在建中三年（782），先後傳長子王士真、孫子王承宗，至王承宗病卒，王承宗弟王承元上表歸命，在元和十五年（820），三代前後相繼共

三十九年。事見《新唐書‧藩鎮鎮冀傳》："王武俊字元英……(德宗)授武俊檢校秘書監兼御史大夫、恒冀觀察使……(元和)十五年(王承宗)死,贈侍中。軍中推其弟承元爲留後,承元不敢世于鎮,詔用爲義成軍節度使。"　趙:古國名,戰國七雄之一,開國君主趙烈侯與魏、韓三家分晉,建立趙國,疆域有今山西中部、陝西東北角及河北西南部,而河北西南部即李唐成德軍節度使轄地。李賀《潞州張大宅病酒遇江使寄上十四兄》:"秋至昭關後,當知趙國寒。繫書隨短羽,寫恨破長箋。"韓琮《題圭峰下長孫家林亭》:"趙國林亭二百年,綠苔如毯葛如烟。閑期竹色搖霜看,醉惜松聲枕月眠。"　朱滔:叛唐的朱泚之弟,任職幽州盧龍軍節度使,後來叛唐,自稱冀王。獨孤授《王武俊》:"既而與朱滔謀叛,自立爲趙王。"陸贄《授王武俊李抱真官封並招諭朱滔詔》:"三公之職,論道經邦,序五行之和,任百事之理,歷代崇重,不常厥官。"

　　㉒"至承宗爲盧從史、李師道所詿誤"四句:事見《舊唐書‧王承宗傳》:"(王)承宗,士真長子。河朔三鎮自置副大使,以嫡長爲之。承宗累奏至鎮州大都督府右司馬、知州事、御史大夫,充都知兵馬使副大使。元和四年三月,士真卒,三軍推爲留後。朝廷伺其變,累月不問。承宗懼,累上表陳謝。至八月,上令京兆少尹裴武往宣諭,承宗奉詔甚恭,且曰:'三軍見迫,不候朝旨。今請割德、棣二州上獻,以表丹懇。'由是起復雲麾將軍、左金吾衛大將軍同正、檢校工部尚書、鎮州大都督府長史、御史大夫、成德軍節度、鎮冀深趙等州觀察等使。又以德州刺史薛昌朝檢校右散騎常侍、德州刺史、御史大夫,充保信軍節度、德棣觀察等使。昌朝,故昭義節度使嵩之子,婚姻於王氏,入仕於成德軍,故爲刺史。承宗既獻二州,朝廷不欲別命將帥,且授其親將。保信旌節未至德州,承宗遣數百騎馳往德州,虜昌朝歸真定囚之。朝廷又加棣州刺史田渙充本州團練守捉使,冀漸離之。令中使景忠信往諭旨,令遣昌朝還鎮,承宗不奉詔。憲宗怒,下詔曰:'王承

宗……可削承宗在身官爵。'詔左神策護軍中尉吐突承璀……會諸道軍進討……而昭義節度使盧從史反復難制,陰附於賊,憲宗密詔,承璀擒之,送於京師。五年七月,承宗遣巡官崔遂上表三封,乞自陳首,且歸過於盧從史,其略曰:'……今搆禍者已就擒獲,抱冤者實冀辯明。況臣之一軍,素守忠義,橫被從史離間,君臣哀號轅門,痛隔恩外。伏冀陛下以天地之德,容納為心,弘好生之仁,許自新之路,順陽和而布澤,因雷雨以覃恩。追念祖父之前勞,俯觀臣子之來效,特開湯網,使樂堯年。'……宰臣商量,請行赦宥,乃全以六郡付之承宗……承宗以國家加兵不勝,誣從史奸計得行,雖上章表謙恭,而心無忌憚。十年,王師討吳元濟,承宗與李師道繼獻章表,請宥元濟。其牙將尹少卿奏事,因為元濟游說。少卿至中書,見宰相論列,語意不遜,武元衡怒叱出之,承宗益不順,自是與李師道奸計百端,以沮用兵。" 詿誤:貽誤,連累。《戰國策・韓策》:"夫不顧社稷之長利,而聽須臾之說,詿誤人主者,無過於此者矣!"《漢書・息夫躬傳》:"昔秦繆公不從百里奚、蹇叔之言,以敗其師,悔過自責,疾詿誤之臣,思黃髮之言,名垂於後世。" 憂畏:憂慮畏怯。元稹《班肅授尚書司封員外郎制》:"馳競之徒,能於寒暑之際,不以憂畏移其薄厚之道者鮮矣!"范仲淹《同年魏介之會上作》:"心存闕下還憂畏,身在樽前且笑歌。" 戁:困窘,窘迫。韓愈《答殷侍御書》:"辱賜書,周覽累日,竦然增敬,戁然汗出以慚。"《新唐書・王珂傳》:"珂益戁,會橋毀,潛具舟將遁,夜諭守兵,無肯為用者。" 悪:慚愧。《方言》第六:"悪,慚也……山之東西,自愧曰悪。"嵇康《幽憤詩》:"內負宿心,外悪良朋。" 不克:不能。辛替否《諫造金仙玉真兩觀疏》:"賞必俟功,官必得雋。所為無不成,所征無不克。"元稹《授盧士玫權知京兆尹制》:"日者景陵將建,龜筮有時,予心怛然,懼不克濟。" 來覲:本指古代諸侯在秋天前來朝見帝王。《周禮・春官・大宗伯》:"秋見曰覲。"賈公彥疏:"秋,西方六服,當覲之歲,盡來覲。"後亦泛指臣子朝見國君。白居易

《傅良弼可鄭州刺史制》：“燕冀之間，紛擾之際，多壘失守，孤城保全。介於險中，率乃麾下。轉戰郊野，來覲闕庭。”沈亞之《爲韓尹祭韓令公文》：“遵往年之來覲，見差班於父子。復何殃之不造，遽相追而没齒？”　“既而聞陛下天覆海深”四句：事見《舊唐書·王承宗傳》：“（元和）十二年十月，誅吴元濟，承宗始懼，求救於田弘正。十三年三月，弘正遣人送承宗男知感、知信及其牙將石汎等詣闕請命、令於客舍安置。又獻德、棣二州圖印。兼請入管内租税。除補官吏、上以弘正表疏相繼，重違其意，乃下詔曰：‘……承宗可依前銀青光禄大夫、檢校吏部尚書、鎮州大都督府長史、御史大夫，充成德軍節度鎮冀深趙觀察等使。’”　天覆：上天覆被萬物，後用以稱美帝王仁德廣被。《漢書·匈奴傳》：“今聖德廣被，天覆匈奴。”秦觀《代蘄州守謝上表》：“大德海函，至仁天覆。”　海深：海洋容納萬物，常常讚美皇上的寬宏包容。封敖《慶陽節玉晨觀歎道文》：“伏惟聖壽山固，皇恩海深。將四序而周行，與三光而長燭。”杜荀鶴《與友人對酒吟》：“客路如天遠，侯門似海深。新墳侵古道，白髮戀黄金。”　自信：相信自己。陸機《君子行》：“近情苦自信，君子防未然。”自表誠信。曹操《舉賢勿拘品行令》：“吴起貪將，殺妻自信。散金求官，母死不歸。”　有時：有時候，表示間或不定。《周禮·考工記序》：“天有時以生，有時以殺；草木有時以生，有時以死。”張喬《滕王閣》：“疊浪有時有，閑雲無日無。”

㉓　會：副詞，恰巧，適逢。《詩·大雅·生民》：“誕寘之平林，會伐平林。”蘇轍《龍川别志》卷上：“〔周高祖柴後〕行至河上，父母迓之。會大風雨，止於逆旅。”　歿：死，去世。徐幹《中論·考僞》：“仲尼惡歿世而名不稱。”元稹《夏陽縣令陸翰妻河南元氏墓誌銘》：“歿世於夏陽縣之私第。”　志：志向，志願。《論語·公冶長》：“盍各言爾志？”韓愈《縣齋有懷》：“身將老寂寞，志欲死閑暇。”　聽命：猶從命。《左傳·僖公二十四年》：“鄭之人入滑也，滑人聽命。”韓愈《黄家賊事宜狀》：“若因改元大慶，赦其罪戾，遣一郎官御史，親往宣諭，必望風降

伏,謹呼聽命。"

㉔ 宰相:《韓非子·顯學》:"明主之吏,宰相必起於州部,猛將必起於卒伍。"本爲掌握政權的大官的泛稱,後來用以指歷代輔助皇帝、統領群僚、總攬政務的最高行政長官。如秦漢之丞相、相國、三公,唐宋之中書、門下、尚書三省長官及同平章事,明清之大學士等。《漢書·王陵傳》:"宰相者,上佐天子理陰陽,順四時,下遂萬物之宜,外填撫四夷諸侯,内親附百姓,使卿大夫各得任其職也。"《顏氏家訓·省事》:"或有劫持宰相瑕疵,而獲酬謝,或有諠聒時人視聽,求見發遣。" "即日内出五詔"五句:事見《舊唐書·穆宗紀》:"(元和十五年)冬十月庚午朔……乙酉,以魏博等州節度觀察等使、光禄大夫、檢校司徒兼侍中、魏博大都督府長史、上柱國、沂國公、食邑三千户、實封三百户田弘正可檢校司徒兼中書令、鎮州大都督府長史、成德軍節度、鎮冀深趙等州觀察處置等使。以鎮冀深趙等觀察度支使、朝議郎、試金吾左衛胄曹參軍兼監察御史王承元可銀青光禄大夫、檢校工部尚書、使持節滑州諸軍事、守滑州刺史、御史大夫,充義成軍節度、鄭滑等州觀察等使。以昭義節度使、檢校尚書左僕射、同中書門下平章事李愬可本官爲魏州大都督府長史,充魏博等州節度觀察等使。以義成軍節度使劉悟依前檢校右僕射兼潞州大都督府長史,充昭義節度澤潞邢洺磁等州觀察等使。以左金吾將軍田布爲檢校左散騎常侍兼懷州刺史、御史大夫,充河陽三城懷孟節度使。" 詔:皇帝下達命令。高誘《淮南子注叙》:"孝文皇帝甚重之,詔使爲《離騷》賦。"《新唐書·魏徵傳》:"帝痛自咎,即詔停册。"詔書。《史記·秦始皇本紀》:"命爲'制',令爲'詔'。"裴駰集解引蔡邕曰:"詔,詔書。"《漢書·董仲舒傳》:"陛下發德音,下明詔,求天命與情性,皆非愚臣之所能及也。" 中書令:中書省主官,正二品。《舊唐書·職官志》:"中書令之職,掌軍國之政令,緝熙帝載,統和天人。入則告之,出則奉之,以釐萬邦,以度百揆,蓋佐天下而執大政也。凡王言之制有七:一曰册書,

二曰制書，三曰慰勞制書，四曰發敕，五曰敕旨，六曰論事敕書，七曰敕牒，皆宣署申覆而施行之。凡大祭祀群神，則從升壇以相禮，享宗廟，則從升阼階。親征纂嚴，戒敕百寮，册命親賢，臨軒則使讀册。若命之於朝，則宣而授之。凡册太子，則授璽。凡制詔宣傳，文章獻納，皆授之於記事之官。”皇甫澈《賦四相詩·中書令漢陽王張柬之》：“周歷革元命，天步值艱阻。烈烈張漢陽，左袒清諸武。”權德輿《故太尉兼中書令贈太師西平王挽詞》：“翊戴推元老，謀猷合大君。河山封故地，金石表新墳。”本文的“中書令”僅僅是賜予田弘正的榮銜，並非實職。　“且詔父子皆爲帥”兩句：事見《舊唐書·穆宗紀》：“（元和十五年十月）乙酉，以魏博等州節度觀察等使、光禄大夫、檢校司徒兼侍中、魏博大都督府長史、上柱國、沂國公、食邑三千戶、實封三百戶田弘正可檢校司徒兼中書令、鎮州大都督府長史、成德軍節度、鎮冀深趙等州觀察處置等使……以左金吾將軍田布爲檢校左散騎常侍兼懷州刺史、御史大夫，充河陽三城懷孟節度使。”　威：顯示的使人畏懼懾服的力量。《老子》：“民不畏威，則大威至。”高亨正詁：“言民不畏威，則君之威權礙止而不通行也。”韓愈《黃家賊事宜狀》：“長有守備，不同客軍，守則有威，攻則有利。”

　　㉕獻：奉獻，表陳心意、意見等。《吕氏春秋·季冬》：“凡在天下九州之民者，無不咸獻其力。”袁宏《三國名臣序贊》：“遂獻宏謀，匡此霸道。”　狀：文體名，向上級陳述意見或事實的文書。《漢書·趙充國傳》：“充國上狀曰：‘……臣謹條不出兵留田便宜十二事。’”韓愈《論今年權停舉選狀》：“謹詣光順門奉狀以聞，伏聽聖旨。”　奉宣：宣佈帝王的命令，事見《舊唐書·田弘正傳》：“十一月二十六日至鎮州，時賜鎮州三軍賞錢一百萬貫不時至，軍衆諠騰以爲言。弘正親自撫喻，人情稍安。”《漢書·黃霸傳》：“時上垂意於治，數下恩澤詔書，吏不奉宣。”杜甫《奉謝口敕三司推問狀》：“今日巳時，中書侍郎平章事張鎬，奉宣口敕，宜放推問。”　詔條：皇帝頒發的條令。《漢書·百官

公卿表》：“武帝元封五年初置部刺史，掌奉詔條察州。”柳宗元《代裴行立謝移鎮表》：“唯當遵守詔條，貶棄奸慝，平勻徭賦，示以義方。”

僭異：指違反皇家制度的僭服異器。《舊唐書·田弘正傳》：“魏州自承嗣已來，舘宇服玩有踰常制者，悉命徹毁之。以正廳大侈不居，乃視事於採訪使廳，賓寮參佐請之於朝。”元稹《故中書令贈太尉沂國公墓誌銘》：“然後斬暴亂，叙勞舊，除僭異，弛禁閉，家家始以燈火相會聚，親戚吉凶通吊問，出入封無所詰。”白居易《判·得景於私家陳鐘磬鄰人告其僭云無故不徹懸》：“然恐賜同魏絳，僭異于奚。且彰北闕之恩，何爽南鄰之擊？是殊國禁，無告家藏。”

㉖ 惠政：仁政，德政。《後漢書·龐參傳》：“參在職，果能抑强助弱，以惠政得名。”駱賓王《傷祝阿王明府》：“洛川真氣上，重泉惠政融。” 善政：清明的政治，良好的政令。《書·大禹謨》：“德惟善政，政在養民。”《後漢書·臧宮傳》：“今國無善政，灾變不息。”良好的政績。《新五代史·史圭傳》：“〔史圭〕爲寧晉、樂壽縣令，有善政，縣人立碑以頌之。” 和政：和諧的政局。《資治通鑑前編》卷七：“推賢讓能，庶官乃和。不和政厖舉，能其官惟爾之能，稱匪其人，惟爾不任。”《唐大詔令集·册李德裕太尉文》：“乃有冢臣光禄大夫，守司徒兼門下侍郎、同中書門下平章事，充弘文館大學士、太清宮使、衛國公李德裕，佐予一人，撫四夷，親萬國，文以和政，武以寧亂。” 令德：美德。《左傳·襄公二十四年》：“子產寓書於子西，以告宣子曰：‘子爲晉國，四鄰諸侯不聞令德，而聞重幣，僑也惑之。’”封演《封氏聞見記·定諡》：“昔周公，文王之子，諡曰文公。苟有令德，不嫌同諡。” 吉德：高尚的品德。《左傳·文公十八年》：“孝敬忠信爲吉德，盜賊藏奸爲凶德。”元稹《夏陽縣令陸翰妻河南元氏墓誌銘》：“陸氏姊事父母以孝聞，事姑如事母，善伯仲以悌達，事夫如事兄，睦族以惠和，煦下以慈愛，四者謂之吉德。”

㉗ 魏博六州之地：據《元和郡縣志·魏州》記載：“魏州……今爲

魏博節度使理所。(魏博節度使府)管魏州、相州、博州、衛州、貝州、澶州,管縣四十三。"王建《朝天詞十首寄上魏博田侍中》二:"相感君臣總泪流,恩深舞蹈不知休。初從戰地來無物,唯奏新添十八州。"楊巨源《辭魏博田尚書出境後感恩戀德因登槀臺却贈》:"薦書及龍鍾,此事鏤心骨。親知殊悢悢,徒御方咄咄。"　寇:盜匪,群行劫掠者。《書·舜典》:"寇賊奸宄。"孔傳:"群行攻劫曰寇。"孔穎達疏:"寇者,衆聚爲之……故曰群行攻劫曰寇。"《荀子·王制》:"聚斂者,召寇、肥敵、亡國、危身之道也。"　淄青四代之寇:據《新唐書·藩鎮傳》:指淄青藩鎮頭目李正己、李納、李師古、李師道。韓翃《送高員外赴淄青使幕》:"遠水流春色,回風送落暉。人趨雙節近,馬遞百花歸。"鮑溶《和淮南李相公夷簡喜平淄青迴軍之作》:"横笛臨吹發曉軍,元戎幢節拂寒雲。搜山羽騎乘風引,下瀨樓船背水分。"　鎮冀:據《新唐書·藩鎮鎮冀傳》:前後盤踞鎮冀的藩鎮頭目爲李寶臣、李惟岳、李惟簡、王武俊、王士真、王承宗以及後來的王庭湊、王元逵、王紹鼎、王紹懿、王景崇、王鎔等人。王涯《上論用兵書》:"如此,則幽薊之衆,可示寬刑;鎮冀之戎,必資先討。"白居易《程群授坊州司馬制》:"程群嘗從事於鎮冀之間,病免所職,垂老之歲,棄爲窮人,倀倀無歸,有足傷者。"不測:難以意料,不可知。徐陵《與章司空昭達書》:"存亡不測,懸懷飲泪。"韓愈《殿中少監馬君墓誌》:"猶高山深林鉅谷,龍虎變化不測。"　忠:特指事上忠誠。《書·伊訓》:"居上克明,爲下克忠。"孔傳:"事上竭誠也。"岳飛《乞解軍務札子》:"臣竊謂事君以能致其身爲忠。"

㉘ 祖考:泛指父祖之輩。《周宗廟樂舞辭·福順》:"新廟奕奕,金奏洋洋。享於祖考,循彼典章。"范攄《雲溪友議》卷上:"武年二十三,爲給事黄門侍郎;明年擁旄西蜀,累於飲筵對客騁其筆札。杜甫拾遺乘醉而言曰:'不謂嚴挺之有此兒也。'武恚目久之,曰:'杜審言孫子,擬捋虎鬚?'合座皆笑,以彌縫之。武曰:'與公等飲饌謀歡,何

至於祖考矣！'" 宗廟：古代帝王、諸侯祭祀祖宗的廟宇。《史記·魏公子列傳》："今秦攻魏，魏急而公子不恤，使秦破大梁而夷先王之宗廟，公子當何面目立天下乎？"韓愈《論捕賊行賞表》："陛下神聖英武之德，爲巨唐中興之君，宗廟神靈，所共祐助。" 土疆：領土，疆界。《詩·大雅·崧高》："王命召伯，徹申伯土疆。"曹植《漢武帝贊》："威振百蠻，恢拓土疆。" 軒冕：古時大夫以上官員的車乘和冕服。《管子·立政》："生則有軒冕、服位、穀祿、田宅之分，死則有棺槨、絞衾、壙壟之度。"借指官位爵祿。崔塗《過陶徵君隱居》："田園三畝綠，軒冕一銖輕。" 孝：謂孝道。《孝經·庶人》："自天子至於庶人，孝無終始，而患不及者，未之有也。"李隆基注："始自天子，終於庶人，尊卑雖殊，孝道同致。"李密《陳情表》："伏望聖朝以孝治天下，凡在故老，猶蒙矜育，況臣孤苦，特爲尤甚。"

㉙ 山東：山東在古代有多種含義，本文稱太行山以東地區。《史記·晉世家》："冬十二月，晉兵先下山東。"杜甫《洗兵行》："中興諸將收山東，捷書夜報清晝同。"仇兆鰲注："山東，河北也。安祿山反，先陷河北諸郡。" 鍵閉：鎖鑰。《禮記·月令》："〔孟冬之月〕修鍵閉，慎管籥。"鄭玄注："鍵，牡；閉，牝也。"孔穎達疏："凡鎖器入者謂之牡，受者謂之牝……而何胤云：'鍵是門扇之後樹兩木，穿上端爲孔。閉者謂將扃關門，以内孔中。'"《新唐書·楊元卿傳》："元卿墾發屯田五千頃，屯築高垣，牢鍵閉，寇至，耕者保垣以守。"封鎖。薛逢《題劍門先寄上西蜀杜司徒》："梯航百貨通邦計，鍵閉諸蠻屏帝都。" 束縛：約束，限制。《吕氏春秋·論人》："意氣宣通，無所束縛，不可收也。"元稹《元和五年予官不了罰俸西歸三月六日至陝府與吴十一兄端公崔二十二院長思愴曩遊因投五十韵》："臺官相束縛，不許放情志。" 泳游：游泳，涵濡。元稹《贈太保嚴公行狀》："朋友姻戚泳遊於德宇者，如歸焉！"胡銓《耕禄稿·代侯亞賀皇帝耤田禮成表》："天地祖宗之歆格，和溢奉璋；孝弟頒白之泳游，恩霈賜帛。" 歌舞：歌唱和舞蹈。

《詩·小雅·車舝》:"雖無德與女,式歌且舞。"鄭玄箋:"雖無其德,我與女用是歌舞相樂,喜之至也。"林升《題臨安邸》:"山外青山樓外樓,西湖歌舞幾時休?"　仁:行惠施利,以恩德濟助。《韓非子·詭使》:"少欲寬惠行德謂之仁。"賈誼《新書·道德説》:"安利物者,仁行也。仁行出於德,故曰:'仁者,德之出也。'"

⑳　逼越:侵淩僭越,義近"僭越",超越本分行事。《魏書·清河王懌傳》:"諒以天尊地卑,君臣道別,宜杜漸防萌,無相僭越。"文天祥《提刑節制司與安撫司平寇迴圈曆》:"今某自有章憲樣子,豈敢事事干與,犯僭越之誅!"　廢怠:因懈怠而曠廢其職。《北史·魏本紀》:"於是朝野人情,各懷危懼,有司廢怠,莫相督攝,百工偷劫,盜賊公行,巷里之間,人爲稀少。"元稹《制誥(有序)》:"是以讀《説命》,則知輔相之不易;讀《胤征》,則知廢怠之可誅。"　裁制:制止,抑止。《三國志·費禕傳》:"〔姜維〕每欲興軍大舉,費禕常裁制不從,與其兵不過萬人。"陸贄《均節賦税恤百姓六條·論兩税之弊須有厘革》"大曆中,紀綱廢弛,百事從權,至於率税少多,皆在牧守裁制。"　舉用:選拔任用。《史記·蒙恬列傳》:"夫先主之舉用太子,數年之積也。"《三國志·毛玠傳》:"其所舉用,皆清正之士。"　法:規章,制度。《周禮·天官·大宰》:"以八法治官府。"陸德明釋文:"法,古法字。"孫詒讓正義:"法本爲刑法,引申之,凡典禮文制通謂之法。"《孟子·離婁》:"遵先王之法而過者,未之有也。"

㉛　傲狼:倨傲狼戾。《左傳·昭公二十六年》:"傲狼威儀,矯誣先王。"陸游《南唐書·陳覺傳》:"時晉王景遂爲帥,不堪徵古之傲狼,常欲斬之。"　侵取:侵奪掠取。《魏書·李平傳》:"前來臺使頗好侵取,平乃畫'履虎尾'、'踐薄冰'於客館,注頌其下,以示誡焉!"王禹偁《右衛將軍秦公墓誌銘》:"初,江表之平也,諸郡守長于蒼黃中侵取官財,用以封植,後皆自敗,並伏其辜。"　德讓:《國語·周語》:"昔史佚有言'動莫若敬,居莫若儉,德莫若讓,事莫若咨'……居儉動敬,德讓

事咨,而能避怨,以爲卿佐,其有不興乎!"本謂爲人的品德應謙讓,後即指禮讓。揚雄《法言·先知》:"修之以禮義,則下多德讓。"《漢書·循吏傳序》:"此廩廩庶幾德讓君子之遺風矣!"　功:功勞,功績。《周禮·夏官·司勋》:"王功曰勋,國功曰功。"《史記·項羽本紀》:"勞苦而功高如此,未有封侯之賞。"　謙:謙虛,謙讓。《書·大禹謨》:"滿招損,謙受益。"韓愈《苦寒》:"太昊弛維綱,畏避但守謙。"

㉜ 資忠:實行忠義之道。潘岳《閑居賦》:"是以資忠履信以進德,修辭立誠以居業。"劉琨《答盧諶詩》:"資忠履信,武烈文昭。"　奉制:接受天子的命令。王充《論衡·率性》:"〔趙佗〕蹶然起坐,心覺改悔,奉制稱藩。"《新唐書·王世充傳》:"(李)密稱臣奉制,引兵從化及黎陽,戰勝來告,衆大悦。"　守臣:鎮守一方的地方長官。權德輿《哭劉四尚書》:"士友惜賢人,天朝喪守臣。"曾鞏《明州擬辭高麗送遺狀》:"州郡當其道途所出,迎勞燕餞,所以宣達陛下寵錫待遇之意,此守臣之職分也。"　銘:記載,鏤刻。《國語·魯語》:"故銘其栝曰:'肅慎氏之貢矢。'"韋昭注:"刻曰銘。"曾鞏《寄歐陽舍人書》:"蓋古之人有功德材行志義之美者,懼後世之不知,則必銘而見之。"　約束:規章,法令。《文子·上義》:"約束信,號令明。"《史記·曾相國世家》:"參代何爲漢相國,舉事無所變更,一遵蕭何約束。"

㉝ 理亂:治理動亂。王充《論衡·程材》:"取儒生者,必軌德立化者也;取文吏者,必優事理亂者也。"《北史·高允傳》:"移風易俗,理亂解紛。"　隱約:困厄,儉約。《莊子·山木》:"夫豐狐文豹,栖於山林。伏於巖穴,静也;夜行晝居,戒也;雖飢渴隱約,猶且胥疏於江湖之上而求食焉! 定也。"陳鼓應注:"隱約含有逼困之意。"《後漢書·趙典傳》:"典少篤行隱約,博學經書。"李賢注:"隱,静也。約,儉也。"　翫輕:猶玩忽。杜範《論災異札子》:"而所辟幕屬,未厭物論。若爲規畫,已啓玩輕。"《春秋經筌》卷一:"五年春,公矢魚於棠。"趙鵬飛筌:"以目前之玩輕千乘之尊,愚見隱公之不君矣!"

㉞　天命：上天之意旨，由天主宰的命運。韓愈《爭臣論》：“彼二聖一賢者，豈不知自安佚之爲樂哉？誠畏天命而悲人窮也。”羅大經《鶴林玉露》卷六：“且人之生也，貧富貴賤，夭壽賢愚，禀性賦分，各自有定，謂之天命，不可改也。”　承平：治平相承，太平。《漢書·食貨志》：“今累世承平，豪富吏民訾數鉅萬，而貧弱俞困。”鮑防《雜感》：“漢家海内承平久，萬國戎王皆稽首。”　荒寧：荒廢懈怠，貪圖安逸。《漢書·元帝紀》：“朕戰戰栗栗，夙夜思過失，不敢荒寧。”柳宗元《與楊誨之第二書》：“武王引天下誅紂，而代之位，其意宜肆，而曰：‘予小子不敢荒寧。’”　抑：抑制，阻止。《戰國策·秦策》：“約縱散横，以抑强秦。”《史記·魏公子列傳》：“遂乘勝逐秦軍至函谷關，抑秦兵，秦兵不敢出。”　厄：灾難，困苦。《公羊傳·宣公十五年》：“君子見人之厄則矜之，小人見人之厄則幸之。”谷神子《博異志·馬侍中》：“過此厄後，勳貴無雙。”　否：困厄，不順。《左傳·宣公十二年》：“執事順成爲臧，逆爲否。”李隆基《經鄒魯祭孔子而歎之》：“歎鳳嗟身否，傷麟怨道窮。”　奄有：全部佔有，多用於疆土。《詩·商頌·玄鳥》：“方命厥後，奄有九有。”李絳《請崇國學疏》：“自三代哲王已降，奄有天下者，未嘗不崇建太學，尊重名儒，習千戚羽籥之容，盛樽俎揖讓之禮，以興教化，以致太平。”　丕宅：義近“丕基”，巨大的基業。張紹《冲佑觀》：“赫赫烈祖，再造丕基。”《舊五代史·晉少帝紀》：“朕虔承顧命，獲嗣丕基。常懼顛危，不克負荷。”

㉟　燕寇：燕地之寇，河朔地域的爲害者暴亂者。馮宿《魏府狄梁公祠堂碑》：“維此魏邦，實維樂康。燕寇之後，中爲戰場。何人不鰥？靡室不喪？”元稹《册文武孝德皇帝赦文》：“燕寇勃起，洞無藩籬。六十有七年，兵革大試。”　胡雛：對胡人的蔑稱，亦特用爲對後趙石勒、唐代安禄山等叛亂者的蔑稱。杜甫《中夜》：“胡雛負恩澤，嗟爾太平人。”仇兆鰲注：“負恩澤，追恨禄山，蓋自天寶初而禍綿不息，致不能爲太平之人也。”《新唐書·張九齡傳》：“安禄山初以范陽偏校入奏，

氣驕蹇，九齡謂裴光庭曰：‘亂幽州者，此胡雛也。’” 弄兒：指供人狎
弄的童子。《漢書·金日磾傳》：“日磾子二人，皆愛爲帝弄兒，常在旁
側，弄兒或自後擁上項。”劉祥道《劾杜如晦奏》：“昔石碏純臣，早爲子
厚之所；日磾忠謹，先加弄兒之罰。” 寵重：尊崇重視。白居易《司徒
令公移鎮北都》：“寵重移宮籥，恩新換閫旄。”元稹《贈左散騎常侍薛
公神道碑》：“貞元中，寵重方鎮，方鎮喜自用，不用朝廷法。” 胡爲：
何爲，爲什麼。《禮記·檀弓》：“夫古之人，胡爲而死其親乎？”李白
《蜀道難》：“嗟爾遠道之人，胡爲乎來哉！” 細：看輕，看作小兒。《南
齊書·東昏侯紀》：“晨斥氓庶，巷無居人，老細奔遑，置身無所。”曾鞏
《上歐陽舍人書》：“然親在憂患中，祖母日愈老，細弟妹多，無以資衣
食。” 忽：忽略，不經心。《書·周官》：“蓄疑敗謀，怠忽荒政。”孔傳：
“怠惰忽略，必亂其政。”陳子昂《諫用刑書》：“往者不可諫，來者猶可
追，無以臣微而忽其奏。” 罹：遭受。《漢書·文帝紀》：“今崩，又使
重服久臨，以罹寒暑之數。”顏師古注：“罹，遭也。”元稹《班肅授尚書
司封員外郎》：“遊其門者，莫不踆鼠奔迸，懼懼其身，唯爾私分不渝，
進退有素。”

　　㊱ 后：君主，帝王。《書·湯誓》：“我后不恤我衆。”孫星衍疏：
“后者，《釋詁》云：君也。”張式《徐公神道碑銘》：“會稽西曆奉四后，周
旋五紀，各因其會，振耀長才。”本文指唐憲宗之前的四位皇帝，亦即
肅宗、代宗、德宗、順宗。 垂顧：垂念，關懷。陶弘景《周氏冥通記》
卷二：“蒙徐君垂顧，歡仰無已；復蒙今降，慶莫過此。”蘇軾《與李方叔
書》四：“最荷夫人垂顧，故詳及之。” 夷：討平。《逸周書·明堂》：
“是以周公相武王伐紂，夷定天下。”柳宗元《獻平淮夷雅表》：“臣伏見
陛下自即位以來，平夏州，夷劍南，取江東，定河北。” 聖父：對太上
皇的尊稱。楊炎《靈武受命宮頌》：“有司大赦天下，改元曰至德元年，
尊聖父爲文武大皇帝。”《宋史·樂志》：“既尊聖父，亦燕壽母。” 殷
憂：憂傷。謝靈運《歲暮》：“殷憂不能寐，苦此夜難頹。”杜甫《寄賈司

馬嚴使君》："憶昨趨行殿，殷憂捧御筵。"　儉克：謂勤儉而能克制。杜牧《上河陽李尚書書》："伏以尚書有才名德望，知經義儒術。加以儉克，好立功名。"杜牧《唐故太子少師奇章郡開國公贈太尉牛公墓誌銘并序》："暑甚，大合軍宴，拱手至暮，一不搖扇，益自儉克。"　乃：助詞，無義。《書‧大禹謨》："乃聖乃神，乃武乃文。"李白《化城寺大鐘銘》："遂與六曹豪吏，姑熟賢者，乃緇乃黃，鳧趨梵庭，請揚宰君之鴻美。"　伐：征討，攻打。《孟子‧梁惠王》："湯放桀，武王伐紂。"韓愈《論淮西事宜狀》："以天子之威，伐背叛之國。"　殛：誅殺。《逸周書‧商誓》："予既殛紂，承天命，予亦來休命爾百姓里居君子。"《新唐書‧竇參傳》："卒與妻子併誅，暴先骨，殛命於道，蓋自取之也。"

　　㊲ 群孽：眾凶逆。《呂氏春秋‧遇合》："凡舉人之本，太上以志，其次以事，其次以功。三者弗能，國必殘亡，群孽大至，身必死殃。"呂溫《淩烟閣勳臣頌‧長孫趙公無忌》："群孽亂嗣，爭窺神器。"　亡：滅亡，敗亡。《左傳‧莊公六年》："亡鄧國者，必此人也。"《孟子‧離婁》："暴其民甚，則身弒國亡。"　僭：超越本分，冒用在上者的職權、名義而行事。《史記‧平津侯主父列傳》："且臣聞管仲相齊，有三歸，侈擬於君，桓公以霸，亦上僭於君。"杜光庭《虬髯客傳》："〔楊素〕奢貴自奉，禮異人臣。每公卿入言，賓客上謁，未嘗不踞床而見，令美人捧出。侍婢羅列，頗僭於上。"　大：驕傲自大。《國語‧魯語》："閔馬父笑，景伯問之，對曰：'笑吾子之大也。'"韋昭注："謂驕滿也。"《後漢書‧皇后紀序》："秦並天下，多自驕大，宮備七國，爵列八品。"　頑昏：愚頑昏聵。柳宗元《辯伏神文》："受氣頑昏兮，陰僻欹危。累積星紀兮，以老爲奇。"孫樵《祭高諫議文》："嗚呼痛哉！天喪吾友，吾何望焉！誰拯湮溺？孰開頑昏？"　暴狂：凶暴狂妄。元稹《加裴度幽鎮兩道招撫使制》："況彼幽鎮，無名暴狂。以丞相進觀其宜，以諸將齊奮其力。斧鑕之刑坐迫，椒蘭之氣外薰。"葉適《習學記言‧北史齊書》："高洋暴狂，以殺爲戲，而敬禮法和如此，蓋畏冥禍耳！"　自視：自己看，自己認爲。《漢書‧東方朔

傳》："方今公孫丞相、倪大夫、董仲舒……司馬遷之倫,皆辯知閎達,溢于文辭。先生自視,何與比哉?"韓愈《柳子厚墓誌銘》:"此宜禽獸夷狄所不忍爲,而其人自視以爲得計,聞子厚之風,亦可以少愧矣!"昌:興盛,昌盛。《書·洪範》:"人之有能有爲,使羞其行,而邦其昌。"《新唐書·李晟傳》:"熒惑退,國家之利,速用兵者昌。" 逼側:迫近,擁擠。《後漢書·廉范傳》:"成都民物豐盛,邑宇逼側,舊制禁民夜作,以防火灾。"韓愈《岳陽樓別竇司直》:"新恩移府庭,逼側厠諸將。"永思:長思,長念。《荀子·正名》:"詩曰:'長夜漫兮,永思騫兮。'"班固《幽通賦》:"清潛處以永思兮,經日月而彌遠。" 悠長:久遠,漫長。《漢書·叙傳》:"道悠長而世短兮,敻冥默而不周。"曹丕《離居賦》:"愁耿耿而不寐,歷冬夜之悠長。"

㊳ 曩:先時,以前。《莊子·齊物論》:"曩子行,今子止;曩子坐,今子起。"成玄英疏:"曩,昔也,向也。"《顏氏家訓·勉學》:"銓衡選舉,非復曩者之親;當路秉權,不見昔時之黨。" 克:戰勝,攻取。《易·既濟》:"高宗伐鬼方,三年克之。"韓愈《司徒兼侍中許國公神道碑銘》:"師道之誅,公以兵東下,進圍考城,克之。" 有:擁有,保有,與"無"相對。《詩·大雅·瞻卬》:"人有土田,女反有之。人有民人,女覆奪之。"《文子·守真》:"故能有天下者,必無以天下爲也。" 守:看管,治理,管理。《左傳·昭公二十年》:"山林之木,衡鹿守之。澤之萑蒲,舟鮫守之。藪之薪蒸,虞侯守之。海之鹽蜃,祈望守之。"孔穎達疏:"言公立此官,使之守掌,專山澤之利。"劉向《列女傳·齊傷槐女》:"〔晏子〕謂景公曰:嬰聞之,窮民財力,謂之暴;崇玩好,威嚴令,謂之逆;刑殺不正,謂之賊。夫三者,守國之大殃也。" 穹崇:形容聲望或地位崇高。劉禹錫《酬太原狄尚書見寄》:"家聲烜赫冠前賢,時望穹崇鎮北邊。"孫光憲《北夢瑣言》卷三:"李太師光顏,以大勛康國,品位穹崇。" 辱詬:猶辱罵。元稹《故金紫光禄大夫贈太保嚴公行狀》:"雖走胥、負卒、幼子、童孫,終不得聞辱詬之言,而窺怠墮之

容矣!"《新唐書·楊慎矜傳》:"始,慎矜奪鉷職田,辱詬其母,又嘗私語讖書,鉷銜之,未有發也。" 平寧:猶安定,安寧。元稹《處分幽州德音》:"四十年間,海内滋殖,風俗謹樸,君臣平寧,人無事端。"陳師道《上曾樞密書》:"談者必謂世方平寧,兵不足虞,人無奸雄,有不足畏。" 聲臭:《詩·大雅·文王》:"上天之載,無聲無臭。"鄭玄箋:"耳不聞聲音,鼻不聞香臭。"原指聲音與氣味,後以"聲臭"喻名聲或形迹。儲泳《祛疑説·鬼神之理》:"夫鬼神者,本無形迹之可見,聲臭之可求,謂之有則不可。"一説,聲,通"馨",聲臭,爲馨臭。《詩·大雅·文王》:"無聲無臭。"馬瑞辰通釋:"聲當爲馨之假借,聲與馨均從殸得聲,故經傳或通借。"

[編年]

《年譜》、《年譜新編》編年本文於長慶元年,理由是:"《碑》云:'陛下以元年正月壬戌詔臣稹曰:"朕有臣(田)弘正,自魏入鎮,魏人思之。因守臣(李)愬狀其德政,乞文於碑。爾司予言,其文以付。"'"《編年箋注》據以同樣的理由,認爲:"可見乃奉詔而撰,時在長慶元年(八二一)正月壬戌(二十四日)。"

《年譜》、《年譜新編》編年過於籠統,而《編年箋注》編年"長慶元年(八二一)正月壬戌(二十四日)",又與編年《進田弘正碑文狀》於"長慶元年二月二十四日"的結論自相矛盾,無法自圓。

我們以爲,元稹《謝准朱書撰田弘正碑文狀》有句:"臣伏奉今月二十四日敕,令臣撰前件碑文者。"本文亦云:"陛下以元年正月壬戌詔臣稹曰:'朕有臣弘正,自魏入鎮,魏人思之,因守臣愬狀其德政乞文,爾司予言,其文以付。'"兩對照,一一符合。而據《舊唐書·穆宗紀》,長慶元年正月己亥朔,推算其干支,"壬戌"應該是正月二十四日,這是元稹接奉唐穆宗詔令的日子。面對唐穆宗的信任與重托,元稹在"伏蒙御筆朱書,遣臣撰述。恩生望外,事出宸衷。銘鏤骨肌,難酬雨露"連夜謝恩的同時,自然也是連夜動手撰作本文。以"元才子"的才華,本文應該在其後的一二天內撰成,亦即在長慶元年正月二十五、二十六日之間,地點在長安,元稹時任祠部郎中知制誥臣。

◎ 進田弘正碑文狀①

田弘正魏博德政碑文。

右,前件碑文,伏蒙御筆朱書,遣臣撰述。恩生望外,事出宸衷。銘鏤骨肌,難酬雨露。中謝(一)②。

然臣伏以陛下所以令臣與弘正立碑(二),蓋欲遣魏博及鎮州將吏等並知弘正首懷忠義,以致功勛③。臣若苟務文章,廣徵經典,非唯將吏不會,亦恐弘正未詳。雖臨四達之衢,難掩萬人之口(三)④。臣所以效馬遷史體,敘事直書;約李斯碑文,勒銘稱制。使弘正見銘而戒逸,將吏觀敘而愛忠⑤。不隱實功,不為溢美。文雖朴野,事頗彰明。伏乞天慈,特留宸鑒。其碑文謹隨狀封進,謹具奏聞,伏候敕旨(四)⑥。

録自《元氏長慶集》三五

[校記]

(一)中謝:原本無,楊本、叢刊本、《全文》同,據《英華》補。

(二)然臣伏以陛下所以令臣與弘正立碑:楊本、叢刊本同,《英華》、《全文》作"臣伏以陛下所以令臣與弘正立碑",各備一説,不改。

(三)難掩萬人之口:原本作"難記萬人之口",楊本、叢刊本同,據《英華》、《全文》改。

(四)伏候敕旨:楊本、叢刊本、《全文》同,盧校、《英華》作"伏聽敕旨",各備一説,不改。

[箋注]

① 進田弘正碑文狀:《編年箋注》在"箋證"中竟然稱:"所謂《田弘正碑文狀》即《沂國公魏博多政碑》……此《狀》進於《沂國公魏博多政碑》撰就之日。"首先,元稹祇有《沂國公魏博德政碑》,没有《沂國公魏博多政碑》;其次,"所謂《田弘正碑文狀》即《沂國公魏博多政碑》"的判語更是不成立的。在《編年箋注(散文卷)》長慶元年的"目録"中,《沂國公魏博德政碑》、《謝准朱書撰田弘正碑文狀》、《進田弘正碑文狀》散文同時並存。《編年箋注》關於本文的錯誤,無需筆者多言。進:進奉,奉獻。《孟子·離婁》:"問有餘,曰'亡矣',將以復進也。"王建《宮前早春》:"内園分得温湯水,三月中旬已進瓜。"　田弘正:元稹有《沂國公魏博德政碑》,對其遇害之前的生平叙述頗爲詳盡,真實而可信,請參閱。裴度《論田弘正討李師道疏》:"魏博一軍,不同諸道,過河之後,却退不得,便須進擊,方見成功。"李翱《韓公行狀》:"鎮州亂,殺其帥田弘正,征之不克,遂以王庭湊爲節度使,詔公往宣撫。"碑文:文體名。王建《寄上韓愈侍郎》:"叙述異篇經總核,鞭驅險句最先投。碑文合遣貞魂謝,史筆應令詔骨羞。"權德輿《哭劉四尚書》:"黄絹碑文在,青松隧路新。音容無處所,歸作北邙塵。"

② 德政碑:舊時爲頌揚官吏政績而立的碑石。元稹《沂國公魏博德政碑》:"謙法仁孝,資之以忠,不曰德政,謂之何哉?"貫休《上荆南府主三讓德政碑》:"明明赫赫中興主,動納諸隍冠前古。四海英雄盡戢兵,皆如屹屹天金柱。"　伏:敬詞,亦即拜伏之意,古時臣對君奏言多用之。曹植《獻璧表》:"臣聞玉不隱瑕,臣不隱情。伏知所進非和氏之璞。"獨孤及《謝濠州刺史表》:"臣伏奉今年五月一日敕,授臣使持節濠州諸軍事、濠州刺史。"　蒙:敬詞,承蒙。《後漢書·班超傳》:"臣超區區,特蒙神靈。"王安石《答司馬諫議書》:"昨日蒙教……

終必不蒙見察。"伏蒙兩字作爲敬詞，常常連用，權德輿《伏蒙十六叔寄示喜慶感懷三十韻因獻之》："受氏自有殷，樹功縆前秦。圭田接土宇，侯籍相紛綸。"楊巨源《端午日伏蒙内侍賜晨服》："綵縷纖仍麗，凌風卷復開。方應五日至，應自九天來。"　御筆：謂帝王親筆所書或所畫。《北史‧魏彭城王勰傳》："帝令勰爲露布……及就，尤類帝文，有人見者，咸謂御筆。"錢起《和韋侍御寓直對雨》："佇見田郎字，親勞御筆題。"　朱書：用朱墨書寫的文字。陸敬《遊清都觀尋沈道士得都字》："十芒生藥筍，七焰發丹鑪。縹裹桐君録，朱書王母符。"元稹《同州刺史謝上表》："不料陛下天聽過卑，知臣薄藝，朱書授臣制誥，延英召臣賜緋。"　撰述：著述。《三國志‧衞覬傳》："受詔典著作，又爲《魏官儀》，凡所撰述數十篇。"《宋書‧百官志》："漢東京圖籍在東觀，故使名儒碩學著作東觀，撰述國史。"　望外：出乎意料之外。庾信《謝趙王賚絲布等啓》："望外之恩，實符大賚。非常之錫，乃溢生涯。"賈島《送令狐綯相公》："數行望外札，絶句握中珍。"　宸衷：帝王的心意。劉禹錫《門下相公榮加册命天下同歡忝沐眷私輒感申賀》："册命出宸衷，官儀自古崇。特膺平土拜，光贊格天功。"趙嘏《淮信賀滕邁台州》："凋瘵民思太古風，上賢綏輯副宸衷。舟移清鏡禹祠北，路轉翠屏天姥東。"　銘鏤：比喻感受極深，永志不忘。元稹《授李絳檢校右僕射兼兵部尚書制》："予小子銘鏤丕訓，夙夜求思。"宋祁《丁承旨書》："夫何衰朽，坐獲嘉惠，藏秘巾衍，銘鏤心志。"　骨肌：即"肌骨"，猶胸臆，常指内心深處。《三國志‧公孫度傳》："淵亦恐權遠不可恃，且貪貨物，誘致其使，悉斬送彌晏等首。"裴松之注引魚豢《魏略》："權之怨疾，將刻肌骨。"謝朓《拜中軍記室辭隋王箋》："撫臆論報，早誓肌骨。"　雨露：比喻恩澤。張說《十五日夜御前口號踏歌詞二首》一："花萼樓前雨露新，長安城裏太平人。龍銜火樹千重焰，雞踏蓮花萬歲春。"高適《送李少府貶峽中王少府貶長沙》："聖代即今多雨露，暫時分手莫躊躇。"　中謝：古代臣子上謝表，例有"誠惶誠恐，頓首死罪”一類的套語,表示謙恭,刊印時將千遍一律的套語統統省略成“中謝”兩字。周密《齊東野語·中謝中賀》:“今臣僚上表,所稱誠惶誠恐及誠歡誠喜、頓首、稽首者,謂之中謝、中賀。自唐以來,其體如此。蓋臣某以下,亦略叙數語,便入此句,然後敷陳其詳。”常袞《代擬宰相謝加銀青並郡公表》:“伏奉今日制書,加臣銀青光禄大夫,特封河內郡開國公、食邑二千户,承命戰兢,伏詔惶駭,拜抃無次,感涕失容。中謝。”李舟《謝敕書賜臘日口脂等表》:“伏奉敕書,賜臣及軍將臘日面脂、香袋、紅雪、澡豆等。殊私忽臨,捧戴無力;手足蹈舞,心魂若驚。臣某中謝。”

③ 忠義:忠貞義烈。《後漢書·桓典傳》:“獻帝即位,三公奏典前與何進謀誅閹官,功雖不遂,忠義炳著。”崔融《西征軍行遇風》:“夙齡慕忠義,雅尚存孤直。”　功勛:《周禮·夏官·司勛》:“王功曰勛。”鄭玄注:“輔成王業若周公。”後泛指爲國家建立的功績勛勞。沈佺期《塞北二首》一:“海氣如秋雨,邊烽似夏雲。二庭無歲月,百戰有功勛。”王維《老將行》:“願得燕弓射天將,恥令越甲鳴吳軍。莫嫌舊日雲中守,猶堪一戰取功勛。”

④ 務:從事,致力。《史記·孟子荀卿列傳》:“天下方務於合從連衡,以攻伐爲賢,而孟軻乃述唐、虞三代之德,是以所如者不合。”杜甫《送韋諷上閬州》:“庶官務割剥,不暇憂反側。”　文章:文字。崔瑗《草書勢》:“書契之興,始自頡皇。寫彼鳥迹,以定文章。”《後漢書·董卓傳》:“又錢無輪廓文章,不便使用。”　徵:證明,證驗。《論語·八佾》:“夏禮,吾能言之,杞不足徵也;殷禮,吾能言之,宋不足徵也。文獻不足故也,足,則吾能徵之矣!”韓愈《賀慶雲表》:“既徵於古,又驗於今。”　經典:舊指作爲典範的儒家載籍。《漢書·孫寶傳》:“周公上聖,召公大賢。尚猶有不相説,著於經典,兩不相損。”劉知幾《史通·叙事》:“自聖賢述作,是曰經典。”　將吏:軍將,也泛指文武官員。《漢書·武五子傳贊》:“秦將吏外畔,賊臣內發,亂作蕭墻,禍成

6115

二世。"《唐律·捕亡》:"將吏追捕罪人。"長孫無忌疏議:"將吏已受使追捕者,謂見任武官爲將,文官爲吏。" 不會:不領會,不知道。白居易《池畔二首》二:"持刀翦密竹,竹少風來多。此意人不會,欲令池有波。"高駢《錦城寫望》:"蜀江波影碧悠悠,四望烟花匝郡樓。不會人家多少錦,春來盡挂樹梢頭。" 未詳:不知道或瞭解得不清楚。《宋書·禮志》:"至尊爲服緦三月,成服,仍即公除。至三月竟,未詳當除服與不?"酈道元《水經注·涑水》:"水自山北流,五里而伏,云'潛通澤渚',所未詳也。" 四達:通達四方。《孔子家語·入官》:"六馬之乖離,必於四達之交衢;萬民之叛道,必於君上之失政。"陳亮《酌古論·曹公》:"徒見荆州四達,英雄之所必爭。而巴蜀險阻,非圖天下者之所急。" 衢:大路,四通八達的道路。《左傳·昭公二年》:"尸諸周氏之衢,加木焉!"柳宗元《國子司業陽城遺愛碣》:"青衿涕濡,填街盈衢。" 掩:關閉,合上。《南史·袁粲傳》:"席門常掩,三逕裁通。"王駕《社日》:"鵝湖山下稻粱肥,豚栅雞栖半掩扉。" 萬人:很多人,衆人。張說《奉和聖製溫泉言志應制》:"起疾逾仙藥,無私合聖功。始知堯舜德,心與萬人同。"源乾曜《奉和御製乾曜與張説宋璟同日上官命宴都堂賜詩》:"睿作超千古,湛恩育萬人。遞遷俱荷澤,同拜忽爲鄰。"

⑤ 馬遷:即司馬遷,字子長,西漢著名史學家、文學家。繼承父志,撰成我國第一部紀傳體通史,時稱《太史公書》,亦即後來的《史記》。全書上起皇帝,下至漢武帝,總述三千多年歷史大事,分爲本紀、表、書、世家、列傳五類,共一百三十篇,計五十二萬餘字,成爲後世史傳文學的典範之作。柳宗元《與楊京兆憑書》:"誠使博如莊周,哀如屈原,奧如孟軻,壯如李斯,峻如馬遷,富如相如,明如賈誼,專如揚雄,猶爲今之人,則世之高者至少矣!"白居易《策林·黜子書》:"然則六家之異同,馬遷論之備矣!九流之得失,班固叙之詳矣! 是非取捨,較然可知。" 史體:史書的編寫體裁,我國過去的史書分編年、紀

傳、紀事本末三種體裁。劉知幾《史通·序例》："文兼史體，狀若子書。"牛希濟《文章論》："今古之體，分而爲四：崇仁義而敦教化者，經體之制也。假彼問對，立意自出者，子體之制也。屬詞比事，存於褒貶者，史體之制也。又有釋訓字義，幽遠文意，觀之者久而方達，乃訓誥雅頌之遺風，即皇甫持正、樊宗師爲之，謂之難文。"　叙事：叙述事情，把事情的前後經過記載下來。權德輿《右僕射贈太子太保姚公集序》："故其含章匪躬，諷議居多，其他則歌詩有逸韵，叙事爲實錄，皆據根柢，而無枝葉。"李吉甫《上元和郡縣圖志序》："謹上《元和郡縣圖志》，起京兆府，盡隴右道，凡四十七鎮，成四十卷，每鎮皆圖在篇首，冠於叙事之前，並目錄兩卷，總四十二卷。"　直書：據實書寫。杜預《春秋經傳集解序》："盡而不污，直書其事。"崔琪《心鏡大師碑》："咸通十五年，琪祗命四明郡，戒休以其迹，徵余之文。遂直書其事，以旌厥德。"　約：約束，檢束。《論語·雍也》："君子博學於文，約之以禮。"《新唐書·宋之問傳》："及之問、沈佺期，又加靡麗，回忌聲病，約句準篇，如錦繡成文。"　李斯：秦始皇時期秦國的丞相，後來被趙高迫害而死。李斯是小篆的重要代表之一，小篆是秦代通行的一種字體，省改大篆而成，亦稱秦篆，後世通稱篆書。今尚有《琅邪臺刻石》、《泰山刻石》等殘石存世。許慎《說文解字序》："秦始皇帝初兼天下，丞相李斯乃奏同之，罷其不與秦文合者。斯作《倉頡篇》，中車府令趙高作《爰曆篇》，太史令胡毋敬作《博學篇》，皆取史籀大篆，或頗省改，所謂小篆者也。"　勒銘：鎸刻銘文。酈道元《水經注·濁漳水》："祠東側有碑，隱起爲字，祠堂東頭石柱，勒銘曰：'趙建武中所修也。'"陸游《夜泊水村》："腰間羽箭久凋零，太息燕然未勒銘。"　稱制：秦始皇統一中國後以命爲"制"，令爲"詔"。《史記·魏其武安侯列傳》："孝景崩，即日太子立，稱制，所鎮撫多有田蚡賓客計筴。"《後漢書·章帝紀》："帝親稱制臨決。"　銘：文體的一種，古代常刻於碑版或器物，或以稱功德，或用以自警。《後漢書·延篤傳》："〔延篤〕所著詩、論、銘、書、應訊、表、教令，凡二十篇云。"《文心雕龍·銘箴》："箴全御過，故文資確切；銘兼褒讚，故體貴弘潤。" 戒：防備，警戒，鑒戒。《詩大序》："言之者無罪，聞之者足以戒。"《新唐書·康承訓傳》："可師恃勝不戒，弘立以兵襲之，可師不克陣而潰。" 逸：閑適，安樂。《國語·吳語》："今大夫老，而又不自安恬逸，而處以念惡。"韋昭注："逸，樂也。"元稹《和樂天贈樊著作》："遂我一身逸，不如萬物安。" 叙：陳述，記述。《國語·晉語》："紀言以叙之，述意以導之。"韋昭注："叙，述也。"《三國志·臧洪傳》："前日不遺，比辱雅貺，述叙禍福，公私切至。" 忠：忠誠無私，盡心竭力。《國語·周語》："言忠必及意，言信必及身。"韋昭注："出自心意爲忠。"嵇康《釋私論》："讒言似信，不可謂有誠；激盜似忠，不可謂無私：此類是而非是也。"特指事上忠誠。《書·伊訓》："居上克明，爲下克忠。"孔傳："事上竭誠也。"《荀子·大略》："虞舜、孝己，孝，而親不愛；比干、子胥，忠，而君不用。"

　⑥ 實功：實際存在的功勞。梁肅《受命寶賦》："去乘輿而漂蕩，入智井以蕪没。披草萊以拯之，實功存乎武烈。"皇甫湜《對賢良方正直言極諫策》："臣伏見赦令節文，周備纖悉。空文虛聲，溢於視聽。而實功厚惠，未有分寸及於蒼生。" 溢美：過分讚美。《莊子·人間世》："夫兩喜必多溢美之言。"司空圖《釋怨》："豈溢美而是競，忘撝謙而自愛？" 朴野：質朴，不文飾，不矯飾。葛洪《抱朴子·勤求》："然末俗通弊，不崇真信，背典誥而治子書，若不吐反理之巧辨者，則謂之朴野。"蘇轍《上曾參政書》："聞天子舉直言之士，而世之君子以其山林朴野之人，不知朝廷之忌諱，其中無所隱蔽，故以應詔。" 彰明：顯豁，明顯。柳宗元《賀平淄青後肆赦狀》："滌山川之舊污，申節義之餘冤。功多受三事之榮，節著有十連之寵。較然逆順，益以彰明。"柳道倫《無垢淨光塔銘》："像教設而功德爰立，因果著而報應彰明。" 天慈：皇帝的慈愛。《晉書·紀瞻傳》："今以天慈，使官曠事滯。"庾信《爲杞公讓宗師驃騎表》："天慈無濫，私願獲從。" 宸鑒：謂皇帝審

閱，鑒察。《梁書·元帝紀》：“百司岳牧，祈仰宸鑒。”《舊唐書·陸贄傳》：“陛下誠能斷自宸鑒，煥發德音，引咎降名，深示刻責，惟謙與順，一舉而二美從之。”　封：封緘，裹紮。《東觀漢記·鄧訓傳》：“知訓好以青泥封書……載青泥一槃，至上谷遺訓。”《南齊書·張岱傳》：“岱初作遺命，分張家財，封置箱中。”　敕旨：帝王的詔旨。蕭統《謝敕賚制旨大涅槃經講疏啓》：“後閣應敕，木佛子奉宣敕旨。”《新唐書·百官志》：“五日敕旨，百官奏請施行則用之。”

[編年]

　　《年譜》、《年譜新編》均編年本文於長慶元年，都沒有説明具體日期與編年理由。《編年箋注》編年：“所稱《田弘正碑文狀》即《沂國公魏博多政碑》……此《狀》進於《沂國公魏博多政碑》撰就之日，即長慶元年(八二一)二月二十四日稍後。”

　　我們以爲，《年譜》、《年譜新編》編年過於籠統，而《編年箋注》在沒有舉證任何理由的情況下，擅自編年本文於“長慶元年二月二十四日稍後”的結論則是完全錯誤的，不可接受的。順便説一句，《編年箋注》認定的《沂國公魏博多政碑》也是錯誤的，元稹并沒有《沂國公魏博多政碑》，應該是《沂國公魏博德政碑》之誤。

　　我們以爲，元稹《謝准朱書撰田弘正碑文狀》有句：“臣伏奉今月二十四日敕，令臣撰前件碑文者。”元稹《沂國公魏博德政碑》云：“陛下以元年正月壬戌詔臣稹曰：‘朕有臣弘正，自魏入鎮，魏人思之，因守臣懇狀其德政乞文，爾司予言，其文以付。’”據《舊唐書·穆宗紀》，長慶元年正月己亥朔，推算其干支，“壬戌”應該是正月二十四日，這是元稹接奉唐穆宗詔令的日子。面對唐穆宗的信任與重托，元稹感激涕零，謝恩不已：“伏蒙御筆朱書，遺臣撰述。恩生望外，事出宸衷。銘鏤骨肌，難酬雨露。”自然是在連夜謝恩的同時，馬上動手撰作《沂國公魏博德政碑》，以“元才子”的才華，《沂國公魏博德政碑》應該在其後的一二天内撰成。

而在《沂國公魏博德政碑》撰成之後,進呈唐穆宗之前,又撰作本文,説明自己的寫作意圖與原委:"臣所以效馬遷史體,叙事直書;約李斯碑文,勒銘稱制。使弘正見銘而戒逸,將吏觀叙而愛忠。不隱實功,不爲溢美。文雖朴野,事頗彰明。"故本文應該在《沂國公魏博德政碑》撰成之後寫就,但兩文應該同時進呈,亦即長慶元年正月二十五、二十六日之間,地點在長安,元稹時任祠部郎中知制誥臣。

◎ 授韓察等明通沔三州刺史制^{(一)①}

敕:朕子育黎民^(二),懔乎懼一物之不至^(三)。將我德澤流布于遠邇者,其惟良二千石乎^②?

朝議郎、前守京兆府富平縣令、賜緋魚袋韓察等^(四),久於吏職,皆著能名。或嘗奉詔條^(五),風聲尚在;或歷居郊甸^(六),惠養有方。命汝臨人,勿違其俗^③。

夫明近於海,懦則奸生;通邇於巴,急則吏擾;沔當津會,滯則人怨^(七)。推是三者,引而伸之,然後可以憂人之憂矣^(八)!爾其勉之。可依前件^{(九)④}。

録自《元氏長慶集》卷四八

[校記]

(一)授韓察等明通沔三州刺史制:原本作"韓察等可明通等州刺史制",楊本、宋浙本、盧校、叢刊本作"韓察明州刺史等",《全文》作"授韓察等明通等州刺史制",據《英華》、《淵鑑類函》改。

(二)朕子育黎民:叢刊本同,楊本、《英華》、宋浙本、盧校、叢刊本、《淵鑑類函》作"朕子育兆人",《全文》作"朕子育黎人",《元稹集》作"朕子育兆民",各備一説,不改。

（三）懍乎懼一物之不至：楊本、《英華》、《淵鑑類函》、《全文》同，叢刊本作"保乎混一物之不至"，各備一説，不改。

（四）朝議郎前守京兆府富平縣令賜緋魚袋韓察等：原本作"前京兆府富平縣令韓察等"，叢刊本、《全文》同，《淵鑑類函》作"具官韓察等"，楊本誤作"前事兆府富平縣令韓察等"，據《英華》改。

（五）或嘗奉詔條：原本作"昔嘗奉詔條"，《全文》同，《淵鑑類函》作"或常奉詔條"，叢刊本作"昔嘗奉詔□"，據楊本、《英華》改。

（六）或歷居郊甸：《英華》、《淵鑑類函》、《全文》同，楊本作"或歷居郊館"，叢刊本作"或歷居郊侍"，各備一説，不改。

（七）滯則人怨：《英華》、《淵鑑類函》同，楊本、叢刊本、《全文》作"滯則怨起"，各備一説，不改。

（八）然後可以憂人之憂矣：楊本、叢刊本、《全文》同，《英華》、《淵鑑類函》作"然後可以分吾憂矣"，各備一説，不改。

（九）可依前件：原本無，《淵鑑類函》同，據楊本、叢刊本、《英華》、《全文》補。

［箋注］

① 韓察：兩《唐書》無傳，但其他文獻有零星記載：《唐詩紀事·張弘清》："弘靖爲太原節度使，有《山亭懷古》，詩云……節度判官、侍御史韓察和云：'公府政多暇，思與仁智全。爲山想巖穴，引水聽潺湲。軒冕迹自逸，塵俗無由牽。蒼生方矚望，詎得賦歸田？"據《舊唐書·憲宗紀》，張弘清元和十一年正月至十四年五月在河東節度使任，韓察任職節度判官、侍御史應該就在其時，然後拜職"富平縣令"，而出任明州刺史應該更在其後。同制之中，尚有通州刺史與沔州刺史，究爲何人，《唐刺史考》暫缺，今已無考。　　明：即明州，州治在今浙江寧波之南。《元和郡縣志·明州》："本會稽之鄞縣及句章縣地也……武德四年於縣立鄞州，八年廢，開元二十六年採訪使齊澣奏分

越州之鄮縣置明州，以境内四明山爲名……管縣四：鄮縣、奉化、慈溪、象山。"綦母潛《送賈恒明府兼寄温張二司户》："花路西施石，雲峰句踐城。明州報兩掾，相憶二毛生。"岑參《送任郎中出守明州》："罷起郎官草，初封刺史符。城邊樓枕海，郭裹樹侵湖。" 通：即通州，州治即今四川達州市。《舊唐書·地理志》："通州：隋通川郡，武德元年改爲通州，領通川、宣漢、三岡、石鼓、東鄉五縣……長安二年昇爲中州，開元二十三年昇爲上州，天寶元年改爲通川郡，乾元元年復爲通州。"白居易《春晚寄微之》："眼前故人少，頭上白髮多。通州更迢遞，春盡復如何？"元稹《和樂天夢亡友劉太白同遊二首》一："君詩昨日到通州，萬里知君一夢劉。閑坐思量小來事，秪應元是夢中遊。" 沔：即沔州，時廢時復，武德四年置，天寶元年改爲漢陽郡，乾元元年復爲沔州，建中二年廢，建中四年復置，寶曆二年廢。州治即今武漢之漢陽，領縣二：漢陽、汉川。劉長卿《聞虞沔州有替將歸上都登漢東城寄贈》："淮南搖落客心悲，湞水悠悠怨別離。早雁初辭舊關塞，秋風先入古城池。"元結《漫酬賈沔州》："往年壯心在，嘗欲濟時難。奉詔舉州兵，令得誅暴叛。"關於《漫酬賈沔州》，《古今通韵·十六諫》以爲是元稹的作品，誤。

②子育：謂撫愛、養育如己子。《魏書·苻生傳》："聖明宰世，子育百姓，罰必有罪，賞必有功。"韓愈《賀册尊號表》："皇帝陛下，子育億兆，視之如傷，可謂體仁以長人矣！" 黎民：民衆，百姓。劉禹錫《復荊門縣記》："是利不及下也，黎民病之。"李中《和彭正字喜雪見寄》："千門忻應瑞，偏稱上樓看……已作豐年兆，黎民意盡安。" 懍：危懼，戒懼。《書·五子之歌》："予臨兆民，懍乎若朽索之馭六馬。"孔傳："懍，危貌。"潘岳《關中》："主憂臣勞，孰不祇懍？" 一物：一種事物，一件事物。《管子·白心》："然而天不爲一物枉其時，明君聖人亦不爲一人枉其法。"杜牧《冬至日寄小侄阿宜》："第中無一物，萬卷書滿堂。" 德澤：恩德，恩惠。《韓非子·解老》："有道之君，外無怨讎

於鄰敵,而內有德澤於人民。"陸游《秋思》:"中原形勝關河在,列聖憂勤德澤深。"　流布:流傳散佈。《東觀漢記·明德馬皇后傳》:"太后詔書流布,咸稱至德,莫敢犯禁。"楊衒之《洛陽伽藍記·宋雲惠生使西域》:"惠生從於闐至乾陀,所有佛事處,悉皆流布,至此頓盡,惟留太后百尺幡一口,擬奉尸毗王塔。"　遠邇:猶遠近。《荀子·議兵》:"兵不血刃,遠邇來服。"《後漢書·朱暉傳》:"憲度既張,遠邇清壹。"二千石:漢制,郡守俸祿爲二千石,即月俸百二十斛,世因稱郡守爲"二千石"。盧藏用《餞唐州高使君赴任》:"祖逖方城鎮,安期外氏鄉。從來二千石,天子命唯良。"李白《送長沙陳太守二首》二:"莫小二千石,當安遠俗人。洞庭鄉路遠,遙羨錦衣春。""石"是量詞,官俸的計量單位,秦漢以爲官位的品級,如萬石、二千石等。《漢書·百官公卿表》顔師古題解:"漢制:三公號稱萬石,其俸月各三百五十斛穀。其稱中二千石者月各百八十斛,二千石者百二十斛,比二千石者百斛,千石者九十斛。"

③ 富平縣:京兆府二十三屬縣之一,地當今陝西富平縣。劉待價《朝議郎行兗州都督府方與縣令上護軍獨孤府君君碑銘》:"祖義恭,隋京兆郡富平縣令。"賈至《論王去榮打殺本部縣令表》:"伏見宰臣奉宣聖旨,將軍王去榮擅打殺富平縣令杜徽。"　吏職:官吏的職責。《漢書·薛宣傳》:"性密靜有思,思省吏職,求其便安。"《舊唐書·呂諲傳》:"諲性謹守,勤於吏職,雖同僚追賞,而塊然視事,不離案簿。"　能名:能幹的名聲。杜甫《送梓州李使君之任》:"籍甚黃丞相,能名自潁川。"王讜《唐語林·方正》:"瀰後累遷同州刺史,所在有能名。"　詔條:皇帝頒發的考察官吏的條令。劉禹錫《和竇中丞晚入容江作》:"漢郡三十六,鬱林東南遙。人倫選清臣,天外頒詔條。"元晦《越亭二十韻》:"乏才叨八使,徇祿非三顧。南服頒詔條,東林證迷誤。"　風聲:聲望,聲譽。《漢書·王貢兩龔鮑傳序》:"自(東)園公、綺里季、夏黃公、角里先生、鄭子真、嚴君平皆未嘗仕,然其風聲足以

激貪厲俗，近古之逸民也。"元結《下客謠》："豈知保終信，長使令德全！風聲與時茂，歌頌萬千年。" 郊甸：城邑外百里及二百里之內，泛指郊畿。《左傳·昭公九年》："伯父惠公歸自秦，而誘以來，使偪我諸姬，入我郊甸，則戎焉取之。"杜預注："邑外爲郊，郊外爲甸。"《後漢書·南匈奴傳論》："〔孝武〕有志匈奴，赫然命將，戎旗星屬，候列郊甸，火通甘泉。"李賢注："列置候兵於近郊畿。" 惠養：加恩撫養。《新唐書·劉蕡傳》："念百姓之怨痛，在擇良吏以任之，使明惠養之術。"《資治通鑑·梁武帝天監五年》："夫一家之長，必惠養子孫；天下之君，必惠養兆民。" 有方：有道，得法。顏延之《陽給事誄》："瓚少稟志節，資性忠果，奉上以誠，率下有方。"韓愈《答李翊書》："君子則不然，處心有道，行己有方。" 臨人：即"臨民"，治民，唐人因避李世民之諱改。《後漢書·崔寔傳》："初，寔在五原，常訓以臨民之政，寔之善績，母有其助焉！"《宋書·劉道彥傳》："善於臨民，在雍部政績尤著，蠻夷前後叛戾不受化者，並皆順服。" 違俗：違背世俗。《漢書·何武王嘉等傳贊》："依世則廢道，違俗則危殆，此古人所以難受爵位者也。"陸游《冬日出遊十韻》："疏狂違俗久，衰疾與年增。"

④ 懦：畏怯軟弱。《左傳·僖公二年》："宮之奇之爲人也，懦而不能強諫。"杜預注："懦，弱也。"《漢書·武帝紀》："秋，匈奴入雁門，太守坐畏懦棄市。"顏師古注引如淳曰："軍法，行逗留畏懦者要斬。" 邇：接近，逼近。《書·仲虺之誥》："惟王不邇聲色，不殖貨利。"《穀梁傳·莊公十八年》："以公之追之，不使戎邇於我也。"范甯注："邇，猶近也，不使戎得逼近於我。" 巴：古國名，地當今四川、重慶一帶。盧照鄰《西使兼送孟學士南遊》："地道巴陵北，天山弱水東。相看萬餘里，共倚一征蓬。"張九齡《巫山高》："神女去已久，雲雨空冥冥。唯有巴猿嘯，哀音不可聽。" 急：褊急，急躁。劉邵《人物志·材能》："性有寬急，故宜有大小。"黃庭堅《跋贈俞清老詩》："然資亦辯急，少不當其意，使酒呵罵。" 擾：攪擾，騷亂。《文心雕龍·養氣》："無擾文慮，

鬱此精爽。"韓愈《論變鹽法事宜狀》:"所謂擾而困之,非前意也。"
津:水陸要隘。《古詩十九首·今日良宴會》:"何不策高足,先據要路
津?"徐安貞《奉和聖製早渡蒲津關》:"路得津門要,時稱古戍閑。"漢
陽有漢水與長江在此相匯合,屬交通要津,故言。　　滯:逗留。耽擱。
曹丕《雜詩二首》二:"吳會非我鄉,安能久留滯?"《藝文類聚》卷二八
引石崇《思歸歎》:"廓羈旅兮滯野都,願御北風兮忽歸徂。"　　憂:憂
愁,憂慮。白居易《賣炭翁》:"可憐身上衣正單,心憂炭賤願天寒。"王
讜《唐語林·補遺》:"德宗嘆曰:'卿理虢州而憂他郡百姓,宰相
才也。'"

［編年］

　　《年譜》編年本文於長慶元年,理由是:"羅濬《寶慶四明志》:'韓
察:滉之孫,長慶元年刺史。'(元袁桷等《延祐四明志》同)"《編年箋
注》、《年譜新編》編年理由與《年譜》同,結論均是:"撰於長慶元年。"
　　我們以爲,一、《年譜》、《編年箋注》、《年譜新編》僅僅根據《寶慶
四明志》"長慶元年刺史"一條,籠統地編年在長慶元年是不確切的,
因爲元稹任職中書舍人、翰林承旨學士僅至長慶元年十月十九日,此
後的時日應該排除。二、《寶慶四明志》又云:"長慶元年,刺史韓察欲
移州城,以白浙東觀察使薛戎。戎上言:'明州北臨鄞江,地形卑隘,
請移明州於鄞縣置,而以州舊城近南高處置縣。'從之。"據元稹《唐故
越州刺史兼御史中丞浙江東道觀察等使贈左散騎常侍河東薛公神道
碑文銘》記載:薛戎"長慶元年以疾自去,九月庚申薨于蘇州之私第",
薛戎病故的九月二十七日之後歲月也應該排除。三、《舊唐書·穆宗
紀》:"(長慶元年)三月丁酉朔,浙東奏移明州於鄞縣置。"奏請雖然是
薛戎提出,但薛戎的奏請是根據韓察的請求,則韓察長慶元年三月初
一之前已經在明州刺史任。四、據《舊唐書·地理志》,越州至長安
"二千七百二十里",根據當時客觀的交通條件,薛戎向長安奏請最快

也應該在半月以上到達長安。還有,韓察自"富平縣令"拜命明州刺史,赴任明州的時間也得半月以上。從"三月初一"倒推兩個之"半月",應該是長慶元年正月三十日之前,本文即應該撰作於其時,撰文地點在長安,元稹時任祠部郎中、知制誥之職。

◎ 班肅授尚書司封員外郎制 (一)①

敕:朝議郎、前坊州刺史、賜緋魚袋班肅:馳競之徒,能於寒暑之際,不以憂畏移其薄厚之道者,鮮矣②!

聞爾為祠部員外郎,值吾黜奸之日。遊其門者,莫不跧竄奔迸,懼罹其身。唯爾私分不渝(二),進退有素(皇甫鎛貶崖州,肅以嘗僚,獨錢于野)。搢紳之論,有以多之③。

復爾中臺,以厚吾俗。勉慎其始,無輕所從。可行尚書司封員外郎,餘如故④。

錄自《元氏長慶集》卷四七

[校記]

(一)班肅授尚書司封員外郎制:楊本、叢刊本作"班肅授尚書司封員外郎",《英華》作"授班肅司封員外郎制",《全文》作"授班肅尚書司封員外郎制",各備一說,不改。

(二)唯爾私分不渝:原本作"唯爾安分不渝",《英華》、《全文》同,據楊本、叢刊本改。

[箋注]

① 班肅:貞元十七年高郢知貢舉,十八人及第,班肅名列第一,

柳宗元有《送班孝廉擢第歸東川覲省序(辛殆庶公亦嘗有序以送之，其曰班之外王父相國馮翊功在社稷者，謂嚴震也。震本傳：德宗幸奉天，進封馮翊郡王，進中書門下，貞元十三年卒，班方往省，序當作於此前也)》："隴西辛殆庶，猥稱吾文宜叙事，晨持縑素，以班孝廉之行爲請，且曰：'夫人殆所謂吉士也，愿而信，執而禮，言不黷慢，行不進越。其先兩漢間繼修文儒，世其家業，其風流後允、耽學篤志之士，往往出於其門。今夫人研精"典墳"，不告劬勩，屬者舉鄉里，登春官，獲居其甲焉！家於蜀之東道，其嚴君以客卿之位，贊是方岳，爲大夫良。今將拜慶寧覲，光耀族屬，是其可歌也！道出於南鄭，外王父以將相之重，九命赤社，爲諸侯師。今又將亟駕省謁，從容燕喜，是又可歌也！故我與河南獨孤申叔、趙郡李行純、行敏等若干人，皆歌之矣！若乃序者，固吾子宜之！'柳子曰：'吾嘗讀《王命論》及《漢書》，嘉其立言。彼生彪、固之胄歟？相國馮翊王公，功在社稷，德在生人。其門子弟遊文章之府者，吾嘗與之齒。彼生嚴氏之出歟？承世家之儒風，沐外族之休光。彼生專聖人之書，而趨君子之林，宜矣哉！'遂如辛氏之談，濡翰於素，因寓於辭曰：爲我謝子之舅氏，珠玉將至，得無修容乎！"又事見《册府元龜·旌表》："穆宗長慶元年正月，以前坊州刺史班肅爲司封員外郎。時宰臣上言曰：'將欲清風俗，必在厚人倫。竊見皇甫鎛權位盛時，班行之中多所親附。及得罪後，議論立變，憎嫉如讎。俗之衰薄，一至於此！唯班肅以曾爲郎官判度支案，終始如一，獨送出城，周行之間，多美其事。今郎秩已罷，望授一省官，以表其行。'故有是拜。"據本文，班肅獨自送皇甫鎛出城之時，任職祠部員外郎。繼而外任坊州刺史，再被召回京，任職司封員外郎。否則班肅任職坊州刺史，不在京城，又如何能夠在長安"獨送出城"？《册府元龜》的叙述有不夠清晰的地方。　司封員外郎：吏部屬員，從六品上，與司封郎中一起，同"掌國之封爵"。張説《徐氏子墓誌銘》："徐氏子者，名岩，字某，司封員外郎堅之第四子也。"柳宗元《唐故兵部郎中楊君墓碣》:"又爲尚書司封員外郎,革正封邑,申明嫡媵,事連權右,斥退匆憚。"

②朝議郎:文散官,正六品上。姚崇《兗州都督于知微碑》:"嗣子朝議大夫、行密州別駕、上柱國、東海郡開國男、克勤,次子朝議郎、行左監門率府長史、上柱國、武陽縣開國男克構……"常袞《授趙涓給事中制》:"朝議郎、檢校尚書吏部郎中兼御史中丞、賜緋魚袋趙涓,純白高朗,儒林表儀。炳文揚彩,時謂清拔。" 坊州:州郡名,府治中部,地當今陝西黃陵。《元和郡縣志·坊州》:"元皇帝(高祖之父)以周武帝時天和七年放牧於今州界,置馬坊,結構之處尚存。武德二年高祖駕幸於此,聖情永感,因置坊州,取馬坊爲名。"李白《酬坊州王司馬與閻正字對雪見贈》:"遊子東南來,自宛適京國。飄然無心雲,倏忽復西北。"武元衡《秋晚途次坊州界寄崔玉員外》:"崎嶇崖谷迷,寒雨暮成泥。征路出山頂,亂雲生馬蹄。" 馳競:奔競,追逐名利。蕭統《陶淵明集序》:"嘗謂有能觀淵明之文者,馳競之情遣,鄙吝之意祛,貪夫可以廉,懦夫可以立。"劉崇遠《金華子雜編》卷下:"〔李郢〕居於杭州,疏於馳競,終于員外郎。" 寒暑:冷和熱,寒氣和暑氣,得志與失意。《左傳·襄公十七年》:"吾儕小人皆有闔廬以避燥濕寒暑。"何薳《春渚紀聞·烏銅提研》:"鑄金爲觚,提携顛倒。時措之宜,發於隱奧。寒暑燥濕,不改其操。" 憂畏:憂慮畏怯。蕭統《陶淵明集序》:"宜乎與大塊而榮枯,隨中和而任放;豈能戚戚勞於憂畏,汲汲役於人間?"范仲淹《同年魏介之會上作》:"心存闕下還憂畏,身在樽前且笑歌。" 薄厚:同"厚薄",猶親疏。《淮南子·主術訓》:"夫以一人之心而事兩主,或背而去,或欲身徇之,豈其趨舍厚薄之勢異哉!"元稹《唐故中大夫尚書刑部侍郎上柱國隴西縣開國男贈工部尚書李公墓誌銘》:"考行取友甚峻,能銖兩人倫,而滔滔者莫見其厚薄。" 鮮:少,盡。《易·繫辭》:"百姓日用而不知,故君子之道鮮矣!"元稹《琵琶歌》:"曲名無限知者鮮,霓裳羽衣偏宛轉。"

③"聞爾爲祠部員外郎"七句:事見《新唐書·皇甫鎛傳》:"皇甫鎛,涇州臨涇人……穆宗在東宮,聞其奸妄,始聽政,集群臣於月華門,貶鎛崖州司戶參軍,死其所……鎛之貶,前坊州刺史班肅以嘗僚獨餞於野,朝廷義之,擢爲司封員外郎。"　黜奸:逐退奸惡者。《建炎以來繫年要録·紹興八年》:"進賢黜奸,當共守至公之道。"《靖康要録》卷五:"進賢黜奸,未當於人心;發號施令,未孚於天下。"　跧竄:伏匿。元稹《崔方實試太子詹事制》:"蠻蜒之間有黃賊者,跧竄窟穴,代爲侵攘。"元稹《故金紫光禄大夫贈太保嚴公行狀》:"緣溪諸蠻,狐鼠跧竄。"　奔迸:逃散。《宋書·張暢傳》:"胡盛之偏裨小帥,衆無一旅,始濟融水,魏國君臣奔迸,僅得免脱。"龔鼎臣《東原録》:"安禄山陷洛陽,士庶奔迸。"　罹:被,遭受。《書·湯誥》:"爾萬方百姓,罹其凶害。"孔傳:"罹,被也。"江淹《別賦》:"見紅蘭之受露,望青楸之罹霜。"　私分:謂自己遵循應有的分限。宋之問《秋蓮賦》:"榮落有期,私分畢矣!"　不渝:不改變。《詩·鄭風·羔裘》:"彼其之子,捨命不渝。"毛傳:"渝,變也。"劉孝標《廣絶交論》:"風雨急而不輟其音,霜雪零而不渝其色。"　進退:應進而進,應退而退,泛指言語行動恰如其分。王安石《雨過偶書》:"誰似浮雲知進退?才成霖雨便歸山。"褒貶。《北齊書·司馬子如傳》:"若言有進退,稍不合意,便令武士頓曳,白刃臨項。"　有素:謂如同平時一樣。張九齡《故襄州刺史靳公遺愛碑銘》:"至於是邦也,政實有素。今也惟行,不違其方。"鄭餘慶《左僕射賈耽神道碑》:"徵拜鴻臚卿兼左右威遠營使,通夷狄之情,離賓客之位,其有素矣!"　搢紳:插笏於紳,後用爲官宦或儒者的代稱。《東觀漢記·明帝紀》:"是時學者尤盛,冠帶搢紳,遊雍而觀化者,以億萬計。"權德輿《知非》:"名教自可樂,搢紳貴行道。"　有以:猶有因,有道理,有規律。《詩·邶風·旄丘》:"何其久也?必有以也。"白居易《黑龍飲渭賦》:"或隱或見,時行時止。順冬夏而無乖,應昏明而有以。"　多:稱讚,重視。《史記·管晏列傳》:"天下不多管仲之賢,

而多鮑叔能知人也。"獨孤及《送游員外赴淮西》:"多君有奇略,投筆佐元戎。"

④ 中臺:即尚書省,秦漢時尚書稱中臺,謁者稱外臺,御史稱憲臺,合稱三臺,魏、晉、宋、齊並稱尚書臺,梁、陳、後魏、北齊、隋則稱尚書省,唐時曾更名中臺,後又改爲尚書省。韓愈《贈刑部馬侍郎》:"紅旗照海壓南荒,徵入中臺作侍郎。"權德輿《伏蒙十六叔寄示喜慶感懷三十韵因獻之》:"道義集天爵,菁華極人文。握蘭中臺並,折桂東堂春。" 厚:增益,加深。《國語·晉語》:"彼得其情以厚其欲。"韋昭注:"厚,益也。"《史記·樗里子甘茂列傳》:"王不若重其贄,厚其禄以迎之。" 俗:習俗,風俗。《孟子·公孫丑》:"紂之去武丁未久也,其故家遺俗,流風善政,猶有存者。"韓愈《祭薛中丞文》:"公之懿德茂行,可以勵俗。清文敏識,足以發身。" 慎:謹慎,慎重。《易·頤》:"君子以慎言語,節飲食。"孔穎達疏:"故君子觀此頤象,以謹慎言語,裁節飲食。"杜甫《鄭典設自施州歸》:"名賢慎所出,不肯妄行役。" 輕:輕率,不慎重。《韓非子·亡徵》:"主多怨而好用兵,簡本教而輕戰攻者,可亡也。"韓愈《爲韋相公讓官表》:"固宜旁求隱士,必得能者,然後授之,不可輕以付臣,使人失望。" 所從:所向,所往。李正辭《賦得白雲起封中》:"豈學無心出,東西任所從。"吳筠《遊廬山五老峰》:"雲外聽猿鳥,烟中見杉松。自然符幽情,瀟灑愜所從。"

[編年]

《年譜》編年本文於長慶元年,理由是:"《制》稱班肅爲'前坊州刺史'。據《册府元龜》卷七八七《總部録·德行》云:'班肅,長慶元年自前坊州刺史爲司封員外郎。'"《編年箋注》引用《年譜》所引用的理由,編年:"知此《制》撰於長慶元年(八二一)。"《年譜新編》所引編年理由與《年譜》、《編年箋注》同,亦編年長慶元年。有趣的是,同《年譜》相似,《年譜新編》也排列本文於長慶元年最後幾篇制文《韓察等可明通等州刺史制》、《加陳楚檢校左僕射制》、《授烏重胤山南西道節度使制》之前,兩者如出一轍。

我們以爲,本文可以也應該進一步編年:《册府元龜·旌表》:"穆宗長慶元年正月,以前坊州刺史班肅爲司封員外郎。"據此,本文應該撰成於長慶元年正月,雖然我們暫時無法進一步細化,但比籠統編年"長慶元年"則更爲明確與具體。撰文的地點自然在長安,元稹時任祠部郎中知制誥之職。

▲ 恐變陛下風教^{(一)①}

張祜雕蟲小巧,壯夫耻而不爲者②。或獎激之,恐變陛下風教③。

録自《唐摭言·薦舉不捷》

[校記]

(一)恐變陛下風教:關於"張祜雕蟲小巧"四句,《唐摭言·薦舉不捷》、《唐詩紀事》、《太平廣記·張祜》、《古今事文類聚别集·不蒙獎激》、《唐才子傳·張祜》、《何氏語林·黜免》、《山堂肆考·文學》等都有記載,文字基本相同。

[箋注]

① 恐變陛下風教:《唐摭言·薦舉不捷》:"張祜,元和長慶中深爲令狐文公所知。公鎮天平日,自草薦表,令以新舊格詩三百篇表進獻,辭略曰:'凡製五言,苞含六義。近多放誕,靡有宗師。前件人久在江湖,蚤工篇什。研機甚苦,搜象頗深。董流所推,風格罕及云云。謹令録新舊格詩三百首,自光順門進獻,望請宣付中書門下。'祜至京

6131

師,方屬元江夏偃仰内庭,上因召問祜之詞藻上下,稹對曰:'張祜雕蟲小巧,壯夫恥而不爲者。或獎激之,恐變陛下風教。'上頷之,由是寂寞而歸。祜以詩自悼,略曰:'賀知章口徒勞説,孟浩然身更不疑。'"《唐才子傳·張祜》:"張祜字承吉,南陽人。來寓姑蘇,樂高尚,稱處士。騷情雅思,凡知己者悉當時英傑,然不業程文。元和長慶間,深爲令狐文公器許,鎮天平日,自草表薦,以詩三百首獻于朝,辭略曰:'凡製五言,苞含六義。近多放誕,靡有宗師。祜久在江湖,早工篇什。研幾甚苦,搜象頗深。輩流所推,風格罕及。謹今繕録詣光順門進獻,望宣付中書門下。'祜至京師,屬元稹號有城府,偃仰内廷,上因召問祜之詞藻上下,稹曰:'張祜雕蟲小巧,壯夫不爲。若獎激太過,恐變陛下風教。'上頷之,由是寂寞而歸,爲詩自悼云:'賀知章口徒勞説,孟浩然身更不疑。'"但《唐摭言·薦舉不捷》、《唐才子傳·張祜》記載尚有問題不符史實:一、兩書所言令狐楚"鎮太平日"在大和三年十二月至大和六年二月,時元稹已經在武昌軍節度使任,如何能夠在"上"前進言?《年譜》雖然在"大和五年""辨證"欄内辨證《唐摭言·薦舉不捷》記載有誤,但並未能夠準確解決這一問題。二、吳在慶先生《令狐楚表薦張祜時間考》考定令狐楚推薦張祜在宣歙觀察使任,時間在"元和十五年秋"。我們以爲可以信從,但具體時間可以進一步細化。據《舊唐書·穆宗紀》:"(元和十五年)秋七月辛丑朔……丁卯,以門下侍郎、平章事令狐楚爲宣州刺史、兼御史大夫,充宣歙池觀察使。楚爲山陵使,縱吏于礬刻下,不給工徒價錢,積留錢十五萬貫,爲羨餘以獻,故及于貶。"推算干支,令狐楚貶任宣歙觀察使在"丁卯",亦即七月二十七日。《舊唐書·穆宗紀》:"(元和十五年)八月庚午朔……己亥,宣歙觀察使令狐楚再貶衡州刺史。"推算干支,"己亥"是八月三十日。如果再扣除令狐楚赴任的時間,他在宣歙觀察使任至多衹有一月,亦即元和十五年八月,隨後再貶衡州刺史。因此,所謂令狐楚推薦張祜的"元和十五年秋",準確地説應該是"元和十五年八月”。三、張祐《庚子歲寓遊揚州贈崔荊州四十韵》：“文滯終何意？長貧也未應……看看重西去，從此又兢兢。”“庚子歲”是元和十五年，張祐準備入京就在此年。張祐《京城寓懷》：“三十年持一釣竿，偶隨書薦入長安。由來不是求名者，唯待春風看牡丹。”據周祖譔先生《中國文學家大辭典》考定，張祐生於貞元八年（792）。張祐“三十年”“偶隨書薦入長安”之時，應該是長慶元年。“唯待春風看牡丹”之句，也透露出張祐來到長安已經是元和十五年年末、長慶元年年初。四、張祐此時拿著令狐楚的薦書來到長安，確實不是時候。令狐楚一貶再貶，而令狐楚的政治盟友蕭俛也被迫辭去相位：“時令狐楚左遷，西川節度使王播廣以貨幣賂中人權幸，求爲宰相，而宰相段文昌復左右之。俛性嫉惡，延英面言播之纖邪納賄，喧於中外，不可以污台司。事已垂成，帝不之省，俛三上章求罷相任。長慶元年正月，守左僕射，進封徐國公，罷知政事。”張祐《寄獻蕭相公》：“東去江干是勝遊，鼎湖興望不堪愁。謝安近日違朝旨，傅説當時允帝求。暫向聊城飛一箭，長爲滄海繫扁舟。分明此事無人見，白首相看未肯休。”就是這種情景的真實再現。五、而長慶元年的初春，元稹正在祠部郎中、知制誥任上，二月十六日即被拜爲中書舍人、翰林承旨學士之職，正在春風得意之際。而去年元稹因草擬《令狐楚衡州刺史制》，引起令狐楚的痛恨和蕭俛的不滿。這時唐穆宗向元稹垂詢被令狐楚推薦的張祐詩篇，深知唐穆宗痛恨令狐楚的元稹，貶低其推薦的作者張祐及其詩歌也就不難理解了。今存元稹文集未見，應該是佚失，據補。

②　張祐：字承吉，郡望清河（今屬河北），又説南陽（今屬河南），長期寓居姑蘇（即今江蘇蘇州），與白居易、杜牧有交往。《惠山寺》、《題金山寺》、《孤山寺》等詩，向稱名篇。李涉《岳陽別張祐》：“新釘張生一首詩，自餘吟著皆無味。策馬前途須努力，莫學龍鍾虛歎息。”杜牧《酬張祐處士見寄長句四韵》：“北極樓臺長挂夢，西江波浪遠吞空。可憐故國三千里，虛唱歌詞滿六宮。”　雕蟲：比喻從事不足道的小技

藝，常指寫作詩文辭賦。《文心雕龍·詮賦》：“雖讀千賦，愈惑體要。遂使繁華損枝，膏腴害骨，無貴風軌，莫益勸戒。此揚子所以追悔於雕蟲，貽誚於霧縠者也。”李賀《南園十三首》六：“尋章摘句老雕蟲，曉月當簾挂玉弓。不見年年遼海上，文章何處哭秋風！” 小巧：小聰明，小技巧。《三國志·陸遜傳》：“建昌侯慮於堂前作鬥鴨欄，頗施小巧。”《北齊書·高隆之傳》：“隆之性小巧，至於公家羽儀，百戲、服制時有改易，不循典故，時論非之。” 壯夫：豪壯之士，豪傑。唐彥謙《奉使岐下聞唐弘夫行軍爲賊所擒傷而作》：“報國捐軀實壯夫，楚囚垂欲復神都。”李維楨《大隱山人稿序》：“揚子雲薄雕蟲小技，壯夫不爲。” 耻：羞愧。《穀梁傳·桓公十二年》：“不言與鄭戰，耻不和也。”顏之推《顏氏家訓·慕賢》：“用其言，棄其身，古人所耻。” 不爲：不做，不幹。《詩·衛風·淇奧》：“善戲謔矣，不爲虐兮！”《孟子·梁惠王》：“爲長者折枝，語人曰：‘我不能’，是不爲也，非不能也。”

③ 或：連詞，表示假設，猶倘若，假使。崔灝《長干曲四首》一：“停船暫相問，或恐是同鄉。”《宋史·太祖紀》：“詔諸道獄詞，令大理刑部檢詳，或淹留差失，致中書門下改正者，重其罪。” 獎激：嘉獎激勵。陸游《曾文清公墓誌銘》：“雖有折檻斷鞅，牽裾還笏，若賣直沽名者，願皆優容獎激之。”《宋史·理宗紀》：“〔淳祐六年五月〕己卯，詔諸鎮募兵、造舟、置馬，帥臣其務獎激將士，以嚴邊防。” 恐：担心，恐怕。司馬相如《上林賦》：“夫以諸侯之細，而樂萬乘之侈，僕恐百姓被其尤也。”杜甫《後出塞五首》二：“借問大將誰？恐是霍嫖姚。” 變：和原來不同，變化，改變。《書·畢命》：“既歷三紀，世變風移。”孔傳：“言殷民遷周已經三紀，世代民易，頑者漸化。”《楚辭·離騷》：“雖體解吾猶未變兮，豈余心之可懲？” 陛下：對帝王的尊稱。蔡邕《獨斷》：“漢天子正號曰皇帝，自稱曰朕，臣民稱之曰陛下……陛下者，陛，階也，所由升堂也。天子必有近臣執兵陳於階側，以戒不虞。謂之陛下者，群臣與天子言，不敢指斥天子，故呼在陛下者而告之，因卑

達尊之意也。”李白《春日行》：“小臣拜獻南山壽，陛下萬古垂鴻名。”
風教：《詩大序》：“風，風也，教也。風以動之，教以化之。”後以“風教”
指風俗教化。《史記·五帝本紀》：“余嘗西至空桐，北過涿鹿，東漸於
海，南浮江淮矣！至長老皆各往往稱黃帝、堯、舜之處，風教固殊焉！”
《太平廣記·王師旦》：“貞觀十九年，考功員外郎王師旦知舉考。張
昌齡、王公瑾策下，太宗歎曰：‘二人咸有詞華！’對曰：‘體性輕薄，文
絕浮艷，必不成令器。臣不上拔者，恐變陛下風教。’帝以爲名言，後
如其言也。”

[編年]

　　未見《元稹集》採録，也未見《年譜》、《編年箋注》、《年譜新編》採
録與編年。

　　據張祐《京城寓懷》：“三十年持一釣竿，偶隨書薦入長安。由來
不是求名者，唯待春風看牡丹。”以及張祐、元稹的生平，張祐遭到元
稹冷遇在長慶元年初春，地點在長安，元稹時任祠部郎中、知制誥臣。

■ 宮體詩五十二篇(一)①

據《文獻通考·經籍考》

[校記]

　　（一）宮體詩五十二篇：元稹本組佚失之詩所據《文獻通考·經
籍考》，其他文獻如《舊唐書·元稹傳》、《新唐書·元稹傳》、《太平御
覽》、《太平廣記》、《續通志·元稹傳》有類如記載。

[笺注]

① 宫体诗五十二篇：元稹本组佚失之诗所据《文献通考·经籍考》："《元稹长庆集》六十卷，《外集》一卷：晁氏曰：唐元稹微之也，河南人，擢明经，书判入等，授校书郎，元和初举制科，对策第一，拜左拾遗。在江陵与监军崔潭峻善，潭峻以稹歌诗奏御，穆宗赏悦，除祠部郎中知制诰。未几入翰林，为中书舍人承旨学士。长庆二年，拜同中书门下平章事。稹为文长于诗，与白居易齐名，号'元和体'，往往播乐府。穆宗在东宫，妃嫔近习皆诵之，宫中呼'元才子'。及知制诰，变诏书体，务纯厚明切，盛传一时。有《长庆集》百卷，今亡其四十卷。又有《外集》一卷，诗五十二篇，皆宫体也。"《旧唐书·元稹传》："尝为《长庆宫辞》数十百篇，京师竞相传唱。居无何，召入翰林为中书舍人、承旨学士。"《新唐书·元稹传》："长庆初，潭峻方亲幸，以稹歌词数十百篇奏御，帝大悦，问稹今安在，曰：'为南宫散郎。'即擢祠部郎中、知制诰。变诏书体，务纯厚明切，盛传一时。"《太平御览·诗》："元稹聪警绝人，年少有才名，与太原白居易为友。稹为诗善状咏当时风态物色，当时言诗者称元白焉！自衣冠士子至闾阎下俚，悉传讽之，号为'元和体'。穆宗在东宫，有妃嫔左右尝念及稹篇咏者，宫中呼为'元才子'。至是极承恩遇，尝为《长庆宫词》数十百篇，闾里竞为传唱。"《太平广记·冥音录》："初授人间之曲，十日不得一曲。此一日获十曲，曲之名品，殆非生人之意，声调哀怨幽幽然，鸦啼鬼啸，闻之者莫不歔欷。曲有《迎君乐》、《槲林欢》、《秦王赏金歌》、《广陵散》、《行路难》、《上江虹》、《晋城仙》、《丝竹赏金歌》、《红窗影》。十曲毕，怆然谓女曰：'此皆宫闱中新翻曲，帝尤所爱重。《槲林欢》、《红窗影》等，每宴饮，即飞毬舞盏，为佐酒长夜之欢。穆宗敕修文舍人元稹，撰其词数十首，甚美。醮酬，令宫人递歌之。帝亲执玉如意，击节而和之。帝祕其调极切，恐为诸国所得，故不敢泄。"元稹《酬乐天待漏入阁见赠（时乐天为中书舍人予在翰林学士）》："未勘银台契，先排浴殿

關。沃心因特召,丞旨絕常班(丞旨學士在諸學士上)。颭閃才人袖(思政對學士,往往宮官傳詔),嘔鴉軟舉鐶。宮花低作帳,雲從積成山。密視樞機草,偷瞻咫尺顏。恩垂天語近,對久漏聲閑。"就是元稹創作"宮詞"的生活基礎。而所謂"數十百篇",亦即《文獻通考·經籍考》"有《外集》一卷,詩五十二篇,皆宮體也"、《太平廣記·冥音錄》"穆宗敕修文舍人元稹,撰其詞數十首"之意,數目或"數十首",或"數十百篇",今難得其詳,僅以《文獻通考·經籍考》所云《外集》之"五十二篇"作爲計數根據,今據此補入元稹佚失詩五十二篇。　　宮體:一種描寫宮廷生活的詩體,始於南朝梁簡文帝,主要作者有徐摛、徐陵、庾肩吾、庾信等人,作品内容多寫宮廷生活和男女私情,形式上追求詞藻靡麗,華而不實,時稱宮體。《梁書·簡文帝紀》:"〔簡文帝〕雅好題詩,其序云:'余七歲有詩癖,長而不倦。'然偶傷於輕豔,當時號曰:'宮體'。"《隋書·經籍志》:"梁簡文之在東,亦好篇什,清辭巧製,止乎衽席之間;雕琢蔓藻,思極閨闈之内。後宮生好事,遞相放習,朝野紛紛,號爲宮體。"皮日休《孫發百篇將遊天台請詩贈行因以送之》:"百篇宮體喧金屋,一日官銜下玉除。"采疇《謝亦囂詩集序》:"六朝至陳隋之間,創爲宮體,詩教爲之一變,率皆浮靡之詞,華而不實,與性情相漓。"　　五十二篇:即五十二篇詩歌。但讀者千萬不要與《才調集》的五十七首詩篇相混淆:《文獻通考·經籍考》提及的"五十二篇"是宮體,賦成於元稹任職唐穆宗時代職任祠部郎中知制誥與翰林承旨學士時期;《才調集》五十七首是豔詩,反映的是男女豔情,基本上賦成於元稹青年時期的貞元年間,與宮中生活没有聯繫。且《才調集》爲唐五代時期後蜀之"監察御史韋縠"所撰,流傳經元代直至今天;而《文獻通考·經籍考》是元代馬端臨所撰,他顯然應該看到《才調集》,不可能把《外集》與《才調集》混爲一談。

[編年]

《元稹集》未採錄，未見《年譜》、《編年箋注》、《年譜新編》採錄與編年。

我們以爲，唐代無長慶宮，所謂的元稹"長慶宮辭"，應該指流傳於長慶年間的元稹部份詩歌。元稹有一首標題很長的詩歌，我們以爲可能被後來人們認爲的"長慶宮辭"，詩題是《爲樂天自勘詩集因思頃年城南醉歸馬上遞唱艷曲十餘里不絶長慶初俱以制誥侍宿南郊齋宮夜後偶吟數十篇兩掖諸公泊翰林學士三十餘人驚起就聽逮至卒吏莫不來觀群公直至侍從行禮之時不復聚寐予與樂天吟哦竟亦不絶因書於樂天卷後越中冬夜風雨不覺將曉諸門互啓關鎖即事成篇》，詩文是："春野醉吟十里程，齋宮潛詠萬人驚。今宵不寐到明讀，風雨曉聞開鎖聲。"如果我們的大膽推測能够成立的話，所謂的"宮詞"或"長慶宮辭"，元稹應該賦成於長慶元年或稍前，地點在長安，元稹時任祠部郎中、知制誥或翰林承旨學士之職。

◎ 李歸仙兼鎮州右司馬制(一)[①]

敕：成德軍節度衙前馬步都知兵馬使、檢校右散騎常侍、使持節澶州刺史兼御史大夫，充本州防禦使李歸仙：去歲成德換帥之際，人皆效忠。惟爾職在轅門，位兼符竹，功實居最，議當甄升[②]。

而弘正以牧長親人，遙領非便，司武故事，兼可理戎[③]。並仍帖秩之榮，式遂上台之請。可檢校右散騎常侍，兼鎮州右司馬，替元闕，兼御史大夫，餘如故[④]。

録自《元氏長慶集》卷四八

［校記］

（一）李歸仙兼鎮州右司馬制：《全文》同，楊本、宋浙本、叢刊本作“李歸仙鎮州右司馬”，各備一説，不改。

［箋注］

① 李歸仙：史籍無傳，文獻無記，僅見本文。　鎮州：州郡名，府治地當今河北正定。《舊唐書·地理志》：“鎮州：秦東垣縣，漢高改名真定，置恒山郡，又爲真定國。歷代爲常山郡，治元氏，後魏道武登常山郡，北望安樂壘美之，遂移郡治於安樂城，今州城是也。周、隋改爲恒州，後廢。義旗初，復置恒州，領真定、石邑、行唐、九門、滋陽五縣，州治石邑。武德元年，陷竇建德。四年，賊平，徙治所於真定，省滋陽縣，又割廉州之槀城來屬。天寶元年改爲常山郡，乾元元年復爲恒州，興元元年昇爲都督府，元和十五年改爲鎮州。”韓愈《鎮州初歸》：“別來楊柳街頭樹，擺弄春風只欲飛。還有小園桃李在，留花不發待郎歸。”張祜《送魏尚書赴鎮州行營》：“坐激書生憤，行歌壯士吟。慚非燕地客，不得受黃金。”　司馬：官職名，都督府及地方州郡屬吏之一。《舊唐書·職官志》：“大都督府：督一員（從二品），長史一人（從三品），司馬二人（從四品下）……”薛稷《餞許州宋司馬赴任》：“令弟與名兄，高才振兩京。別序聞鴻雁，離章動鶺鴒。”徐堅《餞許州宋司馬赴任》：“舊許星車轉，神京祖帳開。斷烟傷別望，零雨送離杯。”右司馬：司馬之一。白居易《鄭公逵可陝州司馬制》：“可守陝州大都督府、右司馬，散官、勛、賜如故。”范仲淹《奏上時務書》：“孔子則曰：‘有文事者必有武備，請設左右司馬。’此聖人濟之以武也。文武之道，相濟而行，不可斯須而去焉！”

② 澶州：州郡名，《元和郡縣志·河北道》：“澶州：本漢頓丘縣地，武德四年分魏州之頓丘、觀城二縣于今理，置澶州，因澶水爲名。

又分置澶水縣，貞觀元年廢澶州，以澶水縣屬黎州。大曆七年魏博節度使田承嗣又奏置澶州……管縣四：頓丘、臨黃、觀城、清豐。"權德輿《韋公先廟碑銘》："剖符澶州，修起儒術。三典卿曹，陟降屯夷。"白居易《田群可起復守左金吾衛將軍員外置兼澶州刺史制》："而燕薊之間，澶爲要郡；公侯之後，群有令名。俾分符竹之榮，佇濟弓裘之美。宜奪情禮，起而用之。" 防禦使：職官名，唐武則天時始設於夏州，安史之亂時分設於中原軍事要地，掌本區軍事，以刺史兼任，常與團練使互兼。杜甫《奉送蜀州柏二別駕》："遷轉五州防禦使，起居八座太夫人。"《舊唐書·職官志》："又大郡要害之地，置防禦使，以治軍事，刺史兼之，不賜旌節。" 去歲成德換帥之際：事見《舊唐書·穆宗紀》："（元和十五年）冬十月庚午朔……庚辰……成德軍節度使王承宗卒，其弟承元上表請朝廷命帥……乙酉，以魏博等州節度觀察等使、光禄大夫、檢校司徒兼侍中、魏博大都督府長史、上柱國、沂國公、食邑三千户、實封三百户田弘正可檢校司徒兼中書令、鎮州大都督府長史、成德軍節度、鎮冀深趙等州觀察處置等使。以鎮冀深趙等觀察度支使、朝議郎、試金吾左衛胄曹參軍兼監察御史王承元可銀青光禄大夫、檢校工部尚書、使持節滑州諸軍事、守滑州刺史、御史大夫，充義成軍節度、鄭滑等州觀察等使。" 效忠：竭盡忠誠。王逸《九思·守志》："伊我后兮不聰，焉陳誠兮效忠？"《新唐書·陸贄傳》："接不以禮則其徇義輕，撫不以情則其效忠薄。" 轅門：領兵將帥的營門。王昌齡《從軍行七首》五："大漠風塵日色昏，紅旗半捲出轅門。前軍夜戰洮河北，已報生擒吐谷渾。"岑參《獻封大夫破播仙凱歌六首》四："日落轅門鼓角鳴，千群面縛出蕃城。洗兵魚海雲迎陣，秣馬龍堆月照營。" 符竹：《漢書·文帝紀》："〔二年〕九月，初與郡守爲銅虎符、竹使符。"顏師古注引應劭曰："銅虎符第一至第五，國家當發兵遣使者，至郡合符，符合乃聽受之。竹使符皆以竹箭五枚，長五寸，鐫刻篆書，第一至第五。"後因以"符竹"指郡守職權。劉禹錫《蘇州刺史謝上表》:"優詔忽臨,又委之符竹。"王禹偁《謝除翰林學士啓》:"止期卜兆於松楸,再請效官於符竹。豈意未諧私願,俄辱殊恩。翻令朽退之身,亦預深嚴之地。"　甄升:甄別提升,晉升。陸贄《誅李懷光後原宥河中將吏並招諭淮西詔》:"將士官吏百姓等……如能去逆效順,因事建功,理當甄升,以示褒勸。"元稹《授趙宗儒尚書左僕射制》:"顧朕冲昧,實賴老成;不有甄陞,孰明勤盡?"

　　③ 牧長:義同"牧伯",稱州郡長官。《漢書·朱博傳》:"今部刺史居牧伯之位,秉一州之統,選第大吏,所薦位高至九卿,所惡立退,任重職大。"李白《送韓準裴政孔巢父還山》:"出山揖牧伯,長嘯輕衣簪。"王琦注:"《尚書正義》:《曲禮》曰,九州之長曰牧。《王制》曰千里之外設方伯,八州八伯。然則牧、伯一也。伯者,主一州之長;牧者,言牧養下民。鄭玄曰:殷之州牧曰伯,虞夏及周曰牧。後人稱太守曰牧伯,本此。"　親人:親近百姓。皇甫冉《送令狐明府》:"君有親人術,應令勞者安。"古時因用以稱地方長官。《南史·循吏傳序》:"昔漢宣帝以爲'政平訟理,其惟良二千石乎'。前史亦云,今之郡守,古之諸侯也。故長吏之職,號曰親人。"張九齡《上封事》:"親人之任,宜得其賢;用才之道,宜重其選。"　遙領:謂祗擔任職名,不親往任職。《新唐書·百官志》:"京兆、河南牧,大都督,大都護,皆親王遙領。兩府之政,以尹主之。"吳曾《能改齋漫錄·將帥遙領州鎮》:"本朝武臣有遙領郡刺史之職。按唐光啓二年二月,王重榮遣王建帥部兵戍三泉,以建遙領璧州刺史,將帥遙領州鎮自此始。"　司武:司馬的別稱。《左傳·襄公六年》:"子蕩怒,以弓梏華弱於朝。平公見之,曰:'司武而梏於朝,難以勝矣!'"杜預注:"司武,司馬。"楊伯峻注:"武、馬古同音,且宋國司馬之職掌武事。"權德輿《太原鄭尚書遠寄新詩走筆酬贈因代書賀》:"戎裝蹀躞紛出祖,金印煌煌寵司武。時看介士閱犀渠,每狎儒生冠章甫。"　故事:先例,舊日的典章制度。《漢書·劉向傳》:"宣帝循武帝故事,招名儒俊材置左右。"胡銓《戊午上高宗封

事》:"檜乃厲聲曰:'侍郎知故事,我獨不知!'" 理戎:治軍。陸贄《論緣邊守備事宜狀》:"理戎之要,最在均齊,故軍法無貴賤之差,軍實無多少之異,是將所以同其志而盡其力也。"白居易《牛元翼可撿挍左散騎常侍深州刺史御史大夫制》:"元翼有理戎之才,扞城之略。"

④ 帖:兼領。《晉書·溫嶠傳》:"豫章十郡之要,宜以刺史居之。尋陽濱江,都督應鎮其地。今以州帖府,進退不便。"司空圖《王縱追述碑》:"長慶初,以力戰拜監察御史。名藩振迹,初加馭貴之榮;憲府揚威,更帖承華之秩。" 秩:官職,品位。《左傳·文公六年》:"委之常秩。"杜預注:"常秩,官司之常職。"《晉書·卞敦傳》:"竟以畏懦貶秩三等。"本文指賜予李歸仙"右散騎常侍"、"御史大夫"等榮譽性質的官銜。 上台:泛指三公、宰輔。阮籍《詣蔣公奏記辭命》:"明公以含一之德,據上台之位,群英翹首,俊賢抗足。"元稹《李愬妻韋氏封魏國夫人制》:"今愬積行累功,以致爵位。六遷重鎮,名列上台。"本文指提出遷升李歸仙的田弘正當時"檢校司徒兼中書令",品位顯赫,故言。 闕:空缺。班固《兩都賦序》:"斯事雖小,然先臣之舊式,國家之遺美,不可闕也。"《新唐書·許遠傳》:"元和時,韓愈讀李翰所爲(張)巡傳,以爲闕遠事非是。"

[編年]

《年譜》編年:"《制》云:'而(田)弘正以牧長親人,遥領非便,司武故事,兼可理戎。'當撰於長慶元年七月鎮州大都督府長史、成德軍節度使田弘正'遇害'以前。"《編年箋注》編年的理由是:"此《制》云:'去歲成德換帥之際,人皆效忠。惟爾職在轅門,位兼符竹,功實居最,議當甄升。'"又據《資治通鑑·唐憲宗元和十五年》:十月,"承德軍始奏王承宗薨。乙酉,徙田弘正爲成德軍節度使,以王承元爲義成節度使,劉悟爲昭義節度使,李愬爲魏博節度使"。《編年箋注》的編年結論是:"今年指長慶元年(八二一)。"意即本文即撰成於長慶元年。

《年譜新編》編年："制云：'去歲成德換帥之際，人皆效忠。'元和十五年十月，田弘正入成德代王承宗，制長慶元年作。"

我們以爲，一、《年譜》編年理由並沒有説清，據新舊《唐書》有關材料，田弘正自魏博移鎮成德在元和十五年十月十六日，遇害在長慶元年七月二十八日夜，僅僅以田弘正任職成德節度使任時間爲本文作年的理由，那麼爲什麼不能是元和十五年十月十六日之後，而非是長慶元年七月二十八日田弘正遇害之前呢？我們以爲回答這個問題不難，"去歲成德換帥之際……"云云已清楚表明本文不可能作於元和十五年。二、《編年箋注》所引録之"承德軍"，在唐代未見，應該是"成德軍"之筆誤，《編年箋注》在人名、地名等關鍵字眼常常出現不該出現的差錯，幸請讀者閲讀時注意。三、《編年箋注》、《年譜新編》斷定本文作於"長慶元年"，但長慶元年七月二十八日田弘正已經遇害，本文不可能撰成於田弘正遇害之後；長慶元年十月十九日，元稹已經被免去中書舍人、翰林承旨學士的職務，本文更不可能撰成於元稹被免職之後。

我們以爲，一、根據本文"去歲成德換帥之際"的表述，本文撰寫之上限，應該是長慶元年一月一日之後；據《舊唐書·穆宗紀》田弘正於長慶元年七月二十八日遇害之記載，本文也不可能撰寫於長安得知田弘正遇害消息的八月六日之後，這是本文撰寫之下限。二、爲了掌控成德軍的局面，維護李唐在河朔地區的統治，任命關鍵部門官吏是刻不容緩的頭等大事，於情於理，田弘正絶不可能拖拉對李歸仙的任命，任命應該在長慶元年年初進行，而不會隨隨便便推遲到長慶元年的夏秋之時。何況，"右司馬"之職，一直處於"元闕"的狀態。據此，我們以爲本文應該撰成於長慶元年年初，地點在長安，元稹時任祠部郎中、知制誥臣之職。

◎ 授王播刑部尚書諸道鹽鐵轉運等使制①

敕：漢諸儒議鹽鐵者百輩，終莫能罷。以其均口賦利，則貴賤盡征於王府矣②！而國家歲漕關東之粟帛，以實京師，亦重事也。并是兩者，非才勿居③。

劍南西川節度副大使、知節度事、中散大夫、檢校戶部尚書兼成都尹、御史大夫、賜紫金魚袋王播：昔我憲宗章武皇帝梟琳（楊惠琳）於夏，擒闢（劉闢）於蜀，縛錡（李錡）於吳④，而又繼之以元濟、師道之役。十五年間，蓋煩費矣⑤！

然而資用饒而人不加賦，朕甚異焉！謀及耆艾，以求其故，皆曰⁽一⁾："蜀帥播是時司管榷者八年，忠而能勤，善於其職。先皇帝咨訪委遇，用之不疑。下竭其才，而上專其任也。"⑥是用徵自益部，授之刑曹，復以舊務煩之，式所以藉爾奉力之熟耳⑦！

於戲！知人則哲，憲考能之。顧茲不明，敢有貳事⑧？爾其追奉先眷，佐予沖人。忠盡始終，以服休命。可守刑部尚書，充諸道鹽鐵轉運等使，散官、勳如故⑨。

錄自《元氏長慶集》卷四五

[校記]

（一）皆曰：宋浙本、錢校、叢刊本、《全文》同，楊本誤作"昔曰"，不從不改。

[箋注]

①　王播：事迹見《舊唐書·王播傳》："王播，字明敭……播擢進士第，登賢良方正制科，授集賢校理，再遷監察御史，轉殿中，歷侍御史。貞元末，倖臣李實爲京兆尹，恃恩頗橫。嘗遇播于途，不避。故事，尹避臺官，播移文詆之，實怒，後奏播爲三原令，欲挫之。播受命趨府謁謝，盡府縣之儀。及臨所部，政理修明，恃勢豪門未嘗貸法。歲終，考課爲畿邑之最。實以其人有政術，甚禮重之，頻薦之于上。德宗奇之，將不次拔用，會母喪。順宗即位，除駕部郎中，改長安令。歲中，遷工部郎中，知臺雜，刺舉綱憲，爲人所稱。轉考功郎中，出爲虢州刺史。李巽領鹽鐵，奏爲副使、兵部郎中。元和五年，代李夷簡爲御史中丞。振舉朝章，百職修舉。十月，代許孟容爲京兆尹。時禁軍諸鎮布列畿內，軍人出入，屬鞬佩劍，往往盜發，難以擒奸。而播奏請畿內軍鎮將卒，出入不得持戎具，諸王駙馬權豪之家，不得于畿內按試鷹犬畋獵之具。詔從之，自是奸盜弭息。六年三月，轉刑部侍郎，充諸道鹽鐵轉運使。播長于吏術，雖案牘猥掌，剖析如流，黠吏詆欺，無不彰敗。時天下多故，法寺議讞，科條繁雜。播備舉前後格條，置之座右，凡有詳決，疾速如神。當時屬僚，歎服不暇。十年四月，改禮部尚書，領使如故。先是李巽以程异爲江淮院官，异又通泉貨，及播領使，奏之爲副。當王師討吳元濟，令异乘傳往江淮，賦輿大集，以至賊平，深有力焉！及皇甫鎛用事，恐播大用，乃請以使務命程异領之，播守本官而已。十三年，檢校戶部尚書、成都尹、劍南西川節度使。穆宗即位，皇甫鎛貶，播累表求還京師。長慶元年七月徵還，拜刑部尚書，復領鹽鐵轉運等使。"其中的"長慶元年七月"，應該是"長慶元年二月"之誤，"七"與"二"，容易造成刊刻之誤。《舊唐書·穆宗紀》："(長慶元年)二月戊辰朔……己卯，幽州節度使劉總奏請去位落髮爲僧，又請分割幽州所管郡縣爲三道，請支三軍賞設錢一百萬貫。壬申，以中書侍郎平章事段文昌檢校刑部尚書、同平章事、成都尹，充

劍南西川節度等使,以朝散大夫、尚書户部侍郎、知制誥、翰林學士、上柱國、建安縣開國男杜元穎守本官,同中書門下平章事,以劍南西川節度使王播爲刑部尚書,充鹽鐵轉運使。"《舊唐書·穆宗紀》這裏記載有些顛倒,據干支推算,"己卯"應該是二月十二日,而"壬申"則應該是二月五日,知王播重領鹽鐵使在長慶元年二月五日。另外,宋人扈仲榮等所編《成都文類》有《寄王播侍御求蜀箋》詩,署名"唐鮑溶",詩云:"蜀川箋紙綵雲初,聞説王家最有餘。野客思將池上學,石楠紅葉不堪書。"明代周復俊所編《全蜀藝文志》、明人曹學佺所撰《蜀中廣記》、清初康熙年間所編《全唐詩録》跟進,但《鮑溶集外詩》作《寄王璠侍御求蜀箋》,《全詩》卷四八七採録,兩者不同,存疑待考。 刑部:我國封建社會掌管刑法、獄訟事務的官署,屬六部之一。《隋書·刑法志》:"三年,因覽刑部奏,斷獄數猶至萬條。"韓愈《送鄭尚書序》:"長慶三年四月,以工部尚書鄭公爲刑部尚書兼御史大夫,往踐其任。" 尚書:官名,唐代尚書省有吏、户、禮、兵、刑、工六部,各部都有"尚書"主管各部事務。顏真卿《與郭僕射書》:"十一月日,金紫光禄大夫、檢校刑部尚書、上柱國、魯郡開國公顏真卿,謹奉書於右僕射、定襄郡王郭公閣下……"白居易《刑部尚書致仕》:"十五年來洛下居,道緣俗累兩何如? 迷路心迴因向佛,宦途事了是懸車。" 道:古代行政區劃名,唐初分全國爲十道,後增爲十五道。《新唐書·地理志》:"太宗元年,始命併省,又因山川形便,分天下爲十道……開元二十一年,又因十道分山南、江南爲東西道,增置黔中道及京畿、都畿,置十五採訪使。"元稹《彈奏山南西道兩税外草狀》:"山南西道管内州府,每年兩税外配率供驛禾草,共四萬六千四百七十七圍,每圍重二十斤。"白居易《張洪相里友略並山南東道判官同制》:"朝議郎、守太常博士、上柱國張洪,前瀍漢等州都團練判官、朝議郎、侍御史内供奉、上柱國、賜緋魚袋相里友略等……" 鹽鐵轉運使:古代官名,唐代中葉以後特置,以管理食鹽專賣爲主,兼掌銀銅鐵錫的采冶,爲握有財權的重要官職。《新唐書·食貨志》：“自兵起，流庸未復，稅賦不足供費，鹽鐵使劉晏以爲因民所急而稅之，則國足用。”亦省稱“鹽鐵”。《宋史·職官志》：“鹽鐵，掌天下山澤之貨、關市、河渠、軍器之事，以資邦國之用。”

② 儒：術士，周、秦、兩漢用以稱某些有專門知識、技藝的人。《周禮·天官·太宰》：“儒以道得民。”鄭玄注：“儒，諸侯保氏有藝以教民者。”《漢書·司馬相如傳》：“相如以爲列僊之儒居山澤間，形容甚臞。”顏師古注：“凡有道術皆爲儒。”　百輩：上百位，極言人多。權德輿《唐故劍南東川節度副大使盧公神道碑銘》：“出軍食緡錢四十萬以代征徭，爲秋官領使，去冗食百輩。”于頔《潭州法華院記》：“先是，此地松竹葱蒨，含絕世之異，觀者百輩，曾無頌聲。”　均口賦利：意謂按照人口多少平均攤派，官府則獲得固定的利潤。　賦利：猶“權利”，官府對某些物資實行專賣以增加財政收入。揚雄《法言·寡見》：“弘羊權利而國用足。”李曄《貶崔允工部尚書詔》：“始則將京兆府官錢，委元規召卒；後則用度支使權利，令陳班聚兵。”　罷：停止。《論語·子罕》：“夫子循循善誘人，博我以文，約我以禮，欲罷不能。”李夢符《答常學士》：“罷修儒業罷修真，養拙藏愚春復春。”　貴賤：富貴與貧賤，指地位的尊卑。《易·繫辭》：“卑高以陳，貴賤位矣！”韓康伯注：“天尊地卑之義既列，則涉乎萬物貴賤之位明矣！”辛延年《羽林郎》：“男兒愛後婦，女子重前夫。人生有新故，貴賤不相踰。”　王府：指帝王收藏財物或文書的府庫。《書·五子之歌》：“關石和鈞，王府則有。”孔穎達疏：“人既足用，王之府藏則皆有矣！”張説《郭代公元振》：“大勳書王府，窄命淪江路。”

③ 歲漕：謂每年由水路運輸糧食至京師或指定地點。歐陽修《泗州先春亭記》：“泗，天下之水會也，歲漕必廩於此。”《宋史·食貨志》：“宋歲漕以廣軍儲，實京邑。”　關東：指函谷關、潼關以東地區。《史記·萬石張叔列傳》：“元封四年中，關東流民二百萬口，無名數者

四十萬。"《資治通鑑·晉孝武帝太元八年》:"若氏運必窮,吾當懷集
關東,以復先業耳!關西會非吾有也。" 粟:糧食的通稱。《管子·
治國》:"民事農,則田墾;田墾,則粟多;粟多,則國富。"晁錯《論貴粟
疏》:"粟者,王者大用,政之本務。" 帛:古代絲織物的通稱。《漢
書·朱建傳》:"臣衣帛,衣帛見;臣衣褐,衣褐見,不敢易衣。"杜甫《自
京赴奉先縣詠懷五百字》:"彤庭所分帛,本自寒女出。" 京師:《詩·
大雅·公劉》:"京師之野,於時處處。"馬瑞辰通釋:"京爲幽國之地
名……吳斗南曰:'京者,地名;師者,都邑之稱,如洛邑亦稱洛師之
類。'其說是也。""京師"之稱始此,後世因以泛稱國都。羊士諤《山閣
聞笛》:"臨風玉管吹參差,山塢春深日又遲。李白桃紅滿城郭,馬融
閑臥望京師。"韓愈《示兒》:"始我來京師,止携一束書。辛勤三十年,
以有此屋廬。" 重事:重大的事。《禮記·冠義》:"是故古者重冠,重
冠故行之於廟;行之於廟者,所以尊重事。尊重事而不敢擅重事;不
敢擅重事,所以自卑而尊先祖也。"《韓非子·用人》:"不察私門之內
輕慮重事……是斷手而續以玉也。" 兩者:本文是指"鹽鐵"與"轉
運"兩事。 非才:無能,不才,指才不堪任。干寶《晉紀總論》:"樹立
失權,託付非才,四維不張,而苟且之政多也。"張鷟《朝野僉載》卷六:
"司刑司直陳希閔以非才任官,庶事凝滯。" 居:通"舉"。《漢書·司
馬相如傳》:"巴俞宋蔡,淮南《干遮》,文成顛歌,族居遞奏,金鼓迭起,
鏗鎗闛鞈,洞心駭耳。"王念孫《讀書雜誌·漢書》:"居讀爲舉,族舉
者,具舉也……《史記》正作'族舉遞奏'。"

④ 節度副大使知節度事:唐制,節度使有節度大使、副大使知節
度事之別,大使如由諸王遙領,則以副大使知節度事爲正節度。孫逖
《授張紹貞尚書右丞制》:"朝議大夫、守益州大都督府長史、持節劍南
節度支度營田副大使、知節度事兼採訪處置使、攝御史中丞、上柱國
張紹貞,中積溫惠,外形嚴肅,通才應物,妙理爲心。"常袞《加朱希彩
幽州管內觀察使制》:"開府儀同三司、試太常卿兼幽州大都督府長

史、御史大夫、持節充幽州節度兼營田等副大使、知節度事、經略軍使兼盧龍節度並管內支度營田及押奚契丹兩藩等使、上柱國朱希彩，貞方以合義，純厚以納忠。智謀浚發，才識精辨。”　琳、闢：琳即楊惠琳，闢即劉闢，元和初年叛亂方鎮頭目。韓愈《元和聖德詩序》：“伏見皇帝陛下即位已來，誅流奸臣，朝廷清明，無有欺蔽。外斬楊惠琳、劉闢以收夏、蜀，東定青、齊積年之叛。”《舊唐書·嚴綬傳》：“元和元年，楊惠琳叛於夏州，劉闢叛於成都。綬表請出師討伐，綬悉選精甲，付牙將李光顏兄弟。光顏累立戰功，蜀夏平，加綬檢校尚書左僕射，尋拜司空，進階金紫，封扶風郡公。”　錡：即李錡，元和初年叛亂方鎮頭目。白居易《賀雨》：“元年誅劉闢，一舉靖巴卭。二年戮李錡，不戰安江東。”李紳《憶過潤州》：“元和二年，余以前進士爲鎮海軍書奏從事。秋九月兵亂。余以不從書奏飛檄之詐，遭庶人李錡暴怒，腰領不殊者再三。”

　⑤ 元濟：即吳元濟，淮西叛亂的方鎮頭目。劉禹錫《賀收蔡州表》：“伏見詔書，以唐州節度使李愬生擒逆賊吳元濟獻俘，文武百僚於興安門列班稱賀者。”《舊唐書·憲宗紀》：“（元和十二年）十一月丙戌朔，御興安門，受淮西之俘，以吳元濟徇兩市，斬於獨柳樹。”　師道：即李師道，淄青叛亂方鎮頭目。白居易《賀平淄青表》：“伏見二月二十日制書，逆賊李師道已就梟戮者。皇靈有截，睿算無遺。妖氛廓清，遐邇慶倖。”《舊唐書·憲宗紀》：“（元和十三年七月）乙酉，詔削奪淄青節度使李師道在身官爵，仍令宣武、魏博、義成、義寧、橫海等五鎮之師分路進討。”　煩費：大量耗費。《史記·平準傳》：“自是之後，嚴助、朱買臣等招來東甌，事兩越，江淮之間蕭然煩費矣！”杜甫《壯遊》：“舉隅見煩費，引古惜興亡。”

　⑥ 資用：錢財費用。《國語·周語》：“田疇荒蕪，資用乏匱。”阮籍《詠懷八十二首》七：“黃金百鎰盡，資用常苦多。”　饒：富裕，豐足。《左傳·成公六年》：“夫山、澤、林、鹽，國之寶也，國饒則民驕佚。”韓

愈《崔評事墓銘》：“實掌軍田，鑿澮溝，斬荄茅，爲陸田千二百頃，水田五百頃，連歲大穰，軍食以饒。” 賦：田地稅，泛指賦稅。《漢書·食貨志》：“順於民心，所補者三：一曰主用足，二曰民賦少，三曰勸農功。”韓愈《送陸歙州詩序》：“當今賦出於天下，江南居十九。” 耆艾：尊長，師長，亦泛指老年人。《國語·周語》：“瞽史教誨，耆艾修之。”韋昭注：“耆艾，師傅也。”《漢書·武帝紀》：“然則於鄉里先耆艾，奉高年，古之道也。”顏師古注：“六十曰耆，五十曰艾。” 司：主管，職掌。韓愈《祭虞部張員外文》：“分司憲臺，風紀由振。”陸游《春殘》：“庸醫司性命，俗子議文章。” 管榷：古代指官府對鹽、鐵、酒等的專賣。劉崇遠《金華子雜編》卷下：“〔李蔚〕判鹽鐵，程爲揚州院官，舉吳堯卿，巧於圖利一時之便，蔚以爲得人，竟亂管榷之政。”王讜《唐語林·補遺》：“李錡之擒也，侍婢一人隨之，裂帛自書管榷之功，言爲張子良所賣。” 忠勤：忠心勤勞。《後漢書·公孫瓚傳》：“長沙太守孫堅，前領豫州刺史，遂能驅走董卓，掃除陵廟，忠勤王室，其功莫大。”《晉書·黃泓傳》：“石苞在位，稱爲忠勤，帝每委任焉！” 善職：猶稱職。李隆基《答李齊古石臺孝經表批》：“孝者德之本，教之所由生也，故親自訓注，垂範將來。今石臺畢功，亦卿之善職。”張說《大唐中散大夫行淄州司馬鄭府君神道碑》：“在昔周王敦序九族，封懿親於鄭；維時鄭伯敬敷五教，賦善職於周。” 咨訪：諮詢訪問。《後漢書·章帝紀》：“朕咨訪儒雅，稽之典籍，以爲王者生殺，宜順時氣。”司馬光《右諫議大夫呂府君墓誌銘》：“事之大者，猶宜關白咨訪然後行。” 委遇：信任，禮遇。《南齊書·江謐傳》：“江謐寒士，誠當不得競等華儕。然甚有才幹，堪爲委遇，可遷掌吏部。”范仲淹《汾州謝上表》：“不以毀譽累其心，不以寵辱更其守，副委遇之本意，酬保全之大恩。” 疑：懷疑，不相信。《穀梁傳·桓公五年》：“《春秋》之義，信以傳信，疑以傳疑。”《後漢書·范升傳》：“願陛下疑先帝之所疑，信先帝之所信，以示反本，明不專己。” 竭：窮盡。《禮記·大傳》：“旁治昆弟，合族以食，序以昭繆,別之以禮義,人道竭矣!"鄭玄注:"竭,盡也。"《左傳·莊公十年》:"夫戰,勇氣也。一鼓作氣,再而衰,三而竭。"　才:才力,才能。左思《魏都賦》:"通若任城,才若東阿。"王安石《三司鹽鐵副使陳述古衛尉少卿制》:"具官某以才自奮,能世其家。"　專任:一心信用。《禮記·月令》:"〔孟秋之月〕天子乃命將帥,選士厲兵,簡練桀俊,專任有功,以征不義。"《資治通鑑·周慎靚王五年》:"於是燕王專任子之。"

　　⑦ "是用徵自益部"三句:事見《舊唐書·王播傳》:"(元和)十三年,檢校户部尚書、成都尹、劍南西川節度使。穆宗即位……拜刑部尚書,復領鹽鐵轉運等使。"　是用:因此。陸贄《普王荆襄江西等道兵馬都元帥制》:"一物失所,是用疚心;萬方有罪,每懷咎己。"元稹《告贈皇祖祖妣文》:"小子積伏念先尚書嘗以比部郎乞換追命,朝列不許,大孝莫申,是用追述先志,乞回恩於祖父祖妣。"　徵:徵召,徵聘,多指君召臣。《史記·三王世家》:"非教士不得從徵。"裴駰集解引張晏曰:"士不素習,不應召。"康駢《劇談録·李鄴侯救竇庭芝》:"鄴侯自南嶽徵迴,至行在,便爲宰相。"　益:即益州,古代行政區劃名,州名,漢武帝所置十三刺史部之一,本文指李唐的西川成都,亦即劍南西川節度使府。杜甫《送李八秘書赴杜相公幕》:"青簾白舫益州來,巫峽秋濤天地迴。石出倒聽楓葉下,櫓摇背指菊花開。"王建《送李評事使蜀》:"石冷啼猿影,松昏戲鹿塵。少年爲客好,況是益州春。"　刑曹:分管刑事的官署或屬官。王勃《公卿以下冕服議》:"鷹鸇者,鷙鳥也,適可以辨刑曹之職也;熊羆者,猛獸也,適可以旌武臣之力也。"柳宗元《祭姊夫崔使君簡文》:"南平劍門,西獲戎俘。超受刑曹,留總南都。移刺連部,下民其蘇。"本文指王播自劍南西川節度使回京任職刑部尚書一事。　舊務:原來的事務。常衮《華州刺史李公墓誌銘》:"尋拜御史大夫檢校工部尚書,並兼舊務。"元稹《授王播中書侍郎同平章事使職如故制》:"是用命爾作相,仍以舊務因之。"王播元和六年在憲宗朝曾經任職"刑部侍郎,充諸道鹽鐵轉運使",直至

元和十四年"改禮部尚書,領使如故",前後八年,正與上文的"八年"相應。　式:語助詞。《詩·大雅·蕩》:"式號式呼,俾晝作夜。"《舊唐書·文宗紀》:"載軫在予之責,宜降恤辜之恩,式表殷憂,冀答昭誡。"　奉力:猶"奉職",謂奉行職事。《史記·循吏列傳序》:"奉職循理,亦可以爲治,何必威嚴哉?"《東觀漢記·周榮傳》:"〔榮〕盡心奉職,夙夜不怠。"

⑧ 於戲:猶於乎,感歎詞。杜正倫《册漢王元昌文》:"於戲! 夫易陳利建,道貫三才;傳稱夾輔,業隆百代。是以周之魯衛,式固維城;漢之梁趙,克隆磐石。"元稹《授韋審規等左司户部郎中等制》:"於戲! 提紀綱而分命六聰,左右司之職甚重;登生齒以比董九賦,人曹郎之任非輕。"　知人:謂能鑒察人的品行、才能。《書·皋陶謨》:"知人則哲,能官人。"《史記·宋微子世家》:"宋宣公可謂知人矣! 立其弟以成義,然卒其子復享之。"　哲:明智,有智慧。《書·皋陶謨》:"知人則哲。"孔傳:"哲,智也。"袁宏《後漢紀·桓帝紀》:"視之不明,是謂不哲。"　憲考:即顯考,指亡父。韓愈《鄆州溪堂》:"及我憲考,一牧正之。"元稹《崔倰授尚書户部侍郎制》:"惟朕憲考,亟征不庭。薰剔幽妖,擒滅罪戾。用力滋廣,理財是切。"本文指唐憲宗,唐穆宗之父,本文撰寫之時已經亡故。　不明:不賢明。《史記·殷本紀》:"帝太甲既立三年,不明,暴虐,不遵湯法,亂德,於是伊尹放之於桐宮。"干寶《晉紀總論》:"故齊王不明,不獲思庸於亳。"　貳事:指從事本職以外的事。《禮記·王制》:"凡執技以事上者,不貳事,不移官。"孔穎達疏:"欲使專一其所有之事。"王維《爲畫人謝賜表》:"徒以職官,不敢貳事;顧惟時論,有慚三絶。"趙殿成箋注:"《左傳》,晉侯觀於軍府,見鍾儀,問其族。對曰:'伶人也。'公曰:'能樂乎?'對曰:'先父之職官也,敢有二事?'杜預注,言不敢學他事也。"本文指王播在憲宗朝先身兼"刑部侍郎"與"諸道鹽鐵轉運使",後來又兼任"禮部尚書"與"諸道鹽鐵轉運使"兩個都是責任十分重大的職務。

⑨　追奉：猶"追念"，回憶，回想。《左傳·成公十三年》："復修舊德，以追念前勛。"《漢書·淮南厲王劉長傳》："追念罪過，恐懼，伏地待誅不敢起。"　先眷：先人的眷顧。《宋書·謝晦傳》："臣昔因時幸過蒙先眷，內聞政事，外經戎旅。"蘇頌《殯日壙祭文》："恩承先眷，慶集王家。芳年奄謝德音不瑕，殯宮設奠恤禮有加。"　佐：輔助，幫助。《孫子·火攻》："故以火佐攻者明，以水佐攻者強。"杜甫《送從弟亞赴河西判官》："帝曰大布衣，藉卿佐元帥。"　冲人：年幼的人，多爲古代帝王自稱的謙辭。常袞《爲代宗告謝九廟表》："謂臣曰知爾孝敬，憫臣而降以恩私。福及冲人，祐其後嗣。"元稹《贈烏重允等父制》："朕聞水積者不涸，德積者不窮。肆我高祖武皇帝傳序累聖，逮予冲人。"始終：自始至終，一直。《後漢書·明德馬皇后》："故寵敬日隆，始終無衰。"李肇《唐國史補》卷上："顏魯公之在蔡州，再從侄峴、家僮銀鹿始終隨之。"　休命：美善的命令，多指天子或神明的旨意。李嘉祐《送從叔陽冰祗召赴都》："見主承休命，爲郎貴晚年。伯喈文與篆，虛作漢家賢。"元稹《王仲舒等加階制》："凡爾四十有三人，各服我休命，並朝散大夫，餘如故。"

[編年]

《年譜》、《年譜新編》編年："《舊唐書·穆宗紀》云：'(長慶元年二月壬申)以劍南西川節度使王播爲刑部尚書，充鹽鐵轉運使。'"《編年箋注》引用根據與《年譜》同，然後編年："長慶元年(八二一)二月戊辰朔，壬申爲初五，此《制》即撰於是日。"

我們以爲，《年譜》、《編年箋注》、《年譜新編》的編年值得商榷。據《舊唐書·穆宗紀》長慶元年二月壬申的記載，長慶元年二月初五，僅僅祇是正式發佈王播爲"刑部尚書，充鹽鐵轉運使"的日子，而"刑部尚書"與"鹽鐵轉運使"是關係李唐命脈的重要職位，何況同日制命還有免去段文昌的相位，出任劍南西川節度使，以翰林學士杜元穎拜任宰相,以劍南西川節度使王播重領鹽鐵使。唐穆宗在授職之前,定然慎重考量,一再權衡。而元稹接到任命王播的聖意之後,也不可能"倚馬"爲文。而且撰成之後,自然還需要經唐穆宗的過目與首肯。故本文不可能撰成於長慶元年二月五日,至少應該在此前一日撰成,地點自然在長安,元稹時任祠部郎中、知制誥之職。

我們以爲:撰成制文之日在公佈制文之日前一二日或三四日的情況,在當時非常正常,就以元稹爲例:元稹《授烏重胤山南西道節度使制》正式發佈於長慶元年十月二十三日,而元稹長慶元年十月十九日就因裴度的三次彈劾而離開翰林承旨學士的職位:《舊唐書·穆宗紀》:"(長慶元年)冬十月甲子朔……壬午,以尚書主客郎中、知制誥白居易爲中書舍人。河東節度使裴度三上章,論翰林學士元稹與中官知樞密魏弘簡交通,傾亂朝政,以稹爲工部侍郎,罷學士,弘簡爲弓箭庫使……丙戌,以深冀行營節度使杜叔良爲滄州刺史、橫海軍節度使,以代烏重胤,授重胤檢校司徒、興元尹,充山南西道節度使。"元稹撰成《授烏重胤山南西道節度使制》之後四天,此項任命才得以正式發佈,就是最有力的旁證。《年譜》、《編年箋注》、《年譜新編》認爲當日發佈之制文,就是當日撰成的編年方法,肯定是不符當時實際的錯誤方法。我們對元稹不少制文,編年結論與《年譜》、《編年箋注》、《年譜新編》的不同的原因正在於此。爲避繁複,在其他各篇制文編年之時,我們一般祇是簡略指明,不再重複舉證與詳盡論及,幸請讀者諒解。

● 授王陟監察御史充西川節度判官等制^{(一)①}

　　敕:王陟等:列諸侯之賓者,遷次淹速,得與上臺比倫②。其或饋餉務繁,參畫禮重。亦得報自他職,副其所求③。

　　爾等或以政聞,或以藝舉。守臣上請,信不予欺。各竭乃誠，以修厥績。可依前件④。

録自《元氏長慶集》補遺卷五

[校記]

（一）授王陟監察御史充西川節度判官等制：原本作"授王陟監察御史充西川節度判官制"，《英華》同，據《全文》改。

[箋注]

① 王陟：除本文外，不見其他文獻記載。又"王陟等"、"爾等"、"或以政聞，或以藝舉"、"各竭"表明，本制除"王陟"外，尚有與"王陟"相類的他人同制。《唐會要·御史臺》"長慶二年"之注文提及："時段文昌自宰相出鎮庸蜀，奏諫官、柱史、南宮郎三人爲僚佐，以其職帶臺銜，上故可之。"疑"諫官、柱史、南宮郎三人"即是"王陟等""三人"，待考。　監察御史：御史臺屬員，正八品上，負有監督察看之責的官吏。元稹《寄隱客》："監察官甚小，發言無所裨。"王讜《唐語林·識鑒》："初嚴爲淮南崔鉉度支使，除監察，十年不出京師，致位宰相。"　西川：節度使府名，全稱即劍南西川節度使府，府治今四川成都。《舊唐書·地理志》："劍南西川節度使：治成都府，管彭、蜀、漢、眉、嘉、資、簡、維、茂、黎、雅、松、伏、文、龍、戎、翼、邛、雟、姚、柘、恭、當、悉、奉、疊、靜等州，使親王領之。"杜甫《自閬州領妻子却赴蜀山行三首》一："汨汨避群盜，悠悠經十年。不成向南國，復作遊西川。"　判官：古代官名，唐代節度使、觀察使、防禦使均置判官，爲地方長官的僚屬，輔理政事。綦毋潛《送平判官入秦》："謫遠自安命，三年已忘歸。同聲願執手，驛騎到門扉。"王昌齡《送鄭判官》："東楚吳山驛樹微，軺車銜命奉恩輝。英僚携出新豐酒，半道遙看驄馬歸。"

② 諸侯：在李唐，喻指掌握軍政大權的地方長官。陶翰《送史判

官之河南序》："關中送客，美使者之賢；泗上諸侯，盛主人之禮。"柳宗元《祭從兄文》："從事諸侯，假乎郡藩。" 賓：賓客。《詩·小雅·鹿鳴》："我有嘉賓，鼓瑟吹笙。"《文心雕龍·哀悼》："故賓之慰主，以至到爲言也。" 遷次：謂依次提升官職。荀悦《漢紀·宣帝紀》："公卿缺，輒選所長而遷次用之。"元稹《元宗簡授京兆少尹制》："叙彝倫，節浮競，必在於遷次有準，以崇廉讓之風。" 淹速：遲速，指時間的長短。《文選·賈誼〈鵬鳥賦〉》："吉乎告我，凶言其災，淹速之度兮，語予其期。"李善注："淹，遲也；速，疾也，謂死生之遲疾也。"范成大《送周子充左史奉祠歸廬陵》："後期淹速都難料，相對猶憐鬢未斑。" 上臺：上司，上官。沈佺期《自考功員外授給事中》："案牘遺常禮，朋僚隔等威。上臺行揖讓，中禁動光輝。"張籍《和裴司空即事通簡舊僚》："蕭蕭上臺坐，四方皆仰風。當朝奉明政，早日立元功。" 比倫：比並，匹敵。《魏書·崔楷傳》："其實上葉禦災之方，亦爲中古井田之利。即之近事，有可比倫。"方干《朱秀才庭際薔薇》："繡難相似畫難真，明媚鮮妍絕比倫。"

③ 饋餉：指運送糧餉。《陳書·徐儉傳》："臧氏亦深念舊恩，數私致饋餉，故不乏絕。"曾鞏《上歐陽學士第二書》："承藉世德，不蒙矢石，備戰守，馭車僕馬，數千里饋餉。" 參畫：參與謀劃。元稹《泛江翫月十二韵》："楚塞分形勢，羊公壓大邦。因依多士子，參畫盡敦厖。"黃滔《司直陳公墓誌銘》："今府相繼擁於節旄，益賢其參畫。" 輟：中途停止，中斷。《論語·微子》："〔長沮、桀溺〕耰而不輟。"何晏集解引鄭玄曰："輟，止也。"《太平廣記》卷八四引薛用弱《集異記·奚樂山》："樂山乃閉戶屏人，丁丁不輟。" 副：輔助。劉餗《隋唐嘉話》卷上："寡人持弓箭，公把長槍相副，雖百萬衆亦無奈我何！"相稱，符合。李咸用《和友人喜相遇十首》三："人生口心宜相副，莫使堯階草勢斜。"

④ 政：通"正"，治理。《荀子·王制》："王者之法，等賦，政事，財萬物，所以養萬民也。"梁启雄釋："政讀爲正。"董仲舒《春秋繁露·威

德所生》："雖有所忿而怒,必先平心以求其政,然後發刑罰以立其威。"　藝:技藝,才能。《書‧金縢》:"予仁若考,能多材多藝,能事鬼神。"陸游《病中作》:"俗巫醫不藝,嗚呼安托命!"　守臣:鎮守一方的地方長官。權德輿《哭劉四尚書》:"士友惜賢人,天朝喪守臣。"曾鞏《明州擬辭高麗送遺狀》:"州郡當其道途所出,迎勞燕餞,所以宣達陛下寵錫待遇之意,此守臣之職分也。"　上請:向上級請求或請示。《韓非子‧二柄》:"田常上請爵祿而行之群臣。"韓愈《唐故江西觀察使韋公墓誌銘》:"公將行,曰:'吾天子吏,使海外國,不足於資,宜上請,安有賣官以受錢邪?'"　予:我。《書‧湯誓》:"時日曷喪? 予及汝皆亡!"王安石《雲山詩送正之》:"溪窮壞斷至者誰? 予獨與子相諧熙。"　乃誠:誠意,忠誠。《晉書‧元帝紀》:"是以陳其乃誠,布之執事。"《南齊書‧河南傳》:"又卿乃誠遙著,保寧遐壇。"　厥:代詞,其,表示領屬關係。《書‧伊訓》:"古有夏先後方懋厥德,罔有天災。"韓愈《祭柳子厚文》:"遍告諸友,以寄厥子。不鄙謂余,亦托以死。"績:功績,事業。《穀梁傳‧宣公十二年》:"晉師敗績。績,功也。功,事也。"《南史‧孔覬傳》:"覬儒者不長政術,在縣無績。"

[編年]

　　《年譜》編年:"此《制》當撰於長慶元年二月壬申以後。"理由是:一、"《制》云:'敕王陟等:列諸侯之賓者……亦得輒自他職,副其所求。爾等或以政聞,或以藝舉,守臣上請,信不予欺。'守臣指新任西川節度使段文昌。王陟等係段文昌奏請調用,故有"輒自他職,副其所求"之語。'"二、引錄《唐會要‧御史臺》:"(長慶)二年正月,御史中丞牛僧孺奏:'諸道節度觀察等使,請在臺御史充判官……不許更有奏請。'制曰:'可。'原注:'時段文昌自宰相出鎮庸蜀,奏諫官、南宮郎三人爲僚佐,以其職帶台鉉,上故可之。不逾年,又奏侍御史王神伯、監察蘇景裔,留中不下。'"《編年箋注》、《年譜新編》編年理由、編年結論與《年譜》相同,唯《年譜》抄録"奏諫官、柱史、南宫郎三人爲僚佐"一句漏文"柱史"兩字,"留中不可"誤爲"留中不下",《編年箋注》、《年譜新編》也跟著同誤。

我們以爲,《年譜》、《編年箋注》、《年譜新編》的引録大致不錯,可惜没有進一步細化與明確。二、據《册府元龜》卷五一六記載:"穆宗長慶二年正月,御史中丞牛僧孺奏:諸道節度觀察等使,請在臺御史充判官。臣伏見貞元二年敕:在中書、門下兩省供奉官及尚書省、御史臺見任郎官、御史、諸司諸使,并不得奏請任使,仍永爲常式者。近日諸道奏請,皆不守敕文。臣昨十三日已於延英面奏,伏蒙允許重舉前敕,不許更有奏請。制曰:'可。'"牛僧孺所奏,是對"長慶二年正月"之前不符"貞元二年敕"種種奏請的糾正。三、《舊唐書·穆宗紀》:"(長慶元年二月)壬申,以中書侍郎、平章事段文昌檢校刑部尚書、同平章事、成都尹,充劍南西川節度等使。"與《唐會要·御史臺》所引録"時段文昌自宰相出鎮庸蜀,奏諫官、柱史、南宫郎三人爲僚佐,以其職帶臺鉉,上故可之"兩兩相符。而長慶元年二月"戊辰朔","壬申"應該是二月五日,而王陟等人的拜命應該在長慶元年二月五日之後不久,撰文地點在長安,元稹時任祠部郎中、知制誥臣,還没有拜任中書舍人、翰林承旨學士之職。

● 授鄭仁弼檢校祠部員外充横海判官等制^{(一)①}

敕:鄭仁弼:諸侯辟士,古實有之。近制,二千石以上乘軺車者,則開幕選才,由古道也②。

仁弼等有勞參畫,重胤以聞。威等著稱詞華,翩亦致請臺省③。茂膺兼命,式示恩榮。無忘切磨,用副匡益。可依前件^④。

録自《元氏長慶集》補遺卷五

[校記]

（一）授鄭仁弼檢校祠部員外充橫海判官等制：原本作“授鄭仁弼檢校祠部員外充橫海判官制”，《英華》同，本制文實際任命不止鄭仁弼一人，根據本文“仁弼等有勞參畫，重胤以聞。威等著稱詞華，翻亦致請臺省”之語，還應該有“威”、“翻”兩個不明姓氏的同制授職之人，故據《全文》改。

[箋注]

①　授鄭仁弼檢校祠部員外充橫海判官等制：今存諸多《元氏長慶集》未見本文，但《元氏長慶集》補遺卷五、《英華》、《全文》採録，故據補，編年於此。　　鄭仁弼：據《浙江通志・職官》、《赤城志》，唐文宗大和六年任職台州刺史。又據《浙江通志・職官》，唐文宗開成二年任職睦州刺史。《嚴州圖經》：“鄭仁弼，開成二年八月七日自衛尉少卿拜。”　　祠部員外：據《舊唐書・職官志》，爲禮部屬員，從六品上，協助祠部郎中“掌祠祀、享祭、天文、漏刻、國忌、廟諱、卜筮、醫藥、僧尼之事”。顏真卿《博陵崔孝公宅陋室銘記》：“睿宗嘉之，特許留司，以遂其孝養，遷祠部員外郎。”柳宗元《柳公行狀》：“改祠部員外郎，轉司勳郎中，餘如故。”　　橫海：即橫海軍節度使，又名義昌軍節度使。《舊唐書・地理志》：“義昌軍節度使，治滄州，管滄、景、德三州。”《舊唐書・憲宗紀》：“(元和十三年十一月)壬寅，以河陽節度使烏重胤爲滄州刺史、橫海軍節度、滄景德棣觀察等使……(長慶元年十月)丙戌，以深冀行營節度使杜叔良爲滄州刺史、橫海軍節度使，以代烏重胤。授重胤檢校司徒、興元尹，充山南西道節度使。”李翱《唐故橫海軍節

度齊棣滄景等州觀察處置等使傅公神道碑》："傅爲古姓，介子誅樓蘭王，封義陽侯；俊爲二十八將，功高稱於兩漢；而毅以文章顯。" 判官：唐代節度使、觀察使、防禦使均置判官，爲地方長官的僚屬，輔理政事。王昌齡《送鄭判官》："東楚吳山驛樹微，軺車銜命奉恩輝。英僚携出新豐酒，半道遥看驄馬歸。"劉長卿《送侯侍御赴黔中充判官》："不識黔中路，今看遣使臣。猿啼萬里客，鳥似五湖人。"

②　諸侯：喻指掌握軍政大權的地方長官。高適《同李太守北池泛舟宴高平鄭太守》："幽意隨登涉，嘉言即獻酬。乃知縫掖貴，今日對諸侯。"劉禹錫《竇朗州見示與澧州元郎中早秋贈答命同答》："鄰境諸侯同舍郎，芷江蘭浦恨無梁。秋風門外旌旗動，曉露庭中橘柚香。"辟士：謂徵召、任用人。皎然《兵後與故人別予西上至今在揚楚因有是寄》："辟士天下盡，君何獨屏營？運開應佐世，業就可成名。"曾鞏《送蔡元振序》："古之州從事，皆自辟士；士亦擇所從，故賓主相得也。" 二千石：漢制，郡守俸禄爲二千石，即月俸百二十斛，世因稱郡守爲"二千石"。《漢書·循吏傳序》："庶民所以安其田里而亡歎息愁恨之心者，政平訟理也。與我共此者，其唯良二千石乎！"顏師古注："謂郡守、諸侯相。"李白《贈張公洲革處士》："長揖二千石，遠辭百里君。斯爲真隱者，吾黨慕清芬。"根據漢代制度，"石"是不同級別官員的官俸計量單位：三公號稱"萬石"，其俸月各三百五十斛穀，其稱"中二千石"者月各百八十斛，"二千石"者百二十斛，"比二千石"者百斛，"千石"者九十斛。至唐代，僅僅沿用"二千石"舊稱而已，如唐代元稹《遣悲懷三首》一："今日俸錢過十萬，與君營奠復營齋。"則李唐已經用"俸錢"支給官俸，但仍然沿用"二千石"舊稱。此後各代，"俸禄"不盡相同，後面所舉，僅僅是其中的一些例子而已：如《北史·韓麒麟傳》："臨終之日，唯有俸絹數十匹，其清貧如此。"如《資治通鑑·後唐明宗天成元年》："百官俸錢皆折估，而革父子獨受實錢。"又如宋代王栐《燕翼詒謀録》卷二："國初，士大夫俸入甚微，簿、尉月給三貫五百

七十而已，縣令不滿十千。"再如清代劉獻廷《廣陽雜記》卷二："王以下滿州官員兩季俸銀一百一十二萬一千九百三十五兩七錢五分八厘。"　**輶車**：奉使者和朝廷急命宣召者所乘的車，亦指代使者。戴叔倫《張評事涉秦居士系見訪郡齋即同賦中字》："輶車忽枉轍，郡府自生風。遣吏山禽在，開罇野客同。"方干《處州獻盧員外》："纔下輶車即歲豐，方知盛德與天通。清聲漸出寰瀛外，喜氣全歸教化中。"　**開幕**：開建幕府。徐彥伯《登長城賦》："衛青開幕，張遼辟土。"李翱《答韓侍郎書》："某官之位，日見天子，足以進人矣！開幕辟士，足以招賢矣！"　**選才**：選拔人才。元稹《代論淮西書》："夫李錡據吳楚之雄，兼榷管之利，選才養士，向十五年。"賀蘭恒《對卒史有文學判》："學古入官，選才署吏。以賢制爵，無替舊典。"　**古道**：古代之道，泛指古代的制度、學術、思想、風尚等。劉潤《對大斗酒判》："光禄乃遵乎古道，未蹈深愆；比部則格以金科，言從勾納。"柳宗元《與太學諸生喜詣闕留陽城司業書》："輒用撫手喜甚，震忭不寧，不意古道復形於今。"

　　③ **參畫**：參與謀劃。劉禹錫《唐故中書侍郎平章事韋公集序》："寶曆季年，宮壼間一夕生變，人情大駭。雖鼎臣無所關決，惟內署得預參畫。"崔嘏《授鄭齊之靈武副使制》："朕以靈武重鎮，控制西戎。故選於和門，付以油節；思得幹用，以佐參畫。"　**威、翱**：人名，與鄭仁弼、李翱同制授職之人，其餘不詳。翱：李翱，曾任職虞部郎中、華陰縣令、宗正卿、華州刺史。白居易《元公度授華陰令制》："敕：元公度：吾欲理化萬方，故自近始。前授大宗正翱印綬，使牧華人。翱能副吾此心，選吏責課，言公度廉明有守，乞宰華陰。當道東西往来，先是爲邑者多飾厨傳舍，奉賓客以沽名譽，而不親吾人。爾能革之，足爲良宰。敬長畏法，無慢乃官。可華陰縣令。"朱金城先生《白居易集箋校·元公度授華陰令制》："翱：李翱。李宗閔之父。"《舊唐書·李宗閔傳》："李宗閔，字損之，宗室鄭王元懿之後。祖自仙，楚州別駕。父翱，宗正卿，出爲華州刺史、鎮國軍潼關防禦等使。翱兄夷簡，元和中

宰相。”白居易《李翱虞部郎中制》：“金州刺史李翱：雅有文藝，飾以政事。早從吏職，久領郡符。謹慎廉平，頗副所任。虞曹郎缺，命以序遷。敬茲寵名，勉守厥位。可尚書虞部郎中。”　著稱：著名，出名。《後漢書·竇武傳》：“武少以經行著稱，常教授於大澤中，不交時事，名顯關西。”《新唐書·王璠傳》：“儀宇峻整，著稱於時。”　詞華：文采，辭藻華麗。杜甫《贈比部蕭郎中十兄》：“詞華傾後輩，風雅靄孤鶱。”白居易《哭皇甫七郎中》：“志業過玄晏，詞華似禰衡。”　臺省：指李唐的中央機構。岑參《和刑部成員外秋夜寓直寄臺省知己》：“列宿光三署，仙郎直五宵。時衣天子賜，厨膳大官調。”唐彦謙《寄臺省知己》：“才名賈太傅，文學馬相如。轍迹東巡海，何時適我閒？”

④ 膺：承受，接受。《文選·班固〈東都賦〉》：“天子受四海之圖籍，膺萬國之貢珍。”李善注：“膺，猶受也。”杜甫《送魏司直》：“才美膺推薦，君行佐紀綱。”　兼命：一身而兼二職，本文指鄭仁弼檢校祠部員外，又充橫海判官而言。張九齡《敕處分十道朝集使》：“信賞以勸能，刑罰以懲惡：謂之二柄，所以一人……所以慎擇長吏，兼命使臣。”白居易《前穀熟縣令李季立授奉天丞兼監察御史充回鶻使判官制》：“假威憲職，兼命邑丞，足示優榮，勉勤任使。”　式：語助詞，無義。王績《爲李密檄洛州文》：“而荒湎於酒，俾晝作夜。式號且呼，甘嗜聲伎，”梁肅《著作郎贈秘書少監權公夫人李氏墓誌》：“于江之東，棘人充充。式號且恫，哀思無窮。”　恩榮：謂受皇帝恩寵的榮耀。杜審言《送高郎中北使》：“歲月催行旅，恩榮變苦辛。歌鐘期重錫，拜手落花春。”劉長卿《送蔣侍御入秦》：“朝見及芳菲，恩榮出紫微。晚光臨仗奏，春色共西歸。”　切磨：切磋相正。元稹《叙詩寄樂天書》：“每公私感憤，道義激揚，朋友切磨……凡所對遇異於常者，則欲賦詩。”蘇洵《與歐陽内翰第三書》：“非徒援之於貧賤之中，乃與切磨議論共爲不朽之計。”　匡益：匡正補益。元稹《高銖授起居郎制》：“高銖、何士乂等，富有文章，優於行實。捃拾匡益，殆無闕遺。”王讜《唐語林·方

正》:"我與卿言於此不盡,可來延英訪及大政,多所匡益。"

[編年]

《年譜》編年:"《制》有'仁弼等有勞參畫,重胤以聞'等語。是烏重胤在橫海軍節度使任內之事。《制》當撰於長慶元年十月丙戌以前。"《編年箋注》編年:"據此《制》'仁弼等有勞參畫,重胤以聞',及所授官職爲橫海判官,則是烏重胤在橫海軍節度使任內之事。"又引《資治通鑑》烏重胤離開橫海軍節度使府在長慶元年"十月"之記載,得出結論:"據此,定此《制》撰於長慶元年(八二一)十月以前。"《年譜新編》編年:"制云'仁弼等有勞參畫,重胤以聞。'制當作於長慶元年十月丙戌杜叔良代烏重胤爲橫海軍節度使之前。"

我們以爲,一、《年譜》、《編年箋注》、《年譜新編》的引錄雖然大致不錯,但編年過於籠統。而且十月"丙戌"爲十月二十三日,十月十九日元稹已經離開中書舍人、翰林承旨學士之職,故《年譜》"長慶元年十月丙戌以前"的説法,《年譜新編》"十月丙戌"之前的結論,都是有問題的。二、本文與《授王陟監察御史充西川節度判官等制》中王陟的拜命同爲"判官",據我們在"王陟制"編年中表述的編年理由,疑兩文作於同時,亦即在長慶元年二月五日之後不久。三、本文有"仁弼等有勞參畫,重胤以聞"之語,據《舊唐書·憲宗紀》:"(元和十三年)十一月辛巳朔……壬寅,以河陽節度使烏重胤爲滄州刺史、橫海軍節度、滄景德棣觀察等使。"又據《舊唐書·穆宗紀》:"(長慶元年)冬十月甲子朔……丙戌,以深冀行營節度使杜叔良爲滄州刺史、橫海軍節度使,以代烏重胤;授重胤檢校司徒、興元尹,充山南西道節度使。"而烏重胤長慶元年二月五日前後在橫海軍節度任,舉薦屬下爲自己管轄地域的判官,合情合理。故本文撰文地點在長安,元稹時任祠部郎中、知制誥臣,還沒有拜任中書舍人、翰林承旨學士之職。

◎ 授韓皋尚書左僕射制^{(一)①}

敕：夫一邑之政，而猶資老者之智，用壯者之決。況朝廷之大，得不以耆年重望，居表正之地，以儀刑百辟乎^{(二)②}？

惟爾金紫光禄大夫、檢校尚書右僕射兼吏部尚書韓皋：始以直言事代宗皇帝，司諫諍；復以文章政術事德宗皇帝，爲舍人、中丞、京兆尹。在順宗、憲宗時，出領藩方，入備卿長。逮於小子，歷事五君，勤亦至矣③！而又處權近之位^(三)，未嘗以恩幸自寵於一時；當趣嚮之間，終不以薄厚見窺於衆目。豈所謂徐公之行已有常，而詩人之風雨不改耶④？

日者銓敘群才，兼榮揆務。頗煩倫擬，有異優崇。罷去職勞，正名端揆^{(四)⑤}。俾絶積薪之歎，且明尚齒之心。凡百庶僚，無忘咨稟。可守尚書左僕射，餘如故^{(五)⑥}。

録自《元氏長慶集》卷四四

［校記］

（一）授韓皋尚書左僕射制：楊本、叢刊本、《全文》同，《英華》、《文章辨體彙選》、《淵鑑類函》作"授韓皋左僕射制"，各備一說，不改。《舊唐書·韓皋傳》、《舊唐書·穆宗紀》作"右僕射"，應以最原始的第一手資料以及諸多版本爲據，且本文兩次涉及"左僕射"，不應該有誤，故不取不改。

（二）以儀刑百辟乎：楊本、叢刊本、《文章辨體彙選》、《全文》同，《英華》、《淵鑑類函》作"儀刑於百辟乎"，各備一說，不改。

（三）而又處權近之位：楊本、叢刊本、《全文》同，《英華》、《文章辨體彙選》、《淵鑑類函》作“而又處權近之際”，各備一說，不改。

（四）正名端揆：楊本、叢刊本、《全文》同，《英華》、《文章辨體彙選》、《淵鑑類函》作“正名端右”，各備一說，不改。

（五）可守尚書左僕射，餘并如故：原本作“可守尚書左僕射，餘如故”，楊本、叢刊本、《全文》同，據《英華》補，《文章辨體彙選》、《淵鑑類函》無此句。《舊唐書·韓皋傳》、《舊唐書·穆宗紀》作“右僕射”，應以最原始的第一手資料以及諸多版本爲據，不取不改。

［箋注］

　　①　韓皋：韓皋是代宗、德宗、順宗、憲宗、穆宗五朝老臣，史臣有“皋迭次大僚，徒稱舊德”之評語，事迹見《舊唐書·韓皋傳》、《新唐書·韓皋傳》。《舊唐書·韓皋傳》：“十五年閏正月，充憲宗山陵禮儀使。三月，穆宗以師保之舊，加檢校右僕射……長慶元年正月，正拜尚書右僕射。二年四月，轉左僕射，赴尚書省上事，命中使宣賜酒饌及宰臣百寮送上皆如近式。其年以本官東都留守，行及戲源驛，暴卒，年七十九，贈太子太保，太和元年謚曰貞。”《舊唐書·穆宗紀》：“（長慶二年）二月癸亥朔……甲寅，以右僕射韓皋爲左僕射。”《新唐書·韓皋傳》：“穆宗以舊傅恩，加檢校尚書右僕射，俄爲真，又進左僕射。長慶四年，復爲東都留守，卒於道，年七十九，贈太子太保，謚曰貞。”據本文，《舊唐書·韓皋傳》之“正拜尚書右僕射”，應該是“正拜尚書左僕射”之誤，《新唐書·韓皋傳》措辭含糊，也疑有誤。此外，元稹與韓皋，兩人有兩次重要的交往：元和五年，元稹在東臺御史任，曾經彈劾過韓皋，有《論浙西觀察使封杖決殺縣令事》可證。長慶二年，韓皋曾經審理所謂的元稹謀刺裴度的案件，最終導致元稹罷相，出貶同州。《舊唐書·元稹傳》：“使還，令分務東臺。浙西觀察使韓皋封杖決湖州安吉令孫澥，四日内死……稹並劾奏以法……及神策軍中尉奏于方之事，乃詔三司使韓皋等訊鞫，而害裴事無驗，而前事盡露，

遂俱罷積、度平章事。乃出積爲同州刺史，度守僕射。諫官上疏，言責度太重，積太輕。上心憐積，止削長春宮使。" 尚書左僕射:《舊唐書·職官志》:"尚書省領二十四司(六尚書各分領四司)，尚書令一員(正二品，武德中太宗爲之，自是闕而不置)，令總領百官儀刑端揆，其屬有六尚書:一曰吏部，二曰户部，三曰禮部，四曰兵部，五曰刑部，六曰工部，凡庶務皆會而決之。左右僕射各一員(從二品，龍朔二年改爲左右匡政，光宅元年改爲文昌左右相，開元元年改爲左右丞相，天寶元年復爲左右僕射)，掌統理六官，綱紀庶務，以貳令之職。自不置令，僕射總判省事。"李華《淮南節度使尚書左僕射崔公頌德碑銘》:"加尚書左僕射，遂淮南之請。所部八州人，舞手蹈足。"杜甫《贈左僕射鄭國公嚴公武》:"鄭公瑚璉器，華岳金天晶(唐封華岳神爲金天王)。昔在童子日，已聞老成名。"

　　②邑:平民聚居之處，大曰都，小曰邑，泛指村落、城鎮。《周禮·地官·里宰》:"里宰掌比其邑之衆寡與其六畜兵器，治其政令。"鄭玄注:"邑猶里也。"賈公彦疏:"邑是人之所居之處，里又訓爲居，故云邑猶里也。"《史記·陳丞相世家》:"邑中有喪，平貧，侍喪，以先往後罷爲助。" 老者:老年人。《論語·公冶長》:"老者安之，朋友信之，少者懷之。"劉寶楠正義:"老者，人年五十以上之通稱。"《國語·越語》:"令老者無取壯妻。" 壯:男子三十爲"壯"，即壯年，後泛指成年。《禮記·曲禮》:"人生十年曰幼學;二十曰弱冠;三十曰壯，有室。"《顏氏家訓·兄弟》:"及其壯也，各妻其妻，各子其子，雖有篤厚之人，不能不少衰也。" 朝廷:指以君王爲首的中央政府。張説《節潛太子妃楊氏墓誌》:"曾祖緘，隋符璽郎，抗節王充，朝廷旌載，贈靈州刺史。"陸贄《冬至大禮大赦制》:"御史臺朝廷紀綱，尚書省治化根本，百度得失，繫乎其人。" 耆年:老年人。王融《三月三日曲水詩序》:"耆年闕市井之遊，稚齒豐車馬之好。"聶夷中《短歌》:"耆年無一善，何殊食乳兒?" 重望:崇高的聲望。李洞《感知上刑部鄭侍郎》:

"公心外國説，重望兩朝推。"陸游《老學庵筆記》卷一〇："張魏公有重望，建炎以來，置左右相多矣！而天下獨目魏公爲張右相。"　表正：謂以身爲表率而正之。《書·仲虺之誥》："天乃錫王勇智，表正萬邦，纘禹舊服。"孔傳："言天舉王勇智，應爲民主，儀表天下，法正萬國。"崔淙《五星同色賦》："今我后運乾之符，握坤之紐，表正萬方，肇康九有。啓土繼聖，乃人和而歲阜；順時立政，故天長而地久。"　儀刑：爲法，做楷模。袁宏《後漢紀·桓帝紀》："德苟成，故能儀刑家室，化流天下；禮苟順，故能影響無遺，翼宣風化。"竇庠《東都嘉量亭獻留守韓僕射》："卜築三川上，儀刑萬井中。"　百辟：百官。《宋書·孔琳之傳》："（徐）羨之內居朝右，外司辇轂，位任隆重，百辟所瞻。"白居易《醉後走筆酬劉五主簿長句之贈》："闔闔晨開朝百辟，冕旒不動香烟碧。"

③"始以直言事代宗皇帝"兩句：事見《舊唐書·韓皋傳》："（韓皋）由雲陽尉，擢賢良科，拜左拾遺，轉左補闕。"所謂的"直言事代宗皇帝，司諫諍"，就是韓皋以"左拾遺"、"左補闕"的身份向代宗進諫。徐松《登科記考·建中元年》在韓皋名下按："德宗之初，建中元年、貞元元年、貞元四年，皆舉賢良方正科。韓滉卒於貞元三年，則皋登科在其前。而貞元元年韋執誼等十八人名皆見《會要》、《册府元龜》，無皋名，則皋於建中元年登第無疑矣！"據本文，徐松考證有誤。一、韓皋以"左拾遺"、"左補闕"的身份"事代宗皇帝"，"左拾遺"、"左補闕"應該在登第之後所歷身份；韓皋登第怎麼反而在"代宗皇帝"兒子"德宗皇帝"李适在位的建中元年？二、據《舊唐書·韓皋傳》，韓皋病故於長慶二年，"卒年七十九"，以此逆推，韓皋應該出生在天寶三年（744），至建中元年（780），韓皋已經三十六歲，完全有可能因"擢賢良科"而"拜左拾遺，轉左補闕"，從而以"直言事代宗皇帝，司諫諍"。三、在徐松的《登科記考》中，自天寶而至德而大曆，確實没有"賢良科"的記載。這有可能是徐松的失考，仰或是《舊唐書·韓皋傳》誤將

韓皋及第的科名搞錯了。從時代的先後計，我們還是應該信從與韓皋同時代的元稹。而且制文必須準確無誤，不能隨意"天馬行空"，元稹這篇制文，"始以直言事代宗皇帝，司諫諍；復以文章政術事德宗皇帝，爲舍人、中丞、京兆尹"云云，無疑是可貴的第一手資料，可以也應該信從，同時也反證徐松《登科記考》的錯誤。　直言：直率地説，説實話。《史記·張丞相列傳》："昌爲人强力，敢直言，自蕭曹等皆卑下之。"劉餗《隋唐嘉話》卷上："后退而具朝服立於庭，帝驚曰：'皇后何爲若是？'對曰：'妾聞主聖臣忠，今陛下聖明，故魏徵得直言。妾幸備後宮，安敢不賀？'"　諫諍：直言規勸。《韓詩外傳》卷一〇："言文王咨嗟，痛殷商無輔弼諫諍之臣而亡天下矣！"蘇軾《上神宗皇帝書》："歷觀秦漢以及五代，諫諍而死，蓋數百人。"　"復以文章政術事德宗皇帝"四句：事見《舊唐書·韓皋傳》："累遷起居郎、考功員外郎。俄丁父艱，德宗遣中人就第慰問，仍宣令論譔滉之事業，皋號泣承命，立草數千言，德宗嘉之。及免喪，執政者擬考功郎中，御筆加知制誥。遷中書舍人、御史中丞、尚書右丞、兵部侍郎，皆稱職，改京兆尹。"文章：文辭或獨立成篇的文字。褚無量《論薦書》："今公貴稱當朝，文稱命代，見天下未富貴、有文章之士，不知公何以用之？"賈至《工部侍郎李公集序》："於是仲尼刪《詩》述《易》，作《春秋》而叙帝王之書，三代文章，炳然可觀。"　政術：政治方略。《後漢書·安帝紀》："舉賢良方正、有道術之士、明政術、達古今、能直言極諫者各一人。"杜甫《寄劉峽州伯華使君四十韵》："政術甘疏誕，詞場愧服膺。"　"在順宗"四句：事見《舊唐書·韓皋傳》："順宗時，王叔文黨盛，皋嫉之，謂人曰：'吾不能事新貴。'皋從弟曄幸於叔文，以告之，因出爲鄂州刺史、岳鄂蘄沔等州觀察使。入爲東都留守。元和八年六月，加檢校吏部尚書，兼許州刺史，充忠武軍節度等使……入爲吏部尚書，兼太子少傅，判太常卿事。元和十一年三月，皇太后王氏崩，以皋充大明宮使。"　藩方：即藩鎮，唐代初年在重要各州設都督府，睿宗時設節度大使，玄宗時又在邊境設置十節度使,通稱"藩鎮"。各藩鎮掌管一個地區的軍政,後來權力逐漸擴大,兼管民政、財政,掌握全部軍政大權,形成地方割據,常與朝廷對抗。權德輿《謝手詔不聽回官秩表》:"臣叨逢聖明,付授逾量,常慮顛墜,不任驅策。況以藩方之重,豈假臺省之兼?"孔戣《謝賜手詔兼神刀藥金狀》:"聖慈過聽,擢領藩方。祗命戒途,不敢陳讓。省躬撫事,益懼菲才。"　卿長:衆卿之首。常袞《劍南節度判官崔君墓誌銘》:"哀哉!蓋君子恥食浮於人,不患無位。故曰孔門不稱其官閥,潁川尚慚於卿長。"權德輿《論度支疏》:"往者貳大農之卿長,司太倉之出納,號爲稱職,蓋有恆規。"　逮於小子:事見《舊唐書·韓皋傳》:"(元和)十五年閏正月,充憲宗山陵禮儀使。三月,穆宗以師保之舊,加檢校右僕射。十二月,以銓司考科目人失實,與刑部侍郎知選事李建罰一月俸料。長慶元年正月,正拜尚書右僕射。二年四月,轉左僕射,赴尚書省上事,命中使宣賜酒饌,及宰臣百寮送上,皆如近式,其年以本官東都留守,行及戲源驛,暴卒,年七十九,贈太子太保。"　小子:舊時自稱的謙辭,也包括皇帝自稱在內,這裏指唐穆宗。《書·湯誓》:"非台小子,敢行稱亂,有夏多罪,天命殛之。"元稹《處分幽州德音》:"兹朕小子,抑又何知?"

④ 權近:指親近帝王的權臣。《新唐書·蕭倣傳》:"時天下盜起,宦人持兵柄,倣以鯁正爲權近所忌。"葉夢得《石林燕語》卷一〇:"公嘗疾士大夫交通權近。"　恩幸:指皇帝的寵倖。王維《班婕妤》:"宮殿生秋草,君王恩幸疏。"范仲淹《段君墓表》:"外戚劉從德家,恩幸太過。"　自寵:自以爲得到恩幸而沾沾自喜。宋之問《浣紗篇贈陸上人》:"越女顏如花,越王聞浣紗。國微不自寵,獻作吳宮娃。"元稹《開元觀閑居酬吳士矩侍御三十韵》:"貂蟬徒自寵,鷗鷺不相嫌。"　趣嚮:亦作"趣向"、"趣鄉",志趣,志向。杜牧《春末題池州弄水亭》:"趣向人皆異,賢豪莫笑渠。"《新唐書·陳子昂傳》:"智者尚謀,愚者所不聽;勇者徇死,怯者所不從:此趣向之反也。"　薄厚:即厚薄,猶

親疏。《三國志‧傅嘏傳》:"嘏常論才性同異,鍾會集而論之。"裴松之注:"若皆知其不終,而情有彼此,是爲厚薄由於愛憎,奚豫於成敗哉?以愛憎爲厚薄,又虧於雅體矣!"元積《唐故中大夫尚書刑部侍郎上柱國隴西縣開國男贈工部尚書李公墓誌銘》:"考行取友甚峻,能銖兩人倫,而滔滔者莫見其厚薄。" 衆目:衆人的眼睛。陸機《五等諸侯論》:"譬猶衆目營方,則天網自昶。"張籍《贈殷山人》:"滿堂虛左待,衆目望喬遷。" 徐公之行:典見《後漢書‧徐穉傳》:"徐穉,字孺子,豫章南昌人也。家貧,常自耕稼,非其力不食。恭儉義讓,所居服其德。屢辟公府,不起。時陳蕃爲太守,以禮請署功曹,穉不免之,既謁而退。蕃在郡,不接賓客,唯穉來特設一榻,去則縣之。後舉有道,家拜太原太守,皆不就。延熹二年,尚書令陳蕃、僕射胡廣等上疏薦穉等……桓帝乃以安車玄纁,備禮徵之,並不至……穉嘗爲太尉黄瓊所辟,不就。及瓊卒歸葬,穉乃負糧徒步到江夏赴之,設雞酒薄祭,哭畢而去,不告姓名。時會者四方名士,郭林宗等數十人聞之,疑其穉也。乃選能言語生茅容,輕騎追之,及於塗,容爲設飲,共言稼穡之事。臨訣去,謂容曰:'爲我謝郭林宗!大樹將顛,非一繩所維!何爲栖栖不遑寧處?'及林宗有母憂,穉往吊之,置生芻一束於廬前而去。衆怪,不知其故,林宗曰:'此必南州高士徐孺子也!詩不云乎?"生芻一束,其人如玉。"吾無德以堪之!'靈帝初,欲蒲輪聘穉,會卒,時年七十二。"元積《獻滎陽公詩五十韻》:"解榻招徐穉,登樓引仲宣。"許渾《將爲南行陪尚書崔公宴海榴堂》:"賓舘盡開徐穉榻,客帆空戀李膺舟。" 詩人之風雨不改:典見《詩經‧鄭風‧風雨》:"風雨凄凄,雞鳴喈喈。既見君子,云胡不夷?"《序》:"《風雨》,思君子也。亂世則思君子,不改其度焉!"毛傳:"興也,風且雨,凄凄然,雞猶守時,而鳴喈喈然。"鄭氏箋:"興者,喻君子雖居亂世,不變改其節度。"本文是頌揚韓皋忠於李唐的品行。陳子昂《祭韋府君文》:"惟君孝友自天,忠義由己。有經世之略,懷軌物之量。甘心苦節,風雨不改。常欲窮則獨善其身,達則兼濟天下。"李新《謝种帥舉陞職啓》:"此蓋某官簪纓華冑,忠義大閑。模範願以爲師,風雨不改其度。讀名將傳,已知諸父之賢;占處士星,猶識終南之隱。"

⑤ 日者:近日。崔翹《上元宗尊號表》:"日者五星如連珠,兩曜如合璧。"楊炎《靈武受命宮頌》:"日者奸臣竊命,四海蕩波。我聖皇天帝探命曆之數,啓龍圖作受命之書,付與我皇帝。"　銓覈:評量考核。劉知幾《史通·鑒識》:"斯則物有恆準,而鑒無定識,欲求銓覈得中,其唯千載一遇乎!"常衮《授裴遵慶吏部尚書制》:"名臣令望,清議修歸。處以銓核,用澄流品。抑華取實,無俾滯才。"　群才:有才能的人們。《列子·仲尼》:"士夫不聞齊魯之多機乎? 有善治土木者,有善治金革者,有善治聲樂者,有善治書數者,有善治軍旅者,有善治宗廟者,群才備也。"李白《古風》三:"明斷自天啓,大略駕群才。"　揆務:宰相的職務。李嶠《爲左丞宗楚客謝知政事表》:"內府尸榮,已招官謗;中臺揆務,愈塵政本。"白居易《加程執恭檢校尚書右僕射制》:"職參揆務,權總戎麾,必唯其人,乃授斯柄。自非望崇垣翰,功著旗常,則何以副儀形之求,稱節制之任?"　倫擬:比較,比並。王定保《唐摭言·慈恩寺題名遊賞賦詠雜記》:"其年三月中,宴於曲江亭,供帳之盛,罕有倫擬。"岳珂《桯史·宣和御畫》:"盧溪、與之,雖非可倫擬者,第詳玩詩語,似不若前作簡而有味云。"　優崇:優待而尊崇之。《晉書·淮南忠壯王允傳》:"轉爲太尉,外示優崇,實奪其兵也。"《舊唐書·德宗紀》:"此誠文武勛臣出入轉遷之地,宜增祿秩,以示優崇。"　"罷去職勞"兩句:意謂罷去韓皋"檢校尚書右僕射兼吏部尚書"職責繁重的職務,正式委任位高名榮的"左僕射"之職。　職勞:指履行職務的勞績。蕭至忠《陳時政疏》:"《詩》云:'東人之子,職勞不來。西人之子,粲粲衣服……'"常衮《加田神功實封制》:"舊章咸舉,厥貢惟殷。來東人之職勞,首循吏之行理。"　正名:辨正名稱、名分,使名實相符。《國語·晉語》:"舉善援能,官方定物,正名育類。"

韋昭注:"正上下服位之名。"《舊唐書‧韋湊傳》:"師古之道,必也正名,名之與實,故當相副。" 端揆:指相位,宰相居百官之首,總攬國政,故稱。孫逖《授李林甫左僕射兼右相制》:"端揆之職,官之師長;宰輔之位,朕之股肱。"鄭轅《義陽王李公德政碑記》:"公前後歷官一十八政……三領郡守,一登亞相,兩踐端揆。"

⑥ 積薪:《漢書‧汲黯傳》:"黯褊心,不能無少望,見上,言曰:'陛下用群臣如積薪耳!後來者居上。'"後以"積薪"喻選用人才後來居上。劉知幾《史通‧忤時》:"儻使士有澹雅若嚴君平,清廉如段幹木,與僕易地而處,亦將彈鋏告勞,積薪為恨。"蘇軾《辭免翰林學士第二狀》:"如前所陳,實以勞舊尚多,必有積薪之誚!兄弟並進,豈無連茹之嫌?" 尚齒:尊崇年長者。《禮記‧祭義》:"是故朝廷同爵則尚齒。"鄭玄注:"同爵尚齒,老者在上也。"《莊子‧天道》:"宗廟尚親,朝廷尚尊,鄉黨尚齒,行事尚賢,大道之序也。" 凡百:一切,一應。《詩‧小雅‧雨無正》:"凡百君子,各敬爾身。"鄭玄箋:"凡百君子,謂衆在位者。"《晉書‧山濤傳》:"天下事廣,加吳土初平,凡百草創,當共盡意化之。" 庶僚:亦作"庶寮",百官。張衡《思玄賦》:"戒庶寮以夙會兮,僉恭職而並迓。"沈約《齊太尉文憲王公墓誌銘》:"微言永謝,庶寮誰仰?" 咨稟:請教,稟告。張說《鄭國夫人神道碑奉敕撰》:"豈直漢庭章奏,假借仲長之才?周官禮儀,咨稟宣文之學?"常袞《停河南等道副元帥制》:"連城之鎮累百,授鉞之將十數,主其經略,委在台臣,號令耳目,以之咨稟,服柔滅叛,罔不肅清!"最後需要特別說明:本文與《趙宗儒可尚書左僕射制》均作於"長慶元年二月",兩文前後相接。根據元稹之文,韓皋被任命為"守尚書左僕射",趙宗儒被任命為"檢校尚書左僕射",雖然同為"左僕射",但前者是職事官,僅不過為"守",亦即暫時署理職務,多指官階低而署理較高的官職而已;後者是"檢校",是散官,非職事官。張鷟《朝野僉載》卷一:"正員不足,權補試、攝、檢校之官。"兩者應該有明顯的區別。而《舊唐書》記載,

韓皐爲"正拜尚書右僕射",趙宗儒是"檢校右僕射,守太常卿",兩者也有明顯不同。但與元稹原文,一"左"一"右",定有一誤。我們以爲,元稹兩文,面對當事人直接宣佈,是當時任命的第一手資料,不允許有"左""右"不分的嚴重錯誤,而且各種版本均無誤。而《舊唐書》係百年之後史官的編撰,發生"左""右"不分的錯誤不算奇怪。故我們信從元稹之原文,摒棄《舊唐書》之記載。

[編年]

　　《年譜》編年本文於"長慶元年二月甲戌撰",理由是:"《制》云:'惟爾金紫光禄大夫、檢校尚書右僕射兼吏部尚書韓皐……可守尚書左僕射。'據《舊唐書·穆宗紀》云:'(長慶元年二月)'甲戌,以檢校右僕射、兼吏部尚書韓皐守右僕射。'"《編年箋注》:"《舊唐書》本傳載:'長慶元年正月,正拜尚書右僕射。'則此《制》撰於長慶元年(八二一)正月。元稹時任中書舍人、翰林承旨學士。"《年譜新編》編年長慶元年,理由基本同《年譜》:"既云'正名端揆',當自檢校尚書右僕射即真,故題及'可守尚書左僕射,餘如故'之'左'俱當爲'右'之訛。"

　　我們以爲,《舊唐書·韓皐傳》:"十五年……三月,穆宗以師保之舊,加檢校右僕射……長慶元年正月,正拜尚書右僕射。二年四月,轉左僕射。"《舊唐書·穆宗紀》:"(長慶元年)二月戊辰朔,以尚書右僕射蕭俛爲吏部尚書。甲戌,以檢校右僕射兼吏部尚書韓皐守右僕射。"韓皐是替代蕭俛之職。據《舊唐書·穆宗紀》:"(長慶元年正月)壬戌制:朝議大夫、守門下侍郎、同中書門下平章事、徐國公蕭俛爲尚書右僕射,累表乞罷政事故也……二月戊辰朔,癸酉,以尚書右僕射蕭俛爲吏部尚書,甲戌,以檢校右僕射兼吏部尚書韓皐守右僕射。"《舊唐書·韓皐傳》之"長慶元年正月"是"長慶元年二月"之誤,《編年箋注》不加辨別就貿貿然引用,造成錯誤。又"正拜"是"守"之誤,兩者的區別不應該混淆。據《舊唐書·韓皐傳》,元和十五年三月,韓皐先是"檢校右僕射",接著在長慶元年二月"守右(左)僕射",至長慶二年四月,正拜"左僕射"。據本文,《舊唐書·穆宗紀》之"守右僕射"應該是"守左僕射"之誤,《年譜新編》的解釋也是不對的。本文即是韓皋"守左僕射"的詔命,作於長慶元年二月"甲戌"亦即二月初七之前一二日,地點在長安,元稹時任祠部郎中、知制誥之職。

順便説一句,《編年箋注》認爲"長慶元年(八二一)正月,元稹時任中書舍人、翰林承旨學士"的説法有誤,元稹拜職"中書舍人、翰林承旨學士"之職,在長慶元年二月十六日,不在"長慶元年正月"。

◎ 趙宗儒可尚書左僕射制⁽⁻⁾①

敕:銀青光禄大夫、守太子少傅兼判太常卿事趙宗儒:昔叔孫通徒以綿蕝草具之功⁽二⁾,遂獲封侯之賞。況朕始見天地,初朝祖宗。哀勵祗嚴,不克是懼②!惟爾肇自清廟,逮予還宫⁽三⁾。贊導法儀,踰於四百。倪伏趨數,訖無尤違,夫何叔孫可用是比⁽四⁾③?

顧朕冲昧⁽五⁾,實賴老成。不有甄陞,孰明勤蓋④?奉常正秩,左揆兼榮。六樂九儀,興替在此。無忘勗率,以厚人倫。可檢校尚書左僕射兼太常卿⁽六⁾,散官、勳、封如故⁽七⁾⑤。

錄自《元氏長慶集》卷四四

[校記]

(一) 趙宗儒可尚書左僕射制:楊本、宋浙本、盧校、叢刊本、《全文》作"授趙宗儒尚書左僕射制",《英華》作"授趙宗儒太常卿制",《淵鑑類函》作"行趙宗儒太常卿制",《舊唐書·趙宗儒傳》作"右僕射",各備一説,不改。

（二）昔叔孫通徒以綿蕝草具之功：楊本、叢刊本、《全文》同，《英華》、《淵鑑類函》作“昔叔孫通徒以綿蕞草具之功”，各備一説，不改。

（三）逮予還宮：原本作“逮于還宮”，楊本、叢刊本同，《全文》作“逮於還宮”，據《英華》、《淵鑑類函》改。

（四）夫何叔孫可用是比：楊本、叢刊本、《全文》同，《英華》、《淵鑑類函》作“夫何叔孫用是爲比”，盧校作“夫何叔孫用是比類”，各備一説，不改。

（五）顧朕沖昧：楊本、叢刊本、《全文》同，《英華》、《淵鑑類函》作“顧此沖昧”，盧校作“顧予沖昧”，各備一説，不改。

（六）可檢校尚書左僕射兼太常卿：楊本、叢刊本、《英華》、《全文》同，《淵鑑類函》無此句及以下各句，《册府元龜·廢黜》：“趙宗儒：敬宗時以檢校左僕射兼太常卿……”《舊唐書·趙宗儒傳》作“檢校右僕射，守太常卿”，各備一説，不改。

（七）散官、勛、封如故：原本作“散官、勛如故”，楊本、叢刊本、《全文》同，《淵鑑類函》無此句，據《英華》補。

［箋注］

① 趙宗儒：事迹見《舊唐書·趙宗儒傳》：“趙宗儒，字秉文……貞元六年，領考功事，定百吏考績，黜陟公當，無所畏避。右司郎中獨孤良器、殿中侍御史杜倫，各以過黜之。尚書左丞裴郁、御史中丞盧紹，比皆考中上，宗儒貶之中中。又秘書少監鄭雲逵考其同官孫昌裔入上下，宗儒復入中上。凡考之中上者，不過五十人，餘多減入中中。德宗聞而善之，遷考功郎中……十四年九月，拜吏部尚書。穆宗即位，以初釋服，令尚書省官試先朝所徵集應制舉人，宗儒奏曰……復拜太子少傅，判太常卿事。長慶元年二月，檢校右僕射，守太常卿……(大和)五年，宋申錫被誣，上召師保已下議其刑，上以宗儒高年，宣令不拜。尋拜疏請老，六年，詔以司空致仕。是歲九月卒，年八

十七。廢朝，册贈司徒。宗儒以文學進，前後三鎮方任，八領選部，略於儀矩，切於治生，時論以此少之。" 尚書左僕射：尚書省最高長官是尚書令，武德中唐太宗爲之，自是闕而不置，有左右僕射各一員，從二品，掌統理六官，綱紀庶務，以貳令之職。自不置令之後，僕射實際總判尚書省事。不過，本文是"檢校"，僅僅是榮銜，並不是職事官。任希古《和左僕射燕公春日端居述懷》："豐野光三傑，嬀庭贊五臣。綵緗歌美譽，絲竹詠芳塵。"岑參《左僕射相國冀公東齋幽居同黎拾遺賦獻》："丞相百僚長，兩朝居此官。成功雲雷際，翊聖天地安。"

② 叔孫通：事迹見《史記·劉敬叔孫通列傳》，叔孫通原來是秦朝的一名普普通通官員，後來借秦末之亂投奔項羽，接著又轉投劉邦。當時跟隨叔孫通的一大幫儒生，見叔孫通並沒有在劉邦面前推薦他們，十分不滿。直到劉邦大定天下，需要大批儒生的時候，叔孫通才將這幫儒生推薦給劉邦，演習新定的禮儀。"高帝曰：'吾乃今日知爲皇帝之貴也！'乃拜叔孫通爲太常，賜金五百斤。叔孫通因進曰：'諸弟子儒生隨臣久矣！與臣共爲儀，願陛下官之。'高帝悉以爲郎。叔孫通出，皆以五百斤金賜諸生，諸生乃皆喜曰：'叔孫生誠聖人也，知當世之要務！'"崔沔《彈百僚班秩不肅奏》："臣聞叔孫通睹漢朝儀多闕，尊卑失序，所以分別上下，申明禮儀，於是群臣知天子之至尊，高祖知皇帝之爲貴。"杜佑《三朝上壽有樂議》："漢興，叔孫通定禮儀，七年長樂宮成，諸侯朝禮畢，復置酒，侍坐殿上，皆伏，尊卑以次起上壽。" 綿蕝：亦作"綿蕞"，據《史記·劉敬叔孫通列傳》載，叔孫通欲爲漢高祖創立朝儀，使徵魯諸生三十餘人，叔孫通"遂與所徵三十人西，及上左右爲學者與其弟子百餘人爲縣蕞野外"，習肆月餘始成。按，引繩爲"縣"，束茅以表位爲"蕞"。後因謂制訂整頓朝儀典章爲"綿蕞"或"綿蕝"。《舊唐書·杜鴻漸傳》："鴻漸素習帝王陳布之儀，君臣朝見之禮，遂採摭舊儀，綿蕝其事。"范仲淹《奏乞兩府兼判》："太常禮院，用歷代之禮，或不謹於典法，隨時綿蕝，綱紀浸壞，制度日

隳。” 草具：初步制定,草擬。《史記·屈原賈生列傳》:“賈生以爲漢興至孝文二十餘年,天下和洽,而固當改正朔,易服色,法制度,定官名,興禮樂,乃悉草具其事儀法。”王安石《叔孫通》:“草具一王儀,群豪果知蕭。” 封侯：封拜侯爵。《戰國策·趙策》:“貴戚父兄皆可以受封侯。”《史記·衛將軍列傳》:“人奴之生,得毋笞罵即足矣! 安得封侯事乎?”泛指顯赫功名。王昌齡《閨怨》:“忽見陌頭楊柳色,悔教夫婿覓封侯。”陳師道《九月九日魏衍見過》:“一經從白首,萬里有封侯。”此處指叔孫通功名顯赫,官拜“太常”之事。 天地：猶天下。《文選·張衡〈南都賦〉》:“方今天地之雎剌,帝亂其政,豺虎肆虐,真人革命之秋也。”李善注:“天地,猶天下也。”《唐才子傳·韋楚老》:“陳勝城中鼓三下,秦家天地如崩瓦。” 祖宗：特指帝王的祖先。李勣《請高祖太宗俱配昊天上帝表》:“臣聞殷薦上帝,事有明文。祖宗並列,抑惟通軌。雖三五以降,損益不同。漢魏以還,沿革殊致。”崔沔《落星石賦》:“伏願陛下雄略潛明,皇威誕發,熏逐狐鼠,梟翦鯨鯢,上慰祖宗之心,下保元元之命。” 勵：勸勉,鼓勵。《國語·吳語》:“請王勵士,以奮其朋勢。”蘇軾《東坡志林·記講筵》:“殺之則不忍,捨之無以勵衆。” 嚴：威嚴,嚴肅。《詩·小雅·六月》:“有嚴有翼,共武之服。”毛傳:“嚴,威嚴也。”韓愈《南海神廟碑》:“公正直方嚴,中心樂易,祗慎所職,治人以明,事神以誠。” 不克：不可識知。《左傳·昭公十二年》:“南蒯懼不克,以費叛如齊。”《國語·魯語》:“若不克魯,君以蠻夷伐之,而又求入焉! 必不獲矣!” 懼：戒懼。《管子·小稱》:“有過而反之身則身懼,有善而歸之民則民喜。往喜民,來懼身,此明王之所以治民也。”《論語·述而》:“必也臨事而懼,好謀而成者也。”

③ 肇自：始於。班固《西都賦》:“肇自高而終平,世增飾以崇麗,歷十二之延祚,故窮泰而極侈。”任昉《齊竟陵文宣王行狀》:“肇自弱齡,孝友光備。” 清廟：即太廟,古代帝王的宗廟。《左傳·桓公二

年》:"是以清廟茅屋……昭其儉也。"《文選·司馬相如〈上林賦〉》:"登明堂,坐清廟。"郭璞注:"清廟,太廟也。" 宮:秦漢以來特指帝王之宮。《呂氏春秋·知度》:"古之王者,擇天下之中而立國,擇國之中而立宮,擇宮之中而立廟。"《史記·秦始皇本紀》:"作宮阿房,故天下謂之阿房宮。"潘岳《悼亡詩三首》三:"誰謂帝宮遠?路極悲有餘。" 贊導:舉行典禮時依照儀式贊唱引導。《後漢書·百官志》:"其郊廟行禮,贊導,請行事,既可,以命群司。"《舊唐書·李漢傳》:"大夫中丞到班後,朝堂所由引僕射就位,傳呼贊導,如大夫就列之儀。班退,贊導亦如之。" 法儀:法度禮儀。元稹《授李從易宗正寺丞制》:"以爾天屬謹良,修明吏理,檢身好學,有儒者法儀。宗長以聞,朕不敢議。"薛廷珪《授郭保嗣德王傅依前通事舍人等制》:"資相法儀,宣明號令。序鴛鷺之行綴,整珩珮之威容。" 踰於四百:引自古語"春秋何止於八千,甲子正踰於四百",意謂贊導法儀次數之頻數量之多。《白孔六帖·太常卿》:"遷太常卿,天下愈推爲鉅人長德。定郊廟樂曲。贊道法儀,踰於四百。選樂童,振起廢禮。"周必大《皇帝帥群臣詣德壽宮恭請加上太上皇帝尊號表》:"太上皇帝陛下心潛溥博,身濟艱難……春秋何止於八千,甲子正踰於四百。" 俛伏:彎下身子。江淹《從冠軍建平王登廬山香爐峰》:"中坐瞰蜿虹,俛伏視流星。"《隋書·音樂志》:"皇帝出閣,奏《皇夏樂》辭:夏正肇旦,周物充庭。具僚在位,俛伏無聲。" 趨數:謂節奏短促急速。《禮記·樂記》:"衛音趨數煩志。"鄭玄注:"趨數,讀爲促速,聲之誤也。"孔穎達疏:"衛音趨數煩志者,言衛音既促且速,所以使人意志煩勞也。"白居易《留北客》:"楚袖蕭條舞,巴弦趨數彈。" 尤違:過失,過錯。《書·君奭》:"弗永遠念天威,越我民罔尤違。"孔傳:"言君不長遠念天之威,而勤化於我民,使無過違之闕。"元稹《劉惠通授謁者監制》:"言必忠信,事無尤違。" 夫何叔孫可用是比:意謂趙宗儒遠遠勝過叔孫通,兩者不可同日而語。 叔孫:即叔孫通,本文已經引述。元稹《上門下裴相公書》:"昨者,閣下方事准蔡,獨當鑪錘,内藴深謀,外排群議,始以追韓信、拔吕蒙爲急務,固非叔孫通薦儒之日也。”王禹偁《楊震論》:“袁宏作《後漢紀》,爲楊震立論,且引紂之三仁,以爲蓬甯悦箕子之心;叔孫通行微子之趣,楊震守比干之志,又謂三者誠有異同,亦各盡天人之理也。”夫:助詞,用於句首,表發端。《左傳・隱公四年》:“夫兵,猶火;弗戢,將自焚也。”班固《東都賦》:“夫大漢之開元也,奮布衣以登皇位。”

④ 冲昧:年幼愚昧,自謙之詞。《魏書・肅宗紀》:“(神龜元年)八月癸丑朔,詔曰:‘朕冲昧纂曆,未閑政道。皇太后殷憂在疚,始覽萬幾……’”俞汝楫《畏天修政疏》:“大小百工,同朕痛加修省,以匡朕冲昧,上回天意。”　老成:年高有德。《後漢書・和帝紀》:“今彪聰明康强,可謂老成黄耇矣!”李賢注:“老成,言老而有成德也。”指年高有德的人。俞文豹《吹劍四録》:“恐數十年後老成雕喪,後生小子,不知根柢,耳濡目染,日變而不復還。”　甄陞:亦作“甄升”、“甄昇”,甄别提升,晉升。陸贄《誅李懷光後原宥河中將吏並招諭淮西詔》:“將士官吏百姓等……如能去逆效順,因事建功,理當甄升,以示褒勸。”范攄《雲溪友議》卷九:“其主驛戴克勤,堂牒本道節度,甄昇至於顯職。”勤:勞倦,辛苦。王建《賽神曲》:“新婦上酒勿辭勤,使爾舅姑無所苦。”元稹《旱災自咎貽七縣宰》:“區區昧陋積,禱祝非不勤。日馳衰白顏,再拜泥甲鱗。”　藎:通“進”,進用,後引申爲忠誠。《資治通鑑・齊武帝永明元年》:“太祖嘉伯玉忠藎,愈見親信,軍國密事,多委使之。”白居易《韓愈等二十九人亡母追贈國郡太夫人制》:“生此哲人,爲我藎臣,率由兹訓,教有所自,恩不可忘。”

⑤ 奉常:秦九卿之一。《漢書・百官公卿表》:“奉常,秦官,掌宗廟禮儀,有丞。景帝中六年更名太常。”顏師古注:“太常,王者旌旗也。畫日月焉!王有大事則建以行,禮官主持之,故曰奉常也。後改曰太常,尊大之義也。”《唐會要・太常寺》:“龍朔二年改爲奉常正卿,咸亨元年復舊,光宅元年改爲司禮寺,神龍元年復爲太常卿。”李虞仲

《授崔群右僕射兼太常卿制》:"僕射,貳令之職也;奉常,正卿之選也。" 秩:官職,品位。《左傳·文公六年》:"委之常秩。"杜預注:"常秩,官司之常職。"韓愈《雪後寄崔二十六丞公》:"秩卑俸薄食口衆,豈有酒食開客顔?" 左揆:即尚書左僕射。馬總《代鄭滑李僕射乞朝覲表》:"高祖淮安郡王神通,弼亮太宗,戮力締構,榮登左揆,以寵勛勞。"權德輿《大唐銀青光祿大夫杜公淮南遺愛碑銘》:"俄授左揆,竟參大政,加徐泗濠等州節度使。" 六樂:謂黄帝、堯、舜、禹、湯、周武王六代的古樂。《周禮·地官·大司徒》:"以六樂防萬民之情,而教之和。"鄭玄注引鄭司農曰:"六樂,謂《雲門》、《咸池》、《大韶》、《大夏》、《大濩》、《大武》。"泛指音樂。鮑照《數詩》:"六樂陳廣坐,組帳揚春風。" 九儀:天子接待不同來朝者而制定的九種禮節。《周禮·秋官·大行人》:"以九儀辨諸侯之命,等諸臣之爵。"鄭玄注:"九儀,謂命者五:公、侯、伯、子、男也;爵者四:公、卿、大夫、士也。"後稱朝見天子之禮爲九儀。李紓《讓皇帝廟樂章·亞獻終獻》:"秩禮有序,和音既同。九儀不忒,三揖將終。"柳永《御街行·聖壽》:"九儀三事仰天顔,八彩旋生眉宇。" 興替:盛衰,成敗。《晉書·陸玩傳》:"徒以端右要重,興替所存,久以無任,妨賢曠職。"《舊唐書·魏徵傳》:"以古爲鏡,可以知興替。" 勖率:勉力遵循。元稹《劍南西川節度使下將士叙勛》:"使之必報,並賜崇勛。各懋乃誠,勖率以敬。"張廷珪《授内官張禹珪加官制》:"古人有言,爾宜勉自勖率。" 人倫:指有才學的人。溫大雅《大唐創業起居注》卷一:"接待人倫,不限貴賤。一面相遇,十數年不忘。"謂品評或選拔人才。《後漢書·郭太傳》:"林宗雖善人倫,而不爲危言覈論,故宦官擅政而不能傷也。"李賢注:"《禮記》曰:'擬人必於其倫。'"《北史·崔浩傳》:"浩有鑒識,以人倫爲己任……外國遠方名士,拔而用之,皆浩之由也。"

［編年］

《年譜》編年：“《制》云：‘可檢校尚書左僕射，兼太常卿。’據《舊唐書·趙宗儒傳》云：‘長慶元年二月，檢校尚書右僕射，守太常卿。’《制》撰於長慶元年二月。”《編年箋注》、《年譜新編》編年理由與結論同《年譜》。

我們以爲，一、據《舊唐書·趙宗儒傳》：“長慶元年二月，檢校尚書右僕射，守太常卿。”故本文應該撰成於長慶元年二月無疑。疑“檢校尚書右僕射”是“檢校尚書左僕射”之誤，如此，所述與本文各個版本相符，二、本文究竟撰成於二月何時？《舊唐書·穆宗紀》的一段記載爲我們透露了消息：“（長慶元年）二月戊辰朔……丙子，上觀雜伎樂於麟德殿，歡甚，顧謂給事中丁公著曰：‘比聞外間公卿士庶時爲歡宴，蓋時和民安，甚慰予心。’公著對曰：‘誠有此事！然臣之愚見，風俗如此，亦不足嘉。百司庶務，漸恐勞煩聖慮。’上曰：‘何至於是？’對曰：‘夫賓宴之禮，務達誠敬，不繼以淫。故詩人美“樂且有儀”，譏異屢舞。前代名士，良辰宴聚，或清談賦詩，投壺雅歌，以杯酌獻酬，不至於亂。國家自天寶已後，風俗奢靡，宴席以誼嘩沉湎爲樂，而居重位秉大權者，優雜侶肆於公吏之間，曾無愧恥。公私相效，漸以成俗，由是物務多廢。獨聖心求理，安得不勞宸慮乎？陛下宜頒訓令，禁其過差，則天下幸甚！’時上荒於酒樂，公著因對諷之，頗深嘉納。”正因爲丁公著的一番勸諫之言，提高了唐穆宗以及李唐朝廷對禮樂的認識，故在隨後將趙宗儒從“太子少傅，判太常卿事”晋升爲“檢校尚書左僕射，兼太常卿”，以示朝廷對禮樂的重視。而“丙子”是二月九日，本文應該撰成於此後一二日之內，可以說與《授韓臯尚書左僕射制》爲前後之作，地點在長安，元稹時任祠部郎中知制誥之職。

◎ 劉頗可河中府河西縣令制^{(一)①}

敕：劉頗：朕以自鄜而北，夷夏雜居，號爲難理②。乃詔執事求才以綏懷控壓之者^(二)，皆曰頗在茲選③。且言其伐蔡之役，常參謀於懷汝之師^{(三)④}。部分弛張，允協軍政，遂命試領銀州郡事⑤。衆庶寧附^(四)，邊人宜之^(五)。連帥以聞，議請甄獎⑥。

河西近邊，擇吏惟精。勿吝牛刀^(六)，爲我烹割。可依前件^{(七)⑦}。

錄自《元氏長慶集》卷四九

［校記］

（一）劉頗可河中府河西縣令制：《全文》同，楊本、叢刊本作"劉頗河中府河西縣令"，《英華》、《陝西通志》作"授銀州刺史劉頗河中府河西縣令制"，各備一說，不改。

（二）乃詔執事求才以綏懷控壓之者：《全文》同，楊本、叢刊本作"乃詔執事求□以綏懷控壓之者"，《英華》、《陝西通志》作"乃詔執事求所以綏懷控壓之者"，盧校作"乃詔執事求可以綏懷控壓之者"，各備一說，不改。

（三）常參謀於懷汝之師：《全文》同，楊本、叢刊本作"常參□於懷汝之師"，《英華》、《陝西通志》作"嘗參事於懷汝之師"，盧校作"嘗參軍於懷汝之師"，各備一說，不改。

（四）衆庶寧附：《全文》同，楊本、叢刊本作"衆□寧附"，《英華》、《陝西通志》作"衆果寧阜"，各備一說，不改。

（五）邊人宜之：楊本、叢刊本、《英華》、《陝西通志》、《全文》同，盧校作“邑人宜之”，各備一説，不改。

（六）勿吝牛刀：《全文》同，楊本、叢刊本作“□吝牛刀”，《英華》、《陝西通志》作“無吝牛刀”，各備一説，不改。

（七）可依前件：原本無，《全文》同，楊本、叢刊本作“可”，據《英華》、《陝西通志》補。

［箋注］

① 劉頗：字保極，昌平人，元稹的朋友，有《劉頗詩》、《寄劉頗二首》等詩與劉頗相酬。《劉頗詩序》：“昌平人劉頗，其上三世有義烈。頗少落行陣，二十解屬文，舉進士科試不就，負氣。狹路間病氂車蔽柩，盡碎之，罄囊酬直而去。南歸唐州，爲吏所軋，勢不支，氣屈，自火其居，出契書投火中，繇是以氣聞。予聞風四五年而後見，因以詩許之。” 其詩云：“一言感激士，三世義忠臣。破甕嫌妨路，燒莊耻屬人。迥分遼海氣，閑躡洛陽塵。儻使權由我，還君白馬津。”《寄劉頗二首》其一：“平生嗜酒顛狂甚，不許諸公占丈夫。唯愛劉君一片膽，近來還敢似人無？”《寄劉頗二首》其二：“前年碣石烟塵起，共看官軍過洛城。無限公卿因戰得，與君依舊綠衫行。”劉頗曾歷試授秘書省校書郎、協律郎從事、大理評事、壽安主簿、節度判官、殿中侍御史、銀州長史、河西令、河中節度副使等職，病故於長慶三年五月二十一日稍前的萬州刺史任上，元稹有《唐故使持節萬州諸軍事萬州刺史賜緋魚袋劉君墓誌銘》誌其事。《唐國史補》記述劉頗不同他人的爲人與品性：“澠池道中，有車載瓦甕塞于隘路，屬天寒，冰雪峻滑，進退不得。日向莫，官私客旅群隊鈴鐸數千，羅擁在後，無可奈何。有客劉頗者，揚鞭而至問曰：‘車中甕直幾錢？’答曰：‘七八千。’頗遂開囊取縑立償之，命僮僕登車，斷其結絡，悉推甕於崖下。須臾，車輕得進，群噪而前。” 河西縣：縣名，在今陝西省合陽縣之東黃河邊上。《舊唐書·地理志》：“河中府……天寶領縣八：河東、河西、臨晉、解、猗

氏、虞鄉、永樂、寶鼎。"盧綸《秋晚河西縣樓送渾中允赴朝闕》:"高樓吹玉簫,車馬上河橋。岐路自奔隘,壺觴終寂寥。"邵説《唐故同州河西縣丞贈虢州刺史太常卿天水趙公神道碑》"洎公纂承,嘉聞益彰。志業貞簡,形儀朗異。以孝友謹敬,協柔昆弟;以義禮誠純,接奉朋交。文蔚行茂,顯於當世。" 縣令:一縣之行政長官,唐時縣置令,不分令長。縣有赤、畿、望、緊、上、中、下七等,河西縣屬於"次赤"。韓愈《寄盧仝(憲宗元和六年河南令時作)》:"先生受屈未曾語,忽此來告良有以。嗟我身爲赤縣令,操權不用欲何俟?"曹松《亂夜入洪州西山》:"寂寂陰溪水漱苔,塵中將得苦吟來。東峰道士如相問,縣令而今不姓梅。"

② 鄜:即鄜州,地當今陝西富縣。《元和郡縣志·鄜州》:"鄜州,今爲鄜坊觀察使理所……管縣五:洛交、洛川、三川、直羅、甘泉。"杜甫《月夜》:"今夜鄜州月,閨中只獨看。遥憐小兒女,未解憶長安。"楊凝《送客往鄜州》:"新參將相事營平,錦帶弣弓結束輕。曉上關城吟畫角,暗馳羌馬發支兵。" 夷夏:夷狄與華夏的並稱,古代常以指中國境内的各族人民。《周書·于翼傳》:"翼又推誠布信,事存寬簡,夷夏感悦,比之大小馮君焉!"劉禹錫《賀赦表》:"用含弘光大之澤,副夷夏會同之心。" 雜居:特指兩個或兩個以上民族聚居在一處。《後漢書·南蠻傳》:"後頗徙中國罪人,使雜居其間,乃稍知言語,漸見禮化。"《新唐書·沙陀傳》:"始,突厥東西部分治烏孫故地,與處月、處蜜雜居。" 理:謂治理得好,秩序安定,與"亂"相對。白居易《法曲歌》:"法曲法曲舞霓裳,政和世理音洋洋。"王讜《唐語林·政事》:"數年之間,漁商闐凑,州境大理。"

③ 執事:有職守之人,官員。蕭穎士《至日圜丘祀昊天上帝賦(以題爲韵)》:"於是致齋於宫,合樂於律;群有司肅肅在徼戒,百執事乾乾而莊栗。"于邵《與蕭相公書》:"近二三年,有執事者,蔽主之耳目,括囊容身,内懷奸忌,外擅威柄。衣冠爲之側足,道路不敢偶語,

衆叛人離,遂有今日。" 綏懷:安撫關切。《三國志・杜襲傳》:"太祖還,拜襲駙馬都尉,留督漢中軍事。綏懷開導,百姓自樂出徙洛鄴者八萬餘口。"《北史・叔孫建傳》:"雅尚人倫,禮賢愛士,在平原十餘年,綏懷內外,甚得邊稱。" 控壓:猶控制。白居易《論孫璹張奉國狀》:"伏以鳳翔,右輔之地,控壓隴蜀,又近國門,最爲重鎮。"袁郊《甘澤謠・紅綫》:"時至德之後,兩河未寧,初置昭義軍,以釜陽爲鎮,命嵩固守,控壓山東。" 選:量才授官,銓選。荀悅《漢紀・武帝紀》:"始昌,魯人也……上甚重之,以選爲昌王太傅。"韓愈《河南少尹李公墓誌銘》:"公諱素……以明經選,主號之弘農簿,又尉陝之芮城。"

④ "且言其伐蔡之役"兩句:事見元稹《唐故使持節萬州諸軍事萬州刺史賜緋魚袋劉君墓誌銘》:"適烏重胤以懷汝之師來伐蔡,請君爲監察御史,判懷汝營田事,尋改節度判官,賜章服。是時賊始盛,陳許懷汝之衆怯怯未振擧,都統韓弘在大梁,君乃請於烏曰:'青陵故城,地高要,得之可以據賊矣!公能使我於韓,可以得!'烏使之,韓一見奇之,竟夕與語,遂命陳許懷汝大梁之衆據青陵,尅日遂據之,自是官軍乃大振。凡烏之戰陣、謀取、案牘、書奏之事,皆咨之。嘗爲烏啓事京師,憲宗皇帝語及陣法,曰:'卿何以知戰?'對曰:'臣固淮西之戰者也!讀書餘事耳!'" 參謀:參與出謀劃策,商議。《後漢書・鄧寇傳》:"其有大議,乃詣朝堂,與公卿參謀。"錢起《送鄭書記》:"受命麒麟殿,參謀驃騎營。"

⑤ 部分:部署,安排。《後漢書・馮異傳》:"及破邯鄲,乃更部分諸將,各有配隷。軍士皆言願屬大樹將軍,光武以此多之。"蕭穎士《爲邵翼作上張兵部書》:"每讀《太史公書》,竊慕穰苴、樂生之高義,常願一實戎車之殿,指麾部分,爲天子干城。" 弛張:謂一松一緊,弛,放鬆弓弦;張,拉緊弓弦。語本《禮記・雜記》:"張而不弛,文武弗能也;弛而不張,文武弗爲也。一張一弛,文武之道也。"比喻處事的鬆緊、進退、寬嚴等。《文心雕龍・論説》:"夫説貴撫會,弛張相隨,不

專緩頰,亦在刀筆。" 允協:和洽。《晉書·杜夷傳》:"漢武欽賢,俊彥響應,故能允協時雍,敷崇盛化。"張紹《沖佑觀》:"明明我后,允協昌基。" 軍政:軍中政教,軍中政事。《左傳·襄公二十四年》:"楚子爲舟師以伐吳,不爲軍政,無功而還。"范仲淹《除樞密副使召赴闕陳讓第五狀》:"自西寇猖獗,久當戎事。雖才不逮志,未有成績。若其裁處軍政,審料敵情,既踰歲年,粗亦詳練。" 試:唐制,擔任某一官職,但無正式任命,稱爲"試"。陸深《玉堂漫筆》:"唐制有曰攝者,如侍中之攝吏部是也。又有行、守、試之別,職事高者爲守,職事卑者爲行,未正名命者爲試。"韓愈《試大理評事王君墓誌銘》:"君隨往,改試大理評事,攝監察御史觀察判官。"權德輿《再從叔故試大理評事兼徐州蘄縣令府君墓誌銘》:"或攝領通邑,或分乘軺車,皆有裕人之仁,急病之義。及理於蘄也,能遂物之宜,不奪人之時,嘉惠善利,洽於千室,猶即墨桐鄉之理,無不及也。" 銀州:州郡名,地當今陝西省榆林南、佳縣西、米脂北地區。《元和郡縣志·銀州》:"天寶元年爲銀州郡,乾元元年復爲銀州……管縣四:儒林、真鄉、開光、撫寧。"顏真卿《唐故右武衛將軍臧公神道碑銘》:"父德,朝散大夫,贈銀州刺史。"常袞《授論惟清朔方節度副使制》:"銀夏綏麟等四州兵馬使、同朔方節度副使、開府儀同三司、前行銀州刺史兼御史中丞、歸德州都督、武威郡王論惟清,智謀沈果,政理甄詳,睿忠之誠,表於奉上。"

⑥ 衆庶:衆民,百姓。《韓非子·問田》:"立法術,設度數,所以利民萌便衆庶之道也。"司馬相如《上林賦》:"務在獨樂,不顧衆庶。" 寧附:願意歸附。元稹《叙詩寄樂天書》:"旋以狀聞天子曰:'某邑將某能遏亂,亂衆寧附,願爲帥。'名爲衆情,其實逼詐。"義近"寧安"。《後漢書·魯恭傳》:"定律著令,冀承天心。順物性命,以致時雍。然從變改以來,年歲不熟,穀價常貴,人不寧安。" 邊人:指邊民。《漢書·匈奴傳》:"又邊人奴婢愁苦,欲亡者多。"張籍《隴頭行》:"驅我邊

人胡中去，散放牛羊食禾黍。”　宜：合適，適當，適宜。《敦煌變文集·太子成道經變文》：“魚透碧波堪上岸，無憂花樹最宜觀。”蘇軾《飲湖上初晴後雨二首》二：“欲把西湖比西子，淡妝濃抹總相宜。”連帥：泛稱地方高級長官，唐代多指觀察使、按察使。庾信《周隴右總管長史贈太子少保豆盧公神道碑》：“尋加侍中，外總連帥，威振百城。”崔立言《醉中謔浙江廉使》：“山夫留意向丹梯，連帥邀來出藥畦。”本文指當時在西川爲節度使的段文昌，當時舉薦劉頗爲銀州刺史。元稹《唐故使持節萬州諸軍事萬州刺史賜緋魚袋劉君墓誌銘》：“宰相段文昌在蜀時，愛君之磊落，善呼吸人，遂相奏天子，以君爲殿中侍御史、銀州長史、知刺史事。”　議請：議論請求。班固《刑法志》：“罪人欲改行爲善，而道亡繇至甚盛德，臣等所不及也，臣謹議請。”唐無名氏《重定正冬朝會禮儀奏》：“今京邑親造，殿廡未更，若用前規，慮爲狹隘。議請皇帝冠烏紗巾服赭黃袍，百寮具公服，候朝堂宏廠，即舉舊儀。”　甄獎：嘉獎。白居易《除盧仕玫劉從周等官制》：“〔盧仕玫、劉從周等〕時所稱論，並宜甄獎。”《舊唐書·憲宗紀》：“詔毀家徇國故徐州刺史李洧等十一家子孫，並宜甄獎。”

⑦ 近邊：接近邊疆。《漢書·陳湯傳》：“單于長嬰大罪，必遁逃遠舍，不敢近邊。”崔顥《雁門胡人歌》：“高山代郡東接燕，雁門胡人家近邊。解放胡鷹逐塞鳥，能將代馬獵秋田。”　擇吏：選擇、任用官吏。盧商《嶺南官吏請停吏部注擬奏》：“伏以海嶠擇吏，與江淮不同。若非諳熟土風，即難搜求人瘼。”皮日休《日休旅次於許作詩以吊之》：“南荒不擇吏，致我交阯覆。縣聯三四年，流爲中夏辱。”　惟：助詞，也作“唯”、“維”，用於句中以調整音節。《書·召誥》：“無疆惟休，亦無疆惟恤。”潘岳《爲賈謐作贈陸機》：“廊廟惟清，俊乂是延。”　精：純粹，精粹，精華。《易·乾》：“大哉乾乎！剛健中正，純粹精也。”孔穎達疏：“六爻俱陽，是純粹也，純粹不雜是精靈，故云純粹精也。”高亨注：“色不雜曰純，米不雜曰粹，米至細曰精。此用以形容天德，是其

引申義。"崔塗《過長江賈島主簿舊廳》:"雕琢文章字字精,我經此處
倍傷情。" 牛刀:宰牛的刀,語出《論語‧陽貨》:"子之武城,聞弦歌
之聲,夫子莞爾而笑曰:'割雞焉用牛刀?'"後常以喻大材器。謝靈運
《與諸道人辨宗論》:"譬割雞之政,亦有牛刀。"孟浩然《贈蕭少府》:
"鴻漸昇儀羽,牛刀列下班。" 烹割:宰割烹煮。束皙《玄居釋》:"《周
易》著躍以求進之辭,莘老負金鉉以陳烹割之説。"《莊子口義‧內篇
逍遙遊》:"各守其所守,亦猶尸祝不肯違越,去其樽俎而代庖人烹
割也。"

[編年]

　　《年譜》編年:"《制》當撰於元和十五年六月丁丑韓弘爲河中節度
使以後。"理由是:"元稹《劉頗志》云:'尋授河西令。侍中弘方在蒲,
得君喜甚……'"《編年箋注》編年:"時在長慶元年(八二一)。"理由
是:"元稹《唐故使持節萬州諸軍事萬州刺史賜緋魚袋劉君墓誌銘》記
其生平大端云:'遭太夫人喪,服闋,以從來所賦詩投宰相令狐楚,楚
屢吟賞於有文章者。宰相段文昌在蜀時,愛君之磊落,善呼吸人,遂
相奏天子,以君爲殿中侍御史、銀州長史知刺史事……歲餘受代……
尋授河西令,侍中弘方在蒲,得君喜甚,因請自貳,朝廷以水部員外郎
兼侍御史,充河中節度副使。又歲餘,君所善元稹爲宰相。'"《年譜新
編》所引理由與《編年箋注》同,認爲:"令狐楚元和十四年七月至十五
年七月在相位,段文昌元和十五年正月至長慶元年二月在相位,二人
同薦劉頗爲銀州刺史當在元和十五年正月至七月。'歲餘受代',遷
河西令。又歲餘,元稹拜相。元稹罷相在長慶二年六月,故制當作於
長慶元年年初。"

　　我們以爲,本文撰成年月的推定不必搞得如此複雜:一、本文:
"尋授河西令……又歲餘,君所善元稹爲宰相。"元稹拜相在長慶二年
二月十九日,逆推"歲餘",劉頗拜職河西令應該在長慶元年正月一日

至二月十九日之間，本文即撰成於其時。當時，元稹先任祠部郎中知制誥臣，長慶元年二月十六日拜職中書舍人翰林承旨學士，兩者必居其一，以前者較爲可能，地點自然是長安。雖然元和十五年二月十九日以後至長慶二年二月十九日，時間也是兩年不到，但中間隔著兩個年頭，習慣上不應該再稱"歲餘"。二、本文："尋授河西令，侍中弘方在蒲，得君喜甚，因請自貳，朝廷以水部員外郎兼侍御史，充河中節度副使。"據《舊唐書・穆宗紀》，元和十五年六月至長慶二年十月韓弘在河中節度使任，期間正包含劉頗爲河西令的時間。三、順便説一句，《年譜新編》的"元稹罷相"應該是"元稹拜相"之誤，本文與"元稹罷相"扯不上。另外説令狐楚與段文昌"同薦劉頗爲銀州刺史"云云沒有任何根據，純屬"想當然"之語。元稹《唐故使持節萬州諸軍事萬州刺史賜緋魚袋劉君墓誌銘》稱"宰相段文昌在蜀時，愛君之磊落，善呼吸人，遂相奏天子以君爲殿中侍御史、銀州長史、知刺史事"，不是後來元和十五年拜職宰相、長慶元年二月出任西川節度使之時的事情。《舊唐書・段文昌傳》："韋臯在蜀，表授校書郎……長慶元年，拜章請退，朝廷以文昌少在西蜀，詔授西川節度使、同中書門下平章事。"《唐故使持節萬州諸軍事萬州刺史賜緋魚袋劉君墓誌銘》雖然在"段文昌"之前冠以"宰相"的頭銜，但所説的"在蜀時"却是是指韋臯手下任職之時，當時段文昌還不是宰相。如果是段文昌在長慶元年節度使任上推薦劉頗爲銀州刺史的話，劉頗"歲餘受代"而拜職河西令，時間應該在長慶二年，那時元稹已經不在祠部郎中知制誥任，也已經不在中書舍人翰林承旨學士任，元稹詩文集中如何能有本文？劉頗拜職河西令"又歲餘"而元稹拜相，推其時間，至少應該是長慶三年，而這與元稹長慶二年二月十九日拜相、同年六月五日罷相出刺同州的時間不合。

■ 論邊事疏^{(一)①}

據元稹《謝恩賜告身衣服并借馬狀》

［校記］

（一）論邊事疏：本佚失疏所據元稹《謝恩賜告身衣服并借馬狀》，見《元氏長慶集》、《英華》，文字基本相同。又元稹《同州刺史謝上表》，見楊本、叢刊本、《英華》、《舊唐書·元稹傳》、《全文》，不見異文。

［箋注］

① 論邊事疏：元稹《謝恩賜告身衣服并借馬狀》："伏緣先有疏《論邊事》及《幽州事宜》，兼李愿入朝，並要面自論奏。伏料二十日入假已後，南衙機務稍閑，特乞恩許，臣中謝。"又見元稹《同州刺史謝上表》："或聞黨項小有動搖，臣今謹具手疏陳奏，伏望恕臣死罪，特留聖覽。臣此表并臣手疏，並請留中不出（手疏今在《論邊事》卷）。"今存元稹詩文集不見元稹《論邊事》卷，應該是佚失的原因，據補。《舊唐書·元稹傳》："又論西北邊事，皆朝政之大者。憲宗召對問方略，爲執政所忌，出爲河南縣尉。"《新唐書·元稹傳》："又陳西北邊事，憲宗悅，召問得失，當路者惡之，出爲河南尉，以母喪解。"兩書之本傳均認爲元稹"論邊事"在憲宗朝元稹爲左拾遺任。兩者所指之"邊事"，不是同一回事情。元稹憲宗朝所論"邊事"，是指屯墾防備西戎之方略，有元稹《論西戎表》爲證；元稹穆宗朝所論"邊事"，是指党項的騷擾，有元稹《表奏（有序）》與《同州刺史謝上表》爲證。元稹《表奏（有序）》："穆宗初，宰相更用事。丞相段公一日獨得對，因請亟用兵部郎

中薛存慶、考功員外郎牛僧孺，予亦在請中。上然之，不十數日次用爲給、舍。他相忿恨者日夜構飛語，予懼罪，比上書自明。上憐之，三召與語，語及兵賦洎西北邊事，因命經紀之。是後書奏及進見，皆言天下事，外間不知，多臆度。陛下益憐其不漏禁中語，召入禁林，且欲亟用爲宰相。”《年譜》失察，竟然特地“糾謬”：“《舊傳》云：‘又論西北邊事，皆朝政之大者，憲宗召對……’《新傳》云：‘又陳西北邊事，憲宗悅，召問得失。’誤。元稹‘論西北邊事’在穆宗時。”　論：議論，分析和說明事理。《孟子·萬章》：“以友天下之善士爲未足，又尚論古之人。”韓愈《過始興江口感懷》：“憶作兒童隨伯氏，南來今只一身存。目前百口還相逐，舊事無人可共論。”　邊事：邊防事務。《後漢書·竇固傳》：“帝欲遵武帝故事，擊匈奴，通西域，以固明習邊事，十五年冬，拜爲奉車都尉。”賈島《送李傅侍郎劍南行營》：“走馬從邊事，新恩受外臺。勇看雙節出，期破八蠻回。”　疏：奏章。《漢書·賈誼傳》：“誼數上疏陳政事，多所欲匡建。”杜甫《秋興八首》三：“匡衡抗疏功名薄，劉向傳經心事違。同學少年多不賤，五陵衣馬自輕肥。”

[編年]

　　《元稹集》、《編年箋注》未收錄，《年譜》、《年譜新編》收錄，文題作“論邊事及幽州事宜疏”，編年長慶元年。

　　我們以爲，元稹《謝恩賜告身衣服并借馬狀》所言，“論邊”是一件，“幽州事宜”是另外一件，兩者不能混爲一件事。元稹《謝恩賜告身衣服并借馬狀》作於長慶元年二月十六日之時，因此元稹佚失之文《論邊事疏》亦應該撰作於同時，亦即長慶元年二月十六日稍前一二日，地點在長安，元稹剛剛拜命中書舍人、翰林承旨學士之職。《年譜》、《年譜新編》籠統編年長慶元年是不合適的。

■ 論幽州事宜疏^{(一)①}

據元稹《謝恩賜告身衣服并借馬狀》

[校記]

（一）論幽州事宜疏：本佚失疏所據元稹《謝恩賜告身衣服并借馬狀》，見《元氏長慶集》、《英華》，文字基本相同。

[箋注]

① 論幽州事宜疏：元稹《謝恩賜告身衣服并借馬狀》：“伏緣先有疏《論邊事》及《幽州事宜》，兼李愿入朝，並要面自論奏。伏料二十日入假已後，南衙機務稍閑，特乞恩許，臣中謝。”今存元稹詩文集不見“論幽州”事宜，應該是佚失所致，據補。　　幽州：州名，漢武帝所置十三部刺史之一，東漢治所在薊縣（今北京城西南），轄境相當今河北北部及遼寧等地，這裏指李唐的河朔藩鎮幽州節度使，當時的節度使是劉總，自請分幽州節度使轄境爲三道，詔命劉總爲天平軍節度使，李唐朝廷因此調兵遣將，《舊唐書·穆宗紀》：“（長慶元年三月）癸丑，以幽州盧龍軍節度副大使、知節度事、押奚契丹兩蕃經略等使、檢校司空、同中書門下平章事、楚國公劉總可檢校司徒、兼侍中、天平軍節度、鄆曹濮等州觀察等使。以宣武軍節度使、檢校右僕射、同平章事張弘靖爲檢校司空、同平章事、兼幽州大都督府長史，充幽州盧龍軍節度使。從劉總所奏故也。以鳳翔節度使李愿檢校司空、汴州刺史，充宣武軍節度使。以邠寧節度使李光顏爲鳳翔尹，依前檢校司空、平章事，充鳳翔隴右節度使。以右衛大將軍高霞寓檢校工部尚書、邠州刺史，充邠寧節度使。”陳去疾《送人謫幽州》：“臨路深懷放廢慚，夢中

猶自憶江南。莫言塞北春風少,還勝炎荒入瘴嵐。"貫休《送僧入幽州》:"高士高無敵,騰騰話入燕。無人知爾意,向我道非禪。"　事宜:關於事情的安排和處理。李德裕《賜回鶻可汗書》:"朕當許公主朝覲,親問事宜。"唐無名氏《嘲士戲任穀》:"雲林應訝鶴書遲,自入京來探事宜。從此見山須合眼,被山相賺已多時。"

[編年]

《元稹集》、《編年箋注》未收録,《年譜》、《年譜新編》收録,文題作"論邊事及幽州事宜疏",編年長慶元年。

我們以爲,元稹《謝恩賜告身衣服并借馬狀》所言,"論邊"是一件,"幽州事宜"是另外一件,兩者不能混爲一件事。元稹《謝恩賜告身衣服并借馬狀》作於長慶元年二月十六日之時,因此元稹佚失之文《論幽州事宜疏》亦應該撰作於同時,亦即長慶元年二月十六日稍前一二日,地點在長安,元稹剛剛拜命中書舍人、翰林承旨學士之職。也許因爲元稹的奏疏,才促成了長慶元年三月五名將領的同時調動。《年譜》、《年譜新編》籠統編年長慶元年是不合適的。

■ 論李願入朝疏(一)①

據元稹《謝恩賜告身衣服並借馬狀》

[校記]

(一)論李願入朝疏:本佚失疏所據元稹《謝恩賜告身衣服並借馬狀》,見《元氏長慶集》、《英華》,文字基本相同。

[箋注]

① 論李愿入朝疏：元稹《謝恩賜告身衣服並借馬狀》："伏緣先有疏論邊事及幽州事宜，兼李愿願入朝，並要面自論奏。"今存元稹詩文集中未見論及李愿入朝之事，應該是佚失的原因，故據補。　論：議論，分析和説明事理。張説《并州論邊事表》："臣聞小忿不忍，延起大患；小罪不寬，迫成大禍。契丹奚背恩，誠負天地不容之責。然原其狀，本是夷戎君臣不和，自相誅戮耳！"薛登《論選舉疏》："臣聞國以得賢爲寶，臣以舉賢爲忠，是以子皮之讓國僑，鮑叔之推管仲，燕昭委兵於樂毅，苻堅託政於王猛。及子産受國人之謗，夷吾貪共賈之材，昭王賜輅馬以止讒，永固戮樊世以除譖：處猜嫌而益信，行毀謗而無疑，此由識之至而察之深也。"　李愿：李晟之子，李唐名將之一。《舊唐書·穆宗紀》："（長慶元年三月）癸丑，以幽州盧龍軍節度副大使、知節度事、押奚契丹兩蕃經略等使、檢校司空、同中書門下平章事、楚國公劉總可檢校司徒、兼侍中、天平軍節度、鄆曹濮等州觀察等使。以宣武軍節度使、檢校右僕射、同平章事張弘靖爲檢校司空、同平章事兼幽州大都督府長史，充幽州盧龍軍節度使，從劉總所奏故也。以鳳翔節度使李愿檢校司空、汴州刺史，充宣武軍節度使。以邠寧節度使李光顔爲鳳翔尹，依前檢校司空、平章事，充鳳翔隴右節度使。以右衛大將軍高霞寓檢校工部尚書、邠州刺史，充邠寧節度使。"所謂的"疏論邊事及幽州事宜，兼李愿願入朝"，就是指李唐朝廷在處理幽州事宜，涉及到方方面面，李愿入朝就是其中之一。事情雖然在二月中旬已經啓動，但事情比較複雜，不可能僅僅憑朝廷的意旨就可以成功，故直到三月中旬方然成爲詔命下達。所謂的"李愿入朝"，就是一起調動五名節度使的内容之一。但請讀者注意，韓愈有朋友李愿，其《盧郎中雲友寄示送盤谷子詩兩章歌以和之》："昔尋李愿向盤谷，正見高崖巨壁争。開張是時新晴天，井溢誰把長劍倚？"又《送李愿歸盤谷序》："太行之陽有盤谷，盤谷之間泉甘而土肥，草木蒙茂，居民鮮

少。或曰謂其環兩山之間，故曰盤；或曰是谷也，宅幽而勢阻，隱者之所盤旋，友人李愿居之。"又《唐人跋盤谷序後》："隴西李愿，隱者也。不干譽以求達，每韜光而自晦。"《韓集點勘・送李愿歸盤谷序》："同時有兩李愿：一隱盤谷，一爲西平王晟子……《序》作於貞元十七年，西平子時爲宿衛將，至'和盧詩'，則元和七年也，西平子方官節度使，皆見《唐史》，無栖隱事。"韓愈的朋友李愿，與本文的李愿是同名同姓的兩個人，風馬牛不相及，不要混爲一談。　　入朝：指屬國、外國使臣或地方官員謁見天子。《國語・吳語》："越滅吳，上征上國，宋、鄭、魯、衛、陳、蔡執玉之君皆入朝。"范仲淹《答竊議》："〔我太祖〕命將帥李漢超等十三人分守西北諸州……每來入朝，必召對命坐，賜與優厚，撫而遣之。"

［編年］

　　《元稹集》、《年譜》、《編年箋注》、《年譜新編》未收録，也沒有編年。

　　我們以爲，元稹《謝恩賜告身衣服并借馬狀》所言，"論邊"是一件，"幽州事宜"是另外一件，"李愿入朝"又是一件，三者不能混爲一件事。元稹《謝恩賜告身衣服并借馬狀》作於長慶元年二月十六日之時，因此元稹佚失之文《論李愿入朝疏》亦應該撰作於同時，亦即長慶元年二月十六日稍前一二日，地點在長安，元稹剛剛拜命中書舍人、翰林承旨學士之職。

◎ 謝恩賜告身衣服并借馬狀①

　　右，泰倫重晏至，奉宣恩旨，授臣前件官告身衣服匹帛及借馬者⁽一⁾。忽降天書，乍乘雲驥。頒衣煥目，賚帛盈庭。皆非朽陋之才,宜受光揚之賜,微臣無任抃躍慚惶之至②。

況臣性本疏愚⁽二⁾,素無朋黨⁽三⁾。去年陛下擢自郎吏,命掌書詞。非因宰相奏論,特是聖慈超授。感恩深切,頻獻封章。遂遭分外侵誣,不敢保全軀命③。豈謂恩光轉至,渥澤逾深。出自宸衷,選居近地,便令入院⁽四⁾。當日召見天顏,口敕授官,面賜章服,拔令承旨,不顧班資④。近日寵榮,無臣此例。發言感泣,指日誓心,苟無死節之誠,願受鬼誅之禍⑤。

伏奉恩旨,令臣明日本司赴上,舊例更合中謝⁽五⁾。伏緣先有疏論邊事及幽州事宜,兼李愿入朝⁽六⁾,並要面自論奏⑥。伏料二十日入假已後,南衙機務稍閑,特乞恩許臣中謝。謹錄奏聞,伏候敕旨⁽七⁾⑦。

錄自《元氏長慶集》卷三五

[校記]

(一)右,泰倫重晏至,奉宣恩旨,授臣前件官告身衣服匹帛及借馬者:原本無,楊本、叢刊本同,據《英華》、《全文》補。

(二)況臣性本疏愚:楊本、叢刊本同,《英華》、《全文》作"況臣素守疏愚",各備一説,不改。

(三)素無朋黨:楊本、叢刊本《全文》同,《英華》作"且無朋黨",各備一説,不改。

(四)便令入院:楊本、叢刊本同,《英華》、《全文》作"不試便令入院",各備一説,不改。

(五)舊例更合中謝:楊本、叢刊本、《全文》同,《英華》作"舊例便合中謝",各備一説,不改。

(六)兼李愿入朝:楊本、叢刊本、《全文》同,《英華》作"兼緣李愿入朝",各備一説,不改。

（七）伏候敕旨：楊本、叢刊本同，《英華》、《全文》作“伏聽進止”，各備一説，不改。

［箋注］

① 恩賜：朝廷的賞賜。《後漢書・安成孝侯賜傳》：“〔帝〕時幸其第，恩賜特異。”王安石《次韵冲卿除日立春》：“恩賜隨嘉節，無功祇自塵。”　告身：古代授官授號的文憑。權德輿《河南崔尹即安喜從兄宜於室家四十餘歲一昨寓書病傳永寫告身既枉善祝因成絶句》：“五色金光鸞鳳飛，三川墨妙巧相輝。尊崇善祝今如此，共待曾玄捧翟衣。”白居易《妻初授邑號告身》：“弘農舊縣授新封，鈿軸金泥誥一通。我轉官階常自愧，君加邑號有何功？”　衣服：衣裳，服飾，古代官職級別不同，服色也相應不同。官員升降之際，官服的顏色也一定會隨著改變。《詩・小雅・大東》：“西人之子，粲粲衣服。”《史記・趙世家》：“法度制令各順其宜，衣服器械各便其用。”　借馬：在唐宋，翰林學士以及其他高官，有在禁林與宮苑騎馬而行的寵榮，而馬匹照例由御馬廄提供。劉得仁《上翰林丁學士》：“玉殿移時對，金輿數待行。賜衣香未散，借馬色難名。”梅堯臣《較藝贈永叔和禹玉》：“並直禁林司詔令，又來西省選豪英。飛龍借馬天邊下，光祿供醪日底傾。”

② 泰倫重：人名，來到元稹家中宣佈詔令的宦官。元稹《謝御札狀》標示向元稹宣示唐穆宗旨意的也是此人，想來這名宦官是負責傳達唐穆宗旨意之宦官。　晏：晚，遲。《論語・子路》：“冉子退朝，子曰：‘何晏也？’”韓愈《崔十六少府攝伊陽以詩及書見投因酬三十韵》：“有時來朝餐，得米日已晏。”這裏指臣僚上朝返回家中的傍晚時光。天書：帝王的詔書。王勃《爲原州趙長史請爲亡父度人表》：“天書屢降，手敕仍存。”王安石《送孫叔康赴御史府》：“天書下東南，趣召赴嚴闕。”　雲驥：天馬，對皇帝所賜之馬的美稱。李嶠《晚秋喜雨》：“服閑雲驥屏，冗術土龍修。”虞集《御馬五雲驥圖贊》：“《傳》曰：‘天用莫如

龍,地用莫如馬。'" 頒衣:帝王所賞賜的衣服。劉禹錫《謝春衣表》:"陛下覃以至仁,均其厚施,宰元和而布澤,順時律以頒衣,出自禁中,賁於臣下。"李商隱《爲滎陽公謝賜冬衣狀》:"豈望司服頒衣,貴臣傳詔!" 焕目:猶耀眼,謂光芒映射,使人眼花。何薳《春渚紀聞·元參政香飯》:"某病中夢至一所,金碧焕目,空間羅列瓮器甚多。"徐元太《喻林·德行門》:"譬如盛日,但無炎烈,瞻視焕目,光芒射人。" 賁帛:指帝王尊賢禮士所賜與的束帛,語本《易·賁》:"賁於丘園,束帛戔戔。"王肅注:"失位無應,隱處丘園,蓋蒙暗之人,道德彌明,必有束帛之聘也。"《舊唐書·文苑傳序》:"爰及我朝,挺生賢俊,文皇帝解戎衣而開學校,飾賁帛而禮儒生。" 盈庭:充滿朝廷。《楚辭·大招》:"室家盈庭,爵祿盛只。"王逸注:"盈滿朝廷。"王夫之通釋:"盈庭,皆列位於朝廷。"《舊唐書·武宗紀論》:"屬天驕失國,潞孽阻兵,不惑盈庭之言,獨納大臣之計。"這裏指皇帝賞賜的束帛堆滿了家中的廳堂,意謂賞賜之多。 光揚:發揚光大,榮寵褒揚。班固《典引》:"光揚大漢,軼聲前代。"王禹偁《濟州衆等寺新修大殿碑并序》:"大都小邑,暨名山勝境,鮮不建梵刹而聚緇流。有以見大法之光揚,末俗所歸仰也。"

③ 疏愚:粗疏笨拙,懶散愚昧,自謙之詞。元稹《祭翰林白學士太夫人文》:"況積早歲而孤,資性疏愚。"蘇軾《謝賜對衣金帶馬表二首》一:"伏念臣少而拙訥,老益疏愚。" 朋黨:指因政見不同而形成的相互傾軋的宗派集團。《韓非子·有度》:"交衆與多,外内朋黨,雖有大過,其蔽多矣!"《晉書·郤詵傳》:"動則爭競,爭競則朋黨,朋黨則誣謗,誣謗則臧否失實,真偽相冒,主聽用惑,奸之所會也。" 郎吏:郎官。王充《論衡·佚文》:"夫以百官之衆,郎吏非一,唯五人善,非奇而何!"陳善《捫虱新話·愛觀察怕大蟲》:"元和中,郎吏數人,省中飲酒,因話平生愛尚及憎怕者。" 書詞:文辭。《文心雕龍·詔策》:"是以淮南有英才,武帝使相如視草;隴右多文士,光武加意於

書辭。豈直取美當時,亦敬慎來葉矣!"劉禹錫《唐故相國贈司空令狐公集紀》:"公草詔書詞有涉嫌者,相府上言有命中書參詳竄定,因罷內職。"　奏論:向上獻言論析。劉禹錫《論利害表》:"下至二十一年,耀卿爲京兆尹,再以前事奏論,方見允納。"元稹《進西北邊圖狀》:"臣先畫《聖唐西極圖》三面,草本並畢,伏候面自奏論。"　聖慈:聖明慈祥,舊時對皇帝或皇太后的諛稱。《後漢書·孔融傳》:"臣愚以爲諸在冲亂,聖慈哀悼,禮同成人,加以號諡者,宜稱上恩,祭祀禮畢,而後絕之。"岳飛《奏乞會諸帥破敵狀》:"欲乞聖慈令臣提軍前去會合諸帥,同共掩擊,兵力既合,必大成功。"　超授:升遷,亦指越等授官。《晉書·慕容暐載記》:"摧鋒陷銳,宜論功超授。"韓愈《論捕賊行賞表》:"有能捉獲賊者,賜錢萬貫,仍加超授。"　感恩:感懷恩德。《三國志·駱統傳》:"饗賜之日,可人人別進,問其燥濕,加以密意,誘諭使言,察其志趣,令皆感恩戴義,懷欲報之心。"陳潤《闕題》:"丈夫不感恩,感恩寧有淚! 心頭感恩血,一滴染天地。"　深切:真摯,懇切。《後漢書·李燮傳》:"燮上書陳諫,辭義深切,帝乃止。"蘇軾《與章子厚書》:"存問甚厚,憂愛深切。"　封章:言機密事之章奏皆用皂囊重封以進,故名封章,亦稱封事。揚雄《趙充國頌》:"營平守節,屢奏封章。"白居易《和夢遊春詩一百韻》:"密勿奏封章,清明操簡牘。"　分外:格外,特別。高蟾《晚思》:"虞泉冬恨由來短,楊葉春期分外長。"楊萬里《秋雨歎十解》:"濕侵團扇不能輕,冷逼孤燈分外明。"　侵誣:侵害誣衊。應璩《百一詩》一:"名高不宿著,易用受侵誣。"杜光庭《鄭頊別駕本命醮詞》:"或雪志於侵誣之際,或滌瑕於猜忿之中。"　保全:保護使不受損害。《漢書·賈捐之傳》:"今陛下不忍悁悁之忿,欲驅士衆擠之大海之中,快心幽冥之地,非所以救助饑饉,保全元元也。"歐陽修《歸田錄》卷一:"寇忠湣之貶所素厚者九人,自盛文蕭已下,皆坐斥逐,而楊大年與寇公尤善,丁晉公憐其才,曲保全之。"　軀命:生命。陸機《吊魏武帝文》:"委軀命以待難,痛没世而永言。"陳子

昂《申宗人冤獄書》:"陛下神武之威,天機電斷。得奉聖決,恭順天
誅,不顧軀命,不避強禦,唯法是守,唯惡是讎。"

　　④ 恩光:猶恩澤。江淹《獄中上建平王書》:"大王惠以恩光,顧
以顏色。"元稹《爲蕭相謝告身狀》:"如臣寵榮,豈足爲諭! 慚惶踴躍,
進退難安。拜受恩光,戰汗交集。"　渥澤:指恩惠。《後漢書・鄧騭
傳》:"託日月之末光,被雲雨之渥澤,並統列位,光昭當世。"李白《鄂
州刺史韋公德政碑》:"雲滂洋,雨汪濊,澡渥澤,除瑕纇。"　宸衷:帝
王的心意。韋安石《梁王宅侍宴應制同用風字》:"梁園開勝景,軒駕
動宸衷。早荷承湛露,修竹引薰風。"劉禹錫《門下相公榮加冊命天下
同歡忝沐眷私輒感申賀》:"冊命出宸衷,官儀自古崇。特膺平土拜,
光贊格天功。"　近地:近畿之地,内地。《史記・韓信盧綰列傳》:"沛
公立爲漢王,韓信從入漢中,迺說漢王曰:'項王王諸將近地,而王獨
遠居此,此左遷也。'"陸游《賀葉樞密啓》:"九聖故都,視同棄屣;兩河
近地,進若登天。"　入院:進入翰林院。張九齡《謝賜食狀》之後《御
批》:"卿等入院共食,何足爲謝也!"徐鉉《翰林游舍人清明日入院中
途見過余明日亦入西省上直因寄遊君》:"榆柳開新焰,梨花發故枝。
輺輧臨城市,圭組坐曹司。"這裏指元稹於長慶元年二月十六日進入
翰林院,擔任中書舍人翰林承旨學士之職。　天顏:天子的容顏。趙
曄《吳越春秋・勾踐歸國外傳》:"群臣拜舞天顏舒,我王何憂能不
移!"杜甫《紫宸殿退朝口號》:"晝漏稀聞高閣報,天顏有喜近臣知。"
口敕:帝王口頭的詔令。《北史・王劭傳》:"劭在著作,將二十年,專
典國史,撰《隋書》八十卷,多錄口敕。"孟元老《東京夢華錄・十六
日》:"樓上時傳口敕,特令放罪。"　面賜:當面賜予。黃滔《奉和翁文
堯員外文秀光賢晝錦三首》三:"君王面賜紫還鄉,金紫中推是甲裳。
華構便將垂美號,故山重更發清光。"錢易《宋故樞密直學士禮部尚書
贈右僕射張公墓誌銘》:"五年八月,出知益州。中謝日,面賜金一百
四十勒。"　章服:繡有日月、星辰等圖案的古代禮服。每圖爲一章,

天子十二章，群臣按品級以九、七、五、三章遞降。《韓非子·亡徵》："父兄大臣，禄秩過功，章服侵等，宮室供養太侈。"嵇康《與山巨源絕交書》："而當裏以章服，揖拜上官，三不堪也。"有識別符號的衣服。《史記·孝文本紀》："蓋聞有虞氏之時，畫衣冠異章服以爲僇，而民不犯。"張守節正義引《晉書·刑法志》："三皇設言而民不違，五帝畫衣冠而民知禁。犯黥者皁其巾，犯劓者丹其服。"　承旨：官名，唐代翰林院有翰林學士承旨，位在諸學士之上，凡大誥令、大廢置等重要政事，皆得專對，其他翰林學士不得參與其中。李唐之後，五代樞密院有樞密院承旨、副承旨，宋代樞密院有都承旨、副承旨，宋元仍其制，元趙孟頫曾爲此官，世稱趙承旨。元稹《翰林承旨學士記》："舊制：學士無得以承旨爲名者，應對、顧問、參會、旅次、班第，以官爲上下。憲宗章武孝皇帝以永貞元年即大位，始命鄭公爲承旨學士，位在諸學士上。"徐鉉《唐故中書侍郎光政殿學士承旨昌黎韓公墓誌銘》："公諱熙載，字叔言，其先南陽人……"　班資：官階和資格。韓愈《進學解》："商財賄之有亡，計班資之崇庳。"范仲淹《潤州謝上表》："削内閣之班資，奪神州之寄任。"

　　⑤ 寵榮：猶尊榮。《史記·禮書》："德厚者位尊，禄重者寵榮。"庾亮《讓中書令表》："夫富貴寵榮，臣所不能忘也；刑罰貧賤，臣所不能甘也。"　發言：猶開口。《三國志·司馬芝傳》："抑强扶弱，私請不行。會内官欲以事託芝，不敢發言。"《南史·傅亮傳》："武帝有受禪意，而難於發言。"　感泣：感動得下淚。韓愈《順宗實錄》："及睹皇太子儀表班行，既退，無不相賀，至有感泣者。"白居易《賀雨》："奔騰道路人，傴僂田野翁。歡呼相告報，感泣涕霑胸。"　指日誓心：對著太陽發誓，表明忠誠無二。李德裕《異域歸忠傳序》："惟嗢没斯精誠上達，天誘其衷。拔自狼居之山，願拜龍顏之主，封章瀝懇，指日誓心，不奪之誠，介如石矣！"　指日：猶"仰天"，仰望天空，多爲人抒發抑鬱或激動心情時的狀態。《左傳·襄公二十五年》："晏子仰天歎曰：'嬰

所不唯忠於君、利社稷者是與,有如上帝!"岳飛《滿江紅》:"抬望眼,仰天長嘯,壯懷激烈。" **誓心**:心中發誓,立定心願。羊祜《讓開府表》:"是以誓心守節,無苟進之志。"白居易《新樂府·縛戎人》:"誓心密定歸鄉計,不使蕃中妻子知。" **死節**:爲保全節操而死。諸葛亮《前出師表》:"侍中、尚書、長史、參軍,此悉貞亮死節之臣。"高適《燕歌行》:"相看白刃血紛紛,死節從來豈顧勳!" **鬼誅**:鬼神暗中誅戮。白居易《爲宰相賀殺賊表》:"臣聞亂臣賊子阻兵干紀者,明則有天討,幽則有鬼誅。遲速之間,罔不殲殄。"溫庭筠《病中書懷呈友人》:"欲就欺人事,何能誑鬼誅?"

⑥ **恩旨**:猶恩典。徐鉉《洪州西山翠巖廣化院故澄源禪師碑銘》:"門弟子用西域之禮,葬於院之巽隅,封於其上,恩旨褒飾名其丘曰大醫道。"歐陽修《與李留後公》:"前日入拜,恩旨復留。孤生多難,鬢髮蕭然,心形兩衰,豈有榮進之望!" **本司**:該司,司,分管事務的官署。白居易《題盧秘書夏日新栽竹二十韻》:"松韵徒煩聽,桃夭不足觀。梁慚當家杏,臺陋本司蘭。"蘇軾《乞禁商旅過外國狀》:"本司看詳,顯見閩浙商賈因往高麗,遂通契丹。" **赴上**:官員升遷後就職上任。李肇《唐國史補》卷中:"德宗非時召吳湊爲京兆尹,便令赴上。"《資治通鑑·唐肅宗上元二年》:"八月,癸丑朔,加開府儀同三司李輔國兵部尚書。乙未,輔國赴上,宰相朝臣皆送之。"胡三省注:"僕射、尚書赴省供職曰赴上。" **舊例**:原來的規矩。杜甫《偶題》:"文章千古事,得失寸心知……後賢兼舊例,歷代各清規。"陸贄《重原宥淮西將士詔》:"將士衣賜、節料并家口糧賜等,一切並準舊例,以時給付,不得停減。" **中謝**:臣僚受職或受賞後入朝謝恩。王讜《唐語林·政事》:"〔宣宗〕御筆曰:'醴泉縣令李君奭可爲懷州刺史。'人莫測也,君奭中謝,上諭其事。"《資治通鑑·唐武宗會昌四年》:"甲辰,以惊同平章事,兼度支、鹽鐵轉運使。及惊中謝,上勞之。"胡三省注:"既受命入謝,謂之中謝。" **邊事**:邊防事務。《後漢書·竇固傳》:

"帝欲遵武帝故事,擊匈奴,通西域,以固明習邊事,十五年冬,拜爲奉車都尉。"賈島《送李傅侍郎劍南行營》:"走馬從邊事,新恩受外臺。"幽州事宜:發生在幽州的諸多事情。據《舊唐書·穆宗紀》:"(長慶元年)二月戊辰朔……己卯,幽州節度使劉總奏請去位,落髮爲僧。又請分割幽州所管郡縣爲三道,請支三軍賞設錢一百萬貫……"幽州事宜的序幕由此拉開,在其後的三月,發生了不少與此相關的事件,諸如《舊唐書·穆宗紀》:"(長慶二年)三月丁酉朔……辛亥,命給事中韋弘慶充幽州宣慰使,左拾遺狄兼謨副之……癸丑,以幽州盧龍軍節度副大使、知節度事、押奚契丹兩蕃經略等使、檢校司空、同中書門下平章事、楚國公劉總可檢校司徒、兼侍中、天平軍節度、鄆曹濮等州觀察等使。以宣武軍節度使、檢校右僕射。同平章事張弘靖爲檢校司空、同平章事、兼幽州大都督府長史,充幽州盧龍軍節度使。從劉總所奏故也。"　李愿入朝:在《舊唐書·穆宗紀》:"(長慶元年)二月"的記載中,未見"李愿入朝"。但在《舊唐書·穆宗紀》:"(長慶元年)三月丁酉朔……癸丑……以鳳翔節度使李愿檢校司空、汴州刺史,充宣武軍節度使;以邠寧節度使李光顏爲鳳翔尹,依前檢校司空、平章事,充鳳翔隴右節度使;以右衛大將軍高霞寓檢校工部尚書、邠州刺史,充邠寧節度使。"同日還有改官劉總以及任職張弘清之事,李唐朝廷這時調兵遣將,忙碌不堪。估計"李愿入朝"雖然在二月已在議中,但涉及方方面面,直到三月才對劉總、張弘清、李愿、李光顏、高霞寓的調動最後付諸實施。　論奏:指官吏上奏,論述自己意見。《新唐書·劉仁軌傳》:"河南道安撫大使任瓌上疏有所論奏,仁軌見其稿,爲竄定數言。"王安石《論館職札子二》二:"若陛下以臣前所論奏爲合於義理,即乞悉置此九人者以爲三館。"

⑦ 入假:義同"休沐",休息洗沐,猶休假。《漢書·霍光傳》:"光時休沐出,桀輒入,代光決事。"《初學記》卷二〇:"休假亦曰休沐。《漢律》:'吏五日得一下沐。'言休息以洗沐也。"據有關記載,李唐十

日有一次休沐,如元稹《遣畫》:"旬休聊自適,今辰日高起。"元稹《表夏十首》二:"旬時得休浣,高卧閱清景。"元稹《和李校書新題樂府十二首·五弦彈》:"旬休節假暫歸來,一聲狂殺長安少。"故逢每月"十日"、"二十日"、"三十日"應該是休沐之日,本文的"二十日",應該是長慶元年二月二十日,與本文"伏料二十日入假已後"相符合。 南衙:唐代因中書、門下、尚書三省均在皇宮之南,故稱。吳競《貞觀政要·論納諫》:"太宗乃謂玄齡曰:'君但知南衙事,我北門少有營造,何預君事?'"《新唐書·高元裕傳》:"元裕諫曰:'今西頭勢乃重南衙,樞密之權過宰相。'" 機務:機要事務,多指機密的軍國大事。嵇康《與山巨源絕交書》:"心不耐煩,而官事鞅掌,機務纏其心,世故繁其慮,七不堪也。"蘇軾《圜丘合祭六議札子》:"至於後世,海內爲一,四方萬里,皆聽命於上,機務之繁,億萬倍於古。" 乞恩:乞求施恩。《吳越春秋·勾踐歸國外傳》:"孤不能承前君之制,修德自守,亡衆栖於會稽之山,請命乞恩。"《三國志·明帝紀》:"非謀反及手殺人,巫語其親治,有乞恩者,使與奏當文書俱上,朕將思所以全之。" 敕旨:帝王的詔旨。蕭統《謝敕賚制旨大涅槃經講疏啓》:"後閣應敕,木佛子奉宣敕旨。"《新唐書·百官志》:"五日敕旨,百官奏請施行則用之。"

[編年]

《年譜》編年本文於長慶元年,理由是:"《狀》云:'伏料二十日入假已後,南衙機務稍閑,特乞恩許臣中謝'云云。"《編年箋注》大段引錄本文、白居易《元稹除中書舍人翰林學士賜紫金魚袋制》、丁居晦《重修承旨學士壁記》以及岑仲勉《翰林學士壁記注補》之後得出:"此《狀》撰於長慶元年(八二一)二月十六日以後。"《年譜新編》編年本文於"長慶元年二月遷中書舍人、翰林學士時作"。

我們以爲本文撰作於長慶元年二月十六日夜,元稹新拜中書舍人翰林承旨學士之職,地點在長安。理由是:一、據岑仲勉等人對元積《翰林承旨學士記》的論述,元稹拜職中書舍人翰林承旨學士在長慶元年二月十六日。二、本文"泰倫重晏至,奉宣恩旨,授臣前件官告身衣服匹帛及借馬者"云云,"晏至"表明時間在晚上,白天唐穆宗當面口授元稹爲中書舍人、翰林承旨學士,并賜紫金魚袋之"三次"新命,但告身未授元稹,元稹服色未變,紫金魚袋元稹未佩,故當天晚上"泰倫重"奉命前往元稹家中送上"告身"等。三、本文又云:"伏奉恩旨,令臣明日本司赴上。"説明元稹二月十六日當天尚没有履任"中書舍人、翰林承旨學士"之職,還没有"居在東第一閣",第二天,亦即二月十七日,元稹才到"本司"正式履行中書舍人、翰林承旨學士之職。四、本文還云:"舊例更合中謝。"也清楚説明時間在元稹剛剛拜職之日,故還没有來得及"中謝",如果時間已經過去很久,於情於理都説不過去。五、本文"伏料二十日入假已後"云云,更與元稹長慶元年二月十六日拜職之事前後連接,請求延遲"中謝",應該能够"恩准",但至多也祇能三五日,當時的封建禮儀不允許元稹無期限地拖延。

◎ 謝賜設狀[①]

右,今日某乙奉宣恩旨,賜臣就院設者[(一)]。

臣聞推食之賜,用勸勛勞;置醴之恩,以待賢彦[②]。微臣猥承天眷,擢在内庭[(二)]。雨露頻施,涓埃莫效[③]。

陛下載分美禄,特降珍羞。空懷滿腹之慚,未有沃心之便[(三)][④]。既充膚革,誓竭肺肝。竊位素餐,實非誠願。微臣無任感激恩私之至[⑤]。

録自《元氏長慶集》卷三五

[校記]

（一）右，今日某乙奉宣恩旨，賜臣就院設者：原本無，楊本、叢刊本同，據《英華》、《全文》補。

（二）擢在內庭：原本作"擢自內庭"，楊本、叢刊本、《全文》同，語義不符元稹生平，據《英華》改。

（三）未有沃心之便：楊本、叢刊本同，《英華》、《古儷府》、《全文》作"未有沃心之鯁"，各備一說，不改。《古儷府》僅過錄"空懷滿腹之慚，未有沃心之鯁。既充膚革，誓竭肺肝"四句，特此說明。

[箋注]

① 謝：感謝。《漢書·張安世傳》："嘗有所薦，其人來謝。安世大恨，以為舉賢達能，豈有私謝邪？"秦觀《次韻裴仲謨和何先輩》："多謝名郎傳綠綺，愧無佳句比南金。" 賜：對帝王下達旨意的敬稱。李白《送長沙陳太守二首》一："長沙陳太守，逸氣凌青松。英主賜五馬，本是天池龍。"韋應物《奉和聖製重陽日賜宴》："聖心憂萬國，端居在穆清。玄功致海晏，錫讌表文明。" 設：肴饌，有點與今日的工作餐相類，不過那是以皇家名義所賜，榮譽成份偏重。劉義慶《世說新語·雅量》："客來蚤者並得佳設，日晏漸罄，不復及精，隨客早晚，不問貴賤。"何遜《聊作百一體》："逢施同溝壑，值設乃糠糟。"引申為飲宴，宴請。柳宗元《為楊湖南謝設表》："中使某乙至，奉宣聖旨，賜臣長樂驛設者，恩榮特殊。"

② 恩旨：猶恩典。王維《為崔常侍謝賜物表》："奉九月十五日敕，吐蕃贊普公主信物金胡瓶等十一事，伏蒙恩旨，特以賜臣，捧戴慚惶，以抃以躍。"沈既濟《枕中記》："數年，帝知冤，復追為中書令，封燕國公，恩旨殊異。" 推食：亦即"推食解衣"，《史記·淮陰侯列傳》："漢王授我上將軍印，予我數萬眾，解衣衣我，推食食我，言聽計用，故

吾得以至於此。”後因以“推食解衣”極言恩惠之深。《隋書·沈光
傳》：“帝每推食解衣以賜之，同輩莫與爲比。”皇甫冉《送陸鴻漸赴越
詩序》：“尚書郎鮑侯，知子愛子者，將推食解衣以拯其極。”亦省作“推
食”。庾信《周大將軍瑯邪定公司馬裔墓誌銘》：“玉案推食，河橋勸
酒。”李綱《謝賜御筵表》：“臣敢不仰懷推食之仁，力刷飲河之恥。”
勛勞：功勛，功勞。韓愈《唐故贈絳州刺史馬府君行狀》：“司空生燧，
爲司徒、侍中、北平王、贈太傅，謚莊武。莊武之勛勞，在策書。君，其
長子也。”元稹《謝准朱書撰田弘正碑文狀》：“伏以田弘正首變魏俗，
彰先帝之睿謀，近入鎮州，宣陛下之神武。積成忠懇，大有勛勞，人懷
去思，願刻金石。”　置醴：西漢楚元王劉交敬禮申公、白生、穆生等。
穆生不嗜酒，每有宴集，楚元王皆特爲穆生置醴。醴，甜酒。後以“置
醴”爲崇道尊賢的典實。元稹《送東川馬逢侍御史回十韻》：“餞筵君
置醴，隨俗我舖糟。”徐鉉《和方泰州見寄》：“置醴筵空情豈盡？投湘
文就思如凝。更殘月落知孤坐，遙望船窗一點星。”　賢彦：德才俱佳
的人。杜牧《庾道蔚守起居舍人李汝儒守禮部員外郎充翰林學士等
制》：“敕：天下爲公，選賢與能也。況乎伎出流輩，超侍帷幄，豈惟獨
以文學，止於代言，亦乃密參機要，得執所見，若非賢彦，豈膺選擢？”
梅堯臣《依韻和太祝同諸君遊園湖見寄》：“安能接賢彦？樂事聯輕
騎。獨不負春風，塵纓此懷媿！”

③　微臣：卑賤之臣，常用作謙詞。李義府《宣正殿芝草》：“聖祚
今無限，微臣樂未移。”虞世南《奉和獻歲讜宮臣》：“微臣同濫吹，謬得
仰鈞天。”　天眷：指帝王對臣下的恩寵。《晉書·庾冰傳》：“非天眷
之隆，將何以至此？”元稹《爲蕭相讓官表》：“伏望再移天眷，重選時
英。”　擢：舉拔，提升。張九齡《酬周判官巡至始興會改秘書少監見
貽之作兼呈耿廣州》：“一探石室文，再擢金門第。既起南宮草，復掌
西掖制。”沈佺期《和韋舍人早朝》：“一經推舊德，五字擢英才。”　內
庭：宮禁以內。權德輿《奉和聖製中春麟德殿會百寮觀新樂》：“仲春

藹芳景，内庭宴群臣。森森列干戚，濟濟趨鈎陳。"韓偓《甲子歲夏五月自長沙抵醴陵聊寄知心》："職在内庭宮闕下，廳前皆種紫薇花。"雨露：比喻恩澤。高適《送李少府貶峽中王少府貶長沙》："聖代即今多雨露，暫時分手莫躊躇。"武元衡《送馮諫議赴河北宣慰》："漢代衣冠盛，堯年雨露多。恩榮辭紫禁，冰雪渡黄河。" 涓埃：細流與微塵，比喻微小，常常用作自喻。《周書·蕭撝傳》："臣披款歸朝，十有六載，恩深海岳，報淺涓埃。"杜甫《野望》："惟將遲暮供多病，未有涓埃答聖朝。"

④ 美禄：《漢書·食貨志》："酒者，天之美禄，帝王所以頤養天下，享祀祈福，扶衰養疾。"後因以"美禄"指酒。韋應物《始除尚書郎別善福精舍》："明世方選士，中朝懸美禄。除書忽到門，冠帶便拘束。"權德輿《醉後》："美禄與賢人，相逢自可親。願將花柳月，盡賞醉鄉春。" 珍羞：珍美的肴饌。陳嘉言《晦日重宴》："高門引冠蓋，下客抱支離。綺席珍羞滿，文場翰藻摛。"李白《行路難三首》一："金樽清酒斗十千，玉盤珍羞直萬錢。停杯投箸不能食，拔劍四顧心茫然。"沃心：謂使内心受啓發，舊多指以治國之道開導帝王。語出《書·説命》："啓乃心，沃朕心。"孔穎達疏："當開汝心所有，以灌沃我心，欲令以彼所見教己未知故也。"常衮《授王縉侍中兼河南都統制》："累陳造膝之言，彌契沃心之道。"元稹《高端等授官制》："朕嘗因苦口，必念沃心。每思藥石之臣，咸聽肺肝之語。"

⑤ 膚革：皮膚的表裏，肌膚。《禮記·禮運》："四體既正，膚革充盈，人之肥也。"孔穎達疏："膚是革外之薄皮，革是膚内之厚皮革也。"白居易《與元九書》："既壯而膚革不豐盈，未老而齒髮早衰白。"借喻事物的表面。李昭玘《上顔朝奉》："自悔少時，務學鮮淺，不求深趣，區區所聞，正在膚革，今日思之，大是謬悠。" 肺肝：比喻内心。曹植《三良》："黄鳥爲悲鳴，哀哉傷肺肝。"《新唐書·袁滋傳》："性寬易，與之接者，皆謂可見肺肝。"比喻心腹。杜牧《與浙西盧大夫書》："員外

七官以某嘗獲知於郎中,惠然不疑,推置於肺肝間。"　竊位素餐:竊據職位,空食俸祿,謂在位而無作爲。《漢書·楊惲傳》:"惲家方隆盛時,乘朱輪者十人,位在列卿,爵爲通侯,總領從官,與聞政事,曾不能以此時有所建明,以宣德化,又不能與群僚同心並力,陪輔朝廷之遺忘,已負竊位素餐之責久矣!"顏師古注:"素,空也;不稱其職,空食祿也。"《後漢書·梁竦傳》:"孔子著《春秋》而亂臣賊子懼,梁竦作《七序》而竊位素餐者慚。"　誠願:衷心的願望。《陳書·高祖紀》:"九域八荒,同布衷款;百神群祀,皆有誠願。"蕭穎士《爲陳正卿進續尚書表》:"陛下必謂臣所著小有可觀,賜以召見,闕庭一垂試問,臣採摭之外,亦以學文,縱不能光揚盛美,猶庶乎細水短材之益,則聖人之含容大矣!　微臣之誠願畢矣!"

[編年]

　　《年譜》編年本文於長慶元年,理由是:"《狀》云:'今日某乙奉宣恩旨,賜臣就院設者。'"《編年箋注》編年:"參閱《謝恩賜告身衣服并借馬狀》。"亦即長慶元年(八二一)二月十六日以後。《年譜新編》編年:"當作於長慶元年二月入翰林院之初。"綜觀《年譜》、《編年箋注》的編年,既沒有具體的撰寫時間,更沒有說明理由。《年譜新編》雖然大致有"二月"的時間,但也沒有說明編年理由。

　　我們以爲,元稹當時剛剛任職中書舍人翰林承旨學士,事務繁忙,與"有事奏聖,無事退朝"普通臣僚不同,常常需要日以繼夜忙碌在禁中,故享受皇家供應的餐飲情在理中。本文即作於元稹拜職中書舍人翰林承旨學士第二天"本司赴上"之日,亦即長慶元年二月十七日,地點在長安,元稹新任中書舍人翰林承旨學士之職。

◎ 善歌如貫珠賦（以"聲氣圓直 有如貫珠"爲韵，依次用）^(一)①

珠以編次，歌有繼聲^(二)。美綿綿而不絕，狀纍纍以相成^(三)。偏佳朗暢，屢比圓明^{(四)②}。度雕梁而暗繞，誤風綴之頻驚^{(五)③}。響象而然，非謂結之以繩約^(六)；氣至則爾，故可貫之以精誠④。

原夫以節爲珠，以聲爲緯。漸杳杳而無極，以多多而益貴⑤。悠揚綠水，訝合浦之同歸；繚繞青霄，環五星之一氣^{(七)⑥}。望明月而宛轉，感潛鮫之歔欷。若非象照乘之珍，安能忘在齊之味⑦？

其始也，長言邐迤，度曲纏綿。吟斷章而離離若間，引妙囀而一一皆圓⑧。小大雖倫^(八)，離朱視之而不見；唱和相續，師乙美之而謂連⑨。當其拂樹彌長，凌風乍直，意出彈者與高音而臻極；及夫屬思漸繁^(九)，因聲屢有，想無脛者隨促節而奔走⑩。

以洞徹爲精英^(一○)，比疵瑕於能否。次第其韵，且殷勤於士衡之文；上下其音，謂低昂於游女之手⑪。窈窕遠矣！徘徊繹如。彷彿成象，玲瓏構虛⑫。頻寄詞於章句之末，願連光於咳唾之餘^(一一)。清而且圓，直而不散。方同累丸之重疊^(一二)，豈比噴泉之撩亂^{(一三)⑬}！

懼無知者^(一四)，初憫默於暗投；善則返之，乃因循於舊貫⑭。美清泠而發越，憶輝光之璀璨。始終雖異^(一五)，細大靡殊。中規矩於圓折，成條貫以縈紆⑮。

　　似是而非，賦《湛露》則方驚綴冕^(一六)；有聲無實，歌《芳樹》而空想垂珠⑯。美惡難掩，前後不踰^(一七)。亦比掄材而至者，豈獨善歌之謂乎⑰？

錄自《元氏長慶集》卷二七

［校記］

　　（一）善歌如貫珠賦（以“聲氣圓直有如貫珠”爲韵，依次用）：《全文》同，楊本、叢刊本作“善歌如貫珠賦（以“聲氣圓直有如貫珠”，依次用）”，《英華》、《歷代賦彙》作“善歌如貫珠賦（以“聲氣圓直有如貫珠”爲韵）”，各備一説，不改。

　　（二）歌有繼聲：楊本、叢刊本、《全文》同，《英華》、《歷代賦彙》作“歌以繼聲”，各備一説，不改。

　　（三）狀纍纍以相成：楊本、叢刊本、《全文》同，盧校作“狀纍纍而相成”，《英華》、《歷代賦彙》作“狀纍纍於巳成”，各備一説，不改。

　　（四）屢比圓明：《英華》、《歷代賦彙》、《全文》同，楊本、叢刊本誤作“屢此圓明”，不從不改。

　　（五）誤風綴之頻驚：楊本、叢刊本同，《全文》作“誤綴綱之頻驚”，《英華》、《歷代賦彙》作“誤綴綱而頻驚”，各備一説，不改。

　　（六）非謂結之以繩約：楊本、叢刊本、《全文》同，《英華》、《歷代賦彙》作“非謂守之以繩約”，各備一説，不改。

　　（七）環五星之一氣：楊本、叢刊本、《全文》同，《英華》、《歷代賦彙》作“環五星以一氣”，各備一説，不改。

　　（八）小大雖倫：《英華》、《歷代賦彙》、《全文》同，楊本、叢刊本作“小大雖掄”，各備一説，不改。

　　（九）及夫屬思漸繁：楊本、叢刊本、《全文》同，《英華》、《歷代賦彙》作“及夫屬思潛繁”，各備一説，不改。

（一〇）以洞徹爲精英：楊本、叢刊本、《歷代賦彙》、《全文》同，《英華》作“以動激爲精英”，各備一説，不改。

（一一）願連光於咳唾之餘：楊本、叢刊本、《歷代賦彙》、《全文》同，《英華》作“願連光於謦咳之餘”，各備一説，不改。

（一二）方同累丸之重疊：楊本、叢刊本、《歷代賦彙》、《全文》同，《英華》作“方同累丸之重疊”，各備一説，不改。

（一三）豈比噴泉之撩亂：楊本、叢刊本、《全文》作“豈比沉泉之撩亂”，《英華》作“豈比深泉之撩亂”，《歷代賦彙》作“豈比深泉之掩亂”，各備一説，不改。

（一四）懼無知者：《英華》、《歷代賦彙》、《全文》同，楊本、叢刊本作“懼而知者”，各備一説，不改。

（一五）始終雖異：楊本、叢刊本、《全文》同，《英華》、《歷代賦彙》作“始終無異”，各備一説，不改。

（一六）賦《湛露》則方驚綴冕：楊本、叢刊本、《全文》同，《英華》、《歷代賦彙》作“賦《湛露》則方驚綴網”，各備一説，不改。

（一七）前後不踰：楊本、叢刊本、《全文》同，《英華》、《歷代賦彙》作“前後莫踰”，各備一説，不改。

[箋注]

① 善歌：義近“鶯歌”，謂鶯啼婉轉似歌，亦喻婉轉悦耳的歌聲。杜甫《憶幼子》：“驥子春猶隔，鶯歌暖正繁。”楊巨源《春日奉獻聖壽無疆詞十首》二：“人醉逢堯酒，鶯歌答舜弦。” 貫珠：比喻珠圓玉潤的詩文、聲韻。元稹《答姨兄胡靈之見寄五十韻詩序》：“適白翰林又以百韻見贈，余因次酬本韻，以答貫珠之贈焉！”魏承班《玉樓春》：“春風筵上貫珠勻，艷色韶顏嬌旖旎。” 聲氣：聲音氣息，語本《易·乾》：“同聲相應，同氣相求。”孔穎達疏：“同聲相應者，若彈宮而宮應，彈角而角動是也。同氣相求者，若天欲雨而礎柱潤是也：此二者聲氣相感

也。"葉適《與趙丞相書》:"聞命之日,慚汗悚仄,不能出聲氣。"　圓:圓潤,滑利,婉轉,委婉。白居易《江樓夜吟元九律詩》:"冰扣聲聲冷,珠排字字圓。"嚴羽《滄浪詩話‧詩法》:"下字貴響,造語貴圓。"郭紹虞校釋:"蓋謂詩貴圓熟也。"

　② 編次:按次序編排。《史記‧孔子世家》:"追迹三代之禮,序《書傳》,上紀唐虞之際,下至秦繆,編次其事。"《隋書‧音樂志》:"案漢初典章滅絕,諸儒捃拾溝渠墻壁之間,得片簡遺文,與禮事相關者,即編次以爲禮,皆非聖人之言。"　繼聲:傳承。李華《登頭陁寺東樓詩序》:"境勝可以澡濯心靈,詞高可以繼聲金石。"李紳《善歌如貫珠賦》:"曲折而必遵於道,周圓而可法於珠。俾將繼聲者識乎有曲,審音者知我無渝。"　綿綿不絕:連續不斷。《逸周書‧和寤》:"綿綿不絕,蔓蔓若何?"蘇軾《送蹇道士歸廬山》:"綿綿不絕微風裏,內外丹成一彈指。"　纍纍:聯貫成串貌。《禮記‧樂記》:"纍纍乎端如貫珠。"蘇軾《無名和尚頌觀音偈》:"纍纍三百五十珠,持與觀音作纓絡。"相成:互相補充,互相成全。《禮記‧樂記》:"小大相成,終始相生。"曾鞏《列女傳目錄序》:"世皆知文王之所以興……故內則后妃有《關雎》之行,外則群臣有二《南》之美,與之相成。"　朗暢:謂聲音響亮流暢。劉義慶《世說新語‧規箴》:"遠公在廬山中……執經登坐,諷誦朗暢,詞色甚苦,高足之徒皆肅然增敬。"吳淑《江淮異人錄‧耿先生》:"精彩卓逸,言詞朗暢。"　圓明:佛教語,謂徹底領悟。玄奘《大唐西域記‧劫比羅伐窣堵國》:"今產太子,當證三菩提,圓明一切智。"沈遼《代人上杭守趙資政生辰》:"至誠無隱蔽,妙識造圓明。"

　③ 度雕梁而暗繞:事見《列子‧湯問》:"昔韓娥(韓國善歌者也)東之齊,匱糧,過雍門,鬻歌假食。既去,而餘音繞梁欐,三日不絕,左右以其人弗去。過逆旅,逆旅人辱之,韓娥因曼聲哀哭十里,老幼悲愁垂涕相對,三日不食。遽而追之,娥還復爲曼聲長歌十里,老幼喜躍抃舞,弗能自禁,忘向之悲也,乃厚賂發之。故雍門之人,至今善歌

哭放娥之遺聲。" 雕梁：刻繪文采的屋梁。楊巨源《上劉侍中》："舞腰凝綺榭，歌響拂雕梁。"張元幹《風流子·政和間過延平雙溪閣落成席上賦》："飛觀插雕梁。霓虛起，縹緲五雲鄉。" 繞：圍繞，環繞。《莊子·説劍》："繞以渤海，帶以常山。"曹操《短歌行》："繞樹三匝，何枝可依？" 風綴：指風鈴、鐵馬之類。義近"風鈴"，殿閣塔檐的懸鈴，風吹發出響聲，故稱。元稹《飲致用神麴酒三十韵》："遥城傳漏箭，鄉寺響風鈴。"唐彥謙《過三山寺》："一僧歸晚日，群鷺宿寒潮。遥聽風鈴語，興亡話六朝。" 驚：驚訝，驚奇。《莊子·達生》："梓慶削木爲鐻，鐻成，見者驚猶鬼神。"曾鞏《蘇明允哀詞》："於是三人之文章盛傳於世，得而讀之者，皆爲之驚。"

④ 響象：同"響像"，依稀，隱約。左思《吳都賦》："斯實神妙之響象，嗟難得而覶縷。"《文選·王延壽〈魯靈光殿賦〉》："忽瞟眇以響像，若鬼神之彷彿。"李善注："響像，猶依稀，非正形聲也。" 非謂：猶言並非説。陸機《五等諸侯論》："是以經始權其多福，慮終取其少禍。非謂侯伯無可亂之符，郡縣非致治之具也。"沈約《恩幸傳論》："漢末喪亂，魏武始基。軍中倉卒，權立九品。蓋以論人才優劣，非謂世族高卑。" 結之以繩約：上古之時，尚無文字，人們常常結繩記事，這是人類歷史記載的最早雛形。《周易·繫辭》："上古結繩而治，後世聖人易之以書契，百官以治，萬民以察，蓋取諸夬。"孔穎達疏："《正義》曰：此九事之終也。夬者，決也。造立書契，所以決斷萬事，故取諸夬也。結繩者，鄭康成注云：事大大結其繩，事小小結其繩，義或然也。"顧況《石上藤》："空山無鳥迹，何物如人意？委曲結繩文，離披草書字。"汪遵《蒼頡臺》："觀迹成文代結繩，皇風儒教浩然興。幾人從此休耕釣，吟對長安雪夜燈？" 精誠：真誠。《後漢書·廣陵思王荆傳》："精誠所加，金石爲開。"楊炯《和劉長史答十九兄》："精誠動天地，忠義感明神。"

⑤ 節：節奏，節拍。《後漢書·三韓傳》："〔馬韓人〕群聚歌舞，舞

輒數十人相隨,蹋地爲節。"宋無名氏《宣政雜録》:"每扣鼓和,臻蓬蓬之音,爲節而舞。"　聲:吟詠,樂歌。邯鄲淳《魏受命述》:"德盛功茂,傳序不忘。是故竹帛以載之,金石以聲之。垂諸來世,萬載彌光。"蘇鶚《杜陽雜編》卷下:"當時倡優,遂製《菩薩蠻》曲,文士亦往往聲其詞。"　緯:古箏上的弦。《楚辭·劉向〈九歎·湣命〉》:"破伯牙之號鍾兮,挾人箏而彈緯。"王逸注:"緯,張絃也。言乃破伯牙號鍾所鼓之鳴琴,反持凡人小箏,急張其弦而彈之也。"《樂書·禮記訓義》:"後聖有作而八音備,豈特土鼓革籥而已哉!"　杳杳:猶隱約,依稀。鄭棨《開天傳信記》:"吾昨夜夢遊月宮,諸仙娛予以上清之樂……其曲楚楚動人,杳杳在耳。"蘇軾《伏波將軍廟碑》:"自徐聞渡海適朱崖,南望連山,若有若無,杳杳一髮耳!"　無極:無窮盡,無邊際。《左傳·僖公二十四年》:"女德無極,女怨無終。"元稹《奉和竇容州》:"自歎風波去無極,不知何日又相逢?"　多多:極言其多。揚雄《法言·問神》:"書不經,非書也;言不經,非言也。言書不經,多多贅矣!"皇甫湜《鶴處雞群賦》:"顧彼雞矣,相群若是。多多益辨,兩兩而比。自謂鳥中之賢,且具天下之美。"　貴:貴重,重要。《孟子·盡心》:"民爲貴,社稷次之,君爲輕。"崔瑗《座右銘》:"無使名過實,守愚聖所臧;在涅貴不淄,曖曖内含光。"

⑥ 悠揚:久遠,連綿不斷。《隸釋·漢冀州從事張表碑》:"世雖短兮名悠長,位雖少兮功悠揚。"顧敻《虞美人》:"綠荷相倚滿池塘,露清枕簟藕花香,恨悠揚。"　綠水:碧綠的水。潘岳《秋興賦》:"龜祀骨於宗祧兮,思反身於綠水。"杜甫《陪鄭廣文游何將軍山林十首》一:"名園依綠水,野竹上青霄。"　合浦:古郡名,漢置,郡治在今廣西壯族自治區合浦縣東北,縣東南有珍珠城,又名白龍城,以產珍珠著名。葛洪《抱朴子·袪惑》:"凡探明珠,不於合浦之淵,不得驪龍之夜光也;採美玉,不於荊山之岫,不得連城之尺璧也。"蘇軾《示過》:"合浦賣珠無復有,當年笑我泣牛衣。"　同歸:一同返回。《詩·豳風·七

月》：“女心傷悲，殆及公子同歸。”毛傳：“豳公子躬率其民，同時出，同時歸也。”謝惠連《雪賦》：“馳遙思於千里，願接手而同歸。” 繚繞：回環盤旋。《文選·潘岳〈射雉賦〉》：“周環回復，繚繞磐辟。”孟郊《古離別》：“松山雲繚繞，萍路水分離。” 青霄：青天，高空。左思《蜀都賦》：“干青霄而秀出，舒丹氣而爲霞。”濮陽瓘《出籠鶻》：“一點青霄裏，千聲碧落中。” 五星：指水、木、金、火、土五大行星，即東方歲星（木星）、南方熒惑（火星）、中央鎮星（土星）、西方太白（金星）、北方辰星（水星）。《史記·天官書論》：“水、火、金、木、填星，此五星者，天之五佐。”劉向《説苑·辨物》：“所謂五星者，一曰歲星，二曰熒惑，三曰鎮星，四曰太白，五曰辰星。” 一氣：指奏樂首須以氣動之。《左傳·昭公二十年》：“聲亦如味，一氣，二體，三類，四物，五聲，六律，七音，八風，九歌，以相成也。”杜預注：“須氣以動。”陸德明釋文：“一氣，杜解以爲人氣也。服云，歌氣也。”孔穎達疏：“人作諸樂，皆須氣以動，則與服不異。”《樂書·易訓義》：“人生天地之間，一氣之消息，一體之盈虛，未嘗不與陰陽流通，與物類相爲感應律也者。”

⑦ 明月：指明珠。《楚辭·九章·涉江》：“被明月兮珮寶璐。”王逸注：“言己背被明月之珠。”李商隱《利州江潭作》：“自携明月移燈疾，欲就行雲散錦遙。”馮浩箋注：“明月，珠也。” 宛轉：謂含蓄曲折，委婉。鍾嶸《詩品》卷中：“范詩清便宛轉，如流風迴雪。”劉禹錫《竹枝詞序》：“其卒章激訐如吳聲，雖傖儜不可分，而含思宛轉，有淇濮之艷。”形容聲音抑揚動聽。陳恕可《齊天樂·蟬》：“琴絲宛轉，弄幾曲新聲？幾番凄惋？” 潛鮫：亦即“鮫人泣珠”，典出《洞冥記》：“〔吠勒國人〕乘象入海底取寶，宿於鮫人之舍，得淚珠，則鮫所泣之珠也，亦曰泣珠。”後以“鮫人泣珠”謂神話傳説中的鮫人能流出淚珠化作珍珠。梅堯臣《許昌晚晴》：“荷盛鮫客淚，蔓濯野人纓。”劉辰翁《寶鼎現·丁酉元夕》：“燈前擁髻，暗滴鮫珠墜。” 歔欷：悲泣，抽噎，歎息。蔡琰《悲憤詩》：“觀者皆歔欷，行路亦嗚咽。”《新唐書·劉祥道傳》：

“稍遷司刑太常伯。每覆大獄，必歔欷累歎。”　若非：如果不是，要不是。《後漢書·卓茂傳》：“若非公馬，幸至丞相府歸我。”李白《清平調詞三首》一：“若非群玉山頭見，會向瑤臺月下逢。”　照乘：即“照乘珠”，光亮能照明車輛的寶珠。獨孤良器《賦得沉珠於泉》：“皎潔沉泉水，熒煌照乘珠。”高適《漣上別王秀才》：“何意照乘珠？忽然欲暗投。”亦省作“照乘”。李咸用《謝友生遺端溪硯瓦》：“玩餘輕照乘，謝欲等懸黎。”　安能忘在齊之味：典見《論語·述而》：“子在齊聞《韶》樂，曰：‘不圖爲樂之至於斯也！’”邢昺疏《正義》曰：此章孔子美《韶》樂也……《韶》，舜樂名。孔子在齊，聞習韶樂之盛美，故三月忽忘於肉味而不知也……圖，謀度也。爲，作也。斯，此也，謂此，齊也。”班固《幽通賦》：“虞《韶》美而儀鳳兮，孔忘味於千載。”張鷟《遊仙窟》：“一時忘味，孔丘留滯不虛；三日繞梁，韓娥餘音是實。”

⑧ 長言：引長聲音吟唱。語出《禮記·樂記》：“言之不足，故長言之；長言之不足，故嗟歎之。”鄭玄注：“長言之，引其聲也。”李紳《善歌如貫珠賦》：“故能直己中奮，和心外舒。咄長言而皎矣！務妙轉以繩如。”　邐迤：曲折連綿貌。韋應物《灃上西齋寄諸友》：“清川下邐迤，茅棟上岩嶤。”元稹《黃明府詩》：“邐迤七盤路，坡陀數丈城。”　度曲：按曲譜歌唱。張衡《西京賦》：“度曲未終，雲起雪飛。”杜甫《數陪李梓州泛江有女樂在諸舫戲爲艷曲二首贈李》二：“翠眉縈度曲，雲鬢儼成行。”　纏緜：情意深厚。陸機《文賦》：“誄纏緜而悽愴，銘博約而温潤。”張籍《節婦吟》：“感君纏綿意，繫在紅羅襦。”　斷章：詩文中的一章一段。《左傳·襄公二十八年》：“賦詩斷章，余取所求焉！”杜預注：“譬如賦詩取其一章而已。”吳曾《能改齋漫録·樂府》：“韓子蒼在海陵，送葛亞卿詩斷章云：‘今日一杯愁送春，明日一杯愁送君。君應萬里隨春去，若到桃源問歸路。’”　離離：若斷若續貌，相連貌。盧思道《孤鴻賦》：“行離離而高逝，響嘶嘶而相續。”蘇軾《文與可飛白贊》：“離離乎其遠而相屬，縮縮乎其近而不隘也。”　妙轉：指美妙婉轉的

6217

歌喉。《顧曲雜言·雜劇院本》：“也曾見一二大家歌姬輩，甫啓朱唇，即有簫管夾其左右，好腔妙囀反被拖帶，不能施展。”義近“清囀”，清脆宛轉地發聲，多形容鳥鳴聲或樂曲聲。沈約《郊居賦》：“驅四牡之低昂，響繁箾之清囀。” ——：逐一，一個一個地。《韓非子·內儲説》：“齊宣王使人吹竽，必三百人。南郭處士請爲王吹竽，宣王説之，廩食以數百人。宣王死，湣王立，好一一聽之，處士逃。”蘇軾《次韵答子由》：“好語似珠穿一一，妄心如膜退重重。”

⑨ 小大：引申指長的和幼的、輕的和重的等。《禮記·王制》：“疑獄，氾與衆共之。衆疑赦之，必察小大之比以成之。”鄭玄注：“小大，猶輕重也。”《禮記·樂記》：“律小大之稱，比終始之序，以象事行。”鄭玄注：“小大，謂高聲正聲之類也。” 倫：引申爲相類，等比。曹植《學官頌》：“德倫三五，配皇作烈。”岳珂《桯史·館娃浯溪》：“二地出處本不倫，筆力到處，便覺夫差、肅宗無所逃罪。” 離朱：即離婁。《莊子·駢拇》：“是故駢於明者，亂五色，淫文章，青黃黼黻之煌煌非乎？ 而離朱是已。”陸德明釋文引司馬彪曰：“離朱，黃帝時人，百步見秋毫之末。”李白《上安州李長史書》：“乏離朱之明，昧王戎之視。” 唱和：歌唱時此唱彼和。語出《詩·鄭風·蘀兮》：“叔兮伯兮，倡予和女。”陸德明釋文：“一本又作‘唱’。”《荀子·樂論》：“唱和有應，善惡相象。” 相續：相繼，前後連接。元稹《有酒十章》六：“櫻桃桃李相續開，間以木蘭之秀香徘徊。”梅堯臣《新雁》：“泊船人不寐，月下聲相續。” 師乙：古代著名樂師。顧況《悲歌有序》：“情思發動，聖賢所不免也。故師乙陳其宜，延陵審其音，理亂之所經，王化之所興，信無逃於聲教，豈徒文彩之麗耶？”《樂書·樂記》：“子夏言齊音之淫色害德，本衰世言之；師乙謂齊音見利而讓本，盛時言之。”

⑩ 彌長：久長。《漢書·文帝紀》：“朕獲執犧牲珪幣以事上帝宗廟，十四年於今。曆日彌長，以不敏不明而久撫臨天下，朕甚自愧。”曹植《洛神賦》：“超長吟以永慕兮！聲哀厲而彌長。” 凌風：駕著風。

盧照鄰《馴鳶賦》：“工嘴距足以自衛，毛羽足以凌風。懷九圍之遠志，托萬里之長空。”韓愈《鳴雁》：“違憂懷息性匪他，凌風一舉君謂何？”臻：到，達到。葛洪《抱朴子·審舉》：“唐虞所以能臻巍巍之功者，實賴股肱之良也。”歐陽詹《太原旅懷呈薛十八侍御齊十二奉禮》：“眼見寒序臻，坐送秋光除。”　極：頂點，最高地位。《史記·禮書》：“天者，高之極也；地者，下之極也；日月者，明之極也。”劉義慶《世説新語·文學》：“不知便可登峰造極不？”　屬思：構思。韓愈《和崔舍人詠月》：“屬思摛霞錦，追歡罄縹瓶。”張正元《冬日可愛》：“屬思光難駐，舒情影若遺。”　因聲：猶言寄語，指托人帶話。張九齡《送使廣州》：“因聲謝遠別，緣義不緣名。”杜甫《纜船苦風戲題四韵》：“因聲置驛外，爲覓酒家壚。”仇兆鰲注：“因聲，猶云寄語。”　無脛者隨促節而奔走：意謂由於音樂的巨大功用，影響無脛而走。白行簡《澹臺滅明斬龍毀璧賦》：“誠罹有悔之凶，毀以棄之，安能無脛而走？嗟乎仁必有勇，信千古而不朽。”《會稽志·盛憲傳》：“惟公匡復漢室，宗社將絶又能正之。正之之術，實須得賢。珠玉無脛而自至者，以人好之也，況賢者之有足乎！”　促節：急促的節奏，短促的音節。陸機《擬東城一何高》：“長歌赴促節，哀響逐高徽。”《文心雕龍·哀悼》：“結言摹《詩》，促節四言，鮮有緩句，故能義直而文婉，體舊而趣新。”　奔走：急行。《後漢書·史弼傳》：“及下廷尉詔獄，平原吏人奔走詣闕訟之。”《敦煌變文集·伍子胥變文》：“晝即看日，夜乃觀星，奔走不停，遂至吳江北岸。”

⑪洞徹：通曉，透徹瞭解。江淹《水上神女賦》：“理洞徹於俗聽，物驚怪於世心。”通達。《漢武帝内傳》：“〔武帝〕至三歲，景帝抱於膝上撫念之，知其心藏洞徹。”杜甫《送韋諷上閬州録事參軍》：“韋生富春秋，洞澈有清識。”　精英：精華，指事物之最精粹、最美好者。葛洪《抱朴子·嘉遁》：“漱流霞之澄液，茹八石之精英。”杜牧《阿房宮賦》：“燕趙之收藏，韓魏之經營，齊楚之精英，幾世幾年，摽掠其人，倚疊如

山。" 疵瑕：毛病，缺點。王符《潛夫論·實貢》："虛張高譽，强蔽疵瑕，以相詆耀。"《陳書·新安王伯固傳》："叔陵在江州，心害其寵。陰求疵瑕，將中之以法。" 能否：有才能與否。《左傳·襄公三十一年》："公孫揮能知四國之爲，而辨於其大夫之族姓、班位、貴賤、能否，而又善爲辭令。"《漢書·諸葛豐傳》："臣豐駑怯，文不足以勸善，武不足以執邪，陛下不量臣能否，拜爲司隸尉。" 次第：依次。《漢書·燕刺王劉旦傳》："及衛太子敗，齊懷王又薨，旦自以次第當立，上書求入宿衛。"劉禹錫《秋江晚泊》："暮霞千萬狀，賓鴻次第飛。" 殷勤：關注，急切。曹操《請追贈郭嘉封邑表》："賢君殷勤於清良，聖祖敦篤於明勛。"頻繁，反復。《後漢書·陳蕃傳》："天之於漢，恨之無已，故殷勤示變，以悟陛下。" 士衡：文學作品中常用以比喻君子、賢人。皇甫冉《送蕭獻士》："淇上春山直，黎陽大道分。西陵倘一吊，應有士衡文。"武元衡《夏日寄陸三達陸四逢並王念八仲周》："士衡兄弟舊齊名，還似當年在洛城。聞說重門方隱相，古槐高柳夏陰清。" 上下：升降。《楚辭·卜居》："將氾氾若水中之鳧乎？與波上下偷以全吾軀乎？"王逸注："隨衆卑高。"杜甫《卜居》："無數蜻蜓齊上下，一雙鸂鶒對沉浮。"增減，變更。《周禮·秋官·司儀》："凡四方之賓客，禮儀辭命餼牢賜獻，以二等從其爵而上下之。"賈公彦疏："爵尊者禮豐，爵卑者禮殺。"《國語·齊語》："索訟者三禁而不可上下，坐成以束矢。"韋昭注："不可上下者，辭定不可移也。" 低昂：指音節的高低。《宋書·謝靈運傳論》："欲使宮羽相變，低昂互節，若前有浮聲，則後須切響。"蘇軾《竹》："今日南風來，吹亂庭前竹。低昂中音會，甲刃紛相觸。" 遊女：漢水女神。張衡《南都賦》："耕父揚光於清泠之淵，遊女弄珠於漢皋之曲。"嵇康《琴賦》："舞鸑鷟於庭階，遊女飄焉而來萃。"李善注引《列女傳》："游女，漢水神。"

⑫ 窈窕：指美女。蔡邕《青衣賦》："金生沙礫，珠出蚌泥；歎茲窈窕，産於卑微。"梅堯臣《邃隱堂》："曲房有窈窕，空自事眉額。" 徘

徊：安行貌，徐行貌。班固《西都賦》："大路鳴鑾，容與徘徊。"《文選·張衡〈南都賦〉》："總萬乘兮徘徊，按平路兮來歸。"李善注："徘徊即遲遲也。《毛詩》曰：行道遲遲。"張銑注："徘徊，安行狀。"　繹如：相續不絕貌。《論語·八佾》："樂其可知也：始作，翕如也；從之，純如也，皦如也，繹如也，以成。"邢昺疏："繹如也者，言其音落繹然，相續不絕也。"周存《太常新復樂懸冬至日薦之圜丘賦》："皦如繹如，風俗咸和而自化；擊石拊石，鳥獸率舞以來馴。"　彷彿：隱約，依稀。陶潛《桃花源記》："山有小口，彷彿若有光。"李紳《華山慶雲見》："依稀來鶴態，彷彿列仙群。"　成象：成爲感官可以覺知的形象或現象，具體內容視所指不同而異。《易·繫辭》："在天成象，在地成形，變化見矣！"韓康伯注："象況日月星辰。"孔穎達疏："象謂懸象，日月星辰也。"《荀子·樂論》："凡奸聲感人而逆氣應之，逆氣成象而亂生焉！"梁啓雄簡釋引物茂卿曰："成象，謂形於歌舞。"　玲瓏：玉聲，清越的聲音。《文選·班固〈東都賦〉》："鳳蓋棽麗，鳋鑾玲瓏。"李善注引《埤蒼》："玲瓏，玉聲。"賈島《就峰公宿》："殘月華晻曖，遠水響玲瓏。"　構虛：義同"虛構"。張鷟《請禁無名文書疏》："既非責實，多是構虛。窮理本之有傷，瀆化源之無益。"李師政《辨惑》："何乃混計僧尼之數，雷同梟獍之黨？構虛以亂真，蔽善而稱惡。"

⑬ 寄詞：猶寄語。白居易《長恨歌》："臨別殷勤重寄詞，詞中有誓兩心知。"薛濤《寄詞》："菌閣芝樓杳靄中，霞開深見玉宮。紫陽天上神仙客，稱在人間立世功。"　章句：指文章、詩詞。白居易《山中獨吟》："人各有一癖，我癖在章句。"羅隱《春日投錢塘元帥尚父》："門外旌旗屯虎豹，壁間章句動風雷。"　連光：光耀相連，常喻前後相連俱爲美好的事物或人。江淹《敕爲朝賢答劉休範書》："三后連光，四聖遞軌。"李白《出自薊北門行》："虜陣橫北荒，胡星耀精芒。羽書速驚電，烽火晝連光。"　咳唾：《莊子·漁父》："竊待於下風，幸聞咳唾之音以卒相丘也。"後以"咳唾"指稱美他人的言語、詩文等。《漢書·淮

陽憲王劉欽傳》："大王誠賜咳唾，使得盡死，湯禹所以成大功也。"李白《妾薄命》："咳唾落九天，隨風生珠玉。" 清圓：謂聲音清亮圓潤。蘇轍《贈杭僧道潛》："賦形已孤潔，發響仍清圓。"謂文辭清新流暢。蘇軾《新渡寺席上次韵送叔弼坐皆驚歎》："中有清圓句，銅丸飛柘彈。" 直：特指文意率直。《後漢書·班固傳論》："遷文直而事覈，固文贍而事詳。"張守節《上史記正義序》："《史記》者……其文直，其事核，不虛美，不隱惡，故謂之實錄。" 累丸：堆疊彈丸，多用爲技藝精進或貪求不止之典。《莊子·達生》："仲尼適楚，見痀瘻者承蜩，猶掇之也。仲尼曰：'子巧乎？有道邪？'曰：'我有道也，五六月累丸二而不墜，則失者錙銖；累三而不墜，則失者十一；累五而不墜，猶掇之也。'"高郢《痀瘻丈人承蜩賦》："丈人曰：我有道也。初五六日，累丸爲術，槁木其臂，朽株其質。不墜者二，則失之錙銖；不墜者三，則失之十一。既累五而咸若，寧絕四而無必。" 重疊：引申爲再三。元稹《賽神》："主人中罷舞，許我重疊論。"王讜《唐語林·補遺》："衛公驚喜垂涕，曰：'大門官，小子豈敢當此薦拔？'寄謝重疊。" 噴泉：由地下噴射出地面的泉水。荆浩《畫山水圖答大愚》："巖石噴泉窄，山根到水準。"韓拙《山水純全集·論水》："湍而漱石者謂之湧泉，山石間有水澤潑而仰沸者謂之噴泉。" 撩亂：紛亂，雜亂。韋應物《答重陽》："坐使驚霜鬢，撩亂已如蓬。"崔知賢《上元夜效小庾體》："今夜啓城闉，結伴戲芳春。鼓聲撩亂動，風光觸處新。"

⑭ 無知：沒有知識，不明事理。《論語·子罕》："子曰：'吾有知乎哉？無知也。'"朱熹集注："孔子謙言己無知識。"《史記·酷吏列傳》："此愚儒，無知。" 憫默：因憂傷而沉默。江淹《哀千里賦》："既而悄愴成憂，憫默自憐。"白居易《琵琶引序》："遂命酒，使快彈數曲，曲罷憫默。" 暗投：猶明珠暗投。宋之問《和姚給事寓直之作》："暗投空欲報，下調不成章。"李白《留別賈舍人至二首》一："遠客謝主人，明珠難暗投。拂拭倚天劍，西登岳陽樓。" 因循：沿襲，承襲，繼承。

《漢書·百官公卿表》:"秦兼天下,建皇帝之號,立百官之職。漢因循而不革,明簡易,隨時宜也。"《後漢書·梁統傳》:"宣帝聰明正直,總御海內,臣下奉憲,無所失墜,因循先典,天下稱理。"　舊貫:舊制度,舊辦法。《漢書·段會宗傳》:"願吾子因循舊貫,毋求奇功。"元稹《授劉悟昭義軍節度使制》:"勉受新恩,無移舊貫。"

⑮ 清泠:形容聲音清越。劉希夷《孤松篇》:"松子臥仙岑,寂聽疑野心。清泠有真曲,樵採無知音。"陳允平《酹江月·賦水仙》:"一曲清泠聲漸杳,月高人在珠宮。"　發越:激揚,激昂。嵇康《琴賦》:"英聲發越,采采粲粲。"《隋書·文學傳序》:"江左宮商發越,貴於清綺;河朔詞義貞剛,重乎氣質。"　輝光:光輝,光彩。《漢書·李尋傳》:"夫日者,衆陽之長,輝光所燭,萬里同晷,人君之表也。"曹植《登臺賦》:"同天地之矩量兮,齊日月之輝光。"　璀璨:光彩絢麗。王延壽《魯靈光殿賦》:"汩磑磑以璀璨,赫燡燡而爥坤。"《文選·曹植〈洛神賦〉》:"披羅衣之璀粲兮,珥瑤碧之華琚。"張銑注:"璀粲,明淨貌。"始終:開頭和結尾。《莊子·田子方》:"始終相反乎無端,而莫知乎其所窮。"元稹《琵琶歌》:"我爲含悽歎奇絶,許作長歌始終説。"　靡:副詞,不,沒,表示否定。《詩·衛風·氓》:"三歲爲婦,靡室勞矣!"朱熹集傳:"靡,不,言我三歲爲婦,盡心竭力,不以室家之務爲勞。"韓愈《爲韋相公讓官表》:"承命震駭,心神靡寧。"　殊:差異,不同。《易·繫辭》:"天下同歸而殊塗。"《孟子·告子》:"富歲子弟多賴,凶歲子弟多暴,非天之降才爾殊也,其所以陷溺其心者然也。"　規矩:一定的標準、成規。《韓非子·解老》:"萬物莫不有規矩。"玄奘《大唐西域記·迦畢試國》:"貨用金錢、銀錢及小銅錢,規矩模樣異於諸國。"圓折:指水流旋轉曲折。《尸子》卷下:"凡水,其方折者有玉,其圓折者有珠。"《文選·顏延之〈贈王太常〉》:"玉水記方流,璿源載圓折。"呂延濟注:"折,曲也。"　條貫:條理,系統。《史記·屈原賈生列傳》:"明道德之廣崇,治亂之條貫,靡不畢見。"張齊賢《洛陽搢紳舊聞記·

白中令知人》："漢祖見之，睹其儀貌敦厚，舉止閑雅，訪以時事，對答有條貫。"　縈紆：盤旋環繞。白居易《長恨歌》："黄埃散漫風蕭索，雲棧縈紆登劍閣。"范成大《惜交賦》："玉宛轉而不斷兮，繭縈紆而連縷。"

⑯ 似是而非：《孟子·盡心》："孔子曰：'惡似是而非者。'"後以"似是而非"指事物似真而實假，或似正確而實錯誤。王充《論衡·死偽》："世多似是而非，虛偽類真，故杜伯、莊子義之語，往往而存。"葛洪《抱朴子·對俗》："或難曰：神仙方書，似是而非。"　湛露：《詩·小雅》篇名。《左傳·文公四年》："昔諸侯朝正於王，王宴樂之，於是乎賦《湛露》。則天子當陽，諸侯用命也。"後因喻君主之恩澤。陳子昂《爲建安王獻食表》："策勛飲至，頻承湛露之恩。"《舊唐書·太宗賢妃徐氏傳》："願陛下布澤流人，矜弊恤乏，減行役之煩，增湛露之惠。"綴：引申爲充數，備位。陸游《三山杜門作歌》二："當時獲綴鵷鷺行，百寮拜舞皆歔欷。"周密《齊東野語·趙伯美》："且革濫綴班行，治事有公宇，退食有公廨。"　冕：古代天子、諸侯、卿大夫等行朝儀、祭禮時所戴的禮帽。《説文·冃部》："冕，大夫以上冠也。"徐鍇繫傳："冕，冠上加之也，長六寸，前狹圓，後廣方，朱綠塗之。前後邃延，斿其前，垂珠也……以黄綿綴冕兩旁，下係玉瑱，又謂之珥，細長而鋭若筆頭，以屬耳中，無作聰明亂舊章，虛己以待人之意也。"《左傳·桓公二年》："袞、冕、黻、珽。"孔穎達疏："冠者，首服之大名；冕者，冠之別號……《世本》云：'黄帝作冕。'宋仲子云：'冕，冠之有旒者。'"　有聲無實：猶言有名無實。《魏書·李崇傳》："今若基宇不修，仍同丘畎，即使高皇神享，闕於國陽，宗事之典，有聲無實，此臣子所以匪寧，億兆所以失望也。"《三朝北盟會編》卷一五四："又況偽齊有聲無實，若即伐之，如摧枯拉朽。"　芳樹：樂府曲名，《漢鐃歌》十八曲之一。《樂府詩集·漢鐃歌》："《古今樂録》曰：漢鼓吹鐃歌十八曲，字多訛誤：一曰《朱鷺》，二曰《思悲翁》……十一曰《芳樹》，十二曰《有所思》……"

元稹《芳樹》:"芳樹已寥落,孤英尤可嘉。可憐團團葉,蓋覆深深花。"
空想:徒然思念。包佶《祀雨師樂章·送神》:"跪拜臨壇結空想,年年
應節候油雲。"盧祖皋《水龍吟·酴醾》:"對枕幃空想,東床舊夢,帶將
離恨。"　垂珠:珠串下垂。宋玉《諷賦》:"主人之女翳承日之華,披翠
雲之裘,更被白縠之單衫,垂珠步搖。"李白《金陵城西樓月下吟》:"白
雲映水搖空城,白露垂珠滴秋月。"

　　⑰ 美惡:美醜,好壞,是非。《荀子·儒效》:"通財貨,相美惡,辨
貴賤,君子不如賈人。"《禮記·學記》:"君子知至學之難易而知其美
惡,然後能博喻。"鄭玄注:"美惡,說之是非也。"　前後:用於空間,指
事物的前邊和後邊。《書·冏命》:"惟予一人無良,實賴左右前後有
位之士,匡其不及。"《左傳·隱公九年》:"戎人之前遇覆者奔,祝聃逐
之。衷戎師,前後擊之,盡殪。"　掄材:選擇材木。《周禮·地官·山
虞》:"凡邦工入山林而掄材,不禁。"選拔人才。劉禹錫《史公神道
碑》:"元和中,太尉愬爲魏帥,下令掄才於轅門。"《舊唐書·劉迺傳》:
"今夫文部,既始之以掄材,終之以授位。"　豈獨:難道衹是,何止。
杜甫《有感五首》四:"終依古封建,豈獨聽簫韶?"司馬光《涑水記聞》
卷一四:"使朝廷與夏國歡好如初,生民重見太平,豈獨夏國之幸,乃
天下之幸也。"

[編年]

　　未見《年譜》編年本文。《編年箋注》編年:"《文苑英華》卷七九收
錄李紳、趙藩、劉陟同題之作,題注略同。疑四首元和、長慶之際同時
作。姑置長慶元年,俟再考定。"查"《英華》卷七九",並無元稹與"李
紳、趙藩、劉陟同題之作",應該是"《英華》卷七八"之誤,但人名"趙
藩"與"劉陟"均有誤。《年譜新編》編年本文於"庚子至辛丑所作其他
文章"欄内,理由也是:"題下注:'以"聲氣圓直有如貫珠"爲韵,依次
用'《英華》卷七九載李紳、趙藩、劉陟同題之作,題注略同。疑元和、

長慶之際同時作，故繫於此。"其實"庚子至辛丑"與"元和、長慶之際"是兩個並不相同的時間概念，不應該混淆。《編年箋注》誤錄"《文苑英華》卷七九"，《年譜新編》也誤錄"《文苑英華》卷七九"，讀者從中一定能够悟到其中的奥妙。

我們以爲，一、《英華》卷七八載題爲《善歌如貫珠賦》之文共四篇，作者分別是劉陟、趙蕃、失名、元稹。其中標爲"失名"的那篇賦，《全文》已經歸入李紳名下，文字基本相同。二、如果如《編年箋注》所言其中一名作者是"劉陟"，則《資治通鑑·後唐閔帝應順元年》也有記載："（應順元年十一月）丁酉，元帥府判官兵部侍郎任贊、秘書監兼王傅劉瓚、友蘇瓚、記室魚崇遠、河南少尹劉陟、判官司徒詡、推官王説等八人並長流。"應順元年是公元九三四年，就算劉陟年過百歲，元稹大和五年病故之時，劉陟恐怕還没有來到人世，《編年箋注》所謂"元和、長慶之際同時作"云云，無法落實。三、《全文》卷八四二也有《善歌如貫珠賦》，作者也爲劉騭，並注明劉騭爲"梁貞明中官衡州長史"，貞明起公元九一五年，至公元九二一年，離開元稹病故已有八十多年，如果就是此"劉騭"，則也不可能與元稹同時賦作《善歌如貫珠賦》之文。四、《唐摭言·等第罷舉》："劉陟、田鄩，並元和七年。"《登科記考·元和七年》："進士二十九人：《摭言》：'元和七年，劉陟、田鄩等第罷舉。"疑元和七年罷舉的"劉陟"與活動於貞明中的"劉騭"不是同一個人，《全文》有張冠李戴之嫌疑。五、據《新唐書·回鶻傳》，武宗朝有"命太僕卿趙蕃持節臨慰其國"的記載，趙蕃則有可能與元稹、李紳同時。六、終上所述，劉陟與趙蕃的行蹤較爲模糊，難以一一考實。今僅以元稹與李紳的行蹤編年本文，他們兩人共有三次近距離的接觸：貞元十八年九月，李紳"宿於予靖安里第"，元稹與李紳分別撰寫《鶯鶯傳》與《鶯鶯歌》，兩人也有可能共賦《善歌如貫珠賦》之文；元和三年十二月至元和四年三月，李紳與元稹、白居易在長安共同創作新樂府的詩篇，中國文學史上稱爲"新樂府運動"。元稹《樂府（有序)》：“予少時與友人樂天、李公垂輩謂是爲當，遂不復擬賦古題”就是最有力的證據；長慶年間，李紳與元稹同在禁林，情意更密。《舊唐書·李紳傳》：“歲餘，穆宗召爲翰林學士，與李德裕、元稹同在禁署，時稱三俊，情意相善。尋轉右補闕，長慶元年三月，改司勛員外郎、知制誥。二年二月，超拜中書舍人，內職如故。”《舊唐書·穆宗紀》：“(長慶元年三月)己未，以屯田員外郎李德裕爲考功郎中、左補闕李紳爲司勛員外郎，並依前知制誥、翰林學士。”七、本文：“似是而非，賦《湛露》則方驚綴冕；有聲無實，歌《芳樹》而空想垂珠。”所謂的“綴”，引申爲充數，備位。而“冕”是古代天子、諸侯、卿大夫等行朝儀、祭禮時所戴的禮帽。無論是元稹，還是李紳，在貞元十八年九月，或者元和三四年間，都沒有達到“卿大夫”而能“綴冕”的尊貴之位。衹有到了元稹在長慶元年二月十六日被任命爲中書舍人、翰林承旨學士之後，才可以用“方驚綴冕”這樣的詞語表露內心的喜悅，才能賦《湛露》以稱頌唐穆宗的恩澤。八、當時李紳“爲司勛員外郎”之職，在“知制誥、翰林學士”之位，才有可能與元稹一樣，有“方驚綴冕”之可能。據此，本文應該撰成於長慶元年二月十六日之後，當時元稹與李紳“同在禁署”，正是“情意相善”之時，故有同題之作。

◎ 進詩狀①

臣某雜詩十卷。

右，臣面奉聖旨，令臣寫録雜詩進來者②。伏惟皇帝陛下學深江海，文動星辰。乙夜觀書，秋風詠賦③。微臣入院之始，學士等盛傳陛下親批《賀雨》一章，體備鸞鳳，思含珠玉(一)④。臣雖不得目睹宸翰，臣實竊得心念聖言。既仰燭龍之光，難逞聚螢之照，欲爲陳獻，益自慚惶⑤。

況臣九歲學詩，少經貧賤。十年謫宦，備極恓惶⑥。凡所爲文，多因感激。故自古風詩至古今樂府，稍存寄興，頗近謳謠。雖無作者之風，粗中道人之採⑦。自律詩百韻，至於兩韻七言，或因朋友戲投，或以悲歡自遣⁽²⁾，既無六義，皆出一時⑧。詞旨繁蕪，倍增慚恐。今謹隨狀進呈⁽³⁾，無任戰汗屏營之至⑨。

錄自《元氏長慶集》卷三五

［校記］

（一）思含珠玉：楊本、叢刊本同，《英華》、《全文》作“思深珠玉”，各備一說，不改。

（二）或以悲歡自遣：楊本、叢刊本、《英華》、《全文》同，盧校作“或以悲傷自遣”，各備一說，不改。

（三）今謹隨狀進呈：楊本、叢刊本同，《英華》、《全文》作“今謹隨狀陳進”，各備一說，不改。

［箋注］

① 進詩狀：這是元稹奉旨向唐穆宗進獻自己詩歌的表文，也可以看作“雜詩十卷”的序文。關於元稹何時向唐穆宗進獻詩篇，史籍的記載與史實相距甚遠：一些不明就裏的研究者據此《進詩狀》而作出元稹勾結宦官，鑽營高位的判斷，進而抨擊元稹的人品，使元稹蒙冤千年，直到今天還有人在污蔑元稹的政治品格。如《舊唐書·元稹傳》：“穆宗皇帝在東宮，有妃嬪左右嘗誦稹歌詩以爲樂曲者，知稹所爲，嘗稱其善，宮中呼爲‘元才子’。荊南監軍崔潭峻甚禮接稹，不以掾吏遇之，常徵其詩什諷誦之。長慶初，潭峻歸朝，出稹《連昌宮辭》等百餘篇奏御，穆宗大悅，問稹安在？對曰：‘今爲南宮散郎。’即日轉

祠部郎中、知制誥，朝廷以書命不由相府，甚鄙之。然辭誥所出，夐然與古爲侔，遂盛傳於代，由是極承恩顧。嘗爲《長慶宮辭》數十百篇，京師競相傳唱。居無何，召入翰林，爲中書舍人承旨學士。中人以潭峻之故，爭與稹交，而知樞密魏弘簡尤與稹相善，穆宗愈深知重。河東節度使裴度三上疏，言稹與弘簡爲刎頸之交，謀亂朝政，言甚激訐。穆宗顧中外人情，乃罷稹內職，授工部侍郎。上恩顧未衰，長慶二年拜平章事，詔下之日，朝野無不輕笑之。"我們以爲，元稹升任祠部郎中、知制誥臣的原因，《舊唐書·元稹傳》與其他資料所云不一，出入甚大：第一，獻詩時間與原因：《舊唐書·元稹傳》以爲是宦官崔潭峻獻元稹詩歌於穆宗，元稹才得以升任；時間在元稹爲知誥臣之前，即"入翰林院"之前(亦即元和十五年五月九日前)；本文："臣面奉聖旨，令臣寫録雜詩進來者。"時間是在元稹"入院"之後，即元稹爲翰林學士之時，兩文何者爲是？第二，《舊唐書·元稹傳》：長慶初，崔潭峻進元稹詩歌而元稹爲知制誥臣。元稹爲祠部郎中知制誥臣在元和十五年五月九日，元稹《制誥(有序)》、白居易《元稹翰林學士制》可證，長慶初元稹早已自祠部郎中知制誥臣晉升爲翰林學士中書舍人；如果崔潭峻確實是長慶初歸朝，那應與元和十五年升職的元稹無涉。可見《舊唐書·元稹傳》所述與白居易之説矛盾，與事實不符。第三，元稹在本文中盛讚唐穆宗"親批《賀雨》一章"(即白居易的《賀雨》詩，詩云："君以明爲聖，臣以直爲忠。敢賀有其始，亦願有其終。")又説他自己"欲爲陳獻，益自慚惶"，在"面奉聖旨"之後，才不得不把他自己"詞旨繁蕪"之作呈上。完全是元稹奉旨初次獻詩的語氣，根本没有涉及《舊唐書·元稹傳》所述因崔氏獻詩而升任元稹之事；如果確有其事的話，那末在穆宗面前，元稹絶口不提穆宗以前對自己的抬舉也是非常不合情理的；第四，白居易《唐故武昌軍節度處置等使正議大夫檢校户部尚書鄂州刺史兼御史大夫賜紫金魚袋尚書右僕射河南元公墓誌銘并序》："在翰林時，穆宗前後索詩數百篇。"所説的進詩原因、時間與元稹《進詩狀》合，而與《舊唐書·元稹傳》根本不同。升職原因、時間：《舊唐書·元稹傳》說因崔氏獻元詩而即日升職；而元稹的《表奏》則云：因段文昌提名而“十數日”後升職，兩說又是何者爲是？第一，《表奏》作於長慶二年六至八月唐穆宗段文昌在位之時、元稹受誣出貶之後，元稹顯然不會在當事人穆宗與段文昌面前說謊，以招來新的罪責；據李珏《牛僧孺神道碑》：“授考功員外郎、集賢學士。唐穆宗即位，宰相稱其能，遷庫部郎中，掌書命。”又元稹《中書省議賦稅及鑄錢等狀》文末署名有：“庫部郎中知制誥臣牛僧孺、祠部郎中知制誥臣元稹。”《舊唐書·穆宗紀》長慶元年正月十一日條，有“給事中薛存慶封還詔書”云云，亦與元稹《表奏（有序）》所述元稹與牛僧孺、薛存慶同時升遷相合，可見元稹《表奏（有序）》較爲可信。第二，《舊唐書》作於元稹謝世之後的一百多年，由於中唐以後的朋黨相爭，不少材料真假難辨，錯誤極多；經唐末五代混戰，許多資料散失，一時難於搞清。因此《舊唐書》問題不少。就本條言，《舊唐書·元稹傳》說崔氏在江陵徵元稹詩什諷誦，但歸朝所獻《連昌宮詞》却不是江陵所作，而是元稹後來在通州寫成的；又《舊唐書·元稹傳》描述：穆宗問稹安在？似乎穆宗根本不知道元稹之所在？其實這時元稹正在穆宗身邊“試知制誥”。還有“書命不由相府”，其實正由時相令狐楚延譽、時相段文昌舉奏、時相蕭俛的贊同、穆宗“然之”才升職的，怎麼能夠說“書命不由相府”？第三，元稹《表奏（有序）》所述有史可證，並非謊言；而《舊唐書·元稹傳》獻詩升職說矛盾百出，經不起推敲。由此可見，《舊唐書·元稹傳》所述僅是元稹因崔潭峻進獻元詩而元稹得以即日升職的說法，是根本不可信的。第四，元和十五年八月三十日，元稹奉命撰寫《令狐楚衡州刺史制》，對令狐楚的貪贓枉法行爲痛加批判，招致令狐楚的痛恨，蕭俛的不滿。蕭俛從贊同元稹升職轉而反對元稹升職，並且無中生有胡說什麼“書命不由相府”。後世據此而斷定元稹“勾結宦官”、“依附北黨”，使元稹蒙冤千年。雖然元稹在

《謝准朱書撰田弘正碑文狀》、《謝恩賜告身衣服并借馬狀》中一再辯白，但謠言的散佈遠遠勝於真相的流傳，"元稹勾結宦官"的意見幾乎成爲學術界的公論。有關其中的詳情，敬請參見拙作《元稹考論・關於元稹知制誥及翰林學士任內的幾個問題》等八篇文章。　進詩：進獻詩章。李群玉《進詩表》："謹拜表陳獻以聞，無任焚灼隕越屏營之至，臣群玉誠惶誠恐，頓首死罪，謹言。"杜光庭《賀獲神劍進詩表》："臣榮逢昌運，獲睹殊祥，輒貢詠歌，願揚睿感，謹課頌聖德七言四韵詩一首陳進，干浼宸嚴，無任之至。"

② 雜詩：謂興致不一，不拘流例，主旨各異、遇物即言之詩。《文選》有雜詩一目，凡內容不屬獻詩、公宴、遊覽、行旅、贈答、哀傷、樂府諸目者，概列雜詩項。即有題如張衡《四愁》、曹植《朔風》等，內容相近，亦歸此項，如王粲、劉楨、曹植兄弟等作皆即以"雜詩"二字爲題，後世循之。《文選・王粲〈雜詩〉》李善注："雜者，不拘流例，遇物即言，故云雜也。"李周翰注："興致不一，故云雜詩。"杜牧《與宣州崔大夫書》："今謹錄'雜詩'一卷獻上，非敢用此求知，蓋欲導其志無以爲先也。"　聖旨：帝王的意旨和命令。蔡邕《陳政事七要疏》："臣伏讀聖旨，雖周成遇風，訊諸執事，宣王遭旱，密勿祇畏，無以或加。"杜甫《江陵望幸》："甲兵分聖旨，居守付宗臣。"　寫錄：書寫，抄錄。李綽《尚書故實》："有李幼奇者，開元中以藝干柳芳，嘗對芳誦百韵詩，芳已暗記，便題之於壁，不差一字……請幼奇更誦所著文章，皆一遍便能寫錄。"文同《將赴洋州書東谷舊隱》："壁間細書字，多是親寫錄。"

③ 乙夜：二更時候，約爲夜間十時。《舊唐書・李百藥傳》："雜以文詠，間以玄言，乙夜忘疲，中宵不寐。"《資治通鑑・魏邵陵屬公嘉平元年》："羲兄弟默然不從，自甲夜至五鼓。"胡三省注："夜有五更：一更爲甲夜，二更爲乙夜，三更爲丙夜，四更爲丁夜，五更爲戊夜。"秋風：秋季的風。劉徹《秋風辭》："秋風起兮白雲飛，草木黃落兮雁南歸。"曹丕《燕歌行七解》一："秋風蕭瑟天氣涼，草木搖落露爲霜。"

6231

④院：官署名。《新唐書·百官志》："〔御史臺〕其屬有三院：一曰臺院，侍御史隸焉！二曰殿院，殿中侍御史隸焉！三曰察院，監察御史隸焉！"趙彦衛《雲麓漫抄》卷七："唐有三院御史，侍御史謂之臺院，殿中侍御史謂之殿院，監察御史謂之察院。"這裏借指翰林院。學士：官名，南北朝以後，以學士爲司文學撰述之官，唐代翰林學士亦本爲文學侍從之臣，因接近皇帝，往往參預機要。盧照鄰《西使兼送孟學士南遊》："地道巴陵北，天山弱水東。相看萬餘里，共倚一征蓬。"魏元忠《修書院學士奉敕宴梁王宅賦得門字》："大君敦宴賞，萬乘下梁園。酒助閑平樂，人霑雨露恩。"《賀雨》：這裏指白居易著名的諷喻詩篇，僅錄以備考："皇帝嗣寶曆，元和三年冬。自冬及春暮，不雨旱爞爞。上心念下民，懼歲成災凶。遂下罪己詔，殷勤制萬邦。帝曰予一人，繼天承祖宗。憂勤不遑寧，夙夜心忡忡。元年誅劉闢，一舉靖巴邛。二年戮李錡，不戰安江東。顧惟眇眇德，遽有巍巍功！或者天降沴，無乃傲予躬。上思答天戒，下思致時邕。莫如率其身，慈和與儉恭。乃命罷進獻，乃命賑饑窮。宥死降五刑，責己寬三農。宮女出宣徽，廄馬減飛龍。庶政靡不舉，皆出自宸衷。奔騰道路人，傴僂田野翁。歡呼相告報，感泣涕沾胸。順人人心悅，先天天意從。詔下纔七日，和氣生冲融。凝爲油油雲，散作習習風。晝夜三日雨，淒淒復濛濛。萬心春熙熙，百穀青芃芃。人變愁爲喜，歲易儉爲豐。乃知王者心，憂樂與衆同。皇天與后土，所感無不通。冠珮何鏘鏘！將相及王公。蹈舞呼萬歲，列賀明庭中。小臣誠愚陋，職忝金鑾宮。稽首再三拜，一言獻天聰。君以明爲聖，臣以直爲忠。敢賀有其始，亦願有其終。" 鸞鳳：比喻君王。《敦煌曲子詞·菩薩蠻》："良以安國部，金喜迴鸞鳳。"《舊唐書·馬周傳》："太宗嘗以神筆賜周飛白書曰：'鸞鳳凌雲，必資羽翼；股肱之寄，誠在忠良。'" 珠玉：比喻妙語或美好的詩文。《晉書·夏侯湛傳》："〔湛〕作《抵疑》以自廣，其辭曰'……咳唾成珠玉，揮袂出風雲。'"杜甫《和賈至舍人早朝大明宮》：

"朝罷香烟携滿袖，詩成珠玉在揮毫。"

⑤ 宸翰：帝王的墨迹。沈佺期《立春日内出彩花應制》："花迎宸翰發，葉待御筵披。"趙彦衛《雲麓漫抄》卷一："我淵聖皇帝居東宫日，親灑宸翰，畫唐十八學士，並書姓名序贊，以賜宫僚。"　聖言：義同"聖語"，皇帝或聖人的言語。張先《天仙子·公擇將行》："坐治吳州成樂土，詔卷風飛來聖語。"周煇《清波别志》卷上："是皆宰執因奏事暇，親聆聖語如是。"　燭龍：古代神話中的神名，傳説其張目（亦有謂其駕日、銜燭或珠）能照耀天下。《山海經·大荒北經》："西北海之外，赤水之北，有章尾山。有神，人面蛇身而赤，直目正乘，其瞑乃晦，其視乃明，不食不寢不息，風雨是謁。是燭九陰，是謂燭龍。"《文選·謝惠連〈雪賦〉》："若乃積素未虧，白日朝鮮，爛兮若燭龍銜燿照昆山。"李周翰注："燭龍，昆山神也，常銜燭以照。"　聚螢：收聚螢光以照明。《晉書·車胤傳》："家貧不常得油，夏月則練囊盛數十螢火以照書，以夜繼日焉。"後常以"聚螢"喻指刻苦力學。《顔氏家訓·勉學》："古人勤學，有握錐投斧，照雪聚螢，鋤則帶經，牧則編簡，亦爲勤篤。"　陳獻：進獻，上貢。吕温《代文武百寮進農書表》："謹繕寫前件書，凡二十卷，共成三卷，謹詣東上閤門奉表陳獻以聞。"白居易《答黄裳請上尊號表》："上稽祖訓，下酌群情。陳獻表章，請加徽號。"　慚惶：亦作"慚皇"，羞愧惶恐。蕭綱《答徐摛書》："竟不能黜邪進善，少助國章，獻可替否，仰裨聖政，以此慚惶，無忘夕惕。"謝翱《送袁太初歸剡原袁來杭宿傳法寺》："出門擇語歸計餐，顧忌慚皇無不有。"

⑥ 貧賤：貧苦微賤。《管子·牧民》："民惡貧賤，我富貴之。"崔顥《長安道》："莫言貧賤即可欺，人生富貴自有時。"　謫宦：貶官另任新職。錢起《江行無題一百首》三五："豈知因謫宦，斑鬢入江湖。"被貶降的官吏。皇甫冉《歸陽羨兼送劉八長卿》："湖上孤帆别，江南謫宦歸。"　恓惶：忙碌不安貌。李白《上安州李長史書》："白孤劍誰託？悲歌自憐，迫於恓惶，席不暇暖。"歐陽修《投時相書》："抱關擊柝，恓

惶奔走,孟子之戰國,揚雄之新室,有不幸其時者矣!"悲傷貌。《舊唐書·李重福傳》:"天下之人,聞者爲臣流涕;況陛下慈念,豈不湑臣恟惶?"韋應物《簡盧陟》:"恓惶戎旅下,蹉跎淮海濱。"

⑦ 感激:感奮激發。《後漢書·許升妻》:"升感激自厲,乃尋師遠學,遂以成名。"吳曾《能改齋漫録·議論》:"天下之事,多成於貧賤感激之中,或敗於富貴安樂之際,理無可疑也。" 古風:詩體的一種,即古體詩,如李白有《古風》五十七首。韓愈《古風》:"今日曷不樂?幸時不用兵。無曰既蹙矣! 乃尚可以生。"魏慶之《詩人玉屑·畫山水詩》:"少陵題畫山水數詩,其間古風二篇,尤爲超絶。" 樂府:詩體名,初指樂府官署所採制的詩歌,後將魏晉至唐可以入樂的詩歌,以及仿樂府古題的作品統稱樂府,宋郭茂倩搜輯漢魏以迄唐、五代合樂或不合樂以及摹擬之作的樂府歌辭,總成一書,題作《樂府詩集》。謝偃《樂府新歌應教》:"青樓綺閣已含春,凝妝艷粉復如神。細細輕裙全漏影,離離薄扇詎障塵?"張説《舞馬千秋萬歲樂府三首》一:"金天誕聖千秋節,玉醴還分萬壽觴。試聽紫騮歌樂府,何如騄驥舞華岡!"寄興:猶興寄,指文藝作品的深刻寓意。元稹《叙詩寄樂天書》:"又久之,得杜甫詩數百首,愛其浩蕩津涯,處處臻到,始病沈宋之不存寄興,而訝子昂之未暇旁備矣!"劉禹錫《令狐相公見示贈竹二十韵仍命繼和》:"高人必愛竹,寄興良有以。峻節可臨戎,虚心宜得士。" 謳謠:歌謠。《宋書·志序》:"爰及《雅》《鄭》,謳謠之節,一皆屏落,曾無概見。"劉長卿《送鄭説之歙州謁薛侍郎》:"漂泊來千里,謳謠滿百城。" 作者:指從事文章撰述或藝術創作的人。吳質《答東阿王書》:"還治諷采所著,觀省英瑋,實賦頌之宗,作者之師也。"杜甫《李潮八分小篆歌》:"秦有李斯漢蔡邕,中間作者絶不聞。" 遒人:古代帝王派出去瞭解民情的使臣。《左傳·襄公十四年》:"故《夏書》曰:'遒人以木鐸徇于路。'"杜預注:"遒人,行人之官也……徇於路,求歌謠之言。"《三國志·郤正傳》:"故矇冒瞽説,時有攸獻,譬遒人之有采於市

間,游童之吟詠乎疆畔,庶以增廣福祥,輸力規諫。”

　　⑧ 律詩:詩體名,近體詩的一種,起源於南北朝,成熟於唐初。格律要求嚴格,分五言、七言兩種,簡稱五律、七律,以八句爲定格,每句有一定的平仄格式,雙句押韵,以押平聲爲常,首句可押可不押,中間四句除特殊情況外必須對偶。亦偶有六律,其句數在八句以上者稱排律。《新唐書·杜甫傳贊》:“唐興,詩人承陳隋風流,浮靡相矜。至宋之問、沈佺期等,研揣聲音,浮切不差,而號‘律詩’,競相襲沿。”洪適《元氏長慶集原跋》:“聲勢沿順,屬對穩切者爲律詩,以七言、五言爲兩體。”　朋友戲投:這裏指詩友之間的詩歌酬唱。李白《箜篌謠》:“他人方寸間,山海幾千重。輕言託朋友,對面九疑峰。”《太平御覽·神鬼部》:“世有紫姑神,古來相傳云是人家妾,爲大婦所妒,每以穢事相役,正月十五日感激而死,故世人以其日作其形,夜於厠間或猪欄邊迎之,祝曰:‘子胥不在,曹姑亦歸(曹即其大婦也),小姑可出!’戲投者覺重,便是神來,奠設酒果。”　悲歡:悲哀與歡樂。劉長卿《初貶南巴至鄱陽題李嘉祐江亭》:“流落還相見,悲歡話所思。”蘇軾《九日袁公濟有詩次其韵》:“平生傾蓋悲歡裏,早晚抽身簿領間。”自遣:發抒排遣自己的感情。張九齡《臨泛東湖》:“罷興還江城,閉關聊自遣。”王維《重酬苑郎中》:“揚子解嘲徒自遣,馮唐已老復何論!”六義:亦稱“六詩”,《詩大序》:“詩有六義焉:一曰風,二曰賦,三曰比,四曰興,五曰雅,六曰頌。”孔穎達疏:“風、雅、頌者,詩篇之異體;賦、比、興者,詩文之異辭耳! 大小不同而得並爲六義者,賦、比、興是詩之所用,風、雅、頌是詩之成形,用彼三事,成此三事,是故同稱爲義,非別有篇卷也。”近人認爲:風是各國的歌謠,雅是周王畿的歌曲,頌是廟堂祭祀的樂歌,是《詩經》的三種體制;賦是敷陳其事,比是指物譬喻,興是借物起興,是《詩經》的三種表現內容的方法,後指以《詩經》爲代表的文學創作的精神和原則。孟郊《讀張碧集》:“天寶太白歿,六義已消歇。大哉國風本,喪而王澤竭。”羅隱《廣陵李僕射借示

6235

近詩因投獻》：“閑尋綺思千花麗，静想高吟六義清。” 一時：暫時，一會兒。《荀子・正名》：“其累百年之欲，易一時之嫌，然且爲之，不明其數也。”陶潛《擬古詩》：“明明雲間月，灼灼葉中花。豈無一時好，不久當如何？”

⑨ 詞旨：言辭意旨。曹植《上責躬應詔詩表》：“詞旨淺末，不足采覽，貴露下情，冒顔以聞。”陳鵠《耆舊續聞》卷五：“四六用經史全語，必須詞旨相貫。” 繁蕪：繁多，蕪雜。《文選・何晏〈景福殿賦〉》：“桑梓繁蕪，大雨時行。”呂向注：“繁蕪，多也。”《隋書・經籍志》：“晉代摯虞，苦覽者之勞倦，於是采摭孔翠，芟剪繁蕪，自詩賦下，各爲條貫，合而編之，謂爲《流別》。” 慚恐：羞愧不安。文同《代楊侍讀謝官表》：“臣無任感荷慚恐激切屏營之至，謹奉表稱謝以聞。”王令《上邵不疑書》：“干凟尊聽，慚恐無已。”

［編年］

《年譜》認爲：“《狀》有‘微臣入院之始’之語，看出元稹呈詩穆宗，在長慶元年二月以後。”《編年箋注》引錄本文“入院之始”、白居易《唐故武昌軍節度處置等使正議大夫檢校户部尚書鄂州刺史兼御史大夫賜紫金魚袋尚書右僕射河南元公墓誌銘并序》“在翰林時”、《舊唐書・元稹傳》“元才子”的部份語句作爲編年證據，然後得出結論：“此《狀》撰於元稹身在翰林院期間，即長慶元年（八二一）二月至十月間。”《年譜新編》所舉編年理由與《編年箋注》同，但無論是“文編年”還是“譜文”，都祇是籠統編年本文於長慶元年，没有更具體的時間。

本文“微臣入院之始”的表述，白居易《唐故武昌軍節度處置等使正議大夫檢校户部尚書鄂州刺史兼御史大夫賜紫金魚袋尚書右僕射河南元公墓誌銘并序》“在翰林時”的描述，都清楚無誤表明本文應該撰成於元稹拜職翰林學士而進入翰林院之後、免職翰林學士之前，亦即長慶元年二月十六日之後、同年十月十九日稍後數天之前，這自然是不錯的。但另有一些史實表明,本文還可以進一步編年,它應該賦成於元稹進入翰林院後不久,理由是:一、本文"微臣入院之始"表明,獻詩應該在元稹拜職翰林承旨學士之後不久,故稱"入院之始"。二、一個以"元才子"之譽傳流在人口的詩人,有朝一日出現在仰慕"元才子"之名已久的皇帝身邊,按照常理,唐穆宗應該是在剛剛開始之時就向元稹索詩,而不是在半年甚至八個月之時。三、《舊唐書·穆宗紀》等記載表明:長慶元年無論是對唐穆宗,還是元稹,都是一個"多事之秋"。三月開始的長慶元年"科試案",元稹身陷其中;五月開始的太和公主下嫁事件、七月李唐朝臣給唐穆宗上尊號的慶典活動,都使李唐朝廷忙碌不已;太和公主還沒有"發赴",先是幽州,接著是鎮州的叛亂就緊鑼密鼓開場了,相信唐穆宗已經暫時沒有欣賞元稹詩歌的心情;在平叛的緊要關頭,裴度三次上疏彈劾元稹勾結宦官,謀亂朝政,唐穆宗心煩,元稹冤屈,直至元稹被免職翰林承旨學士。據此,我們以爲本文應該撰成長慶元年二月十六日拜職翰林承旨學士不久,應該就在二月之內,地點自然在長安,元稹新任翰林承旨學士之職。因此,《年譜》、《編年箋注》以及《年譜新編》編年本文在"長慶元年二月以後"、"長慶元年(八二一)二月至十月間"、"長慶元年"的說法都是籠統的、模糊的,應該進一步明確。

▲ 佚題制誥(一)①

設壇而拜,授鉞以征②。持衛青之印,即拜軍中③;授岑彭之節,行於閫外④。

據《翰苑新書前集·開府儀同三司》轉錄

［校記］

（一）佚題制誥：《翰苑新書前集·開府儀同三司》：“持衛青之印，授岑彭之節。”下注：“《元集》：‘設壇而拜，授鉞以征。授衛青之印，即拜軍中；授岑彭之節，行於閫外。”本制文佚句又見《錦繡萬花谷續集·節度使》：“設壇而拜，授鉞以征。持衛青之印，即拜軍中；授岑彭之節，行於閫外。”兩者差別一字，“授衛青之印”應該是“持衛青之印”較爲合適，據改。文題“佚題制誥”原無，是筆者根據佚文內容所加，特此説明。

［箋注］

① 佚題制誥：六句不見於今存諸多《元氏長慶集》，但《翰苑新書前集》、《錦繡萬花谷續集》採録，故據補，編排於此。　佚題：原來有題，因故散失，後人無法確知。亦作“無題”，是作者故意不寫明題目，讓讀者暗自體會。唐代詩人李商隱就有這樣諸多的無題詩篇，如：“白道縈迴入暮霞，斑騅嘶斷七香車。春風自共何人笑？枉破陽城十萬家。”“昨夜星辰昨夜風，畫樓西畔桂堂東。身無彩鳳雙飛翼，心有靈犀一點通。隔座送鈎春酒暖，分曹射覆蠟燈紅。嗟余聽鼓應官去，走馬蘭臺類斷蓬。”“來是空言去絕踪，月斜樓上五更鐘。夢爲遠別啼難喚，書被催成墨未濃。蠟照半籠金翡翠，麝熏微度繡芙蓉。劉郎已恨蓬山遠，更隔蓬山一萬重。”“相見時難別亦難，東風無力百花殘。春蠶到死絲方盡，蠟炬成灰淚始乾。曉鏡但愁雲鬢改，夜吟應覺月光寒。蓬山此去無多路，青鳥殷勤爲探看。”就是這樣的詩篇，它們名聞遐邇，傳流後世。　制誥：皇帝的詔令。韓愈《唐故相權公墓碑》：“轉起居舍人，遂知制誥，凡撰命詞九年，以類集爲五十卷，天下稱其能。”元稹《制誥序》：“制誥本於《書》，《書》之誥命、訓誓，皆一時之約束也。”

② 設:建立,開設。《孟子·滕文公》:"設爲庠序學校以教之。"《韓非子·八經》:"設法度以齊民,信賞罰以盡民能。"　壇:高臺,古代祭祀天地、帝王、遠祖或舉行朝會、盟誓及拜將的場所,多用土石等建成。《東觀漢記·吳良傳》:"蕭何舉韓信,設壇即拜。"韋莊《登漢高廟閑眺》:"獨尋仙徑上高原,雲雨深藏古帝壇。"　拜:授官,封爵。《漢書·爰盎傳》:"上拜盎爲泰常,竇嬰爲大將軍。"曾鞏《高驪世次》:"長興三年,權知國事王建,遣使朝貢,明宗拜爲王。"　授鉞:古代大將出征,君主授以斧鉞,表示授以兵權。《文選·張衡〈東京賦〉》:"授鉞四七,共工是除。"薛綜注引《六韜》:"凡國有難,君召將以授斧鉞。"《三國志·陸抗傳》:"紂作淫虐,而周武授鉞。"　征:征討,征伐。《詩·魯頌·泮水》:"桓桓于征,狄彼東南。"鄭玄箋:"征,征伐也。"韓愈《祭馬僕射文》:"東征淮蔡,相臣是使。"

③ 持:拿著,握住。《禮記·射義》:"持弓矢審固,然後可以言中。"白行簡《李娃傳》:"當昔驅高車,持金裝,至某之室,不踰期而蕩盡。"　衛青:漢代著名將領,在平定匈奴侵略中累建功績。王維《老將行》:"衛青不敗由天幸,李廣無功緣數奇。自從棄置便衰朽,世事蹉跎成白首。"杜甫《廣州段功曹到得楊五長史譚書功曹卻歸聊寄此詩》:"衛青開幕府,楊僕將樓船。漢節梅花外,春城海水邊。"　印:官印。《墨子·號令》:"守還授其印,尊寵官之。"《宋書·孔琳之傳》:"傳國之璽,歷代迭用。襲封之印,奕世相傳。貴在仍舊,無取改作。"趙彥衛《雲麓漫抄》卷四:"國朝印制,仍唐舊,諸王及中書門下印方二寸一分,樞密院宣徽三司,尚書省諸司印方二寸,惟尚書省印不塗金,節度使印方一寸九分,塗金,餘印方一寸八分,觀察使印亦塗金……今之印記多不如制,軍校印尚有存者,蓋可考也。"　軍:軍隊。《孫子·謀攻》:"凡用兵之法……全軍爲上,破軍次之。"韓愈《曹成王碑》:"良不得已,錯愕迎拜,盡降其軍。"

④ 授:給予,交付。《詩·周頌·有客》:"言授之縶,以縶其馬。"

《國語·魯語》:"爲我予之邑,今日必授。"韋昭注:"授,予也。" 岑彭:東漢名將,以信義征敵,屢建奇功。《後漢書·岑彭傳》:"岑公之信義,乃足以感三軍而懷敵人,故能尅成遠業,終全其慶也。"岳珂《開府儀同三司加食邑制》:"有岑公之信義,足以威三軍;有賈復之威名,足以折千里。臨敵而意氣自若,決策則機智若神。陷陣摧堅,屢致濯征之利;撫劍抵掌,每陳深入之謀。" 節:符節,古代使臣所持以作憑證。《左傳·文公八年》:"司馬握節以死,故書以官。"杜預注:"節,國之符信也。握之以死,示不廢命。"韓愈《曹成王碑》:"明年,李希烈反,遷御史大夫,授節帥江西,以討希烈。" 行:巡視。《禮記·樂記》:"釋箕子之囚,使之行商容而復其位。"鄭玄注:"行,猶視也。"《管子·立政》:"行鄉里,視宮室,觀樹藝,簡六畜。" 閫外:指京城或朝廷以外,亦指外任將吏駐守管轄的地域,與朝中、朝廷相對。《晉書·陶侃傳》:"閫外多事,千緒萬端,罔有遺漏。"白居易《近見慕巢尚書詩中屢有歎老思退之意因以長句戲而諭之》:"近見詩中歎白鬚,遙知閫外憶東都。"

[編年]

　　未見《年譜》、《編年箋注》採録與編年;《年譜新編》將以上佚句列入"無法編年作品"欄内。

　　我們以爲,根據六句揭示的内容,應該是一篇制誥的部份文句。元稹知制誥臣在元和十五年二月五日至長慶元年十月十九日間,六句所在制誥應該賦成於這一期間,大約是代唐穆宗任命參與河朔平叛的將帥,如果推測不誤,應該賦成於長慶元年八月六日之後、十月十九日之前,地點在長安,元稹時任中書舍人、翰林承旨學士。

▲ 又佚題制誥^{(一)①}

先纛青旌②。

據《錦繡萬花谷續集·節度使》轉録

[校記]

（一）又佚題制誥：文題"佚題制誥"原無，是筆者根據佚文内容所加，特此説明。

[箋注]

① 又佚題制誥：《翰苑新書前集·節度使》："玄纛青旌（《元集》云）。"《錦繡萬花谷續集·節度使》："元纛青旌：《元集》云：'麾蓋鐵鉞。'又云：'先纛青旌。'又云：'設壇而拜，授鉞以征。持衛青之印，即拜軍中；授岑彭之節，行於閫外。'"而"麾蓋鐵鉞"一句，又見於元稹《上興元權尚書啓》："自陛下以環梁十六州之地授閣下，麾蓋鐵鉞，玄纛青旌，晨魚符竹信，車朱左右輜。府置軍司馬以下官屬，刻節而總制之，則某實爲環内之州司馬，而又移族謁醫在閣下治所。"本句與元稹《上興元權尚書啓》中的"玄纛青旌"，也僅僅一字之差。據此可證，本句及"設壇而拜，授鉞以征。持衛青之印，即拜軍中；授岑彭之節，行於閫外"六句，均應該出是元稹的手筆，據補。　　制誥：皇帝的詔令。顏真卿《尚書刑部侍郎贈尚書右僕射孫逖文公集序》："公凡所著，詩歌、賦序、策問、贊、碑、志、表、疏、制誥等，不可勝紀。遭二朝之亂，多有散落。"劉禹錫《酬樂天醉後狂吟十韻》："制誥留臺閣，歌詞入管絃。處身於木雁，任世變桑田。"

② 先：前導，前驅。《左傳·桓公二十六年》："壽子載其旌以先，

盜殺之。"《史記·淮南衡山列傳》:"大將軍號令明,當敵勇敢,常爲士卒先。" 纛:古時軍隊或儀仗隊的大旗。許渾《中秋夕寄大梁劉尚書》:"柳營出號風生纛,蓮幕題詩月上樓。"《新唐書·僕固懷恩傳》:"初,會軍氾水,朔方將張用濟後至,斬纛下。" 青旌:青色的旗幟,木青色主生,故可作爲投降不殺標誌。《資治通鑑·唐懿宗咸通十年》:"〔張玄稔〕以狀白承訓,約期殺賊將,舉城降,至日請立青旌爲應。"胡三省注:"木行色青,木主生,使立青旌,以示不殺。"亦指"青雀旌",畫著青雀的軍旗,常常省稱"青旌"。《禮記·曲禮》:"前有水,則載青旌。"孔穎達疏:"青旌者,青雀旌,謂旌旗。軍行若前值水,則畫爲青雀旌旗幡,上舉示之。所以然者,青雀是水鳥,軍士望見則咸知前必值水而各防也。"

[編年]

　　未見《元稹集》採録,也未見《年譜》、《編年箋注》、《年譜新編》採録與編年。

　　我們以爲,根據兩句揭示的内容,應該是一篇制誥的部份文句。元稹拜職知制誥臣在元和十五年二月五日至長慶元年十月十九日間,兩句所在制誥應該賦成於這一期間,大約是代唐穆宗任命參與河朔平叛的將帥,如果推測不誤,應該賦成於長慶元年八月六日之後、十月十九日之前,地點在長安,元稹時任中書舍人、翰林承旨學士。

▲ 宮 詞 (一)①

　　外人不識承恩處,唯有羅衣染御香②。

　　　　見《倭漢朗詠集·妓女》,據花房英樹《元稹研究》轉録

[校記]

（一）宮詞：《元稹集》、《全唐詩續補》、《編年箋注》均同，未見異文。

[箋注]

① 宮詞：古代的一種詩體，多寫宮廷生活瑣事，一般爲七言絶句，唐代詩歌中多見之，最爲著名的有王建的《宮詞一百首》等。後世沿而作之者頗多。陸游《老學庵筆記》卷四：“古所謂長夜之飲，或以爲達旦，非也。薛許昌《宮詞》云：‘畫燭燒蘭暖復迷，殿帷深密下銀泥。開門欲作侵晨散，已是明朝日向西。’此所謂長夜之飲也。”崔國輔《魏宮詞》：“朝日照紅妝，擬上銅雀臺。畫眉猶未了，魏帝使人催。”王涯《宮詞三十首》九：“永巷重門漸半開，宮官著鎖隔門回。誰知曾笑他人處，今日將身自入來？”今存元稹詩文集未見，據補。

② 外人：外面的人，這裏指宮外的人，没有資格入宮的人。《莊子·山木》：“東海有鳥焉，其名曰意怠……是故其行列不斥，而外人卒不得害，是以免於患。”陶潛《桃花源記》：“其中往來種作，男女衣著，悉如外人。此中人語云：‘不足爲外人道也。’”　不識：不知道，不認識。《詩·大雅·皇矣》：“不識不知，順帝之則。”鄭玄箋：“其爲人不識古，不知今，順天之法而行之者。”韓愈《閔己賦》：“行舟檝而不識四方兮，涉大水之漫漫。”　承恩：蒙受恩澤。岑參《送張獻心充副使歸河西雜句》：“前日承恩白虎殿，歸來見者誰不羨？篋中賜衣十重餘，案上軍書十二卷。”李白《長信宮》：“別有歡娛處，承恩樂未窮。誰憐團扇妾，獨坐怨秋風？”　唯有：祇有。孔融《論盛孝章書》：“海内知識，零落殆盡，唯有會稽盛孝章尚存。”蘇軾《和鮮于子駿鄆州新堂月夜二首》一：“唯有當時月，依然照杯酒。”　羅衣：輕軟絲織品製成的

衣服。曹植《美女篇》:"羅衣何飄飄? 輕裾隨風還。"杜甫《黃草》:"萬里秋風吹錦水,誰家別泪濕羅衣?" 御香:皇帝用的香,皇宮中用的香。沈佺期《紅樓院應制》:"經聲夜息聞天語,爐氣晨飄接御香。誰謂此中難可到? 自憐深院得徊翔。"岑參《寄左省杜拾遺》:"聯步趨丹陛,分曹限紫微。曉隨天仗入,暮惹御香歸。"

[編年]

　　未見《年譜》編年,《編年箋注》歸入"未編年詩"欄内,《年譜新編》編入"無法編年作品"欄内。

　　我們以爲,兩句所在的詩篇應該賦成於元稹擔任翰林承旨學士期間,祇有這一時期,元稹才能與皇帝本人以及皇帝身邊的人密切接觸。元稹《酬樂天待漏入閣見贈(時樂天爲中書舍人予在翰林學士)》:"未勘銀臺契,先排浴殿關。沃心因特召,承旨絕常班(承旨學士在諸學士上)。颺閃才人袖(思政對學士,往往宫官傳詔),嘔鴉軟舉鐶。宫花低作帳,雲從積成山。密視樞機草,偷瞻咫尺顏。恩垂天語近,對久漏聲間。"白居易《待漏入閣書事奉贈元九學士閣老》:"衙排宣政仗,門啓紫宸關。彩筆停書命,花磚趁立班。稀星點銀礫,殘月墮金環。暗漏猶傳水,明河漸下山。從東分地色,向北仰天顏。碧縷爐烟直,紅垂珮尾間。"元稹詩中描寫的情景與白居易詩中提及的"碧縷爐烟直,紅垂珮尾間"相似,就是最好的證據。據此,兩句所在的詩篇,應該賦成於元稹任職翰林承旨學士期間,亦即長慶元年二月十六日至長慶元年十月十九日間,元稹時任中書舍人、翰林承旨學士。

◎ 沈傳師授中書舍人制^(一)①

敕：《書》云："臣作朕股肱耳目。"言天下不可一人理也②。今國家崇建執事，以任股肱；妙選侍臣，實司耳目。股肱良則心膂正，耳目審則視聽明^(二)。苟非端人，何以近我③？

而朝議郎、守尚書兵部郎中、知制誥、充翰林學士、上護軍、賜紫金魚袋沈傳師，潔淨精微，風流儒雅。名因道勝^(三)，信在言前。謙而愈光，卑以自牧。專對無不達，群居若不知④。而又煥有文章，發爲辭誥^(四)。使吾禁中無漏露之患，而朕語言與三代同風⑤。勤亦至矣！事我滿歲，命汝即真^(五)。勉竭乃誠，以輔台德。可守中書舍人，依前翰林學士，散官、勳、賜如故⑥。

錄自《元氏長慶集》卷四五

［校記］

（一）沈傳師授中書舍人制：楊本、叢刊本同，《英華》作"授學士沈傳師加舍人制"，《全文》作"授沈傳師授中書舍人制"，各備一說，不改。

（二）耳目審則視聽明：原本誤作"耳日審則視聽明"，據楊本、叢刊本、《英華》、《全文》改。

（三）名因道勝：原本作"名俱道勝"，叢刊本同，楊本、盧校作"名自道勝"，據宋浙本、《英華》、《全文》改。

（四）發爲辭誥：叢刊本、宋浙本、《全文》同，《英華》作"發爲詞誥"，兩字相通，不改。楊本誤作"務爲詞誥"，不從不改。

（五）命汝即真：叢刊本、《英華》、《全文》同，楊本誤作"命命汝即真"，不從不改。

［箋注］

① 沈傳師：《舊唐書·沈傳師傳》："沈傳師，字子言，吳人……擢進士登制科乙第，授太子校書郎、鄠縣尉。直史館，轉左拾遺、左補闕，並兼史職。遷司門員外郎、知制誥，召充翰林學士，歷司勳、兵部郎中，遷中書舍人。性恬退無競，時翰林未有承旨，次當傳師爲之，固稱疾，宣召不起，乞以本官兼史職。俄兼御史中丞，出爲潭州刺史、湖南觀察使。入爲尚書右丞，出爲洪州刺史、江南西道觀察使，轉宣州刺史、宣歙池觀察使，入爲吏部侍郎。太和元年卒，年五十九，贈吏部尚書。初傳師父既濟撰《建中實錄》十卷，爲時所稱。傳師在史館，預修《憲宗實錄》未成，廉察湖南，特詔齎一分史稿，成於理所。"柳宗元《集古錄羅池廟碑跋》："右《羅池廟碑》，尚書吏部侍郎韓愈撰，中書舍人、史館修撰沈傳師書。"范祖禹《右千牛衛將軍贈左屯衛大將軍墓誌銘》："《論語》、《孟子》、荀、揚諸書，皆能諷誦，學李白歌詩、沈傳師字書。"請讀者注意，根據《舊唐書·沈傳師傳》，由於沈傳師的"固稱疾，宣召不起"，其後元稹得以依次成爲中書舍人、翰林承旨學士。根據李唐的慣例，亦即本文"事我滿歲，命汝即真"的不成文規定，自知制誥臣遷職中書舍人，需要"滿歲"，而元稹自元和十五年五月九日拜職祠部郎中、知制誥臣，至長慶元年二月十六日遷職中書舍人、翰林承旨學士，時間還不到一年，屬於破格提拔。從中可見唐穆宗對元稹的信任，也見出元稹"唐才子"的本色，當然，沈傳師"固稱疾，宣召不起"也是一個有利於元稹晉升的偶然因素。另一方面，由於元稹的破格提拔，也許更引起了同僚中的妒忌。 中書舍人：官名。《舊唐書·職官志》："中書舍人六員（正五品上。曹魏於中書置通事一人，掌呈奏按章。高貴鄉公於通事下加'舍人'二字，晉於中書置舍人、通事各

6246

一人。自魏、晉、齊、梁,詔誥皆出於中書令、中書侍郎,中書通事舍人但掌呈奏而已。或通事有文字者,別敕知詔誥。至梁武,制誥專令舍人掌之,兼去'通事'二字,但云中書舍人。隋曰內史舍人,置八員,掌制誥,品第六,尋升五品上。煬帝改內書舍人,置四員。武德初爲內史人,三年,改爲中書舍人。龍朔、光宅、開元,隨曹改易)。舍人掌侍奉進奏,參議表章。凡詔旨敕制,及璽書册命,皆按典故起草進畫。既下,則署而行之。其禁有四:一曰漏泄,二曰稽緩,三曰違失,四曰忘誤,所以重王命也。制敕既行,有誤則奏而正之。凡大朝會,諸方起居,則受其表狀而奏之。國有大事,若大剋捷及大祥瑞,百寮表賀,亦如之。凡册命大臣于朝,則使持節讀册命之。凡將帥有功及有大賓客,皆使勞問之。凡察天下冤滯,與給事中及御史三司鞫其事。凡百司奏議,文武考課,皆預裁焉!"盧綸《中書舍人李座上送潁陽徐少府》:"潁陽春色似河陽,一望繁花一縣香。今日送官君最恨,可憐才子白鬚長。"白居易《初罷中書舍人》:"自慚拙宦叨清貴,還有痴心怕素餐。或望君臣相獻替,可圖妻子免饑寒。"

②　敕:古時自上告下之詞,漢時凡尊長告誡後輩或下屬皆稱敕,南北朝以後特指皇帝的詔書。王昌齡《從軍行七首》六:"胡瓶落膊紫薄汗,碎葉城西秋月團。明敕星馳封寶劍,辭君一夜取樓蘭。"白居易《賣炭翁(苦宮市也)》:"翩翩兩騎來是誰? 黃衣使者白衫兒。手把文章口稱敕,迴車叱牛牽向北。"　《書》:指《尚書》。《禮記·經解》:"溫柔敦厚,《詩》教也;疏通知遠,《書》教也……故《詩》之失愚,《書》之失誣。"《文心雕龍·徵聖》:"《易》稱'辨物正言,斷辭則備';《書》云'辭尚體要,弗惟好異'。"　股肱:比喻左右輔佐之臣。《漢書·蘇武傳》:"上思股肱之美,乃圖畫其人於麒麟閣,法其形貌,署其官爵姓名。"張九齡《奉和聖製早渡蒲津關》:"東顧重關險,西馳萬國陪。還聞股肱郡,元首詠康哉。"　耳目:比喻輔佐或親信之人。《書·益稷》:"帝曰:'臣作朕股肱耳目。'"孔穎達疏:"君爲元首,臣爲股肱耳目,大體

如一身也。”《舊唐書·姚珽傳》：“臣以庸朽，濫居輔弼，虛備耳目。”

理：謂治理得好，秩序安定，與“亂”相對。白居易《法曲歌》：“法曲法曲舞霓裳，政和世理音洋洋。”王讜《唐語林·政事》：“數年之間，漁商闐湊，州境大理。”

③ 執事：有職守之人，官員。韋應物《答裴丞説歸京所獻》：“執事頗勤久，行去亦傷乖。家貧無僮僕，吏卒升寢齋。”白居易《和答詩十首序》：“是夕，足下次於山北寺，僕職役不得去，命季弟送行，且奉新詩一軸致於執事。” 侍臣：侍奉帝王的廷臣。李商隱《漢宮詞》：“侍臣最有相如渴，不賜金莖露一杯。”曾鞏《上歐陽舍人書》：“朝夕出入左右，侍臣之任也。” 心膂：喻重要的部門或職任。庾亮《讓中書監表》：“今以臣之才，兼如此之嫌，而使内處心膂，外總兵權，以此求治，未之聞也。”司空圖《太尉琅琊王公中生祠碑》：“心膂連營，蓄雷霆於北落；股肱重鎮，寄柱石於東門。” 視聽：看到的和聽到的。《書·蔡仲之命》：“詳乃視聽。”《墨子·尚同中》：“夫唯能使人之耳目，助己視聽；使人之唇吻，助己言談。” 端人：正直的人。《孟子·離婁》：“夫尹公之他，端人也，其取友必端矣！”趙岐注：“端人，用心不邪僻。”秦觀《賀呂相公啓》：“繇是端人坌集，異黨寖微。” 何以：用什麽，怎麽。《詩·召南·行露》：“誰謂雀無角？何以穿我屋？”《南史·陳後主紀》：“監者又言：‘叔寶常耽醉，罕有醒時。’隋文帝使節其酒，既而曰：‘任其性，不爾何以過日？’”

④ 潔淨：純潔無邪。班固《白虎通·五經》：“潔淨精微，《易》教也；恭儉莊敬，《禮》教也。”韓愈《進士策問十三首》一○：“夫子曰‘潔淨精微’，《易》教也。今習其書，不識四者之所謂，盍舉其義而陳其數焉！” 精微：精深微妙。《漢書·藝文志》：“然惑者既失精微，而辟者又隨時抑揚，違離道本，苟以嘩衆取寵。”葛洪《抱朴子自叙》：“洪祖父學無不涉，究測精微，文藝之高，一時莫倫。” 風流：灑脱放逸，風雅瀟灑。《後漢書·方術傳論》：“漢世之所謂名士者，其風流可知矣！”

牟融《送友人》：“衣冠重文物，詩酒足風流。”　儒雅：謂學問淵博。葛洪《抱朴子·博喻》：“介潔而無政事者，非撥亂之器；儒雅而乏治略者，非翼亮之才。”葉紹翁《四朝聞見録·科舉爲黨議發策》：“是時制度多闕，諸儒議封禪之事，及得精於誦讀者，其制始定。而固獨以儒雅稱之，豈雅爲博洽之異名乎？”謂風度溫文爾雅。《北齊書·封隆之傳》：“子繡外貌儒雅，而俠氣難忤。”　“名因道勝”兩句：意謂名聲因自己的品德而遠揚，用行動而不是用空話來證明自己的誠信。　名：名聲，名譽。《易·乾》：“不成乎名，遯世無悶。”孔穎達疏：“不成乎名者，言自隱黜，不成就令名，使人知也。”《新唐書·韓思復傳》：“復爲襄州刺史，治行名天下。”　道：道德，道義。《左傳·桓公六年》：“所謂道，忠於民而信於神也。”《孟子·公孫丑》：“得道者多助，失道者寡助。”　信：守信用，實踐諾言。《左傳·宣公二年》：“賊民之主，不忠；棄君之命，不信。”《新唐書·張巡傳》：“待人無所疑，賞罰信，與衆共甘苦寒暑。”　謙：謙虛，謙讓。《書·大禹謨》：“滿招損，謙受益。”韓愈《苦寒》：“太昊弛維綱，畏避但守謙。”　光：榮耀，榮寵，光彩。《漢書·禮樂志》：“下民之樂，子孫保光。”顏師古注：“言永保其光寵也。”韓愈《爲裴相公讓官表》：“周文用吕望於屠釣，齊桓起甯戚於飯牛，雪恥蒙光，去辱居貴。”　卑：謙恭，謙卑。《左傳·昭公三年》：“鄭伯如晉，公孫段相，甚敬而卑，禮無違者。”韓愈《唐故江西觀察使韋公墓誌銘》：“〔韋丹〕與賓客處，如布衣時，自持卑，一不易。”　自牧：自我修養。《易·謙》：“謙謙君子，卑以自牧。”孔穎達疏：“恒以謙卑自養其德也。”獨孤及《吳季子札論》：“全身不顧其業，專讓不奪其志，所去者忠，所存者節，善自牧矣！”　專對：單獨應對。《後漢書·馬援傳》：“客卿幼而岐嶷，年六歲，能應接諸公，專對賓客。”元稹《翰林學士承旨記》：“大凡大誥令、大廢置、丞相之密畫、内外之密奏、上之所甚注意者，莫不專對，他人無得而參。”　群居：衆人共處。《論語·衛靈公》：“群居終日，言不及義，好行小慧，難矣哉！”周密《齊東野語·杭學遊士聚散》：“朝議以遊士多無檢束，群居率以私喜怒軒輊人。”

　　⑤ 文章：才學。韓愈《河南府法曹參軍盧府君夫人苗氏墓誌銘》：“夫人年若干，嫁河南法曹盧府君，諱貽，有文章德行。”張齊賢《洛陽縉紳舊聞記·少師佯狂》：“時僧雲辨，能俗講，有文章，敏於應對。”　辭誥：誥辭，指上古朝廷詔策之辭。孔穎達《尚書正義序》：“夫《書》者，人君辭誥之典。”蘇頌《小畜外集序》：“前後三直西掖，一入翰林，辭誥深純。”　禁中：指帝王所居宮內。蔡邕《獨斷》卷上：“漢天子正號曰皇帝……所居曰禁中，後曰省中……禁中者，門戶有禁，非侍御者不得入，故曰禁中。”王昌齡《蕭駙馬宅花燭》：“青鸞飛入合歡宮，紫鳳銜花出禁中。”　漏露：泄露。《後漢書·蔡邕傳》：“章奏，帝覽而歎息，因起更衣。曹節於後竊視之，悉宣語左右，事遂漏露。”王禹偁《宣徽南院使鎮州都部署郭公墓誌銘》：“禁中之言，未嘗漏露。”　語言：指書面語，詩文的句子。元稹《敘詩寄樂天書》：“全盛之氣，注射語言，雜糅精粗，遂成多大。”元稹《上興元權尚書啓》：“元和以來，貞元而下，閣下主文之盟餘二十年矣！某亦盜語言於經籍，卒未能效互鄉之進，甚自羞之！”　三代：指夏、商、周。《論語·衛靈公》：“斯民也，三代之所以直道而行也。”邢昺疏：“三代，夏、殷、周也。”《文心雕龍·銘箴》：“斯文之興，盛於三代。夏商二箴，餘句頗存。”　同風：格調、風格相同。班固《兩都賦序》：“而後大漢之文章，炳焉與三代同風。”曹植《與楊德祖書》：“以孔璋之才，不閑於辭賦，而多自謂能與司馬長卿同風。”

　　⑥ “事我滿歲”兩句：沈傳師元和十五年閏正月以中書舍人的身份侍候唐穆宗，《舊唐書·穆宗紀》：“（元和）十五年正月庚子，憲宗崩。丙午，即皇帝位於太極殿東序。是日，召翰林學士段文昌、杜元穎、沈傳師、李肇、侍讀薛放、丁公著對於思政殿，並賜金紫。”元稹作於元和十五年二月五日或稍後一二日的《郭釗等轉勛制》：“（沈）傳師泊（李）肇，共司予言，發揚書命。”知元和十五年二月五日前後，唐穆

宗剛剛登位,沈傳師還衹是翰林學士、知制誥臣,擔負"發揚書命"的
職責,還沒有正式成爲中書舍人,直到長慶元年的二月,沈傳師侍候
唐穆宗已經"滿歲",故有"中書舍人"之命。　　滿歲:滿一年。劉長卿
《送荀八過山陰舊縣兼寄剡中諸官》:"訪舊山陰縣,扁舟到海涯。故
林嗟滿歲,春草憶佳期。"羊士諤《寄黔府竇中丞》:"朝衣蟠艾綬,戎幕
偃雕戈。滿歲歸龍闕,良哉佇作歌。"真:正,與副相對,正式,與臨時
相對。《漢書·河間獻王德傳》:"從民得善書,必爲好寫與之,留其
真。"顏師古注:"真,正也,留其正本。"《文選·〈古詩十九首·今日良
宴會〉》:"令德唱高言,識曲聽其真。"李善注:"真,猶正也。"這裏指
"朝議郎、守尚書兵部郎中、知制誥、充翰林學士、上護軍、賜紫金魚袋
沈傳師"成爲"守中書舍人,依前翰林學士,散官、勛、賜如故"的正式
的中書舍人。　　竭誠:忠誠,盡心。《漢書·劉向傳》:"賴忠正大臣絳
侯、朱虛侯等竭誠盡節以誅滅之,然後劉氏復安。"《舊唐書·德宗
紀》:"賴天地降祐,人衹協謀,將相竭誠,爪牙宣力,群盜斯屏,皇維載
張。"　台德:帝皇統領天下造福萬民之德。　　台:我。《書·湯誓》:
"非台小子,敢行稱亂。"《後漢書·班固傳》:"今其如台而獨闕也!"李
賢注:"台,我也,今其如我何獨闕也。"李誦《授杜黃裳門下侍郎袁滋
中書侍郎並平章事制》:"思所以統天人之和,彰祖宗之烈,以行四方
之政,以遂萬物之宜,敷求哲人,以輔台德。"李昂《授李宗閔同平章事
制》"公直有裕,清貞自持,固可以相導雍熙,光膺夢卜,以匡台德,用
濟巨川,宜升樞軸之尊,俾葉鈞衡之政。"

[編年]

　　《年譜》編年本文於長慶元年,理由是:"丁《記》附題名:'沈傳
師……長慶元年二月二十四日,遷中書舍人。'"《編年箋注》、《年譜新
編》據同樣的理由,得出與《年譜》相同的結論。

　　據上引《舊唐書·穆宗紀》,沈傳師在唐穆宗登位的當日就以"翰

林學士"的身份受到唐穆宗的接見,本文"事我滿歲"又表明,本文應該撰成於唐穆宗登位一年之後,亦即長慶元年一二月間。洪遵《翰苑群書·丁居晦重修承旨學士壁記》:"沈傳師:元和十一年二月十三日自左補闕史館修撰充,十三年正月十三日遷司門員外郎,二月十八日賜緋,十五年正月二十三日加司勛郎中,閏正月一日賜紫,二十一日加兵部郎中、知制誥,長慶元年二月二十四日遷中書舍人,二(?)月十九日出守本官判史館事。"據此,本文應該撰成於長慶元年二月二十四日之前一日,地點在長安,元稹在中書舍人任,剛剛新任翰林承旨學士。

● 和張秘書因寄馬贈詩(一)①

　　丞相功高厭武名,牽將戰馬寄儒生②。四蹄苟距藏雖盡(二),六尺鬐頭見尚驚③。減粟偷兒憎未飽(三),騎驢詩客罵先行④。勸君還却司空著,莫遣衙參傍子城⑤。

録自《元氏長慶集》補遺卷一

[校記]

　　(一)和張秘書因寄馬贈詩:原本作"酬張秘書因寄馬贈詩",《全詩》同,《英華》作"同前",而元稹前面的韓愈、張賈兩人詩題均作"同前",更前面的李絳作"和前",李絳前面的裴度詩題作"酬張秘書因寄馬贈詩"。本詩詩題忽略了李絳詩題的"和前",直接照抄裴度的"酬張秘書因寄馬贈詩",而張籍《蒙裴相公賜馬謹以詩謝》祇是贈送裴度,並非酬贈其他各人,裴度可以以"酬張秘書因寄馬贈詩"名題,但其他各人則祇能"和"張詩而不能"酬"張詩。事實上,各人的詩題亦並非如此。楊本《元氏長慶集》"集外詩"引録《英華》之本詩,亦作"和張秘書因寄馬贈詩”，據改。

（二）四蹄苟距藏雖盡：《英華》、《全詩》同，楊本《元氏長慶集》“集外詩”引錄《英華》之本詩作“四蹄苟距藏難盡”，結合下句“六尺鬣頭見尚驚”，“雖”與“尚”之間有著明顯的關聯關係，不改。

（三）減粟偷兒憎未飽：《英華》、《全詩》同，楊本《元氏長慶集》“集外詩”引錄《英華》之本詩作“減粟偷兒憎未鮑”，語義難通，不從不改。

[箋注]

① 和張秘書因寄馬贈詩：本詩涉及當時文壇裴度贈馬的趣聞軼事，裴度從太原亦即河東贈馬張籍，張籍感激而賦詩《蒙裴相公賜馬謹以詩謝》以謝，詩云：“綠耳新駒已有名，司空自選寄書生。遠離華廄移蹄澀，初到貧家舉眼驚。每見閑人多被問，唯尋古寺獨騎行。思量幾夜沙堤上，得從鳴珂倚火城。”裴度接到張籍的謝詩，以《酬張秘書因寄馬贈詩》回酬：“滿城馳逐皆求馬，古寺閑行獨與君。代步本慚非逸足，緣情何幸枉高文！若逢佳麗從將換，莫共駑駘角出群。飛控着鞭能顧我，當時王粲亦從軍。”然後李絳、韓愈、張賈、元稹、白居易、劉禹錫紛紛賦詩相和，今一一錄在後面，供讀者參考：李絳《和裴相國答張秘書贈馬詩》：“高才名價欲凌雲，上駟光華遠贈君。念舊露垂丞相簡，感知星動客卿文。縱橫逸氣寧稱力，馳騁長途定出群。伏櫪莫令空度歲，黃金結束取功勛。”韓愈《賀張十八秘書得裴司空馬》：“司空遠寄養初成，毛色桃花眼鏡明。落日已曾交彎語，春風還擬并鞍行。長令奴僕知飢渴，須着賢良待性情。旦夕公歸伸拜謝，免勞騎去逐雙旌。”張賈《和裴司空答張秘書贈馬詩》：“閤下從容舊客卿，寄來駿馬賞高情。任追烟景騎仍醉，知有文章倚便成。步步自憐春日影，蕭蕭猶起朔風聲。須知上宰吹噓意，送入天門上路行。”白居易《和張十八秘書謝裴相公寄馬》：“齒齊臕足毛頭膩，秘閣張郎叱撥駒。洗了頷花翻假錦，走時蹄汗蹋真珠。青衫乍見曾驚否？紅粟難賒得飽無？

丞相寄來應有意,遣君騎去上雲衢。"劉禹錫《裴相公大學士見示答張秘書謝馬詩并群公屬和因命追作》:"草玄門戶少塵埃,丞相并州寄馬來。初自塞垣銜苜蓿,忽行幽徑破莓苔。尋花緩轡威遲去,帶酒垂鞭躞蹀回。不與王侯與詞客,知輕富貴重清才。"本詩不見現存諸多《元氏長慶集》,但馬本《元氏長慶集》補遺卷一、楊本《元氏長慶集》"集外詩"、《英華》、《全詩》採錄,故據補。   張秘書:即張籍,當時張籍爲秘書郎。元稹《授張籍秘書郎制》:"敕張籍:《傳》云王澤竭而詩不作,又曰采詩以觀人風,斯亦警予之一事也。以爾籍雅尚古文,不從流俗,切磨諷興,有助政經,而又居貧晏然,廉退不競,俾任石渠之職,思聞木鐸之音,可守秘書郎。"《舊唐書·職官志》:"秘書郎四員(從九品上),校書郎八人(正九品上)。"《舊唐書·張籍傳》:"張籍者,貞元中登進士第。性詭激,能爲古體詩,有警策之句,傳於時。調補太常寺太祝,轉國子助教、秘書郎,以詩名當代,公卿裴度、令狐楚,才名如白居易、元稹,皆與之遊,而韓愈尤重之。累授國子博士、水部員外郎,轉水部郎中,卒,世謂之張水部云。"

② 丞相:古代輔佐君主的最高行政長官,戰國秦悼武王二年始置左右丞相,秦以後各朝,時廢時設,明代洪武十三年革去中書省,權歸六部,至此丞相之制遂廢。陳琳《檄吳將校部曲文》:"丞相銜奉國威,爲民除害。"杜甫《蜀相》:"丞相祠堂何處尋?錦官城外柏森森。"這裏指裴度,當時任職河東節度使,因帶"同中書門下平章事"之職銜,故稱"丞相";因職任節度使,故有贈馬之便利。《舊唐書·裴度傳》:"(元和)十四年,檢校左僕射,同中書門下平章事,太原尹,北都留守,河東節度使。"   功高:功勛卓著。劉長卿《奉和杜相公新移長興宅呈元相公》:"間世生賢宰,同心奉至尊。功高開北第,機靜灌中園。"李華《詠史十一首》九:"蜀主相諸葛,功高名亦尊。驅馳千萬衆,怒目瞰中原。"   武名:征戰用武之威名。蘇頌《回冀州知府左藏》:"伏惟某官,忠諒承家,詩書蘊學,稔武名於朝寀,藹政譽於邊藩。"晁

補之《朝散大夫提舉河北糴便糧草高公墓誌銘》：“而君不樂以武名，自力讀書爲文辭，遂以皇祐五年及進士第，擢太常寺奉禮郎。” 戰馬：通過訓練用於作戰的馬。庾信《見征客始還遇獵》：“猶言乘戰馬，未得解戎衣。”沈佺期《關山月》：“將軍聽曉角，戰馬欲南歸。” 儒生：儒士，通儒家經書的人。王充《論衡·超奇篇》：“故夫能説一經者爲儒生，博覽古今者爲通人。”元結《寄源休》：“天下未偃兵，儒生預戎事。”這裏指張籍，張籍在當時是著名的詩人，《唐才子傳·張籍》：“張籍字文昌（按《新唐書》，籍和州烏江人），貞元十五年封孟紳榜及第，授秘書郎，歷太祝，除水部員外郎。初至長安，謁韓愈，一會如平生歡，才名相許，論心結契，愈力薦爲國子博士。然性狷直，多所責諷於愈，愈亦不忌之。時朝野名士皆與遊，如王建、賈島、于鵠、孟郊諸公集中多所贈答……籍於樂府、古風與王司馬自成機軸，絕世獨立。自李杜之後，風雅道喪，至元和中葉，元白歌詩爲海内宗匠，謂之‘元和體’，病格稍振，無愧洪河砥柱也。樂天贈詩曰：‘張公何爲者？業文三十春。尤工樂府詞，舉代少其倫。’有集七卷，傳於世。”傅璇琮先生主編的《唐才子傳校箋》對《唐才子傳》有較多的補正，請參閱。

③ 荀：義近“旬”，均平，正直。《易·豐》：“初九，遇其配主，雖旬無咎，往有尚。”王弼注：“旬，均也。”陸德明釋文：“旬，荀（爽）作均。”《管子·侈靡》：“不動則望有廬，旬身行。法制度量，王者典器也。”尹知章注：“旬，均也。君子身行，必令均平正直。” 鬚頭：即流蘇，用五彩羽毛或絲綫製成的穗子，常用作車馬、帷帳等的垂飾。楊萬里《題山莊草蟲扇》：“風生蚱蜢怒鬚頭，紈扇團圓璧月流。三蝶商量探花去，不知若箇是莊周？”《日下舊聞考·風俗》：“端午賜京官宮扇，竹骨紙面，俱畫翎毛，不工。綵縧一條，五色綫編者，鬚頭作虎形。綵仗二根，長丈許，五色綫纏繞。艾虎紙二幅，方尺許，俱畫虎並諸毒蟲（《戒庵漫筆》）。”

④ 粟：谷物名，北方通稱“谷子”。李時珍《本草綱目·粟》：“古

者以粟爲黍、稷、粱、秫之總稱,而今之粟,在古但呼爲粱,後人乃專以粱之細者名粟……大抵黏者爲秫,不黏者爲粟。故呼此爲秈粟,以別秫而配秈,北人謂之小米也。"盧照鄰《早度分水嶺》:"千年遊蜀道,斑鬢向長安。徒費周王粟,空彈漢吏冠。"李頎《送司農崔丞》:"同時皆省郎,而我獨留此。維監太倉粟,常對府小吏。" 詩客:詩人。劉商《上崔十五老丈》:"天漢乘槎可問津,寂寥深景到無因。看花獨往尋詩客,不爲經時謁丈人。"白居易《朝歸書寄元八》:"禪僧與詩客,次第來相看。"

⑤ 司空:官名,相傳少昊時所置,周爲六卿之一,即冬官大司空,掌管工程,漢改御史大夫爲大司空,與大司馬、大司徒並列爲三公,後去大字爲司空,歷代因之,明廢。在唐代,往往作爲外任節度使的榮銜,並非實際職務。當時裴度出任河東節度使,曾加司空之銜,故言。《舊唐書·穆宗紀》:(元和十五年九月)"戊午,加河東節度使、金紫光禄大夫、檢校尚書右僕射、兼門下侍郎、同平章事、太原尹、北都留守、上柱國、晉國公、食邑三千户裴度守司空、門下侍郎、同平章事。" 衙參:舊時官吏到上司衙門,排班參見,稟白公事。元稹《酬樂天東南行詩一百韵》:"謫居今共遠,榮路昔同趨。科試銓衡局,衙參典校厨(書判同年,校正同省)。"張祜《贈李修源》:"岳陽新尉曉衙參,却是傍人意未甘。昨夜與君思賈誼,長沙猶在洞庭南。" 子城:大城所屬的小城,即内城及附郭的甕城或月城。白居易《庚樓晚望》:"子城陰處猶殘雪,衙鼓聲前未有塵。"《資治通鑑·唐憲宗元和十四年》:"比至,子城已洞開,惟牙城拒守。"胡三省注:"凡大城謂之羅城,小城謂之子城。"

[編年]

《年譜》編年本詩於"元和十五年九月以後,長慶元年以前",理由是:"據《舊唐書·穆宗紀》,元和十五年九月戊午,加裴度'守司空';

又據《韓子年譜》,長慶元年,張籍爲國子博士。"《編年箋注》編年:"元稹此詩作于元和十五年(八二〇)九月以後,長慶元年以前。見卞《譜》。"未見《年譜新編》編年本詩。

首先,《年譜》"長慶元年,張籍爲國子博士"的説法不够嚴謹,韓愈《雨中寄張博士籍侯主簿喜》:"雨慣曾無節,雷頻自失威。見墙生菌遍,憂麥作蛾飛。"揭示的不是"九月"之後的景象而是夏天的景象,故本詩的下限不應該是"長慶元年以前",而是"長慶元年夏天以前"。其次,韓愈詩、元稹詩、張賈詩均稱裴度爲"司空",據《舊唐書·穆宗紀》,裴度加司空在元和十五年九月十九日,這是本詩的上限。第三,韓愈詩中有"春風還擬并鞍行"之句,張賈詩中也有"步步自憐春日影"之言,劉禹錫詩中更有"尋花緩轡威遲去"之詞,故本詩應該作于元和十五年九月十九日之後,長慶元年夏天之前,以長慶元年春天最爲可能,故今暫時編列本詩于長慶元年春天,地點在長安。

◎ 楊汝士等授右補闕制⁽⁻⁾①

敕:朕聞衮職有闕,仲山甫補之,蓋所以節宣天子之嗜欲而彌縫其不及也⁽⁼⁾。我國家設司諫署,以神明其耳目。凡在兹選,實難其人②。

監察御史楊汝士等,文擅菁華,言無枝葉。更佐大府,爲時聞人③。是用置爾於左右前後,拾遺補闕。苟言之而不用,時予之不明;或抑之而不言,惟爾之不恪④。方我傾聽之始,命爾司聰之榮⁽三⁾。各懋厥誠,無悼後悔⁽四⁾。可依前件⑤。

録自《元氏長慶集》卷四七

［校記］

（一）楊汝士等授右補闕制：楊本、盧校、叢刊本作"楊汝士授右補闕"，《全文》作"授楊汝士等授右補闕制"，《記纂淵海》節錄"朕聞袞職有闕……實難其人"八句，《古今事文類聚新集》節錄"朕聞袞職有闕……蓋所以節宣天子之嗜欲而彌縫其不及也"三句，題均與楊本同，各備一説，不改。

（二）蓋所以節宣天子之嗜欲而彌縫其不及也：叢刊本、《全文》同，楊本作"蓋所以節置天子之嗜欲而彌縫其不及也"，《記纂淵海》、《古今事文類聚新集》作"蓋所以節宣天子之嗜欲而彌縫其不至者也"，各備一説，不改。

（三）命爾司聰之榮：楊本、叢刊本、《全文》同，盧校作"命乃司聰之榮"，各備一説，不改。

（四）無悼後悔：楊本、叢刊本、《全文》同，盧校作"無悼後害"，各備一説，不改。

［箋注］

① 楊汝士：《舊唐書·楊汝士傳》："汝士字慕巢，元和四年進士擢第，又登博學宏詞科。累辟使府，長慶元年爲右補闕，坐弟殷士貢舉覆落，貶開江令。入爲户部員外，再遷職方郎中，太和三年七月以本官知制誥。時李宗閔、牛僧孺輔政，待汝士厚，尋正拜中書舍人，改工部侍郎。八年出爲同州刺史，九年九月入爲户部侍郎，開成元年七月轉兵部侍郎，其年十二月檢校禮部尚書、梓州刺史、劍南東川節度使。時宗人嗣復鎮西川，兄弟對居節制，時人榮之。四年九月入爲吏部侍郎，位至尚書，卒。"白居易《奉議郎殿中侍御史内供奉飛騎尉賜緋魚袋盧商可劍南西川雲南安撫判官朝散大夫行開州開江縣令楊汝士可殿中侍御史内供奉充劍南西川節度參謀二人同制》："士之束髮

立身，爲知己用也，無遠近，無勞逸，但問所務者何，所從者誰耳。"姚合《酬楊汝士尚書喜人移居》："樹對枝相接，泉同井不疏。酬章深自鄙，欲寄復躊躕。"　補闕：官名，唐武后垂拱元年始置，有左右之分。左補闕屬門下省，右補闕屬中書省，掌供奉諷諫。《新唐書·儀衛志》："左補闕一人在左，右補闕一人在右。"杜確《岑嘉州集序》："天寶三載進士高第，解褐右內率府兵曹參軍，轉右威衛錄事參軍，又遷大理評事，兼監察御史，充安西節度判官，入爲右補闕。"

　　②"朕聞袞職有闕"兩句：事見《詩·大雅·烝民》："袞職有闕，維仲山甫補之。"鄭玄箋："袞職者，不敢斥王之言也，王之職有闕輒能補之者，仲山甫也。"孔穎達疏："袞職，實王職也。"　袞職：古代指帝王的職事。桓寬《鹽鐵論·險固》："故仲山甫補袞職之闕，蒙公築長城之固，所以備寇難而折衝萬里之外也。"《三國志·管寧傳》："袞職有闕，群下屬望。"　仲山甫：魯獻公之子，周宣王時大夫，佐周宣王成中興之大業，《詩·大雅·烝民》就是歌頌仲山甫美政之詩篇。《史記·魯周公世家》："西朝周宣王，宣王愛戲，欲立戲爲魯太子。周之樊仲山父諫宣王曰：'廢長立少，不順；不順，必犯王命；犯王命，必誅之，故出令不可不順也。令之不行，政之不立；行而不順，民將棄上。夫下事上，少事長，所以爲順。今天子建諸侯，立其少，是教民逆也。'"仲山父"即"仲山甫"，"父"與"甫"在古代相通。《史記·周本紀》："三十九年，戰於千畝，王師敗績於姜氏之戎。宣王既亡南國之師，乃料民於太原。仲山甫諫曰：'民不可料也。'宣王不聽，卒料民。四十六年，宣王崩，子幽王宮涅立。"下文的"宣天子"即周宣王。　嗜欲：嗜好與欲望，多指貪圖身體感官方面享受的欲望。《荀子·性惡》："妻子具而孝衰於親，嗜欲得而信衰於友，爵祿盈而忠衰於君。"《南史·沈約傳》："約性不飲酒，少嗜欲，雖時遇隆重，而居處儉素。"　彌縫：縫合，補救。《左傳·僖公二十六年》："桓公是以糾合諸侯，而謀其不協，彌縫其闕，而匡救其災。"《資治通鑑·唐高祖武德九年》："後

奉事高祖，承順妃嬪，彌縫其闕，甚有内助。" 司諫：官名。《周禮》地官之屬，主管督察吏民過失，選拔人才。唐門下省的諫官，有補闕、拾遺。獨孤及《福州都督府新學碑銘》："謂及嘗同司諫之列，宜備知盛德善政，見論論撰，以實録刻石曰……"權德輿《右補闕舉人自代狀》："前件官文藝敏達，行義貞循，直道正詞，確然有立，使之司諫，才實過臣。" 神明：神聖，高超。《易·繫辭》："聖人以此齊戒，以神明其德夫。"朱熹本義："使其心神明不測，如鬼神之能知來也。"《禮記·檀弓》："其曰明器，神明之也。"孔穎達疏："神明，微妙無方，不可測度，故云非人所知也。" 耳目：猶視聽，見聞，引申爲審察和瞭解。《國語·晉語》："若先，則恐國人之屬耳目於我也，故不敢。"《梁書·武帝紀》："故能物色幽微，耳目屠釣，致王業於緝熙，被淳風於遐邇。"

③ 監察御史：御史臺屬員，正八品上。《舊唐書·職官志》："監察掌分察巡按郡縣、屯田、鑄錢、嶺南選補、知太府、司農出納、監決囚徒。監祭祀則閲牲牢，省器服，不敬則劾祭。官尚書省有會議，亦監其過謬。凡百官宴會、習射，亦如之。"元結《與党侍御序》："庚子中，元子次山爲監察御史。党茂宗罷大理評事，次山愛其高尚，曾作詩一篇與之。"元稹《使東川序》："元和四年三月七日，予以監察御史使東川。往來鞍馬間，賦詩凡三十二章。"據本文，楊汝士曾經歷職監察御史，元稹本文可以補《舊唐書·楊汝士傳》之缺漏。 擅：獨特出群。左思《詠史詩八首》四："言論準宣尼，辭賦擬相如。悠悠萬世後，英名擅八區。"歐陽修《六一詩話》："晏元獻公文章擅天下，尤善爲詩。"菁華：精華。《晉書·文苑傳序》："《翰林》總其菁華，《典論》詳其藻絢。"《舊唐書·李賢傳》："先王策府，備討菁華。" 枝葉：喻瑣碎、浮華的言詞。《禮記·表記》："天下無道則辭有枝葉。"孔穎達疏："無道之世，人皆無禮，行不誠實，但言辭虛美，如樹幹之外而更有枝葉也。"白居易《有唐善人墓碑》："前後著文凡一百五十二首，皆詣理撮要，詞無枝葉。" 大府：公府。《史記·酷吏列傳》："以湯爲無害，言大府。"

裴駰集解引韋昭曰：“大府，公府。”《漢書·張湯傳》顏師古注云：“大府，丞相府也。”韋應物《秋集罷還途中作謹獻壽春公黎公》：“平明大府開，一得拜光輝。温如春風至，肅若嚴霜威。”　聞人：有名望的人。《荀子·宥坐》：“夫少正卯，魯之聞人也。”楊倞注：“聞人，謂有名爲人所聞知者也。”韓愈《贈張童子序》：“自朝之聞人以及五都之伯長群吏，皆厚其饋賂，或作歌詩以嘉童子。”

④ 是用：因此。劉禹錫《復荆門縣記》：“是用謹其本始而存乎篇，俾後之視今者，知楚郊之令典云。”崔璵《授崔龜從平章事制》：“是用命汝，同心弼予。升於鼎司，執此政柄。”　左右：身邊。《詩·大雅·文王》：“文王陟降，在帝左右。”韓愈《唐故贈絳州刺史馬府君行狀》：“方書、《本草》恒置左右。”　前後：前邊和後邊。《書·冏命》：“惟予一人無良，實賴左右前後有位之士，匡其不及。”《左傳·隱公九年》：“戎人之前遇覆者奔，祝聃逐之。衷戎師，前後擊之，盡殪。”　拾遺：補正別人的缺點過失。《史記·汲鄭列傳》：“臣願爲中郎，出入禁闥，補過拾遺，臣之願也。”《後漢書·胡廣傳》：“臣職在拾遺，憂深責重，是以焦心，冒昧陳聞。”　補闕：匡補君王的缺失。《左傳·襄公元年》：“凡諸侯即位，小國朝之，大國聘焉！以繼好、結信、謀事、補闕，禮之大者也。”杜預注：“闕，猶過也。”《後漢書·胡廣傳》：“達練事體，明解朝章。雖無謇直之風，屢有補闕之益。”　不用：不聽從，不採納。《管子·小匡》：“於子之鄉，有不慈孝於父母，不長弟於鄉里，驕躁淫暴，不用上令者，有則以告。”《史記·五帝本紀》：“蚩尤作亂，不用帝命。於是黄帝乃徵師諸侯，與蚩尤戰於涿鹿之野，遂禽殺蚩尤。”　不明：不賢明。《史記·殷本紀》：“帝太甲既立三年，不明，暴虐，不遵湯法，亂德，於是伊尹放之於桐宫。”干寶《晉紀總論》：“故齊王不明，不獲思庸於亳。”　不言：不説。孫綽《天台山賦》：“恣語樂以終日，等寂默於不言。”韓愈《秋懷詩十一首》九：“空堂黄昏暮，我坐默不言。”不恪：不敬。《漢書·叙傳》：“怨咎若兹，如何不恪！”顏師古注：“恪，

敬也。"《新唐書·陸贄傳》:"賞以存勸,罰以示懲,以懋有庸,以威不恪。"

　　⑤傾聽:細聽,認真地聽。鮑照《登廬山望石門》:"傾聽鳳管賓,緬望釣龍子。"文天祥《跋辛龍泉行狀》:"予語以山川風俗之故,君離坐傾聽,若謹識之。"　司聽:謂司聽察,指彈劾糾察。《左傳·昭公九年》:"女爲君耳,將司聽也。"陶潛《酬丁柴桑》:"秉直司聰,惠於百里。"逯欽立校注:"司聰,爲皇帝聽察民隱。"　懋:勤勉,努力。《書·舜典》:"汝平水土,惟時懋哉!"《文選·張衡〈東京賦〉》:"兆民勸於疆場,感懋力以耘耔。"李善注引《爾雅》:"懋,勉也。"　誠:誠實,真誠,忠誠。《後漢書·張酺傳》:"張酺前入侍講,屢有諫正,闇闇惻惻,出於誠心,可謂有史魚之風矣!"《北史·鹿悆傳》:"悆遂請行,曰:'綜若誠心,與之盟約;如其詐也,豈惜一人命乎!'"　悼:追悔。《南史·劉三達傳》:"年十八卒,之遴深懷悼恨,乃題墓曰'梁妙士'以旌之。"劉禹錫《九華山詩引》:"昔予仰太華,以爲此外無奇,愛女兒、荊山,以爲此外無秀。及今見九華,始悼前言之容易也。"　後悔:事後懊悔。《史記·張儀列傳》:"懷王後悔,赦張儀,厚禮之如故。"李德裕《論救楊嗣復李珏陳夷直狀》:"伏望且降使臣,就彼鞫問,待得其罪,顯戮不遲,如便遣使,必貽後悔。"

[編年]

　　《年譜》編年:"《舊唐書·楊汝士傳》:'長慶元年,爲右補闕。'同書《穆宗紀》:'(長慶元年四月丁丑)貶……右補闕楊汝士爲開州開江令。'此《制》當撰於長慶元年四月丁丑以前。"《編年箋注》編年理由與《年譜》相同,結論是:"姑定此《制》撰於長慶元年(八二一)。"《年譜新編》編年本文於長慶元年,理由是:"《舊唐書·楊汝士傳》:'長慶元年,爲右補闕。'"

　　我們以爲,一、《編年箋注》、《年譜新編》編年本文於"長慶元年"

的意見則明顯不可取,因爲據《舊唐書·穆宗紀》,楊汝士長慶元年四月丁丑,亦即四月十二日,已經因長慶元年科試案而貶職開州開江令,其後的八個多月佔據了長慶元年三分之二的時間。二、《年譜》"長慶元年四月丁丑以前"的編年意見可以採納,但以常理推論,楊汝士的"右補闕"拜命應該在長慶元年春天較爲合理,撰文地點在長安,元稹時任祠部郎中、知制誥臣,或已經晉升中書舍人、翰林承旨學士之職。

◎ 酬樂天待漏入閣見贈(時樂天
爲中書舍人,予任翰林學士)(一)①

未勘銀臺契,先排浴殿關(二)②。沃心因特召,承旨絶常班(承旨學士在諸學士上)(三)③。颭閃才人袖(思政對學士,往往宮官傳詔)(四),嘔鴉軟舉鐶④。宮花低作帳,雲從積成山⑤。密視樞機草,偷瞻咫尺顏⑥。恩垂天語近,對久漏聲閑⑦。丹陛曾同立,金鑾恨獨攀(五)⑧。筆無鴻業潤,袍愧紫文殷⑨。河水通天上,瀛洲接世間⑩。謫仙名籍在,何不重來還⑪?

録自《元氏長慶集》卷一三

[校記]

(一) 時樂天爲中書舍人,予任翰林學士:原本作"時樂天爲中書舍人,予在翰林學士",楊本同,據叢刊本、《全詩》改。

(二) 先排浴殿關:楊本、叢刊本、《全詩》同,《唐詩紀事》誤作"先挑浴殿關",不從不改。

(三) 承旨絶常班(承旨學士在諸學士上):原本作"丞旨絶常班(丞旨學士在諸學士上)",楊本、叢刊本同,據《全詩》改。

（四）思政對學士，往往宮官傳詔：叢刊本、《全詩》同，《唐詩紀事》略作“宮官傳詔”，楊本作“思政對學士，往往宮宦傳詔”，不從不改。

（五）金鑾恨獨攀：楊本、叢刊本、《全詩》同，《唐詩紀事》在句下注：“樂天舍人，徽之翰林”，不從不改。

［箋注］

① 酬樂天待漏入閣見贈：本詩是酬和白居易《待漏入閣書事奉贈元九學士閣老》之篇，白居易原唱是：“衙排宣政仗，門啟紫宸關。彩筆停書命，花磚趁立班。稀星點銀礫，殘月墮金環。暗漏猶傳水，明河漸下山。從東分地色，向北仰天顏。碧縷爐烟直，紅垂珮尾閑。綸閣慚並入，翰苑忝先攀。笑我青袍故，饒君茜（染紅草也）綬殷。詩仙歸洞裏，酒病滯人閑。好去鴛鷺侶，冲天便不還。” 待漏：百官清晨入朝，等待朝拜天子，謂之“待漏”。漏，古代計時器。《東觀漢記·樊梵傳》：“自當直事，常晨駐馬待漏。”《文選·沈約〈齊故安陸昭王碑文〉》：“奉待漏之書，衙如絲之旨。”李周翰注：“奉事上書，皆晨起駐車待其漏刻。”古代有“待漏院”，是百官晨集準備朝拜之所。李肇《唐國史補》卷中：“舊百官早朝，必立馬於望仙建福門外，宰相于光宅車坊，以避風雨。元和初，始制待漏院。”孔平仲《孔氏談苑·呂許公知許州》：“明日早，張公令院子盡般閣子内物色歸家，更不趨待漏院，只就審官東院待漏。” 閣：古代中央官署名内閣之略稱。白居易《宿西林寺早赴東林滿上人之會因寄崔二十二員外》：“薄暮蕭條同寺宿，凌晨清净與僧期。雙林我起聞鐘後，隻日君趨入閣時。”鄭谷《入閣》：“秘殿臨軒日，和鑾返正年。兩班文武盛，百辟羽儀全。” 見贈：以詩文贈送。張九齡《酬宋使君見贈之作》：“時來不自意，宿昔謬樞衡。翊聖負明主，妨賢媿友生。”王維《酬比部楊員外暮宿琴臺朝躋書閣率爾見贈之作》：“空谷歸人少，青山背日寒。羨君栖隱處，遙望白雲端。”

中書舍人：《舊唐書・職官志》："中書舍人（正五品上，曹魏於中書置通事一人，掌呈奏按章。高貴鄉公於通事下加'舍人'二字，晉於中書置舍人、通事各一人。自魏晉齊梁，詔誥皆出於中書令、中書侍郎，中書通事舍人但掌呈奏而已。或通事有文字者，別敕知詔誥。至梁武，制誥專令舍人掌之，兼去'通事'二字，但云中書舍人。隋曰內史舍人，置八員，掌制誥，品第六。尋升五品上。煬帝改內書舍人，置四員。武德初爲內史舍人，三年改爲中書舍人，龍朔、光宅、開元，隨曹改易）：舍人掌侍奉進奏，參議表章。凡詔旨敕制及璽書冊命，皆按典故起草進畫。既下，則署而行之。其禁有四：一曰漏泄，二曰稽緩，三曰違失，四曰忘誤，所以重王命也。制敕既行，有誤則奏而正之。凡大朝會，諸方起居，則受其表狀而奏之。國有大事，若大剋捷及大祥瑞，百寮表賀，亦如之。凡冊命大臣于朝，則使持節讀冊命之。凡將帥有功及有大賓客，皆使勞問之。凡察天下冤滯，與給事中及御史三司鞫其事。凡百司奏議，文武考課，皆預裁焉！"岑參《奉和中書舍人賈至早朝大明宮》："雞鳴紫陌曙光寒，鶯囀皇州春色闌。金闕曉鐘開萬戶，玉階仙仗擁千官。"盧綸《中書舍人李座上送潁陽徐少府》："潁陽春色似河陽，一望繁花一縣香。今日送官君最恨，可憐才子白鬚長。"　翰林學士：官名，唐玄宗開元初以張九齡、張說、陸堅等掌四方表疏批答、應和文章，號"翰林供奉"，與集賢院學士分司起草詔書及應承皇帝的各種文字。德宗以後，翰林學士成爲皇帝的親近顧問兼秘書官，常值宿內廷，承命撰擬有關任免將相和冊後立太子等事的文告，有"內相"之稱。唐代後期，往往即以翰林學士升任宰相。白居易《曲江感秋二首并序》："元和二年三年四年，予每歲有曲江感秋詩，凡三篇，編在第七集卷。是時，予爲左拾遺、翰林學士……"元稹《爲樂天自勘詩集因思頃年城南醉歸馬上遞唱豔曲十餘里不絕長慶初俱以制誥侍宿南郊齋宮夜後偶吟數十篇兩掖諸公泊翰林學士三十餘人驚起就聽逮至卒吏莫不衆觀群公直至侍從行禮之時不復聚寐予與樂天吟哦竟亦不絕因書於樂天卷後越中冬夜風雨不覺將曉諸門互啓關鎖即事成篇》："春野醉吟十里程,齋宮潛詠萬人驚。今宵不寐到明讀,風雨曉聞開鎖聲。"

② 勘:核對。白居易《題詩屏風絶句》："相憶采君詩作障,自書自勘不辭勞。"蘇舜欽《送韓三子華還家》："勘書春雨静,煮藥夜火續。" 銀臺:即"銀臺門",宮門名,唐時翰林院、學士院都在銀臺門附近,後因以銀臺門指代翰林院。李白《贈從弟南平太守之遙二首》一:"承恩初入銀臺門,著書獨在金鑾殿。"陳師道《次韵答少章》："出入銀臺門,爲米不爲醴。"亦省作"銀臺"。陸游《後園閑步》："人生要是便疏豁,金馬銀臺莫問津!"錢仲聯校注引李肇《翰林志》:"翰林院在銀臺門北。" 契:符節、憑證、字據等信物,古代契分爲左右兩半,雙方各執其一,用時將兩半合對以作徵信。王羲之《蘭亭集序》:"每覽昔人興感之由,若合一契,未嘗不臨文嗟悼。"張彦遠《法書要録·古文》:"凡文書相約束皆曰契……亦謂刻木剖而分之,君執其左,臣執其右,即昔之銅竹虎使、今之銅魚,并契之遺象也。" 浴殿:皇宮内的浴室。王禹偁《闕下言懷上執政三首》三:"浴殿失恩成一夢,鼎湖攀駕即千秋。"蘇軾《怡然以垂雲新茶見餉》:"曉日雲庵暖,春風浴殿寒。"也稱"浴堂",寺院和皇宮中有浴堂,宮中浴堂又稱浴殿,唐代皇帝常在這裏召見文人學士。王建《宮詞一百首》五五:"浴堂門外抄名入,公主家人謝面脂。"《舊唐書·柳公權傳》:"充翰林書詔學士,每浴堂召對,繼燭見跋,語猶未盡,不欲取燭,宮人以蠟泪揉紙繼之。"關:門閂。《左傳·襄公二十三年》:"臧孫斬鹿門之關以出奔邾。"楊伯峻注:"關爲橫木,故可枕,今謂之門栓。"梅堯臣《自和》:"更貧更賤皆能樂,十二重門不上關。"門,門扇。《楚辭·離騷》:"吾令帝閽開關兮,倚閶闔而望予。"丘爲《尋西山隱者不遇》:"扣關無僮僕,窺室唯案几。"

③ 沃心:謂使内心受啓發,舊多指以治國之道開導帝王。語出

《書·說命》：“啓乃心，沃朕心。”孔穎達疏：“當開汝心所有，以灌沃我心，欲令以彼所見教己未知故也。”《梁書·武帝紀》：“治道不明，政用多僻，百辟無沃心之言，四聰闕飛耳之聽。”權德輿《奉和李相公早朝於中書候傳點偶書所懷奉呈門下相公中書相公》：“渥命隨三接，皇恩暢九垓。嘉言造膝去，喜氣沃心迴。”　承旨：官名，唐代翰林院有翰林學士承旨，位在諸學士上。凡大誥令、大廢置、重要政事，皆得專對。元稹《同州刺史謝上表》：“陛下察臣無罪，寵獎逾深。召臣面授舍人，遣充承旨學士。金章紫服，光飾陋軀。生人之榮，臣亦至矣！”白居易《唐故武昌軍節度處置等使正議大夫檢校戶部尚書鄂州刺史兼御史大夫賜紫金魚袋尚書右僕射河南元公墓誌銘并序》：“上嘉之，數召與語，知其有輔弼才，擢授中書舍人，賜紫金魚袋、翰林學士承旨。”　常班：猶常列。《南齊書·高帝紀》：“禮絕常班，寵冠群辟。”楊炯《左武衛將軍成安子崔獻行狀》：“敕書吊贈，禮越常班。”

④ 颭閃：飄動閃忽。元稹《高荷》：“種藕百餘根，高荷纈四葉。颭閃碧雲扇，團圓青玉疊。”范成大《大暑舟行含山道中雨驟至霆奔龍挂可駭》：“伶俜愁孤鴛，颭閃亂飢燕。”　才人：宮中女官名，多爲妃嬪的稱號。漢置，晉代爵視千石以下，唐爲宮官正五品，後升正四品，嗣後歷代多曾沿置。《史記·淮南衡山列傳》：“令故美人、才人得幸者十人從居。”杜甫《哀江頭》：“輦前才人帶弓箭，白馬嚼齧黃金勒。”思政：唐代宮殿名，李唐皇帝常常在此召對學士。《長安志》：“宣政殿北曰紫宸門，內有紫宸殿，後有蓬萊殿。次東有含象殿，後有延英門，內有延英殿，肅宗時御座生玉芝一莖三華。至僖宗乾符中，改爲靈芝殿，自蜀還，復舊名。殿相對思政殿、待制院，蓬萊後有含涼殿，後有太液池，池內有太液亭子，穆宗時命侍講韋處厚等入此亭，講《毛詩》、《尚書》。”元稹《進西北邊圖狀》：“前月十一日於思政殿面奉聖旨云，諸家所進《河隴圖》，勘驗皆有差異，並檢尋近日烽、鎮、城、堡不得，令臣所畫，稍須精詳。”李德裕《駁張平叔糶鹽法議》：“臣前月二十四日

思政殿面奉德音,深恤疲人。" 宮官:宮中女官。戎昱《閨情》:"側聽宮官説,知君寵尚存。未能開笑頰,先欲換愁魂。"《新唐書·高宗紀》:"〔上元二年八月〕丁酉,詔婦人爲宮官者歲一見其親。" 傳詔:傳達詔命。韓愈《華山女》:"天門貴人傳詔召,六宮願識師顏形。"蘇軾《贈寫御容妙善師》:"紫衣中使下傳詔,跪奉冉冉聞天香。" 嘔鴉:亦作"嘔鵶",象聲詞。蘇軾《次韻表兄程正輔江行見桃花》:"故復此微吟,聊和嘔鴉櫓。"張耒《自巴河至蘄陽口道中得二詩示仲達與秬同賦》:"落月娟娟墮半環,嘔鴉鳴櫓轉荒灣。東南地缺天連水,春夏風高浪卷山。" 環:義近"釵環",釵簪與耳環。歐陽炯《南鄉子》:"耳墜金環穿瑟瑟,霞衣窄。"宋祁《益部方物略記·蚰》:"金蟲,出利州山中,蜂體綠色,光若金星,里人取以佐婦釵環之飾。"

⑤ 宮花:皇宮庭苑中的花木。李白《宮中行樂詞八首》五:"宮花爭笑日,池草暗生春。"杜牧《早春閣下寓直蕭九舍人亦置内署因寄書四韵》:"御水初消凍,宮花尚怯寒。"宮中特製的花,供裝飾之用。張先《減字木蘭花》:"文鴛繡履。去似楊花塵不起。舞徹伊州。頭上宮花顫未休。" 帳:一種張挂或支架起來作爲遮蔽用的器物,常指帷幔。《文選·班固〈東都賦〉》:"供帳置乎雲龍之庭。"李善注引張晏曰:"帳,帷幔也。"《後漢書·馬融傳》:"常坐高堂,施絳紗帳。前授生徒,後列女樂。" 雲從:語出《詩·齊風·敝笱》:"齊子歸止,其從如雲。"後用"雲從"比喻隨從之盛。顏延之《又釋何衡陽達性論》:"連國雲從,宏論風行。"孔紹安《結客少年場行》:"結客佩吳鈎,橫行度隴頭。雁在弓前落,雲從陣後浮。"借指隨從者。黃滔《周以龍興賦》:"遂使盟津契會,此時莫愧於雲從;羑裏栖遲,昔日何傷於魚服!"

⑥ 密視:仔細審視。《晉書·劉興傳》:"密視天下兵簿及倉庫、牛馬、器械、水陸之形,皆默識之。"《南齊書·傅琰傳》:"以山陰獄訟煩積,復以琰爲山陰令。賣針、賣糖老姥爭團絲,來詣琰。琰不辯核,縛團絲於柱鞭之。密視有鐵屑,乃罰賣糖者。" 樞機:《易·繫辭》:

"言行,君子之樞機。"後因以"樞機"喻言語。《三國志·來敏傳》:"前後數貶削,皆以語言不節,舉動違常也。時孟光亦以樞機不慎,議論干時。"劉知幾《史通·浮詞》:"夫人樞機之發,亹亹不窮,必有徐音足句,爲其始末。"也指中央政權的機要部門或職位。《漢書·劉向傳》:"大將軍秉事用權……尚書九卿州牧郡守皆出其門,管執樞機,朋黨比周。"王安石《和景純十四丈三絶》一:"身先諸老幹樞機,再見王門闔左扉。"　草:草稿,底本。《漢書·淮南王劉安傳》:"每爲報書及賜,常召司馬相如等視草乃遣。"顏師古注:"草謂爲文之藁草。"宋敏求《春明退朝録》卷下:"凡公家文書之稿,中書謂之草,樞密院謂之底,三司謂之檢。"　瞻:觀察,察看。《禮記·月令》:"〔仲秋之月〕案芻豢,瞻肥瘠,察物色,必比類;量小大,視長短,皆中度。"陸機《文賦》:"遵四時以歎逝,瞻萬物而思紛。"　咫尺:周制:八寸爲咫,十寸爲尺,謂接近或剛滿一尺。柳宗元《石渠記》:"渠之廣,或咫尺,或倍尺。"形容距離近。《左傳·僖公九年》:"天威不違顏咫尺。"牟融《寄范使君》:"未秋爲別已終秋,咫尺婁江路阻修。"　顏:面容,臉色。《漢書·韓王信傳》:"爲人寬和自守,以温顏遜辭承上接下,無所失意。"杜甫《茅屋爲秋風所破歌》:"安得廣廈千萬間,大庇天下寒士俱歡顏?"本詩是指唐穆宗的面容與臉色。

⑦ "恩垂天語近"兩句:意謂唐穆宗與元稹對語移時,大有李商隱《賈生》所言"宣室求賢訪逐臣,賈生才調更無倫。可憐夜半虛前席,不問蒼生問鬼神"之情景,當然唐穆宗所問的自然不是"鬼神",而是當時急迫的河朔平叛之事,因而君臣兩人已經聽不見深夜的滴漏之聲。　恩垂:即"垂恩",施予恩澤。《三國志·先主甘后傳》:"大行皇帝存時,篤義垂恩,念皇思夫人神柩在遠飄颻,特遣使者奉迎。"《敦煌變文集·伍子胥變文》:"臣是小人,虛沾大造,蒙王收録,早是分外垂恩。"　天語:謂天子的詔諭,皇帝的言語。劉禹錫《送源中丞充新羅册立使》:"身帶霜威辭鳳闕,口傳天語到鷄林。"蘇軾《用王鞏韻贈

其侄震》:"朝廷貴二陸,屢聞天語溫。" 對:指臣子面君奏事。曾鞏《本朝政要策·貢舉》:"貢舉之制,建隆初,始禁謝恩於私室。開寶五年,召進士安守亮等三十八人,對於講武殿下,詔賜其第。"陸游《老學庵筆記》卷一:"前一日還行在,尚未得對,亦死焉!" 漏聲:銅壺滴漏之聲。杜甫《奉和賈至舍人早朝大明宮》:"五夜漏聲催曉箭,九重春色醉仙桃。"蘇軾《寒食夜》:"漏聲透入碧窗紗,人靜鞦韆影半斜。"閑:無關緊要。《文心雕龍·章句》:"據事似閑,在用實切。"詹鍈義證引牟世金曰:"閑,空,指沒有實際意義。"蘇軾《與孫知損運使書》:"惟乞免人户折變,所費不多。及立閑名目,獎社人頭首。"

⑧ "丹陛曾同立"兩句:元稹與白居易,元和四年曾經同時在朝,元稹爲監察御史,而白居易時任左拾遺、翰林學士。而到元和十四年,元稹歸朝先後拜職膳部員外郎、膳部員外郎試知制誥、祠部郎中知制誥、中書舍人、翰林承旨學士等職,而白居易在元和十四年出任忠州刺史,歸朝已經是元和十五年夏天,似乎比元稹晚了一步,故言。元稹兩句,也是對白居易原唱"綸閣慚並入,翰苑忝先攀"的回酬。丹陛:宮殿的臺階。《隋書·薛道衡傳》:"趨事紫宸,驅馳丹陛。"陸游《三山杜門作歌》二:"小臣疏賤亦何取? 即日趨召登丹陛。" 金鑾:翰林學士的美稱。《文獻通考·職官》:"前朝因金鑾坡以爲門名,與翰林院相接,故爲學士者稱金鑾以美之。"元稹《祭翰林白學士太夫人文》:"仲則金鑾之英,季則蓬山之選。"

⑨ "筆無鴻業潤"兩句:前句是元稹的謙辭,雖然筆耕不已,但並無鴻業可言。而後句是元稹紫金之袍的如實描繪,當時元稹確實已經紫金官服加身,而白居易長慶元年夏天才剛剛加緋。兩句是元稹對白居易原唱"笑我青袍故,饒君茜綬殷"的戲酬。 鴻業:大業,多指王業。《漢書·成帝紀》:"朕承太祖鴻業,奉宗廟二十五年。"李隆基《并州置北都制》:"守宗社之大寶,恢中原之鴻業。" 殷:深紅或赤黑色。《左傳·成公二年》:"自始合,而矢貫余手及肘,余折以御,左

輪朱殷，豈敢言病？"杜預注："殷，音近烟，今人謂赤黑爲殷色。"白居易《遊悟眞寺》："白珠垂露凝，赤珠滴血殷。"

⑩ 天上：天的最高處，借喻皇上，朝廷。元稹《酬樂天赴江州路上見寄三首》三："雲高風苦多，會合難遽因。天上猶有礙，何況地上身！"白居易《寄李相公崔侍郎錢舍人》："曾陪鶴馭兩三仙，親侍龍輿四五年。天上歡華春有限，世間漂泊海無邊。"　瀛洲：傳說中的仙山。《列子·湯問》："渤海之東，不知幾億萬里……其中有五山焉！一曰岱輿，二曰員嶠，三曰方壺，四曰瀛洲，五曰蓬萊……所居之人，皆仙聖之種。"李白《夢遊天姥吟留別》："海客談瀛洲，烟濤微茫信難求。"唐太宗爲網羅人才，設置文學館，任命杜如晦、房玄齡等十八名文官爲學士，輪流宿於館中，暇日，訪以政事，討論典籍。又命閻立本畫像，褚亮作贊，題名字爵里，號"十八學士"。時人慕之，謂"登瀛洲"，後來的詩文中常用"登瀛洲"、"瀛洲"比喻士人獲得殊榮，如入仙境。《資治通鑑·唐高祖武德四年》："士大夫得預其選者，時人謂之'登瀛洲'。"胡三省注："自來相傳海中有三神山：蓬萊、方丈、瀛洲，人不能至，至則成仙矣！故以爲喻。"王禹偁《病起歸思二首》二："四十爲郎非不偶，況曾提筆直瀛州。"　世間：人世間，世界上。裴鉶《崑崙奴》："其警如神，其猛如虎，即曹州孟海之犬也，世間非老奴不能斃此犬耳！"陸游《高枕》："高枕閑看古篆香，世間萬事本茫茫。"

⑪ 謫仙：謫居世間的仙人，常用以稱譽才學優異的人。《南齊書·杜京産傳》："永明中會稽鍾山有人姓蔡，不知名。山中養鼠數十頭，呼來即來，遣去便去。言語狂易，時謂之'謫仙'。"李白《玉壺吟》："世人不識東方朔，大隱金門是謫仙。"借指被謫降的官吏。劉禹錫《寄唐州楊八歸厚》："謫仙年月今應滿，懿諫聲名衆所知。"　名籍：記名入册。《史記·汲鄭列傳》："高祖令諸故項籍臣名籍，鄭君獨不奉詔。詔盡拜名籍者爲大夫，而逐鄭君。"猶名册。《漢書·昌邑哀王劉髆傳》："〔敞〕昧死奏名籍及奴婢財物簿。"晏殊《蝶戀花》："紫府群仙

名籍秘。五色斑龍,暫降人間世。” 來還:歸來,回來。《史記·陳杞世家》:“〔楚莊王〕已誅(夏)徵舒,因縣陳而有之,群臣畢賀。申叔時使於齊來還,獨不賀。”《宋史·樂志》:“南溟浮天,旁通百蠻。風檣迅疾,琛舶來還。”

[編年]

《年譜》編年:“元自注:‘時樂天爲中書舍人,予任翰林學士。’據《舊唐書·穆宗紀》云:‘(長慶元年十月)壬午,以尚書主客郎中、知制誥白居易爲中書舍人。’元詩長慶元年十月後作。”《編年箋注》編年:“元稹此詩作于長慶元年(八二一)十月後。見下《譜》。”《年譜新編》編年:“白居易原唱爲《待漏入閣書事奉贈元九學士閣老》,元詩次韻。白詩云:‘笑我青袍故,饒君茜綬殷。’説明詩作於加朝散大夫之前。白氏《祭李侍郎文》,署銜爲‘朝議郎、守尚書主客郎中’,是長慶元年五月十日散階仍未至五品(朝散大夫)。白氏又有《新秋早起有懷元少尹(宗簡)》云:‘光陰縱惜難留住,官職雖榮得已遲。’此新秋爲長慶元年新秋,而白氏自元和十五年末至長慶元年十月十九日,職官未變,僅爲加朝散大夫、轉上柱國之升遷,是‘官職雖榮’之語必指加朝散、轉上柱國一事。如此,白氏《待漏》一詩必作於長慶元年五、六月間。元氏酬和亦當在此時,其題下注‘時樂天爲中書舍人,予任翰林學士’中之‘中書舍人’指白氏爲主客郎中、知制誥,而非實授中書舍人。”

我們過去也與《年譜》、《編年箋注》一樣,認爲本詩賦詠於長慶元年十月十九日;現在看來,《年譜新編》的意見大致可取的。但具體時間不是《年譜新編》所考定的“五、六月間”,而應該以暮春三月最爲可能,兹將理由梳理補充如下:一、本詩迷惑人們的主要是文題注:“時樂天爲中書舍人,予任翰林學士。”據《舊唐書·穆宗紀》:“(長慶元年)冬十月甲子朔……壬午,以尚書主客郎中、知制誥白居易爲中書舍人。"推算干支，應該是十月十九日。但《舊唐書·穆宗紀》緊隨其後又云："（長慶元年）冬十月甲子朔……壬午……河東節度使裴度三上章，論翰林學士元稹與中官知樞密魏弘簡交通，傾亂朝政。以稹爲工部侍郎，罷學士。弘簡爲弓箭庫使。"也就是説，白居易拜職中書舍人之時，正是元稹罷職翰林承旨學士之日，兩者都在十月十九日。二、更引人注目也更讓人難於理解的是，白居易拜職中書舍人之後，有《待漏入閣書事奉贈元九閣老》，白詩中所言是述説自己終於與元稹一起進入李唐朝廷的高層集團，有了施展自己政治抱負的機會。白居易的心情顯然是興奮不已的，他既爲自己的遷升而欣喜，更爲自己能與老朋友元稹成爲同僚而鼓舞。元稹也有詩《酬樂天待漏入閣見贈》次韻酬答，亦即本詩。詩中元稹的心情也是非常高興，而且元稹還特地將翰林承旨學士種種不同於其他翰林學士的職權加以詳盡的描繪，顯出一副志得意滿的情態，絶没有一絲一毫已罷職或者即將被罷職的迹象，這應該是不太可能發生的怪事。三、更不好解釋的還有：白居易兩年之後在杭州《餘思未盡加爲六韵重寄微之》中的詩注以及元稹在浙東任的酬和詩篇中都舊事重提，元稹還親手把自己和白居易的所有詩文，其中自然也包括《酬樂天待漏入閣見贈》和《待漏入閣書事元九閣老》詩篇在內，編入《元氏長慶集》和《白氏長慶集》中。在白居易與元稹看來，這兩篇酬和詩篇非常正常，没有必要事後修改。四、因爲有了題注"中書舍人"，容易誤會白居易的實際官職就是中書舍人，其實不然。元稹《表奏（有序）》云："穆宗初，宰相更相用事，丞相段公一日獨得對，因請丞用兵部郎中薛存慶、考功員外郎牛僧孺，予亦在請中。上然之，不十數日次用爲給、舍。"所謂"給、舍"，即是指薛存慶是後晉升爲給事中，牛僧孺、元稹分別晉升爲庫部郎中知制誥臣和祠部郎中知制誥臣。由此可見以某部郎中的資格爲知制誥臣，在唐代通常稱爲舍人，元稹其後所撰的《中書省議舉縣令狀》即將知制誥臣稱爲"舍人"，並有"同前五舍人同署"之語。而白居易當時是以"尚書主客郎中"的資格"知制誥"的,故也可以稱爲"舍人"或"中書舍人"。五、因爲本詩有了"中書舍人"的題注,故常常容易忽略白居易原唱中"笑我青袍故,饒君茜綬殷"的"青袍"。唐代制度,官員的章服顏色依據散階而論,元稹《白居易授尚書主客郎中知制誥制》:"朝議郎、行尚書司門員外郎白居易。"據《舊唐書·職官志》,朝議郎爲正六品上,此時仍然不得更換原來的青袍,故白居易有"笑我青袍故"之句。直到加了朝散大夫,成了"從五品下",才有資格著緋。白居易《酬元郎中同制加朝散大夫書懷見贈》:"青衫脫早差三日,白髮生遲較九年……五品足爲婚嫁主,緋袍著了好歸田。"白居易《初著緋戲贈元九》:"晚遇緣才拙,先衰被病牽。那知垂白日,始是著緋年。"六、據朱金城先生《白居易年譜》考證:"夏,與元宗簡同制加朝散大夫,始著緋。"據此,白居易詩稱"青袍"應該在著緋之前,不應該作於《年譜新編》考定的"五、六月間",而應該撰成於"夏天"之前。因爲元稹與白居易當時都在長安,來往密切,唱酬更頻,故元稹本詩也應該賦成於"夏天"之前。七、元稹本年二月十六日始拜中書舍人翰林承旨學士,據本詩對翰林承旨學士意滿自得之態,應該是剛剛拜職之時的興奮情景與自得心態,以三月之初最爲可能,地點在長安,元稹時任中書舍人翰林承旨學士之職。

■ 酬樂天中書連直寒食不歸見憶(一)①

據白居易《中書連直寒食不歸因憶元九》

[校記]

(一)酬樂天中書連直寒食不歸見憶:元稹本佚失詩所據白居易《中書連直寒食不歸因憶元九》,見《白氏長慶集》、《白香山詩集》、《全

詩》，未見異文。唯《全詩》題作"中書連直寒食不歸因懷元九"，錄以
備考。

[箋注]

① 酬樂天中書連直寒食不歸見憶：白居易《中書連直寒食不歸
因憶元九》："去歲清明日，南巴古郡樓。今年寒食夜，西省鳳池頭。
併上新人直，難隨舊伴遊。誠知視草貴，未免對花愁。鬢髮莖莖白，
光陰寸寸流。經春不同宿，何異在忠州！"今存元稹詩文集中未見酬
和之篇，據補。　　中書：官署名，唐代的中書省，亦直稱爲"中書"。儲
光羲《奉和中書徐侍郎中書省玩白雲寄潁陽趙大》："青闕朝初退，白
雲遙在天。非關取雷雨，故欲伴神仙。"白居易《和裴相公傍水閑行絕
句》："行尋春水坐看山，早出中書晚未還。爲報野僧巖客道，偷閑意
味勝長閑。"　　直：當值，值勤。《晉書·庾瑤傳》："瑤爲侍中，直於省
内。"張喬《秘省伴直》："待月當秋直，看書廢夜吟。殘薪留火細，古井
下瓶深。"　　寒食：節日名，在清明節前一日或二日。羊士諤《春中詠
懷》："無心唯有白雲知，閑卧高齋夢蝶時。不覺東風過寒食，雨來萱
草出巴籬。"楊巨源《寒食日出遊》："李花初發君始病，我往看君花轉
盛。走馬城西惆悵歸，不忍千株雪相映。"　　不歸：不返家。劉禹錫
《和樂天誚失婢榜者》："把鏡朝猶在，添香夜不歸。鴛鴦拂瓦去，鸚鵡
透籠飛。"張籍《登城寄王秘書建》："聞君鶴嶺住，西望日依依。遠客
偏相憶，登城獨不歸。"　　見憶：被思念。劉禹錫《答樂天見憶》："與老
無期約，到來如等閑。偏傷朋友盡，移興子孫間。"元稹《酬樂天登樂
遊園見憶》："誇遊丞相第，偷入常侍門。愛君直如髮，勿念江湖人！"

[編年]

未見《元稹集》採錄，也未見《年譜》、《編年箋注》、《年譜新編》採

錄與編年。

據《舊唐書‧穆宗紀》，白居易元和十五年十二月二十八日晉升爲主客郎中、知制誥，亦即中書舍人。而長慶元年十月十九日，元稹已經離開中書舍人、翰林承旨學士任，故白居易與元稹中書省“當值”而又是“寒食”的，祇有長慶元年寒食節，白居易詩即賦作於是年寒食節夜。元稹當時正在中書舍人、翰林承旨學士之任，應該在長安，故寒食節之次日就應該看到白居易的詩篇，隨即回酬也就順理成章之事。

◎ 授劉總守司徒兼侍中天平軍節度使制①

門下：百谷所以朝巨海，海不疑其貳於我也；五嶽所以鎮厚地，地不畏其軋於己也②。故山澤之氣上騰，天應之則爲雲爲雨；台輔之精下降，君得之則稱帝稱皇③。是以採群疑者，終不能成大功（一）；推至信者，必有以來大順（二）④。況朕志先定，臣誠素通，偃七十年之干戈，垂千萬代之竹帛，非我獨斷，安能遽行⑤？

某官劉總（三），生知禮樂，神授機符。移孝資忠，本仁祖義。學弄之始，畫地而壁壘勢成；言兵之時，聚米而山川形具（四）⑥。象賢秉哲，脫俗遺榮。慕清淨以爲宗，會富貴之來逼⑦。自居劇鎮，亟立殊勳（屢敗承宗兵）（五）。威定兩藩（成德昭義），化行八郡（盧龍諸州）⑧。日者除凶淮甸（平齊蔡），易帥常山（以弘正代承元），張吾掎角之雄，賴爾股肱之力⑨。加以深衷早達，密款屢聞（總自憲宗十三年已上疏願奉朝請）。求奉浮圖之真，願棄全燕之重。誠嘉素尚，難遂過中（六）⑩

6276

　　縱妻子之可捐,豈君父之能捨^(七)?朕惟鄒魯之地,鄆實居多。俗尚師儒,人推朴厚^{(八)⑪}。施之美化,豈無眾善之因^(九)!革其非心,寧失大雄之旨^{(一〇)⑫}!是用正名台座,重委藩方。爾其張我四維,敷我五教。握龍節以率下,露蟬冕以行春⑬。宜體夔龍之令圖^(一一),勿徇巢由之獨行^(一二)!可守司徒,兼侍中,使持節鄆州諸軍事,守鄆州刺史,充天平軍節度、鄆曹濮等州觀察處置等使,散官、勳、封如故。主者施行⑭。

録自《元氏長慶集》卷四二

[校記]

　　(一)終不能成大功:楊本、叢刊本、《全文》同,《英華》作"終不能成大功也",各備一説,不改。

　　(二)必有以來大順:楊本、叢刊本、《全文》同,《英華》作"必有以來大順也",各備一説,不改。

　　(三)某官劉總:原本作"某官某",楊本、叢刊本同,據《英華》、《全文》改。

　　(四)聚米而山川形具:宋浙本、叢刊本、《全文》同,楊本作"聚米而山川形其",《英華》作"而山川之形見",各備一説,不改。

　　(五)亟立殊勛:楊本、叢刊本、《全文》同,《英華》作"亟集殊功",各備一説,不改。

　　(六)難遂過中:楊本、叢刊本、《全文》同,《英華》作"難遂適中",各備一説,不改。

　　(七)豈君父之能捨:楊本、叢刊本、《全文》同,《英華》作"豈君臣之能捨",各備一説,不改。

　　(八)人推朴厚:楊本、叢刊本、《全文》同,《英華》作"人推古朴",各備一説,不改。

（九）豈無衆善之因：楊本、叢刊本、《全文》同，《英華》作"豈無衆善之恩"，各備一說，不改。

（一〇）寧失大雄之旨：楊本、叢刊本、《全文》同，《英華》作"寧失大權之旨"，各備一說，不改。

（一一）宜體夔龍之令圖：楊本、叢刊本、《全文》同，《英華》作"宜體皋陶之令圖"，各備一說，不改。

（一二）勿徇巢由之獨行：原本作"勿徇巢田之獨行"，刊刻之誤，據楊本、叢刊本、盧校、《英華》、《全文》改。

［箋注］

① 劉總：原幽州節度使劉濟之次子，劉總以陰謀殺害父親劉濟及兄長劉緄之後自立，内心非常不安，故求出家以贖罪，朝廷獎其將幽州歸朝之功，加官進爵，並移鎮天平節度使。《舊唐書·穆宗紀》："（長慶元年二月）己卯，幽州節度使劉總奏請去位，落髮爲僧，又請分割幽州所管郡縣爲三道，請支三軍賞設錢一百萬貫……三月丁酉朔……癸丑，以幽州盧龍軍節度副大使、知節度事、押奚契丹兩蕃經略等使、檢校司空、同中書門下平章事、楚國公劉總可檢校司徒、兼侍中、天平軍節度、鄆曹濮等州觀察等使。"李純《絶王承宗朝貢敕》："博野、樂壽之郊，本范陽管界。劉總自授朝寄，常罄公忠。既有繼於能勞，則宜仍於舊服。其博野、樂壽兩縣，並却賜劉總收管。"白居易《與劉總詔》："卿義深報國，孝重承家。既感顯親之恩，願竭戴君之節。"司徒：官名，相傳少昊始置，唐虞因之，周時爲六卿之一，曰地官大司徒，掌管國家的土地和人民的教化，漢哀帝元壽二年，改丞相爲大司徒，與大司馬、大司空並列三公，東漢時改稱司徒，歷代因之，後別稱户部尚書爲大司徒。本文應該是賜給劉總的榮銜，並非實職。蘇頲《贈司徒豆盧府君挽詞》："寵贈追胡廣，親臨比賀循。幾聞投劍客，多會服總人。"韋應物《送李侍御益赴幽州幕》："登高望燕代，日夕生夏

雲。司徒擁精甲,誓將除國氛。”　侍中:古代職官名,秦始置,兩漢沿置,爲正規官職外的加官之一。因侍從皇帝左右,出入宮廷,與聞朝政,逐漸變爲親信貴重之職。晉以後曾相當於宰相,隋因避諱改稱納言,又稱侍内,唐復稱爲門下省長官,乃宰相之職。《漢書·百官公卿表》:“侍中、左右曹諸史、散騎、中常侍,皆加官……侍中、中常侍得入禁中。”《新唐書·百官志》:“唐因隋制,以三省之長中書令、侍中、尚書令共議國政,此宰相職也。”本文之實際含義,仍然是給予劉總的榮銜,並非實職。　　天平軍節度使:《舊唐書·地理志》:“天平軍節度使,治鄆州,管鄆、齊、曹、棣四州。”宋之問《使往天平軍馬約與陳子昂新鄉爲期及還而不相遇》:“入衛期之子,吁嗟不少留。情人去何處?淇水日悠悠。”白居易《姚成節右神策將軍知軍事制》:“朝議郎、前使持節成州諸軍事、守成州刺史,充本州守捉使,賜紫魚袋姚成節:嘗爲天平軍裨將,當劉悟之立忠勛也,謀成事集,爾有助焉!”

②　百谷:指衆谷之水。《文選·宋玉〈高唐賦〉》:“遇天雨之新霽兮,觀百谷之俱集。”李善注:“百谷者,衆谷雜水至山之下。”劉禹錫《重送浙西李相公新加旌旄》:“城下清波含百谷,窗中遠岫列三茅。”巨海:即“大海”,廣闊的海洋。李白《贈昇州王使君忠臣》:“巨海一邊静,長江萬里清。應須救趙策,未肯棄侯嬴。”元稹《苦雨》:“東西生日月,晝夜如轉珠。百川朝巨海,六龍蹋亨衢。”　貳:違背,背叛。《左傳·昭公二十年》:“寡君命下臣於朝曰:‘阿下執事。’臣不敢貳。”杜預注:“貳,違命也。”《宋史·種世衡傳》:“諸部有貳者,使討之,無不克。”　五嶽:我國五大名山的總稱,古書中記述略有不同,一般指嵩山、泰山、衡山、華山、恒山。“嶽”、“岳”,兩字常常通用。王維《贈東嶽焦煉師》:“先生千歲餘,五嶽遍曾居。遙識齊侯鼎,新過王母廬。”孟浩然《經七里灘》:“五岳追向子,三湘吊屈平。湖經洞庭闊,江入新安清。”　厚地:指大地。《後漢書·仲長統傳》:“當君子困賤之時,蹈高天,蹐厚地,猶恐有鎮厭之禍也。”白居易《重賦》:“厚地植桑麻,所

要濟生民。” 軋：壓倒，勝過。《新唐書·劉晏傳》：“然任職久，勢軋宰相，要官華使多出其門。”徐夢莘《三朝北盟會編》卷二○二：“自不能立功，惴惴然惟恐他人之立功，而官爵軋於己也。”

③ 山澤：山林與川澤。《易·說卦》：“天地定位，山澤通氣。”《史記·貨殖列傳》：“漢興，海內爲一，開關梁，弛山澤之禁，是以富商大賈周流天下。”沈括《夢溪筆談·象數》：“山澤焦枯，草木凋落。” 台輔：三公宰輔之位。《後漢書·張奮傳》：“臣累世台輔，而大典未定，私竊惟憂，不忘寢食。”杜甫《奉送嚴公入朝十韻》：“公若登台輔，臨危莫愛身。”

④ 群疑：種種懷疑。諸葛亮《後出師表》：“群疑滿腹，衆難塞胸。”劉禹錫《上杜司徒書》：“弘我大信，以袪群疑。” 大功：大功業，大功勞。《史記·魯仲連鄒陽列傳》：“規小節者不能成榮名，惡小恥者不能立大功。”韓愈《論捕賊行賞表》：“自古以來，未有不信其言而能有大功者，亦未有不費少財而能收大利者也。” 至信：最大的誠信。《淮南子·修務訓》：“皋陶馬喙，是謂至信。”高誘注：“喙若馬口，出言皆不虛，故曰至信。”徐兢《宣和奉使高麗圖經·海道》：“潮汐往來，應期不爽，爲天地之至信。” 大順：謂順乎倫常天道。《禮記·禮運》：“天子以德爲車，以樂爲御，諸侯以禮相異，大夫以法相序，士以信相考，百姓以睦相守，天下之肥也，是謂大順。”白居易《李愬贈太尉制》：“在建中歲，泚賊叛逆，惟太師晟，實仗大順，翦而滌之。”

⑤ 志：志向，志願。《論語·公冶長》：“盍各言爾志？”德行。《呂氏春秋·遇合》：“凡舉人之本，太上以志，其次以事，其次以功。”高誘注：“志，德也。” 誠：誠實，真誠，忠誠。《禮記·學記》：“今之教者，呻其佔畢，多其訊，言及於數，進而不顧其安，使人不由其誠，教人不盡其材。”孔穎達疏：“誠，忠誠。”韓愈《爲裴相公讓官表》：“陛下知其孤立，賞其微誠，獨斷不謀，奬待踰量。” 偃：停息，使停息，止息。《荀子·儒效》：“反而定三革，偃五兵，合天下，立聲樂。”盧照鄰《行路

難》：“誰家能駐西山日？誰家能偃東流水？”　七十年：自天寶十四載(756)安史之亂開始至本文撰寫的長慶元年(821)，前後歷時六十七年，故約而言之。在這七十年間，李唐與河朔叛亂藩鎮之間的戰爭從未間斷，此起彼伏，充斥在李唐史書的字裏行間。　干戈：干和戈是古代常用武器，因以“干戈”用作兵器的通稱。桓寬《鹽鐵論·世務》：“兵設而不試，干戈閉藏而不用。”代指戰爭。《史記·儒林列傳序》：“然尚有干戈，平定四海，亦未暇遑庠序之事也。”　竹帛：竹簡和白絹，古代初無紙，用竹帛書寫文字。《墨子·天志》：“又書其事於竹帛，鏤之金石，琢之槃盂，傳遺後世子孫。”引申指書籍、史乘。《史記·孝文本紀》：“然後祖宗之功德著於竹帛，施於萬世，永永無窮，朕甚嘉之。”曹植《求自試表》：“每覽史籍，觀古忠臣義士，出一朝之命，以殉國家之難，身雖屠裂，而功名著於景鍾，名稱垂於竹帛，未嘗不拊心而歎息也。”　獨斷：獨自決斷，專斷。《管子·明法解》：“明主者，兼聽獨斷，多其門戶，群臣之道，下得明上，賤得言貴，故奸人不敢欺。”《史記·李斯列傳》：“明主聖王之所以能久處尊位，長執重勢，而獨擅天下之利者，非有異道也，能獨斷而審督責，必深罰，故天下不敢犯也。”

　　⑥禮樂：禮節和音樂，古代帝王常用興禮樂爲手段以求達到尊卑有序遠近和合的統治目的。元稹《代曲江老人百韻》：“撥亂干戈後，經文禮樂辰。徽章懸象魏，貔虎畫騏驎。”徐凝《送李補闕歸朝》：“禮樂中朝貴，文章大雅存。江湖多放逸，獻替欲誰論？”　機符：事物變化的迹象、徵兆。李播《天象賦》：“於是究經緯之終始，徵幽顯之機符。”蘇舜欽《慶州敗》：“乳臭兒醋觸大嚼乃事業，何嘗識會兵之機符！”　移孝資忠：意猶爲效忠於皇上而捨棄孝親之行。李適《贈太尉段秀實紀功碑并序》：“嗟乎！天生萬物，惟人最靈，稟元氣之精鍾、五行之秀，是宜守正居順，移孝資忠，君君臣臣父父子子，各履於達道，同臻於太和。”李復《取士札子》：“欲責其移孝資忠、臨民應務之效，必

不能也。" 本仁祖義:本乎仁祖於義。《漢書·武帝紀》:"夫本仁祖義,襃德録賢,勸善刑暴,五帝三王所繇昌也。"顏師古注:"曰本仁祖義,謂以仁義爲本始。"《宋史·世家·吳越錢氏》:"開國承家,本仁祖義,以忠孝而保社稷,以廉讓而化人民。" 學弄:義近"弱弄",幼年時好嬉戲。《文心雕龍·哀悼》:"辭定所表,在彼弱弄。苗而不秀,自古斯慟。"也義近"嬉弄",遊戲,玩耍。《新唐書·李光弼傳》:"光弼嚴毅沈果,有大略,幼不嬉弄,善騎射。" 壁壘:軍營的圍墻,作爲進攻或退守的工事。《六韜·王翼》:"修溝塹,治壁壘,以備守禦。"《史記·黥布列傳》:"深溝壁壘,分卒守徼乘塞。" 山川:山岳、江河。《易·坎》:"天險,不可升也,地險,山川丘陵也,王公設險以守其國。"沈佺期《興慶池侍宴應制》:"漢家城闕疑天上,秦地山川似鏡中。"

⑦ 象賢:謂能效法先人的賢德。《儀禮·士冠禮》:"繼世以立諸侯,象賢也。"鄭玄注:"象,法也,爲子孫能法先祖之賢,故使之繼世也。"劉禹錫《蜀先主廟》:"得相能開國,生兒不象賢。" 秉哲:秉富有才智。《文心雕龍·時序》:"逮明帝秉哲,雅好文會。"韓愈《順宗實録》:"皇太子某體仁秉哲,恭敬溫文。" 脱俗:脱離庸俗,不沾染庸俗之氣。葛洪《抱朴子·登涉》:"近才庸夫,自許脱俗。"殷文圭《賀同年劉咸辟命》:"脱俗文章笑鸚鵡,凌雲頭角壓麒麟。" 遺榮:謂抛棄榮華富貴,超脱塵世。張協《詠史》:"達人知止足,遺榮忽如無。"柳宗元《柳常侍行狀》:"味道腴以代膏粱,含德輝而輕紱冕,遺榮養素,恬淡如也。" 清净:佛教語,指遠離惡行與煩惱。王僧孺《禮佛唱導發願文》:"願現前衆等,身口清净。"張謂《送僧》:"一身求清净,百毳納袈裟。" 富貴:富裕而顯貴,猶言有財有勢。《論語·顏淵》:"商聞之矣:死生有命,富貴在天。"韓愈《省試顏子不貳過論》:"不以富貴妨其道,不以隱約易其心。"

⑧ 劇鎮:政務繁劇的藩鎮。元稹《贈王承宗侍中制》:"逮居劇鎮,益辦長材。"《新唐書·陳子昂傳》:"近詔同城權置安北府,其地當

磧南口,制匈奴之衝,常爲劇鎮。”　　丞立殊勛:事見《舊唐書‧劉總傳》:“及王承宗再拒命,總遣兵取賊武强縣,遂駐軍持兩端,以利朝廷供饋賞賜。”　　殊勛:特出的功勛。《三國志‧荀彧傳》:“董昭等謂太祖宜進爵國公,九錫備物,以彰殊勛。”李德林《天命論》:“太祖挺生,庇民匡主,立殊勛于魏室,建茂績于周朝。”　　兩藩:即兩個藩鎮,馬元調注:“成德、昭義。”據《舊唐書‧地理志》:“成德軍節度使,治恒州,領恒、趙、冀、深四州。”時成德軍節度使爲王承宗,正在暗中幫助叛亂的淮西吳元濟。《舊唐書‧地理志》:“昭義軍節度使,治潞州,領潞、澤、邢、洺、磁五州。”昭義軍節度使時爲郗士美,據《舊唐書‧郗士美傳》,郗士美積極參與平叛,馬注與史實不符,疑馬元調之注有誤。我們以爲另一個藩鎮,應該就是劉總所在的幽州盧龍軍節度使府,并與下句的“化行八郡”相應。《編年箋注》認爲:“威定兩藩:指劉總相繼拜盧龍、天平兩軍節度使。”本文就是拜劉總爲天平軍節度使之制文,劉總還沒有來得及履任,事實上劉總也始終沒有履任,又如何“威定”? 難以苟同。　　化行:教化施行。《漢書‧王莽傳》:“是以三年之間,化行如神。”《顏氏家訓‧勉學》:“周宏正奉贊大猷,化行都邑,學徒千餘,實爲盛美。”韓愈《虢州司户韓府君墓誌銘》:“安定桓王五世孫睿素,爲桂州長史,化行南方。”　　八郡:馬元調注:“盧龍諸州。”即盧龍軍節度使所,亦即幽州大都督府管轄下的八個州郡。《舊唐書‧地理志》:“幽州大都督府,隋爲涿郡,武德元年改爲幽州總管府,管幽、易、平、檀、燕、北燕、營、遼等八州。”

　　⑨ 日者:往日,從前。《戰國策‧齊策》:“日者,中山悉起而迎燕趙,南戰於長子,敗趙氏。”《漢書‧高帝紀》:“吳,古之建國也,日者荆王兼有其地,今死亡後。”顏師古注:“日者,猶往日也。”　　除凶淮甸:本文指元和九年至元和十三年平定淮西吳元濟叛亂之事,元稹也曾經以“從事”的身份隨同嚴綬親歷平叛第一綫,並有《代論淮西書》、《祭淮瀆文》代筆嚴綬揭示吳元濟的叛亂之罪。　　淮甸:淮河流域,這

裏指淮西吳元濟盤踞的地區。鮑照《潯陽還都道中》:“登艫眺淮甸,掩泣望荊流。”劉禹錫《代謝貸錢物表》:“壽春固壘以備盜,淮甸興師以扞奸。” 易帥:變易一地的軍事統帥。元稹《處分幽州德音》:“尚念幽州將士,夙著勛庸,易帥之初,諒宜優錫。”李頻《送姚侍御充渭北掌書記》:“北境烽烟急,南山戰伐頻。撫綏初易帥,參畫盡須人。”本文誠如馬元調所注:“以弘正代承元。”《舊唐書》:“(元和十五年)冬十月庚午朔……成德軍節度使王承宗卒,其弟承元上表請朝廷命帥,遣起居舍人柏耆宣慰之……乙酉,以魏博等州節度觀察等使、光禄大夫、檢校司徒、兼侍中、魏博大都督府長史、上柱國、沂國公、食邑三千户、實封三百户田弘正可檢校司徒兼中書令、鎮州大都督府長史、成德軍節度、鎮冀深趙等州觀察處置等使,以鎮冀深趙等觀察度支使、朝議郎、試金吾左衛胄曹參軍、兼監察御史王承元可銀青光禄大夫、檢校工部尚書、使持節滑州諸軍事、守滑州刺史、御史大夫、充義成軍節度鄭滑等州觀察等使。” 常山:即恒州,爲恒冀節度使理所,亦即常山大都督府理所,《元和郡縣志》:“恒州,今爲恒冀節度使理所,管恒州、冀州、深州、趙州、德州、棣州……《禹貢》:冀州之域,周爲并州地,春秋時屬鮮虞國,戰國時屬趙,秦兼天下,爲鉅鹿郡之地。漢三年,韓信東下井陘,擊破陳餘、趙王歇,以鉅鹿之北境置恒山郡,因恒山爲名,後避文帝諱,改曰常山……武德元年重置爲恒州。”後來避諱唐穆宗李恒之諱而改爲常山。劉禹錫《卧病聞常山旋師策勛宥過王澤大洽因寄李六侍郎》:“寂寂重寂寂,病夫卧秋齋。夜蛩思幽壁,槁葉鳴空階”元稹《元和五年予官不了罰俸西歸三月六日至陝府與吳十一兄端公崔二十二院長思愴曩遊因投五十韵》:“常山攻小寇,淮右擇良帥。國難身不行,勞生欲何爲?” 掎角:分兵牽制或夾擊敵人。語本《左傳·襄公十四年》:“譬如捕鹿,晉人角之,諸戎掎之,與晉掊之。”孔穎達疏:“角之謂執其角也,掎之言戾其足也。”陳子昂《上西蕃邊州安危事》:“今欲掎角亡叛,雄將邊疆,惟倚金山諸蕃,共爲形勢。”

謂分兵互相呼應。《舊唐書・德宗紀》:"宜令諸道各出師徒,掎角齊進。"所謂的"掎角",即是淮西叛亂之時,王承宗配合淮西,製造混亂,《舊唐書・憲宗紀》:"(元和十年)六月辛丑朔,癸卯,鎮州節度使王承宗遣盜夜伏於靖安坊,刺宰相武元衡死之。又遣盜於通化坊刺御史中丞裴度,傷首而免……乃詔京城諸道,能捕賊者賞錢萬貫,仍與五品官。敢有蓋藏,全家誅戮。乃積錢三萬貫於東西市,京城大索,公卿節將複壁重轑者,皆搜之。庚戌,神策將士王士則、王士平以盜名上言,且言王承宗所使,乃捕得張宴等八人,誅之。"劉總時任幽州盧龍軍節度使,沒有參與,在一定程度上牽制了王承宗,幫助李唐軍隊全力平叛淮西,故言盧龍爲"掎角",稱劉總爲"股肱"。　　股肱:比喻左右輔佐之臣。高適《奉酬北海李太守丈人夏日平陰亭》:"天子股肱守,丈人山嶽靈。出身侍丹墀,舉翮凌青冥。"劉禹錫《途次敷水驛伏睹華州舅氏昔日行縣題詩處潸然有感》:"昔日股肱守,朱輪茲地遊。繁華日已謝,章句此空留。"

⑩ 深衷:內心,衷情。顏延之《五君詠・劉參軍》:"頌酒雖短章,深衷自此見。"高適《酬秘書弟兼寄幕下諸公》:"光祿經濟器,精微自深衷。"　密款屢聞:馬元調注:"總自憲宗十三年已上疏,願奉朝請。"《舊唐書・劉總傳》:"(劉總)累遷至檢校司空,及王承宗再拒命,總遣兵取賊武強縣,遂駐軍持兩端,以利朝廷供饋賞賜。是時吳元濟尚存,王承宗方跋扈,易定孤危,憲宗暫務姑息,加總同中書門下平章事。及元濟就擒,李師道梟首,王承宗憂死,田弘正入鎮州,總既無黨援,懷懼,每謀自安之計。"　密款:內心的真誠。白居易《與王承宗詔》:"請獻官員,願輸貢賦。而又上陳密款,遠達深誠,潔身而謀出三軍,損己而讓推二郡。"元稹《贈賻王承宗制》:"每懷戀闕之誠,遂行割地之效。屢陳密款,方俟來朝。"　浮圖:亦作"浮屠",佛教語,梵語Buddha的音譯,佛陀,佛。《後漢書・天竺傳》:"其人弱於月氏,修浮圖道,不殺伐,遂以成俗。"李賢注:"浮圖,即佛也。"《新唐書・狄仁傑

傳》：“后將造浮屠大像，度費數百萬。”佛教語，梵語 Buddha 的音譯，指佛教。范縝《神滅論》：“浮屠害政，桑門蠹俗。風驚霧起，馳蕩不休。”《新唐書·李夷簡傳》：“〔夷簡〕將終，戒毋厚葬，毋事浮屠，毋碑神道，惟識墓則已。”　燕：古國名，周代諸侯國，又稱北燕，姬姓，周公奭之後，在今河北省北部和遼寧省西端，建都薊（今北京城西南隅），戰國時爲七雄之一，後爲秦所滅。《孟子·梁惠王》：“齊人伐燕，勝之。”《史記·燕召公世家》：“周武王之滅紂，封召公於北燕。”裴駰集解：“《世本》曰：‘居北燕。’宋忠曰：‘有南燕，故云北燕。’”本文以“燕”指代幽州盧龍軍節度使府所轄之境。　素尚：樸素高尚的情操。任昉《王文憲集序》：“或功銘鼎彝，或德標素尚。”溫庭筠《和段少常柯古》：“素尚寧知貴，清談不厭貧。”　過中：超過適當的限度。姚燧《江漢堂記》：“人見其不儉不及，不豐過中。”姚燧《國子司業滕君墓碣銘》：“刑或過中，必揆以義。”

⑪ 妻子：妻和子。張説《送郭大夫元振再使吐蕃》：“五年一見家，妻子不相識。”岑參《衞郡守還》：“所嗟無產業，妻子嫌不調。五斗米留人，東溪憶垂釣。”　君父：特稱天子。曹植《求自試表》：“昔耿弇不俟光武，亟擊張步，言不以賊遺於君父也。”元稹《贈田弘正父庭玠等》：“朕以眇身，欽承大寶，爲億兆人之君父，奉十一聖之宗祧。”　鄒魯：鄒國、魯國的並稱。庾信《哀江南賦》：“里爲冠蓋，門成鄒魯。”楊炯《益州新都縣學碑》：“國成陶唐，家成鄒魯。”鄒，孟子故鄉；魯，孔子故鄉，後因以“鄒魯”指文化昌盛之地與禮義之邦。　鄆：古州名，隋開皇十年置，治所在萬安，唐移治須昌。韓翃《贈鄆州馬使君》：“東方千萬騎，出望使君時。暮雪行看盡，春城到莫遲。”劉禹錫《和鄆州令狐相公春晚對花》：“朱門退公後，高興對花枝。望闕無窮思，看書欲盡時。”　師儒：古代指教官或學官。《周禮·地官·大司徒》：“四曰聯師儒，五曰聯朋友。”鄭玄注：“師儒，鄉里教以道藝者。”葉適《送陳彥群》：“大郡得師儒，高文興孝秀。”　朴厚：樸實厚道。韓愈《冬薦宮

殷侑狀》:“〔殷侑〕久從使幕,亮直著名,朴厚端方,少見倫比。”梅堯臣《送謝師厚太傅通判汾州》:“晉人朴厚自寡訟,軟炊玉粒河鱗鮮。”

⑫　美化:美好的教化。《詩·周南·漢廣序》:“文王之道,被於南國,美化行於江漢之域,無思犯禮,求而不可得也。”杜荀鶴《獻長沙王侍郎》:“美化事多難諷誦,未如耕釣口分明。”　衆善:謂各種善舉。《吕氏春秋·應同》:“堯爲善而衆善至,桀爲非而衆非來。”任昉《答陸倕知己賦》:“冠衆善而貽操,綜群言而名學。”　非心:邪心。《書·冏命》:“繩愆糾謬,格其非心。俾克紹先烈。”孔傳:“言侍左右之臣,彈正過誤,檢其非妄之心,使能繼先王之功業。”元稹《范傳式可河南府壽安縣令制》:“嗟乎! 長人之吏,信在言前。當革非心,無因故態。過而不改,寧罔後艱。”　大雄:梵文 Mahavīra(摩訶毗羅)的意譯,原爲古印度耆那教對其教主的尊稱,佛教亦用爲釋迦牟尼的尊號。《法華經·從地踴出品》:“善哉,善哉! 大雄世尊。”王勃《梓州慧義寺碑銘序》:“仁義沸騰,則大雄拯横流之弊。”

⑬　正名:辨正名稱、名分,使名實相符。《國語·晉語》:“舉善援能,官方定物,正名育類。”韋昭注:“正上下服位之名。”《舊唐書·韋湊傳》:“師古之道,必也正名,名之與實,故當相副。”　台座:指宰相之位。韓愈《和崔舍人詠月二十韵》:“右掖連台座,重門限禁扃。”武元衡《西亭早秋送徐員外》:“鼎鉉辭台座,麾幢領益州。”據《舊唐書·憲宗紀》記載,劉總在幽州節度使任,亦即元和十一年十一月之時已經“加平章事”,這次拜劉總新職,也仍舊帶著“同中書門下平章事”的榮銜,故言“台座”。　藩方:義近“藩岳”,指諸侯或總領一方的地方長官。潘岳《爲賈謐作贈陸機》:“藩岳作鎮,輔我京室。”《舊唐書·崔珙傳》:“崔氏咸通乾符間,昆仲子弟紆組拖紳,歷臺閣,踐藩岳者二十餘人。”　四維:指東南、西南、東北、西北四隅。《淮南子·天文訓》:“帝張四維,運之以斗……日冬至,日出東南維,入西南維……夏至,出東北維,入西北維。”《晉書·地理志》:“天有四維,地有四瀆。”指四

方。歐陽詹《早秋登慈恩寺塔》：“寶塔過千仞，登臨盡四維。”蘇轍《祭亡兄端明文》：“兄敏我愚，賴以有聞；寒暑相從，逮壯而分……如鴻風飛，流落四維。” **五教**：五常之教，指父義、母慈、兄友、弟恭、子孝五種倫理道德的教育。《書·舜典》：“汝作司徒，敬敷五教。”孔傳：“布五常之教。”唐人對司徒的別稱。洪邁《容齋四筆·官稱別名》：“唐人好以它名標榜官稱……太尉爲掌武，司徒爲五教。”本文“五教”與劉總這次授職“司徒”相應。 **龍節**：泛指奉王命出使者所持之節。王維《平戎辭》：“卷旆生風喜氣新，早持龍節靜邊塵。”蘇軾《表忠硯碑》：“金券玉册，虎符龍節。” **蟬冕**：即蟬冠。潘岳《秋興賦序》：“珥蟬冕而襲紈綺之士，此焉遊處？”王儉《褚淵碑文》：“頻作二守，并加蟬冕。政以禮成，民是以息。”

⑭ **夔龍**：相傳舜的兩位名臣，夔爲樂官，龍爲諫官。《書·舜典》：“伯拜稽首，讓於夔、龍。”孔傳：“夔、龍，二臣名。”杜甫《奉贈蕭十二使君》：“巢許山林志，夔龍廊廟珍。”後用以喻指輔弼良臣。 **令圖**：善謀，遠大的謀略。《隋書·梁睿傳》：“睿上疏曰：‘竊以遠撫長駕，王者令圖；易俗移風，有國恒典。’”韓愈《順宗實錄》：“人倫之本，王化之先。爰舉令圖，允資內輔。式表后妃之德，俾形邦國之風，茲《禮經》之大典也。” **巢由**：巢父和許由的并稱，相傳皆爲堯時隱士，堯讓位於二人，皆不受，因用以指隱居不仕者。皇甫謐《高士傳·巢父》：“巢父者，堯時隱人也，山居不營世利，年老以樹爲巢而寢其上，故時人號曰巢父。”陸游《遣興》：“静觀世事頻興歎，千載前時有許由。”

[編年]

《年譜》、《年譜新編》編年本文於長慶元年，理由是：“《舊唐書·穆宗紀》云：‘（長慶元年三月）癸丑，以幽州盧龍軍節度副大使、知節度事、押奚契丹兩蕃經略等使、檢校司空、同中書門下平章事、楚國公劉總可檢校司徒、兼侍中、天平軍節度、鄆曹濮等州觀察等使。’”沒有言明"癸丑"是三月何日。《編年箋注》同樣引用《舊唐書·穆宗紀》長慶元年三月"癸丑"條的記載，其後特地説明："長慶元年(八二一)三月，丁酉朔，癸丑爲是月初七，是《制》即作於其時。"

　　根據《舊唐書·穆宗紀》長慶元年三月"癸丑"條的記載，我們不敢苟同長慶元年三月"癸丑"即爲"是月初七"的意見。依照干支推算，此月"癸丑"應該是三月十七日，而不是"是月初七"，此其一。其二，雖然有《舊唐書·穆宗紀》的記載，但本文也不應該撰成於三月十七日當日。根據慣例，應該撰成於三月十七日之前一二日之内，地點在長安，元稹時任中書舍人翰林承旨學士之職。而三月十七日，僅僅祇是本制文在朝廷正式頒佈的日子而已。

◎ 授李愿檢校司空宣武軍節度使制①

　　門下：昔者魯侯伯禽，徒以周公之故，遂荒大東。重耳以定傾之勞，子孫不絶於晉②。昔我太師西平王(李晟)，在德宗時能復京邑(興元元年平朱泚)，書於鼎彝(帝紀其功，自爲碑文，命太子書之後，又圖象于凌烟閣)。每懷宮廟之安(一)，實念山河之永③。而又繼其英哲(二)，克生令人(三)。惟弟惟兄，莫非頗牧(晟有十五子，聞者愿、憲、憼、聽云)。尚想德施於十代，何吝恩積於一門(四)④？

　　鳳翔節度使李愿，檢校尚書左僕射(五)，生長綺紈之中，而素風自得(六)。蘊鬱驍雄之氣(七)，而性與溫恭。怡怡於叔季之間(八)，翼翼於班行之内⑤。始爲夏帥(元和初，領夏、綏、銀、宥節度使)，遂著能名。蹄角齒毛之良，一無取於夷落。而不貪之實(九)，大布朔陲(按本傳，愿爲夏帥，時失名馬，後人歸失馬，并獻良馬贖罪，愿還失馬而縱其良,亦其一也)⑥。

洎領徐方(爲武寧節度)(一○),會征淮右(時適征蔡)。鄰寇陰狡,將助鴟張。來犯東郊,冀延晷刻(李師道數遣兵攻徐州,愿遣王智興擊破之)。爾乃提持戈戟,淬礪卒徒,一戰而蜂蠆盡殲,不時而梟鏡就戮⑦。聿來岐下(鳳翔),號令益明。繕完甲兵,爲我保障⑧。

朕以浚郊(今開封符離縣,即古浚儀也)重地(一一),尤藉長材(一二)。俾爲司空,以表東夏。持我邦憲,用清爾人⑨。夫四海九州非不廣也,然而靈武、魏博至於大梁,斷長補短,方數千里,皆爾伯仲(一三),又何加焉(時愬節度魏博,聽節度靈武,而愿復爲宣武帥)⑩!

於戲!睢陽在爾之東,張巡效忠之誠尚在(一四);夷門在爾之境,侯嬴報恩之迹猶存(一五)。又安知憧憧往來之徒,不有以仁義匡於爾者!勉服休命(一六),其惟戒之(一七)。可檢校司空兼汴州刺史、宣武軍節度使,散官、勳如故(一八)⑪。

錄自《元氏長慶集》卷四三

[校記]

(一)每懷宮廟之安:楊本、叢刊本同,《英華》、《文章辨體彙選》、《淵鑑類函》、《全文》作“每懷宗廟之安”,各備一説,不改。

(二)而又繼其英哲:楊本、叢刊本、《全文》同,《英華》、《文章辨體彙選》、《淵鑑類函》作“而又繼有英哲”,各備一説,不改。

(三)克生令人:楊本、叢刊本、《全文》同,《英華》、《淵鑑類函》、《文章辨體彙選》作“克全令人”,各備一説,不改。

(四)何吝恩積於一門:楊本、叢刊本、《全文》同,《英華》、《淵鑑類函》、《文章辨體彙選》作“何憚恩積於一門”，各備一説，不改。

（五）鳳翔節度使李愿檢校尚書左僕射：原本作“鳳翔節度使李愿”，楊本、叢刊本同，《文章辨體彙選》作“具官李愿”，《淵鑑類函》作“李愿”，據《英華》、《全文》補。

（六）而素風自得：楊本、叢刊本、《文章辨體彙選》、《淵鑑類函》、《全文》同，《英華》作“而素風自德”，各備一説，不改。

（七）藴鬱驍雄之氣：楊本、叢刊本、《全文》同，《英華》、《文章辨體彙選》、《淵鑑類函》作“藴鬱驍勇之器”，各備一説，不改。

（八）怡怡於叔季之間：原本作“怡怡於季孟之間”，楊本、叢刊本、《全文》同，據《英華》、《文章辨體彙選》、《淵鑑類函》改。

（九）而不貪之寶：原本作“而不貪之寶”，楊本、叢刊本、《全文》同，據《英華》、《文章辨體彙選》改。《淵鑑類函》脱“蹄角齒毛之良，一無取於夷落。而不貪之寶，大布朔陲”四句。

（一〇）洎領徐方（爲武寧節度）：楊本、叢刊本、《全文》同，《英華》、《文章辨體彙選》、《淵鑑類函》作“旋領徐方”，各備一説，不改。

（一一）朕以浚郊重地：楊本、叢刊本、《全文》同，《英華》、《文章辨體彙選》、《淵鑑類函》作“朕以浚郊重鎮”，各備一説，不改。

（一二）尤藉長材：楊本、叢刊本、《全文》同，《英華》、《文章辨體彙選》、《淵鑑類函》作“尤藉良材”，各備一説，不改。

（一三）皆爾伯仲：楊本、叢刊本、《全文》同，《英華》、《淵鑑類函》作“皆爾爲重”，《文章辨體彙選》作“皆爾爲政”，各備一説，不改。

（一四）張巡效忠之誠尚在：楊本、叢刊本、《全文》同，《英華》、《文章辨體彙選》、《淵鑑類函》作“張巡效忠之城未毀”，各備一説，不改。

（一五）侯嬴報恩之迹猶存：楊本、叢刊本、《全文》同，《英華》、《文章辨體彙選》、《淵鑑類函》作“侯嬴報恩之迹尚存”，各備一説，不改。

（一六）勉服休命：楊本、叢刊本、《全文》同，《英華》、《文章辨體彙選》、《淵鑑類函》作"爾服休命"，各備一説，不改。

（一七）其惟戒之：原本作"其戒之"，楊本、叢刊本同，據《英華》、《文章辨體彙選》、《淵鑑類函》、《全文》補，便於朗讀。

（一八）可檢校司空兼汴州刺史、宣武軍節度使，散官、勛如故：楊本、叢刊本、《全文》同，《英華》作"可檢校司空、汴州刺史，充宣武軍節度使，散官、勛如故"，《文章辨體彙選》、《淵鑑類函》無，各備一説，不改。

［箋注］

① 李愿：李晟之子，李唐名將之一。《舊唐書·李愿傳》："（李愿）元和元年八月檢校禮部尚書，兼夏州刺史、夏綏銀宥等州節度使，威令簡肅，甚得綏懷之術。客有亡馬者，以狀告愿，愿以狀榜於路，懸金以購之。不三日，所亡之馬繫之榜下，仍置書一緘曰：'馬逸及群，不時告，罪當死，敢以良馬一匹贖罪，并亡馬謹納於路。'愿付客亡馬，而縱其良馬。境内嚴肅，多如此類。轉徐州刺史、武寧軍節度使。到鎮，以青、鄆不恭，奉命討伐，屠城下邑，捷奏屢聞。無何，有疾，以其弟愬代爲徐帥，入爲刑部尚書。疾愈，檢校尚書左僕射，兼鳳翔尹、鳳翔隴右節度使。然自是頗怠於爲理，無復素志，聲色之外，全不介懷。長慶二年二月，檢校司空兼汴州刺史、宣武軍節度使。先是，張弘靖爲汴帥，以厚賞安士心。及愿至，帑藏已竭，而愿恣其奢侈，門内數百口，仰給官司，不恤軍政，賞賚不及弘靖時，而以威刑馭下。又令妻弟竇緩將親兵，緩亦驕傲黷貨，以是群情聚怨。是歲七月四日夜，牙將李臣則、薛志忠、秦鄰等三人宿直，突入竇緩帳中，斬緩首以徇。愿聞有變，與左右數人露髮而走，登子城北樓，懸縋而下，由水竇而出。比曉，行十數里，遇野人驅驢，奪而乘之，得至鄭州。愿妻竇氏死於亂兵之手，子三人匿而獲免，僕妾爲軍士所俘。城中大掠三日，乃立其牙

將李岕爲留後,以邀旄鉞。月餘,方誅之。愿坐貶隋州刺史,朝廷念晟之勳,終不加罪,入爲左金吾衛大將軍。長慶四年六月,復檢校司空兼河中尹,充河中晉絳慈隰節度使。河中之政,亦如岐、梁。加以愿結託權幸,厚行賂遺,賦入隨盡,軍府蕭然,賴遽疾終,不爾,蒲人必有更變。寶應元年六月卒,贈司徒。"傳文中"長慶二年二月,檢校司空兼汴州刺史、宣武軍節度使"的時間有誤,《新唐書·李愿傳》改作"長慶中",但仍然含糊不清。而《舊唐書·穆宗紀》的記載比較清楚,也正與元稹本文所述相符:"(長慶元年三月癸丑)以宣武軍節度使、檢校右僕射、同平章事張弘靖爲檢校司空、同平章事兼幽州大都督府長史,充幽州盧龍軍節度使,從劉總所奏故也。以鳳翔節度使李愿檢校司空、汴州刺史,充宣武軍節度使……(長慶二年七月)戊戌,汴州軍亂,逐節度使李愿,立牙將李岕爲留後。"白居易《李愬李愿薛平王潛馬總孔戡崔能李翱李文悅咸賜爵一級并迴授男同制》:"敕:封爵之設,在乎賞勸。有以褒德,有以序勤。聳善興功,實由茲道。"在中唐時期,還有一名李愿也爲讀者所知,那就是韓愈的朋友李愿,韓愈有《送李愿歸盤谷序》,文云:"太行之陽有盤谷,盤谷之間泉甘而土肥,草木藂茂,居民鮮少。或曰謂其環兩山之間,故曰盤,或曰是谷也,宅幽而勢阻,隱者之所盤旋,友人李愿居之。"《盧郎中雲友寄示送盤谷子詩兩章歌以和之》:"昔尋李愿向盤谷,正見高崖巨壁爭開張。是時新晴天井溢,誰把長劍倚太行?"《唐人跋盤谷序後》:"隴西李愿,隱者也。不干譽以求達,每韜光而自晦。"《韓集點勘·送李愿歸盤谷序》:"同時有兩李愿:一隱盤谷,一爲西平王晟子……《序》作於貞元十七年,西平子時爲宿衛將,至'和盧詩',則元和七年也,西平子方官節度使,皆見《唐史》,無栖隱事。"隱者李愿,宋代黃庭堅《寄題欽之草堂》還曾經提及:"仰視浮雲作,俯窺流水奔。相望有盤谷,李愿故居存。"宣武軍節度使:《舊唐書·地理志》:"宣武軍節度使:治汴州,管汴、宋、亳、潁四州。"《元和郡縣志·汴州》:"今爲汴宋節度使理所,管汴州、宋州、亳州、潁州,管縣二十八。"李紳《拜宣武軍節度使》:"開成元年六月二十六日,制授宣武軍節度使。"王彥威《宣武軍鎮作》:"天兵十萬勇如貔,正是酬恩報國時。汴水波瀾喧鼓角,隋堤楊柳拂旌旗。"

②"昔者魯侯伯禽"三句:伯禽是周公之子,因周公必須留在王室輔助年幼的周成王,不得不讓伯禽代自己前往魯地爲魯侯。事見《史記·魯周公世家》:"其後武王既崩,成王少,在強葆之中。周公恐天下聞武王崩而畔,周公乃踐阼代成王攝行政當國。管叔及其群弟流言於國曰:'周公將不利於成王。'周公乃告太公望、召公奭曰:'我之所以弗辟而攝行政者,恐天下畔周,無以告我先王大王、王季、文王,三王之憂勞天下久矣!於今而後成。武王蚤終,成王少,將以成周,我所以爲之若此!'於是卒相成王,而使其子伯禽代就封於魯。周公戒伯禽曰:'我,文王之子,武王之弟,成王之叔父,我於天下亦不賤矣!然我一沐三握髮,一飯三吐哺,起以待士,猶恐失天下之賢人。子之魯,慎無以國驕人。'" 周公:西周初期政治家,姓姬名旦,也稱叔旦。周文王子,周武王弟,周成王叔。輔周武王滅商。周武王崩,周成王幼,周公攝政。東平武庚、管叔、蔡叔之叛,繼而厘定典章、制度,復營洛邑爲東都,作爲統治中原的中心,天下臻於大治,後多作聖賢的典範。劉長卿《送青苗鄭判官歸江西》:"三苗餘古地,五稼滿秋田。來問周公稅,歸輸漢俸錢。"元稹《人道短》:"泥金刻玉與秦始皇,周公傅說何不長宰相?" 大東:極東,東方較遠之國。《詩·魯頌·閟宮》:"泰山巖巖,魯邦所詹。奄有龜蒙,遂荒大東。至於海邦,淮夷來同。莫不率從,魯侯之功。"毛傳:"荒,有也。"鄭玄箋:"大東,極東。"《詩·小雅·大東》:"小東大東,杼柚其空。" "重耳以定傾之勞"兩句:重耳爲戰國時期晉獻公之子,晉獻公死後,受到後母小戎以及弟弟夷吾的無情迫害,被迫流亡他國多年。最後在諸人的幫助下回到晉國,穩定政局,轉危爲安,成爲晉文公。在位期間勵精圖治,使晉國成爲當時的強國,重耳的子子孫孫也因此相繼爲晉國國君。

定傾:使危險的局勢或即將傾覆的國家轉爲穩定。《國語·越語》:
"夫國家之事,有持盈,有定傾,有節事。"韋昭注:"定,安也;傾,危
也。"桓寬《鹽鐵論·備胡》:"古者,明王討暴衛弱,定傾扶危,則小國
之君悦。討暴定傾,則無罪之人附。"

　　③"昔我太師西平王"三句:事見《舊唐書·李晟傳》:"李晟,字
良器,隴右臨洮人……會京城變起,德宗在奉天,詔晟赴難。晟承詔
泣下,即日欲赴關輔……車駕幸梁州,時變生倉卒,百官扈從者十二
三。駱谷道路險阻,儲供無素,從官乏食,上歎曰:'早從李晟之言,三
蜀可坐致也!'晟大將張少弘自行在傳口詔授晟尚書左僕射、同中書
門下平章事,以安衆心。晟拜哭受命,且曰:'長安宗廟所在,爲天下
本,若皆執羈靮,誰復京師?'……德宗之幸山南,既入駱谷,謂渾瑊
曰:'渭橋在賊腹内,兵勢懸隔,李晟可辦事乎?'瑊對曰:'李晟秉義執
志,臨事不可奪。以臣計之,破賊必矣!'帝意始安。是月,渾瑊步將
上官望自閑道懷詔書加晟檢校右僕射,兼河中尹、河中晉絳慈隰節度
使,益實封三百户,又兼京畿、渭北、鄜坊、丹延節度招討使……(收復
長安之後)上思晟勛力,製紀功碑,俾皇太子書之,刊石立於東渭橋,
與天地悠久,又令太子書碑詞以賜晟……詔以晟兼鳳翔尹、鳳翔隴右
節度使。仍充隴右涇原節度,兼管内諸軍及四鎮、北庭行營兵馬副元
帥,改封西平郡王……(李晟病故之後)元和四年,詔曰:'故奉天定難
功臣、太尉、兼中書令、上柱國、西平郡王、食實封一千五百户、贈太師
李晟……配饗德宗廟庭。"　京邑:京都。張衡《東京賦》:"京邑翼翼,
四方所視。"杜審言《贈蘇味道》:"輿駕還京邑,朋遊滿帝畿。"　鼎彝:
古代祭器,上面多刻著表彰有功人物的文字。許慎《説文解字叙》:
"郡國亦往往於山川得鼎彝,其銘即前代之古文,皆自相似。"《文選·
任昉〈王文憲集序〉》:"前郡尹溫太真、劉真長,或功銘鼎彝,或德標素
尚。"李善注:"《禮記》曰:鼎有銘,銘者,論譔其先祖之德美、功烈、勛
勞,而酌之祭器。《左氏傳》:臧武仲曰:大伐小,取其所得,以作彝器,

銘其功,以示子孫。" 宮廟:猶宗廟。江淹《擬袁太尉從駕淑》:"宮廟
禮哀敬,枌邑道嚴玄。"借指帝王與皇室。潘岳《西京賦》:"滑漢氏之
剥亂,朝流亡以離析;卓滔天以大滌,劫宮廟而遷迹。"宮殿和宗廟的
並稱。《後漢書‧獻帝紀》:"己酉,董卓焚洛陽宮廟及人家。" 山河:
指江山、國土。劉義慶《世説新語‧言語》:"過江諸人,每至美日,輒
相邀新亭,藉卉飲宴。周侯中坐而歡曰:'風景不殊,正自有山河之
異!'"駱賓王《帝京篇》:"山河千里國,城闕九重門。不睹皇居壯,安
知天子尊!"

④ 英哲:才能和識見卓越的人。阮籍《清思賦》:"内英哲與長年
兮,笞離倫與膺賈。"《舊唐書‧魏元忠傳》:"知己難逢,英哲罕遇。"
令人:品德美好的人。《詩‧邶風‧凱風》:"凱風自南,吹彼棘薪。母
氏聖善,我無令人。"鄭玄箋:"令,善也。"《舊唐書‧韋挺楊纂等傳
論》:"周、隋以來,韋氏世有令人,鬱爲冠族,而安石嗣立,竟大其門。"
惟:連詞,也作"唯"、"維",表示並列關係,相當於"與"、"和"。《書‧
禹貢》:"齒、革、羽、毛惟木。"岳飛《奏申虔州賊首奏》:"山寨賊首羅誠
等二百餘人,見拘管在寨未審,令臣一面處置,惟復申解朝廷,伏望聖
慈速賜指揮,以憑遵稟施行。" 頗牧:戰國時趙國名將廉頗與李牧的
並稱。揚雄《法言‧重黎》:"或問馮唐面文帝,得廉頗、李牧不能用
也,諒乎? 曰:彼將有激也,親屈帝尊,信亞夫之軍,至頗、牧,曷不用
哉?"陳善《捫虱新話‧論蘇黄文字》:"與其遠想頗、牧,不若暗合孫
吳。"名將的代稱。《新唐書‧畢諴傳》:"帝悦曰:'吾將擇能帥者,孰
謂頗牧在吾禁署,卿爲朕行乎?'"這裏指李晟的兒子中不乏如廉頗與
李牧這樣的將才。《舊唐書‧李晟傳》:"晟十五子,侗、佃、偕無禄早
世,次愿、聰、總、慇、憑、恕、憲、愬、懿、聽、㙥、憖,聰、總官卑而卒,而
愿、愬、聽最知名。" 十代:猶言多代。元結《補樂歌十首(并序)》:
"自伏羲氏至於殷室,凡十代。"白居易《新樂府‧采詩官》:"周滅秦興
至隋氏,十代采詩官不置。郊廟登歌贊君美,樂府艷詞悦君意。" 一

門：一族，一家。《漢書·李尋傳》：“將軍一門九侯，二十朱輪。”杜甫《送鮮于萬州遷巴州》：“京兆先時傑，琳瑯照一門。”

⑤　綺紈：猶紈袴，指富貴之家或其子弟。劉孝標《廣絕交論》：“於是有弱冠王孫、綺紈公子，道不挂於通人，聲未遒於雲閣，攀其鱗翼，丐其餘論，附驥驥之旄端，軼歸鴻於碣石，是曰談交。”柳宗元《送蕭煉登第後南歸序》：“雖在綺紈，而私心慕焉！”　素風：純樸的風尚，清高的風格。傅亮《爲宋公修楚元王墓教》：“素風道業，作範後昆。”王維《送綦毋校書棄官還江東》：“天命無怨色，人生有素風。”　蘊：積聚，蓄藏。《後漢書·周榮傳》：“蘊匵古今，博物多聞。”李賢注：“蘊，藏也。”杜甫《壯遊》：“剡溪蘊秀異，欲罷不能忘。”　鬱：蘊蓄，蘊藏。《漢書·路溫舒傳》：“忠良切言，皆鬱於胸。”韓愈《送孟東野序》：“樂也者，鬱於中而泄於外者也，擇其善鳴者而假之鳴。”　驍雄：勇猛威武。《三國志·吕蒙傳》：“與關羽分土接境，知羽驍雄，有並兼心。”杜甫《三絕句》三：“殿前兵馬雖驍雄，縱暴略與羌渾同。”　溫恭：溫和恭敬。《書·舜典》：“濬哲文明，溫恭允塞。”孔穎達疏：“溫和之色，恭遜之容。”《北史·王傑王勇等傳論》：“夫文士懷溫恭之操，其弊也懦弱；武夫稟剛烈之資，其弊也敢悍。”　怡怡：特指兄弟和睦的樣子，語本《論語·子路》：“朋友切切偲偲，兄弟怡怡。”陶潛《晉故征西大將軍長史孟府君傳》：“便步歸家，母在堂，兄弟共相歡樂，怡怡如也。”　叔季：弟輩，弟弟。元稹《唐故朝議郎侍御史内供奉鹽鐵轉運河陰留後河南元君墓誌銘》：“没之日，三子不侍，無一言之念，知叔季之可以教侄也。”曾鞏《蔡京起居郎制》：“而爾之叔季，並直同升，其於榮遇，世罕及者。”　翼翼：恭敬謹慎貌。《詩·大雅·大明》：“惟此文王，小心翼翼。”鄭玄箋：“小心翼翼，恭慎貌。”《漢書·禮樂志》：“王侯秉德，其鄰翼翼。”顏師古注：“翼翼，恭敬也。”　班行：朝班的行列，朝官的位次。黃庭堅《次韵宋楙宗僦居甘泉坊雪後書懷》：“漢家太史宋公孫，漫逐班行謁帝閽。”秦觀《辭史官表》：“班行之内，學術過於臣者

甚多。"

　　⑥　始爲夏帥:《舊唐書·憲宗紀》:"(元和元年)八月辛酉朔,癸亥,以左衛大將軍李愿檢校禮部尚書、夏州刺史,充夏綏銀節度使。"能名:能幹的名聲。《後漢書·侯霸傳》:"後爲淮平大尹,政理有能名。"杜甫《送梓州李使君之任》:"籍甚黃丞相,能名自穎川。"　蹄角:牛的蹄與角,古時用以計牛頭數,蹄角合計爲六,即一頭牛。《漢書·貨殖傳》:"牛千蹄角。"顏師古注:"百六十七頭牛,則爲蹄與角凡一千二也。言千者,舉成數也。"指代牲口。石介《慶曆聖德頌序》:"古者一雲氣之祥,一草木之異,一蹄角之怪,一羽毛之瑞,當時群臣猶且濃墨大字,金頭鈿軸,以稱述頌美時君功德,以爲無前之休,丕天之績。"夷落:古稱少數民族聚居之地,亦借指少數民族。《文選·左思〈魏都賦〉》:"蠻陬夷落,譯導而通,鳥獸之氓也。"劉逵注:"陬、落,蠻夷之居處名也。"劉禹錫《令狐相公自天平移鎮太原以詩申賀》:"夷落遙知真漢相,爭來屈膝看儀形。"　朔:北方。《書·舜典》:"五月南巡守,至於南岳……十有一月朔巡守,至於北岳。"孔穎達疏:"《釋訓》云:'朔,北方也。'故《堯典》及此與《禹貢》,皆以朔言北。"《文選·張衡〈西京賦〉》:"秦里其朔,寔爲咸陽。"薛綜注:"朔,北也。"　陲:邊境,邊疆。王維《李陵詠》:"日暮沙漠陲,戰聲烟塵裏。"白居易《代王佖答吐蕃北道節度論贊勃藏書》:"凡此邊鎮,皆奉朝章,但令慎守封陲,不許輒令侵軼。"

　　⑦　洎領徐方:《舊唐書·憲宗紀》:"(元和六年)冬十月,以前夏州節度使李愿檢校兵部尚書、徐州刺史,充武寧軍節度使。"　徐方:指古徐國。《詩·大雅·常武》:"徐方繹騷,震驚徐方。"高亨注:"徐方,徐邦。"《晉書·宣帝紀》:"周宣王時,以世官克平徐方。"指徐州。陳琳《爲袁紹檄豫州》:"故躬破於徐方,地奪於呂布。"楊炯《李懷州墓誌銘》:"或全齊歷下之軍,或大禹徐方之地。"　淮右:即淮西,當時吳元濟盤踞於此,對抗李唐朝廷。元稹《元和五年予官不了罰俸西歸三

月六日至陝府與吳十一兄端公崔二十二院長思愴曩遊因投五十韻》：
"常山攻小寇，淮右擇良帥。國難身不行，勞生欲何爲？"白居易《送幼
史》："淮右寇未散，江西歲再徂。故里干戈地，行人風雪途。"　右：西
邊，取面向南，則右爲西。《儀禮‧士虞禮》："陳三鼎於門外之右。"鄭
玄注："門外之右，門西也。"《文選‧王粲〈從軍〉一》："相公征關右，赫
怒震天威。"李周翰注："關右，關西也。"　"鄰寇陰狡"八句：事見《舊
唐書‧李師道傳》："師道，師古異母弟……師道時知密州事，師古死，
其奴不發喪，潛使迎師道於密而奉之……時杜黃裳作相，欲乘其未定
也，以計分削之。憲宗以蜀川方擾，不能加兵於師道。元和元年七
月，遂命建王審遙領節度，授師道檢校左散騎常侍兼御史大夫，權知
鄆州事，充淄青節度留後。十月，加檢校工部尚書兼鄆州大都督府長
史，充平盧軍及淄青節度副大使、知節度事、管內支度營田觀察處置、
陸運海運押新羅渤海兩蕃等使。自正已至師道，竊有鄆曹等十二州
六十年矣……十年，王師討蔡州，師道使賊燒河陰倉，斷建陵橋。初，
師道置留邸於河南府，兵謀雜以往來，吏不敢辨。因吳元濟北犯汝、
鄭，郊畿多警，防禦兵盡戍伊闕。師道潛以兵數十百人內其邸，謀焚
宮闕而肆殺掠。既烹牛饗衆矣！明日將出，會有小將楊進、李再興
者，詣留守呂元膺告變，元膺追伊闕兵圍之，半日不敢進攻。防禦判
官王茂元殺一人而後進，或有毀其墉而入者。賊衆突出殺人，圍兵奔
駭，賊得結伍中衢，內其妻子於囊橐中，以甲胄殿而行，防禦兵不敢
追。賊出長夏門，轉掠郊墅，東濟伊水，入嵩山，元膺誡境上兵重購以
捕之。數月，有山棚鬻鹿於市，賊遇而奪之，山棚走而徵其黨，或引官
軍共圍之谷中，盡獲之。窮理得其魁首，乃中岳寺僧圓靜，年八十餘，
嘗爲史思明將，偉悍過人。初執之，使巨力者奮錘，不能折脛。圓靜
罵曰：'鼠子，折人脚猶不能，敢稱健兒乎！'乃自置其足，教折之。臨
刑乃曰：'誤我事，不得使洛城流血！'……師道識暗，政事皆決於群
婢。婢有號蒲大姊、袁七娘者，爲謀主，乃言曰：'自先司徒以來有此

十二州，奈何一日無苦而割之耶？今境内兵士數十萬人，不獻三州，不過發兵相加，可以力戰，戰不勝，乃議割地，未晚也。'師道從之而止……十年十二月，武寧軍節度使李愿遣將王智興擊破師道之衆九千，斬首二千餘級，獲牛馬四千……（十三年）十月，徐州節度使李愬、兵馬使李祐於兖州魚臺縣破賊三千餘人……" 　陰狡：陰險狡猾。《新唐書・鄭注傳》："注多藝，詭譎陰狡。"李綱《論孔文舉》："既還許都，雖曹操之奸雄陰狡，權勢方盛，融視之蔑如，峭論鯁議，屢阻其謀，嘲誚蹢躒，略不爲之下。" 　鴟張：像鴟鳥張翼一樣，比喻囂張，凶暴。《魏書・蕭衍傳》："吞淵明之衆，招厭虐之民，舉長淮以爲斷，仍鴟張歲月，南面假名，死而後已。"《舊唐書・僖宗紀》："初則狐假鴟張，自謂驍雄莫敵。" 　東郊：西周時，特指其東都王城，亦即後來的洛陽以東的郊外。周滅商後，遷殷民於此。《書・君陳》："周公既没，命君陳分正東郊成周。"孔穎達疏："周公遷殷頑民於成周，頑民既遷，周公親自監之。周公既没，成王命其臣名君陳代周公監之，分別居處，正此東郊成周之邑。"本文即指洛陽城的東郊。班固《西都賦》："東郊則有通溝大漕。"沈約《宿東園》："陳王鬥雞道，安仁采樵路。東郊豈異昔？聊可閑余步。" 　晷刻：片刻，謂時間短暫。《西京雜記》卷四："成帝嘗，交趾越巂獻長鳴雞，伺雞晨，即下漏驗之，晷刻無差。"韓愈《爲韋相公讓官表》："毫釐之差，或致弊於寰海；晷刻之誤，或遺患於歷年。" 　戈戟：戈和戟，亦泛指兵器。《司馬法・定爵》："弓矢禦，殳矛守，戈戟助。"胡曾《詠史詩・流沙》："七雄戈戟亂如麻，四海無人得坐家。" 　淬礪：激勵，磨煉。元稹《授田布魏博節度使制》："爾其淬礪勇夫，敬恭義士。"蘇軾《策略五首》四："是以人人各盡其材，雖不肖者，亦自淬厲，而不至於怠廢。" 　卒徒：徒衆，兵衆。《莊子・達生》："夫畏塗者，十殺一人，則父子兄弟相戒也，必盛卒徒而後敢出焉！不亦知乎！"成玄英疏："强盛卒伍，多結徒伴，斟量平安，然後敢去。"元稹《授牛元翼深冀州節度使制》："爾之部曲，即鎮之卒徒。" 　蜂蠆：比喻惡人或敵人。《文心雕龍·檄移》:"摧壓鯨鯢,抵落蜂蠆。"杜甫《遣憤》:"蜂蠆終懷毒,雷霆可振威。"　梟獍:亦作"梟獍",舊説梟爲惡鳥,生而食母;獍爲惡獸,生而食父,比喻忘恩負義之徒或狠毒的人。楊衒之《洛陽伽藍記·永寧寺》:"若兆者蜂目豺聲,行窮梟獍,阻兵安忍,賊害君親。"范祥雍校釋:"《漢書》二十五《郊祀志》:'祠黃帝用一梟破鏡。'孟康注:'梟,鳥名,食母;破鏡,獸名,食父。'破鏡即是獍。此以比喻很戾忘恩之人。"元稹《捉捕歌》:"外無梟鏡援,内有熊羆驅。"

⑧ 聿來岐下:《舊唐書·憲宗紀》:"(元和十四年四月)戊午,以刑部尚書李愿爲鳳翔尹,充鳳翔隴右節度使。"　聿:助詞。用於句首或句中。《詩·唐風·蟋蟀》:"蟋蟀在堂,歲聿其莫。"潘岳《射雉賦》:"聿采毛之英麗兮,有五色之名翬。"韓愈《禘祫議》:"凡在擬議,不敢自專,聿求厥中,延訪群下。"　岐:即岐山,山名,在今陝西省岐山縣境,上古稱"岐"。《詩·大雅·緜》:"率西水滸,至於岐下。"《文選·張衡〈西京賦〉》:"岐、梁、汧、雍。"薛綜注引《説文》:"岐山在長安西美陽縣界,山有兩岐,因以名焉!"　號令:號召,發佈命令。《國語·越語》:"越王句踐栖於會稽之上,乃號令於三軍。"韓愈《論捕賊行賞表》:"所宜大明約束,使信在言前,號令指麾,以圖功利。"　繕完:修繕墙垣,完,通"院",垣。《左傳·襄公三十一年》:"以敝邑之爲盟主,繕完葺墙,以待賓客。"楊伯峻注:"完借爲院……《廣雅·釋宮》云:'院,垣也。'"泛指修繕。元稹《代諭淮西書》:"蓄聚糧糧,繕完城壘。"蘇洵《上韓樞密書》:"往年詔天下繕完城池。"　甲兵:鎧甲和兵械,泛指兵器。《詩·秦風·無衣》:"王於興師,修我甲兵,與子偕行。"《韓非子·十過》:"城郭不治,倉無積粟,府無儲錢,庫無甲兵,邑無守具。"　保障:起保護防衛作用的人或事。《左傳·定公十二年》:"且成,孟氏之保障也;無成,是無孟氏也。"《三國志·孫静傳》:"堅始舉事,静糾合鄉曲及宗室五六百人以爲保障,衆咸附焉!"

⑨ 浚:古邑名,春秋衛地,在今河南省開封市之南。《詩·鄘

風·干旄》："孑孑干旄,在浚之郊。"毛傳："浚,衛邑。"韓愈《答張徹》："道途縣萬里,日月垂十齡。浚郊避兵亂,睢岸連門停。"當時的宣武節度使府就在汴州,亦即浚郊,是李愿這次的新任職之地。　重地:泛指地位重要或性質重要的地方。皮日休《劉棗强碑》："以某下走之才,誠不足污辱重地。"蘇軾《答宋寺丞書》："彭城自漢以來,號爲重地。"　長材:比喻才能出衆的人。元希聲《贈皇甫侍御赴都八首》二:"猗嗟衆珍,以況君子。公侯之胄,必復其始。利器長材,温儀峻峙。"韋應物《贈李判官》："良玉定爲寶,長材世所稀。佐幕方巡郡,奏命布恩威。"　司空:官名,相傳少昊時所置,周爲六卿之一,即冬官大司空,掌管工程。漢改御史大夫爲大司空,與大司馬、大司徒並列爲三公,後去大字爲司空,歷代因之。李唐時常常作爲榮銜,並非實職。李愿這次任職宣武軍節度使,就以"檢校司空"的名義。岑參《奉送李太保兼御史大夫充渭北節度使》："詔出未央宫,登壇近總戎。上公周太保,副相漢司空。"李涉《過襄陽上于司空頔》："方城漢水舊城池,陵谷依然世自移。歇馬獨來尋故事,逢人唯説峴山碑。"　東夏:古代泛指中國東部,這裏代指宣武軍節度使府管轄的地域。《後漢書·吳祐傳》："祐每行園,常聞諷誦之音,奇而厚之,亦與爲友,卒成儒宗,知名東夏。"《周書·武帝紀》："東夏既平,王道初被,齊氏弊政,餘風未殄。"　邦憲:《詩·小雅·六月》："文武吉甫,萬邦爲憲。"毛傳："憲,法也。"後因以"邦憲"指國家大法。韓愈《順宗實錄》："宜加貶黜,用申邦憲。"曾鞏《張頡知均州制》："内不能統齊士吏,外不能綏靖華夷,致兹繹騷,自干邦憲。"　人:民,百姓。《後漢書·光武帝紀》："皇天上帝,后土神祇,眷顧降命,屬秀黎元,爲人父母,秀不敢當。"《新唐書·李密傳》："今主昏於上,人怨於下,鋭兵盡之遼海,和親絶於突厥,南巡流連,空棄關輔,此實劉項挺興之會。"

⑩ 四海:猶言天下,全國各處。張繼《讀嶧山碑》："六國平來四海家,相君當代擅才華。誰知頌德山頭石,却與他人戒後車!"戎昱

《贈岑郎中》:"童年未解讀書時,誦得郎中數首詩。四海烟塵猶隔闊,十年魂夢每相隨。"　九州:古代分中國爲九州,後以"九州"泛指天下,全中國。崔顥《題潼關樓》:"客行逢雨霽,歇馬上津樓。山勢雄三輔,關門扼九州。"李白《南奔書懷》:"太白夜食昴,長虹日中貫。秦趙興天兵,茫茫九州亂。"　靈武:節度使府名,地當今寧夏自治區吳忠市。安禄山陷京師,唐玄宗出奔西川,唐肅宗即位之地,即是靈武。《元和郡縣志·靈州》:"靈州:今爲靈武節度使理所(管靈州、會州、鹽州,管縣十)。"《舊唐書·穆宗紀》:"(元和十五年六月戊寅)以(李)聽爲靈州大都督府長史,充朔方靈鹽節度使。"劉長卿《送史判官奏事之靈武兼寄巴西親故》:"中州日紛梗,天地何時泰? 獨有西歸心,遙懸夕陽外。"杜甫《惜別行送向卿進奉端午御衣之上都》:"肅宗昔在靈武城,指揮猛將收咸京。向公泣血灑行殿,佐佑卿相乾坤平。"　魏博:節度使府名,府治魏州,地當今河北大名縣。《元和郡縣志·魏州》:"魏州:今爲魏博節度使理所:管魏州、相州、博州、衛州、貝州、澶州,管縣四十三。"《舊唐書·穆宗紀》:"(元和十五年十月乙酉)以昭義節度使、檢校尚書左僕射、同中書門下平章事李愬可本官,爲魏州大都督府長史,充魏博等州節度觀察等使。"　大梁:古地名,戰國魏都,在今河南省開封市西北,隋唐及以後通稱今開封市爲大梁,亦即李愿這次的宣武軍節度使的任職地。王昌齡《答武陵田太守》:"仗劍行千里,微軀感一言。曾爲大梁客,不負信陵恩。"韓愈《送僧澄觀》:"愈昔從軍大梁下,往來滿屋賢豪者。"據《舊唐書·穆宗紀》記載,長慶元年三月癸丑,李愿從鳳翔節度使轉任汴州刺史,充宣武軍節度使。　伯仲:指兄弟的次第,亦代稱兄弟。《詩·小雅·何人斯》:"伯氏吹壎,仲氏吹篪。"鄭玄箋:"伯仲,喻兄弟也。"元稹《祭翰林白學士太夫人文》:"嗚呼! 分同伯仲,古則拜親。"據《舊唐書·李晟傳》,李晟共十五子,其中以李愿、李愬、李聽最爲知名,爲中唐平叛名將。在元稹的詩文中,偶爾也能夠看到三人的身影。

⑪ 於戲：猶於乎，感歎詞。張説《齊黄門侍盧思道碑》："於戲！國有校，家有塾，禄位以勸，風雅猶存。然千數百年群心相尚，竟稱者若斯之鮮矣！"林諤《太原府交城縣石壁寺鐵彌勒像頌序》："於戲！否往泰來，聖作惠出微妙；用之發揮，匠意表刻紀靈。" "睢陽在爾之東"兩句：《元和郡縣志·宋州》："天寶末禄山亂，兩河郡縣多所陷没，惟張巡、許遠、姚誾三人堅守睢陽，賊將尹子奇併力攻圍，逾年不克。城中孤危糧竭，相食殆盡。時賀蘭進明、許叔冀屯軍臨淮，爭權不協，不發援師。城竟爲賊所陷，巡、遠等抗詞不屈，遂俱被害。然使賊鋒挫衄，不至江淮，巡、遠之力也" 睢陽：漢代地名，李唐時稱宋城縣，是宋州州治所在，張巡、許遠、姚誾三人率部抗擊安禄山叛鎮逾年之地，地當今河南商丘，在汴州亦即今開封之東。《元和郡縣志·宋州》："武德四年討平王世充，又爲宋州……管縣十：宋城、碭山、虞城、楚丘、柘城、穀熟、下邑、單父、襄邑、寧陵。宋城縣：漢睢陽縣，屬宋國，後屬梁國，後魏屬梁郡，隋開皇三年罷梁郡，以縣屬亳州，十六年于此置宋州，睢陽屬焉！十八年改爲宋城。"張巡《守睢陽作》："裹瘡猶出陣，飲血更登陴。忠信應難敵，堅貞諒不移。"韋應物《睢陽感懷》："張侯本忠烈，濟世有深智。堅壁梁宋間，遠籌吳楚利。" 張巡：抗擊安禄山叛亂的名將之一，忠勇不屈，事見《舊唐書·張巡傳》："張巡，蒲州河東人……禄山之亂，巡爲真源令……時許遠爲睢陽守，與城父令姚誾同守睢陽城，賊攻之不下。初禄山陷河洛，許叔冀守靈昌，薛愿守潁川，許遠守睢陽，皆孤城無援。愿守一年而城陷，叔冀一年而自拔，獨睢陽堅守。賊將尹子奇攻圍經年，巡以雍丘小邑，儲備不足，大寇臨之，必難保守，乃列卒結陣詐降（令將士持弓弩引滿，巡以鋭卒數百殿其後，且行且戰，夜投睢陽城，見許遠、姚誾等，共謀捍守），至德二年正月也。玄宗聞而壯之，授巡主客郎中，兼御史中丞。尹子奇攻圍既久，城中粮盡，易子而食，析骸而爨，人心危恐，慮將有變。巡乃出其妾，對三軍殺之，以饗軍士，曰：'諸公爲國家戮力守城，

一心無二，經年乏食，忠義不衰。巡不能自割肌膚，以啖將士，豈可惜
此婦人，坐視危迫！'將士皆泣下，不忍食，巡強令食之。乃括城中婦
人，既盡，以男夫老小繼之，所食人口二三萬，人心終不離變。時賀蘭
進明以重兵守臨淮，巡遣帳下之士南霽雲夜縋出城，求援於進明。進
明日與諸將張樂高會，無出師意。霽雲泣告之曰：'本州強寇凌逼，重
圍半年，食盡兵窮，計無從出。初圍城之日，城中數萬口，今婦人老幼
相食殆盡，張中丞殺愛妾以啖軍人。今見存之數，不過數千。城中之
人，分當餌賊。但睢陽既拔，即及臨淮。皮毛相依，理須援助。霽雲
所以冒賊鋒刃，匍匐乞師，謂大夫深念危亡，言發響應，何得宴安自
處，殊無救恤之心？夫忠臣義士之所爲，豈宜如此？霽雲既不能達主
將之意，請齧一指，留於大夫，示之以信，歸報本州。'霽雲自臨淮還睢
陽，繩城而入。城中將吏知救不至，慟哭累日。十月，城陷，巡與姚
闓、南霽雲、許遠皆爲賊所執，巡神氣慷慨。每與賊戰，大呼誓師，皆
裂血流，齒牙皆碎。城將陷，西向再拜，曰：'臣智勇俱竭，不能戍遏強
寇，保守孤城。臣雖爲鬼，誓與賊爲厲，以答明恩。'及城陷，尹子奇謂
巡曰：'聞君每戰眥裂，嚼齒皆碎，何至此耶？'巡曰：'吾欲氣吞逆賊，
但力不遂耳！'子奇以大刀剔巡口，視其齒，存者不過三數。巡大罵
曰：'我爲君父義死，爾附逆賊，犬彘也！安能久哉？'子奇義其言，將
禮之，左右曰：'此人守義，必不爲我用。素得士心，不可久留！'是日，
與姚闓、霽雲同被害，唯許遠執送洛陽。"　夷門：戰國魏都城的東門，
故址在今河南開封城內東北隅，因在夷山之上，故名。王維《夷門
歌》："非但慷慨獻良謀，意氣兼將身命酬。向風刎頸送公子，七十老
翁何所求？"李華《奉寄彭城公》："公子三千客，人人願報恩。應憐抱
關者，貧病老夷門。"　侯嬴：魏國隱士，事迹見《史記·魏公子列传》：
"魏有隱士曰侯嬴，年七十，家貧，爲大梁夷門監者。公子聞之，往請，
欲厚遺之。不肯受，曰：'臣修身潔行數十年，終不以監門困故而受公
子財。'公子於是乃置酒，大會賓客。坐定，公子從車騎，虛左，自迎夷

門侯生。侯生攝弊衣冠，直上載公子上坐，不讓，欲以觀公子，公子執轡愈恭。侯生又謂公子曰：'臣有客在市屠中，願枉車騎過之。'公子引車入市，侯生下見其客朱亥，俾倪故久立，與其客語，微察公子，公子顏色愈和。當是時，魏將相宗室賓客滿堂，待公子舉酒。市人皆觀公子執轡，從騎皆竊罵侯生。侯生視公子色終不變，乃謝客就車。至家，公子引侯生坐上坐，徧贊賓客，賓客皆驚。酒酣，公子起，爲壽侯生前。侯生因謂公子曰：'今日嬴之爲公子亦足矣！嬴乃夷門抱關者也，而公子親枉車騎，自迎嬴於衆人廣坐之中，不宜有所過，今公子故過之。然嬴欲就公子之名，故久立公子車騎市中，過客以觀公子，公子愈恭。市人皆以嬴爲小人，而以公子爲長者，能下士也。'於是罷酒，侯生遂爲上客。侯生謂公子曰：'臣所過屠者朱亥，此子賢者，世莫能知，故隱屠間耳！'公子往數請之，朱亥故不復謝，公子怪之。魏安釐王二十年，秦昭王已破趙長平軍，又進兵圍邯鄲。公子姊爲趙惠文王弟平原君夫人，數遺魏王及公子書，請救於魏。魏王使將軍晉鄙，將十萬衆救趙。秦王使使者告魏王曰：'吾攻趙，旦暮且下，而諸侯敢救者，已拔趙，必移兵先擊之！'魏王恐，使人止晉鄙，留軍壁鄴，名爲救趙，實持兩端以觀望。平原君使者冠蓋相屬於魏，讓魏公子曰：'勝所以自附爲婚姻者，以公子之高義，爲能急人之困。今邯鄲旦暮降秦而魏救不至，安在公子能急人之困也？且公子縱輕勝，棄之降秦，獨不憐公子姊邪？'公子患之，數請魏王，及賓客辯士說王萬端，魏王畏秦，終不聽公子。公子自度終不能得之於王，計不獨生而令趙亡，乃請賓客，約車騎百餘乘，欲以客往赴秦軍，與趙俱死。行過夷門，見侯生，具告所以欲死秦軍狀。辭決而行，侯生曰：'公子勉之矣！老臣不能從。'公子行數里，心不快，曰：'吾所以待侯生者備矣！天下莫不聞，今吾且死，而侯生曾無一言半辭送我，我豈有所失哉？'復引車還，問侯生，侯生笑曰：'臣固知公子之還也。'曰：'公子喜士，名聞天下。今有難，無他端而欲赴秦軍，譬若以肉投餒虎，何功之有哉？

尚安事客？然公子遇臣厚，公子往而臣不送，以是知公子恨之復返也。'公子再拜，因問。侯生乃屏人間語，曰：'嬴聞晉鄙之兵符常在王卧內，而如姬最幸，出入王卧內，力能竊之。嬴聞如姬父爲人所殺，如姬資之三年，自王以下欲求報其父仇，莫能得。如姬爲公子泣，公子使客斬其仇頭，敬進如姬。如姬之欲爲公子死，無所辭，顧未有路耳！公子誠一開口請如姬，如姬必許諾，則得虎符奪晉鄙軍，北救趙而西却秦，此五霸之伐也。'公子從其計，請如姬，如姬果盜晉鄙兵符與公子。公子行，侯生曰：'將在外，主令有所不受，以便國家。公子即合符，而晉鄙不授公子兵而復請之，事必危矣！臣客屠者朱亥可與俱，此人力士。晉鄙聽，大善；不聽，可使擊之。'於是公子泣，侯生曰：'公子畏死邪？何泣也？'公子曰：'晉鄙嚄唶宿將，往恐不聽，必當殺之，是以泣耳！豈畏死哉？'於是公子請朱亥，朱亥笑曰：'臣乃市井鼓刀屠者，而公子親數存之，所以不報謝者，以爲小禮無所用。今公子有急，此乃臣效命之秋也！'遂與公子俱。公子過謝侯生，侯生曰：'臣宜從，老不能，請數公子行日，以至晉鄙軍之日，北鄉自剄，以送公子！'公子遂行。至鄴，矯魏王令代晉鄙。晉鄙合符，疑之，舉手視公子曰：'今吾擁十萬之衆，屯於境上，國之重任，今單車來代之，何如哉？'欲無聽，朱亥袖四十斤鐵椎，椎殺晉鄙，公子遂將晉鄙軍。勒兵下令軍中曰：'父子俱在軍中，父歸；兄弟俱在軍中，兄歸；獨子無兄弟，歸養。'得選兵八萬人，進兵擊秦軍。秦軍解去，遂救邯鄲，存趙。趙王及平原君自迎公子於界，平原君負韊矢，爲公子先引。趙王再拜曰：'自古賢人未有及公子者也！'當此之時，平原君不敢自比於人。公子與侯生決，至軍，侯生果北鄉自剄。"魏徵《述懷》："季布無二諾，侯嬴重一言。人生感意氣，功名誰復論？"李白《贈昇州王使君忠臣》："巨海一邊靜，長江萬里清。應須救趙策，未肯棄侯嬴。"　憧憧：往來不絕貌。《易·咸》："憧憧往來，朋從爾思。"陸德明釋文引王肅曰："憧憧，往來不絕貌。"張九齡《唐崔君神道碑》："縉紳景慕，憧憧往來，徒宅就居，投刺成市，若衆流之赴壑也。” 仁義：仁愛和正義，寬惠正直。韓愈《寄三學士》：“生平企仁義，所學皆孔周。”王安石《與王子醇書》：“且王師以仁義爲本，豈宜以多殺斂怨耶？” 匡：輔佐，輔助。《詩·小雅·六月》：“王于出征，以匡王國。”馬瑞辰通釋：“匡者，助也。‘以匡王國’，猶云‘以佐天子’也。”《周書·文帝紀》：“及居官也，則書不甘食，夜不甘寢，思所以上匡人主，下安百姓。” 休命：美善的命令，多指天子或神明的旨意。《易·大有》：“君子以遏惡揚善，順天休命。”韓愈《順宗實錄》：“必能宣祖宗之重光，荷天地之休命。” 戒：警惕，鑒戒。《詩大序》：“言之者無罪，聞之者足以戒。”《新唐書·康承訓傳》：“可師恃勝不戒，弘立以兵襲之，可師不克陣而潰。”

［編年］

《年譜》編年本文於長慶元年，理由則是：“《舊唐書·穆宗紀》云：‘（長慶元年三月癸丑）以鳳翔節度使李愿檢校司空、汴州刺史，充宣武軍節度使。’”《編年箋注》據《舊唐書·穆宗紀》，編年：“長慶元年（八二一）三月，丁酉朔，癸丑是初七，此《制》即撰於其時。”《年譜新編》據《舊唐書·穆宗紀》，編年本文於長慶元年。

我們以爲，一、《年譜》編年本文於長慶元年三月十七日值得商榷，《年譜新編》編年長慶元年過於籠統，而《編年箋注》的編年則是錯誤的。二、據《舊唐書·穆宗紀》：“（長慶元年）三月丁酉朔……癸丑……以鳳翔節度使李愿檢校司空、汴州刺史，充宣武軍節度使。”據干支推算，“癸丑”應該是三月十七日，而非《編年箋注》所說的“初七”。三、長慶元年三月十七日，穆宗朝一日之内，接連公佈調動五鎮節度使：《舊唐書·穆宗紀》：“（長慶元年）三月丁酉朔……癸丑，以幽州盧龍軍節度副大使、知節度事、押奚契丹兩蕃經略等使、檢校司空、同中書門下平章事、楚國公劉總可檢校司徒兼侍中、天平軍節度、鄆曹濮等州觀察等使。以宣武軍節度使、檢校右僕射、同平章事張弘靖爲檢校司空、同平章事兼幽州大都督府長史,充幽州盧龍軍節度使,從劉總所奏故也、以鳳翔節度使李愿檢校司空、汴州刺史,充宣武軍節度使。以邠寧節度使李光顏爲鳳翔尹,依前檢校司空、平章事,充鳳翔隴右節度使。以右衛大將軍高霞寓檢校工部尚書、邠州刺史,充邠寧節度使。"這是爲應對劉總歸順朝廷作出的一系列對策,此事絕非由元稹一人在朝廷早朝之前信筆而書,而是經過李唐朝廷,特別是唐穆宗再三考慮、最後過目首肯的結果,三月十七日僅僅是這些制文一併公佈的日子而已。四、元稹同時撰制的制誥還有:《授劉總守司徒兼侍中天平軍節度使制》以及其他有關幽州事宜的制誥,如《處分幽州德音》就是其中之一。五、三月二十日之前,元稹事務特別繁忙,元稹《謝恩賜告身衣服并借馬狀》:"伏奉恩旨,令臣明日本司赴上,舊例更合中謝。伏緣先有疏論邊事及幽州事宜,兼李愿入朝,並要面自論奏。伏料二十日入假已後,南衙機務稍閑,特乞恩許臣中謝。"即揭示了這種忙碌的情況。故本文應該撰成於三月十七日之前一二日之內,地點在長安,元稹時任中書舍人、翰林承旨學士之職。

● 授楊進亳州長史制[(一)①]

　　敕:楊進:頃者師道潛遣凶徒,將焚京洛。奸謀指日,忠告先期。俾無頹尾之災,實賴赤心之效[②]。

　　雖居禁衛,未免食貧。言念前勞,宜沾厚秩。式佐郡府,仍壯軍容[③]。尚旌撲滅之功,以示優崇之賞。可守亳州長史,仍令宣武軍節度收隨,要中驅使[④]。

録自《元氏長慶集》補遺卷五

6309

［校記］

（一）授楊進亳州長史制：本文又見《英華》、《全文》，未見異文。

［箋注］

① 授楊進亳州長史制：本文未見諸多《元氏長慶集》，但《元氏長慶集》補遺卷五、《英華》、《全文》收録，故據補。　楊進：《舊唐書·憲宗紀》：“（元和十年）八月己亥朔……丁未，淄青節度使李師道陰與嵩山僧圓浄謀反，勇士數百人伏於東都進奏院，乘洛城無兵，欲竊發焚燒宮殿而肆行剽掠。小將楊進、李再興告變留守吕元膺，乃出兵圍之。賊突圍而出，入嵩岳山棚，盡擒之。訊其首僧圓浄，主謀也。僧臨刑歎曰：‘誤我事，不得使洛城流血！’”　亳州：州郡名，地當今安徽亳州。《元和郡縣志·河南道》：“魏文帝即位，黄初元年以先人舊郡，又立爲譙國，與長安、許昌、鄴、洛陽號爲五都。後魏復置南兖州，周武帝改爲亳州，隋亂陷賊，武德四年討平王世充，復爲亳州……管縣八：譙、臨涣、酇、城父、鹿邑、蒙城、永城、貞源。”姚合《送裴大夫赴亳州》：“杭人遮道路，垂泣浙江前。譙國迎舟艦，行歌汴水邊。”劉得仁《送姚處士歸亳州》：“白髮麻衣破，還譙別弟迴。首垂聽樂泪，花落待歌杯。”　長史：官名，秦置，漢相國、丞相，後漢太尉、司徒、司空、將軍府各有長史。其後，爲郡府官，掌兵馬。唐制，上州刺史別駕下有長史一人，從五品。宋之問《渡吳江別王長史》：“倚櫂望兹川，銷魂獨黯然。鄉連江北樹，雲斷日南天。”駱賓王《和孫長史秋日卧病》：“霍第疏天府，潘園近帝臺。調弦三婦至，置驛五侯來。”

② “頃者師道潛遣凶徒”六句：事見《舊唐書·吕元膺傳》：“（元和）十年七月，鄆州李師道留邸伏甲謀亂。初，師道於東都置邸院，兵諜雜以往來，吏不敢辨。因吴元濟北犯，郊畿多警，防禦兵盡戍伊闕。師道伏甲百餘於邸院，將焚宮室而肆殺掠。已烹牛饗衆，明日將出。

會小將李再興告變，元膺追兵伊闕。圍之半日，無敢進攻者。防禦判官王茂元殺一人而後進，或有毀其墉而入者。賊衆突出，圍兵奔駭，賊乃團結，以其孥偕行，出長夏門，轉掠郊墅，奪牛馬，東濟伊水，望山而去。元膺誡境上兵，重購以捕之。數月，有山棚賣鹿於市，賊過，山棚乃召集其黨，引官兵圍於谷中，盡獲之。窮理其魁，乃中岳寺僧圓浄，年八十餘，嘗爲史思明將，偉悍過人。初執之，使折其脛，錘之不折，圓浄罵曰：‘脚猶不解折，乃稱健兒乎？’自置其足教折之。臨刑歎曰：‘誤我事，不得使洛城流血！’死者凡數十人。留守防禦將二人、都亭驛卒五人、甘水驛卒三人，皆潛受其職署而爲之耳目，自始謀及將敗，無知者。初，師道多買田於伊闕、陸渾之間，凡十餘處，故以舍山棚而衣食之。有訾嘉珍、門察者，潛部分之，以屬圓浄。以師道錢千萬僞理佛寺，期以嘉珍竊發時舉火於山中，集二縣山棚人作亂。及窮按之，嘉珍、門察皆稱害武元衡者。元膺以聞，送之上都，賞告變人楊進、李再興錦綵三百匹、宅一區，授之郎將。元膺因請募山河子弟以衞宮城，從之。盜發之日，都城震恐，留守兵寡弱不可倚，而元膺坐皇城門，指使部分，氣意自若，以故居人帖然。” 頃者：往昔。《漢書·元帝紀》：“頃者有司緣臣子之義，奏徙郡國民以奉園陵，令百姓遠棄先祖墳墓，破業失産，親戚別離，人懷思慕之心，家有不安之意。”陳子昂《申宗人冤獄書》：“頃者至忠，而今日受賂，固知不免此禍。” 潛遣：暗中派遣。司馬光《應詔言朝政闕失狀》：“又潛遣邏卒，聽市道之人謗議者，執而刑之。”胡宿《宋故宣徽北院使奉國軍節度使明州管內觀察處置等使金紫光禄大夫檢校太保使持節明州諸軍事明州刺史兼御史大夫判并州河東路經略安撫使兼并代澤潞麟府嵐石兵馬都部署上柱國滎陽郡開國公食邑二千五百户食實封三百户贈太尉文肅鄭公墓誌銘》：“復閲廂軍精勇者，得三千人，遷補清邊，聲其數爲十萬，以夸戎人。潛遣戍兵還京師者數萬，衆獲休息，幾減邊費半。” 凶徒：惡人，壞人。任昉《進梁公爵爲王詔》：“本朝危切，樊鄧迴遠，凶徒盤據，水陸相望。”杜甫《秋日夔府詠懷奉寄鄭監審李賓客之芳一百韵》：“舊物森猶在，凶徒惡未悛。國須行戰伐，人憶止戈鋋。” 奸謀：奸邪的計謀。《荀子·致仕》：“如是，則奸言、奸說、奸事、奸謀、奸譽、奸愬莫之試也。”《漢書·王商傳》：“今商有不仁之性，乃因怨以內女，其奸謀未可測度。” 指日：猶不日，謂爲期不遠。曹植《應詔》：“弭節長騖，指日遄征。”韓愈《送進士劉師服東歸》：“還家雖闊短，指日親晨餐。” 先期：約定日期之前，在事情發生或進行之前。《後漢書·班超傳》：“勇從南道，朗從北道，約期俱至焉耆。而朗先有罪，欲徼功自贖，遂先期至爵離關。”蘇軾《游羅浮道院及栖禪精舍》：“門戶各努力，先期畢租稅。” 頳尾：亦作“赬尾”。《詩·周南·汝墳》：“魴魚頳尾，王室如燬。”毛傳：“頳，赤也，魚勞則尾赤。”本文借用“王室如燬”的話，隱指李師道企圖焚燒洛陽的陰謀。燬是烈火。《詩·周南·汝墳》：“魴魚頳尾，王室如燬。”毛傳：“燬，火也。”陸德明釋文：“齊人謂火曰燬。”孫逖《丹陽行》：“在昔風塵起，京都亂如燬。” 赤心：赤誠的心。《三國志·董昭傳》：“吾與將軍聞名慕義，便推赤心。”蘇軾《明君可以爲忠言賦》：“上之人聞危言而不忌，下之士推赤心而無損。豈微忠之能致，有至明而爲本。”

③ 禁衛：指保衛帝王或京城的軍隊，即禁衛軍。陸游《老學庵筆記》卷四：“趙相初除都督中外軍事，孫叔詣參政時爲學士，當制，請曰：‘是雖王導故事，然若兼中外，則雖陛下禁衛三衙皆統之，恐權太重，非防微杜漸之意。’”《宋史·李綱傳》：“〔欽宗〕復決意南狩，綱趨朝，則禁衛擐甲，乘輿已駕矣！” 食貧：謂過貧苦的生活。《詩·衛風·氓》：“自我徂爾，三歲食貧。”馬瑞辰通釋：“食貧猶居貧。”王禹偁《謝弟禹圭授試銜表》：“伏念臣出自孤平，猥叨班列，雖累居近侍，而未免食貧。” 厚秩：豐厚的俸祿。《北史·隋河間王弘傳論》：“河間屬乃葭莩，地非寵逼，故高位厚秩，與時終始。”何承天《上安邊論》：“有急之日，民不知戰，至乃廣延賞募，奉以厚秩。” 郡府：郡守的官

署。《晉書·謝尚傳》：“始到官，郡府以布四十匹爲尚造烏布帳。”王昌齡《送韋十二兵曹》：“平明趨郡府，不得展故人。”　軍容：指軍隊和軍人的禮儀法度、風紀陣威和武器裝備。《文選·左思〈吳都賦〉》：“軍容蓄用，器械兼儲。”劉逵注：“軍容，軍之容表，言矛劍等也。”楊巨源《上劉侍中》：“軍容雄朔漠，公望冠巖廊。”

④ 旌：表彰。曹操《表論田疇功》：“疇文武有效，節義可嘉，誠應寵賞，以旌其美。”李衢《都堂試貢士日慶春雪》：“錫瑞來豐歲，旌賢入貢辰。”　撲滅：撲打消滅。《宋書·五行志》：“炎烟蔽天，不可撲滅。”司空圖《華下》：“何事奸與邪，古來難撲滅？”　優崇：優待而尊崇之。《晉書·淮南忠壯王允傳》：“轉爲太尉，外示優崇，實奪其兵也。”《舊唐書·德宗紀》：“此誠文武勛臣出入轉遷之地，宜增禄秩，以示優崇。”　宣武軍節度：亳州在宣武軍節度使管轄之下，故言。《舊唐書·地理志》：“宣武軍節度使：治汴州，管汴、宋、亳、潁四州。”白居易《淮南節度使檢校尚書右僕射趙郡李公家廟碑銘》：“維開成某年某月某日，宣武軍節度使、檢校尚書右僕射、汴州刺史、上柱國、賜紫金魚袋趙郡李公，齋沐祇栗，拜章上言，請立先廟，以奉常祀。”李紳《拜宣武軍節度使》：“油幢并入虎旗開，錦囊從天鳳詔來。星應魏師新鼓角，地嫌梁苑舊池臺。”　收：收取，接納。《漢書·宣帝紀》：“租税勿收。”蔣防《霍小玉傳》：“諸弟兄以其出自賤庶，不甚收録。”　隨：聽使喚，跟隨。《北史·元孚傳》：“後遇風患，手足不隨，口不能言。”于邵《奉誅逆人等狀》：“前件官等，或久登清貫，或厚受國恩。天步艱難，不隨清蹕。”　要：得當，恰如其分。《荀子·禮論》：“禮者，以財物爲用，以貴賤爲文，以多少爲異，以隆殺爲要。”楊倞注：“要，當也。禮或厚或薄，唯其所當爲貴也。”《周書·文帝紀》：“今若移軍近隴，扼其要害，示之以威，服之以德，即可收其士馬，以實吾軍。”　中：合適，恰當。《戰國策·齊策》：“是秦之計中，齊燕之計過矣！”姚宏注：“中，得。”《漢書·成帝紀》：“朕涉道日寡，舉錯不中，乃戊申日蝕地震，朕

甚懼焉!” 驅使:差遣,調遣,使用。《樂府詩集·焦仲卿妻》:“非爲織作遲,君家婦難爲。妾不堪驅使,徒留無所施。”《三國志·張昭傳》:“夫爲人君者,謂能駕御英雄,驅使群賢。”

[編年]

《年譜》、《年譜新編》編年本文於“庚子至辛丑所作其他制誥”、“庚子至辛丑所作其他文章”欄内,《編年箋注》編年:“權定此《制》撰於元和十五年(八二〇)至長慶元年(八二一)元稹知制誥期間。”都没有説明理由。

我們以爲,一、本文是元稹諸多制誥之一,據元稹知制誥臣的起止時間,本文毫無疑問應該撰成於元和十五年二月五日至長慶元年十月十九日之間。二、《舊唐書·憲宗紀》:“(元和十四年八月)癸丑,以吏部尚書張弘靖爲檢校尚書左僕射、同平章事、汴州刺史、宣武軍節度使。”《舊唐書·穆宗紀》:“(長慶元年三月癸丑)以宣武軍節度使、檢校右僕射、同平章事張弘靖爲檢校司空、同平章事兼幽州大都督府長史,充幽州盧龍軍節度使,從劉總所奏故也。以鳳翔節度使李愿檢校司空、汴州刺史,充宣武軍節度使。”張弘清任内與李愿任内,楊進都有可能被朝廷安排他到原先立有功勞的宣武軍節度使府任職。但我們認爲,其中最可能的時間應該是張弘清移任幽州盧龍軍節度使時帶走一批僚屬,如判官韋雍、張宗元、崔仲卿、鄭塤等人,而李愿新任宣武軍節度使又缺少僚屬之時,時在長慶元年三月癸丑之後,亦即三月十七日稍後,撰文地點就在長安,元稹剛剛出任中書舍人、翰林承旨學士之職。

◎ 處分幽州德音^{(一)①}

敕^(二)：昔我玄宗明皇帝得姚元崇、宋璟，使之鋪陳大法，以和人神。而又益之以張說、蘇頲、嘉貞、九齡之徒，皆能始終彌縫，不失紀律②。四十年間，海內滋殖，風俗謹朴，君臣平寧，人無爭端，而卿大夫羞以贓罪鞫人於聖代矣！況伺察乎③？由是網漏吞舟，視盜不謹，寇羯乘釁，勃爲妖氛，天下持兵垂七十載④。

朕因眇末，獲承祖宗，分不得見四方無姑息之臣，而九有復升平之境矣！上帝念我，賚予忠賢。盡獻提封，恢續舊服⑤。使遼陽八州之眾，重睹開元之儀者，則予侍中總之力也。名藩厚位，予何愛焉⑥！劉總已極上台，仍移重鎮，兄弟子姪各授官榮，大將賓寮亦皆超擢⑦。管內州縣官吏肅存古等二百餘人，悉是劉總選任材能，久令假攝，並與正授，用獎勤勞⑧。尚念幽州將士，夙著勛庸，易帥之初，諒宜優錫，共賜錢一百萬貫，以內庫及戶部見在匹段支送，充賞給幽州、盧龍并瀛莫等州將士⑨。又念八州之內，九賦用殷，慶澤旁流，所宜霑貸。其管內八州百姓，並宜給復一年，仍令給事中薛存慶往彼宣慰，親諭朕懷⑩。州縣之中，或有殘破偏甚者，委弘靖量事便宜優恤，務令存立⑪。劉總素以清靜理人，固當開釋，尚恐自罹禁網，亦念哀矜。管內見禁囚徒，罪無輕重，並宜赦免⑫。大將及判官等，雖已頒官爵，而或慮闕遺，宜委弘靖具名銜聞奏。如有父母在者，別具上聞，當加優恤⑬。朕以劉總父子頻立戰功^(三)，永言將吏之中，慮有沒於王事。當道從前已來官吏將士等,或忠義可嘉身已淪没者,委弘靖條録聞奏,當加追贈[14]。平時舊老,始見胡塵,復睹朝儀,得無歡抃迓想[(四)]!撫其兒稚,自此免於兵鋒,言念及兹,用加優給[15]。管内有高年惇獨,或疾瘵不能自存者,委弘靖差官就問,量給粟帛[16]。管内州縣官吏,有奉職清强、惠及百姓者,委弘靖具事迹奏聞,當與量加進改[17]。燕趙之間,古多奇士,隗臺如在,代豈乏賢?如有隱於山谷,退在丘園,行義素高,名節可尚,或才兼文武,卓然可獎者,亦委弘靖具名薦聞[18]。

於戲!古人云:"安不忘危。"魏徵對太宗以守成之不易,兹朕小子,抑又何知!而鎮冀克和,幽燕復古,慄慄夙夜,不遑安寧。實惟祖宗之休,尚賴股肱之力[19]。咨爾輔弼,至於方嶽,爾當勉於姚、宋之功,予亦無忘於天寶之戒。宣示中外,宜體朕懷[20]。

録自《元氏長慶集》卷四〇

[校記]

(一) 處分幽州德音:楊本、叢刊本、《全文》同,《唐大詔令集》作"宣慰幽州詔",各備一説,不改。

(二) 敕:原本無,《唐大詔令集》、《全文》同,據楊本、叢刊本、宋浙本、盧校補。

(三) 朕以劉總父子頻立戰功:楊本、叢刊本同,《全文》作"朕以劉總父子并立戰功",各備一説,不改。《唐大詔令集》僅節録本文,無此句及前後各數句,僅作爲參考本參與校勘。

(四) 得無歡悸抃迓想:原本作"得無悸抃迓想",楊本、叢刊本、宋浙本、《唐大詔令集》、《全文》同,語義不通,據盧校改。

［箋注］

①　處分：處理，處置。《玉臺新詠·古詩〈爲焦仲卿妻作〉》：“處分適兄意，那得自任專！”元結《奏免科率狀》：“容其見在百姓，產業稍成，逃亡歸復，似可存活，即請依常例處分。”　幽州：這裏指幽州節度使府，《舊唐書·地理志》：“幽州大都督府，隋爲涿郡，武德元年改爲幽州總管府，管幽、易、平、檀、燕、北燕、營、遼等八州，幽州領薊、良鄉、潞、涿、固安、雍奴、安次、昌平等八縣……在京師東北二千五百二十里，至東都一千六百里。”盧照鄰《送幽州陳參軍赴任寄呈鄉曲父老》：“薊北三千里，關西二十年。馮唐猶在漢，樂毅不歸燕。”陳子昂《登幽州臺歌》：“前不見古人，後不見來者。念天地之悠悠，獨愴然而涕下。”　德音：用以指帝王的詔書，至唐宋，詔敕之外，別有德音一體，用於施惠寬恤之事，猶言恩詔。陸堅《奉和聖製送張説上集賢學士賜宴賦得今字》：“聖主崇文教，層霄降德音。尊賢澤既厚，式宴寵逾深。”白居易《杜陵叟》：“白麻紙上書德音，京畿盡放今年稅。”

②　敕：古時自上告下之詞，漢代凡尊長告誡後輩或下屬皆稱敕，南北朝以後則特指皇帝的詔書。《新唐書·百官志》：“凡上之逮下，其制有六：一曰制，二曰敕，三曰册，天子用之……”白居易《秦中吟十首·重賦》：“厥初防其淫，明敕內外臣。稅外加一物，皆以枉法論。”明皇帝：即“唐明皇”唐玄宗，因謚號爲至道大聖大明孝皇帝，故稱。韋應物《送褚校書歸舊山歌》：“握珠不返泉，匣玉不歸山。明皇重士亦如此，忽怪褚生何得還？”鄭丹《明皇帝挽歌》：“地慘新强理，城摧舊戰功。山河萬古壯，今夕盡歸空。”　姚宋：姚元崇和宋璟的合稱，唐玄宗開元時相繼爲相，舊史以開元之治，二人之力爲多，世稱姚宋。白居易《除裴垍中書侍郎同平章事制》：“在太宗時，實有房杜，贊貞觀之業；在玄宗時，則有姚宋，輔開元之化。”元稹《連昌宮詞》：“開元之末姚宋死，朝廷漸漸由妃子。禄山宮裏養作兒，號國門前鬧如市。”鋪陳：陳設，佈置。《周禮·春官·司幾筵》：“司几筵下士二人。”鄭玄

注:"鋪陳曰筵,藉之曰席。"牛僧孺《玄怪錄・崔書生》:"崔生於花下先致酒茗罇杓,鋪陳茵席。" 大法:指國家的重要法令或根本法。《後漢書・阜陵質王延傳》:"先帝不忍親親之恩,枉屈大法,爲王受愆。"指朝廷的綱紀。元稹《批宰臣上尊號第二表》:"卿宜爲我提振大法,修明政經,懾竄戎夷,阜康黎庶。" 人神:人與神。班固《東都賦》:"人神之和允洽,群臣之序既肅。"《南史・宋武帝紀》:"人神協祉,歲月滋著。" 張説:唐玄宗開元時期的著名宰相。《新唐書・張説傳》:"張説,字道濟,或字説之,其先自范陽徙河南,更爲洛陽人……睿宗即位,擢中書侍郎兼雍州長史……(玄宗)召爲中書令,封燕國公,實封二百户……素與姚元崇不平,罷爲相州刺史、河北道按察使,坐累徙岳州,停實封……遷荆州長史,俄以右羽林將軍檢校幽州都督……召拜兵部尚書、同中書門下三品……(開元)十七年,復爲右丞相,遷左丞相……開元後宰相,不以姓著者曰燕公云。大曆中,詔配享元宗廟廷。" 蘇頲:宰相蘇瓌之子,唐玄宗開元時期的著名宰相。《新唐書・蘇頲傳》:"(蘇)頲字廷碩。弱敏悟,一覽至千言,輒覆誦。第進士,調烏程尉。武后封嵩高,舉賢良方正異等,除左司禦率府胄曹參軍,吏部侍郎馬載曰:'古稱一日千里,蘇生是已!'再遷監察御史。長安中,詔覆來俊臣等冤獄,頲驗發其誣,多從洗宥。遷給事中、修文館學士,拜中書舍人。時瓌同中書門下三品,父子同在禁管,朝廷榮之……開元四年,進同紫微黄門平章事,修國史。與宋璟同當國,璟剛正,多所裁決,頲能推其長。在帝前敷奏,璟有未及,或少屈,頲輒助成之。有不會意,頲更申璟所執,故帝未嘗不從,二人相得歡甚。璟嘗曰:'吾與蘇氏父子同爲宰相,僕射長厚,自是國器;若獻可替否,事至即斷,盡公不顧私,則今丞相爲過之。'……自景龍後,與張説以文章顯,稱望略等,故時號'燕許大手筆'。"白居易《馮宿除兵部郎中知制誥制》:"敕:吾聞武德暨開元中有顏師古、陳叔達、蘇頲,稱大手筆,掌書王命,故一朝言語焕成文章。"《新唐書・李白傳》:"(李

白)十歲通詩書,既長,隱岷山。州舉有道,不應。蘇頲爲益州長史,見白異之,曰:'是子天才奇特,少益以學,可比相如。'" 嘉貞:唐玄宗開元時期的著名宰相張嘉貞。《新唐書・張嘉貞傳》:"張嘉貞,字嘉貞……突厥九姓新内屬,雜處太原北,嘉貞請置天兵軍綏護其衆,即以爲天兵使。明年入朝,或告其反,按無狀,帝令坐告者,嘉貞辭曰:'國之重兵利器皆在邊,今告者一不當即罪之,臣恐塞言路,且爲未來之患。昔天子聽政於上,瞍賦,矇誦,百工諫,庶人謗,今將坐之,則後無繇聞天下事。'遂得減死。天子以爲忠。且許以相。嘉貞因曰:'昔馬周起徒步,謁人主,血氣方壯,太宗用之,能盡其才,甫五十而没。向使用少晚,則無及已。陛下不以臣不肖,必用之,要及其時,後衰無能爲也。且百年壽,孰爲至者?臣常恐先朝露死溝壑,誠得效萬一,無負陛下足矣!'帝曰:'第往,行召卿。'及宋璟等罷,帝欲果用嘉貞,而忘其名。夜詔中書侍郎韋抗曰:'朕嘗記其風操,而今爲北方大將,張姓而復名,卿爲我思之!'抗曰:'非張齊邱乎?今爲朔方節度使。'帝即使作詔以爲相。夜且半。因閲大臣表疏。舉一則嘉貞所獻。遂得其名。即以爲中書侍郎同中書門下平章事,遷中書令,居位三年。"張説《奉敕赤帝壇祈雨文》:"維開元十年,歲次壬戌,四月壬申朔,十四日乙酉,曾臣侍中源乾曜、中書令張嘉貞、兵部尚書張説,謹以清酌昭告於赤帝:自冬涉春,至兹夏首,宿麥將秀,時雨未洽……"歐陽修《集古録跋尾・唐張嘉貞碑(開元二十六年)》:"右張嘉貞碑:李邕撰,蔡有鄰立書。" 九齡:唐玄宗開元時期的著名宰相張九齡。《新唐書・張九齡傳》:"張九齡,字子壽,韶州曲江人……九齡有才鑒,吏部試拔萃與舉者,常與右拾遺趙冬曦考次,號稱詳平。改司勛員外郎,時張説爲宰相,親重之,與通譜系,常曰:'後出詞人之冠也!'遷中書舍人内供奉,封曲江男,進中書舍人。"受張説貶官的牽連,"改太常少卿,出爲冀州刺史,以母不肯去鄉里,故表換洪州都督,徙桂州,兼嶺南按察選補使……遷中書侍郎,以母喪解,毀不勝哀……是歲,奪哀拜中書侍郎同中書門下平章事,固辭不許,明年遷中書令。"
孟浩然《送丁大鳳進士赴舉呈張九齡》:"吾觀鶺鴒賦,君負王佐
才……故人今在位,岐路莫遲廻。"蔡襄《荔枝譜》:"唐天寶中,妃子尤
愛嗜,涪州歲命驛致,時之詞人多所稱詠。張九齡賦之以託意,白居
易刺忠州,既形於詩,又圖而序之。" 彌縫:縫合,補救。《左傳·僖
公二十六年》:"桓公是以糾合諸侯,而謀其不協,彌縫其闕,而匡救其
災。"元稹《楊汝士授右補闕制》:"朕聞袞職有闕,仲山甫補之。蓋所
以節置天子之嗜欲,而彌縫其不及也。" 紀律:紀綱,法度。《左傳·
桓公二年》:"百官於是乎戒懼而不敢易紀律。"《樂府詩集·隋元會大
饗歌》:"照臨有度,紀律無虧。"曾鞏《祭歐陽少師文》:"公在廟堂,總
持紀律,一用公直,兩忘猜昵。"

③ 四十年間:唐玄宗公元七一二年登位,至安史之亂爆發的天
寶(742—756)末年,時間大約是四十年。元稹《才識兼茂明於體用
策》:"四十年間,刑罰不試,人用滋植,四海大和。"陳羽《酬幽居閑上
人喜及第後見贈》:"九霄心在勞相問,四十年間豈足驚! 風動自然雲
出岫,高僧不用笑浮生。" 海內:國境之內,古謂我國疆土四面臨海,
故稱。杜甫《暮春陪李尚書李中丞過鄭監湖亭泛舟得過字韵》:"海內
文章伯,湖邊意緒多。玉尊移晚興,桂楫帶酣歌。"元結《招陶別駕家
陽華作》:"海內厭兵革,騷騷十二年。陽華洞中人,似不知亂焉!"
滋殖:增加,增長,增生。《漢書·食貨志》:"孝惠、高后之間,衣食滋
殖。"楊億《咸平四年四月試賢良方正科策二道(奉敕撰)》:"秦改阡
陌,乃成霸業;漢抑末而敦本,衣食滋殖;魏屯田而積穀,軍國富饒。"
風俗:相沿積久而成的風氣、習俗。《詩序》:"先王以是經夫婦,成孝
敬,厚人倫,美教化,移風俗。"司馬光《效趙學士體成口號十章獻開府
太師》四:"洛陽風俗重繁華,荷擔樵夫亦戴花。" 謹樸:義近"古樸",
質樸而有古風。裴鉶《傳奇·顔濬》:"同載有青衣,年二十許,服飾古
樸,言詞清麗。"何薳《春渚紀聞·墨磨人》:"其墨匣亦作半笏樣,規製

古樸,是百餘年物。"　平寧:猶安定,安寧。元稹《册文武孝德皇帝赦文》:"荷賴景靈,丕訓不墜。環歲之内,二方平寧。"陳師道《上曾樞密書》:"談者必謂世方平寧,兵不足虞,人無奸雄,有不足畏。"　贓罪:指貪污受賄罪。《南齊書·蕭惠基傳》:"典籤何益孫贓罪百萬,棄市,惠朗坐免官。"元稹《西州院》:"文案床席滿,卷舒贓罪名。"　鞫人:審訊犯人。《後漢書·袁安傳》:"歲餘,徵爲河南尹,政號嚴明,然未嘗以贓罪鞫人。"田錫《上太宗條奏事宜》:"臣殊非理獄之才,驟委鞫人之罪,其間有未明推勘,因致淹延,或未曉刑章,妄加深刻。"　聖代:舊時對於當代的諛稱。王維《送綦母潛落第還鄉》:"聖代無隱者,英靈盡來歸。遂令東山客,不得顧采薇。"常建《送陸擢》:"聖代多才俊,陸生何考槃? 南山高松樹,不合空摧殘。"　伺察:偵視,觀察。《三國志·曹爽傳》:"〔司馬懿〕奏爽曰:'……臣輒力疾,將兵屯洛水浮橋,伺察非常。'"《舊唐書·李林甫傳》:"伺察上旨,以固恩寵。"

④ 網漏吞舟:《史記·酷吏列傳序》:"漢興,破觚而爲圜,斲雕而爲樸,網漏於吞舟之魚,而吏治烝烝,不至於奸,黎民艾安。"網漏,謂法網疏寬;吞舟,指大魚,比喻大奸。後因以"網漏吞舟"喻法網疏寬,大奸得脱。劉義慶《世説新語·規箴》:"王(導)問顧(和)曰:'卿何所聞?'答曰:'明公作輔,寧使網漏吞舟,何緣采聽風聞,以爲察察之政!'"李白《天長節度使鄂州刺史韋公德政碑序》:"今網漏吞舟,而胡夷起於轂下。"　不謹:不敬慎,不小心。《管子·侈靡》:"使人君不安者屬際也,不可不謹也。"《舊唐書·柳宗元劉禹錫傳論》:"蹈道不謹,昵比小人。"　羯:我國古代民族名,曾附屬匈奴,魏晉時散居上黨郡(今山西潞城附近各縣),東晉時羯人石勒在黄河流域建立後趙,爲十六國之一,這裏借喻以安禄山等爲代表的胡族。　乘釁:利用機會,趁空子。《三國志·臧洪傳》:"漢室不幸,皇綱失統,賊臣董卓乘釁縱害。"《晉書·文帝紀》:"是以段谷之戰,乘釁大捷。"　妖氛:亦作"妖氛",不祥的雲氣,多喻指凶災、禍亂。曹植《魏德論》:"神戈退指,則

妖雰順制。"《隋書·衛玄傳》:"近者妖氛充斥,擾動關河。" 持兵:手握兵器。《漢書·龔遂傳》:"諸持鉏鉤田器者皆爲良民,吏無得問,持兵者乃爲盜賊。"許渾《登尉佗樓》:"劉項持兵鹿未窮,自來黄屋島夷中。南來作尉任囂力,北向稱臣陸賈功。" 七十載:自安史之亂爆發的天寶十五年(756),至撰寫本文的長慶元年(821),前後快七十年。元稹《授劉總守司徒兼侍中天平軍節度使制》:"况朕志先定,臣誠素通。偃七十年之干戈,垂千萬代之竹帛,非我獨斷,安能遽行?"兩者所指,實際是同一回事情。王禹偁《求致仕第二表》:"况臣非武侯之才能,無晉公之智略,然以遭逢先帝,際會聖君,塵重位者三十年,處浮生者七十載。雖無功名報國,常以畏慎周身。衰老若兹,死亡無日。未解弼諧之任,頗傷公共之朝。但冒寵於三台,終取笑於千古,是以懇求致仕。"

⑤ 眇末:微末,古代帝王自謙之詞。《後漢書·和帝紀》:"〔永元六年三月〕丙寅,詔曰:'朕以眇末,承奉鴻烈。'"顏延之《庭誥》:"雖爾眇末,猶扁庸保之上;事思反己,動類念物,則其情得而人心塞矣!"祖宗:特指帝王的祖先。語本《禮記·祭法》:"(殷人)祖契而宗湯,(周人)祖文王而宗武王。"白居易《賀雨》:"帝曰予一人,繼天承祖宗。憂勤不遑寧,夙夜心忡忡。"周曇《三代門·管蔡》:"伊商胡越尚同圖,管蔡如何有異謨?不念祖宗危社稷,强干仁聖遺行誅。" 姑息:猶苟安。《禮記·檀弓》:"君子之愛人也以德,細人之愛人也以姑息。"鄭玄注:"息猶安也,言苟容取安。"無原則的寬容。李肇《唐國史補》卷中:"德宗自復京闕,常恐生事,一郡一鎮,有兵必姑息之。" 升平:太平。《漢書·梅福傳》:"使孝武帝聽用其計,升平可致。"顏師古注引張晏曰:"民有三年之儲曰升平。"朱淑真《元夜二首》一:"一片笑聲連鼓吹,六街燈火麗升平。" 上帝:天帝。《國語·晉語》:"夫鬼神之所及,非其族類,則紹其同位,是故天子祀上帝,公侯祀百辟,自卿以下不過其族。"袁宏《後漢紀·順帝紀》:"愚以爲天不言,以灾異爲譴,告

政之治亂,主之得失,皆上帝所伺而應以災祥者也。"　忠賢:忠誠賢明的人。《漢書·元后傳》:"鳳不可久令典事,宜退使就第,選忠賢以代之。"康駢《劇談録·宣宗夜召翰林學士》:"任忠賢,則享天下之福;任不肖,則受天下之禍。"　提封:猶版圖,疆域。薛道衡《老氏碑》:"牂柯、夜郎之所,靡漢、桑乾之地,咸被聲教,並入提封。"《舊唐書·高麗傳》:"遼東之地,周爲箕子之國,漢家玄菟郡耳! 魏晉已前,近在提封之内,不可許以不臣。"　恢纘:恢復繼承。宋綬《祖宗升配詔》:"真宗皇帝欽明孝熙,恢纘鴻緒,勤儉以率下,哀矜以謹刑。"　舊服:舊有的屬地。《書·仲虺之誥》:"天乃錫王勇智,表正萬邦,纘禹舊服。"孔傳:"言天與王勇智,應爲民主,儀表天下,法正萬國,繼禹之功,統其故服。"從前的法則制度。《書·盤庚》:"盤庚斅於民,由乃在位,以常舊服正法度。"孔傳:"教人使用汝在位之命,用常故事正其法度。"孫星衍疏:"舊服,謂故事。"

　　⑥ 遼陽:曾爲縣名、府名,泛指今遼陽市一帶地方,本文代指幽州大都督府。《文選·孫楚〈爲石仲容與孫晧書〉》:"宣王薄伐,猛鋭長驅,師次遼陽,而城池不守。"李善注:"《漢書》曰:遼東郡有遼陽縣。"沈佺期《古意呈補闕喬知之》:"九月寒砧催木葉,十五征戍憶遼陽。"　八州:指幽州大都督府管轄下的八個州郡。《舊唐書·地理志》:"幽州大都督府,隋爲涿郡,武德元年改爲幽州總管府,管幽、易、平、檀、燕、北燕、營、遼等八州。"　開元:唐玄宗在位時的年號,起公元七一三年,止公元七四一年,這是李唐最爲繁榮的時期,史稱"開元之治"。陸游《東屯高齋記續刻》:"少陵非區區於仕進者,不勝愛君憂國之心,思少出所學,以佐天子興貞觀開元之治……"石介《牛僧孺論》:"唐文宗皇帝既承父兄奢弊之餘而踐阼,孜孜政道,有意貞觀開元之治。"　總:指劉總。《舊唐書·穆宗紀》:"(長慶元年二月)己卯,幽州節度使劉總奏請去位,落髮爲僧,又請分割幽州所管郡縣爲三道,請支三軍賞設錢一百萬貫……三月丁酉朔……劉總進馬一萬五

千匹……癸丑，以幽州盧龍軍節度副大使、知節度事、押奚契丹兩蕃經略等使、檢校司空、同中書門下平章事、楚國公劉總可檢校司徒、兼侍中、天平軍節度、鄆曹濮等州觀察等使。以宣武軍節度使、檢校右僕射、同平章事張弘靖爲檢校司空、同平章事、兼幽州大都督府長史，充幽州盧龍軍節度使。從劉總所奏故也……乙卯，以權知京兆尹盧士玫爲瀛州刺史，充瀛莫等州都團練觀察使，從劉總奏析置也。丁巳，制：‘劉總已極上臺……’”所謂的“劉總已極上臺”云云，即是本文。《舊唐書·穆宗紀》：“（長慶元年三月）甲子，劉總請以私第爲佛寺，乃遣中使賜寺額曰報恩。幽州奏劉總堅請爲僧，又賜以僧衣，賜號大覺。總是夜遁去，幽州人不知所之……夏四月丙寅朔，授劉總弟約及總男等一十一人官，內五人爲刺史，餘朝班環衛。庚午，易定奏劉總已爲僧，三月二十七日卒於當道界，贈太尉。” 名藩：指地方重鎮。《晉書·王國寶傳》：“時王恭與殷仲堪並以才器，各居名藩。”《舊唐書·李德裕傳》：“受寄名藩，常憂曠職，孜孜夙夜，上報國恩。”本文指委任劉總爲“天平軍節度、鄆曹濮等州觀察等使”之事。 厚位：名分顯赫俸祿優厚的職位，本文除指委任劉總爲節度使外，又加“檢校司徒兼侍中”之榮銜。柳開《補亡先生傳》：“先生以房杜諸子散居厚位，葉佐其主，遇其君不能揚其師之道，大其師之名，乃作書以罪之。”蘇舜欽《京兆求罷表》：“雖淵衷廣納，未欲加罪於瞽言；而卑論弗臧，安可尚居於厚位！”

⑦ 重鎮：軍事上占重要地位的城鎮。《晉書·義陽成王望傳》：“吳將施績寇江夏，邊境騷動。以望統中軍步騎二萬，出屯龍陂，爲二方重鎮。”曾鞏《送趙宏序》：“天子、宰相以潭重鎮，守臣不勝任，爲改用人。” 官榮：官爵榮譽。徐陵《答諸求官人書》：“假以官榮，代於錢絹，義在撫綏，無計多少。”《北史·崔賾傳》：“每覽史傳，嘗竊怪之，何乃脫略官榮，栖遲藩邸？以今望古，方知雅志。” 超擢：升遷，越級提升。《資治通鑑·梁武帝天監三年》：“附之者旬月超擢，不附者陷以

大罪。"元結《辭監察御史表》:"聖私殊甚,特加超擢。"

⑧ 選任:挑選任用。陸贄《請許臺省長官舉薦屬吏狀》:"人之多言,何所不至,是將使人無所措其手足,豈獨選任之道失其端而已乎!"元稹《李從易宗正丞》:"凡在選任,每難其人。" 材能:指有才智和能力的人。劉禹錫《華佗論》:"嗟乎! 以操之明略見幾,然猶輕殺材能。"柳宗元《答貢士元公瑾論仕進書》:"次之未能勵材能,興功力,致大康於民,垂不滅之聲。" 假攝:暫時代行職權。《荀子·儒效》:"天子也者,不可以少當也,不可以假攝爲也。"《晉書·張茂傳》:"吾遭擾攘之運,承先人餘德,假攝此州,以全性命,上欲不負晉室,下欲保完百姓。" 正授:正式任命。白居易《權知朔州刺史樂璘正授兼御史中丞制》:"才既試可,官宜即真,何以寵之? 就加憲職,可朔州刺史兼御史中丞。"《新五代史·唐廢帝紀》:"許御署官選。"徐無黨注:"'御署官',疑是廢帝初舉兵時所置之官,以其非吏部正授,故須有旨方得選。" 勤勞:憂勞,辛勞。《書·金縢》:"昔公勤勞王家,惟予冲人弗及知。"《隋書·辛公義傳》:"此蓋小事,何忍勤勞使君!"

⑨ 勛庸:功勛。《後漢書·荀彧傳》:"曹公本興義兵,以匡振漢朝,雖勛庸崇著,猶秉忠貞之節。"《舊唐書·李嗣業傳》:"總驍果之衆,親當矢石,頻立勛庸。" 優錫:優厚的賞賜,錫,賜給。《隋書·魏澹傳》:"廢太子勇深禮遇之,屢加優錫。"《資治通鑑·宋文帝元嘉八年》:"自頃邊寇内侵,戎車屢駕。天贊聖明,所在克殄。方難既平,皆蒙優錫。"

⑩ 九賦:周代的九類賦稅。《周禮·天官·大宰》:"以九賦斂財賄:一曰邦中之賦,二曰四郊之賦,三曰邦甸之賦,四曰家削之賦,五曰邦縣之賦,六曰邦都之賦,七曰關市之賦,八曰山澤之賦,九曰幣餘之賦。"鄭玄注:"邦中在城郭者,四郊去國百里,邦甸二百里,家削三百里,邦縣四百里,邦都五百里,此平民也。關市、山澤謂占會百物,幣餘謂占賣國中之斥幣,皆未作當增賦者。"按,前六種賦稅皆以地區

遠近爲區別，徵土地產物；關市之賦徵商旅稅；山澤之稅徵礦、漁、林
業稅；幣餘之賦指不屬以上各類的其他賦稅，後以“九賦”泛指各類賦
稅。鮑照《喜雨奉敕作》：“關市欣九賦，倉廩開萬箱。”《南齊書·武帝
紀》：“軍國器用，動資四表，不因厥產，咸用九賦。” 慶澤：指皇帝的
恩澤。元稹《盧士玫權知京兆尹制》：“今圜丘甫及，慶澤將施，攘剽椎
埋，必有幸生之者。”《宋史·樂志》：“躬承寶訓表欽崇，慶澤布寰中。”
霈貸：恩貸，謂皇帝下令蠲免賦稅。義近“霈沐”，蒙受恩澤。謝朓《休
沐重還道中》：“問我勞何事？霈沐仰清徽。”也義近“霈恩”，指受到帝
王恩惠。潘岳《馬汧督誄》：“霈恩撫循，寒士挾纊。”楊炯《奉和上元酺
宴應詔》：“仰德還符日，霈恩更似春。” 給復：免除賦稅徭役。《晉
書·武帝紀》：“〔咸寧元年〕二月，以將士應已娶者多，家有五女者給
復。”《新唐書·高祖紀》：“丙寅，竇建德伏誅。丁卯，大赦，給復天下
一年。” 給事中：官名，秦漢爲列侯、將軍、謁者等的加官，侍從皇帝
左右，備顧問應對，參議政事，因執事于殿中，故名。魏或爲加官，或
爲正官，晉代始爲正官。隋唐及以後爲門下省之要職，掌駁正政令之
違失。張九齡《和許給事中直夜簡諸公》：“未央鐘漏晚，仙宇藹沈沈。
武衛千廬合，嚴扃萬戶深。”閻朝隱《侍從途中口號應制》：“一顧侍御
史，再顧給事中。” 薛存慶：元稹元和元年制科同年，元和十五年五
月九日，元稹與其同日升任祠部郎中知制誥臣和給事中，據《舊唐
書·穆宗紀》，薛存慶病卒於長慶元年五月出使宣慰幽州的任上。元
稹《表奏（有序）》：“穆宗初，宰相更用事，丞相段公一日獨得對，因請
亟用兵部郎中薛存慶、考功員外郎牛僧孺，予亦在請中。上然之，不
十數日次用爲給、舍。”《新唐書·薛存慶傳》：“（薛）存慶，字嗣德，貌
偉岸，及進士第，歷御史尚書郎，五遷給事中，與韋弘景封駁詔書，時
稱其直。劉總以幽州歸，穆宗謂宰相曰：‘必用薛存慶，可以宣朕意。
對延英一刻，遣之。至鎮州，疽發於背，卒，贈吏部侍郎。” 宣慰：謂
大臣代表皇帝視察某一地區，宣揚政令，安撫百姓。封演《封氏聞見

記・飲茶》："御史大夫李季卿宣慰江南,至臨淮縣舘,或言伯熊善茶者,李公請爲之。"范仲淹《陳乞鄧州狀》："臣既獲聞命,因敢請行,遽將宣慰之恩,來安屯戍之旅。"

⑪ 殘破:殘缺破敗。《史記・項羽本紀》："項王見秦宮室皆以燒殘破,又心懷思欲東歸。"元稹《論當州朝邑等三縣代納夏陽韓城兩縣率錢狀》："右,准元和十三年敕,緣夏陽、韓城兩縣殘破,量減逃戶率稅。" 優恤:體恤,優待照顧。韓愈《論淮西事宜狀》："所在將帥,以其客兵,難處使先,不存優恤。待之既薄,使之又苦。"薛用弱《集異記・淩華》："付司追淩華,鑿玉枕骨送上,仍令所司量事優恤。" 存立:生存,存在。《魏書・傅永傳》："父母並老,飢寒十數年,賴其强於人事,勠力傭丐,得以存立。"吳兢《貞觀政要・忠義》："自聖朝以來,爲國盡忠、清貞慎守、終始不渝,屈突通、張道源而已。通子三人來選,有一匹羸馬,道源兒子不能存立,未見一言及之。"使之生存,使之繼續存在。陳師道《上曾樞密書》："故某嘗謂虜既弱矣! 不復能抗中國,宜稍存立,使假威命以臨制部族,壓服奸豪,使不得發。"

⑫ 清静:指心性純正恬静。劉向《列女傳・棄母姜嫄》："姜嫄之性,清静專一。"《北史・蘇綽傳》："心不清静,則思慮妄生。"爲政清簡,無爲而治。《老子》:"躁勝寒,静勝熱,清静爲天下正。"《史記・曹相國世家》："蓋公爲言治道,貴清静而民自定。" 開釋:釋放。《書・多方》:"開釋無辜,亦克用勸。"元稹《同州刺史謝上表》:"元和十四年,憲宗皇帝開釋有罪,始授臣膳部員外郎。" 禁網:《漢書・遊俠傳序》:"及至漢興,禁網疏闊,未之匡改也。"《晉書・文帝紀》:"諸禁網煩苛及法式不便於時者,帝皆奏除之。" 哀矜:哀憐,憐憫。傅玄《傅子・法刑》:"司寇行刑,君爲之不舉樂,哀矜之心至也。"皎然《陪顏使君餞宣諭蕭常侍》:"昏墊宸心及,哀矜詔命敷。" 見禁:現被監禁。劉肅《大唐新語・持法》:"赦云:'見禁囚。'徒沂州反者家口並繫在州獄,此即見禁也。"司馬光《西京應天禪院及會聖宮奉安仁宗英宗皇帝

御容了畢德音制》:"見禁罪人,除故殺、劫殺、鬥殺、謀殺……不赦外,雜犯死罪,降從流內。" 囚徒:囚犯。《史記·大宛列傳》:"赦囚徒材官。"元稹《辛夷花(問韓員外)》:"縛遣推囚名御史,狼籍囚徒滿田地。明日不推緣國忌,依前不得花前醉。" 赦免:減輕或免除罪犯的刑罰。《史記·淮南衡山列傳》:"赦免罪人,死罪十八人,城旦春以下五十八人。"《舊唐書·玄宗紀》:"縱逢赦免,並終身不齒。"

⑬ 大將:泛稱高級將領。陳琳《檄吳將校部曲文》:"審配兄子開門入兵,既誅袁譚,則幽州大將焦觸攻逐袁熙,舉事來服。"杜甫《後出塞五首》二:"借問大將誰? 恐是霍嫖姚。" 官爵:官職和爵位。《管子·七法》:"官爵不審,則奸吏勝。"《史記·衛將軍驃騎列傳》:"舉大將軍故人門下多去事驃騎,輒得官爵。" 判官:古代官名,唐代節度使、觀察使、防禦使均置判官,為地方長官的僚屬,輔理政事。韓愈《董公行狀》:"崔圓為揚州,詔以公為圓節度判官。"徐鉉《稽神錄·劉存》:"劉存為舒州刺史,辟儒生霍某為團練判官,甚可信任。" 闕遺:缺失,疏忽。《後漢書·郎顗傳》:"如有闕遺,退而自改。"韓愈《與少室李拾遺書》:"想拾遺公冠帶就車,惠然肯來,舒所蓄積,以補綴盛德之有闕遺。"缺少,遺漏。司馬相如《難蜀父老》:"今封疆之內,冠帶之倫,咸獲嘉祉,靡有闕遺矣!"曾鞏《英宗實錄院申請札子》:"其於搜訪事迹,以備撰述,尤在廣博,使無闕遺。"

⑭ 戰功:戰爭中所立的功勞。《周禮·夏官·司勛》:"治功曰力,戰功曰多。"王讜《唐語林·政事》:"一朝謂監軍從事曰:'崇文,河北一健兒,偶然際會,累立戰功。'" 將吏:軍官。《尉繚子·攻權》:"進退不豪,縱敵不禽,將吏士卒,動靜一身。"泛指文武官員。《唐律·捕亡》:"將吏追捕罪人。"長孫無忌疏議:"將吏已受使追捕者,謂見任武官為將,文官為吏。" 王事:王命差遣的公事。《詩·小雅·北山》:"四牡彭彭,王事傍傍。"王讚《雜詩》:"王事離我志,殊隔過商參。" 忠義:忠貞義烈。《後漢書·桓典傳》:"獻帝即位,三公奏典前

與何進謀誅閹官,功雖不遂,忠義炳著。”崔融《西征軍行遇風》:“夙齡慕忠義,雅尚存孤直。”　追贈:死後贈官。韓愈《馬府君行狀》:“其弟少府監暢,上印綬,求追贈。”高承《事物紀原・追贈》:“自武王克商,追王太王王季,故後代有追謚、追尊之典,兩漢逮今,人臣亦有追贈之制。”

⑮ 舊老:舊人老人。白居易《重到渭上舊居》:“因驚成人者,盡是舊童孺。試問舊老人,半爲繞村墓。”李紳《憶東郭居》:“旌旆光里舍,騎服歡妻嫂。綠髯絕新知,蒼鬢稀舊老。”　胡塵:胡人兵馬揚起的沙塵,喻胡兵的凶焰。白居易《法曲》:“以亂干和天寶末,明年胡塵犯宫闕。”辛棄疾《木蘭花慢・席上送張仲固帥興元》:“落日胡塵未斷,西風塞馬空肥。”　朝儀:朝廷的禮儀。《周禮・夏官・司士》:“正朝儀之位,辨其貴賤之等。”《史記・劉敬叔孫通列傳》:“臣願徵魯諸生,與臣弟子共起朝儀。”　歡抃:喜極而鼓掌。柳宗元《序飲》:“衆皆據石注視,歡抃以助其勢。”指歡欣鼓舞。王安石《賀運使學士轉官》:“服顯命之褒優,竦輿情而歡抃。”　遐想:悠遠地想像或思索。袁宏《三國名臣序贊》:“孔明盤桓,俟時而動,遐想管樂,遠明風流。”元稹《元泉道中作》:“遐想雲外寺,峰巒眇相望。”　兒稚:小孩。司空曙《寄衛明府常見短靴褐裘又務持誦是以有末句之贈》:“柴桑官舍近東林,兒稚初髫即道心。側寄繩床嫌憑几,斜安苔幘嬾穿簪。”元稹《夏陽縣令陸翰妻河南元氏墓誌銘》:“至於兒稚,不能有夏楚。”　兵鋒:兵器的尖端或銳利部分,亦指兵力,兵勢。《舊唐書・竇建德傳》:“既與突厥相連,兵鋒益盛。”陳亮《酌古論・曹公》:“於是降張繡,擒呂布,斃袁氏,破烏桓,兵鋒所加,敵人授首。”　優給:從優給予,從優資助。《舊唐書・憲宗紀》:“軍前擒到李師道將夏侯澄等四十七人,詔並釋付魏博及義成軍收管,要還賊中者,則量事優給放還。”優裕之供給。《太平廣記》卷二四一引《王氏聞見録・王承休》:“承休一日請諸軍揀選官健,得驍勇數千,號‘龍武軍’,承休自爲統帥,並特加衣糧,

日有優給。"

⑯ 高年：老年人。《漢書·宣帝紀》："詔曰：鰥寡孤獨高年貧乏之民，朕所憐也。"耿湋《慈恩寺殘春》："若問同遊客，高年最斷腸。"惸獨：孤苦伶仃的人。劉商《吊從甥》："日晚河邊訪惸獨，衰柳寒蕪繞茅屋。"范仲淹《上執政書》："斯亦養惸獨助孝悌之風也。" 疾瘵：廢疾，殘疾。杜光庭《賀新起天錫殿表》："臣伏恨疾瘵所縈，不獲隨例蹈舞玉階，無任歡呼踴躍屏營之至。"王禹偁《滁州五伯馬進傳》："吾見世祿之家子孫，替墜殘癃疾瘵者有之，爲人僕妾者有之，饑寒道路者有之，豈止用刑之濫也！" 自存：自謀生計。沈約《改天監元年赦詔》："鰥寡孤獨不能自存者，人穀五斛。"韓愈《馬君墓誌》："始余初冠，應進士貢，在京師，窮不自存。" 粟：谷粒，未去皮殼者爲粟，已舂去糠則爲米。《書·禹貢》："四百里粟，五百里米。"蔡沈集傳："粟，穀也。"李紳《古風二首》一："春種一粒粟，秋成萬顆子。" 帛：古代絲織物的通稱。《漢書·朱建傳》："臣衣帛，衣帛見；臣衣褐，衣褐見，不敢易衣。"杜甫《自京赴奉先縣詠懷五百字》："彤庭所分帛，本自寒女出。"

⑰ 奉職：謂奉行職事。《史記·循吏列傳序》："奉職循理，亦可以爲治，何必威嚴哉？"《東觀漢記·周榮傳》："〔榮〕盡心奉職，夙夜不怠。" 清強：清廉强幹。韓愈《張平叔所奏鹽法條件》："臣即請差清強巡官，檢責所在實戶。"《續資治通鑒·宋理宗寶祐五年》："可行下各路清強監司，嚴督守臣宣制安撫。" 奏聞：臣下將情事向帝王報告。《後漢書·安帝紀》："三司之職，內外是監，既不奏聞，又無舉正。"薛用弱《集異記·葉法善》："玄宗承祚繼統，師於上京，佐佑聖主，凡吉凶動靜，必預奏聞。" 進改：猶升遷。《太平廣記》卷二〇一引胡璩《譚賓錄·李邕》："〔李邕〕復爲人陰中，竟不得進改。"《續資治通鑒·宋真宗大中祥符二年》："詔：'自今諸路轉運使、副、提點刑獄所舉官，如進改後，五年無過有勞幹者，並舉主特加酬獎。'"

⑱　燕趙:指戰國時燕趙二國,亦泛指其所在地區,即今河北省北部及山西省東部一帶。《史記·春申君列傳》:“王之地一經兩海,要約天下,是燕趙無齊楚,齊楚無燕趙也。”崔湜《景龍二年春日赴襄陽途中言志》:“余本燕趙人,秉心愚且直。”　奇士:非常之士,德行或才智出眾的人。《史記·貨殖列傳》:“無巖處奇士之行,而長貧賤,好語仁義,亦足羞也。”蘇軾《破琴詩序》:“子玉名瑾,善作詩及行草書……仲殊本書生,棄家學佛,通脫無所著,皆奇士也。”　隗臺:戰國燕昭王爲郭隗築的臺,也稱黃金臺。事見《史記·燕召公世家》:“燕昭王於破燕之後即位,卑身厚幣以招賢者。謂郭隗曰:‘齊因孤之國亂而襲破燕,孤極知燕小力少,不足以報。然誠得賢士以共國,以雪先王之恥,孤之願也!先生視可者,得身事之!’郭隗曰:‘王必欲致士,先從隗始。況賢於隗者,豈遠千里哉!’於是昭王爲隗改築宮而師事之,樂毅自魏往,鄒衍自齊往,劇辛自趙往,士爭趨燕。燕王弔死問孤,與百姓同甘苦。二十八年,燕國殷富,士卒樂軼輕戰,於是遂以樂毅爲上將軍,與秦、楚、三晉合謀以伐齊。齊兵敗,湣王出亡於外。燕兵獨追北,入至臨淄,盡取齊寶,燒其宮室宗廟。齊城之不下者,獨唯聊、莒、即墨,其餘皆屬燕。”皇甫松《登郭隗臺》:“燕相謀在兹,積金黃巍巍。上者欲何顏,使我千載悲?”羅隱《送章碣赴舉》:“龍門盛事無因見,費盡黃金老隗臺。”　山谷:兩山間低凹而狹窄處,其間多有澗溪流過。《呂氏春秋·謹聽》:“故當今之世,求有道之士,則於四海之內,山谷之中,僻遠幽閒之所。”杜甫《南池》:“崢嶸巴閬間,所向盡山谷。”　丘園:家園,鄉村。《易·賁》:“六五,賁於丘園,束帛戔戔。”王肅注:“失位無應,隱處丘園。”孔穎達疏:“丘謂丘墟,園謂園圃,唯草木所生,是質素之所。”後以“丘園”指隱居之處。蔡邕《處士圈叔則銘》:“潔耿介於丘園,慕七人之遺風。”《舊唐書·劉黑闥傳》:“天下已平,樂在丘園爲農夫耳!起兵之事,非所願也。”指隱逸。陳子昂《申宗人冤獄書》:“臣知其忠,然非是丘園之賢,道德之茂。”蘇鶚《杜陽雜編》卷上:“上

每臨朝,多令征四方丘園才能學術,直言極諫之士。” 行義:品行,道義。《荀子·禮論》:“禮者,斷長續短,損有餘,益不足,達愛敬之文,而滋成行義之美者也。”《史記·酷吏列傳》:“始(張)湯爲小吏時,與錢通。及湯爲大吏,(田)甲所以責湯行義過失,亦有烈士風。” 名節:名譽與節操。《漢書·龔勝傳》:“二人相友,並著名節。”李密《陳情事表》:“本圖宦達,不矜名節。” 文武:文才和武略。《詩·小雅·六月》:“文武吉甫,萬邦爲憲。”朱熹集傳:“非文無以附衆,非武無以威敵,能文能武,則萬邦以之爲法矣!”韓愈《舉馬總自代狀》:“前件官文武兼資,寬猛得所。” 卓然:卓越貌。劉向《説苑·建本》:“塵埃之外,卓然獨立,超然絶世,此上聖之所遊神也。”杜甫《飲中八仙歌》:“焦遂五斗方卓然,高談雄辯驚四筵。” 薦聞:推薦上聞。獨孤及《李遐叔文集原序》:“今休徵已厭於聰明,頌聲亦飫於天意,私歌竊抃乃臣子之本志,又焉足以薦聞哉!”韓愈《後十九日復上書》:“前五六年時宰相薦聞,尚有自布衣蒙抽擢者,與今豈異時哉?”

⑲ 於戲:猶於乎,感歎詞。《史記·三王世家》:“皇帝使御史大夫湯廟立子閎爲齊王,曰:‘於戲,小子閎,受兹青社!’”吴少微《哭富嘉謨》:“吾友適不死,於戲社稷臣。” 古人:古時的人。《書·益稷》:“予欲觀古人之象。”韓愈《復志賦》:“考古人之所佩兮,閱時俗之所服。” 安不忘危:處在平安的環境,要經常想到可能會出現的困難危險。《易·繫辭》:“是故君子安而不忘危,存而不忘亡,治而不忘亂,是以身安而國家可保也。”董仲舒《春秋繁露·五行順逆》:“出則祠兵,入則振旅,以閑習之。因於搜狩,存不忘亡,安不忘危。” 魏徵對太宗以守成之不易:事見吴兢《貞觀政要·君道》:“貞觀十年,太宗謂侍臣曰:‘帝王之業,草創與守成孰難?’尚書左僕射房玄齡對曰:‘天地草昧,群雄競起,攻破乃降,戰勝乃剋。由此言之,草創爲難。’魏徵對曰:‘帝王之起,必承衰亂,覆彼昏狡,百姓樂推,四海歸命,天授人與,乃不爲難。然既得之後,志趣驕逸,百姓欲静而徭役不休,百姓凋

殘而徭務不息,國之衰弊,恒由此起。以斯而言,守成則難。'太宗曰:
'玄齡昔從我定天下,備嘗艱苦,出萬死而遇一生,所以見草創之難
也!魏徵與我安天下,慮生驕逸之端,必踐危亡之地,所以見守成之
難也!今草創之難,既已往矣!守成之難者,當思與公等慎之!'"
守成:保持前人的成就和業績。《詩·大雅·鳧鷖序》:"《鳧鷖》,守成
也。太平之君子,能持盈守成,神祇祖考安樂之也。"孔穎達疏:"言保
守成功,不使失墜也。"李夷簡《西亭暇日書懷十二韵獻上相公》:"寬
明洽時論,惠愛聞畎畮。代斲豈容易!守成獲優遊。"　小子:舊時自
稱謙詞,也包括皇帝自稱。李白《獻從叔當塗宰陽冰》:"小子別金陵,
來時白下亭。群鳳憐客鳥,差池相哀鳴。"元稹《招討鎮州制》:"顧朕
小子,獲受丕圖。嗣守不違,何暇恢復!"　鎮:即鎮州,《舊唐書·地
理志》:"鎮州,秦東垣縣,漢高改名真定,置恒山郡,又爲真定國,歷代
爲常山郡……乾元元年復爲恒州,興元元年昇爲都督府,元和十五年
改爲鎮州……在京師東北一千七百六十里,至東都一千一百三十六
里。"楊巨源《聖恩洗雪鎮州寄獻裴相公》:"天借春光洗綠林,戰塵收
盡見花陰。好生本是君王德,忍死何妨壯士心!"韓愈《鎮州初歸》:
"別來楊柳街頭樹,擺弄春風只欲飛。還有小園桃李在,留花不發待
郎歸。"　冀:即冀州,《舊唐書·地理志》:"冀州:隋信都郡,武德四年
改爲冀州,領信都、衡水、武邑、棗强、南宮、堂陽、下博、武强八縣……
在京師東北一千九百七十八里,至東都一千一百里。"岑參《冀州客舍
酒酣貽王綺寄題南樓(時王子欲應制舉西上)》:"夫子傲常調,詔書下
徵求。知君欲謁帝,秣馬趨西周。"吳融《陳琳墓》:"冀州飛檄傲英雄,
却把文辭事鄴宮。縱道筆端由我得,九泉何面見袁公?"　克和:和好
如初。《周宗廟樂舞辭·觀成舞》:"或升或降,克和克同。"柳宗元《故
朝散大夫永州刺史崔公墓誌》:"而田閭克和,寬以容物,直以率下,邦
人方安其里。"　幽燕:古稱今河北北部及遼寧一帶,唐及以前屬幽
州,戰國時屬燕國,故名"幽燕"。李白《在水軍宴贈幕府諸侍御》:"浮

雲在一決,誓欲清幽燕。"杜甫《恨别》:"聞道河陽近乘勝,司徒急爲破
幽燕。"　復古:恢復舊的制度、習俗等。《詩·小雅·車攻序》:"《車
攻》,宣王復古也。"元稹《制誥(有序)》:"追而序之,蓋所以表明天子
之復古而張後來者之趣尚耳!"　慄慄:畏懼貌。《書·湯誥》:"慄慄
危懼,若將隕於深淵。"葛洪《抱朴子·君道》:"可不戰戰以待旦乎?
可不慄慄而慮危乎?"　夙夜:朝夕,日夜。桓寬《鹽鐵論·刺復》:"是
以夙夜思念國家之用,寢而忘寐,飢而忘食。"柳宗元《爲劉同州謝上
表》:"庶當刻精運力,夙夜祗勤,上奉雍熙,旁流愷悌。"　不遑:無暇,
没有閑暇。《詩·小雅·四牡》:"王事靡盬,不遑啓處。"《舊唐書·裴
度傳》:"度受命之日,搜兵補卒,不遑寢息。"　安寧:康寧,安康。白
居易《蜀路石婦》:"其夫有父母,老病不安寧。"謂心情、環境、氣氛安
定平靜。曹植《棄婦詩》:"招摇待霜露,何必春夏成! 晚穫爲良實,願
君且安寧。"　休:引申爲蔭庇。《周書·静帝紀》:"藉祖考之休,憑宰
輔之力。"曾鞏《仙源縣君曾氏墓誌銘》:"吾既孤而貧,有妹九人……
賴先人遺休,嫁之皆以時。"　股肱:比喻左右輔佐之臣。張説《贈趙
公》:"湘東股肱守,心與帝鄉期。"徐堅《奉和聖製送張説巡邊》:"至德
撫遐荒,神兵赴朔方。帝思元帥重,爰擇股肱良。"

⑳ 輔弼:輔佐,輔助。《國語·吴語》:"昔吾先王,世有輔弼之
臣,以能遂疑計惡,以不陷於大難。"吴兢《貞觀政要·求諫》:"太宗
曰:'公言是也! 人君必須忠良輔弼,乃得身安國寧。'"　方嶽:指州
郡。"嶽"、"岳"兩字常常通用。《資治通鑑·魏明帝太和五年》:"寵
爲汝南太守、豫州刺史二十餘年,有勛方岳。及鎮淮南,吴人憚之。"
徐陵《陳武帝下州郡璽書》:"卿等擁旄方岳,相任股肱。"　宣示:宣
佈,公佈。韓愈《皇帝即位降赦賀觀察使狀》:"二月五日恩赦,今月二
十四日卯時至州,當時集百官僧道百姓,宣示訖。"王讜《唐語林·文
學》:"李趙公吉甫時爲承旨,以聖人上順天時,下盡物理,表請宣示天
下,編之於令。"　中外:朝廷内外,中央和地方。司馬光《與吴相書》:

“竊見國家自行新法以來，中外恟恟，人無愚智，咸知其非。”中原和邊疆，中國和外國。《後漢書・南匈奴傳》：“宣帝之世，會呼韓來降，故邊人獲安，中外爲一，生人休息六十餘年。”　懷：胸懷，懷抱。劉義慶《世說新語・文學》：“當共言詠，以寫其懷。”王安石《寄曾子固》：“高論幾爲衰俗廢，壯懷難値故人傾。”

［編年］

《年譜》編年本文於“長慶元年三月丁巳”，理由是：“《舊唐書・穆宗紀》云：‘（長慶元年三月）丁巳，制：“劉總已極上台，仍移重鎮，兄弟子侄，各授官榮，大將賓寮，亦宜超擢。幽州百姓給復一年，賜三軍賞設錢一百萬貫，令宣慰使薛存慶與弘靖計會支給。”’《處分幽州德音》即長慶元年三月丁巳制。”《編年箋注》編年：“此《制》即長慶元年（八二一）三月丁巳當幽州易師之際安撫將士百姓所頒賜之條例。”不過“易師”應該是“易帥”之筆誤。《年譜新編》編年意見及理由與《年譜》、《編年箋注》相同。

我們以爲，有《舊唐書・穆宗紀》“（長慶元年三月）丁巳制”爲證，本文編年不應該有任何問題。但本文撰作的具體日期，不應該在長慶元年三月丁巳，亦即三月二十一日，因爲“丁巳”祇是本文正式發佈的日期。它撰寫的具體時間，應該在“三月二十一日”之前的一二天之內，至遲應該在“三月二十日”的晚上，地點在長安，元稹新任中書舍人翰林承旨學士之職。

◎ 顏峴可守右贊善大夫制[(一)①]

敕：安邑解縣兩池榷鹽巡官、監察御史裏行顏峴：古者公卿之子，代爲公卿，所以貴貴也。況賢者之後，死政之孤，寧繫班資,以礙升獎②?

惟爾峴嘗與從父太師深犯蜂蠆,毒螫之下,太師没焉③!爾之不回,幸而能脱。終超逆地,來謁奉天(魯公陷希烈軍中,希烈逼使上疏雪己,魯公不從,乃詐遣兄子峴與從吏數輩繼請,德宗不報)④。

列聖念功,訪求太師之後。有司昧蔽,不以爾聞⑤。今朕將建東朝,深思贊諭。異時使朕愛子知忠孝之道如爾峴,吾何患焉!可守太子右贊善大夫,餘如故⑥。

録自《元氏長慶集》卷四七

[校記]

(一)顔峴可守右贊善大夫制:楊本、叢刊本作"顔峴右贊善大夫",《全文》作"授顔峴右贊善大夫制",各備一説,不改。

[箋注]

① 顔峴:顔真卿侄子,《舊唐書・顔真卿傳》:"(顔真卿)初見希烈,欲宣詔旨。希烈養子千餘人,露刃争前迫真卿,將食其肉,諸將叢繞慢罵,舉刃以擬之,真卿不動。希烈遽以身蔽之,而麾其衆。衆退,乃揖真卿就舘舍,因逼爲章表,令雪己,願罷兵馬,累遣真卿兄子峴與從吏凡數輩繼来京師,上皆不報。"又《唐語林》卷六:"明年,希烈死,蔡使陳仙奇奉魯公喪歸京,猶子顔峴實從柳常侍與裴氏女及剪綵同迎喪於鎮國仁寺。"鄭元慶《石柱記箋釋》卷三:"唐開元中,李適之爲湖州別駕。峴山有石觴員,可貯酒五斗。適之每挈所親登山,酣飲望帝鄉,時時以醉,土民呼爲李相石罇。顔真卿及門生弟侄多携壺檥梘以遊,作《李相石罇聯句》,詩叙云因積溜潄石嵌爲罇形,公注酒其中,結宇環飲之處。"顔峴曾隨顔真卿一起參與此事,賦有《登峴山觀李左相石尊聯句》,顔峴有句:"陪遊追盛美,揆德欣討論。" 守:指官階低

而署理較高的官職。高承《事物紀原・守官》:"《通典》曰:試,未正命也,階高官卑稱行,階卑官高稱守。"《漢書・鮑宣傳》:"鮑宣字子都,渤海高城人也,好學明經,爲縣鄉嗇夫,守束州丞。"《後漢書・王允傳》:"初平元年,代楊彪爲司徒,守尚書令如故。"　右贊善大夫:據《舊唐書》記載,爲東宮屬官,正五品上,執掌東宮的有關事務。顏真卿《唐故容州都督兼御史中丞本管經略使元君表墓碑銘(并序)》:"及終,門人諡曰太先生,寶應元年追贈左贊善大夫。"白居易《初授贊善大夫早朝寄李二十助教》:"遠坊早起常侵鼓,瘦馬行遲苦費鞭。一種共君官職冷,不如猶向日高眠。"

　　② 安邑:縣名,在陝州,縣治在今山西運城東。《元和郡縣志・陝州》:"管縣八:陝、硤石、靈寶、夏、安邑、平陸、芮城、垣……安邑縣……鹽池在縣南五里,即《左傳》郇瑕氏之地,沃饒近鹽是也。今按池東西四十里,南北七里,西入解縣界。"耿湋《贈別安邑韓少府》:"子真能自在,江海意何如? 門掩疏塵吏,心閑閱道書。"方干《送趙明府還北》:"鐘催吳岫曉,月繞渭河流。曾是栖安邑,恩期異日酬。"　解縣:縣名,在河中府,在今山西運城西。《元和郡縣志・河中府》:"管縣八:河東、河西、臨晉、猗氏、虞鄉、寶鼎、解、永樂……鹽池在縣東十里。女鹽池在縣西北三里,東西二十五里,南北二十里。鹽味少苦,不及縣東大池鹽。俗言此池亢旱,鹽即凝結。如逢霖雨,鹽則不生。今大池與安邑縣池,總謂之雨池。官置使以領之,每歲收利納一百六十萬貫。"耿湋《留別解縣韓明府》:"閑人州縣厭,賤士友朋譏。朔雪逢初下,秦關獨暮歸。"耿湋《晚秋東遊寄猗氏第五明府解縣韓明府》:"步出青門去,疏鐘隔上林。四郊多難日,千里獨歸心。"　榷鹽:亦即"榷鹽法",唐代中葉對鹽就場專賣(官收官賣)的制度。乾元元年(758)鹽鐵、鑄錢使第五琦初變鹽法,寶應元年(762)時鹽鐵使劉晏繼續推行。其主要內容:在產鹽區設置鹽官,向鹽户統購鹽,加價出售。後者再將鹽稅加入賣與商人,聽其運銷,產鹽區較遠地區又設常平鹽

予以調濟。劉晏誅後，這種制度逐漸廢弛。陸贄《議減鹽價詔》："應江淮並峽內榷鹽，宜令中書門下及度支商議，裁減估價，兼厘革利害，速具條件聞奏。"韓愈《論變鹽法事宜狀》："國家榷鹽，糶與商人。商人納榷，糶與百姓。則是天下百姓無貧富貴賤，皆已輸錢於官矣！"　巡官：官名，唐時節度、觀察、團練、防禦使僚屬，位居判官、推官之次。韓愈《論變鹽法事宜狀》："臣即請差清強巡官檢責所在實戶，據口團保，給一年鹽。"《新唐書·李洧傳》："初，洧遣巡官崔程入朝。"　裏行：官名，唐置，宋因之，有監察御史裏行、殿中裏行等，皆非正官，也不規定員額，實際指不受編制的限制。劉肅《大唐新語·舉賢》："初，馬周以布衣直門下省，太宗就命監察裏行，俄拜監察御史。'裏行'之名，自周始也。"《新唐書·百官志》："開元七年……又置御史裏行使、殿中裏行使、監察裏行使，以未爲正官，無員數。"　公卿：泛指高官。荀悅《漢紀·昭帝紀》："始元元年春二月，黃鵠下建章宮太液池中，公卿上壽。"王建《自傷》："衰門海內幾多人？滿眼公卿總不親。四授官資元七品，再經婚娶尚單身。"　貴：尊重，敬重。《韓非子·五蠹》："富國以農，距敵恃卒，而貴文學之士。"李白《送侯十一》："時無魏公子，豈貴抱關人？"　貴：地位顯要。《論語·里仁》："子曰：富與貴，是人之所欲也。不以其道得之，不處也。"《漢書·金日磾傳》："日磾兩子貴，及孫則衰矣！"　賢者：即"賢人"，有才德的人。《易·繫辭》："有親則可久，有功則可大。可久則賢人之德，可大則賢人之業。"杜甫《述古三首》一："賢人識定分，進退固其宜。"　死政：死於國事。《周禮·地官·司門》："凡財物犯禁者舉之，以其財養死政之老與其孤。"鄭玄注："死政之老，死國事者之父母也。"柳宗元《唐故特進贈開府儀同三司揚州大都督南府君睢陽廟碑》："臨難忘身，見危致命。漢寵死事，周崇死政。烈烈南公，忠出其性。"　班資：官階和資格。韓愈《進學解》："商財賄之有亡，計班資之崇庫。"范仲淹《潤州謝上表》："削內閣之班資，奪神州之寄任。"　升：升遷，提高職位。杜牧《姚克

柔除鳳州刺史韋承鼎除櫟陽縣令王仲連贊善大夫等制》：“仲連荐苒
宦途，歲月滋久，東朝贊道，亦曰升遷。”李磎《授朱誕等諸州刺史制》：
“朱誕等……升遷委用，無所偏頗。各竭爾才，以稱吾意。”　獎：勸
勉，鼓勵。《左傳·昭公二十二年》：“無亢不衷，以獎亂人。”潘岳《馬
汧督誄》：“忌敦勛效，極推小疵，非所以褒獎元功。”

　　③ 從父：父親的兄弟，即伯父或叔父。《三國志·諸葛亮傳》：
“亮早孤，從父玄爲袁術所署豫章太守。”韓愈《四門博士周況妻韓氏
墓誌銘》：“開封從父弟愈，於時爲博士。”　太師：古三公之最尊者，周
置，爲輔弼國君之官。《書·周官》：“立太師、太傅、太保。”孔傳：“師，
天子所師法。”秦廢，漢復置，後代相沿，多爲重臣加銜，作爲最高榮典
以示恩寵，並無實職。本文指太子太師，爲輔導太子之官。王維《故
太子太師徐公挽歌四首》一：“功德冠群英，彌綸有大名。軒皇用風
后，傅說是星精。”杜甫《贈太子太師汝陽郡王璡》：“汝陽讓帝子，眉宇
真天人。蚪鬚似太宗，色映塞外春。”本文的“太師”指顏真卿，《舊唐
書·德宗紀》：“(建中三年八月)丁丑，以禮儀使、太子少師顏真卿爲
太子太師。”　蜂蠆：比喻惡人或敵人。杜甫《遣憤》：“蜂蠆終懷毒，雷
霆可振威。”元稹《授李愿檢校司空宣武軍節度使制》：“一戰而蜂蠆盡
殲，不時而梟獍就戮。”　毒螫：毒害人的行爲。《史記·律書》：“喜則
愛心生，怒則毒螫加，情性之理也。”班固《西都賦》：“流大漢之愷悌，
盪亡秦之毒螫。”　没：通“歿”，死。《易·繫辭》：“包犧氏没，神農氏
作。”《論語·學而》：“父在，觀其志；父没，觀其行。”錢起《哭空寂寺玄
上人》：“燈續生前火，爐添没後香。”

　　④ 不回：正直，不行邪僻。《詩·大雅·旱麓》：“豈弟君子，求福
不回。”高亨注：“回，邪僻，此言君子以正道求福。”《新唐書·郗士美
傳》：“〔士美〕自拾遺七遷至中書舍人，處事不回，爲宰相元載所忌。”
脱：離開，擺脱。《老子》：“魚不可脱於淵，國之利器不可以示人。”《史
記·老子韓非列傳》：“然韓非知說之難，爲《說難》書甚具，終死於秦，

6339

不能自脫。"這裏指嚴峴上京送表朝廷,脫離李希烈的羈押。"魯公陷希烈軍中"五句爲馬元調所注,但與《舊唐書·顏真卿傳》稍有出入:"累遣真卿兄子峴與從吏凡數輩繼來京師,上皆不報。"主語是李希烈。馬元調注文的主語是顏真卿,以爲顏真卿"詐遣",馬元調注文不確,僅錄以備考,幸請辨別。　逆地:叛逆之地,亦即李希烈盤踞之地。《隋書·長孫晟傳》:"晟辭曰:'有男行布,今在逆地。忽蒙此任,情所不安。'"李宗閔《苻公神道碑銘(并序)》:"且汝不去,能全吾乎?是父子俱死於逆地。汝從吾,吾死不朽;汝不從吾,吾亦死,吾目不瞑。"　奉天:京兆府二十三縣之一,建中年間,唐德宗在朱泚叛亂時逃離長安,駕幸奉天。戴叔倫《奉天酬別鄭諫議雲逵盧拾遺景亮見別之作》:"巨孽盜都城,傳聞天下驚。陪臣九江畔,走馬來赴難。"許渾《贈蕭煉師并序》:"煉師,貞元初自梨園選爲内妓,善舞柘枝,宮中莫有倫比者,寵錫甚厚。及駕幸奉天,以病不獲隨輦,遂失所止。"

⑤ 列聖:指歷代帝王,諸皇帝。《文選·左思〈魏都賦〉》:"且魏地者……列聖之遺塵。"李善注:"魏地,畢昴之分野,虞舜及禹所都之地。"白居易《法曲(美列聖正華聲也)》:"一從胡曲相參錯,不辨興衰與哀樂。願求牙曠正華音,不令夷夏相交侵。"　訪求:探訪尋求。《後漢書·郭丹傳》:"帝乃下南陽訪求其嗣。"張世南《游宦紀聞》卷八:"此詞數篇,皆膾炙在人者,因訪求得之。"　有司:官吏,古代設官分職,各有專司,故稱。杜甫《詠懷二首》一:"上官督有司,高賢迫形勢。"賈島《送雍陶及第歸成都寧親》:"半應陰隲與,全賴有司平。"昧蔽:隱瞞。王禹偁《上真宗論黃州虎鬥雞鳴冬雷之異》:"又慮他人陳奏,臣則有昧蔽之愆,冒犯聖慈,無任僭越。"《宋史紀事本末·咸平諸臣言時務》:"又慮他人陳奏,臣則有昧蔽之愆。上爲之憮然。"

⑥ 東朝:即東宮,太子所居。《文選·顏延之〈應詔宴曲水作詩〉》:"帝體麗明,儀辰作貳;君彼東朝,金昭玉粹。"李善注:"東朝,東宮也。"梅堯臣《贈太子太傅王尚書挽詞二首》一:"北極履聲絶,東朝

車迹湮。"借指太子。《文選·陸機〈答賈長淵〉》:"東朝既建,淑問峩峩。"李善注:"謂滑懷太子也。"庾信《周太子太保步陸逞神道碑》:"天子以大臣之喪,躬輟聽訟;東朝以師傅之尊,親臨攢祭。"倪璠注:"東朝,謂太子也。"　贊諭:引導教諭,亦指引導教諭之人。白居易《崔承寵可集州刺史制》:"太子左諭德崔承寵……就力宮坊,既申贊諭之美;分符郡邸,佇聞刺舉之能。"杜牧《韋承鼎除左贊善大夫制》:"參東朝之贊諭,分五尚之職秩;糾大府群吏之失,提王畿生齒之籍。"　異時:以後,他時。《史記·蘇秦列傳論》:"然世言蘇秦多異,異時事有類之者皆附之蘇秦。"陸游《跋西昆酬唱集》:"記之爲異時一笑。"　愛子:寵愛的兒子。《左傳·宣公二年》:"趙盾請以括爲公族,曰:'君姬氏之愛子也,微君姬氏,則臣狄人也。'"江淹《別賦》:"攀桃李兮不忍別,送愛子兮霑羅裙。"　忠孝:忠於君國,孝於父母。《孝經·開宗明義》:"終於立身。"鄭玄注:"忠孝道著,乃能揚名榮親,故曰終於立身也。"韓愈《潮州請置鄉校牒》:"人吏目不識鄉飲酒之禮,或未嘗聞《鹿鳴》之歌,忠孝之行不勸,亦縣之恥也。"

[編年]

　　《年譜》編年:"《制》當撰於長慶元年三月戊午以後。"理由是:"《制》有'今朕將建東朝,深思贊諭'等語。據《舊唐書·穆宗紀》云:'(長慶元年三月戊午,封)皇子湛爲景王,涵爲江王,湊爲漳王,溶爲安王,瀍爲潁王。'同書卷十七上《敬宗紀》云:'長慶元年三月,封景王。二年十二月,立爲皇太子。'"關於本文,《年譜》在"長慶元年""文編年"中重復編年,分別見《年譜》第三八〇頁、第三九六頁,大概是疏忽造成的吧!《編年箋注》、《年譜新編》根據與《年譜》同樣的材料,《編年箋注》認爲:"推知此《制》撰於長慶二年十二月以前不久。其時元稹已爲同州刺史,更與制誥不相關涉。故疑此《制》爲他人之作而羼入元集者。"《年譜新編》認爲:"制當撰於冊立皇太子前不久,故疑僞。”

我們以爲，根據本文“今朕將建東朝，深思贊論”的表述，以及《舊唐書·穆宗紀》“（長慶元年）三月丁酉朔……戊午，封皇弟憬爲鄜王，悦爲瓊王，惇爲沔王，懌爲婺王，愔爲茂王，怡爲光王，協爲淄王，憺爲衢王，愐爲澶王，皇子湛爲景王，涵爲江王，湊爲漳王，溶爲安王，瀍爲潁王”的記載，推算其干支，“戊午”應該是長慶元年三月二十二日，本文應該撰成於三月二十二日之後數日，地點在長安，元稹時任中書舍人翰林承旨學士之職。

至於《敬宗紀》“長慶元年三月，封景王。二年十二月，立爲皇太子”的記載，那是後來唐穆宗付諸實施的時日。因爲封建王朝的立儲，從來不是輕而易舉的事情，不僅在位皇帝要考慮再三，而且統治集團的方方面面都要權衡，故唐穆宗雖然有“異時”亦即以後“將建東朝”的打算，但東宫的衆多屬吏應該事先配備，不可能有了皇太子之後再來考慮一日不可或缺的爲太子服務的官屬。本文編入《元氏長慶集》卷四七，屬於《元氏長慶集》正編之内的詩文，根據我們對全部元稹詩文的編年箋注，在《元氏長慶集》之内，至今還没有發現存有僞作的情况，《編年箋注》、《年譜新編》的懷疑缺乏足夠的根據。

◎ 韓克從可守太子通事舍人制⁽⁻⁾①

敕：前河中府參軍韓克從：聞爾之齒長矣！而猶趨馳冉冉，其何以堪②？

今命爾爲東朝舍人，以司贊引。豈獨加之恩獎，抑亦示其優容。宜勤厥官，以服休命⁽二⁾。可守太子通事舍人，餘如故③。

錄自《元氏長慶集》卷四八

［校記］

（一）韓克從可守太子通事舍人制：楊本、宋浙本、叢刊本作“韓克從太子通事舍人”，《全文》作“授韓克從太子通事舍人制”，各備一說，不改。

（二）以服休命：宋浙本、叢刊本、《全文》同，楊本誤作“以朕休命”，不從不改。

［箋注］

① 韓克從：除本文外，不見其他文獻記載。據本文，韓克從擔任此職之前的官職是“河中府參軍”。　太子通事舍人：東宮屬員，正七品下，《舊唐書·職官志》：“掌導引宮臣辭見及承令勞問之事。”張九齡《故太僕卿上柱國華容縣男王府君墓誌》：“解巾相王府參軍，授豫王府參軍，歷太子通事舍人、蒲州司法參軍。”權德輿《太原府司錄事參軍李府君墓誌銘》：“起家太子通事舍人，轉太常寺主簿。年甫成童，卓然有立志。”

② 河中府：州郡名，地當今山西永濟。《舊唐書·地理志》：“河中府，隋河東郡，武德元年置蒲州，治桑泉縣，領河東、桑泉、猗氏、虞鄉四縣……在京師東北三百二十四里，去東都五百五十里。”盧綸《河中府崇福寺看花》：“聞道山花如火紅，平明登寺已經風。老僧無見亦無說，應與看人心不同。”皎然《賦得吳王送女潮歌送李判官之河中府》：“見說吳王送女時，行宮直到荊溪口。溪上千年送女潮，爲感吳王至今有。”　參軍：官名，東漢末始有“參某某軍事”的名義，謂參謀軍事，簡稱“參軍”。晉以後軍府和王國始置爲官員，沿至隋唐，兼爲郡府屬員。庾抱《別蔡參軍》：“人世多飄忽，溝水易西東。今日歡娛盡，何年風月同？”盧照鄰《送梓州高參軍還京》：“京洛風塵遠，褒斜烟露深。北遊君似智，南飛我異禽。”　齒長：年紀大。《左傳·昭公二

十年》："子之齒長矣！不能事人。"《國語·周語》："鄭伯捷之齒長矣！王而弱之，是不長老也。" 趨馳：奔忙，供驅使。郭湜《高力士傳》："輔國趨馳末品，小了纖人，一承攀附之恩，致位雲霄之上。"皮日休《三宿神景宮》："明發作此事，豈復甘趨馳？" 冉冉：匆忙貌。何遜《聊作百一體》："生途稍冉冉，逝水日滔滔。"王安石《江南》："冉冉欲何補？紛紛爲此勞。" 何堪：怎能忍受。李白《惜餘春賦》："漢之曲兮江之潭，把瑤草兮思何堪？想遊女於峴北，愁帝子於湘南。"李肇《唐國史補》卷上："盧相邁不食鹽醋，同列問之：'足下不食鹽醋，何堪？'"

③ 東朝：即東宮，太子所居。《文選·顏延之〈應詔宴曲水作詩〉》："帝體麗明，儀辰作貳；君彼東朝，金昭玉粹。"李善注："東朝，東宮也。"韓愈《順宗實錄》："皇太子見百寮於東朝，百寮拜賀。" 贊引：贊禮並導引。鄭谷《入閣書》："對揚稱法吏，贊引出宮鈿。"朱熹《答呂子約書》："即其升降饋奠，皆不能知其時節之所宜，雖其贊引之人，亦不聞其告語之聲矣！" 豈獨：難道祇是，何止。杜甫《有感五首》四："終依古封建，豈獨聽簫韶？"司馬光《涑水記聞》卷一四："使朝廷與夏國歡好如初，生民重見太平，豈獨夏國之幸，乃天下之幸也。" 恩獎：謂尊長給予的誇獎或獎勵。江淹《爲蕭驃騎讓太尉增封第二表》："不能曲流慈炤，遂乃徒洽恩獎。"韓愈《與華州李尚書書》："愈於久故遊從之中，伏蒙恩獎知待，最深最厚，無有比者。" 優容：寬待，寬容。《漢書·何武傳》："九江太守戴聖，《禮經》號小戴者也。行治多不法，前刺史以其大儒，優容之。"《晉書·傅玄傳》："玄應對所問，陳事切直，雖不盡施行，而常見優容。" 勤：盡力多做，不斷地做。柳宗元《送薛存義序》："早作而夜思，勤力而勞心。"蘇舜欽《題花山寺壁》："栽培翦伐須勤力，花易凋零草易生。" 休命：美善的命令，多指天子或神明的旨意。《易·大有》："君子以遏惡揚善，順天休命。"韓愈《順宗實錄》："必能宣祖宗之重光，荷天地之休命。"

[編年]

　　《年譜》、《年譜新編》編年本文於"庚子至辛丑所作其他制誥"、"庚子至辛丑所作其他文章"欄內，沒有說明理由。《編年箋注》編年："權定此《制》撰於元和十五年(八二〇)至長慶元年(八二一)元稹知制誥期間。"

　　我們以爲，一、本文爲元稹諸多制誥之一，而元稹任職知制誥臣起自元和十五年二月五日，終於長慶元年十月十九日，本文即毫無疑問應該撰寫於這一時期。二、唐穆宗登位之初，太子未立，東宮之機構雖然早已存在，但當時的官屬不一定齊備。《舊唐書·敬宗紀》："敬宗睿武昭愍孝皇帝，諱湛，穆宗長子，母曰恭僖太后王氏。元和四年六月七日生於東內之別殿，長慶元年三月封景王，二年十二月立爲皇太子。"《舊唐書·穆宗紀》："(長慶元年)三月丁酉朔……戊午，封皇弟憬爲鄜王，悦爲瓊王，惇爲沔王，懌爲婺王，愔爲茂王，怡爲光王，協爲淄王，憺爲衢王，愌爲潭王；皇子湛爲景王，涵爲江王，湊爲漳王，溶爲安王，瀍爲潁王。"祇有在長慶元年三月"戊午"，亦即三月二十二日分封諸王之後，選擇皇太子之人選與配備東宮官屬的問題才逐步被提上議事日程。本文應該與《顏峴可守右贊善大夫制》作於同時，本文大約爲冊立皇太子預作準備工作之一，應該撰作於李長慶元年三月二十二日之後一二日，地點在長安，元稹時任中書舍人、翰林承旨學士之職。

● 授孟子周太子賓客制(一)①

　　敕：聞匹夫之愛其子者，猶求明哲爲之師，賢善爲之友，而況於羽翼元子(二)！賓游東朝，非舊德耆年，孰副兹選②？

　　前守光祿卿、騎都尉、賜紫金魚袋孟子周，詞藝飾身，端厚居業。歷官中外，休有令聞。人推君子之風，朝洽名卿之目③。副予求舊，咨爾誠明。勉修諷喻之詞，以俟元良之德。可守太子賓客、勳封如故④。

録自《全文》卷六四八

[校記]

（一）授孟子周太子賓客制：本文又見《英華》卷四〇三，文題下佚名，而抄本《英華》則署名"元稹"。《全唐文續拾》卷六據《常袞集》收本文於常袞名下，但據常袞生平，兩者難以相符：常袞天寶十四載（755）登進士第，廣德、永泰年間（763—766）知制誥，大曆十二年拜相，與楊炎齊名，時稱"常楊"，建中四年（783）病故，年僅五十五歲。《資治通鑑·唐德宗貞元十三年》："二月，（邠寧節度使）朝晟分軍爲三，各築一城。軍吏曰：'方渠無井，不可屯軍。'判官孟子周曰：'方渠承平之時，居人成市，無井何以聚人乎？'命浚眢井，果得甘泉。三月，三城成……（貞元十七年五月壬戌）朔方邠寧慶節度使楊朝晟防秋于寧州，乙酉薨……奸人乘之，且爲變。留後孟子周悉内精甲於府廷，日饗士卒，内以悦衆心，外以威奸黨。邠軍無變，子周之謀也。"孟子周貞元十三年（797）爲朔方邠寧慶節度判官，十七年（801）爲朔方邠寧慶節度留後。常袞在世之日，尤其是廣德永泰年間，孟子周官資尚淺，年齡也不應該很大，而本文稱孟子周爲"歷官中外"、"舊德耆年"之人，故本文作者不應該是常袞。今信從《全文》編者，收録本文於元稹名下。

（二）而況於羽翼元子：《英華》、《全唐文續拾》同，《全文》作"而況乎羽翼元子"，各備一説，不改。

[箋注]

① 授孟子周太子賓客制：本文不見於諸多《元氏長慶集》，但《英

華》、《全唐文續拾》、《全文》採録，故據補。　孟子周：根據史籍文獻
之記載，孟子周的生平可綜合如下：貞元中期，孟子周曾經爲朔方邠
寧慶節度使的判官、留後。元和末期，歷職光禄卿，轉授太子賓客。
賓客：官名，太子賓客的省稱，唐代始置，明代以後廢。元積《唐故越
州刺史兼御史中丞河東薛公神道碑文銘》：“刑部五男，乂終郎，丹終
賓客，擁終御史，公實刑部府君第某子。”《資治通鑑·唐太宗貞觀十
七年》：“己丑，詔以長孫無忌爲太子太師……諫議大夫褚遂良爲賓
客。”胡三省注：“太子賓客，正三品，古無此官，唐始置，掌侍從規諫，
贊相禮儀。”

　　② 匹夫：古代指平民中的男子，亦泛指平民百姓。《韓非子·有
度》：“刑過不避大臣，賞善不遺匹夫。”劉德仁《長門怨》：“早知雨露翻
相誤，只插荆釵嫁匹夫。”　明哲：指明智睿哲的人。葛洪《抱朴子·
君道》：“明哲宣力於攸菆，黔庶讓畔於藪澤。”元積《祭淮瀆文》：“明哲
用興，凶戾潛痙。”　賢善：指賢明善良的人。《後漢書·梁冀傳》：“小
人奸蠹，比屋可誅。明將軍以椒房之重，處上將之位，宜崇賢善，以補
朝闕。”陳師錫《上徽宗論任賢去邪在於果斷》：“若仁宗牽於偏聽，優
柔不斷，臺諫備位，言不見用，賢善不進，朋奸不去，則安能饗四十有
二年太平之福乎？”　羽翼：指輔佐的人或力量。《三國志·陳思王植
傳》：“植既以才見異，而丁儀、丁廙、楊修等爲之羽翼。”杜甫《收京三
首》二：“羽翼懷商老，文思憶帝堯。”　元子：天子和諸侯的嫡長子。
《詩·魯頌·閟宫》：“王曰叔父，建爾元子，俾侯於魯。”朱熹集傳：“叔
父，周公也。元子，魯公伯禽也。”《儀禮·士冠禮》：“天子之元子，猶
士也。”鄭玄注：“元子，世子也。”　賓遊：賓客遊士。《晉書·懷帝
紀》：“帝沖素自守，門絕賓遊，不交世事。”《北齊書·盧文偉傳》：“〔盧
宗道〕嘗於晉陽置酒，賓遊滿坐。”　東朝：即東宮，太子所居。崔日用
《奉和人日重宴大明宫恩賜綵縷人勝應制》：“新年宴樂坐東朝，鐘鼓
鏗鍠大樂調。”權德輿《惠昭皇太子挽歌詞二首》二：“東朝聞楚挽，羽

翻依稀轉。天歸京兆新，日與長安遠。” 舊德：指德高望重的老臣。蔡邕《焦君贊》：“惜哉朝廷，喪茲舊德，恨以學士，將何法則？”《三國志·杜微傳》：“建興二年，丞相亮領益州牧，選迎皆妙簡舊德，以秦宓爲別駕，五梁爲功曹，微爲主簿。” 耆年：老年人。王融《三月三日曲水詩序》：“耆年闕市井之遊，稚齒豐車馬之好。”聶夷中《短歌》：“耆年無一善，何殊食乳兒。” 副：相稱，符合。《漢書·禮樂志》：“哀有哭踊之節，樂有歌舞之容，正人足以副其誠，邪人足以防其失。”李咸用《和友人喜相遇十首》三：“人生口心宜相副，莫使堯階草勢斜。”

③ 光禄卿：光禄寺主官，從三品，《舊唐書·職官志》：“光禄卿掌邦國酒醴、膳羞之事，總太官、珍羞、良醞、掌醢之屬，修其儲備，謹其出納。”張九齡《故特進贈兗州都督駙馬都尉觀國公楊公墓誌銘并序》：“坐事左出巴州刺史，入爲光禄卿，復出爲亳、襄、陳、鄧四州刺史。”柳宗元《柳公行狀》：“時上相與光禄卿裴腆不協，候公休沐，以御酒或闕，陰請貶之。” 騎都尉：勛官，從五品上，《舊唐書·職官志》：“武德初，雜用隋制。至七年，頒令定用上柱國、柱國、上大將軍、大將軍、上輕車都尉、輕車都尉、上騎都尉、騎都尉、驍騎尉、飛騎尉、雲騎尉、武騎尉，凡十二等，起正二品，至從七品。”常袞《授景延之大理少卿制》：“朝議大夫、前守河南少尹、騎都尉景延之，業擅文儒，行資忠信。” 詞藝：文詞的才藝。韓愈《謝許受王用男人事物狀》：“臣才識淺薄，詞藝荒蕪，所撰碑文，不能備盡事迹。”王明清《揮麈後録》卷一：“徽宗居藩邸，已潛心詞藝。” 飾身：猶修身。皮日休《移元徵君書》：“其次者，行有過僻，志有深傲，飾身不由乎禮樂，行己不在乎是非。”程大昌《考古編·中庸論》：“蓋其曰戒，曰矯，曰擇，曰遵，方飾身以求，而未能擬道以參身。” 端厚：端莊溫厚。《新唐書·盧士玫傳》：“盧士玫者，山東人，以文儒進，端厚無競。”白居易《除崔群中書舍人制》：“端厚和敏，飾以文學。溫良忠敬，得侍臣之風。” 居業：產業，家業。《後漢書·橋玄傳》：“及卒，家無居業，喪無所殯，當時稱之。”

《魏書‧羅結傳》:"年一百一十,詔聽歸老,賜大寧東川以爲居業,並爲築城,即號羅侯城,至今猶存。"　歷官:先後連任官職。陸機《謝平原內史表》:"入朝九載,歷官有六。"白居易《和我年三首》二:"歷官十五政,數若珠纍纍。"　中外:朝廷內外,中央和地方。閭邱均《王府君碑銘》:"功熙亮采,職庀中外。雖則符守方鎮,恒以宿衞京都。"李成裕《請刻夢真容敕旨奏》:"奉閏四月二十一日敕,中書門下奏請宣示中外者……"　令聞:美好的聲譽。陶潛《晉故征西大將軍長史孟府君傳贊》:"君清蹈衡門,則令聞孔昭;振纓公朝,則德音允集。"陳師道《寄答王直方》:"永懷忘年友,死矣餘令聞。念子頗似之,老我何所恨!"　君子:泛指才德出眾的人。班固《白虎通‧號》:"或稱君子何?道德之稱也。君之爲言群也,子者丈夫之通稱也。"王安石《君子齋記》:"故天下之有德,通謂之君子。"　名卿:有聲望的公卿。《管子‧幼官》:"三年名卿請事,二年大夫通吉凶。"《漢書‧翟方進傳》:"三人皆名卿,俱在選中。"

④ 求舊:謂用人務求故老舊臣。蘇頲《授張仁愿兵部尚書制》:"名遂身退,則聞告老;優賢尚齒,不忘求舊。"蘇軾《次天字韵答岑岩起》:"莫歎郎潛生白髮,聖朝求舊鄙鳶肩。"　誠明:至誠之心和完美的德性,語出《禮記‧中庸》:"自誠明謂之性,自明誠謂之教,誠則明矣! 明則誠矣!"鄭玄注:"由至誠而有明德,是聖人之性者也。"邵雍《誠明吟》:"孔子生知非假習,孟軻先覺亦須修。誠明本屬吾家事,自是今人好外求。"　修:制定,設置。《淮南子‧本經訓》:"立仁義,修禮樂。"高誘注:"修,設也。"《三國志‧魏武帝紀》:"其令郡國各修文學,縣滿五百戶置校官。"　諷喻:亦作"諷諭",用委婉的言語進行勸說。班固《兩都賦序》:"或以抒下情而通諷諭,或以宣上德而盡忠孝。"《三國志‧闞澤傳》:"澤欲諷喻以明治亂,因對賈誼《過秦論》最善,權覽讀焉!"　元良:太子的代稱。《禮記‧文王世子》:"一有元良,萬國以貞,世子之謂也。"沈約《立太子恩詔》:"元良之寄,有國莫

先。自昔哲后，降及近代，莫不立儲樹嫡，守器承祧。”

[編年]

《年譜》、《編年箋注》、《年譜新編》編年本文的理由與意見同《韓克從可守太子通事舍人制》，分別定於“庚子至辛丑所作其他制誥”欄內、“權定此《制》撰於元和十五年（八二〇）至長慶元年（八二一）元稹知制誥期間”、“庚子至辛丑所作其他文章”欄內。

我們編年本文的理由與意見也同《韓克從可守太子通事舍人制》：一、本文爲元稹諸多制誥之一，而元稹任職知制誥臣起自元和十五年二月五日，終於長慶元年十月十九日，本文即毫無疑問應該撰寫於這一時期。二、本文應該與《顏峴可守右贊善大夫制》作於同時，大約爲册立皇太子預作準備工作之一，應該撰作於長慶元年三月二十二日之後一二日，地點在長安，元稹時任中書舍人、翰林承旨學士之職。

◎ 許劉總出家制①

門下⑴：朕聞西方有金仙子，自著書云：“昔我於無量劫中，捨國城妻子，以求法要。”②朕嘗聞其語，未見其人，安知股肱之間，目驗兹事③！脱身羈網，誠樂所從；捨我縶維，能無永歎！遂其高尚，良用憮然④。

具官劉總，五嶽孕靈，三台降瑞。位兼將相，代襲勛庸⑤。視軒冕若浮雲，棄妻孥猶脱屣。屢陳章表，懇願捨家。勉喻再三，終然不奪⑥。朕又移之重鎮（天平軍），寵以上公，莫顧中人之情，遂超開士之迹⑦。

於戲！張良却粒，尚想高蹤；范蠡登舟，空瞻遺象⑧。功

6350

留鼎鼐,誓著山河。長存魚水之歡,勿忘香火之願^{(二)⑨}。宜賜法號大覺,仍賜僧臘五十夏。主者施行⑩。

錄自《元氏長慶集》卷四二

[校記]

（一）門下:楊本、叢刊本、《全文》同,盧校作“敕”,錄以備考,不改。

（二）勿忘香火之願:楊本、叢刊本、《全文》同,盧校作“勿忘香火之念”,錄以備考,不改。

[箋注]

① 許:應允,許可。《書·金縢》:“爾之許我,我其以璧與珪歸,俟爾命;爾不許我,我乃屏璧與珪。”韓愈《唐故朝散大夫商州刺史除名徙封州董府君墓誌銘》:“明年,立皇太子,有赦令,許歸葬。”　劉總:幽州節度使劉濟次子,時爲天平軍節度使,劉總以陰謀殺害父親及兄長自立,内心異常不安,故求出家以贖罪。《舊唐書·劉總傳》:“(劉)總,濟之第二子也,性陰賊險譎。元和五年,濟奉詔討王承宗,使長子緄假爲副使,領留務。時總爲瀛州刺史,濟署爲行營都兵馬使,屯軍饒陽,師久無功。總潛伺其隙,與判官張玘、孔目官成國寶及帳内小將爲謀,使詐自京至,曰:‘朝廷以相公逗留不進,除副大使爲節度使矣!’明日,又使人曰:‘副大使旌節已到太原!’又使人走而呼曰:‘旌節過代州!’舉軍驚恐。濟驚惶憤怒,不知所爲,因殺主兵大將數十人及與緄素厚者,乃追緄。以張玘兄皋代知留務。濟自朝至日晏不食,渴索飲,總因寘毒而進之。濟死,緄行至涿州,總矯以父命杖殺之,總遂領軍務。朝廷不知其事,因授以斧鉞,累遷至檢校司空。及王承宗再拒命,總遣兵取賊武強縣,遂駐軍持兩端,以利朝廷供饋

6351

賞賜。是時吳元濟尚存，王承宗方跋扈，易定孤危，憲宗暫務姑息，加總同中書門下平章事。及元濟就擒，李師道梟首，王承宗憂死，田弘正入鎮州，總既無黨援，懷懼每謀自安之計。初，總弒逆後，每見父兄爲祟，甚慘懼，乃於官署後置數百僧，厚給衣食，令晝夜乞恩謝罪。每公退，則憩于道場。若入他室，則悩惕不敢寐。晚年恐悸尤甚，故請落髮爲僧，冀以脫禍，乃以判官張皋爲留後。總以落髮，上表歸朝，穆宗授天平軍節度使。既聞落髮，乃賜紫號大覺師。總行至易州界，暴卒。輟朝五日，贈太尉，擇日備禮册命，賻絹布一千五百段、米粟五百石。"《舊唐書·穆宗紀》："(長慶元年二月)己卯，幽州節度使劉總奏請去位，落髮爲僧……三月丁酉朔……癸丑，以幽州盧龍軍節度副大使、知節度事、押奚契丹兩蕃經略等使、檢校司空、同中書門下平章事、楚國公劉總可檢校司徒、兼侍中、天平軍節度、鄆曹濮等州觀察等使……丁巳，制：'劉總已極上臺……'甲子，劉總請以私第爲佛寺，乃遣中使賜寺額曰報恩。幽州奏劉總堅請爲僧，又賜以僧衣，賜號大覺。總是夜遁去，幽州人不知所之……庚午，易定奏劉總已爲僧，三月二十七日卒於當道界，贈太尉。"白居易《贈劉總太尉册文》："故天平軍節度使、檢校司徒、兼侍中、楚國公劉總，降自天和，生爲人傑，得君於先帝，叶運於昌時。纂戎弓裘，守土燕薊。迨此一紀，北方晏然。"李德裕《宰相與盧鈞書》："頃歲，劉總送幽州大將二十人。當時執政以苟且爲意，奏請放還。其後朱克融之徒，皆是其數。" 出家：到寺廟道觀裏去做僧尼或道士。《南史·齊紀》："自今公私皆不得出家爲道，及起立塔寺，以宅爲精舍，並嚴斷之。"趙令時《侯鯖錄》卷一："漢明帝聽陽城侯劉峻等出家，僧之始也；濟陽婦女阿潘等出家，尼之始也。"

　　② 西方：指西方淨土。陳子昂《感遇詩三十八首》七："仲尼推太極，老聃貴窈冥。西方金仙子，崇義乃無明。"杜甫《別李秘書始興寺所居》："重聞西方止觀經，老身古寺風泠泠。" 金仙：指佛。張九齡

《與生公尋幽居處》:"我本玉階侍,偶訪金仙道。兹焉求卜築,所過皆神造。"李白《與元丹丘方城寺談玄作》:"朗悟前後際,始知金仙妙。"王琦注:"金仙,謂佛。"　無量劫:佛教謂計數不盡的時節,佛經言天地從生成至毀滅爲一劫。《隋書・經籍志》:"一成一敗,謂之一劫。自此天地已前,則有無量劫矣!"張商英《護法論》:"蓋念一切衆生無量劫來皆曾爲己。"　國城:國都。《管子・八觀》:"夫國城大而田野淺狹者,其野不足以養其民。"《隋書・禮儀志》:"隋制,於國城西北十里亥地,爲司中、司命、司禄三壇,同壝。"　妻子:妻和子。《後漢書・吳祐傳》:"祐問長有妻子乎? 對曰:'有妻未有子也。'"《百喻經・水火喻》:"入佛法中出家求道,既得出家,還復念其妻子眷屬。"　法要:佛法的要義。《維摩經・弟子品》:"佛爲諸比丘,略説法要。"應物《題化城寺》:"偶與遊人論法要,真元浩浩理無窮。"

③ 股肱:比喻左右輔佐之臣。趙彦昭《奉和幸韋嗣立山莊侍燕應制》:"天高羽翼近,主聖股肱良"孟浩然《宴張別駕新齋》:"世業傳珪組,江城佐股肱。高齋徵學問,虛薄濫先登。"　目驗:目擊,親眼驗證。李綽《尚書故實》:"盛膏小銀合子,韓氏收得後猶在,融即相國親密,目驗其事,因附於此。"朱熹《九江彭蠡辨》:"問諸吳人,震澤下流,實有三江以入於海。彼既以目驗之,恐其説之必可信,而於今尚可考也。"

④ 脱身:抽身擺脱。《史記・項羽本紀》:"聞大王有意督過之,脱身獨去,已至軍矣!"皎然《早春書懷李少府》:"脱身投彼岸,吊影念生涯。"　羈網:義近"羈纏",束縛纏繞。玄奘《大唐西域記・室羅伐悉底國》:"爲諸釋女説微妙法,所謂羈纏五欲,流轉三途,恩愛別離,生死長遠。"韓愈《答殷侍御書》:"職事羈纏,未得繼請。"　縶維:語出《詩・小雅・白駒》:"皎皎白駒,食我場苗,縶之維之,以永今朝。"謂絆馬足、繫馬韁,示留客之意。後以"縶維"指挽留人才。殷仲文《解尚書表》:"既惠之以首領,復引之以縶維。"劉義慶《世説新語・言

語》:"外示繫維而實以乖間之。" 永歎:長久歎息。《詩·大雅·公劉》:"篤公劉,于胥斯原,既庶既繁。既順迺宣,而無永歎。"毛傳:"民無長歎,猶文王之無悔也。"陸機《赴洛詩二首》一:"撫膺解携手,永嘆結遺音。" 高尚:指高潔的節操。《晉書·陶潛傳》:"潛少懷高尚,博學善屬文,穎脫不羈,任真自得,爲鄉鄰之所貴。"范仲淹《贈方秀才楷》:"高尚繼先君,巖居與俗分。" 憮然:悵然失意貌。《論語·微子》:"夫子憮然曰:'鳥獸不可與同群,吾非斯人之徒與而誰與?'"邢昺疏:"憮,失意貌。"陳鴻《長恨歌傳》:"妃既出,上憮然。"

⑤ 具官:猶具位,唐宋以後,官吏在奏疏、函牘或其他應酬文字上,常把應寫明的官職爵位寫作"具位"、"具官",表示謙敬。韓愈《除崔群戶部侍郎制》:"具官崔群,體道履仁,外和内敏,清而容物,善不近名。"蘇軾《祭大覺禪師文》:"維年月日,具位蘇軾,謹以香茶蔬果,致奠故大覺禪師器之之靈。" 五嶽:我國五大名山的總稱,古書中記述略有不同。"嶽"、"岳"兩字常常通用。《周禮·春官·大宗伯》:"以血祭祭社稷、五祀、五嶽。"鄭玄注:"五嶽,東曰岱宗、南曰衡山、西曰華山、北曰恒山、中曰嵩山。"《初學記》卷五引《纂要》:"嵩、泰、衡、華、恒,謂之五岳。"今所言五岳,即指此五山。 靈:神奇,靈異。《漢書·敘傳》:"及其長而多靈,有異於衆,是以王武感物而折券,呂公睹形而進女;秦皇東遊以厭其氣,呂後望雲而知其所處。"靈光,神光。《楚辭·離騷》:"皇剡剡其揚靈兮,告余以吉故。"王逸注:"言皇天揚其光靈,使百神告我,當去就吉善也。" 三台:星名。《晉書·天文志》:"三台六星,兩兩而居……在人曰三公,在天曰三台,主開德宣符也。"喻三公。《後漢書·楊震傳》:"蛇鱔者,卿大夫服之象也。數三者,法三台也,先生自此升矣!"高適《奉酬睢陽李太守》:"三台冀入夢,四岳尚分憂。" 瑞:祥瑞,古人認爲自然界出現某些現象是吉祥之兆。王充《論衡·指瑞》:"王者受富貴之命,故其動出見吉祥異物,見則謂之瑞。"韓愈《春雪間早梅》:"誰令香滿座,獨使淨無塵? 芳意

饒呈瑞,寒光助照人。"　將相:將帥和丞相,亦泛指文武大臣。《史記·高祖本紀》:"諸侯及將相,相與共請尊漢王爲皇帝。"李涉《與梧州劉中丞》:"三代盧龍將相家,五分符竹到天涯。"　勛庸:功勛。《後漢書·荀彧傳》:"曹公本興義兵,以匡振漢朝,雖勛庸崇著,猶秉忠貞之節。"《舊唐書·李嗣業傳》:"總驍果之衆,親當矢石,頻立勛庸。"

⑥ 軒冕:古時大夫以上官員的車乘和冕服。《管子·立政》:"生則有軒冕、服位、穀禄、田宅之分,死則有棺槨、絞衾、壙壟之度。"陶潛《感士不遇賦》:"既軒冕之非榮,豈緼袍之爲恥。"借指官位爵禄。崔塗《過陶徵君隱居》:"田園三畝緑,軒冕一銖輕。"吳曾《能改齋漫録·記文》:"軒冕失之,有時而復來;節行失之,終身不可得矣!"　浮雲:飄動的雲。《古詩十九首·西北有高樓》:"西北有高樓,上與浮雲齊。"《周書·蕭大圜傳》:"嗟乎! 人生若浮雲朝露。"　妻孥:妻子和兒女。《國語·越語》:"若以越國之罪爲不可赦也,將焚宗廟,係妻孥。"杜甫《羌村三首》一:"妻孥怪我在,驚定還拭泪。"　脱屣:比喻看得很輕,無所顧戀,猶如脱掉鞋子。《漢書·郊祀志》:"嗟乎! 誠得如黄帝,吾視去妻子如脱屣耳!"顔師古注:"屣,小履,脱屣者,言其便易,無所顧也。"李頎《緩歌行》:"一沈一浮會有時,棄我翻然如脱屣。"章表:奏章,奏表。《文心雕龍·章表》:"漢定禮儀則有四品:一曰章,二曰奏,三曰表,四曰議。章以謝恩,奏以按劾,表以陳請,議以執異。"按,"章"和"表",分言有別,渾言無別。曹丕《與吳質書》:"孔璋章表殊健,微爲繁富。"　捨家:放棄家庭。楊億《故河中府開元寺壇長賜紫僧重宣塔記》:"割愛捨家,十五禮文徹師爲沙彌,二十一依澄暉師受具戒。"韓維《善覺寺住持賜紫寶師塔銘》:"師諱法寶,姓王氏,遂州小溪人。九歲捨家,師興聖院主從簡,二十落髮爲比邱僧。"　勉喻:亦作"勉諭",曉喻,勸説。牛僧孺《玄怪録·郭元振》:"泣者乃出,年可十七八,而甚佳麗,拜於公前曰:'誓爲僕妾。'公勉諭焉!"《宋史·孝義傳·李祚》:"親喪,廬墓側,凡二十七年,家人百計勉諭,不

聽。" 奪：用强力使之動搖、改變，亦謂由於强力而動搖、改變。《論語·泰伯》："臨大節而不可奪也。"李密《陳情事表》："行年四歲，舅奪母志。"

⑦ 重鎮：軍事上占重要地位的城鎮。杜甫《奉待嚴大夫》："殊方又喜故人來，重鎮還須濟世才。常怪偏裨終日待，不知旌節隔年迴。"賈至《燕歌行》："國之重鎮惟幽都，東威九夷北制胡。五軍精卒三十萬，百戰百勝擒單於。" 上公：周制，三公（太師、太傅、太保）八命，出封時加一命，稱爲上公。《周禮·春官·典命》："上公九命爲伯，其國家、宮室、車旗、衣服、禮儀皆以九爲節。"鄭玄注："上公，謂王之三公有德者，加命爲二伯。"漢制，僅乙太傅爲上公。《後漢書·百官志》："太傅，上公一人。本注曰：掌以善導，無常職。"晉制，太宰、太傅、太保皆爲上公。《晉書·職官志》："晉初，以景帝諱故，又採《周官》官名，置太宰以代太師之任，與太傅、太保皆爲上公。"公爵的尊稱，亦泛指高官顯爵。李華《寄趙七侍御》："屬詞慕孔門，入仕希上公。" 中人：指有權勢的朝臣。曹植《當墙欲高行》："龍欲升天須浮雲，人之仕進待中人。"殷寅《銓試後徵山別業寄源侍御》："雖承國士恩，尚乏中人援。" 開士：菩薩的異名，以能自開覺，又可開他人生信心，故稱，後用作對僧人的敬稱。《釋氏要覽》卷上："經中多呼菩薩爲開士，前秦符堅賜沙門有德解者號開士。"顏真卿《懷素上人草書歌序》："開士懷素，僧中之英。"

⑧ 於戲：亦作"於熙"，猶於乎，感歎詞。《禮記·大學》："《詩》云：'於戲！前王不忘。'君子賢其賢而親其親，小人樂其樂而利其利。"蔡邕《文範先生陳仲弓銘》："於熙文考，天授弘造，淵玄其深，巍峩其高！" 張良：史稱"留侯"，秦末，張良運籌帷幄，佐劉邦平定天下，以功封留侯。《史記·留侯世家》："留侯乃稱曰：'家世相韓，及韓滅，不愛萬金之資，爲韓報讎强秦，天下振動。今以三寸舌爲帝者師，封萬户，位列侯，此布衣之極，於良足矣！願棄人間事，欲從赤松子遊

耳!'乃學辟穀道引輕身。會高帝崩,呂后德留侯,乃强食之曰:'人生一世間,如白駒過隙,何至自苦如此乎?'留侯不得已,强聽而食。後八年卒,謚爲文成侯。" 却粒:義同"辟穀",謂不食五穀,道教的一種修煉術,辟穀時,仍食藥物,並須兼做導引等工夫。《南史·陶弘景傳》:"弘景善辟穀導引之法,自隱處四十許年,年逾八十而有壯容。"司空圖《有感二首》一:"自古經綸足是非,陰謀最忌奪天機。留侯却粒商翁去,甲第何人意氣歸?" 高蹤:指隱退。《漢書·蓋寬饒傳》:"君不惟蘧氏之高蹤,而慕子胥之末行,用不訾之軀,臨不測之險,竊爲君痛之。"顏師古注:"蘧伯玉,邦無道,則可卷而懷之。"盧照鄰《初夏日幽莊》:"聞有高縱客,耿介坐幽莊。" 范蠡登舟:事見《史記·越王勾踐世家》:"范蠡事越王勾踐,既苦身戮力,與勾踐深謀二十餘年,竟滅吳,報會稽之恥,北渡兵於淮以臨齊晉,號令中國,以尊周室。勾踐以霸,而范蠡稱上將軍。還反國,范蠡以爲大名之下,難以久居。且勾踐爲人,可與同患,難與處安,爲書辭勾踐曰:'臣聞主憂臣勞,主辱臣死。昔者君王辱於會稽,所以不死,爲此事也。今既以雪恥,臣請從會稽之誅!'勾踐曰:'孤將與子分國而有之,不然將加誅於子!'范蠡曰:'君行令,臣行意。'乃裝其輕寶珠玉,自與其私徒屬乘舟浮海以行,終不反,於是勾踐表會稽山以爲范蠡奉邑。范蠡浮海出齊,變姓名,自謂鴟夷子皮,耕於海畔,苦身戮力,父子治產。居無幾何,致產數千萬。齊人聞其賢,以爲相。范蠡喟然嘆曰:'居家則致千金,居官則至卿相,此布衣之極也。久受尊名,不祥。'乃歸相印,盡散其財,以分與知友鄉黨,而懷其重寶,間行以去。止于陶,以爲此天下之中,交易有無之路通,爲生可以致富矣!於是自謂陶朱公,復約要父子耕畜,廢居,候時轉物,逐什一之利。居無何,則致貲累巨萬,天下稱陶朱公。" 遺象:亦作"遺像",指死者的畫像、塑像或照片。《三國志·倉慈傳》:"數年卒官,吏民悲感如喪親戚,圖畫其形,思其遺像。"《文選·潘岳〈懷舊賦〉》:"上瞻兮遺象,下臨兮泉壤。"李善注:"象,謂形像也，以其已化，故謂之遺也。”

⑨ 鼎鼐：原指鼎和鼐，古代兩種烹飪器具。《戰國策·楚策》："故晝遊乎江湖，夕調乎鼎鼐。"相傳商武丁問傅說治國之方，傅以如何調和鼎中之味喻說，遂輔武丁以治國，後因以"鼎鼐調和"比喻處理國政，亦省作"鼎鼐和"。蘇頲《唐紫微侍郎贈黃門監李乂神道碑》："鼎鼐遞襲，簪纓相望。"權德輿《故司徒兼侍中贈太傅北平王挽詞》："授律勛庸盛，居中鼎鼐和。" 山河：大山大河，多指自然形勝。《史記·孫子吳起列傳》："美哉乎山河之固，此魏國之寶也。"杜甫《春望》："國破山河在，城春草木深。"也指江山，國土。劉義慶《世說新語·言語》："過江諸人，每至美日，輒相邀新亭，藉卉飲宴。周侯中坐而歎曰：‘風景不殊，正自有山河之異！’" 魚水：比喻君臣相得，語本《三國志·諸葛亮傳》："〔先主〕於是與亮情好日密，關羽、張飛等不悅，先主解之曰：‘孤之有孔明，猶魚之有水也，願諸君勿復言。’"武則天《唐明堂樂章·迎送王公》："君臣德合，魚水斯同。" 香火：謂信奉佛法，共結香火之緣。貫休《蜀王登福感寺塔詩三首》一："天資忠孝佐金輪，香火空王有宿因。"王安石《示耿天騭》："弦歌無舊習，香火有新緣。"亦作"香火因緣"，佛教語，香與燈火，爲供奉佛前之物，因以"香火因緣"謂同在佛門，彼此契合。白居易《祭中書韋相公文》："長慶初，俱爲中書舍人日，尋詣普濟寺宗律師所，同受八戒，各持十齋。由是香火因緣，漸相親近。"亦省作"香火緣"。樓鑰《適齋挂冠次韻》一："秖圖徑取衣冠挂，不願更尋香火緣。"

⑩ 賜：對帝王下達旨意的敬稱。《周禮·春官·小宗伯》："賜卿、大夫、士爵則儐。"鄭玄注："賜，猶命也。"《新唐書·承天皇帝倓傳》："帝惑偏語，賜倓死，俄悔悟。" 法號：佛教徒受戒時由本師授予的名字，又稱法名或戒名，個別時候也有由皇帝親自敕封的。李白《僧伽歌》："真僧法號號僧伽，有時與我論三車。"李華《故左溪大師碑銘并序》："左溪，傅氏之子，法號玄朗，字惠明，其先北地泥陽人。"

僧臘：僧尼受戒後的年歲。皇甫曾《贈鑒上人》："律儀傳教誘，僧臘老烟霄。樹色依禪誦，泉聲入寂寥。"張喬《甘露寺僧房》："臨水登山路，重尋旅思勞。竹陰行處密，僧臘別來高。"　主者：主管人。《史記·陳丞相世家》："上曰：'主者謂誰？'平曰：'陛下即問決獄，責廷尉；問錢穀，責治粟內史。'"沈約《南郊恩詔》："主者詳爲條格，疾速施行。"施行：實行，執行。《荀子·性惡》："故坐而言之，起而可設，張而可施行。"歐陽修《歸田錄》卷二："凡文書，非與長吏同簽書者，所在不得承受施行。"

[編年]

《年譜》編年本文於長慶元年，理由是："《制》云'宜賜法號大覺'云云。據《舊唐書·穆宗紀》云：'(長慶元年三月甲子)幽州奏劉總堅請爲僧，又賜以僧衣，賜號大覺。'"《年譜新編》編年及理由同《年譜》，意即元稹本文撰寫於長慶元年三月二十八日。《編年箋注》編年："此《制》撰於長慶元年(八二一)三月二十日。"與《年譜》、《年譜新編》並不一樣。

請讀者注意：《舊唐書·穆宗紀》："(長慶元年)三月丁酉朔……甲子，劉總請以私第爲佛寺，乃遣中使賜寺額曰報恩。幽州奏劉總堅請爲僧，又賜以僧衣，賜號大覺。總是夜遁去，幽州人不知所之……庚午，易定奏劉總已爲僧，三月二十七日卒於當道界，贈太尉。"據此推算，"甲子"是"二十八日"，這應該是朝廷得知劉總堅請爲僧的請求傳入長安之後李唐朝廷作出反應之時，並非是劉總提出"請求"之日。接著"庚午"，亦即"四月初四日"又傳來消息，劉總已經在朝廷"許劉總出家"的前一日，亦即"三月二十七日"病故。如此看來，元稹本文已經是"馬後炮"了，這是古代信息傳遞不快所致，並非是李唐朝廷故意做"官樣文章"，更不是元稹本人故意做"官樣文章"。但《編年箋注》所云的"三月二十日"，則無論如何是沒有根據的，是錯誤的。據此,我們以爲本文應該作於"二十八日"的"急就章",也極有可能是"二十七日夜"的"急就章",元稹時在長安,任職中書舍人翰林承旨學士。

◎ 元宗簡權知京兆少尹劉約
行尚書司門員外郎制^{(一)①}

敕:元宗簡、劉約等:叙彝倫,節浮競,必在於遷次有準,以崇廉讓之風②。是以置具員,限資考,而猶幸得貪求之士,不絶於埃塵間,今古之常也③。

聞爾等端静廉雅,行浮於名,非公事未嘗至於卿相之門,何其自持之優也④。内史貳秩,重而不煩。中臺諸郎,清而無雜。各勉榮授,無移素風。宗簡可權知京兆少尹,約可行尚書司門員外郎,並散官、勛、賜如故⑤。

録自《元氏長慶集》卷四六

[校記]

(一)元宗簡權知京兆少尹劉約行尚書司門員外郎制:楊本、宋浙本、盧校、叢刊本作"元宗簡授京兆少尹制",《全文》作"授元宗簡權知京兆少尹劉約行尚書司門員外郎制",各備一説,不改。

[箋注]

① 元宗簡:史籍無傳,事迹見白居易《故京兆元少尹文集序》:"天地間有粹靈氣焉! 萬類皆得之,而人居多。就人中,文人得之又居多。蓋是氣凝爲性,發爲志,散爲文。粹勝靈者,其文冲以恬。靈

勝粹者,其文宣以秀。粹靈均者,其文蔚温雅淵,疏朗麗利,檢不扼,達不放,古淡而不鄙,新奇而不怪。吾友居敬之文,其殆庶幾乎!居敬姓元,名宗簡,河南人。自舉進士,歷御史府、尚書郎,訖京亞尹。二十年,著格詩一百八十五,律詩五百九,賦述銘記書碣讚序七十五,總七百六十九章,合三十卷。長慶三年冬,疾彌留,將啓手足,無他語。語其子途云:‘吾生平酷嗜詩,白樂天知我者,我歿,其遺文得樂天爲之序,無恨矣!’既而途奉理命,號而告予。無幾何,會予自中書舍人出牧杭州,歲餘改右庶子,移疾東洛。明年,復刺蘇州。四年間,三換官,往復奔命,不啻萬里。席不遑暖,矧筆硯乎?故所託文,久未果就。及刺蘇州,又劇郡,治數月,政方暇。因發閱篋裒,睹居敬所著文,其間與予唱和者數十首。燭下諷讀,憯惻久之,怳然疑居敬在旁,不知其一生一死也。遂援筆草序,序成復視,涕與翰俱,悲且吟曰:‘黃壤詎知我?白頭徒念君。唯將老年淚,一灑故人文。’重曰:‘遺文三十軸,軸軸金玉聲。龍門原上土,埋骨不埋名。’嗚呼居敬!若職業之恭慎,居處之莊潔,操行之貞端,襟靈之曠淡,骨肉之敦愛,邱園之安樂,山水風月之趣,琴酒嘯詠之態,與人久要,遇物多情,皆布在章句中,開卷而盡可知也,故不序。時寶曆元年冬十二月乙酉夕,在吳郡西園北齋東牖下作序。”白居易長慶二年詩《晚歸有感》:“劉曾夢中見,元向花前失(劉三十二校書歿後嘗夢見之,元八少尹今春櫻桃花時長逝)。”據此,文中“長慶三年冬”“疾彌留”,疑是“長慶元年冬”“疾彌留”之誤,“元”形似而誤爲“三”。又白居易《故京兆元少尹文集序》有句:“既而途奉理命,號而告予。無幾何,會予自中書舍人出牧杭州……”白居易出牧杭州在長慶二年七月,則元宗簡謝世應該在此之前,亦即長慶二年之春,所言正與朱金城先生考證相合。請讀者注意,在朱金城先生《白居易集箋校》中,不少應該是白居易爲元稹而作的詩篇,都往往被誤認爲是白居易爲元宗簡而作,如:《答元郎中楊員外喜烏見寄四十四字成》:“南宮鴛鴦地,何忽烏來止?故人錦帳郎,聞烏笑相視。疑烏報消息,望我歸鄉里。我歸應待烏頭白,慚愧元郎誤歡喜。"又如《畫木蓮花圖寄元郎中》:"花房膩似紅蓮朵,艷色鮮如紫牡丹。唯有詩人能解愛,丹青寫出與君看。"再如《吟元郎中白鬚詩兼飲雪水茶因題壁上》:"吟詠霜毛句,閑嘗雪水茶。城中展眉處,只是有元家。"朱金城先生《白居易集箋校》的重大誤解,嚴重影響到元和十四年白居易在忠州與元稹的交往,嚴重影響到元和十五年白居易在長安與元稹的交往,這是筆者首次發表的淺見,幸請讀者關注;淺見不一定妥當,也請專家嚴加審閱。　　權知:謂代掌某官職。權德輿《唐贈兵部尚書宣公陸贄翰苑集序》:"服闋復內職,權知兵部侍郎。觀見之日,天子爲之興,改容敘吊,優禮如此。"劉禹錫《爲淮南杜相公請赴行營表》:"其揚州留務,請令行軍司馬路應權知。伏乞聖慈,俯賜昭鑒。"　　京兆少尹:府牧、京兆尹之佐職,或稱副職。《舊唐書·職官志》:"京兆、河南、太原等府(自秦、漢已來,爲雍、洛、并州。周、隋或置總管都督,通名爲府。開元初,乃爲京兆府、河南府、太原府):三府牧各一員(從二品。牧,古官,舜置十二牧是也。秦以京城守爲內史,漢武改爲尹。後魏、北齊、周、隋又以京守爲牧。武德初,因隋置牧,以親王爲之,或不出閣,長史知府事),尹各一員(從三品。京城守,秦曰內史,漢曰尹,後代因之。隋爲內史,武德初置牧,以長史總府事。開元初,雍、洛、並改爲府,乃昇長史爲尹,從三品,專總府事也),少尹各二員(從四品下。魏、晉已下。州府有治中。隋文改爲司馬。煬帝改爲贊理,又爲丞,武德改爲治中,永徽避高宗名,改爲司馬,開元初改爲少尹)。"常衮《授路嗣恭京兆少尹制》:"三王佐理,九扈劭農。宜升亞尹之秩,兼資大田之務。可兼京兆少尹。"權德輿《京兆少尹西廳壁記》:"漢制:三輔丞秩六百石,至東漢秩千石,魏晉爲京兆郡,則曰治中,至隋則曰司馬,又曰贊治。國家沿前代之故,再更其名,至開元初,命爲少尹,其員二,其品四。"　　劉約:元和、長慶年間幽州節度使劉總之弟,史籍無傳,僅《舊唐書·穆宗紀》:"(長慶元年)夏四月丙寅朔,授劉總弟約及總男等一十一人官,内五人爲刺史,餘朝班環衛。"劉約即是其中的"朝班環衛"者。又《舊唐書·文宗紀》:"(開成三年十一月壬戌)以德州刺史、滄景節度副使劉約爲義昌軍節度使。"又《舊唐書·王稷傳》:"開成四年,滄州節度使劉約上言:'王稷爲李全略所殺,家無遺類。稷男叔泰,時年五歲,郡人宋忠獻匿之獲免,乃收養之,今已成長。臣獎其義,忠獻已補職,叔泰津送以聞。'文宗詔曰:'王鍔累朝宣力,王稷一旦捐軀,須録孤遺,微申憫念。王叔泰委吏部與九品官,令奉祭。"但那是元稹身後之事,疑爲同一人。

行:謂兼攝官職。《後漢書·陳俊傳》:"是時太山豪傑多擁衆與張步連兵,吳漢言於帝曰:'非陳俊莫能定此郡。'於是拜俊太山太守,行大將軍事。"《資治通鑑·後漢高祖乾祐元年》:"丙寅,以(侯)益兼中書令,行開封尹。"　司門員外郎:官職名,刑部屬官之一。《舊唐書·職官志》:"司門郎中一員(從五品上,龍朔曰司門大夫),員外郎一員(從六品上)……郎中、員外郎之職,掌天下諸門及關出入往來之籍賦,而審其政。凡關二十有六,爲上中下之差。京城四面關有驛道者,爲上關。餘關有驛道及四面無驛道者,爲中關。他皆爲下關。關所以限中外,隔華夷,設險作固,閑邪正禁者也。凡關呵而不征,司貨賄之出入,其犯禁者,舉其貨,罰其人。凡度關先經本部本司請過所,在在京則省給之,在外則州給之。而雖非所部,有來文者,所在亦給。"權德輿《司門員外郎壁記》:"《周官》司門爲司徒之屬,今爲司寇之屬。員外郎於周爲上士,後數更其名,至隋爲承務郎,武德初方定爲今制,秩從六品上。"崔嘏《授高宏簡司門員外郎判度支案判》:"司國計者,統天下之財貨,量入以爲用,在於賦有餘也。"

②　彝倫:指銓選官吏。《北史·魏世宗宣武帝紀》:"中正所銓,但爲門第。吏部彝倫,仍不才舉。八坐可審議往代擇賢之體,以令才學並申,資望兼致。"盧藏用《爲姚大夫請致仕歸侍表》:"陛下聖澤遠覃,中外無事。彝倫攸叙,俊乂盈朝。臣之短才,無所裨補。伏願少

垂矜察，俯遂私恩。許臣告歸之請，終臣犬馬之養。" 浮競：爭名奪利。《晉書·賈謐傳》："貴遊豪戚及浮競之徒，莫不盡禮事之。"孟郊《旅次洛城東水亭》："自然逍遙風，蕩滌浮競情。" 遷次：謂依次提升官職。荀悅《漢紀·宣帝紀》："公卿缺，輒選所長而遷次用之。"《三國志·毛玠傳》："老臣以能守職，幸得免戾；今所説人非遷次，是以不敢奉命。" 廉讓：清廉遜讓。王符《潛夫論·遏利》："世人之論也，靡不貴廉讓而賤財利焉！及其行也，多釋廉甘利。"《北史·裴駿等傳論》："文舉之在絳州，世載清德，辭多受少，有廉讓之風焉！"

③ 是以：連詞，因此，所以。《老子》："功成而弗居，夫唯弗居，是以不去。"蘇舜欽《火疏》："明君不諱過失而納忠，是以懷策者必吐上前，蓄冤者無至腹誹。" 具員：記錄官員仕歷、功績等情況的名册。《舊唐書·梁載言傳》："梁載言，博州聊城人。歷鳳閣舍人，專知制誥，撰《具員故事》十卷，《十道志》十六卷，並傳於時。"《資治通鑑·大中二年》："上欲知百官名數，令狐綯曰：'六品已下，官卑數多，皆吏部注擬。五品以上，則政府制授，各有籍，命曰《具員》。'上命宰相作《具員御覽》五卷上之，常實於案上。" 資考：資格和考績。白居易《大官乏人策》："校正欠資考者，不署畿官。"劉克莊《水龍吟》："做先生處士，一生一世，不論資考。" 貪求：孜孜以求，永不滿足地追求。韓愈《東都遇春》："貪求匪名利，所得亦已併。"白居易《西掖早秋直夜書意》："五品不爲賤，五十不爲夭。若無知足心，貪求何日了？" 埃塵：喻塵世。張衡《歸田賦》："超埃塵以遐逝，與世事乎長辭。"白居易《奉和晉公侍中蒙除留守行及洛師感悦發中斐然成詠》："鸞鳳翱翔在寥廓，貂蟬蕭灑出埃塵。"

④ 端静：端正沉静。《南史·陳後主沈皇后傳》："后性端静，有識量，寡嗜欲，聰敏强記，涉獵經史，工書翰。"蘇軾《乞擢用程遵彦狀》："而端静之士，雖有過人之行、應務之才，又皆藏器待時，耻於自獻，朝廷莫得而知之。" 廉雅：廉明高雅。白居易《海州刺史裴君夫

人李氏墓誌銘并序》：“矧相國端方廉雅，孝友忠肅，自從事彭城，登庸宰府，不以夷險而遷其道，宜乎居極位享名賢也！”義近“廉善”，元稹《邵常政等可内侍省内謁者監制》：“或扈從於艱難之際，或服勤著廉善之名。宜序班資，用優階秩。”　行浮於名：實際的作爲好過世人的評價。柳宗元《送苑論登第後歸覲詩序》：“探而討之，則明韜于樸厚之質，行浮於休顯之聞。”牛僧孺《崔相國群家廟碑》：“其或行浮而實未稱者，史氏闕逸，乃必噫哀於謚誄，發揮於文辭，寄金石，存景行，以備紀事者以之補采。”　公事：朝廷之事，公家之事。《詩·大雅·瞻卬》：“婦無公事，休其蠶織。”朱熹集傳：“公事，朝廷之事也。”《三國志·劉巴傳》：“又自以歸附非素，懼見猜嫌，恭默守静，退無私交，非公事不言。”　卿相：執政的大臣。《史記·孫子吳起列傳》：“起不爲卿相，不復入衛。”杜甫《送顧八分文學適洪吉州》：“高歌卿相宅，文翰飛省寺。”　何其：多麽，何等，用於感歎句。《左傳·僖公十五年》：“二三子何其慼也！”杜甫《義鶻行》：“功成失所往，用捨何其賢！”　自持：自守，自固。《漢書·劉歆傳》：“歆數以難向，向不能非間也，然猶自持其《穀梁》義。”羊祜《請伐吳疏》：“吳緣江爲國，無有内外，東西數千里，以藩籬自持，所敵者大，無有寧息。”

　　⑤ 内史：官名，秦官，掌治理京師，漢景帝分置左右内史，漢武帝太初元年改右内史爲京兆尹，左内史爲左馮翊。錢起《京兆尹廳前甘棠樹降甘露》：“内史用堯意，理京宣惠慈。氣和祥則降，孰謂天難知？”皎然《送嚴明府入關謁黎京兆》：“旅候聞嘶馬，殘陽望斷鴻。應思右内史，相見直城中。”這裏借用舊名，實指唐代的京兆尹。　貳秩：副職。楊億《代參政馮侍郎讓表》：“俄參司於樞務，旋貳秩於台衡。”宋祁《益州謝兩府啓》：“天卿貳秩，坤絡巨藩。寄任光隆，倫輩欣羨。”這裏指京兆少尹。　不煩：無須煩勞。《南史·宋武帝紀》：“後世若有幼主，朝事一委任宰相，母后不煩臨朝。”不急躁。《文選·宋玉〈高唐賦〉》：“澹清静其愔嫕兮，性沈詳而不煩。”李善注：“不煩，不

躁也。” 中臺：即尚書省，秦漢時尚書稱中臺，謁者稱外臺，御史稱憲臺，合稱三臺。魏、晉、宋、齊並稱尚書臺，梁、陳、後魏、北齊、隋則稱尚書省，唐時曾更名中臺，後又改爲尚書省。《三國志·諸葛恪傳》：“故遣中臺近官迎致犒賜，以旌茂功，以慰劬勞。”韓愈《贈刑部馬侍郎》：“紅旗照海壓南荒，徵入中臺作侍郎。” 諸郎：指郎官。《史記·魏其武安侯列傳》：“魏其已爲大將軍後，方盛，蚡爲諸郎，未貴，往來侍酒魏其，跪起如子姓。”白居易《見於給事暇日上直寄南省諸郎官詩因以戲贈》：“雲彩誤居青瑣地，風流合在紫微天。東曹漸去西垣近，鶴駕無妨更著鞭。”這裏指劉約的尚書司門員外郎。 無雜：猶“不雜”，不混雜，不混淆。《國語·楚語》：“古者民神不雜。”《文子·符言》：“老子曰：聖人無屈奇之服，詭異之行，服不雜，行不觀，通而不華，窮而不懾。” 素風：純樸的風尚，清高的風格。傅亮《爲宋公修楚元王墓教》：“素風道業，作範後昆。”王維《送綦毋校書棄官還江東》：“天命無怨色，人生有素風。”

[編年]

　　《年譜》編年：“白居易有《和元少尹新授官》、《朝回和元少尹絕句》、《重和元少尹》等詩。《重和元少尹》云：‘鳳閣舍人京亞尹，白頭俱未著緋衫。南宮起請無消息，朝散何時得入銜？’（《全唐詩》卷四四二）可見元宗簡權知京兆府少尹時，白居易尚未加朝散大夫。《白香山年譜》云：‘（長慶元年）加朝散大夫，始著緋。’”結論是：“元稹此《制》當撰於長慶元年或稍前。”《編年箋注》編年：“《舊唐書·穆宗紀》載：‘夏四月丙寅朔，授劉總弟約及總男等一十一人官，內五人爲刺史，餘朝班環衛。’則此《制》撰於長慶元年（八二一）四月。”《年譜新編》編年：“白居易《和元少尹新授官》：‘官穩身應泰，春風信馬行……花時八入直，無暇賀元兄。’白氏元和十五年十二月丙申（二十八）始遷主客郎中、知制誥，故元宗簡授京兆少尹當在長慶元年春。”

我們同意《年譜》舉證的材料,却無法苟同《年譜》編年的結論。白居易《和元少尹新授官》:"官穩身應泰,春風信馬行……花時八入直,無暇賀元兄。"題曰"新授官",詩云"春風"、"花時",明言元宗簡拜京兆少尹在長慶元年的春天或稍後,而不是籠統的"長慶元年",更不是長慶元年"稍前",本文即作於其時。至於《年譜》所引述的白居易《重和元少尹》,僅説明元宗簡雖官拜京兆少尹,但並没有按照常規加朝散大夫和著緋,正巧白居易元和十五年十二月二十八日以司門員外郎升職爲主客郎中、知制誥,也没有加朝散大夫和著緋,故白居易有《重和元少尹》詩加以調侃:"鳳閣舍人京亞尹,白頭俱未著緋衫。南宫起請無消息,朝散何時得入銜?"白居易《朝回和元少尹絶句》:"朝客朝回回望好,盡紆朱紫佩金銀。此時獨與君爲伴,馬上青袍唯兩人。"詩意與此相同,這與元宗簡官拜京兆少尹的具體時間没有直接的關係。白居易另有《酬元郎中同制加朝散大夫書懷見贈》,從詩題即可知道白居易與元宗簡同日同制加爲朝散大夫,詩云"緋袍著了好歸田",知道他們當日一起緋袍加身。朱金城先生《白居易年譜》:"(長慶元年)夏,與元宗簡同制加朝散大夫,始著緋。"可以作爲我們對本文編年的旁證。《年譜》"可見元宗簡權知京兆府少尹時,白居易尚未加朝散大夫"一句容易引起讀者的誤解,似乎没有加朝散大夫的僅僅衹是白居易自己,並不包括元宗簡。另外《白香山年譜》對白居易加朝散大夫以及著緋的時間籠統認定爲"長慶元年"也多多少少誤導了《年譜》的編年。至於《年譜新編》所舉的理由,與本文的編年根本扯不上關係。

　　而《編年箋注》舉《舊唐書·穆宗紀》所載,本來應該是本文編年的重要證據,但可惜《編年箋注》没有明確所舉《穆宗紀》究竟哪一年?是元和十五年,還是長慶元年、二年或三年?讓讀者一頭霧水。還有,其所舉《舊唐書·穆宗紀》還可以進一步細化:"(長慶元年)夏四月丙寅朔,授劉總弟約及總男等一十一人官,内五人爲刺史,餘朝班環衛。"按干支推算,拜職劉約爲"行尚書司門員外郎"正是長慶元年四月初一。但這僅僅是元宗簡、劉約任命正式宣佈之日,並非是元稹撰寫本文之日。按照慣例,本文應該撰作於此前一二日,亦即長慶元年三月三十日或二十九日,地點在長安,元稹時任中書舍人翰林承旨學士。而這個撰作日期,還在暮春時分,也正與白居易詩篇中的"春風"、"花時"一一相合。

◎ 加馬總檢校刑部尚書仍 前天平軍節度使制(一)①

　　門下:吏久其職,人安其業,此前代所以稱理古也(二)。況奪三軍慈愛之帥(三),換百姓仁惠之長。有迎新送故之困(四),朝令夕改之煩。自非有爲而爲,曷若且仍其舊②?

　　前天平軍節度使、檢校禮部尚書馬總,始以檄奏翩翩,早從軍府。儒學之外(總故明于儒術),自此知兵(五)。踐歷他官,所至皆理③。處馭南海,仁聲甚遙(元和中爲安南都護,夷獠安之)。還珠之祥,前事復出④。

　　先皇帝以淮夷未殄,命相出征。總雖元僚,亦佐參畫(總以刑部侍郎兼御史大夫爲宣慰副使)⑤。大憝既剪,台衡復歸(度復入知政事),遂以丞相度旌旗授之於總(爲彰義留後)。總果善於其職(六),蔡人宜之⑥。

　　會郓寇底平,復換麾棨(由淮西徙天平)。丕變污俗,大蘇悍婺。不時成功,周月報政⑦。朕飽其聲績,渴見儀形。如聞就路之初,頗有擁轅之戀(長慶初,劉總上幽鎮地,詔徙總天平,而召總還,將大用之,會總卒,穆宗以郓人附賴總,復詔還鎮)⑧。由是罷徵黃霸,復借寇恂。誠阻急賢之心,姑務從人之欲⑨。仍加憲部,以壯戎藩。勉服新恩,用彰前效。可檢校刑部尚書,依前天平軍節度使⁽七⁾⑩。

録自《元氏長慶集》卷四三

［校記］

（一）加馬總檢校刑部尚書仍前天平軍節度使制:楊本、宋浙本、叢刊本、《英華》作"授馬總檢校刑部尚書天平軍節度使制",《全文》作"加馬總檢校刑部尚書制",各備一説,不改。

（二）此前代所以稱理古也:宋蜀本、錢校、《英華》同,楊本誤作"此前伐所以稱理古也",不從不改。

（三）況奪三軍慈愛之帥:原本作"況奪三軍慈愛之師",《全文》同,據《英華》改。

（四）有迎新送故之困:楊本同,《英華》作"有迎新送舊之弊",《全文》作"有迎新送故之弊",各備一説,不改。除此而外,原本之"迎新送故",《英華》作"迎新送舊",《元稹集》失校,《編年箋注》沿襲《元稹集》之誤,同樣失校。《編年箋注》跟著別人犯糊塗,這樣的例子比比皆是,此僅其中一例而已。之所以造成這樣的錯誤,《編年箋注》的著者應該心知肚明,我們就不好意思加以破解了。

（五）自此知兵:宋浙本、叢刊本、《英華》、《全文》同,楊本誤作"自此知其",不從不改。

（六）總果善於其職:楊本、《全文》同,《英華》作"總果善理",各備一説,不改。

（七）依前天平軍節度使:原本作"餘如故",楊本同,據《英華》、《全文》補改。

［箋注］

① 馬總：事迹見《舊唐書·馬總傳》："馬總，字會元，扶風人。少孤貧好學，性剛直，不妄交遊。貞元中，姚南仲鎮滑臺，辟爲從事。南仲與監軍使不叶，監軍誣奏南仲不法。及罷免，總坐貶泉州別駕，監軍入掌樞密。福建觀察使柳冕希旨欲殺總，從事穆贊鞫總，贊稱無罪，總方免死，後量移恩王傅。元和初遷虔州刺史，四年兼御史中丞，充嶺南都護、本管經略使。總敦儒學，長於政術，在南海累年，清廉不撓，夷獠便之。於漢所立銅柱之處，以銅一千五百斤特鑄二柱，刻書唐德，以繼伏波之迹。以綏蠻功，就加金紫。八年，轉桂州刺史、桂管經略觀察使，入爲刑部侍郎。裴度宣慰淮西，奏爲制置副使。吳元濟誅，度留總蔡州，知彰義軍留後，尋檢校工部尚書、蔡州刺史、兼御史大夫，充淮西節度使。總以申光蔡等州久陷賊寇，人不知法，威刑勸導，咸令率化。奏改彰義軍曰淮西，賊之僞迹，一皆削盡。十三年，轉許州刺史、忠武軍節度、陳許澈等州觀察處置等使。明年，改華州刺史、潼關防禦鎮國軍等使。十四年，遷檢校刑部尚書、鄆州刺史、天平軍節度、鄆曹濮等州觀察等使，就加檢校尚書左僕射，入爲户部尚書。長慶三年卒，贈右僕射。總理道素優，軍政多暇，公務之餘，手不釋卷，所著《奏議集》、《年曆》、《通曆》、《子鈔》等書百餘卷，行於世。"元稹有《唐故越州刺史兼御史中丞浙江東道觀察等使贈左散騎常侍河東薛公神道碑文銘》，提及薛戎與馬總的一段生死交往："未幾，福建觀察使柳冕奏署書，下詔公判冕觀察府中事，累遷殿中侍御史。冕俾公攝行泉州刺史事。時貞元中，寵重方鎮，方鎮喜自用，不用朝廷法。公在郡用朝廷法，不用冕所自用者，冕惡之。先是宦者薛盈珍譖馬總爲泉州別駕，冕諭公陷總。總無罪，公不忍陷。冕怒，并囚之。值冕病，俱得脱，公由總以義聞。"韓愈有《祭馬僕射文》，李宗閔也有《馬公家廟碑》，叙述馬總的生平，讚揚馬總的品德，請參閱。　天平軍節度使：《舊唐書·地理志》："天平軍節度使：治鄆州，管鄆、齊、曹、棣四

州。"四州府治分別地當今山東東平、濟南、定陶、惠民等縣市。原爲
鄆曹濮等州節度使,穆宗登位,據馬總所奏而改。《舊唐書·穆宗
紀》:"(元和十五年七月乙巳)鄆曹濮等州節度賜號天平軍,從馬總奏
也。"劉禹錫《唐故相國贈司空令狐公集序》"俄爲東都留守,又轉檢校
尚書右僕射兼鄆州刺史天平軍節度使。後以王業之始,實爲北京,移
鎮太原,從人望也。"馮宿《天平軍節度使殷公家廟碑》:"能樹休勛,著
茂功,豐人爵,列天秩,焜耀當代,恢張其門者,幾何人哉?"

②　門下:即"門下省",官署名。後漢謂侍中寺,晉時因其掌管門
下衆事,始稱門下省,南北朝因之,與中書省、尚書省並立,侍中爲長
官,隋承其制。唐龍朔二年改名東臺,咸亨初復舊稱,武則天臨朝,改
名鸞堂、鸞臺,神龍初復舊稱,開元元年改名黃門省,五年仍復舊稱。
呂才《東皋子後序》:"武德中詔徵,以前揚州六合縣丞待詔門下省。"
王維《春日直門下省早朝》:"騎省直明光,鷄鳴謁建章。遙聞侍中珮,
暗識令君香。"　職:職務,職業,職分,職責。《書·周官》:"六卿分
職,各率其屬,以倡九牧,阜成兆民。"韓愈《順宗實録》:"太子職當侍
膳問安,不宜言外事。"　業:家業,產業。《韓非子·六反》:"受賞者
甘利,未賞者慕業。"陳奇猷集釋:"業,謂家業。"韓愈《四門博士周况
妻韓氏墓誌銘》:"開封卓越豪縱,不治資業,喜酒色狗馬。"　理古:致
治之古代。元積《戒勵風俗德音》:"朕聞昔者卿大夫相與讓於朝,士
庶人相與讓於列,周成王措刑不用,漢文帝耻言人過,真理古也。"劉
蕡《對賢良方正直言極諫策》:"何術斯革於前弊? 何澤斯惠於下土?
何施而理古可近? 何道而和氣可充? 推之本源,著於條對。"　三軍:
軍隊的通稱。杜甫《瘦馬行》:"細看六印帶官字,衆道三軍遺路旁。
皮乾剥落雜泥滓,毛暗蕭條連雪霜。"錢起《送屈突司馬充安西書記》:
"制勝三軍勁,澄清萬里餘。星飛麗統驥,箭發魯連書。"　慈愛:仁慈
愛人,多指上對下或父母對子女的愛憐。《國語·楚語》:"明慈愛以
導之仁,明昭利以導之文。"《後漢書·寇榮傳》:"臣聞天地之於萬物

也好生,帝王之於萬人也慈愛。" 帥:軍隊中主將、統帥。《左傳·宣公十二年》:"命爲軍帥,而卒以非天,唯群子能,我弗爲也。"韓愈《唐故檢校尚書左僕射右龍武軍統軍劉公墓誌銘》:"公不好音聲,不大爲居宅,於諸帥中獨然。" 百姓:民衆。《書·泰誓》:"百姓有過,在予一人。"孔穎達疏:"此'百姓'與下'百姓懍懍',皆謂天下衆民也。"《論語·顔淵》:"百姓足,君孰與不足? 百姓不足,君孰與足?" 仁惠:仁慈惠愛。《史記·律書》:"今陛下仁惠撫百姓。"陸游《老學庵筆記》卷八:"蓋欲敦崇仁惠,蕃衍庶物,立政經邦,咸率斯道。" 長:指長官。《孟子·梁惠王》:"君行仁政,斯民親其上,死其長矣!"王安石《上皇帝萬言書》:"其德厚而才高者以爲之長,德薄而才下者以爲之佐屬。" 迎新送故:謂迎來新的,送走舊的。《唐大詔令集·寶曆元年南郊赦》:"甿俗土宜,未及周悉;迎新送故,已聞代換。"亦作"迎新送舊",《後漢書·左雄傳》:"自是選代交互,令長月易,迎新送舊,勞擾無已。" 朝令夕改:早晨下命令,晚上就改變,形容政令多變。《資治通鑑·唐穆宗長慶二年》:"又凡用兵,舉動皆自禁中授以方略,朝令夕改,不知所從。"田錫《上太宗應詔論火災》:"臣所謂陛下有朝令夕改者,試舉其一二以明之。" 曷若:何如,用反問的語氣表示不如。《後漢書·班固傳》:"太液昆明,鳥獸之囿,曷若辟雍海流,道德之富?"柳宗元《劉叟傳》:"是故事至而後求,曷若未至而先備?" 仍舊:照前不變或恢復原狀。《魏書·咸陽王禧傳》:"年三十以上,習性已久,容或不可卒革;三十以下,見在朝廷之人,語音不聽仍舊。"《資治通鑑·唐代宗大曆五年》:"且曰:'北軍將士,皆朕爪牙,並宜仍舊。'"

③ 檄:文體名,古官府用以徵召、曉喻、聲討的文書。《史記·張耳陳餘列傳》:"誠聽臣之計,可不攻而降城,不戰而略地,傳檄而千里定,可乎?"崔塗《己亥歲感事》:"瓜沙舊戍猶傳檄,吳楚新春已廢耕。見説聖君能仄席,不知誰是請長纓?" 奏:臣子上帝王的文書。蔡邕《獨斷》卷上:"凡群臣上書於天子者有四名:一曰章,二曰奏,三曰表,

四曰駁議……奏者亦需頭，其京師官，但言‘稽首’，下言‘稽首以聞’。”《文選·陸機〈文賦〉》：“奏平徹以閑雅。”李善注：“奏以陳情叙事，故平徹閑雅。”　翩翩：形容風度或文采的優美。《史記·平原君虞卿列傳論》：“平原君，翩翩濁世之佳公子也。”《文選·曹丕〈與吳質書〉》：“元瑜書記翩翩，致足樂也。”劉良注：“翩翩，美貌。”權德輿《比部郎中崔君元翰集序》：“至若夫子紀延陵墓，叔向寓子產書，董仲舒射策書天人相與之際，阮元瑜書記翩翩之任，觸類滋多。非文不彰，後之人力不足者，詞或佗靡，理或底伏，文之難能也如是。”　軍府：將帥的府署。《三國志·崔琰傳》：“涿郡孫禮、盧毓始入軍府。”韓愈《送鄭尚書赴南海》：“番禺軍府盛，欲説暫停杯。”　儒學：儒家學説，儒家經學。《史記·老子韓非列傳》：“世之學老子者絀儒學，儒學亦絀老子。”《後漢書·李郃》：“父頡，以儒學稱，官至博士。”　知兵：通曉軍事。《史記·項羽本紀》：“宋義論武信君之軍必敗，居數日，軍果敗。兵未戰而先見敗徵，此可謂知兵矣！”劉禹錫《觀八陣圖》：“波濤無動勢，鱗介避餘威。會有知兵者，臨流指是非。”　踐歷：仕宦所經歷，任職。白居易《故工部尚書致仕杜羔贈右僕射制》：“〔杜羔〕自立朝右，藹然素風，司諫平刑，駁議廉問，凡所踐歷，不懈於位。”《續資治通鑒·宋太祖乾德元年》：“防性淳厚，守禮法，所踐歷皆有能名。”　治：謂治理得好，秩序安定，與“亂”相對。《易·繫辭》：“君子安而不忘危，存而不忘亡，治而不忘亂。”白居易《法曲歌》：“法曲法曲舞霓裳，政和世理音洋洋。”

④　處馭南海：這裏指馬總任職安南都護、嶺南節度使之事。《舊唐書·憲宗紀》：“(元和五年七月)庚申，以虔州刺史馬總爲安南都護、本管經略使……(元和八年七月)丁丑，新授桂管觀察使房啓降爲太僕少卿。啓初拜桂管，啓吏賂吏部主者，私得官告以授啓。俄有詔命，中使齎告牒與啓。曰：‘受之五日矣！’上怒，杖吏部令史，罰郎官，啓亦即降之，以安南都護馬總爲桂管觀察使……(元

和八年十一月丙戌），以桂管觀察使馬總爲廣州刺史、嶺南節度使。” 處：主持，執掌。《管子·任法》：“主之所處者四：一曰文，二曰武，三曰威，四曰德。”《資治通鑑·隋文帝仁壽二年》：“上聞而善之，徵爲大理卿，處法平允。” 馭：統治，治理。《周禮·天官·大宰》：“以八柄詔王馭群臣……以八統詔王馭萬民。”鄭玄注：“凡言馭者，所以驅之，內之於善。”《南史·梁武帝紀》：“爰及晉宋，憲章在昔，咸以君德馭四海。” 南海：特指南海觀音所在的南海，這裏代指安南都護府所轄地域。王昌齡《別陶副使歸南海》：“南越歸人夢海樓，廣陵新月海亭秋。寶刀留贈長相憶，當取戈船萬戶侯。”李白《寄崔侍御》：“宛溪霜夜聽猿愁，去國長爲不繫舟。獨憐一雁飛南海，却羨雙溪解北流。” 仁聲甚遙：見本文上引《舊唐書·馬總傳》“四年兼御史中丞，充嶺南都護……就加金紫”一段。 仁聲：指施行仁德而贏得的聲譽。揚雄《羽獵賦》：“仁聲惠於北狄，武誼動於南鄰。”元稹《鄭涵授尚書考功郎中馮宿刑部郎中制》：“二帝三王之所以仁聲無窮，績用明而刑罰當也。” 還珠：《後漢書·孟嘗傳》：“先時宰守並多貪穢，詭人採求，不知紀極，珠遂漸徙於交阯郡界。於是行旅不至，人物無資，貧者餓死於道。嘗到官，革易前敝，求民病利。曾未踰歲，去珠復還，百姓皆反其業，商貨流通，稱爲神明。”後以“還珠”形容爲官清廉，政績卓著。《魏書·良吏傳序》：“其於移風革俗之美，浮虎還珠之政，九州百郡無所聞焉！”王十朋《會稽風俗賦》：“循吏則有還珠孟嘗，致雁虞國。”

⑤“先皇帝以淮夷未殄”四句：請參閱《舊唐書·憲宗紀》：“（元和十二年）丙辰，制以中書侍郎、平章事裴度守門下侍郎、同平章事，使持節蔡州諸軍事、蔡州刺史，充彰義軍節度、申光蔡觀察處置等使，仍充淮西宣慰處置使。以刑部侍郎馬總兼御史大夫，充淮西行營諸軍宣慰副使。以太子右庶子韓愈兼御史中丞，充彰義軍行軍司馬。以司勛員外郎李正封、都官員外郎馮宿、禮部員外郎李宗閔皆兼侍御

史，爲判官、書記，從度出征。詔以郾城爲行蔡州治所。”　先皇帝：義同“先皇”，前代帝王。《晉書・鄭沖傳》：“翼亮先皇，光濟帝業。”杜甫《憶昔二首》一：“憶昔先皇巡朔方，千乘萬騎入咸陽。”　淮夷：古代居於淮河流域的部族。《史記・周本紀》：“召公爲保，周公爲師，東伐淮夷殘奄，遷其君薄姑。”庾信《商調曲四首》三：“岐陽或狩，淮夷自此平。”這裏借指盤踞淮西叛亂的吳元濟。　殄：滅絶，絶盡。《淮南子・本經訓》：“上掩天光，下殄地財。”高誘注：“殄，盡也。”宋若昭《和御製麟德殿宴百僚》：“修文招隱伏，尚武殄妖凶。”　相：古官名，百官之長，後通稱宰相。《荀子・王霸》：“相者，論列百官之長，要百事之聽，以飾朝廷臣下百事之分，度其功勞，論其慶賞，歲終奉其成功以效於君。”《史記・魏世家》：“家貧則思良妻，國亂則思良相。”這裏指以“門下侍郎、同平章事”身份統帥李唐軍隊出征淮西的裴度。　出征：出外作戰。《後漢書・劉玄傳》：“諸將出征，各自專置牧守，州郡交錯，不知所從。”《隋書・李密傳》：“今天子出征，遠在遼外，地去幽州，懸隔千里。”　元僚：賢佐，重臣。《南史・庾杲之傳》：“盛府元僚，實難其選。”岳珂《桯史・周益公降官》：“惟光宗興念於元僚，亦屢分於閫寄。”本文指以刑部侍郎兼御史大夫爲宣慰副使的馬總。　參畫：參與謀劃。黃滔《司直陳公墓誌銘》：“今府相繼擁於節旄，益賢其參畫。”崔嘏《授鄭齊之靈武副使制》：“朕以靈武重鎮，控制西戎。故選於和門，付以油節。思得干用，以佐參畫。”

　　⑥ “大慾既剪”四句：請參閲《舊唐書・憲宗紀》：“(元和十二年十一月)戊申，以淮西宣慰副使、刑部侍郎馬總爲彰義軍節度留後。十二月壬戌，以彰義軍節度、淮西宣慰處置使、門下侍郎、同平章事裴度守本官，賜上柱國、晉國公、食邑三千户。以蔡州留後馬總檢校工部尚書、蔡州刺史、彰義軍節度使、溵州潁陳許節度使。”　大慾：極爲人所怨惡。《書・康誥》：“元惡大慾，矧惟不孝不友。”孔傳：“大惡之人猶爲人所大惡。”後用以稱極奸惡的人，首惡之人。潘岳《西征賦》：

"愠韓馬之大憝,阻關谷以稱亂。"劉禹錫《天平軍節度使廳壁記》:"天寶末,大憝起於幽都。"本文指叛亂之首吳元濟。　剪:除滅。沈約《奏彈王源》:"此風弗剪,其源遂開。"元稹《爲嚴司空謝招討使表》:"如或尚驅鴟獍,不襲椒蘭,臣則誓死剪除,俾無遺孽。"　台衡:喻宰輔大臣。台,三台星;衡,玉衡,北斗杓三星,皆位於紫微宮帝座前。陸機《贈弟士龍十章》一:"奕世台衡,扶帝紫極。"楊炯《爲劉少傅等謝敕書慰勞表》:"臣等竊循愚蔽,謬荷恩私。或位聯輔弼,職在台衡。"這裏指裴度。　歸:返回。《書·舜典》:"十有一月朔巡守⋯⋯歸,格于藝祖,用特。"韓愈《送李六協律歸荆南》:"早日羈遊所,春風送客歸。"　旌旗:旗幟的總稱。《周禮·春官·司常》:"凡軍事,建旌旗。"應瑒《弈勢》:"旌旗既列,權慮蜂。"曹植《懷親賦》:"步壁壘之常制,識旌旗之所停。"　善職:猶稱職。《新唐書·岑文本傳》:"時顏師古爲侍郎,自武德以來,詔誥或大事皆所草定。及得文本,號善職,而敏速過之。"元稹《授裴武司農卿制》:"是用外選方伯之善職者,入補兹任,謂之恩榮。"　蔡人:蔡地亦即淮西百姓。柳宗元《奉平淮夷雅表》:"蔡人歌矣!蔡風和矣!孰類蔡初?胡甈爾居?"李宗閔《馬公家廟碑》:"淮西平,遂代晉公鎮其地,加工部尚書。治蔡州居一年,蔡人和且寧。"　宜:這裏指"宜民",民衆安輯。《詩·大雅·假樂》:"假樂君子,顯顯令德。宜民宜人,受祿於天。"毛傳:"宜安民,宜官人也。"洪邁《容齋四筆·左黃州表》:"予謂振爲政宜民,見於歌頌,史官當特書之於循吏中,而僅能不没其實,故爲標顯於此。"

　　⑦ "會郓寇底平"兩句:請參閲《舊唐書·憲宗紀》:"(元和十三年五月丙辰)以彰義軍節度使馬總爲許州刺史、忠武軍節度使、陳許溵蔡觀察等使⋯⋯(十四年三月)戊子,以華州刺史馬總爲郓濮曹等州觀察等使。"　郓寇底平:指叛亂首領李師道被殺,因其據郓州等地叛亂,故稱"郓寇"。請參閲《舊唐書·憲宗紀》:"(元和十四年二月)壬戌,田弘正奏:'今月九日,淄青都知兵馬使劉悟斬李師道並男二人

首請降,師道所管十二州平。甲子,上御宣政殿受賀。己巳,上御興安門受田弘正所獻賊俘,群臣賀於樓下。庚午,制以淄青兵馬使、金紫光禄大夫、試殿中監、兼監察御史劉悟檢校工部尚書、滑州刺史,充義成軍節度使,封彭城郡王,食邑三千户,賜錢二萬貫,莊宅各一區。癸酉,田弘正加檢校司徒、同中書門下平章事。"　底平:猶底定,指安定,平定。《周書·尉遲運傳》:"東夏底定,頗有力焉!"劉得仁《馬上別單于劉評事》:"天下底平須共喜,一時閑事莫驚心。"　麾榮:指旗戟之類的儀仗。元稹《授楊元卿涇原節度使制》:"士之捐妻子,冒白刃,勇於爲國,輕於爲身,貢先見之明於群疑之際者,大則書竹帛以示後,次則建麾榮以臨戎。"晁補之《與謝寶文啓》"而補之倦游文館,得請佐州。曾未造於門墻,將獲依於麾榮。"　丕變:大變。《書·盤庚》:"罔有逸言,民用丕變。"孔傳:"民用大變從化。"劉禹錫《新修驛路記》:"近者嘗爲王所,百態丕變。"　污俗:惡習,壞風氣。于邵《爲崔僕射謝恩賜表》:"伏惟寶應元聖文武皇帝陛下隱旒思理,宵衣布政,臨萬物而含宏不測,明四察而英斷非常。去邪勿疑,則滌除污俗;渴賢致理,則振拔時淹。"陸贄《請釋趙貴先罪狀》:"今京邑初平,皇猷更始,乃是污俗觀化之日,聖王布德之時,所用刑章,尤宜審慎,一輕一重,理亂攸生。"　蘇:蘇息,恢復。《書·仲虺之誥》:"徯予後,後來蘇。"孔傳:"待我君來,其可蘇息。"杜甫《江漢》:"落日心猶壯,秋風病欲蘇。"　惸嫠:無兄弟與無丈夫的人,亦泛指孤苦無依的人。岑參《過梁州奉贈張尚書大夫公》:"百堵創里閭,千家恤惸嫠。"王禹偁《謫居感事》:"萬家呼父母,百里撫惸嫠。"　不時:時時。董仲舒《春秋繁露·天容》:"人主有喜怒,不可以不時。"杜甫《臨邑舍弟書至苦雨》:"尺書前日至,版築不時操。"　成功:事情獲得預期結果。桓寬《鹽鐵論·結和》:"黄帝以戰成功,湯武以伐成孝。"顧况《塞上曲》:"酣戰祈成功,於焉罷邊釁。"　周月:滿一個月。張九齡《奉和聖製送李尚書入蜀》:"周月成功後,明年或勞還。"韋夏卿《東山記》:"而繼守數公,

實皆朝顏。雖下車必理，或周月而遷。志在葺修，時則未暇。” 報
政：陳報政績。《史記·魯周公世家》：“魯公伯禽之初受封之魯，三年
而報政周公。周公曰：‘何遲也？’伯禽曰：‘變其俗，革其禮，喪三年然
後除之，故遲。’”後遂爲地方官政績卓著之典。劉禹錫《上門下武相
公啓》：“念外臺報政之功，追宣室前席之事。”

⑧ 聲績：聲譽功績。《晉書·胡奮傳》：“奮家世將門，晚乃好學，
有刀筆之用，所在有聲績，居邊特有威惠。”劉禹錫《代請朝覲表》：“臣
伏受國恩，忝承門蔭。脱巾筮仕，敢期榮名？陳力效官，靡樹聲績。”
儀形：儀容，形體。謝靈運《廬山慧遠法師誄》：“從容音旨，優遊儀形。
廣演慈悲，饒益衆生。”《文選·王儉〈褚淵碑文〉》：“德猷靡嗣，儀形長
遞。”李善注：“儀形，容儀形體也。” “如聞就路之初”兩句：意謂馬總
離開天平軍節度使府之時，百姓攬馬韁攀車轅，不捨馬總離開天平軍
節度使府。 就路：上路。《後漢書·孔奮傳》：“惟奮無資，單車就
路。”劉肅《大唐新語·匡贊》：“同皎諷諭久之，太子乃就路。”本文指
馬總當初離開天平軍節度使府的時刻。 擁轅：義同“攀轅卧轍”，
《後漢書·侯霸傳》：“更始元年，遣使徵霸，百姓老弱相攜號哭，遮使
者車，或當道而卧。皆曰：‘願乞侯君復留期年。’”《後漢書·孟嘗
傳》：“以病自上，被徵當還，吏民攀車請之。嘗既不得進，乃載鄉民船
夜遁去。”後以“攀轅卧轍”爲挽留或眷戀良吏之典故。趙彥端《念奴
嬌·建安餞交代沈公雅》：“結綵成門，攀轅卧轍，何計留連得？”胡繼
宗《書言故事·仕進》：“餞去任，當攀轅卧轍。”亦作“攀車卧轍”，沈約
《齊故安陸昭王碑文》：“攀車卧轍之戀，爭塗忘遠；去思一借之情，愈
久彌結。”亦省作“攀轅”、“擁轅”、“攀輪”，岑參《送王録事歸華陰》：
“攀轅人共惜，解印日無多。”原本馬注：“長慶初，劉總上幽鎮地，詔徙
總天平，而召總還，將大用之，會總卒，穆宗以鄆人附賴總，復詔還
鎮。”文字有些混淆不清，應該是：“長慶初，劉總上幽鎮地，詔徙（劉）
總天平，而召（馬）總還，將大用之。會（劉）總卒，穆宗以鄆人附賴

(馬)總,復詔還鎮。"

⑨ 黃霸:漢代的循吏,黃霸在任寬政治民,深受百姓擁護,事見
《前漢書·黃霸傳》:"黃霸,字次公,淮陽陽夏人也……霸以外寬内
明,得吏民心,户口歲增,治爲天下第一……前後八年,郡中愈治……
自漢興,言治民吏,以霸爲首。"岑參《送顏平原》:"易俗去猛虎,化人
似馴鷗。蒼生已望君,黃霸寧久留!"皇甫曾《送徐大夫赴南海》:"海
内求民瘼,城隅見島夷。由來黃霸去,自有上台期。"　寇恂:漢代名
臣,深受潁川百姓的愛戴,有"復借寇君一年"的請求,事見《後漢書·
寇恂傳》:"寇恂,字子翼,上谷昌平人也……建武二年,恂坐繫考上書
者免。是時潁川人嚴終、趙敦聚衆萬餘,與密人賈期連兵爲寇。恂免
數月,復拜潁川太守,與破奸將軍侯進俱擊之,數月……悉平定,封恂
雍奴侯……三年,遣使者即拜爲汝南太守……七年,代朱浮爲執金
吾。明年,從車駕擊隗囂,而潁川盜賊群起,帝乃引軍還,謂恂曰:'潁
川迫近京師,當以時定,惟念獨卿能平之耳……'恂對曰:'潁川剽輕,
聞陛下遠踰阻險,有事隴蜀,故狂狡乘間相詿誤耳!如聞乘輿南向,
賊必惶怖歸死。臣願執銳前驅。'即日車駕南征,恂從至潁川,盜賊悉
降而竟不拜,郡百姓遮道曰:'願從陛下復借寇君一年!'乃留恂。"
急賢:重賢,急於求賢。任昉《求薦賢士詔》:"庶同則哲之明,稱朕急
賢之旨。"王仁裕《開元天寶遺事》卷上:"上令侍御者擡步輦召學士
來。時元崇爲翰林學士,中外榮之。自古急賢待士,帝王如此者,未
之有也。"　從人:聽從衆人之意。張九齡《故河南少尹竇府君墓碑
銘》"以公之歸,從人之望。官則改次,政無易方。以佐理王都,以表
則天下。"李亶《鄭珏罷相制》:"其有位居元輔,功叙彝倫。節宣微爽
於冲和,休致屢堅於章表。酌其陳力,莫若從人。"

⑩ 憲部:刑部。《隋書·百官志》:"諸曹侍郎並改爲郎,又改吏
部爲選舉郎,禮部爲儀曹郎,兵部爲兵曹郎,刑部爲憲部郎,工部爲起
部郎,以異六侍郎之名。"白居易《微之就拜尚書居易續除刑部因書賀

意兼詠離懷》："我爲憲部入南宮，君作尚書鎮浙東。"《資治通鑑·唐玄宗天寶十一載》："改吏部爲文部，兵部爲戶部，刑部爲憲部。"本文因馬總"檢校刑部尚書"，故言。　戎藩：軍府，幕府。李搏《賀裴廷裕蜀中登第》："應笑戎藩刀筆吏，至今泥滓曝魚鰓。"李商隱《祭呂商州文》："中臺南省，諫署戎藩。才難價重，政舉人存。"　服：從事，致力。《詩·周頌·噫嘻》："亦服爾耕，十千維耦。"鄭玄箋："服，事也。"班固《西都賦》："士承舊德之名氏，農服先疇之畎畝。"　恩：德澤，恩惠。《孟子·梁惠王》："今恩足以及禽獸，而功不至於百姓者，獨何與？"曹植《求通親親表》："誠可謂恕己治人，推惠施恩者矣！"　彰：顯揚，表彰。《孟子·告子》："尊賢育才，以彰有德。"《舊唐書·郭子儀傳》："聖旨微婉，慰諭綢繆，彰微臣一時之功，成子孫萬代之寶。"　效：貢獻，進獻。《史記·樗里子甘茂列傳》："因效金三百斤，曰：'秦兵苟退，請必言子於衛君，使子爲南面。'"蘇軾《代張方平諫用兵書》："既而薛向爲橫出之謀，韓絳效深入之計。"　依前天平軍節度使：馬總再次回歸天平軍節度使府，是因爲劉總的突然病故，實屬無奈之舉，請參閱《舊唐書·穆宗紀》："（長慶元年二月）己卯，幽州節度使劉總奏請去位落髮爲僧，又請分割幽州所管郡縣爲三道，請支三軍賞設錢一百萬貫……（三月）癸丑，以幽州盧龍軍節度副大使、知節度事、押奚契丹兩蕃經略等使、檢校司空、同中書門下平章事、楚國公劉總可檢校司徒、兼侍中、天平軍節度、鄆曹濮等州觀察等使。以宣武軍節度使。檢校右僕射。同平章事張弘靖爲檢校司空、同平章事，兼幽州大都督府長史，充幽州盧龍軍節度使，從劉總所奏故也……乙卯，以權知京兆尹盧士玫爲瀛州刺史，充瀛莫等州都團練觀察使，從劉總奏析置也。丁巳，制劉總已極上臺，仍移重鎮……甲子……幽州奏：劉總堅請爲僧，又賜以僧衣，賜號大覺。總是夜遁去，幽州人不知所之……（四月）庚午，易定奏劉總已爲僧，三月二十七日卒於當道界，贈太尉……丙子，以前天平軍節度使馬總復爲天平節度使。"

[編年]

《年譜》編年:"《制》云:'前天平軍節度使、檢校禮部尚書馬總……可檢校刑部尚書,依前天平軍節度使。'據《舊唐書‧穆宗紀》云:'(長慶元年四月)丙子,以前天平軍節度使馬總復爲天平節度使。'"《編年箋注》編年理由同《年譜》,結論:"長慶元年(八二一)四月丙寅朔,丙子爲十一日。"《年譜新編》編年理由與編年結論與《年譜》同。

我們以爲,一、韓愈《鄆州溪堂詩序》:"憲宗之十四年,始定東平,三分其地。以華州刺史、禮部尚書,兼御史大夫、扶風馬公總爲鄆曹濮節度觀察等使,鎮其地。既一年,襃其軍號曰天平軍。上即位之二年,召公入直,將用之。以其人之安於公也,復歸之鎮。""上即位之二年",即長慶元年,可以作爲本文編年長慶元年的旁證。二、根據本文所云"可檢校刑部尚書,依前天平軍節度使"的表述,以及《舊唐書‧穆宗紀》"(長慶元年四月)丙子,以前天平軍節度使馬總復爲天平節度使"的記載,本文確實應該撰成於長慶元年四月十一日之時。三、但是四月十一日衹是朝廷正式發佈馬總"復爲天平節度使"的日子,元稹本文的撰成應該在此前一二日,地點在長安,元稹時任中書舍人翰林承旨學士之職。

◎ 戒勵風俗德音 (一)①

敕(二):朕聞昔者卿大夫相與讓於朝,士庶人相與讓於列。周成王刑措不用(三),漢文帝恥言人過。真理古也!朕甚慕焉②!中代以還,爭端斯起,掩抑其言則專蔽,誘扳其說則欺誣(四),自非責實循名,不能彰善癉惡。故孝宣必有敢告乃下(五),光武不以詭辭遽行(六)③。語稱訕上之非,律有匿名之禁^(七)，皆所以防三至之毀，重兩造之明。是以爵人於朝則皆勸，刑人於市則皆懼，罪有歸而賞當事也^{(八)④}。

末俗偷巧，內荏外剛。卿大夫無進思盡忠之誠，多退有後言之謗；士庶人無切磋琢磨之益，多銷鑠浸潤之讒⑤。進則諛言諂笑以相求，退則群居雜處以相議。留中不出之請，蓋發其陰私；公論不容之詞，實生於朋黨⑥。擢一官，則曰恩皆自我；黜一職，則曰事出他門。比周之迹已彰，尚矜介特；由徑之蹤盡露，自謂貞方⑦。居省寺者不能以勤恪蒞官，而曰務從簡易；提紀綱者不能以準繩檢下，而曰密奏風聞。獻章疏者更相是非，備顧問者互有憎愛⑧。苟非秦鏡照膽^(九)，堯羊觸邪，時君聽之，安可不惑？參斷一謬，俗化益訛，禍發齒牙，言生枝葉，率是道也，朕甚憫焉⑨！

我國家貞觀、開元，同符三代，風俗歸厚，禮讓偕行⑩。兵興已來，人散久矣！始欲導之以德，不欲驅之以刑。然而信有未孚，理有未至，曾無恥格，益用凋刑。小則綜覆之權見侵於下輩，大則樞機之重旁撓於薄徒⑪。尚念因而化之，亦冀去其尤者^(一〇)。而宰臣等懼其浸染，未克澄清。備列祖宗之書，願垂戒勵之詔。遂申誥教，頗用殷勤。各當自省厥躬，與我同厎於道^(一一)。凡百多士，宜體朕懷。

長慶元年四月^{(一二)⑫}。

錄自《元氏長慶集》卷四〇

[校記]

（一）戒勵風俗德音：楊本、叢刊本、《唐大詔令集》、《全文》同，《唐文粹》作"唐穆宗文惠皇帝戒勵風俗德音文"，《册府元龜》作"穆宗長慶元年四月制",《舊唐書・錢徽傳》無題,《文章辨體彙選》誤作"神宗戒勵風俗德音文",録以備考,不改。

（二）敕:原本無,《舊唐書・錢徽傳》、《册府元龜》、《唐大詔令集》、《全文》同,據楊本、叢刊本、《唐文粹》、《文章辨體彙選》改。

（三）周成王刑措不用:原本作"周成王措刑不用",楊本、叢刊本同,據《舊唐書・錢徽傳》、《唐大詔令集》、《册府元龜》、《唐文粹》、《文章辨體彙選》、《全文》改。

（四）誘掖其説則欺誣:原本作"誘掖其説則侵誣",楊本、叢刊本、《舊唐書・錢徽傳》、《唐大詔令集》、《册府元龜》同,據《唐文粹》、《文章辨體彙選》、《全文》改。

（五）故孝宣必有敢告乃下:楊本、叢刊本、《唐大詔令集》、《册府元龜》、《唐文粹》、《文章辨體彙選》同,《舊唐書・錢徽傳》、《全文》作"故孝宣必有告訐及下",録以備考,不改。

（六）光武不以詭辭遽行:原本作"光武不能單辭據行",據《唐文粹》、《唐大詔令集》、《文章辨體彙選》、《全文》改,楊本、叢刊本、《舊唐書・錢徽傳》、《册府元龜》作"光武不以單辭遽行",録以備考。

（七）律有匿名之禁:《舊唐書・錢徽傳》、《唐大詔令集》、《册府元龜》、《唐文粹》、《文章辨體彙選》、《全文》同,楊本、叢刊本作"律有慝名之禁",兩字可通,録以備考。

（八）罪有歸而賞當事也:原本作"罪有歸而賞有事也",楊本、叢刊本、《唐文粹》、《文章辨體彙選》同,據《舊唐書・錢徽傳》、《全文》改。《唐大詔令集》、《册府元龜》作,"罪有歸而當於事也",録以備考。

（九）苟非秦鏡照膽:原本誤作"苟非秦鏡照瞻",據楊本、叢刊本、《舊唐書・錢徽傳》、《唐大詔令集》、《册府元龜》《唐文粹》、《文章辨體彙選》、《全文》改。

（一〇）亦冀去其尤者:原本作"亦既去其尤者",楊本、叢刊本、《唐大詔令集》、《册府元龜》、《唐文粹》、《文章辨體彙選》、《全文》同,據《舊唐書・錢徽傳》改。

（一一）與我同底於道：原本作"與我同底於道"，楊本、叢刊本、《舊唐書・錢徽傳》、《唐大詔令集》、《册府元龜》、《唐文粹》、《文章辨體彙選》、《全文》同，據宋浙本改，盧校作"與我同安於道"，録以備考。

（一二）長慶元年四月：原本無，楊本、叢刊本、《舊唐書・錢徽傳》、《册府元龜》、《唐文粹》、《文章辨體彙選》、《全文》同，據《唐大詔令集》補。

［箋注］

① 戒勵風俗德音：在中唐的歷史上，長慶元年曾經發生影響甚大的"科試案"，關於此事的起因及其始末，各種史籍都有記載，其中以《舊唐書・錢徽傳》的記載較爲詳細："錢徽字蔚章，吳郡人……長慶元年（錢徽）爲禮部侍郎。時宰相段文昌出鎮蜀川，文昌好學，尤喜圖書古畫。故刑部侍郎楊憑兄弟以文學知名，家多書畫，鍾、王、張、鄭之迹在《書斷》、《畫品》者兼而有之。憑子渾之求進，盡以家藏書畫獻文昌，求致進士第。文昌將發，面托錢徽，繼以私書保薦。翰林學士李紳亦托舉子周漢賓於徽。及榜出，渾之漢賓皆不中選。李宗閔與元稹素相厚善，初稹以直道譴逐久之，及得還朝大改前志，由徑以徽進達。宗閔亦急於進取，二人遂有嫌隙。楊汝士與徽有舊，是歲宗閔子婿蘇巢及汝士季弟殷士俱及第，故文昌、李紳大怒。文昌赴鎮辭日内殿面奏，言徽所放進士鄭朗等十四人皆子弟，藝薄，不當在選中。穆宗以其事訪於學士元稹李紳，二人對與文昌同，遂命中書舍人王起、主客郎中知制誥白居易於子亭重試。内出題目《孤竹管賦》、《鳥散餘花落》詩，而十人不中選。詔曰：'國家設文學之科，本求才實，苟容僥倖，則異至公。訪聞近日浮薄之徒，扇爲朋黨，謂之關節，干撓主司。每歲策名，無不先定，永言敗俗，深用興懷。鄭朗等昨令重試，意在精覈藝能，不於異書之中，固求深僻題目，貴令所試成就，以觀學藝

淺深。孤竹管是祭天之樂，出於《周禮》正經，閱其呈試之文，都不知
其本事，辭律鄙淺，蕪累亦多。比令宣示錢徽，庶其深自懷愧，誠宜盡
棄，以警將來。但以四海無虞，人心方泰，用弘寧撫，式示殊恩，特掩
爾瑕，庶明予志。孔溫業、趙存約、竇洵直所試粗通，與及第；裴譔特
賜及第；鄭朗等十人並落下。自今後禮部舉人，宜準開元二十五年
敕，及第訖，所試雜文并策送中書門下詳覆。'尋貶徽爲江州刺史，中
書舍人李宗閔劍州刺史，右補闕楊汝士開江令。"長慶元年的科試案
經過復試之後，十四名及第的進士，衹有三名及第，外加裴度之子裴
譔的特賜及第，其餘勢門子弟一一被榜落，主試官錢徽等三人一一被
貶官。科試案至此似乎可以告一段落了，但元稹並不就此甘休，並不
滿足於就事論事，而是根據科試案中暴露出來的問題，將矛頭指向了
造成弊端的唐廷朋黨。他在以穆宗名義發佈的本文中，以歷史爲喻，
對李唐朝臣的結黨營私給予了毫不留情的揭露和批駁，並且將矛頭
直指李唐朝臣。本文把中唐時期腐敗的吏治朋黨的爭奪揭露無餘，
其矛頭所向絕非僅僅錢徽、李宗閔、楊汝士等少數主持試舉的官員，
事實上已指向了"卿大夫"、"士庶人"、"居省寺者"、"提紀綱者"、"獻
章疏者"、"備顧問者"等滿朝大臣，遠遠超出了科試案的範圍。尤其
是朋比之徒如芒刺背，坐立不安，因此它最直接的結果就是歸罪於元
稹與李紳，《舊唐書·錢徽傳》："制出，朋比之徒如撻於市，咸睚眥於
紳、稹。"本文無異在李唐朝廷內外引發了一場不大不小的"政治地
震"。科試案中的雙方，包括被榜落的子弟，事情過後宦途都是一片
光明；而唯獨在科試案中出於公心出力最大的元稹，卻受到了史書無
端的貶誹，如《新唐書·元稹傳》認爲元稹出於公心而撰作的本文動
因則是發泄私憤，這種評價猶如黑白之顛倒："然其進非公議，爲士類
訾薄。稹內不平，因《誡風俗詔》，歷詆群有司以逞其憾。"《記纂淵海》
更將元稹元和元年的制科考試莫名其妙地牽涉在裏面，似乎元稹的
制科考試存在著私情，由此可見有關資料不加考訂的隨意性："元稹

舉制科第一，其進非公議，爲士類訾薄。"科試案之後不久，元稹即從翰林承旨學士降爲工部侍郎。次年拜相僅僅三月，又被出貶爲同州刺史、浙東觀察使與武昌節度使，最後因暴病故世在武昌節度使的任上。元稹連連遭到貶斥，千年含冤不得辯白，尋根究源即是科試案與本文種下的禍因。如果說元和十五年元稹那篇引人注目的《令狐楚衡州刺史制》得罪的還衹是蕭俛、令狐楚那個小圈子裏的人們，雖然這也給他自己的仕途埋下了禍根，但蕭俛與令狐楚的勢力畢竟有限，危害還不是非常嚴重；那麼元稹這次科試案與本文得罪的就是整個李唐朝廷的官僚集團，而葬送的是他自己的整個人生。雖然元稹在科試案中，在本文中做得無可非議，但當時的社會現實却不允許他這麼痛快淋漓爲所欲爲。我們曾經在一九八九年《中州學刊》第二期發表拙文《元稹與長慶元年科試案》論述此事，拜請參閱拙稿《元稹考論·元稹與長慶元年科試案》一文。這裏僅列舉拙文的小標題以供讀者參閱：一、長慶元年科試案之真相；二、長慶元年科試案中元稹之態度；三、在長慶元年科試案中元稹爲何持此種態度；四、長慶元年科試案對元稹的影響。　　戒勵：告誡勉勵。范仲淹《答手詔五事》："詔旨謂將臣不和如何制？樞密院先因許懷德、張亢不協，曾指揮戒勵。"歐陽修《歸田録》卷二："〔通判〕故嘗與知州爭權，每云：'我是監郡，朝廷使我監汝。'舉動爲其所制。太祖聞而患之，下詔書戒勵，使與長吏協和。"　　風俗：相沿積久而成的風氣、習俗。李泌《奉和聖製中和節曲江宴百寮》："風俗時有變，中和節惟新。軒車雙闕下，宴會曲江濱。"張子容《樂城歲日贈孟浩然》："插桃銷瘴癘，移竹近階墀。半是吳風俗，仍爲楚歲時。"　　德音：用以指帝王的詔書，至唐宋，詔敕之外，別有德音一體，用於施惠寬恤之事，猶言恩詔。陸堅《奉和聖製送張說上集賢學士賜宴賦得今字》："聖主崇文教，層霄降德音。尊賢澤既厚，式宴寵逾深。"高適《同房侍御山園新亭與邢判官同遊》："灌壇有遺風，單父多鳴琴。誰爲久州縣？蒼生懷德音。"元稹在本文中雖然用嚴厲的語氣指責官員的朋黨行爲,但并没有,事實上也不能採取任何措施,故仍然以"德音"相標榜。

② 卿大夫:卿和大夫,後借指高級官員。《國語·魯語》:"卿大夫朝考其職,晝講其庶政。"《史記·汲鄭列傳》:"至黯七世,世爲卿大夫。" 相與:互相,交相。《韓非子·五蠹》:"毁譽賞罰之所加者,相與悖繆也,故法禁壞而民愈亂。"《史記·廉頗藺相如列傳》:"卒相與驩,爲刎頸之交。" 讓:謙讓,推辭。《書·堯典》:"允恭克讓。"孔穎達疏引鄭玄曰:"推賢尚善曰讓。"王勃《上劉右相書》:"江海不讓纖流,所以存其廣。" 朝:指君王處理政務處,古代君王及高級官吏處理政務的地方皆稱朝,後專指帝王接受朝見處理政務處。《孟子·公孫丑》:"昔者有王命,有采薪之憂,不能造朝。今病小愈,趨造於朝,我不識能至否乎?"孔融《薦禰衡表》:"使衡立朝,必有可觀。" 士庶:士人和普通百姓,亦泛指人民、百姓。《宋書·王弘傳》:"諸議云士庶緬絶,不相參知,則士人犯法,庶民得不知。若庶民不許不知,何許士人不知?"元稹《陽城驛》:"我實唐士庶,食唐之田疇。我聞天子憶,安敢專自由!" 周成王:周代繼周武王之後的國君,名誦,約公元前十一世紀在位。張九齡《論教皇太子狀》:"周成王在繈褓之中,太公爲之太師,教之順也;周公爲之太傅,傅其德義;召公爲之太保,保其身體。"王維《汧陽郡太守王公夫人安喜縣君成氏墓誌銘》:"夫人字某,某郡人也,其先周成王之後。" 刑措:亦作"刑錯",置刑法而不用《史記·周本紀》:"故成康之際,天下安寧,刑錯四十餘年不用。"裴駰集解引應劭曰:"錯,置也。民不犯法,無所置刑。"《漢書·文帝紀贊》:"斷獄數百,幾致刑措。" 漢文帝:即劉恒,公元前一七九年至公元前一五七年在位。元稹《才識兼茂明於體用策》:"洎漢文帝羞不若堯舜,始以策求士,乃天下郡國有賢良之貢入焉!塞詔者黽錯而已。"陸贄《均節賦税恤百姓第二條》:"漢文帝接秦項積久傷夷之弊,繼高吕革創多事之時,家國虛殘,日不暇給。" 耻:羞愧。《顏氏家訓·慕

賢》："用其言，棄其身，古人所耻。"韓愈《請復國子監生徒狀》："國家
典章，崇重庠序。近日趨競，未復本源。至使公卿子孫，耻遊太學。"
理古：致治之古代。權德輿《唐故東都留守東都汝州防禦使銀青光禄
大夫檢校吏部尚書判東都尚書省事兼御史大夫上柱國扶風縣開國伯
贈太子少傅杜公神道碑銘》："早歲……博通群書，深探理古之道，焯
見天人之際。"沈亞之《賢良方正直言極諫策》："何施斯革於前弊？何
澤斯惠於下土？何施而理古可近？何道而和氣可充？推之本源，著
於條對。"

③ 中代：猶中古。《文心雕龍·祝盟》："中代祭文，兼讚言行，祭
而兼讚，蓋引神而作也。"周振甫注："中代祭文，兩漢祭文。"王通《中
説·關朗》："噫！中代之道也，如有用我，必也無訟乎！"阮逸注："商
周已後爲中代。" 爭端：指引起雙方爭執的事由。元積《處分幽州德
音》："四十年間，海内滋殖，風俗謹樸，君臣平寧，人無爭端。"白居易
《得有聖水出飲者日千數或謂偽言不能愈疾且恐爭鬥請禁塞之百姓
云病者所資請從人欲》："飲瓢之人孔多，蔑聞病間；濫觴之源不足，必
起爭端。" 掩抑：壓制。陳善《捫虱新話·前輩文人相獎借》："歐陽
公不得不收東坡，所謂老夫當避路，放他出一頭地者，其實掩抑渠不
得也。"葉適《虎長老修雙峰》："雁蕩初傳晚唐世，掩抑衆嶽誇神靈。"
專：專斷，擅自行事。《禮記·中庸》："愚而好自用，賤而好自專。"《舊
唐書·石雄傳》："我輩捍邊，但能除患，專之可也。" 蔽：蒙蔽，壅蔽。
《左傳·襄公二十七年》："以誣道蔽諸侯，罪莫大焉！"楊伯峻注："蔽，
塞也，壅也。"劉孝標《辯命論》："仲任蔽其源，子長闡其惑。" 誘掖：
引導和扶持。《詩·陳風·衡門序》："誘僖公也。願而無立志，故作
是詩以誘掖其君也。"鄭玄箋："誘，進也。掖，扶持也。"孔穎達疏："誘
掖者，誘謂在前導之，掖謂在傍扶之，故以掖爲扶也。"司馬光《酬胡
侍講先生》："先生喜誘掖，貽詩極褒賁。" 欺誣：欺罔。王符《潛夫
論·忠貴》："迷罔百姓，欺誣天地。"劉知幾《史通·雜説》："申盟誓則

慷慨有餘,稱譎詐則欺誣可見。"　責實循名:義同"循名責實",按其名而求其實,要求名實相符。《淮南子·主術訓》:"故有道之主……循名責實,使有司任而弗詔,責而弗教。"樊遜《求才審官對》:"循名責實,選眾舉能。"　彰善癉惡:表彰美善,憎恨邪惡。《書·畢命》:"旌別淑慝,表厥宅里,彰善癉惡,樹之風聲。"孔傳:"言當識別頑民之善惡,表異其居里,明其爲善,病其爲惡,立其善風,揚其善聲。"劉知幾《史通·曲筆》:"蓋史之爲用也,記功司過,彰善癉惡,得失一朝,榮辱千載。"亦省作"彰癉"。張九齡《請誅祿山疏》:"苟彰癉失宜,尤難三軍立績。是以用命而成,固宜嘉勛;失律而逃,更當懲戒。"　"故孝宣必有敢告乃下"兩句:意謂漢宣帝劉詢必須手中掌握真憑實據才能降下詔書,而漢光武帝劉秀決不以他人的花言巧語就猶疑不決,而是斷然付諸行動,舉兵隆興漢業。　孝宣:即漢宣帝劉詢,在位二十六年,可稱西漢的中興之君。《漢書·宣帝紀》:"贊曰:孝宣之治,信賞必罰,綜核名實。政事文學法理之士,咸精其能。至於技巧工匠器械,自元成間鮮能及之。亦足以知吏稱其職,民安其業也。遭值匈奴乖亂推亡,固存信威,北夷單于慕義稽首稱藩。功光祖宗,業垂後嗣,可謂中興,侔德殷宗、周宣矣!"　光武:即漢光武帝劉秀,東漢的開國之君,在位三十三年。《後漢書·光武帝紀》:"贊曰:炎正中微,大盜移國。九縣飆回,三精霧塞。人厭淫詐,神思反德。光武誕命,靈貺自甄。沈幾先物,深略緯文。尋邑百萬,貔虎爲群。長轂雷野,高鋒彗雲。英威既振,新都自焚。虔劉庸代,紛紜梁趙。三河未澄,四關重擾。神旌乃顧,遞行天討。金湯失險,車書共道。靈慶既啓,人謀咸贊。明明廟謨,赳赳雄斷。於赫有命,系隆我漢。"元稹《代曲江老人百韻》:"徽章懸象魏,貔虎畫騏驎。光武休言戰,唐堯念睦姻。"曹鄴《題山居》:"掃葉煎茶摘葉書,心間無夢夜窗虛。只應光武恩波晚,豈是嚴君戀釣魚?"　詭辭:詭異的言論,異端邪說。《漢書·揚雄傳》:"雄見諸子各以其知舛馳,大氐詆訾聖人,即爲怪迂,析辯詭辭,以撓世事。"孫過庭《書譜》:"詭辭異説,非所詳焉!"

④ 訕上:譭謗在上位者,多指譭謗君王。《論語・陽貨》:"惡居下流而訕上者,惡勇而無禮者。"邢昺疏:"訕,謗毀也,謂人居下位而謗毀在上,所以惡之也。"《晉書・王豹傳》:"訕上謗下,讒內間外,邁惡導奸,坐生猜嫌。" 匿名:隱瞞真姓名,不署名。《宋書・後廢帝紀》:"其有孝友聞族,義讓光閭,或匿名屠釣,隱身耕牧,足以整厲澆風,扶益淳化者,凡厥一善,咸無遺逸。"李肇《唐國史補》卷下:"匿名造謗,謂之無名子。" 三至:《戰國策・秦策》:"費人有與曾子同名族者而殺人,人告曾子母曰:'曾參殺人。'曾子之母曰:'吾子不殺人。'織自若。有頃焉!人又曰:'曾參殺人。'其母尚織自若也。頃之,一人又告之曰:'曾參殺人。'其母懼,投杼踰墻而走。"後以"三至"謂謠言多次傳播,也會產生影響。《後漢書・班超傳》:"身非曾參而有三至之讒,恐見疑於當時矣!"曹植《當墻欲高行》:"讒言三至,慈母不親。" 兩造:指訴訟的雙方,原告和被告。《書・呂刑》:"兩造具備,師聽五辭。"孔傳:"兩,謂囚、證;造,至也。"白居易《白孔六帖》:"典獄(主獄者):兩造具備,師聽五辭(兩,謂囚、證,造,全也。兩至具備,則衆官聽其入五刑之辭)。" 爵人:以爵位或官職授人。班固《白虎通・爵》:"爵人於朝者,示不私人以官,與衆共之義也。"《後漢書・爰延傳》:"故王者賞人必酬其功,爵人必甄其德。" 刑人:加刑於人。《禮記・王制》:"刑人於市,與衆棄之。"《舊唐書・刑法志》:"自今已後,令與尚食相知,刑人日勿進酒肉。" 歸:結局,歸宿。《易・繫辭》:"天下同歸而殊塗。"《史記・李斯列傳》:"蓋聞聖人遷徙無常,就變而從時,見末而知本,觀指而睹歸。" 事:指天子、諸侯的國家大事,如祭祀、盟會、兵戎等。《儀禮・聘禮》:"久無事則聘焉!"鄭玄注:"事謂盟會之事。"《穀梁傳・隱公十一年》:"天子無事。"范寧注:"事謂巡守、崩葬、兵革之事。"

⑤ 末俗:末世的習俗,低下的習俗。董仲舒《士不遇賦》:"生不

丁三代之隆盛兮！而丁三季之末俗。”葛洪《抱朴子·明本》：“末俗偷薄，雕偽彌深。” 偷巧：澆薄巧詐。孫復《無爲指》：“三代而下，不思虞帝之大德而冒虞帝之無爲者衆，以世之憸佞偷巧之臣或啓導之。”王柏《水仙》：“翦葉葱偷巧，冰葹獨耐寒。梅兄雖有伴，礬弟不同看。”內荏：內心怯懦。《論語·陽貨》：“色厲而內荏，譬諸小人，其猶穿窬之盜也與？”何晏集解引孔安國曰：“荏，柔也。”陳子昂《爲朝官及岳牧賀慈竹再生表》：“王某等色厲內荏，心僻行堅，弄措刑之文，爲商夷之法。” 外剛：表面剛强貌。沈括《故尚書水部郎中致仕孫君墓誌銘》：“內柔不支，外剛不馳。孰不有施？君施則宜。”許翰《論用相》：“內小人而外君子，則其象內柔而外剛。剛者，君子之德；柔者，小人之德也。” 盡忠：竭盡忠誠，多指盡瘁國事或身殉國難。《左傳·宣公十二年》：“林父之事君也，進思盡忠，退思補過，社稷之衛也。”陳子昂《爲金吾將軍陳令英請免官表》：“臣祖父兄弟一門五人，皆伏節盡忠，身死王事。” 後言：背後訾議。《書·益稷》：“汝無面從，退有後言。”《舊唐書·哀帝紀》：“雖云勇退，乃有後言，自爲簿從之酋，頗失人臣之禮。” 切磋琢磨：比喻在道德學問方面互相研討勉勵。語本《詩·衛風·淇奧》：“有匪君子，如切如磋，如琢如磨。”劉晝《新論·貴言》：“知交之於朋友，亦有切磋琢磨之義。”王安石《與孫莘老書》：“今世人相識，未見有切磋琢磨如古之朋友者，蓋能受善言者少。” 銷鑠：鑠金銷骨，形容譭謗之言害人之烈。語出鄒陽《獄中上書自明》：“衆口鑠金，積毀銷骨。”李白《長歌行》：“金石猶銷鑠，風霜無久質。”李如璧《明月》“已悲芳歲徒淪落，復恐紅顔坐銷鑠。” 浸潤：《論語·顔淵》有“浸潤之譖”語，後遂以“浸潤”指讒言。《漢書·王尊傳》：“秦聽浸潤以誅良將，魏信讒言以逐賢守，此皆偏聽不聰，失人之患也。”《晉書·文明王皇后傳》：“敦睦九族，垂心萬物，言必典禮，浸潤不行。”

⑥ 諛言：説奉承話。《鬼谷子·權篇》：“諛言者博而于智。”諂媚的話。嵇康《太師箴》：“諛言順耳。” 譄：誕妄。《荀子·性惡》：“其

言也謟,其行也悖。"梁啓雄釋:"謟,誕也。"《荀子·榮辱》:"陶誕。"王
先謙集解:"余謂陶,讀爲謟(音滔)。'謟''誕'雙聲字,謟亦誕也。
《性惡篇》曰'其言也謟,其行也悖',謂其言誕也,即上所謂'飾邪説,
文奸言'也。" 群居:衆人共處。《論語·衛靈公》:"群居終日,言不
及義,好行小慧,難矣哉!"周密《齊東野語·杭學遊士聚散》:"朝議以
遊士多無檢束,群居率以私喜怒軒輊人。" 雜處:混雜而居,共處。
《國語·齊語》:"四民者,勿使雜處,雜處則其言咙,其事易。"韓愈《祭
鱷魚文》:"鱷魚其不可與刺史雜處此土也。" 留中:指將臣子上的奏
章留置宮禁之中,不交辦。《史記·三王世家》:"四月癸未,奏未央
宮,留中不下。"《續資治通鑑·宋英宗治平二年》:"誨前後三奏,皆留
中不行。" 陰私:隱秘不可告人的事。《漢書·江充傳》:"太子疑齊
以己陰私告王,與齊忤,使吏逐捕齊,不得。"《新五代史·朱守殷傳》:
"然好言人陰私長短以自結,莊宗以爲忠,遷蕃漢馬步軍都虞候,使守
德勝。" 公論:公正或公衆的評論。杜荀鶴《送黃補闕南遷》:"自古
有遷客,何朝無直臣。喧然公論在,難滯楚南春。"袁褧《楓窗小牘》卷
上:"時人語曰,李相太醒,張相太醉,此亦里巷之公論也。" 朋黨:指
同類的人以惡相濟而結成的集團,後指因政見不同而形成的相互傾
軋的宗派。《戰國策·趙策》:"臣聞明王絶疑去讒,屏流言之迹,塞朋
黨之門。"《資治通鑑·唐文宗太和八年》:"時德裕、宗閔各有朋黨,互
相濟援。上患之,每嘆曰:'去河北賊易,去此朋黨難!'"

⑦ 擢:舉拔,提升。《戰國策·燕策》:"先王過舉,擢之乎賓客之
中,而立之乎群臣之上。"《史記·韓信盧綰列傳》:"陛下擢僕起閭巷,
南面稱孤,此僕之幸也。" 黜:貶降,罷退。《論語·微子》:"柳下惠
爲士師,三黜。"韓愈《黃陵廟碑》:"元和十四年春,余以言事得罪,黜
爲潮州刺史。" 比周:結黨營私。《管子·立政》:"群徒比周之説勝,
則賢不肖不分。"《後漢書·朱穆傳論》:"朱穆見比周傷義,偏黨毀俗,
志抑朋遊之私,遂著《絶交》之論。" 介特:孤高,不隨流俗。《後漢

書·馬融傳》:"察淫侈之華譽,顧介特之實功。"李賢注:"介特謂孤介特立也。"《新唐書·李絳傳》:"絳居仲介特,尤爲左右所不悦。"　由徑:從小路走。《禮記·曲禮》:"送喪不由徑。"鄭玄注:"徑……邪路也。"《論語·雍也》:"有澹臺滅明者,行不由徑。非公事,未嘗至於偃之室也。"後以喻行爲不正或不由正道。孔平仲《續世説·仇隙》:"蕘知其由徑,始惡其爲人。"　貞方:正直不阿。陸贄《賈耽東都留守制》:"豁達貞方,識通大體。"堅貞端莊。《舊唐書·鄭神佐女傳》:"克彰孝理之仁,足厲貞方之節。"

　　⑧ 省寺:古代朝廷"省"、"寺"兩類官署的並稱,亦泛指中央政府官署。杜甫《送顧八分文學適洪吉州》:"高歌卿相宅,文翰飛省寺。"元稹《告贈皇祖祖妣文》:"始兵部賜第於靖安里,下及天寶,五世其居,冕昇駢比,羅列省寺。"　勤恪:勤勉恭謹。《後漢書·袁紹傳》:"勤恪之功,不見書列,而州郡牧守,競盜聲名。"干寶《晉紀總論》:"當官者以望空爲高,而笑勤恪。"　蒞官:到職,居官。劉禹錫《答東陽於令涵碧圖詩並引》:"前年白有司,願爲親民官以自效,遂補東陽。及蒞官,以簡易爲治,故多暇日。"王栐《燕翼詒謀録》卷三:"蒞官之日少,閑居之日長。"　簡易:簡單易行,不煩難。封演《封氏聞見記·文字》:"於時獄官事繁,篆書不給,御史程邈有罪繫雲陽獄中,變篆爲隸,以從簡易。"范仲淹《用天下心爲心賦》:"彼懼煩苛,我則崇簡易之道。"　紀綱:法度。崔瑗《座右銘》:"世譽不足慕,唯仁爲紀綱。"韓愈《雜説四首》二:"善計天下者,不視天下之安危,察其紀綱之理亂而已矣!"　準:標準,準則。《荀子·致仕》:"程者,物之準也;禮者,節之準也。"《文心雕龍·熔裁》:"是以草創鴻筆,先標三準:履端於始,則設情以位體;舉正於中,則酌事以取類;歸餘於終,則撮辭以舉要……故三準既定,次討字句。"　密奏:秘密奏章。沈約《梁武帝集序》:"懷君人之大德,有事君之小心,爲下奉上,形於辭旨,雖密奏忠規,遺稿必削,而國謨藩政,存者猶多。"《宋史·李沆傳》:"帝以沆無密奏,謂

之曰：'人皆有密啓，卿獨無，何也？'" 風聞：即"風聞言事"，謂古時御史等任監察職務的官員可以根據傳聞進諫或彈劾官吏。《資治通鑑·唐玄宗開元五年》："武后以法制群下，諫官、御史得以風聞言事，自御史大夫至監察得互相彈奏，率以險詖相傾覆。"吳曾《能改齋漫錄·記事》："近有陳請不實，重行黜陟之文。例皆偸安苟簡，避罪緘默，甚失設置之意，可仍舊許風聞言事。"亦省作"風聞"。《魏書·元澄傳》："又尋御史之體，風聞是司，至於冒勛妄考，皆有處別。"《續資治通鑑·宋仁宗慶曆八年》："御史，故事許風聞，今以疑似之間，遽被詰問，臣恐臺諫官畏罪緘默，非所以廣言路也。" 章疏：舊時臣下向君上進呈的言事文書。孔平仲《孔氏談苑·蘇軾以吟詩下吏》："蘇軾以吟詩有譏訕，言事官章疏狎上，朝廷下御史臺差官追取。"朱弁《曲洧舊聞》卷一："〔内夫人〕次見御懷中有文字，問曰：'官家，是何文字？'帝曰：'乃臺諫章疏也。'" 是非：褒貶，評論。《孟子·公孫丑》："無是非之心，非人也。"《史記·太史公自序》："孔子知言之不用，道之不行也，是非二百四十二年之中，以爲天下儀表。" 顧問：指供帝王諮詢的侍從之臣。《漢書·匈奴傳贊》："顧問馮唐，與論將帥。"《晉書·段灼傳》："臣無陸生之才，不在顧問之地。" 憎愛：憎恨與喜愛。《韓非子·解老》："處鄉不節，憎愛無度，則爭鬥之爪角害之。"《後漢書·劉梁傳》："不在逆順，以義爲斷；不在憎愛，以道爲貴。"

⑨ 秦鏡：亦作"秦鑑"，傳說秦始皇有一方鏡，能照見人心的善惡。《西京雜記》卷三："高祖初入咸陽宮，周行庫府……有方鏡，廣四尺，高五尺九寸。表裏有明，人直來照之，影則倒見；以手捫心而來，則見腸胃五臟，歷然無硋；人有疾病在内，掩心而照之，則知病之所在。又女子有邪心，則膽張心動。秦始皇常以照宮人，膽張心動者則殺之。"司空曙《故郭婉儀挽歌》："一日辭秦鏡，千秋別漢宫。" 照膽：相傳秦咸陽宮中有大方鏡，能照見五臟病患。後因以"照膽"爲典，極言明鏡可鑒。庾信《鏡賦》："鏡乃照膽照心，難逢難值。"杜牧《昔事文

皇帝三十二韵》：“照膽常懸鏡，窺天自戴盆。” 堯羊：古代傳説中的神羊，常常比作盡職的御史。薛廷珪《授牛希逸殿中侍御史李珽監察御史制》：“欺暗之人，視爾如秦鏡；醜正之士，畏爾如堯羊。”楊夔《復宫闕後上執政書》：“訪於人，有是有非；聽於人，有端有曲。雖秦鑑之明，堯羊之觸，未免其撓且惑，此以見擇善之難也。” 觸邪：謂辨觸奸邪，古代傳説中有神羊，名獬豸，能辨邪觸不正者。《晉書·束晳傳》：“朝養觸邪之獸，庭有指佞之草。”元稹《彈奏劍南東川節度使狀》：“臣職在觸邪，不勝其憤，謹録奏聞，伏候敕旨。” 時君：當時或當代的君主。張衡《四愁詩序》：“〔屈原〕思以道術相報貽於時君，而懼讒邪，不得以通。”陳亮《勉强行道大有功》：“夫淵源正大之理，不於事物而達之，則孔孟之學真迂闊矣！非時君不用之罪也。” 齒牙：口頭。《史記·劉敬叔孫通列傳》：“此特群盗鼠竊狗盗耳，何足置之齒牙間？”韓愈《與鄂州柳中丞書》：“況此小寇，安足置齒牙間？” 枝葉：喻瑣碎、浮華的言詞。《禮記·表記》：“天下無道，則辭有枝葉。”孔穎達疏：“無道之世，人皆無禮，行不誠實，但言辭虚美，如樹幹之外而更有枝葉也。”白居易《有唐善人墓碑》：“前後著文凡一百五十二首，皆詣理撮要，詞無枝葉。”

⑩ 貞觀：唐太宗李世民在位時的年號，起公元六二七年，至公元六四九年。唐太宗即位之後，以亡隋爲鑒戒，偃武修文，勵精圖治，選賢任能，虚心納諫，貞觀年間人口增加，經濟繁榮，史稱“貞觀之治”。李商隱《行次西郊作一百韵》：“況自貞觀後，命官多儒臣。例以賢牧伯，徵入司陶鈞。”來鵠《聖政紀頌并序》：“臣伏念貞觀、永徽之代，百官之有耳目，但聽視天子而已。” 開元：唐玄宗李隆基執掌朝政四十五年，前期，亦即開元年間，大有作爲，李唐因此而中興，史稱“開元之治”。高適《燕歌行并序》“開元二十六年，客有從御史大夫張公出塞而還者，作《燕歌行》以示適，感征戍之事，因而和焉！”杜甫《光禄阪行》：“馬驚不憂深谷墜，草動只怕長弓射。安得更似開元中？道路即

今多擁隔。” 三代：指夏、商、周。岑文本《奉和正日臨朝》：“時雍表昌運，日正葉靈符。德兼三代禮，功包四海圖。”周曇《三代門·夏禹》：“堯違天孽賴詢謨，頓免洪波浸碧虛。海內生靈微伯禹，盡應隨浪化爲魚。” 歸厚：歸於忠厚。《論語·學而》：“慎終追遠，民德歸厚矣！”《晉書·嵇含傳》：“家在鞏縣亳丘，自號‘亳丘子’，門曰‘歸厚之門’，室曰‘慎終之室’。” 禮讓：守禮謙讓。《論語·里仁》：“能以禮讓爲國乎？何有？不能以禮讓爲國，如禮何？”邢昺疏：“禮節民心，讓則不爭。”葛洪《抱朴子·詰鮑》：“衣食既足，禮讓以興。”

⑪ 兵興已來：本文指安史之亂以來。元結《管仲論》：“自兵興已來，今三年。論者多云得如管仲者一人以輔人主，當見天下太平矣！”元稹《王進岌可冀州刺史制》：“兵興已來，習爲奮武之地，非勇毅仁隱之者，不能兼牧其甿。” 恥格：知羞恥而歸於正。語本《論語·爲政》：“道之以德，齊之以禮，有恥且格。”邢昺疏：“民有愧恥而不犯禮且能自修而歸正也。”《舊唐書·劉蕡傳》：“且進人以行，則枝葉安有難別乎？防下以禮，則恥格安有不形乎？” 凋刓：衰落，銳減。錢珝《授金州刺史馮行襲學校太子少保仍封長樂縣開國子加食邑制》：“漢制郡國，有政者皆不易其居，就增其秩，欲使人安於教化，且激勵精本，自凋刓皆成富庶。”李綱《論兵》：“乘戰伐後，賦重人困，軍伍凋刓。” 綜覆：總括，包羅。劉攽《爲韓汝州謝諸執政啓》：“比者，忝被詔除，榮分郡寄。獻納無補，愧徒重於高門；綜覆非優，復叨榮於聖治。”崔敦禮《代謝賜曆日表》：“恭惟皇帝陛下統輯化工，混齊政紀。誕膺神筴，合四千歲之上元；綜覆清臺，定八百年之差日。” 下輩：地位卑下的人。《漢書·灌夫傳》：“稠人廣衆，薦寵下輩。士以此多之。”顏師古注：“下輩，下等之人也。”柳宗元《上大理崔大卿應制舉啓》：“顧視下輩，豈容易而收哉！” 樞機：指中央政權的機要部門或職位。《漢書·劉向傳》：“大將軍秉事用權……尚書九卿州牧郡守皆出其門，管執樞機，朋黨比周。”王安石《和景純十四丈三絕》一：“身先

諸老幹樞機,再見王門闔左扉。"　薄徒:淺薄無知或浮薄輕佻的人。
林寬《曲江》:"傾國妖姬雲鬢重,薄徒公子雪衫輕。"王定保《唐摭言·
没用處》:"奈何近世薄徒,自爲岸谷,以含毫紙墨爲末事,以察言守分
爲名流。"

⑫　浸染:逐漸感染,逐漸沾染。顏延之《庭誥文》:"故曰丹可滅
而不能使無赤,石可燬而不能使無堅;苟無丹石之性,必慎浸染之
繇。"張九齡《敕處分縣令》:"或以煩碎而不專意,或以僻遠而不畏法,
浸染成俗,妨奪爲常。嗷嗷下人,於何寄命?"　澄清:渭肅清混亂局
面。《後漢書·范滂傳》:"滂登車攬轡,慨然有澄清天下之志。"司馬
光《西齋》:"四境已澄清,還以書自怡。"　祖宗:特指帝王的祖先。語
本《禮記·祭法》:"(殷人)祖契而宗湯,(周人)祖文王而宗武王。"楊
炯《奉和上元酺宴應詔》:"萬物睹真人,千秋逢聖政。祖宗玄澤遠,文
武休光盛。"　誥教:告誡,教育。《書·酒誥》:"文王誥教小子,有正
有事,無彝酒。"孔傳:"小子,民之子孫也。正官治事謂下群吏,教之
皆無常飲酒。"晁以道《元符三年應詔封事》:"昔仲康昆弟之於太康,
述大禹之戒也。伊尹之於太甲,明言湯之成德也。周公之於成王,罔
非文武之誥教也。"　厥:代詞,其,表示領屬關係。《書·伊訓》:"古
有夏先後方懋厥德,罔有天災。"韓愈《祭柳子厚文》:"遍告諸友,以寄
厥子,不鄙謂余,亦托以死。"　躬:自身,自己。《詩·邶風·谷風》:
"我躬不閱,遑恤我後。"朱熹集傳:"而又自思我身且不見容。"《禮
記·樂記》:"好惡無節於内,知誘於外,不能反躬,天理滅矣!"鄭玄
注:"躬,猶己也。"　厎:奉獻,給與。《書·禹貢》:"三邦厎貢厥名,包
匭菁茅。"《書·泰誓》:"以爾有衆,厎天之罰。"　多士:古指衆多的賢
士,也指百官。《詩·大雅·文王》:"濟濟多士,文王以寧。"盧諶《答
魏子悌》:"多士成大業,群賢濟弘績。"

[編年]

《年譜》、《編年箋注》、《年譜新編》根據《舊唐書‧穆宗紀》:"壬辰,詔百辟卿士宜各徇公,勿爲朋黨。"一致編年本文於"長慶元年四月壬辰"。

首先,對《年譜》、《編年箋注》、《年譜新編》的結論,我們想補充一點:《舊唐書‧穆宗紀》:"夏四月丙寅朔……丁丑,詔:'國家設文學之科……右補闕楊汝士開江令。'……壬辰,詔百辟卿士宜各徇公,勿爲朋黨。"據干支推算,"丁丑"應該是四月十二日,而"壬辰"應該是四月二十七日,元稹本文的構思,至少應該開始於"丁丑"之時。其次,我們還要更正《年譜》、《編年箋注》、《年譜新編》的結論:長慶元年四月二十七日僅僅祇是"壬辰詔",亦即本文在朝廷公開之日期,其撰寫肯定在四月二十七日之前。本文事關重大,涉及面廣泛,故元稹不可能是一揮而就草率而成,一定經過深思熟慮、字斟句酌的過程。並且在元稹定稿之後,一定還要經由唐穆宗的親自過目與最後首肯,故本文應該在四月二十七日之前一二日內最後撰成,地點在長安,元稹時任中書舍人翰林承旨學士之職。

◎ 批宰臣請上尊號第二表^{(一)①}

省表具知。朕聞天職生植^(二),聖職教化。天職舉則四時行,聖職修則萬方理②。然而天不以行四時而爲德,故蕩蕩無名;聖不以理萬方而爲功,故謙謙不宰③。

顧朕小子,獲承丕圖。上賴祖宗之靈,下託股肱之力④。先定鎮冀(王承元),次來幽燕(劉總),皆吾日月之所照臨,車書之所轍迹。失之則有以自愧,得之則何足自多⑤。

況今四海雖清,物力方困;六戎雖伏,邊備尚勞;百吏雖

6398

存,官業多曠^(三);萬目雖設,紀律未張。有此四者,不遑荒寧^(四)⑥。思與卿士^(五),夙夜俾乂。卿宜爲我提振大法,修明政經,懾竄戎夷^(六),阜康黎庶。四者既理,名焉用之⑦?

　　朕方以皋夔之務委卿,卿宜以堯舜之事教我^(七)。驟加徽號,深耻近名。循省表章,難遂來請^(八)。

　　長慶元年四月^(九)⑧。

録自《元氏長慶集》卷四一

[校記]

　　(一)批宰臣請上尊號第二表:楊本、叢刊本、《唐大詔令集》、《全文》同,《英華》作"長慶元年批宰臣請上尊號第二表",《淵鑑類函》作"批宰臣上尊號第二表",各備一説,不改。

　　(二)省表具知。朕聞天職生植:原本作"朕聞天職生植",楊本、叢刊本、《唐大詔令集》、《淵鑑類函》、《全文》同,據《英華》補改。

　　(三)官業多曠:楊本、叢刊本、《英華》、《淵鑑類函》、《全文》同,《唐大詔令集》作"官守多曠",各備一説,不改。

　　(四)不遑荒寧:楊本、叢刊本、《全文》同,《英華》、《唐大詔令集》、《淵鑑類函》作"不敢遑寧",各備一説,不改。

　　(五)思與卿士:楊本、叢刊本、《全文》同,《英華》、《唐大詔令集》、《淵鑑類函》作"思與卿等",各備一説,不改。

　　(六)懾竄戎夷:楊本、叢刊本、《全文》同,《英華》、《唐大詔令集》、《淵鑑類函》作"讐竄戎夷",各備一説,不改。

　　(七)卿宜以堯舜之事教我:楊本、叢刊本、《英華》、《淵鑑類函》、《全文》同,《唐大詔令集》作"卿宜以堯舜之事教朕",各備一説,不改。

　　(八)難遂來請:楊本、叢刊本、《英華》、《淵鑑類函》、《全文》同,《唐大詔令集》作"難徇來請",各備一説,不改。

（九）長慶元年四月：原本無，楊本、叢刊本、《淵鑑類函》、《全文》同，《英華》作"四月"，據《唐大詔令集》補。

［箋注］

① 批宰臣請上尊號第二表：這是穆宗朝的一件大事，也是起源於唐代的特有政治景觀。事情的起因見《册府元龜·尊號》所載："穆宗長慶元年四月辛卯，中書門下及文武百僚請上尊號，表曰：'臣聞上帝至尊也，其名有九：所以顯高明之位，西方大聖也。其號有十，所以旌神化之功。王者，提寶運而光宅，握瑤圖而首出。必建徽號以稱鴻猷，斯乃臣子之誠。有所法，則天之所與，不可辭讓。伏惟皇帝陛下：欽明御歷，神武纂戎。挺上聖之姿，撫中興之運。鼓雷霆而清八極，懸日月而照九圍。粵若祗事，郊廟敬養，長樂大孝也。省刑責，已偃革息兵，大澤也。慶雲見，甘露降，羽毛呈瑞，草木發祥，天符也。億兆歡心而太和，蠻夷蹶角而威服，人瑞也。祖宗未賓之地，帝王不收之甿，皆勿耀天威。獨運聖算，未嘗血一刃勞一夫，文軌罔不同，桀驁罔不化。則軒有版泉之戰，堯有丹浦之征。求之往籍，彼宜慚色。陛下有格天之大勛，動天之大德，徽烈已冠於前古，而稱號猶抑於當今。凡在朝野，敢不知罪！臣等不勝大願，伏乞迴天眷，啓宸衷，擇吉日，崇徽號，塞人祇，慊慊之望合夷夏顒顒之誠。'制答曰：'朕以菲德，初承大寶。嚴恭夙夜，修己臨人。燭理未明，舉政多闕。雖展郊禋之禮，或稱瑞應之符。而俗尚凋訛，人未康乂。所患德之不立，豈患名之不尊？至於北狄求和，西戎即叙，南越投戈而率化，西戎繼踵而來王，不俟七旬之期，自銷積紀之弊。此皆宗社垂裕、公卿贊謀之力也。朕何有焉？遽議徽名，深懼未稱。卿等志思將順，誠切致君。宜體至懷，勿徇虛美。'表四上，從之。七月壬子，御宣政殿受册文武孝德皇帝尊號。"《册府元龜·尊號》引録之"答制"，亦即上文"朕以菲德……勿徇虛美"一段二十七句，與元稹本文並不相同，疑即是出於他人之

手的《批宰臣請上尊號第一表》或《批宰臣請上尊號表》。白居易隨即
有《爲宰相請上尊號第二表》："臣某等言：今月二十四日，臣等已陳表
章，請上尊號。愚誠雖懇，聖鑒未迴。蹐地跼天，不勝大願。臣等誠
惶誠恐，頓首頓首。臣聞大道者無求於物，物尊而不辭；至公者非欲
其名，名生而不讓。不讓，故與天合德；不辭，故率土歸心。斯所謂應
乎天，而順乎人者也。伏惟皇帝陛下，嗣興一德，統牧萬方。致時俗
之和平，納生靈於富壽。金革已偃，銷七十載之厲階；玉燭方調，啓一
千年之聖運。天人合應，書軌混同。而鴻名未加，盛典猶缺。華夷失
望，史策無光。此誠君上之謙，然亦臣下之罪也。今臣所以上稽天
意，下酌人情，再瀆皇明，重陳丹愊。臣謹按：《書》曰：'思作睿，睿作
聖。'又曰：'乃聖乃神，乃武乃文。'《經》曰：'明王以孝治天下。'凡此
五者，歷觀列辟，雖甚盛德，莫能兼之。伏以陛下自即大位，及此二
年，無巾車汗馬之勞，而坐平鎮冀；無亡弓遺鏃之費，而立定幽燕。仁
和一薰，獷鷙盡化，可不謂睿文乎？削平天下，震耀八荒。北虜求婚
以稟命，西戎乞盟而納款。威靈四及，奔走來賓，可不謂神武乎？陛
下以萬乘之尊，四海之富，供養長樂，道光化成，推而置之，可塞天地，
可不謂孝德乎？故臣等敢冒死稽首上尊號曰睿文神武孝德。伏惟陛
下略撝謙之小節，弘祖宗之大猷。惟十一聖在天，豈忘繼其志？以億
兆人爲子，寧忍阻其心？特迴宸衷，俯受徽號。在玄功不爲主宰，於
盛德有所形容。煥乎大哉！垂裕無極。此實天下之幸甚，非獨臣之
幸也。臣等無任誠願懇禱之至。"白居易文中提及的"無巾車汗馬之
勞，坐平鎮冀；無亡弓遺鏃之費，而立定幽燕"，在本文中均有回應：
"先定鎮冀，次來幽燕，皆吾日月之所照臨，車書之所轍迹。失之則有
以自愧，得之則何足自多。"本文即應該是元稹代唐穆宗執筆對臣僚
第二次"中書門下及文武百僚請上尊號"，亦即白居易《爲宰相請上尊
號第二表》的批答。　　批：皇帝的批示批答。黃滔《寄献梓橦山侯侍
御》："賜衣僧脫去，奏表主批還。"周輝《清波別志》卷下："聖人出口爲

敕,批出,誰敢違?" 尊號:原來指尊崇帝后或其先王及宗廟等的稱號。《史記·秦始皇本紀》:"臣等謹與博士議曰:'古有天皇,有地皇,有泰皇,泰皇最貴。'臣等昧死上尊號,王爲'泰皇'……追尊莊襄王爲太上皇。"《漢書·高帝紀》:"大王功德之著,於後世不宣,昧死再拜上皇帝尊號。"自唐代起又在帝、后稱號之上再加稱號。《舊唐書·則天皇後紀》:"五月,皇太后加尊號曰聖母神皇帝。"宋敏求《春明退朝録》卷中:"尊號起於唐,中宗稱應天神龍皇帝,後明皇稱開元神武皇帝,自後率如之。"

② 省表:亦即臣僚進呈皇上的奏表。張説《答宰臣賀破賊制》:"省表具知。蠢兹戎狄,侵軼邊鄙。不交鋒刃,自取敗亡。既邊將之功,亦天道所棄。心之有慰,與卿同之。"常袞《批李夷簡賀御撰君臣事迹屏風表》:"省表具知。朕思求理化,親閲典墳。至於去邪納諫之規,勤政慎兵之誠。取而作鑒,畫以爲屏。" 具:記載,收録。《後漢書·張晧傳》:"事已具《來歷傳》。"吳曾《能改齋漫録·樂府》:"晁無咎評本朝樂章,不具諸集,今載於此云:'世言柳耆卿曲俗,非也。如《八聲甘州》云:漸霜風凄緊……此真唐人語,不減高處矣!'" 知:曉得,瞭解。《孟子·梁惠王》:"王如知此,則無望民之多於鄰國也。"柳宗元《封建論》:"天地果無初乎? 吾不得而知之也。" 天職:上天的職任,指四時運行與萬物生長等。《荀子·天論》:"不爲而成,不求而得,夫是之謂天職。"楊倞注:"不爲而成,不求而得,四時行焉! 百物生焉! 天之職任如此,豈愛憎於堯桀之間乎!"《列子·天瑞》:"天職生覆,地職形載。" 生植:生育繁殖。《晉書·虞預傳》:"臣聞天道貴信,地道貴誠。誠信者,蓋二儀所以生植萬物,人君所以保乂黎烝。"劉禹錫《天論》:"天之道在生植,其用在强弱。" 聖職:聖人亦即皇上的職責。《列子·天端》:"天地無全功,聖人無全能,萬物無全用。故天職生覆,地職形載,聖職教化,物職所宜。"郭威《平兗州赦文》:"於戲! 夏爲長贏,勞軍民以從役;聖職教化,用干戈而翦凶。" 教化:政

教風化。《詩·周南·關雎序》：“美教化，移風俗。”元稹《和李校書新題樂府十二首·驃國樂》：“教化從來有原委，必將泳海先泳河。”　四時：四季。《禮記·孔子閑居》：“天有四時，春秋冬夏。”韋莊《晚春》：“萬物不如酒，四時唯愛春。”　萬方：萬邦，各方諸侯。《書·湯誥》：“王歸自克夏，至於亳，誕告萬方。”引申指天下各地，全國各地。《漢書·張安世傳》：“聖王褒有德以懷萬方，顯有功以勸百寮，是以朝廷尊榮，天下鄉風。”杜甫《登樓》：“花近高樓傷客心，萬方多難此登臨。”

③ 德：恩惠，恩德。《詩·大雅·既醉》：“既醉以酒，既飽以德。”朱熹集傳：“德，恩惠也。”孫奕《履齋示兒編·句法同》：“范雎一飯之德必償，睚眥之怨必報。”　蕩蕩：廣大貌，博大貌。《論語·泰伯》：“大哉堯之爲君也……蕩蕩乎？民無能名焉！”朱熹集注：“蕩蕩，廣遠之稱也。”《漢書·禮樂志》：“大海蕩蕩水所歸，高賢愉愉民所懷。”顏師古注：“蕩蕩，廣大貌也。”　無名：不追求名聲。《莊子·逍遙遊》：“至人無己，神人無功，聖人無名。”《史記·老子韓非列傳》：“老子修道德，其學以自隱無名爲務。”　功：功勞，功績。《史記·項羽本紀》：“勞苦而功高如此，未有封侯之賞。”杜甫《八陣圖》：“功蓋三分國，名成八陣圖。”　謙謙：謙遜貌。劉向《列女傳·有虞二妃》：“二女承事舜於畎畝之中，不以天子之女故而驕盈怠嫚，猶謙謙恭儉，思盡婦道。”陳傅良《祭蘇訓直文》：“某幸兹爲寮，情相後先，即之謙謙，聽之便便，一日不見，而我棄捐。”　不宰：不主宰。《老子》：“爲而不恃，長而不宰。”杜審言《和李大夫嗣真奉使存撫河東》：“不宰神功運，無爲大象懸。”

④ 小子：舊時自稱的謙詞，也包括皇帝的自稱。元稹《贈鄭餘慶太保制》：“況朕小子，獲承祖宗，實賴一二元老，朝夕教誨，以儀刑於四方。”徐鉉《魏王宣州大都督制》：“葉此時論，粵朕小子。懼德弗堪，允孚大猷。”　丕圖：猶大業，宏圖。李紳《趨翰苑遭誣構四十六韵》：“九五當乾德，三千應瑞符。纂堯昌聖曆，宗禹盛丕圖。”貫休《壽春節

進》："儉德爲全德，無思契十思。丕圖非力致，英武悉天資。" 祖宗：
特指帝王的祖先。王勃《益州夫子廟碑》："皇上宣祖宗之累洽，奉文
武之重光。稽曆數而坐明堂，陳禮容而謁太廟。"白居易《策林·達聰
明致理化》："時不可失，惟陛下惜而行之。則堯舜之化，祖宗之理，可
得而致矣！" 股肱：原指大腿和胳膊，後來比喻左右輔佐之臣。張說
《贈趙公》："湘東股肱守，心與帝鄉期。舟楫中途塞，風波復來思。"趙
彥昭《奉和幸韋嗣立山莊侍燕應制》："北斗臨台座，東山入廟堂。天
高羽翼近，主聖股肱良。"

⑤ 先定鎮冀：王承元以鎮冀請帥，事見《舊唐書·王承元傳》：
"元和十五年冬，承宗卒，秘不發喪，大將謀取帥於旁郡。時參謀崔燧
密與握兵者謀，乃以祖母涼國夫人之命，告親兵及諸將，使拜承元。
承元拜泣不受，諸將請之不已，承元曰：'天子使中貴人監軍，有事盡
先與議。'及監軍至，因以諸將意贊之。承元謂諸將曰：'諸公未忘先
德，不以承元齒幼，欲使領事。承元欲效忠於國，以奉先志，諸公能從
之乎？'諸將許諾，遂於衙門都將所理視事，約左右不得呼留後，事無
巨細，決之參佐。密疏請帥，天子嘉之，授銀青光祿大夫、檢校工部尚
書兼滑州刺史、義成軍節度、鄭滑觀察等使。鄰鎮以兩河近事諷之，
承元不聽，諸將亦悔。及起居舍人柏耆齎詔宣諭滑州之命，兵士或拜
或泣，承元與柏耆於館驛召諸將諭之，諸將號哭諠嘩。承元詰之曰：
'諸公以先世之故，不欲承元失此，意甚隆厚。然奉詔遲留，其罪大
矣！前者李師道未敗時，議赦其罪，時師道欲行，諸將止之，他日殺師
道亦諸將也。今公輩幸勿爲師道之事，敢以拜請。'遂拜諸將，泣涕不
自勝。承元乃盡出家財，籍其人以散之，酌其勤者擢之。牙將李寂等
十數人固留承元，斬寂等，軍中始定。承元出鎮州，時年十八，所從將
吏，有具器用貨幣而行者，承元悉命留之。承元昆弟及從父昆弟，授
郡守者四人，登朝者四人，從事將校有勞者，亦皆擢用。祖母涼國夫
人入朝，穆宗命內宮筵待，錫賚甚厚。" 定：安定，平定。《史記·白

起王翦列傳》：“四十八年十月，秦復定上黨郡。”陸倕《石闕銘》：“指麾而四海隆平，下車而天下大定。”　鎮冀：鎮州與冀州，借指王承宗等長期控制的河朔地區。元稹《處分幽州德音》：“而鎮冀克和，幽燕復古。慄慄夙夜，不遑安寧。實惟祖宗之休，尚賴股肱之力。咨爾輔弼，至於方嶽。爾當勉於姚宋之功，予亦無忘於天寶之戒。”元稹《沂國公魏博德政碑》：“今弘正獻魏博六州之地，平淄青四代之寇，入鎮冀不測之泉，可以爲忠矣！”　次來幽燕：劉總以幽燕歸朝，事見《舊唐書·劉總傳》：“及王承宗再拒命，總遣兵取賊武强縣，遂駐軍持兩端，以利朝廷供饋賞賜。是時吳元濟尚存，王承宗方跋扈，易定孤危，憲宗暫務姑息，加總同中書門下平章事。及元濟就擒，李師道梟首，王承宗憂死，田弘正入鎮州，總既無黨援，懷懼，每謀自安之計……乃以判官張皋爲留後，總以落髮，上表歸朝，穆宗授天平軍節度使。既聞落髮，乃賜紫號大覺師。總行至易州界，暴卒。輟朝五日，贈太尉，擇日備禮册命，賻絹布一千五百段、米粟五百石石。先是……總既繼父，願述先志，且欲盡更河朔舊風。長慶初，累疏求入覲，兼請分割所理之地，然後歸朝。其意欲以幽、涿、營州爲一道，請弘靖理之。瀛州、漠州爲一道，請盧士玫理之。平、薊、媯、檀爲一道，請薛平理之。仍籍軍中宿將，盡薦於闕下，因望朝廷升獎，使幽薊之人皆有希羡爵祿之意。”　來：歸服，歸順。《易·兌》：“六三：來兌。”李鏡池通義：“來，歸，以使人歸服爲悦。”《左傳·文公七年》：“若吾子之德，莫可歌也，其誰來之？”杜預注：“來，猶歸也。”　幽燕：古稱今河北北部及遼寧一帶，唐以前屬幽州，戰國時屬燕國，故名。李白《送崔度還吳（度，故人禮部員外輔國之子）》：“幽燕沙雪地，萬里盡黃雲。朝吹歸秋雁，南飛日幾群？”鄭錫《出塞》：“關山落葉秋，掩泪望營州。遼海雲沙暮，幽燕旌斾愁。”　日月：喻指帝、后，語本《禮記·昏義》：“故天子之與后，猶日之與月”。《史記·魏其武安侯列傳論》：“魏其之舉以吳楚，武安之貴在日月之際。”　照臨：從上面照察，比喻察理。《詩·小

雅·小明》:"明明上天,照臨下土。"鄭玄箋:"照臨下土,喻王者當察
理天下之事也。"杜甫《風疾舟中伏枕書懷》:"朗鑒存愚直,皇天實照
臨。"　車書:《禮記·中庸》:"今天下車同軌,書同文。"謂車乘的軌轍
相同,書牘的文字相同,表示文物制度劃一,天下一統,後因以"車書"
泛指國家的文物制度。《後漢書·光武帝紀贊》:"金湯失險,車書共
道。"杜甫《題桃樹》:"寡妻群盜非今日,天下車書已一家。"　轍迹:車
子行駛的痕迹。顏延之《赭白馬賦》:"跨中州之轍迹,窮神行之軌
躅。"白居易《策林·人之窮困由君之奢欲策》:"倦畋漁之樂,疲轍迹
之遊。"　自愧:自感慚愧。劉長卿《見秦系離婚後出山居作》:"豈知
偕老重,垂老絕良姻。郗氏誠難負,朱家自愧貧。"李白《遊泰山六首》
一:"稽首再拜之,自愧非仙才。曠然小宇宙,棄世何悠哉!"　自多:
自滿,自誇。《國語·吳語》:"今天降衷於吳,齊師受服,孤豈敢自多?
先王之鍾鼓,寔式靈之。"《三國志·華歆傳》:"賊憑恃山川,二祖勞於
前世,猶不克平,朕豈敢自多,謂必滅之哉?"

⑥ 四海:猶言天下,全國各處。齊己《林下留別道友》:"住亦無
依去是閑,何心終戀此林間? 片雲孤鶴東西路,四海九州多少山?"呂
巖《絕句》二:"斗笠爲帆扇作舟,五湖四海任遨遊。大千沙界須臾至,
石爛松枯經幾秋?"　物力:可供使用的物資。《漢書·食貨志》:"生
之有時,而用之亡度,則物力必屈。"韓愈《黃家賊事宜狀》:"兵鎮所
處,物力必全。"　六戎:我國古代西方戎族之六部。《周禮·夏官·
職方氏》:"五戎六狄。"鄭玄注引《爾雅》曰:"九夷、八蠻、六戎、五狄,
謂之四海。"邢昺疏:"《風俗通》云:'斬伐殺生,不得其中。戎者凶也,
其類有六。'李巡云:'一曰僥夷,二曰戎央,三曰老白,四曰耆羌,五曰
鼻息,六曰天剛。'"後用以爲西方民族之通稱。《漢故穀城長蕩陰令
張君表頌》:"南苞八蠻,西羈六戎,北震五狄,東勤九夷。"《敦煌曲子
詞·望江南》:"曹公德爲國託西關,六戎盡來作百姓。壓壇河隴定羌
渾,雄名遠近聞。"　邊備:猶邊防。《後漢書·鄭衆傳》:"〔鄭衆〕遷武

威太守,謹修邊備,虜不敢犯。"李敬方《聞高侍郎卒貶所》:"走馬論邊備,飛聲感廟謨。"　　百吏:指公卿以下衆官。《國語·周語》:"王乃使司徒咸戒公卿、百吏、庶民。"《荀子·強國》:"及都邑官府,其百吏肅然,莫不恭儉敦敬忠信而不楛,古之吏也。"　　官業:官府裏的事務,公務。《國語·楚語》:"其事不煩官業,其日不廢時務。"韋昭注:"業,事也。"王禹偁《謫居感事》:"宦途甘碌碌,官業亦孜孜。"　　目:條目,要目。《論語·顏淵》:"請問其目。"朱熹集注:"顏淵聞夫子之言,則於天理人欲之際已判然矣!故不復所疑聞而直請其條目也。"《新唐書·李嶠傳》:"今所察按,準漢六條而推廣之,則無不包矣!烏在多張事目也?"　　紀律:紀綱,法度。《左傳·桓公二年》:"百官於是乎戒懼而不敢易紀律。"曾鞏《祭歐陽少師文》:"公在廟堂,總持紀律,一用公直,兩忘猜昵。"　　不遑:無暇,沒有閑暇。《詩·小雅·四牡》:"王事靡盬,不遑啓處。"《舊唐書·裴度傳》:"度受命之日,搜兵補卒,不遑寢息。"　　荒寧:荒廢懈怠,貪圖安逸。《書·無逸》:"治民祇懼,不敢荒寧。"孔傳:"爲政敬身畏懼,不敢荒怠自安。"《漢書·元帝紀》:"朕戰戰栗栗,夙夜思過失,不敢荒寧。"

⑦　卿士:指卿、大夫,後用以泛指官吏。張説《送李侍郎迥秀薛長史季昶同賦得水字》:"漢郡接胡庭,幽並對烽壘。旌旗按部曲,文武惟卿士。"元稹《樂府·董逃行》:"長安城中賊毛起,城門四走公卿士。"　　夙夜:朝與夕,日與夜。《書·旅獒》:"夙夜罔或不勤,不矜細行,終累大德。"孔傳:"言當早起夜寐。"桓寬《鹽鐵論·刺復》:"是以夙夜思念國家之用,寢而忘寐,飢而忘食。"謂日夜從事。《詩·小雅·雨無正》:"三事大夫,莫肯夙夜。邦君諸侯,莫肯朝夕。"孔穎達疏:"三事大夫無肯早起夜臥以勤國事者。"　　俾乂:治理。"臣聞洪水橫流,帝思俾乂。旁求四方,以招賢俊。"李賢注:"俾,使也。乂,理也。"《後漢紀·光武皇帝紀》:"昔在帝堯,洪水滔天,旁求俾乂。"　　提振:提倡,宣導。張九齡《敕磧西支度等使章仇兼瓊書》:"西庭既無節

度,緩急不相爲憂,藉卿使車,兼有提振,不獨長行轉運營田而已。"白居易《薛存誠除御史中丞制》:"庶官之政,得人則舉。況中執憲,準繩之司。所以提振紀綱,端肅內外。蓋一職修者,其斯任之謂歟!" 大法:基本法則,國家的重要法令或根本法,朝廷的綱紀。《後漢書·阜陵質王延傳》:"先帝不忍親親之恩,枉屈大法,爲王受慾。"韓愈《答劉秀才論史書》:"愚以爲凡史氏褒貶大法,《春秋》已備之矣!" 修明:發揚光大,闡明。《後漢書·鍾離意傳》:"伏惟陛下躬行孝道,修明經術,郊祀天地,畏敬鬼神,憂恤黎元,勞心不怠。"權德輿《送別沅汎》:"經術既修明,藝文亦葳蕤。" 政經:政治的常法,語出《左傳·宣公十二年》:"今茲入鄭,民不罷勞,君無怨讟,政有經矣!"杜預注:"經,常也。"元稹《柏耆授尚書兵部員外郎制》:"朕聞亟遷則彝倫斁,滯賞則勞臣怠,兼用兩者,謂之政經。" 懾:威懾,使屈服。《淮南子·氾論訓》:"威動天地,聲懾海內。"高誘注:"懾,服也。"白居易《代書詩一百韻寄微之》:"下鞲驚鷙雀,當道懾狐狸。" 竄:放逐,驅逐。《書·舜典》:"流共工於幽州,放驩兜於崇山,竄三苗于三危,殛鯀於羽山,四罪而天下咸服。"孔穎達疏:"竄者,投棄之名。"《新唐書·韋安石傳》:"昔張說被竄,匿陳氏以免。" 戎夷:戎和夷,古民族名,泛指少數民族。獨孤授《西域獻吉光裘賦》:"且天地不愛其寶,豈戎夷敢愛其私乎?"沈亞之《對賢良方正直言極諫策》:"戎夷之生,無以異也,故聖王備而不擒也。" 阜康:富足康樂。常璩《華陽國志·蜀志》:"是時世平道治,民物阜康。"陸贄《韓滉加檢校右僕射制》:"軍無撓敗,俗以阜康。"指使富足康樂。《舊唐書·裴度傳》:"在敬宗時,阜康兆庶,爾則有活國庇人之勤。" 黎庶:黎民。《史記·孟子荀卿列傳》:"騶衍睹有國者益淫侈,不能尚德,若《大雅》整之於身,施及黎庶矣!"范仲淹《奏上時務書》:"國侵則害加黎庶,德敗則禍起蕭墻。" 名:諡號,徽號。《逸周書·諡法》:"是以大行受大名,細行受細名。"孔晁注:"名,謂號諡。" 焉:疑問代詞,相當於"什麼"。《墨子·尚賢》:

"今王公大人骨肉之親，無故富貴，面目美好者，焉故必知哉？"蔡邕《司徒袁公夫人馬氏碑銘》："品物猶在，不見其人，魂氣飄飄，焉所安神？"

⑧ 皋夔：皋陶和夔的並稱，傳説皋陶是虞舜時刑官，夔是虞舜時樂官，後常借指賢臣。獨孤及《唐故洪州刺史張公遺愛碑》："秉中庸之德，含光大之量，輟耕隴畝，爲唐皋夔。"顧德章《上中書門下及禮院詳議東都太廟修廢狀》："伏希必本正經，稍抑浮議。踵皋夔之古道，法周孔之遺文。" 堯舜：唐堯和虞舜的並稱，遠古部落聯盟的首領，古史傳説中的聖明君主。張九齡《敕歲初處分》："夫宓羲神農，黃帝堯舜，或誅而不怒，或教而不誅；彼亦何爲，獨臻於此？"沈珣《賀雨賦》："夫君人者，修己以敬，乾乾日昃。奉堯舜以爲心，崇禮讓而爲則。放黜回佞，敷求讜直。" 徽號：褒揚讚美的稱號，舊時專指加給帝王及皇后的尊號。封演《封氏聞見記·尊號》："秦漢以來，天子但稱皇帝，無別徽號。則天垂拱四年，得瑞石於洛水，文曰：'聖母臨人，永昌帝業。'號其石爲寶圖，於是群臣上尊號，請稱'聖母神皇后'。"沈括《夢溪筆談·故事》："熙寧中，因上皇帝尊號，宰相率同列面請三四，上終不允，曰：'徽號正如卿等功臣，何補名實！'" 近名：好名，追求名譽。《莊子·養生主》："爲善無近名，爲惡無近刑。"韓愈《除崔群户部侍郎制》："清而容物，善不近名。" 循省：考察，檢查，省察。《公羊傳·僖公三年》："何以書？記異也。"何休注："〔僖公〕飭過求己，循省百官，放佞臣郭都等，理冤獄四百餘人。"韓愈《潮州謝孔大夫狀》："欲致辭爲讓，則乖伏屬之禮；承命苟貪，又非循省之道。" 表章：奏章。《文心雕龍·章表》："所以魏初表章，指事造實，求其靡麗，則未足美矣！"歐陽修《太子賓客分司西京謝公墓誌銘》："時天子平劉繼元，露布至，守臣當上賀，命吳中文士作表章，更數人，皆不可意。"遂：如願，順從。《詩·曹風·候人》："彼其之子，不遂其媾。"朱熹集傳："遂，稱；媾，寵也。遂之爲稱，猶今人謂遂意曰稱意。"杜甫《羌村

三首》一:"世亂遭飄蕩,生還偶然遂。"

[編年]

《年譜》編年:"《唐大詔令集》卷六《帝王·尊號批答》載此表,注:'長慶元年四月。'"《編年箋注》、《年譜新編》編年理由及結論與《年譜》同。

我們以爲,籠統編年本文於長慶元年四月是不合適的,本文可以進一步編年:一、據白居易《爲宰相請上尊號第二表》提及:"今月二十四日,臣等已陳表章,請上尊號。"所謂"今月"就是"長慶元年四月","二十四日"是這次"上尊號"活動發起的最早時日。又據《册府元龜·帝王部·尊號》所載:"穆宗長慶元年四月辛卯,中書門下及文武百僚請上尊號,表曰……"以"夏四月丙寅朔"推算,"四月辛卯",應該是四月二十六日。據《唐大詔令集·文武孝德皇帝册文》,參與這次"上尊號"活動的"文武官六千二百七十七人",周知衆多文武官員,估計還要他們一一首肯或簽名,工程浩大,頗費時日,故直至第三天,亦即四月二十六日,而不是第二天才正式"請上尊號"。二、根據慣例,皇帝不會馬上接受,一定指定親信大臣辭謝,亦即《册府元龜·帝王部·尊號》所載的"答制",以時間推算,至早應該在四月二十七日。三、接著,白居易根據衆情,第二次上表"請上尊號",計其時日,至早應該在四月二十八日。四、元稹根據唐穆宗的授意,再次推辭,撰成本文,具體時間應該在四月二十八日當夜,第二天,亦即四月二十九日正式向衆多推舉的大臣回饋不予接受的信息。據此,本文應該撰成於長慶元年四月二十八日或稍後,地點在長安,元稹時任中書舍人翰林承旨學士之職。

最後我們再順便説一句,王詠剛《兩千年中西曆速查》對長慶元年四月的朔日推算誤差一日,據《舊唐書·穆宗紀》記載,四月朔日不是《兩千年中西曆速查》標示的"丁卯",而是"丙寅"。

◎ 批宰臣請上尊號第三表^{(一)①}

省表具知^(二)。昔齊桓議封禪，管仲驟諫其未宜；晉武平江東，何曾深惟於遠馭^(三)。彼二臣者，居安思危之志明，而有犯無隱之誠切也②。

况朕寡德，謬膺昌期^(四)。賴先帝削平之威，蒙列聖寖漬之澤。聿來燕冀^(五)，甫靖華夷^(六)。既無德而有成，實以祥而爲懼③。

卿等所宜朝夕納誨，警予荒寧。雖休勿休，日慎一日④。而乃過爲溢美，頻上鴻名。諒多忠赤之誠^(七)，殊非藥石之愛⑤。汝爲予礪，爲朕揣摩^(八)；汝爲予舟，爲朕康濟⑥。強我懿號，不若使我爲有道之君；加我虛尊，不若使我居無過之地^(九)。宜罷來請，用副乃懷⑦。

錄自《元氏長慶集》卷四一

［校記］

（一）批宰臣請上尊號第三表：楊本、叢刊本、《唐大詔令集》、《全文》同，《英華》、《淵鑑類函》作“批第三表”，各備一說，不改。

（二）省表具知：原本無，楊本、叢刊本、《唐大詔令集》、《淵鑑類函》、《全文》同，據《英華》補。

（三）何曾深惟於遠馭：楊本、叢刊本、《英華》、《淵鑑類函》、《全文》同，《唐大詔令集》作“何曾深惟其遠馭”，各備一說，不改。

（四）謬膺昌期：原本作“謬應昌期”，楊本、叢刊本、《全文》同，據《英華》、《唐大詔令集》、《淵鑑類函》改。

（五）聿來燕冀：宋浙本、叢刊本、《英華》、《唐大詔令集》、《淵鑑類函》、《全文》同，楊本作"幸來燕冀"，各備一説，不改。

（六）甫靖華夷：楊本、叢刊本、《英華》、《淵鑑類函》、《全文》同，《唐大詔令集》作"克靜華夷"，各備一説，不改。

（七）諒多忠赤之誠：楊本、叢刊本、《全文》同，《英華》、《唐大詔令集》、《淵鑑類函》作"諒多丹赤之誠"，各備一説，不改。

（八）爲朕揣摩：楊本、叢刊本、《唐大詔令集》、《淵鑑類函》、《全文》同，《英華》作"爲朕揣磨"，各備一説，不改。

（九）不若使我居無過之地：楊本、叢刊本、《全文》同，《英華》、《淵鑑類函》作"不若居我於無過之地"，《唐大詔令集》作"不若致我於無過之地"，各備一説，不改。

［箋注］

① 批宰臣請上尊號第三表：本文緊接《批宰臣請上尊號第二表》而作，圍繞的主旨都是"上尊號"活動，它既與《第二表》相連，也與《第四表》相接，又與嚴綬等人的《文武孝德皇帝册文》、元稹的《册文武孝德皇帝赦文》密切相關。 尊號：原來指尊崇帝、后或其先王及宗廟等的稱號，自唐代起又在帝、后稱號之上再加稱號。白居易《爲宰相請上尊號第二表》："臣某等言：今月二十四日，臣等已陳表章，請上尊號。"李德裕《上尊號玉册文》："臣等不勝大願，謹奉玉册玉寶，上尊號曰仁聖文武章天成功神德明道大孝皇帝。"

② "昔齊桓議封禪"兩句：事見《史記·封禪書》："九年，齊桓公既霸，會諸侯於葵丘，而欲封禪，管仲曰：'古者封泰山、禪梁父者，七十二家……皆受命，然後得封禪。'桓公曰：'寡人……九合諸侯，一匡天下，諸侯莫違我！昔三代受命，亦何以異乎於是？'管仲睹桓公不可窮以辭，因設之以事曰：'古之封禪……東海致比目之魚，西海致比翼之鳥，然後物有不召而自至者十有五焉！今鳳凰、麒麟不来，嘉穀不

生,而蓬蒿藜莠茂鴟梟數至,而欲封禪,毋乃不可乎?'於是桓公乃止。"　齊桓:即齊桓公,春秋戰國時代霸主之一。周曇《春秋戰國門・齊桓公》:"三往何勞萬乘君? 五來方見一微臣。微臣傲爵能輕主,霸主如何敢傲人?"貫休《大蜀皇帝潛龍日述聖德詩五首》二:"扶持社稷似齊桓,百萬雄師貴可觀。神智發中真莫測,貢輸天下學應難。"　議:謀度,斟酌,商議。《國語・國語》:"若貪陵之人來而盈其願,是不賞善也,且財不給。故聖人之施捨也議之,其喜怒取與亦議之。"徐元誥集解:"議,猶斟酌也。"《史記・白起王翦列傳》:"秦昭王與應侯群臣議曰:'白起之遷,其意尚怏怏不服,有餘言。'"　封禪:古代帝王祭天地的大典,在泰山上築土爲壇,報天之功,稱封;在泰山下的梁父山上辟場祭地,報地之德,稱禪。《史記・封禪書》:"自古受命帝王,曷嘗不封禪?"《史記・封禪書》:"古者封泰山、禪梁父者,七十二家。"　管仲:春秋戰國時期的著名謀士,齊國名相,幫助齊桓公成爲當時的霸主。有"管仲隨馬"的故事,《韓非子・説林》:"管仲、隰朋從於桓公而伐孤竹,春往冬反,迷惑失道,管仲曰:'老馬之智可用也。'乃放老馬而隨之,遂得道。"後以"管仲隨馬"謂尊重前人的經驗。胡曾《詠史詩・召陵》:"小白匡周入楚郊,楚王雄霸亦咆哮。不思管仲爲謀主,爭敢言徵縮酒茅?"周曇《春秋戰國門・管仲》:"美酒濃馨客要沽,門深誰敢強提壺? 苟非賢主詢賢士,肯信沽人畏子獹?"　驟諫:屢次進諫。《左傳・宣公元年》:"晉侯侈,趙宣子爲政,驟諫而不入,故不競于楚。"《史記・趙世家》:"靈公立十四年,益驕。趙盾驟諫,靈公弗聽。"　"晉武平江東"兩句:事見《晉書・何曾傳》"何曾,字穎考,陳國陽夏人也……初,曾侍武帝,宴退而告遵等曰:'國家應天受禪,創業垂統,吾每宴見,未嘗聞經國遠圖,惟説平生常事,非貽厥孫謀之兆也。及身而已,後嗣其殆乎? 此子孫之憂也,汝等猶可獲没。'指諸孫曰:'此等必遇亂亡也。'"　晉武:即晉武帝,公元二六五年至二九〇年在位。《晉書・武帝紀》:"武皇帝諱炎,字安世,文帝長子也。"韋應物《金谷園歌》:"晉武平吳恣歡燕,餘風靡靡朝廷變⋯⋯禍端一發埋恨長,百草無情春自綠。"高適《登百丈峰二首》二:"晉武輕後事,惠皇終已昏⋯⋯朝市不足問,君臣隨草根。"　江東:長江在蕪湖、南京間作西南南、東北北流向,隋唐以前及以後,習慣上稱自此以下的長江南岸地區爲江東。《史記・項羽本紀》:"且籍與江東子弟八千人渡江而西,今無一人還,縱江東父兄憐而王我,我何面目見之?"李清照《烏江》:"至今思項羽,不肯過江東。"三國時孫權建都於建康,故又稱孫吳統治下的全部地區爲江東。《三國志・諸葛亮傳》:"孫權據有江東,已歷三世。"《梁書・元帝紀》:"孫策昔在江東,於時年幾?"　居安思危:謂處於安寧的環境中,要想到可能出現的危難。《左傳・襄公十一年》:"《書》曰:'居安思危。'思則有備,有備無患。"《舊唐書・岑文本傳》:"臣聞創撥亂之業,其功既難;守已成之基,其道不易。故居安思危,所以定其業也;有始有卒,所以隆其基也。"有犯無隱:封建時代所提倡的一種事君之道,謂臣下寧可冒犯君上而不可有所隱瞞。劉禹錫《代請朝覲表》:"臣聞臣之事君,有犯無隱。懇誠所至,敢不罄陳。"《舊唐書・李遜傳》:"事君之義,有犯無隱。陳誠啓沃,不必擇辰。"

③ 寡德:謂缺少德行。《三國志・高貴鄉公髦傳》:"朕以寡德,不能式遏寇虐。"《晉書・元帝紀》:"惟朕寡德,纘我弘緒,若涉大川,罔知攸濟。"　謬:用爲謙詞。庾信《哀江南賦》:"謬掌衛於中軍,濫尸丞於御史。"杜甫《題省中院壁》:"腐儒衰晚謬通籍,退食遲迴違寸心。"　膺:承受,接受。《文選・班固〈東都賦〉》:"天子受四海之圖籍,膺萬國之貢珍。"李善注:"膺,猶受也。"杜甫《送魏司直》:"才美膺推薦,君行佐紀綱。"承當,擔當。《書・武成》:"誕膺天命。"孔傳:"大當天命。"《舊唐書・吉頊傳》:"嘗以經緯之才,允膺匡佐之委。"　昌期:興隆昌盛時期。盧照鄰《登封大酺歌四首》四:"千年聖主應昌期,萬國淳風王化基。請比上古無爲代,何如今日太平時!"崔元翰《奉和

聖製重陽旦日百寮曲江宴示懷》:"偶聖睹昌期,受恩慚弱質。幸逢良宴會,況是清秋日。"　先帝:前代已故的帝王。王建《舊宮人》:"先帝舊宮宮女在,亂絲猶挂鳳皇釵。霓裳法曲渾抛却,獨自花間掃玉階。"劉得仁《哭翰林丁侍郎》:"即期扶泰運,豈料哭賢人。應是隨先帝,依前作近臣。"這裏指唐穆宗的父皇唐憲宗。　削平:平定,消滅。江淹《恨賦》:"至如秦帝按劍,諸侯西馳,削平天下,同文共規。"李綱《與鄭少傅書》:"竊恐此賊難以指日削平,矧亦未易制其衝突也。"唐憲宗平叛之功業,元稹《憲宗章武孝皇帝挽歌詞三首》之二有句歸納:"天寶遺餘事,元和盛聖功。二凶梟帳下,三叛斬都中(楊惠琳、李師道傳首京師,劉闢、李錡、吳元濟腰斬都市)。"　列聖:指歷代帝王。《文選·左思〈魏都賦〉》:"且魏地者……列聖之遺塵。"李善注:"魏地,畢昴之分野,虞舜及禹所都之地。"指此前本朝諸位皇帝。元稹《顏峴可守右贊善大夫制》:"列聖念功,訪求太師之後。"　寖漬:義近"寖盛",逐漸興盛,逐漸强盛。《後漢書·劉盆子傳》:"衆既寖盛,乃相與爲約:殺人者死,傷人者償創。"《新唐書·輔公祏傳》:"伏威兵寖盛,自號總管。"張説《送李問政河北簡兵》:"密親仕燕冀,連年邇寇讎,因君閲河朔,垂泪語幽州。"元稹《授王播中書侍郎同平章事使職如故制》:"是用命爾作相,仍以舊務因之。爾其西備戎羌,東定燕冀,内實九府,外豐萬人,百度群倫,罔不在爾!"　聿來燕冀:指劉總以幽燕歸朝之事,事見《舊唐書·穆宗紀》:"(長慶元年二月)己卯,幽州節度使劉總奏請去位落髮爲僧。又請分割幽州所管郡縣爲三道,請支三軍賞設錢一百萬貫……(三月)癸丑,以幽州盧龍軍節度副大使、知節度事、押奚契丹兩蕃經略等使、檢校司空、同中書門下平章事、楚國公劉總可檢校司徒兼侍中、天平軍節度、鄆曹濮等州觀察等使。以宣武軍節度使、檢校右僕射、同平章事張弘靖爲檢校司空、同平章事兼幽州大都督府長史,充幽州盧龍軍節度使。從劉總所奏故也。"　聿:助詞,用於句首或句中。《詩·唐風·蟋蟀》:"蟋蟀在堂,歲聿其莫。"潘岳《射雄賦》："聿采毛之英麗兮,有五色之名翬。" 甫:方才,剛剛。《周禮·春官·小宗伯》："卜葬兆,甫竁,亦如之。"鄭玄注:"甫,始也。"《漢書·翼奉傳》:"天下甫二世耳! 然周公猶作詩書深戒成王,以恐失天下。"顏師古注:"甫,始也。" 靖:安定。《詩·周頌·我將》:"儀式刑文王之典,日靖四方。"平息,止息。《國語·晉語》:"考訊其阜以出,則怨靖。"韋昭注:"靖,安也。" 華夷:指漢族與少數民族,後亦指中國和外國。《晉書·元帝紀》:"天地之際既美,華夷之情允洽。"杜甫《嚴公廳宴詠蜀道畫圖》:"華夷山不斷,吳蜀水相通。" 無德:謂言行不合社會的準則和規範,沒有德行。《左傳·閔公二年》:"無德而禄,殃也。"《國語·晉語》:"君子哀無人,不哀無賄;哀無德,不哀無寵。" 有成:成功,有成效,有成就。《詩·小雅·黍苗》:"召伯有成,王心則寧。"《論語·子路》:"苟有用我者,期月而已可也,三年有成。" 祥:善,吉利。《書·伊訓》:"作善,降之百祥;作不善,降之百殃。"孔傳:"祥,善也。"《漢書·劉向傳》:"由此觀之,和氣致祥,乖氣致異;祥多者其國安,異衆者其國危。" 懼:憂慮。《孟子·滕文公》:"世衰道微,邪説暴行……孔子懼,作《春秋》。"韓愈《題歐陽生哀辭後》:"凡愈之爲此文,蓋哀歐陽生之不顯榮於前,又懼其泯滅於後也。"

④ 朝夕:時時,經常。劉長卿《睢陽贈李司倉》:"歸路歲時盡,長河朝夕流。非君深意願,誰復能相憂?"韓愈《鳳翔隴州節度使李公墓誌銘》:"隴州地與吐蕃接,舊常朝夕相伺,更入攻抄。" 納誨:進獻善言。《書·説命》:"命之曰:朝夕納誨,以輔台德。"孔傳:"言當納諫誨直辭,以輔我德。"蔡沈集傳:"朝夕納誨者,無時不進善言也。"元稹《蕭俛等加勛制》:"王功曰勛,兹用報汝。尚克納誨,毋忘協心。" 荒寧:荒廢懈怠,貪圖安逸。張九齡《后土赦書》:"朕恭承祖宗之烈,獲主神祇之祀,夙夜祇畏,不敢荒寧。"姜公輔《對直言極諫策》:"乃復設謗木,詢讜議。不敢滿假,不敢荒寧。" 休:稱讚,讚美。袁宏《後漢紀·孝章帝紀》:"衛尉陰興忠貞愛國,先帝休之。"顏真卿《徐府君神

道碑》:"公曰:'僕雖不材,豈可藉人之過以爲己功乎?'論者休之。"
慎:謹慎,慎重。《易·頤》:"君子以慎言語,節飲食。"孔穎達疏:"故
君子觀此頤象,以謹慎言語,裁節飲食。"杜甫《鄭典設自施州歸》:"名
賢慎所出,不肯妄行役。"

⑤ 溢美:過分讚美。《莊子·人間世》:"夫兩喜必多溢美之言。"
司空圖《釋怨》:"豈溢美而是競,忘撝謙而自愛。"　鴻名:大名,盛名。
《史記·司馬相如列傳》:"前聖之所以永保鴻名而常爲稱首者用此,
宜命掌故悉奏其義而覽焉!"蘇頲《開元元年赦書》:"鴻名不可以深
拒,盛典不可以固違。"　忠赤:忠心赤膽。張九齡《敕渤海王大武藝
書》:"然則知卿忠赤,動必以聞。永保此誠,慶流未已。"杜牧《上李司
徒相公論用兵書》:"及河陽取孟元陽爲之統帥,一軍無主僅一月日,
曾無犬吠,況於他謀? 以此證驗人心忠赤,習尚書一,可以盡見。"
藥石:藥劑和砭石,泛指藥物。《列子·楊朱》:"及其病也,無藥石之
儲;及其死也,無瘞埋之資。"比喻規戒。《左傳·襄公二十三年》:"季
孫之愛我,疾疢也;孟孫之惡我,藥石也。"

⑥ 礪:礪石。《山海經·中山經》:"又北三十五里,曰陰山,多礪
石、文石。"郭璞注:"礪石,石中磨者。"袁珂校注:"言可以爲石磑者。"
劉向《説苑·建本》:"學所以益才也,礪所以致刃也。"　揣摩:忖度,
估量。高適《封丘作》:"揣摩慚黠吏,栖隱謝愚公。"陸游《老學庵筆
記》卷八:"呂吉甫問客:'蘇子瞻文辭似何人?'客揣摩其意答之曰:
'似蘇秦、張儀。'"　舟:船。《國語·楚語》:"若金,用女作礪。若津
水,用女作舟。"韓愈《江漢答孟郊》:"江漢雖云廣,乘舟渡無艱。"　康
濟:安民濟世。《書·蔡仲之命》:"康濟小民,率自中。"《北齊書·武
帝紀》:"君有康濟才,終不徒然。"

⑦ 懿號:好聽的徽號。元稹《遷廟議狀》:"太戊、武丁之徒,雖有
中宗、高宗之名,蓋子孫加之懿號而已,亦無不祧之説。"李商隱《太尉
衛公會昌一品集序一有制字非》:"而懿號未彰,貞魂莫祔。恐無以慗

遵聖緒,光慰孝思。公於是承命有宣懿袝廟之制。" 懿:美,美德。《易·小畜》:"君子以懿文德。"孔穎達疏:"懿,美也。"王僧達《祭顏光禄文》:"惟君之懿,早歲飛聲。" 號:這裏指徽號,褒揚讚美的稱號,舊時專指加給帝王及皇后的尊號。每逢慶典,可以屢次加上,每次通常加兩個字,儘是歌功頌德之詞。薛逢《宣政殿前陪位觀册順宗憲宗皇帝徽號》:"樓頭鐘鼓遞相催,曙色當衙曉仗開。孔雀扇分香案出,衮龍衣動册函來。"蔡絛《鐵圍山叢談》卷一:"〔上〕因又降詔,歸美神考哲宗,用告成功。上親加上兩朝徽號,令廟焉!" 有道:謂政治清明,政治清明之世。《論語·衛靈公》:"邦有道,則仕;邦無道,則可卷而懷之。"班固《白虎通·號》:"天下有道,人皆樂也。" 尊:尊貴,高貴。《荀子·正論》:"天子者,執位至尊。"韓愈《讀荀》:"始吾讀孟軻書,然後知孔子之道尊。" 無過:沒有過失。《左傳·宣公二年》:"人誰無過?過而能改,善莫大焉!"《史記·蒙恬列傳》:"我何罪於天?無過而死乎?" 請:請求,要求。《左傳·隱公元年》:"〔武姜〕愛共叔段,欲立之,亟請於武公,公弗許。"劉餗《隋唐嘉話》卷下:"昆明池者,漢孝武所穿,有蒲魚利,京師賴之。中宗朝,安樂公主請焉!帝曰:'前代已來,不以與人。'" 副:輔助。《漢書·陳湯傳》:"康居副王抱闐將數千騎,寇赤穀城東。"《素問·疏五過論》:"循經守數,按循醫事,爲萬民副。"楊上善注:"副,助也。" 乃:代詞,你,你的。《書·舜典》:"帝曰:'格! 汝舜。詢事考言,乃言底可績,三載。'"孔傳:"乃,汝。"《左傳·僖公十二年》:"往踐乃職,無逆朕命。" 懷:懷念,思念。曹操《苦寒行》:"延頸長嘆息,遠行多所懷。"《新唐書·李絳傳》:"絳雖去位,猶懷不能已。"

[編年]

《年譜》編年本文於長慶元年,沒有説明編年理由,也沒有指明具體時間。《編年箋注》:"參閲《批宰臣請上尊號第二表》。"《年譜新編》

編年："長慶元年四、五月間,參前、後制。"

我們以爲,元稹《批宰臣請上尊號第二表》撰作於長慶元年四月二十八日或稍後,而本文元稹《批宰臣請上尊號第四表》撰成於長慶元年五月,根據《第二表》白居易代宰相等衆多臣僚"上表"與唐穆宗授意元稹批答的時間在四五天上下的事實,故本文,亦即《批第三表》應該撰成於長慶元年五月上旬。不是《年譜》框定的"長慶元年",也不是《編年箋注》認定的與《第二表》同時的"四月",《年譜新編》考定的"長慶元年四、五月間"也仍然是籠統的,模糊的。地點在長安,元稹時任中書舍人翰林承旨學士之職。

◎ 唐故中大夫尚書刑部侍郎上柱國隴西縣開國男贈工部尚書李公墓誌銘①

按李發事魏,爲橫野將軍、申國公,十一世而生有唐綏州刺史明,明生太子中允進德,進德生昌明令珍玉,珍玉生雅州別駕、贈禮部尚書震,公即尚書第三子,諱建,字杓直②。

始以進士第二人試校秘書郎、判容州招討事,復調爲本官③。會德宗皇帝選文學,公被薦。上問少信臣,皆曰："聞而不之面。"唯宰相鄭珣瑜對曰(一)："臣爲吏部侍郎時,以文入官當校秘書者八,其七皆馳他人書(二),建不馳,故獨得。"上嘉之,使居翰林中,就拜左拾遺④。會德宗皇帝崩,鄆帥擅師于曹,詔歸之,公不肯與姑息。時王叔文恃幸(三),異公意,不隨,卒用公意,鄆果怗⑤。後一年,司直詹事府(四),會朝廷以觀察防禦事授路恕治於鄜,恕即日就公求自貳(五),降拜六而後許,詔賜五品服,供奉殿中以貳焉! 會恕復取不宜爲賓

6419

者^(六)，公罷去，歸爲殿中侍御史⑥。有詔天下俟三節來獻^(七)，先是襄帥均（裴均）獻在邸，丞相命俟節以獻之^(八)，公力爭，不可意^(九)，作《謬官詩》。尋爲員外比部郎，轉兵部、吏部⑦。始，命由文由課而仕者^(一〇)，歲得調。編類條式，以便觀者，罷成勞書，凡成否之狀，急一月，人皆便之⑧。遷本曹郎，換兵部郎中、知制誥。丞相視草時，微有竄益，遂不復出，樂爲少京兆⑨。會仲兄尚書遜被口語（高霞寓與吳元濟戰敗，言爲遜所撓，下遷太子賓客，更貶恩王傅）^(一一)，上疏明白，出刺澧州^(一二)⑩。入以亞太常，於禮部中覈貢士，用己鑒取文章，選用多薦說者^(一三)，遂爲禮部侍郎。遷刑部，權於吏部郎數月^(一四)⑪。

一夕無他恙，而奄忽將盡，舉族環之，請召呪妖巫，搖首若不欲者。寡嫂至，斂衣若禮焉！竟不克言而遂薨^(一五)，年五十八，是歲長慶元年之二月二十有三日也。上爲之一日不視事，以工部尚書追命之。後四月，祔先君於鳳翔府某縣某鄉某里，實五月之二十有五日⑫。

夫人渭源縣君房氏，容州濟之女，在太尉琯爲猶孫。生五男：長曰訥，始二十。朴、恪、憝、碩次第焉！二女皆十年而下⑬。

長於議論，用體識爲文章。於朋友間好盡言，然而未嘗以勝負形喜慍。進退之際，幾微不苟。受官，法與操行牢不奪，亦未嘗皎皎自辨⑭。性潔廉，而沓貪有才者并容之^(一六)。考行取友甚峻^(一七)。能銖兩人倫，而滔滔者莫見其厚薄。終肯延薦人^(一八)，常爲諱避其短，善承受得喪，故沒身無誕嘆之言。沒之日^(一九)，會上合百辟宴御史吏，驟聞其喪，聞者皆怛然愛惜無異詞⑮。

公始校秘書時，與同省郎白居易、元稹定死生分。至是稹與白哭泣不自勝^(二〇)，且相謂曰："杓直常自言^(二一)：在江陵時無衣食，賴伯兄造焦勞營爲，縱兩弟游學。不數年，與仲兄遜舉進士^(二二)，並世爲公卿，而伯兄先杓直歿⑯。今杓直復不以疾聞於許，一旦發其喪，其兄何如哉！"許信至，果誨其猶子訥曰："爾父有不朽行，宜得知者銘。吾悲撓不忍爲，爾其告若父之執。"子訥遂來告曰："爲誌且銘。"⑰銘曰：

日出入安歸？今日之日是，前日耶非？君去此安之？念君夢君兮，是君耶非？之死信冥冥兮，安用銘此爲？死而尚可識兮，魚膏大夜，安忍觀此詞⑱？

録自《元氏長慶集》卷五四

［校記］

（一）唯宰相鄭珣瑜對曰：宋蜀本、盧校、《全文》同，楊本作"唯宰相□珣瑜對曰"，叢刊本誤作"唯宰相罪珣瑜對曰"，録以備考，不改。

（二）其七則馳他人書：原本作"其書則馳他人書"，叢刊本、《全文》同，楊本作"其□□馳他人書"，語義均不通，據宋蜀本、盧校改。

（三）時王叔文恃幸：叢刊本、《全文》同，楊本作"□王叔文恃幸"，録以備考，不改。

（四）司直詹事府：原本作"司直給事府"，叢刊本、《全文》同，楊本作"司直□事府"，據宋蜀本以及白居易《有唐善人墓碑》"公官歷校書郎、左拾遺、詹府司直……"和《舊唐書·李建傳》"元和六年，坐事罷職，降詹事府司直"記載改。

（五）恕即日就公求自貳：《全文》同，楊本作"恕即日就公□自貳"，宋蜀本作"恕即日就公乞自貳"，叢刊本作"恕即日就公乃自貳"，各備一說，不改。

6421

（六）會恕復取不宜爲賓者：《全文》同，楊本作"□恕復取不宜爲賓者"，叢刊本作"舍恕復取不宜爲賓者"，錄以備考，不改。

（七）有詔天下俟三節來獻：《全文》同，楊本、宋蜀本、叢刊本作"有詔天下捨三節來獻"，錄以備考，不改。

（八）丞相命俟節以獻之：原本作"亟相命俟節以獻之"，楊本、叢刊本、《全文》同，語義難通，徑改。

（九）不可意：叢刊本、《全文》同，楊本作"不□意"，宋蜀本作"不果意"，各備一說，不改。

（一〇）命由文由課而仕者：原本作"命由文由部而仕者"，叢刊本、《全文》同，楊本作"命由文由□而仕者"，據宋蜀本改。

（一一）會仲兄尚書遜被口語：宋蜀本、盧校、《全文》同，楊本作"會仲兄尚書遜被口□"，叢刊本作"會仲兄尚書遜被口詔"，錄以備考，不改。

（一二）上疏明白，出刺澧州：原本作"上疏明白，出刺澧州"，《全文》同，楊本作"上疏明□，□刺澧州"，宋蜀本作"上疏明之，出刺澧州"，據叢刊本改。李唐無"澧州"之名，而李建曾出刺澧州，《舊唐書·李建傳》："與宰相韋貫之友善，貫之罷相，建亦出爲澧州刺史。"白居易《東南行一百韵寄通州元九侍御澧州李十一舍人果州崔二十二使君開州韋大員外庚三十二補闕杜十四拾遺李二十助教員外竇七校書》、《秋日懷杓直（時杓直出牧澧州）》、《聞李十一出牧澧州崔二十二出牧果州因寄絕句》、《和李澧州題韋開州經藏詩》可證。

（一三）選用多薦說者：叢刊本、《全文》同，楊本作"□用多薦說者"，宋蜀本作"不用多薦說者"，但與《舊唐書·李建傳》"建取捨非其人，又惑於請託，故其年選士不精，坐罰俸料"的記載不符，而正與上句"用己鑒取文章"相符，亦即所取之士，不是李建自己看中的"己鑒取文章"之士，就是"選用多薦說者"。"宋蜀本、盧校"之意不合原文之意，不符《舊唐書·李建傳》記載，故不取。《編年箋注》"散文卷"所

用底本也是馬本，而校勘本條："不：原作'選'，據蜀本、盧本改。"應該
說，《編年箋注》失考，輕信宋蜀本、盧校等本，以正爲誤，將誤爲正。
而且，楊本因"歲久漫滅"，常常有缺漏之處，本句正作"□用多薦説
者"。《全文》本來作"選"，冀勤先生《元稹集》所用底本是楊本，而本
句校勘也説楊本"原闕"，《全唐文》作"選"："不：原闕，據宋蜀本補。
馬本、《全唐文》作'選'。"所用校勘結論雖然不可取，但説得非常
清楚。

（一四）**權於吏部郎數月**：楊本作"權於吏部□衆品"，宋蜀本作
"權於吏部官衆品"，叢刊本、《全文》作"權於吏部郎衆品"，各備一説，
不改。

（一五）**竟不克言而遂薨**：宋蜀本、《全文》同，楊本、叢刊本誤作
"競不克言而遂薨"，不從不改，僅録以備考。

（一六）**而沓貪有才者并容之**：原本作"而沓貪有才者皆進之"，
《全文》同，楊本作"而沓貪有才者若□之"，叢刊本作"而沓貪有才者
昔進之"，據宋蜀本改。

（一七）**考行取友甚峻**：楊本、叢刊本、《全文》同，宋蜀本作"老行
取友甚峻"，語義不佳，不從不改。

（一八）**終肯延薦人**：叢刊本、《全文》同，楊本作"□□延薦人"，
宋蜀本作"終始延薦人"，各備一説，不改。

（一九）**没之日**：楊本、叢刊本、《全文》同，宋蜀本作"薨之日"，各
備一説，不改。

（二〇）**至是積與白哭泣不自勝**：楊本、叢刊本、《全文》同，宋蜀
本作"至是積□□□□□，與白哭泣不自勝"，僅録以備考，不改。

（二一）**杓直常自言**：叢刊本、錢校同，楊本作"杓直當自言"，僅
録以備考，不改。

（二二）**與仲兄遜舉進士**：宋蜀本、叢刊本、《全文》同，楊本作"與
仲兄遜□進士"，僅録以備考，不改。

[箋注]

① 李公：即李建，公在這裏是對平輩的敬稱。《史記·平原君虞卿列傳》：“〔毛遂〕曰：‘……公等録録，所謂因人成事者也。’”應劭《風俗通·葉令祠》：“公忠於社稷，惠恤萬民，方城之外，莫不欣戴。”白居易《有唐善人墓碑》，與本文一樣都是爲已經病故的李建而作：“唐有善人曰李公，公名建，字杓直，隴西人。魏將軍申公發，公十五代祖也。周柱國楊平公遠，六代祖也。綏州刺史明，高祖也。太子中允進德，曾祖也。緜州昌明令珍玉，大父也。雅州別駕、贈禮部尚書震，考也。贈博陵郡太君崔氏，妣也。陳許節度、禮部尚書遜，兄也。渭源縣君房氏，妻也。容管招討使濟，外舅也。長慶元年二月二十三日夜，無疾即世于長安修行里第，是歲五月二十五日，歸祔于鳳翔某縣某鄉某原之先塋，春秋五十八。有二女五男，曰：納、朴、恪、愻、碩。公官歷校書郎、左拾遺、詹府司直、殿中侍御史、比部兵部吏部員外郎、兵部吏部郎中、京兆少尹、澧州刺史、太常少卿、禮部刑部侍郎、工部尚書，職歷容州招討判官、翰林學士、鄜州防禦副使、轉運判官、知制誥、吏部選事。階中大夫，勛上柱國，爵隴西縣開國男。有史官起居郎渤海高鈇作行狀，翰林學士中書舍人河南元稹作墓誌，有尚書主客郎中、知制誥太原白居易作墓碑，大署其碑曰：‘善人墓。’善人者何？公幼孤，孝養太君，太君老疾，常曰：‘矮子勸吾食，吾輒飽；勸吾藥，吾意其疾瘳。’矮子，公小字也。及長，居荆州石首縣。其居數百家，凡爭鬭，稍稍就公決，公隨而評之，寖及鄉。人不詣府縣，皆相率曰：‘請問李君！’公養有餘力，讀書屬文，業成，與兄遜起應進士，俱中第。爲校書時，以文行聞，故德宗皇帝擢居翰林。翰林時，以視草不詭隨，退官詹府。詹府時，以貞恬自處，不出户輒逾月。鄜帥路恕高之，拜請爲副。在鄜時，有非類者至，以病去。爲御史時，上任有遏其行事者，作《謬官詩》以諷。爲吏部郎時，調文學科暨吏課高者，得無停年。又省成勞急成狀限，繇是吏史輩無緣爲奸，迄今選部用其法。

知制誥時，筆削間有以自是不屈者，因請告，改少尹。少尹時，與大議，歲減府稅錢十三萬。在澧時，不鞭人，不名吏，居歲餘，人人自化。在禮部時，由文取士，不聽譽，不信毀。公爲人，質良寬大，體與用綽然有餘裕。爲政廉平易簡，不求赫赫名。與人交，外淡中堅，接士多可而有別，稱賢薦能未嘗倦。好議論而無口過，遠邪諛而不忤物。其居家，菲衣食，厚賓客，敬兄嫂，禮妻子，愛甥侄。初，先太君好善，喜佛書，不食肉，公不忍違其志，亦終身蔬食。自八九歲時，始諷《詩》、《書》，日三百言，諷畢，盡得其義。善理《王氏易》、《左氏春秋》，前後著文凡一百五十二首，皆義理撮要，詞無枝葉，其卓然者有《詹事府司直》、《比部員外郎廳記》、《請雙日坐疏》、《與梁肅書》、《上宰相論選事狀》，秉筆者許之。薨之日，不識者惜，識者嘆，交遊出涕，執友慟哭。夫如是，其善人乎？《傳》曰：‘善人，國之紀也。’《語》曰：‘善人，吾不得而見之矣！’噫！善人之稱難乎哉！獨加於公，無愧焉！銘曰：古者墓有表，表有云：顯其行，省其文，故季札死，仲尼表其墓曰‘君子’；今吾喪李君，署其碑曰‘善人’。嗚呼！李君有知乎？無知乎？君之名，與此石俱！”白居易又有《祭李侍郎文》，與元稹一起祭祀李建，《祭李侍郎文》：“維長慶元年歲在辛丑，五月丙申朔十日乙巳，中散大夫、守中書舍人、翰林學士、上柱國、賜紫金魚袋元稹、朝議郎、守尚書主客郎中知制誥白居易，謹以清酌庶羞之奠，敬祭于故刑部侍郎、贈工部尚書隴西李公杓直之靈：於戲！代重名義，公能佩服。德潤行羶，溫溫郁郁。凡嚮善者，如螾慕肉。時重爵位，公負楨幹。春秋天官，是攝是賛。尚書六職，公理其半。朝重文翰，公掌詔令。西閣絲言，內庭密命。公實出入，迭操二柄。家重隆盛，公既陳許。兩掖中臺，差肩接武。青幢赤茀，叔出季處。門重婚嗣，公娶令族。鏘鏘振振，和鳴似續。男女七人，五珠二玉。年重壽考，公亦云老。心雖壯健，髮已華皓。五十加八，亦不爲夭。人重康寧，公體豐盈。迨乎奄忽，不失和平。啓手足夜，無呻吟聲。古稱五福，公有七福。凡人得一，死

猶瞑目。矧公兼之,豈有不足?所不足者,不在其身。怏怏惻惻,其
在他人。爲門户惜主,爲骨肉惜親。爲吾儕惜良友,爲朝廷惜賢臣。
況積也不才,居易無似。辱與公游,十九年矣!昔貞元歲,俱初筮仕。
並命同官,蘭臺令史。以公明達,以我頑鄙。度長絜能,信非倫擬。
一言脗合,不知所以。莫逆之交,實從兹始。清問登近,遞罹讒毁。
江灃通州,左遷萬里。或合或散,一伏一倚。浩浩世途,是非同軌。
齒牙相軋,波瀾四起。公獨何人!心如止水。風雨如晦,雞鳴不已。
不因紛阻,孰辨君子?以膠投漆,如弧有矢。所以綢繆,見于生死!
前年去年,次第徵還。或先或後,俱到長安。水流火就,松茂柏堅。
置酒欲飲,握手何言?初論瘴癘,次叙艱難。三心六眼,同一潸然。
積與居易,旋登禁掖。公領銓衡,職勤務劇。私室多故,公門少隙。
歡會實稀,光陰虛擲。不相勸勉,急務歡適。且曰朱顏已去,白日可
惜。花寺春朝,松園月夕。大開口笑,滿酌酒喫。言約則然,心期未
獲。嗚呼杓直!而忍遺我?棄我何處?捨我何之?豈反真歸冥,漠
然而無所爲?將精多魂强,的然而有所知。悅如聞兮倐如覿,未甘心
於永辭!彼有靈兮此有夢,胡不一來兮質我疑!逝川渺其不迴,日月
忽乎有時。指岐下以歸祔,備大塋之威儀。禮有進而無退,祖於庭而
送之畿,旌竿舉兮輀輪動,遂不得少留乎京師。嗚呼杓直!其鑒于
兹!爵盈不飲,豆乾不食,如之何勿思!公兒號我,公馬嘶我,如之何
勿悲!嗚呼杓直!已而已而,哀哉尚饗!"祭篇情文並茂,令人淒然泪
下,讀者可以同時參讀。但高鈇所作的所有詩文今已不存,故其爲李
建所撰的《行狀》今已經無從考查。

　　②"按李發事魏"八句:并見《舊唐書·李遜傳》:"李遜字友道,
後魏申公發之後。於趙郡,謂之申公房。曾祖進德,太子中允。祖珍
玉,昌明令。父震,雅州別駕……" 世:父子相承爲世,因以指一代。
《周禮·秋官·大行人》:"凡諸侯之邦交,歲相問也,殷相聘也,世相
朝也。"鄭玄注:"父死子立曰世。"《新唐書·袁朗傳》:"自滂至朗凡十

二世,其間位司徒、司空者四世。”　　諱:指已故尊長者之名。《周禮·春官·小史》:“若有事,則詔王之忌諱。”鄭玄注引鄭司農曰:“先王死日爲忌,名爲諱。”韓愈《試大理評事王君墓誌銘》:“君諱適,姓王氏。”字:人的表字,在本名外所取的與本名意義相關的另一名字。《史記·孔子世家》:“孔子生鯉,字伯魚。”《顏氏家訓·風操》:“古者名以正體,字以表德。”取表字。《禮記·曲禮》:“男子二十,冠而字……女子許嫁,笄而字。”《禮記·檀弓》:“幼名、冠字、五十以伯仲、死謚,周道也。”孔穎達疏:“人年二十,有爲人父之道,朋友等類不可復呼其名,故冠而加字。”

③　進士:古代指貢舉的人才。《禮記·王制》:“大樂正論造士之秀者,以告於王,而升諸司馬,曰進士。”鄭玄注:“進士,可進受爵禄也。”科舉時代稱殿試考取的人。姚合《寄舊山隱者》:“名在進士場,筆毫争等倫。”　　第二人:第二等的人才。《晉書·王坦之傳》:“僕射江虨領選,將擬爲尚書郎,坦之聞曰:‘自過江來,尚書郎正用第二人,何得以此見擬!’虨遂止。”范仲淹《贈兵部尚書田公墓誌銘》:“太宗皇帝親策天下進士,擢公第二人,時太平興國三年秋也。”　　試:唐宋官制之一,唐制,擔任某一官職,但無正式任命,稱爲“試”。宋代任職低於階官名銜二等,稱爲“試”。韓愈《試大理評事王君墓誌銘》:“君隨往,改試大理評事,攝監察御史觀察判官。”《宋史·職官志》:“凡除職事官,以寄禄官之高下爲準:高一品已上爲行,下一品爲守,下二品已下爲試,品同者否。”　　判:唐宋官制,以大兼小,即以高官兼較低職位的官稱判。《舊唐書·代宗紀》:“壬辰,以宰臣元載判天下元帥行軍司馬。”陸游《老學庵筆記》卷六:“慶曆初,西鄙未定,命夏竦判永興。”調:選調,遷轉,更動。《史記·袁盎晁錯列傳》:“然袁盎亦以數直諫,不得久居中,調爲隴西都尉。”裴駰集解引如淳曰:“調,選。”《南史·蔡徵傳》:“隋文帝聞其敏贍,召見顧問,言輒會旨。然累年不調,久之,除太常丞。”　　本官:原任官職,相對於後之兼職而言。任昉《王文

憲集序》："太祖崩，遺詔以公爲侍中尚書令，鎮國將軍。永明元年，進號衞將軍。二年，以本官領丹陽尹。"《隋書·趙才傳》："化及忿才無言，將殺之，三日乃釋。以本官從事，鬱鬱不得志。"

④ 文學：官名，漢代於州郡及王國置文學，或稱文學掾，或稱文學史，爲後世教官所由來。三國魏武帝置太子文學，魏晉以後有文學從事。唐初於州縣置經學博士，德宗時改稱文學，宋以後廢之。晉及隋唐時，太子與諸王下亦置文學，明清廢。《舊唐書·職官志》："起居郎、起居舍人、太子司議郎、尚書諸司員外郎、太子舍人、侍御史、秘書郎、著作佐郎、太學博士、詹事丞、太子文學、國子助教，已上六品。"《舊唐書·職官志》："司經局：洗馬二人（從五品下，洗馬，漢官爲太子前馬），太子文學三人（正六品）……洗馬掌四庫圖籍繕寫刊緝之事，文學掌侍奉文章、校書正字，掌典校四庫書籍。" 信臣：忠誠可靠之臣。《左傳·宣公十五年》："寡君有信臣，下臣獲考死，又何求？"柳宗元《與顧十郎書》："賴中山劉禹錫等，遑遑惕憂，無日不在信臣之門，以務白大德。" 對：應答。《三國志·賈詡傳》："〔是時〕有奪宗之義……太祖又嘗屏除左右問詡，詡默然不對，太祖曰：'與卿言而不答，何也？'詡曰：'屬適有所思，故不即對耳！'"韓愈《答劉正夫書》："或問：爲文宜何師？必謹對曰：宜師古聖賢人。"指臣子面君奏事。陸游《老學庵筆記》卷一："前一日還行在，尚未得對，亦死焉！"

⑤ "會德宗皇帝崩"四句：鄆州大都督府長史，亦即"鄆帥"李師古乘唐德宗病故的機會，發兵"滑之東鄙"，亦即曹州。朝廷務在姑息，反而進封叛逆的李師古"檢校司空"。據本文，李建曾表示異議。歷史背景見《舊唐書·德宗紀》記載："（貞元八年八月）辛卯，以青州刺史李師古爲鄆州大都督府長史、平盧淄青等州節度觀察、海運陸運押、新羅渤海兩蕃等使……（貞元）二十一年春正月辛未朔，御含元殿受朝貢，是日上不康……癸巳，會群臣於宣政殿，宣遺詔：皇太子宜於柩前即位。是日，上崩於會寧殿，享壽六十四。甲午，遷神柩於太極

殿。丙申,發喪,群臣縞素,皇太子即位。"《舊唐書·順宗紀》:"(貞元
二十一年二月)壬子,淄青李師古以兵寇滑之東鄙,聞國喪也……(貞
元二十一年三月)戊寅,以韋皋兼檢校太尉,李師古、劉濟兼檢校司
空,張茂昭司徒。"　師:出兵征伐,進軍。《周禮·春官·肆師》:"凡
師、甸用牲于社宗,則爲位。"賈公彥疏:"師,謂出師征伐。"《新唐書·
段秀實傳》:"嗣業因請宰遂東師,以秀實爲副。"　姑息:無原則的寬
容。孟郊《結交》:"鑄鏡須青銅,青銅易磨拭。結交遠小人,小人難姑
息。"李肇《唐國史補》卷中:"德宗自復京闕,常恐生事,一郡一鎮,有
兵必姑息之。"　王叔文:唐順宗時期朝政的主要決策者,唐憲登位
之日,王叔文被殺。《舊唐書·王叔文傳》:"王叔文者,越州山陰人
也。以棋待詔,粗知書,好言理道,德宗令直東宮。太子嘗與侍讀論
政道,因言宮市之弊,太子曰:'寡人見上,當極言之!'諸生稱贊其美,
叔文獨無言。罷坐,太子謂叔文曰:'向論宮市,君獨無言,何也?'叔
文曰:'皇太子之事上也,視膳問安之外,不合輒預外事。陛下在位歲
久,如小人離間,謂殿下收取人情,則安能自解?'太子謝之曰:'苟無
先生,安得聞此言!'由是重之,宮中之事倚之裁決。每對太子言,則
曰:'某可爲相,某可爲將,幸異日用之!'密結當代知名之士而欲僥倖
速進者,與韋執誼、陸質、呂温、李景儉、韓曄、韓泰、陳諫、柳宗元、劉
禹錫等十數人定爲死交,而凌準、程異又因其黨以進,藩鎮侯伯亦有
陰行賂遺請交者。德宗崩,已宣遺詔,時上寢疾久,不復關庶政,深居
施簾帷,閹官李忠言、美人牛昭容侍左右,百官上議,自帷中可其奏。
王伾常諭上屬意叔文,宮中諸黃門稍稍知之。其日召自右銀臺門,居
於翰林,爲學士。叔文與吏部郎中韋執誼相善,請用爲宰相。叔文因
王伾,伾因李忠言,忠言因牛昭容,轉相結構。事下翰林,叔文定可
否,宣於中書,俾執誼承奏於外。與韓泰、柳宗元、劉禹錫、陳諫、凌
準、韓曄唱和,曰管,曰葛,曰伊,曰周,凡其黨側然自得,謂天下無
人。"李純《貶王伾開州司馬王叔文渝州司户參軍制》:"伾可開州司馬

員外置同正員,叔文可守渝州司戶參軍員外置同正員,並馳驛發遣。"
韋皋《上皇太子箋》:"豈可以一朝委任王叔文、王伾、李忠言等三人小
藝之臣,付以軍國重務,瓷其黷亂,坐致傾危?" 恃幸:義近"恃寵"、
"恃愛",依仗寵愛。《左傳·定公四年》:"無恃富,無恃寵。"蕭衍《子
夜歌》:"恃愛如欲進,含羞未肯前。" 怗:平服。《公羊傳·僖公四
年》:"桓公救中國而攘夷狄,卒怗荊。"何休注:"怗,服也。"安寧,安
靜。《新唐書·杜牧傳》:"唯山東不服,亦再攻之,皆不利,豈天使生
人未至於怗泰邪?"王安石《游土山示蔡天啓秘校》:"幸哉同聖時,田
里老安怗!"

⑥ 詹事:官名,秦始置,職掌皇后、太子家事,東漢廢,魏晉復置,
唐建詹事府。崔融《哭蔣詹事儼》:"江上有長離,從容盛羽儀。一鳴
百獸舞,一舉群鳥隨。"李白《張相公出鎮荆州尋除太子詹事余時流夜
郎行至江夏與張公去千里公因太府丞王昔使車寄羅衣二事及五月五
日贈余詩余答以此詩》:"張衡殊不樂,應有四愁詩。慚君錦繡段,贈
我慰相思。" 路恕治於鄜:事在元和三年二月及其後。《舊唐書·憲
宗紀》:"(元和三年二月)丙子,以右金吾衛大將軍路恕爲鄜州刺史鄜
坊節度使。" 鄜:即鄜坊節度使府。《元和郡縣志·關內道》:"鄜州,
今爲鄜坊觀察使理所,管鄜州、坊州、丹州、延州……《禹貢》:雍州之
域,春秋時屬秦,至始皇時地屬上郡,漢爲上郡雕陰縣之地……因秦
文公夢黄蛇自天降屬於地,遂於鄜衍立鄜畤爲名。隋大業二年改爲
鄜城郡,後改爲上郡,武德元年復爲鄜州,貞觀二年加爲都督府,十六
年罷府。"杜甫《月夜》:"今夜鄜州月,閨中只獨看。遥憐小兒女,未解
憶長安。"楊凝《送客往鄜州》:"新參將相事營平,錦帶騂弓結束輕。
曉上關城吟晝角,暗馳羌馬發支兵。" 自貳:作自己的副手。獨孤及
《送孫侍御赴鳳翔幕府序》:"帝命司徒,爲唐方叔。開府之日,搜賢自
貳。"元稹《唐故使持節萬州諸軍事萬州刺史賜緋魚袋劉君墓誌銘》:
"尋授河西令,侍中弘方在蒲,得君喜甚,因請自貳,朝廷以水部員外

郎,兼侍御史,充河中節度副使。"　　五品:九品官階的第五級。《隋書·禮儀志》:"今犢車通幰,自王公已下,至五品已上,並給乘之。"劉餗《隋唐嘉話》卷中:"秘書省少監崔行功,未得五品前,忽有鸚鵒銜一物入其堂,置案上而去。"　　供奉殿中:職官名,即殿中侍御史內供奉。唐初設侍御史內供奉、殿中侍御史內供奉,唐玄宗時有翰林供奉,專備應制,均用表品級,無實際職掌。韓愈《董公行狀》:"拜殿中侍御史內供奉。"蘇軾《再和曾子開從駕韻二首》二:"供奉清班非老處,會稽何日乞方回?"

　　⑦ 三節:舊俗稱端午、中秋、春節爲三節。元稹《錢貨議狀》:"近制有年進月進之名,有正至三節之獻,彼之管鹽有常也,受財有數也,此又何從而得之?"錢鏐《巡衣錦軍製還鄉歌》:"三節還鄉兮挂錦衣,碧天朗朗兮愛日暉。功成道上兮列旌旗,父老遠來兮相追隨。"　　襄帥均:即山南東道節度使裴均,山南東道節度使治府襄州,故言"襄帥"。《舊唐書·憲宗紀》:"(元和三年五月)辛丑,右僕射裴均請取荊南雜錢萬貫修尚書省,從之……(元和三年九月)庚寅……以右僕射裴均檢校左僕射、同平章事、襄州長史,充山南東道節度使……(元和四年四月)壬午,裴均進銀器一千五百兩,以違敕付左藏庫……(元和六年五月)丙午,前山南東道節度使、檢校左僕射、平章事裴均卒。"《新唐書·裴均傳》:"俄檢校左僕射、同中書門下平章事,爲山南東道節度使,累封郇國公。以財交權倖,任將相凡十餘年,荒縱無法度,卒年六十二,贈司空。"《編年箋注》:"襄帥均:即山南東道節度使裴均。貞元元和之際,裴均兩爲山南東道節度使,駐節襄陽。"但我們遍查史籍以及翻閱《唐方鎮年表》、《唐刺史考》,衹見裴均在元和三年九月至元和六年五月在山南東道節度使任,衹有一任,未見"裴均兩爲山南東道節度使"的記載,不知《編年箋注》的根據何在?　　邸:王侯府第,私第。《南史·前廢帝》:"甲申,以北邸爲建章宮,南第爲長楊宮。"借指王侯。元稹《授薛昌朝絳王傅制》:"擇才以佐諸邸,選士以列東

朝。"指官署。《北史・張彝傳》:"乾威字元敬……隋開皇中,累遷晉
王屬。王甚美其才,與河内張衡俱見禮重,晉邸稱爲二張焉!" 謬
官:不稱職的官員,也作自謙之詞。戴叔倫《臨川從事還別崔法曹》:
"謬官辭獲免,濫獄會平反。"王起《和李校書雨中自秘省見訪知早入
朝便入集賢不遇詩》:"憶昨謬官在烏府,喜君對門討魚魯。"

⑧ 文:文章。《漢書・賈誼傳》:"以能誦詩書屬文,稱於郡中。"
杜甫《春日憶李白》:"何時一尊酒,重與細論文?" 課:考核,考查。
《管子・明法》:"故明主以法案其言而求其實,以官任身而課其功。"
顔真卿《朝議大夫贈梁州都督上柱國徐府君神道碑》:"户部侍郎徐知
仁請爲招慰南蠻判官,奏課居最,轉瀛州司法參軍。"評判等次,考試
評定。《楚辭・招魂》:"與王趨夢兮,課後先。"王逸注:"課第群臣先
至後至也。"《文選・孔稚珪〈北山移文〉》:"琴歌既斷,酒賦無續,常綢
繆於結課,每紛綸於折獄。"李善注:"課,第也。"吕延濟注:"結課,考
第也。" 條式:條文法規。蘇轍《論衙前及諸役人不便札子》:"候諸
路逐年申到數目揭貼,仍令户部指揮諸路提刑司依封樁錢物法條式
施行。"《續資治通鑒・宋神宗熙寧十年》:"諸官司承准傳宣、内降與
奏請及面得旨,事無條式者,申中書、樞密院覆奏。" 勞書:吏部在官
吏結束任期時的考核之書。宋庠《十二考人鄆州觀察支使王爲可著
作佐郎奏舉人權寧海軍節度推官吳感可大理寺丞制》:"或積勞書,考
已及周星;或沈雋伸,知見稱累牘。"韓琦《故客省使眉州防禦使贈遂
州觀察使張公墓誌銘并序》:"及其亡也,文正親爲文以誌其墓,蓋悉
其故吏之勞書之所以爲勸也。"

⑨ 遷本曹郎:指李建從吏部員外郎轉任吏部郎中,因仍舊在吏
部,故言"本曹",吏部郎中官階高於吏部員外郎,故言"遷",參見上文
所引白居易《有唐善人墓碑》。白居易《和楊尚書罷相後夏日遊永安
水亭兼招本曹楊侍郎同行》:"道行無喜退無憂,舒卷如雲得自由。良
冶動時爲哲匠,巨川濟了作虛舟。"李洞《賀昭國從叔員外轉本曹郎

中》："苔砌塔陰濃，朝回尚叫蚝。粟徵山縣欠，官轉水曹重。" 視草：古代詞臣奉旨修正詔諭一類公文，稱"視草"。《漢書·淮南王劉安傳》："每爲報書及賜，常召司馬相如等視草乃遣。"《舊唐書·職官志》："玄宗即位，張説、陸堅、張九齡、徐安貞、張洎等召入禁中，謂之翰林待詔。王者尊極，一日萬機，四方進奏、中外表疏批答，或詔從中出，宸翰所揮，亦資其檢討，謂之視草。" 竄益：改動和增益。唐宋之前未見合適書證。方苞《禮記析疑·雜記》："所增竄益明矣！蓋忘篇中有此語也！"周暌伯《湛淵静語原序》："非若今所謂雜説，無益於學，徒玩物喪志，惜污塗竄益，不加比緝，余哀其勤，慮其久。" 少：副職。《書·周官》："立太師、太傅、太保、兹惟三公……少師、少傅、少保，曰三孤。"韓愈《舉韋顗自代狀》："〔韋顗〕屈居少列，未副群情。" 京兆：即京兆尹，官名，漢代管轄京兆地區的行政長官，職權相當於郡太守，後因以稱京都地區的行政長官。《漢書·百官公卿表》："内史，周官，秦因之，掌治京師。景帝二年分置左〔右〕内史。右内史武帝太初元年更名京兆尹。"韓愈《司徒許國公神道碑銘》："其葬物，有司官給之，京兆尹監護。"亦省稱"京兆"。《漢書·張敞傳》："敞爲京兆，朝廷每有大議，引古今，處便宜，公卿皆服，天子數從之。"韓愈《與祠部陸員外書》："有韋群玉者，京兆之從子，其文有可取者，其進而未止者也。"

⑩ 會仲兄尚書遜被口語：事見《舊唐書·李遜傳》："元和十年，拜襄州刺史，充山南東道節度觀察等使。襄陽前領八郡，唐、鄧、隋在焉！是時方討吳元濟，朝議以唐、蔡鄰接，遂以鄧隸唐州，三郡別爲節制，命高霞寓領之，專俟攻討，遜以五州賦餉之。時遜代嚴綬鎮襄陽，綬以八州兵討賊在唐州。既而綬以無功罷兵柄，命高霞寓代綬將兵於唐州，其襄陽軍隸於霞寓。軍士家口在襄州者，遜厚撫之，士卒多捨霞寓亡歸。既而霞寓爲賊所敗，乃移過於遜，言供饋不時。霞寓本出禁軍，内官皆佐之。既貶官，中人皆言遜撓霞寓軍，所以致敗。上令中使至襄州聽察曲直，奏言遜不直，乃左授太子賓客分司，又降爲

恩王傅。" 口語:特指毀謗。楊惲《報孫會宗書》:"懷祿貪勢,不能自退,遂遭變故,橫被口語。"陸游《容齋燕集詩序》:"至於罷口語,絍吏議,少年之喜謗前輩者,闐然成市,公猶容之。" 明白:辯明,辯白。韓愈《與祠部陸員外書》:"執事好賢樂善,孜孜以薦進良士,明白是非爲己任,方今天下一人而已。"唐無名氏《又論裴延齡表》:"陛下以延齡爲賢,言者皆妄,不若明白其罪,昭示萬方,使延齡無辜辨之何害!"

出刺澧州:李建出刺澧州在元和十一年冬天。白居易《東南行一百韵寄通州元九侍御澧州李十一舍人果州崔二十二使君開州韋大員外庾三十二補闕杜十四拾遺李二十助教員外竇七校書》:"次第出京都(十年春,微之移佐通州。其年秋,予出佐潯陽。明年冬,杓直出牧澧州,崔二十二出牧果州,韋大出牧開州)。" 出刺:從京職出任州府長官。王安石《太常少卿分司南京沈公墓志銘》:"居頃之,出刺潤州,又刺泉州。"沈遼《彭城太尉詩序》:"及西遷,出刺華州,踰貳拾年乃驗,官至神武統軍,贈太師。" 澧州:州郡名。《舊唐書·地理志》:"澧州:隋澧陽郡,武德四年平蕭銑,置澧州……天寶元年改爲澧陽郡,乾元元年復爲澧州,天寶初割屬山南東道……在京師東南一千八百九十三里,至東都一千五百七十二里。"李白《洞庭醉後送絳州呂使君果流澧州》:"昔別若夢中,天涯忽相逢。洞庭破秋月,縱酒開愁容。"韋應物《東林精舍見故殿中鄭侍御題詩追舊書情涕泗橫集因寄呈閬澧州馮少府》:"仲月景氣佳,東林一登歷。中有故人詩,淒凉在高壁。"

⑪ 亞:低於,低,表示等級的高低。《左傳·襄公十九年》:"圭媯之班,亞宋子而相親也。"杜預注:"亞,次也。"封演《封氏聞見記·圖畫》:"鄭虔亦工山水,名亞於維。"本文之"亞太常",亦即太常的副手太常少卿。 太常:官名,秦置奉常,漢景帝六年更名太常,掌宗廟禮儀,兼掌選試博士。歷代因之,則爲專掌祭祀禮樂之官。北魏稱太常卿,北齊稱太常寺卿,北周稱大宗伯,隋至清皆稱太常寺卿。皇甫冉《太常魏博士遠出賊庭江外相逢因叙其事》:"烽火驚戎塞,豺狼犯帝

畿。川原無稼穡，日月翳光輝。"盧綸《和太常王卿立秋日即事》："嵩高雲日明，潘岳賦初成。離槿花無色，階桐葉有聲。" 覈：查驗，核實。《文選·張衡〈西京賦〉》："化俗之本，有與推移，何以覈諸？"薛綜注："覈，驗也。"《舊唐書·元行沖傳》："王肅改鄭六十八條，張融覈之，將定臧否。" 貢士：舊指地方向朝廷薦舉人才。《禮記·射義》："諸侯歲獻，貢士於天子。"孔穎達疏："諸侯三年一貢士於天子也。"本文指所薦舉之人。《陳書·宣帝紀》："辨方分職，旰食早衣；傍闕爭臣，下無貢士。" 鑒：照察，審辨。《後漢書·郭太傳》："其獎拔士人，皆如所鑒。"韓愈《進順宗皇帝實録表狀》："聖明所鑒，毫髮無遺。"選用：指選擇任用官吏。《漢書·龔遂傳》："選用賢良，固欲安之也。"韓愈《送陸歙州詩序》："歙爲富州，宰臣之所薦聞，天子之所選用，其不輕而重也較然矣！" 薦：推薦，介紹。《孟子·萬章》："天子能薦人於天，不能使天與之天下。"曾鞏《夫人曾氏墓誌銘》："曾不蕃寵，以畀子孫；曾不遐年，善則長存。維仲薦美，列辭墓門。" 説：勸説別人聽從自己的意見。《孟子·盡心》："説大人，則藐之，勿視其巍巍然。"《舊唐書·董昌齡母楊氏傳》："及王師逼郾城，昌齡乃以城降，且説賊將鄧懷金歸款於李光顏。" 權：唐以來稱試官或暫時代理官職爲"權"。《舊唐書·高祖紀》："天策上將府司馬宇文士及，權檢校侍中。"戴埴《鼠璞·權行守試》："本朝職事官，並以寄禄官品高下爲權行守試。侍郎、尚書，始必除權，即真後始除試守行。予考之漢，試守即權也……權字唐始用之，韓愈權知國子博士，三歲爲真。"

⑫ 恙：疾病。《吕氏春秋·異用》："孔子之弟子從遠方來者，孔子荷杖而問之，曰：'子之公不有恙乎？'"秦觀《答張文潛病中見寄》："君其專精神，微恙不足論！" 奄忽：疾速，倏忽。《韓詩外傳》卷一一："奄忽龍變，仁義沈浮。"《舊唐書·劉仁軌傳》："奄忽長逝，銜恨九泉。" 呪：禱告，祝告。《後漢書·諒輔傳》："時夏大旱，太守自出祈禱山川，連日而無所降。輔乃自暴庭中，慷慨呪曰：'輔爲股肱……敢

自祈請,若至日中不雨,乞以身塞無狀。'"《隋書·越王侗傳》:"〔侗〕遂布席焚香禮佛,呪曰:'從今以去,願不生帝王尊貴之家。'" 巫:古代從事祈禱、卜筮、星占,並兼用藥物爲人求福、却灾、治病的人。商代巫的地位較高,周時分男巫、女巫,司職各異,同屬司巫,春秋以後,醫道漸從巫術中分出,但民間專行巫術、裝神弄鬼爲人祈禱治病者,仍世世不絶。《公羊傳·隱公四年》:"於鍾巫之祭焉!弑隱公也。"何休注:"巫者事鬼神禱解,以治病請福者也。"《史記·魏其武安侯列傳》:"使巫視鬼者視之。" 寡嫂:亡兄的妻子。《漢書·王莽傳》:"〔莽〕事母及寡嫂,養孤兄子,行甚敕備。"歐陽修《太尉文正王公神道碑銘》:"公事寡嫂謹,與其弟旭相友悌尤篤。"本文有"而伯兄先杓直歿"之句,這裏的"寡嫂",應該就是伯兄李造的妻子。 斂衣:整飾衣衫,表示恭敬。白居易《新樂府·縛戎人》:"唯許正朝服漢儀,斂衣整巾潛泪垂。"王讜《唐語林·德行》:"劉敦儒事親以孝聞……常斂衣受杖,曾不變容。" 不克:不能。《詩·齊風·南山》:"析薪如之何,匪斧不克。"鄭玄箋:"克,能也。"劉禹錫《唐故福建等州都團練觀察處置使福州刺史兼御史中丞贈左散騎常侍薛公神道碑》:"遇內禪惟新,愚以緣坐左貶間關外役,竟不克面。" 薨:死的別稱,自周代始,人之死亡,有尊卑之分,"薨"以稱諸侯之死。《禮記·曲禮》:"天子死曰崩,諸侯曰薨,大夫曰卒,士曰不禄,庶人曰死。"唐代則以"薨"稱三品以上大官之死。《新唐書·百官志》:"凡喪,三品以上稱薨,五品以上稱卒,自六品達于庶人稱死。"婦人之死,則從夫稱。《春秋·隱公二年》:"十有二月,乙卯,夫人子氏薨。"韓愈《曹成王碑》:"太妃薨,王棄部,隨喪之河南葬。" 視事:就職治事。多指政事言。《左傳·襄公二十五年》:"饗諸北郭,崔子稱疾,不視事。"元稹《贈太保嚴公行狀》:"疾告久之,有司上言:百日不視事,當絶俸。" 追命:舊指身後由朝廷授予某種封賜。《左傳·昭公七年》:"衛齊惡告喪于周,且請命。王使郕簡公如衛吊,且追命襄公。"白居易《李愬贈太尉制》:"欽我追命,可贈太尉。"

⑬　夫人:古代命婦的封號,王莽封崔篆母師氏爲義成夫人,爲命婦有"夫人"封號之始。至唐代,文武官一品及國公的母或妻爲國夫人,三品以上官員的母或妻爲郡夫人。岑參《西河郡太原守張夫人挽歌》:"鵲印慶仍傳,魚軒寵莫先。從夫元凱貴,訓子孟軻賢。"白居易《元相公挽歌詞三首》二:"墓門已閉箾簫去,唯有夫人哭不休。蒼蒼露草咸陽壠,此是千秋第一秋。"　猶孫:侄孫或侄孫女。《古今事文類聚續集》卷八:"公弼覽之笑曰:'吾視蘇明允猶子也,某猶孫子也。'"陳著《名範修字德甫説》:"鶴孫,先大父所命不肖孤幼名也,及冠,當易名而大父殁,罔極奈何,幸而先生在,視孤猶孫,行敢以請。"

⑭　議論:謂評論人或事物的是非、高低、好壞,亦指非議,批評。《史記·貨殖列傳》:"臨淄亦海岱之間一都會也,其俗寬緩闊達,而足智,好議論。"《顔氏家訓·勉學》:"及有吉凶大事,議論得失,蒙然張口,如坐雲霧。"　體識:禀性和器識。劉義慶《世説新語·言語》:"會稽賀生,體識清遠,言行以禮。"胡宿《富弼可資政殿大學士依前給事中制》:"具官某,履正蹈方,秉文經武,才周通於治,體識迎照於幾。"盡言:竭盡其言。《易·繫辭》:"書不盡言。"孔穎達疏:"書所以記言,言有煩碎,或楚夏不同,有言無字,雖欲書録,不可盡竭於其言,故云書不盡言也。"《文心雕龍·書記》:"詳總書體,本在盡言。"猶直言,謂暢所欲言,毫無保留。《國語·周語》:"唯善人能受盡言,齊其有乎?"李翱《論事于宰相書》:"承閣下厚知,受獎擢者不少;能受閣下德而獻盡言者未必多人。"　喜:快樂,高興。《詩·鄭風·風雨》:"既見君子,云胡不喜?"杜甫《聞官軍收河南河北》:"却看妻子愁何在? 漫捲詩書喜欲狂。"　愠:含怒,怨恨。《論語·學而》:"人不知而不愠,不亦君子乎?"柳宗元《梓人傳》:"其不勝任者,怒而退之,亦莫敢愠焉!"進退:升降,任免。《韓非子·奸劫弒臣》:"夫奸臣得乘信幸之勢以毀譽進退群臣者,人主非有術數以御之也。"秦觀《主術策》:"非有政事

之臣，則百官之進退，奈何而不亂也。"出仕和退隱，去就。王安石《得孫正之詩因寄兼呈曾子固》："未有詩書論進退，謾期身世托林泉。" 幾微：些微，一點點。《後漢書·陳寵傳》："今不蒙忠能之賞，而計幾微之故，誠傷輔政容貸之德。"田錫《制策》："夙夕未遑寧居，惟萬務之幾微。" 受：得到，得。沈約《難范縝神滅論》："刀則唯刃獨利，非刃則不受利名。"酈道元《水經注·淄水》："〔淄水〕東逕巨澱縣故城南……縣東南則巨澱湖，蓋以水受名也。" 操行：操守，品行。《史記·伯夷列傳論》："操行不軌，專犯忌諱，而終身逸樂，富厚累世不絕。"韓愈《遣瘧鬼》："不修其操行，賤薄似汝稀。" 皎皎：明白貌，分明貌。葛洪《抱朴子自叙》："不爲皎皎之細行，不治察察之小廉。"孟郊《秋懷十五首》六："單床寤皎皎，瘦卧心兢兢。"

⑮ 潔廉：清白廉潔。《莊子·徐無鬼》："其爲人，潔廉善士也。"葉適《寶謨閣直學士贈光禄大夫劉公墓誌銘》："屬州緣紹熙登極，科進奉千餘，公亟奏黜，而薦其名士潔廉者十數。" 遝貪：貪婪。《國語·鄭語》："其民遝貪而忍，不可因也。"《新唐書·李晟傳》："河隴之陷，非吐蕃能取之，皆將臣遝貪，暴其種落，不得耕稼，日益東徙，自棄之爾。" 考行：考察行爲事迹。張説《太子少傅蘇公神道碑》："羲和擇日，太常考行，朱旗載路，班劍啓行，哀榮之禮備矣！"元稹《贈于頔諡》："昔羽父爲無駭請諡於魯侯，而衛君亦自稱公叔文子之迹，則考行必在於有司，賜諡或行於君命久矣！" 取友：選取朋友，交友。《禮記·學記》："古之教者……一年視離經辨志，三年視敬業樂群，五年視博習親師，七年視論學取友。"韓愈《別知賦》："余取友於天下，將歲行之兩周。" 峻：嚴酷，嚴厲。《史記·淮南衡山列傳》："政苛刑峻，天下熬然若焦。"柳宗元《田家三首》二："各言官長峻，文字多督責。" 銖兩：謂分出輕重，喻品評。劉禹錫《含輝洞述》："南過九江，薄匡廬以涉彭蠡，天下山水之籍存乎胸中，第其高下，銖兩不失。"柳宗元《答吳秀才謝示新文書》："夫觀文章，宜若懸衡，然增之銖兩則俯，反是則

仰,無可私者。"　　人倫:封建禮教所規定的人與人之間的關係,特指尊卑長幼之間的等級關係。《孟子·滕文公》:"人之有道也,飽食暖衣,逸居而無教,則近於禽獸,聖人(舜)有憂之,使契爲司徒,教以人倫:父子有親,君臣有義,夫婦有別,長幼有叙,朋友有信。"《漢書·東方朔傳》:"上不變天性,下不奪人倫。"　　厚薄:猶親疏。《淮南子·主術訓》:"夫以一人之心而事兩主,或背而去,或欲身徇之,豈其趨舍厚薄之勢異哉。"《三國志·傅嘏傳》:"嘏常論才性同異,鍾會集而論之。"裴松之注:"若皆知其不終,而情有彼此,是爲厚薄由於愛憎,奚豫於成敗哉? 以愛憎爲厚薄,又虧於雅體矣!"　　延薦:引薦。徐陵《與顧記室書》:"殿下前時妄澤,匪復偏私,遂吳良延薦之恩,無王丹所舉之謬。"元稹《奉和浙西大夫李德裕述夢四十韵》:"賓親多謝絶,延薦必英豪。"　　没身:終身。《老子》:"没身不殆。"《漢書·息夫躬傳》:"今單于以疾病不任奉朝賀,遣使自陳,不失臣子之禮。臣禄自保没身不見匈奴爲邊竟憂也。"　　誕嘆:誇大和嘆惋,義近"誕謾",放誕傲慢。《淮南子·修務訓》:"彼並身而立節,我誕謾而悠忽。"高誘注:"誕謾,倨傲。"《續資治通鑒·宋哲宗紹聖元年》:"帝曰:'史官敢如此誕謾不恭,須各與安置。'"　　百辟:百官。《宋書·孔琳之傳》:"(徐)羨之内居朝右,外司輦轂,位任隆重,百辟所瞻。"白居易《醉後走筆酬劉五主簿長句之贈》:"闔闔晨開朝百辟,冕旒不動香烟碧。"怛然:憂傷貌。《漢書·成帝紀》:"朕惟其難,怛然傷心,夫'過而不改,是爲過矣'! 其罷昌陵。"《後漢書·譙玄傳》:"竊聞後宮皇子産而不育,臣聞之怛然,痛心傷剥,竊懷憂國,不忘須臾。"

⑯ 死生:死亡和生存。《史記·魯仲連鄒陽列傳》:"今死生榮辱,貴賤尊卑,此時不再至,願公詳計而無與俗同。"蘇軾《題文與可墨竹》:"誰云死生隔,相見如龔隗?"　　自勝:克制自己。《老子》:"勝人者有力,自勝者强。"《史記·商君列傳》:"反聽之謂聰,内視之謂明,自勝之謂强。"　　焦勞:焦慮煩勞。焦贛《易林·恒之大壯》:"病在心

腹,日以焦勞。”柳宗元《爲京畿父老上府尹乞奏復尊號狀》:“寤寐焦
勞,不知所措。” 公卿:三公九卿的簡稱。《論語·子罕》:“出則事公
卿,入則事父兄。”《後漢書·陳寵傳》:“及竇憲爲大將軍征匈奴,公卿
以下及郡國無不遣吏子弟奉獻遺者。”

⑰ 許:時李建之仲兄李遜正在“許州刺史充忠武節度陳許澱蔡
等州觀察處置等使”任上,許州是其節度使府的治所,故言“許”。《舊
唐書·李遜傳》:“(元和)十四年,拜許州刺史,充忠武節度陳許澱蔡
等州觀察處置等使……長慶元年,幽鎮繼亂,遜請身先討賊,不許,但
命以兵一萬會於行營。遜奉詔,即日發兵,故先諸軍而至,由是進位
檢校吏部尚書,尋改鳳翔節度使。行至京師,以疾陳乞,改刑部尚書,
長慶三年正月卒,年六十三。”據《舊唐書·穆宗紀》,“幽鎮繼亂”在長
慶元年七月二十八日,而李建病故於長慶元年五月二十三日,安
葬於同年的五月二十五日,故知李建病故之時,李遜正在“許州刺史
充忠武節度使”任上。《編年箋注》:“許:指仲兄遜。據《舊唐書·憲
宗紀》及《穆宗紀》,遜元和十四年至長慶元年爲許州刺史。”而被《編
年箋注》作爲根據的《舊唐書·憲宗紀》記載十分清楚:“(元和十四年
九月)癸未,以國子祭酒李遜檢校禮部尚書、許州刺史、忠武軍節度陳
許澱蔡等觀察使。”另一個根據《舊唐書·穆宗紀》也十分清楚:“(長
慶元年十二月)戊寅,以鳳翔節度使李光顏爲忠武軍節度使,代李遜,
仍兼深冀行營節度,以李遜爲鳳翔節度使。”而按照李唐慣例,許州刺
史祇是“忠武軍節度使”李遜的兼領之職,非其主職,故《編年箋注》所
言,過於隨意,也不符史實,讀者不可聽信。 猶子:指侄子。《禮
記·檀弓》:“喪服,兄弟之子,猶子也,蓋引而進之也。”本指喪服而
言,謂爲己之子期,兄弟之子亦爲期,後因稱兄弟之子爲猶子,也有人
稱爲從子。任昉《爲齊明帝讓宣城郡公第一表》:“太祖高皇帝篤猶子
之愛,降家人之慈;世祖武帝情等布衣,寄深同氣。”文天祥《寄惠州
弟》:“親喪君自盡,猶子是吾兒。” 不朽:不磨滅,永存。《左傳·襄

公二十四年》：“大上有立德，其次有立功，其次有立言，雖久不廢，此之謂不朽。”《後漢書‧李固傳》：“明公躍伯成之高，全不朽之譽，豈與此外戚凡輩耽榮好位者同日而論哉！”　知者：能瞭解的人，有見識的人。元稹《琵琶歌》：“曲名無限知者鮮，霓裳羽衣偏宛轉。”蘇軾《以雙刀遺子由次其韵》：“作詩銘其背，以待知者看。”　銘：文體的一種，古代常刻於碑版或器物，或以稱功德，或用以自警。《後漢書‧延篤傳》：“〔延篤〕所著詩、論、銘、書、應訊、表、教令，凡二十篇云。”《文心雕龍‧銘箴》：“箴全御過，故文資確切；銘兼褒讚，故體貴弘潤。”　悲撓：悲痛煩亂。朱熹《答徐斯遠》：“昌父志操文詞，皆非流輩所及。至此適值悲撓，未能罄竭所懷，然大概亦已言之。”義近“撓撓”，紛亂貌，悲痛貌。《莊子‧在宥》：“挈汝適復之撓撓，以遊無端。”俞樾《諸子平議‧莊子》：“撓撓，亂也，《廣雅‧釋詁》：‘撓，亂也。’重言之則爲撓撓矣。”　父執：父親的朋友，語出《禮記‧曲禮》：“見父之執，不謂之進，不敢進；不謂之退，不敢退；不問，不敢對。”孔穎達疏：“見父之執，謂執友與父同志者也。”杜甫《贈衛八處士》：“怡然敬父執，問我來何方？”

　　⑱ 冥冥：幽深貌。《楚辭‧九章‧涉江》：“深林杳以冥冥兮，乃獲狖之所居。”張籍《猛虎行》：“南山北山樹冥冥，猛虎白日繞林行。”魚膏：魚脂，魚油，舊時常用以作燈火燃料，也有用作墓穴之燈油，事見《史記‧秦始皇本紀》：“始皇初即位，穿治酈山。及幷天下，天下徒送詣七十餘萬人，穿三泉，下銅而致椁，宮觀百官奇器珍怪徙臧滿之。令匠作機弩矢，有所穿近者輒射之。以水銀爲百川江河大海，機相灌輸，上具天文，下具地理，以人魚膏爲燭，度不滅者久之。”《三國志‧劉馥傳》：“又高爲城壘，多積木石，編作草苫數千萬枚，益貯魚膏數千斛，爲戰守備。”　大夜：長夜，謂人死長眠地下。庾信《周太子少保步陸逞神道碑》：“爰在盛年，先從大夜。”黄滔《傷翁外甥》：“青春成大夜，新雨壞孤墳。”

［編年］

《年譜》編年本文於長慶元年，理由是："碑主是李建。《誌》云：'竟不克言而遂薨……是歲長慶元年之二月二十有三日也……祔先君於鳳翔府某縣某鄉某里，實五月之二十有五日……子訥遂來告曰：爲誌且銘。'"但沒有明確本文撰成的大致日期。《編年箋注》編年本文："李建卒於長慶元年二月二十三日，五月二十五日祔葬於鳳翔祖塋。"據此認爲本文應該撰成於"在長慶元年（八二一）五月二十五日以前"，同樣沒有明確本文撰成的大致日期。《年譜新編》編年："……竟不克言而遂薨，年五十八，是歲長慶元年之二月二十有三日也……後四月，祔先君於鳳翔府某縣某鄉某里，實五月之二十有五日。"仍然沒有明確本文撰成的大致日期。《年譜》、《編年箋注》、《年譜新編》給人的錯覺是本文應該撰成於長慶元年二月二十三日至同年五月二十五日之間，但這樣的框定不僅籠統，而且與當時的事實也有不小的差距。

我們以爲，本文以及白居易《有唐善人墓碑》已經表明：李建病故在長慶元年二月二十三日，安葬於同年五月二十五日。而白居易《祭李侍郎文》："維長慶元年，歲在辛丑，五月丙申朔，十日乙巳，中散大夫、守中書舍人、翰林學士、上柱國、賜紫金魚袋元稹，朝議郎、守尚書主客郎中白居易，謹以清酌庶羞之奠，敬祭於故刑部侍郎、贈工部尚書、隴西李公杓直之靈……"應該是元稹白居易向即將起靈前往"鳳翔府某縣某鄉某里"的李建遺體告別而舉行的祭祀。元稹本文以及白居易《有唐善人墓碑》都已經明確無誤言明安葬的日期，《祭李侍郎文》更明確無誤標示祭祀之時在五月十日，說明元稹、白居易已經知道李建安葬的具體日期，故他們的文章應該撰成於李建安葬的前夕，應該撰成於李建遺體起靈之前，亦即長慶元年五月十日之前完成。因爲元稹、白居易、高釴的三篇文章還要銘刻在石板之上，它們還要與李建的神柩一起運送至"鳳翔府某縣某鄉某里"。據元稹《與樂天同葬杓直》之詩，元稹白居易還親自參加了安葬李建的儀式。據《舊唐書·地理志》和《元和郡縣志》記載,鳳翔府"在京師西三百一十五里","東至上都三百一十里",按此里程計算,所需時日應該在三四天左右,故起靈之事應該在五月十日之後不久進行。據此,本文撰作的具體日期應該是長慶元年五月十日之前數天,撰作的地點在長安,元稹時任中書舍人翰林承旨學士之職。

◎ 幽州平告太廟祝文①

　　維長慶元年歲次辛丑,五月景申朔(一),十四日己酉,孝曾孫(順宗室改云"孝孫",憲宗室改云"孝子",餘並同)嗣皇帝臣諱恒(二),敢昭告于太祖景皇帝:天革隋暴,付唐養理②。高祖太宗,奉順天紀。玄宗平寧,六合同軌③。物盛而微,墉崇則毀。網漏鯨鯢,隙開螻蟻④。幽燕狼顧,齊趙虎視。割據封壤,傳序孫子。不貢不覲,自卒自始⑤。聖父披攘(三),霆駭波委(四)。擒滅斬除,如運支指⑥。冀方獨迷,再伐再已(元和四年十月,招討鎮州。五年七月,赦之。十年,王承宗有罪,絕其朝貢。十三年,獻德棣二州,復赦之)。碣石(古碣石在平州之境,時平州屬盧龍軍)是徵,承詔唯唯⑦。

　　逮臣寡昧,虔奉先旨。洞開誠明,滌濯痕恥⑧。承元雲奔(憲宗十三年,平淮西,承宗已送質獻地。至穆宗立,而承元始表請除帥,朝廷徙弘正入成德,而改承元爲義成節度使),總亦風靡(長慶元年二月,總奏乞棄官爲僧)。悉率賦輿,盡獻州里⑨。不命一將,不戮一士。不費一金,不亡一矢。五紀逆命(五),一朝如砥⑩。實天垂休,實聖垂祉。敢薦成功,以永千祀(六)。尚饗⑪。

　　　　　　　　　　　　錄自《元氏長慶集》卷四一

［校記］

（一）五月景申朔：原本作"五月丙申朔"，因唐太宗李世民的祖父李昞的關係，唐人避諱"昞"、"丙"……故唐人詩文中的"丙申"理應避諱作"景申"，元稹元和十一年，亦即丙申年所作的詩歌《景申秋八首》就是其中的例證。尤其本文是代唐穆宗李恒直接面稟李唐的祖先，毫無疑問更應該避諱。"丙申"原爲"景申"，應該是馬元調所改，不應該是元稹原稿，故據楊本、浙本、叢刊本、《全文》回改。

（二）孝曾孫嗣皇帝臣諱恒：原本在"孝曾孫"三字後夾註："順宗室改云孝孫，憲宗室改云孝子，餘並同"十七字，楊本、叢刊本此處無，文末有此十七字，但"憲宗室"衍作"憲宗一室"。此十七字應該出於元稹手筆，因本文必須分別在"太祖景皇帝"和順宗室、憲宗室等祖先面前宣讀，祖先輩分不同，李恒的自稱也應該有別，故元稹特地作此說明，提醒宣讀官員在不同輩分祖先面前宣讀時採用不同的"李恒的自稱"。因此十七字雖然是元稹的原注，但不屬於本文之正文，今刪移在"校記"之中，特此說明。另外，"嗣皇帝臣諱恒"，楊本、叢刊本作"嗣皇帝臣諱"，《全文》作"嗣皇帝臣諱某"，錄以備考。

（三）聖父披攘：宋浙本、叢刊本、《全文》同，楊本作"聖父拔攘"，語義不佳，不從不改。

（四）霆駴波委：楊本、叢刊本同，盧校作"電駴波委"，《全文》作"震駴波委"，各備一說，不改。

（五）五紀逆命：楊本、叢刊本、《全文》同，盧校作"五紀懸疣"，語義不佳，不從不改。

（六）以永千祀：楊本、叢刊本同，《全文》作"以永千紀"，各備一說，不改。

[箋注]

① 幽州：古九州之一。《周禮·夏官·職方氏》："東北曰幽州。"《爾雅·釋地》："燕曰幽州。""燕"指戰國燕地，即今河北北部及遼寧一帶。也作州名，漢武帝所置十三部刺史之一，東漢治所在薊縣（今北京城西南），轄境相當今河北北部及遼寧等地。張説《幽州夜飲》："軍中宜劍舞，塞上重笳音。不作邊城將，誰知恩遇深？"劉長卿《穆陵關北逢人歸漁陽》："逢君穆陵路，匹馬向桑乾。楚國蒼山古，幽州白日寒。"本文泛指河朔地區，那兒的藩鎮自安史之亂之後，一直割據自擁，不聽李唐王室的節制。　太廟：帝王的祖廟。《論語·八佾》："子入太廟，每事問。"韓愈《請遷玄宗廟議》："新主入廟，禮合祧藏太廟中第一夾室。"　祝文：古代祭祀神鬼或祖先的文辭。《文心雕龍·祝盟》："昔伊耆始蠟，以祭八神，其辭云：'土反其宅，水歸其壑，昆蟲毋作，草木歸其澤。'則上皇祝文，爰在兹矣！"《宋書·禮志》："昭皇太后正號久定，登列廟祀，詳尋祝文，宜稱皇帝諱。"幽州亦即河朔藩鎮的叛亂，一直是李唐王室揮之不去的心腹大患，一直是歷代李唐皇帝們羞對百姓羞對祖宗羞對子孫的沉重心結。長慶元年五月十四日之前，隨著幽州節度使劉總的主動歸朝，河朔地區藩鎮割據的亂象似乎出現了有利李唐王室的局面。但好景不長，僅僅在李唐王室洋洋得意舉行這次告太廟儀式之後的兩個半月，幽州再次傳來叛亂的警報，《舊唐書·穆宗紀》："（長慶元年）八月甲子朔，己巳鎮州監軍宋惟澄奏：七月二十八日夜軍亂，節度使田弘正并家屬、將佐三百餘口並遇害，軍人推衙將王廷湊爲留後。"從此又開始了曠日持久的平叛與反平叛的戰爭，李唐王室始終沒有恢復對河朔地區的控制，直到李唐的最終滅亡，這種令人尷尬的局面也沒有改變。

② 維：助詞，用於句首或句中起語氣修飾作用。《詩·小雅·六月》："維此六月，既成我服。"韓愈《元和聖德詩》："維是元年，有盜在夏。"　次：順序，次序。《國語·周語》："吾曰：'子則賢矣！抑晉國之

舉也,不失其次,吾懼政之未及子也。'"曹操《船戰令》:"鼓三通鳴,大小戰船以次發。"依次。劉孝標《辯命論》:"相次殂落,宗祀無饗。"王讜《唐語林·補遺》:"衛公爲兵部尚書,次當大用。" 辛丑:干支紀年名之一,干支又作"幹枝",天干和地支的合稱,以"甲、丙、戊、庚、壬"和"子、寅、辰、午、申、戌"相配,"乙、丁、己、辛、癸"和"丑、卯、巳、未、酉、亥"相配,共成六十組,用以紀年、月、日,周而復始,循環使用。最初用來紀日,後多用來紀年。《廣雅·釋天》:"甲乙爲幹,幹者日之神也;寅卯爲枝,枝者月之靈也。"《後漢書·律曆志》:"記稱大橈作甲子。"劉昭注引《月令章句》:"〔大橈〕於是始作甲乙以名日,謂之幹;作子丑以名月,謂之枝,枝幹相配,以成六旬。" 曾孫:孫子的兒子。《左傳·昭公七年》:"余將命而子苟與孔烝鉏之曾孫圉相元。"《晉書·荀勖傳》:"荀勖字公曾,潁川潁陰人,漢司空爽曾孫也。"對曾孫以下的統稱。《詩·周頌·維天之命》:"駿惠我文王,曾孫篤之。"鄭玄箋:"曾,猶重也,自孫之子而下,事先祖皆稱曾孫。"本文禱告各位李唐皇帝,就是這樣的例證。請讀者注意:本文並非僅僅是一篇祝文,也並非衹是對"太祖景皇帝"、"順宗"、"憲宗"的祭告,而是一文多用,包括穆宗以前所有的李唐的皇帝們。 昭告:明白地告知。《左傳·成公十三年》:"昭告昊天上帝、秦三公、楚三王。"趙璘《因話錄》卷一:"〔郭子儀〕謹遣上都進奏院官傅濤,敢昭告於貞懿皇后行宮。"太祖:《詩·周頌·雝序》:"《雝》,禘大祖也。"鄭玄箋:"大祖,謂文王。"後世通稱開國皇帝曰太祖,如三國魏追尊曹操曰太祖武皇帝,晉追尊司馬昭爲太祖文皇帝,宋以後封建王朝,皆追尊王朝的始建者爲太祖,如趙匡胤稱宋太祖,朱元璋爲明太祖等,但唐代與其他各代有所不同,如元皇帝李昞、景皇帝李虎就不是開國的皇帝,而是開國皇帝高祖李淵建國立朝之後追尊的世祖、太祖。張説《上邽縣君李氏墓誌》:"夫人,太祖景皇帝之玄孫,而平原王普定之女也。"顏真卿《廟享議》:"伏以太祖景皇帝,以受命始封之功,處百代不遷之廟。" 景皇帝：即李虎，唐高祖李淵之祖父。《舊唐書・高祖紀》：“皇祖諱虎……武德初追尊景皇帝，廟號太祖，陵曰永康。”獨孤及《景皇帝配昊天上帝議》：“謹按禮經，王者禘其祖之所自出，以其祖配之，凡受命始封之君，皆爲太祖。”長孫無忌《太宗皇帝配天議》：“伏惟太祖景皇帝締構有周，建絶代之丕業，啓祚汾晉，創歷聖之洪基。”張説《上邽縣君李氏墓誌銘》：“夫人太祖景皇帝之玄孫，西平郡王普定之女也。”　隋：朝代名，公元五八一年楊堅（即隋文帝）代北周稱帝，建立隋朝。公元五八九年滅陳，結束南北朝分立局面，統一全國。公元六〇四年太子楊廣（即隋煬帝）殺堅自立，因暴虐無道，招致各地農民紛紛起義，公元六一八年國亡於唐。王建《題江寺兼求藥子》：“隋朝舊寺楚江頭，深謝師僧引客遊。空賞野花無過夜，若看琪樹即須秋。”武元衡《奉酬淮南中書相公見寄》：“揚州隋故都，竹使漢名儒。翊聖恩華異，持衡節制殊。”　暴：凶惡殘酷。《易・繫辭》：“上慢下暴，盜思伐之矣！”孔穎達疏：“小人居上位必驕慢，而在下必暴虐。”《後漢書・崔琦傳》：“暴辛惑婦，拒諫自孤。”李賢注：“暴，虐也。紂……名辛，以其暴虐，故曰暴辛。”　養理：調養治理。元稹《韋珩京兆府美原縣令制》：“今美原、藍田，皆吾甸内之邑，爾其爲吾養理生息，以惠困窮，使天下長人之吏，知朕明用廉激貪之意焉！”白居易《王承林可安州刺史制》：“安陸，古郾國也，介荆漢之間，承軍旅之後，宜得謹良長吏以養理之也。”

③ 高祖：即李唐的第一個開國皇帝唐高祖李淵，公元公元六一八年登位，在位九年。韓愈《永貞行》：“嗣皇卓犖信英主，文如太宗武高祖。膺圖受禪登明堂，共流幽州鯀死羽。”白居易《新樂府・二王後》：“備威儀，助郊祭，高祖太宗之遺制。”　太宗：即李唐的第二位皇帝唐太宗李世民，在位二十三年，史稱“貞觀之治”。杜甫《北征》：“煌煌太宗業，樹立甚宏達。”張籍《董公詩》：“在朝四十年，天下誦其功。相我明天子，政成如太宗。”　奉順：奉承順應。《戰國策・燕策》：“寡人不佞，不能奉順君意，故君捐國而去，則寡人之不肖明矣！”《後漢

書·順帝紀》：“朕以不德，統奉鴻業，無以奉順乾坤，協序陰陽，灾眚屢見，咎徵仍臻。” 天紀：上天之紀綱，借指國家法紀。揚雄《博士箴》：“秦作無道，斬決天紀。”陶潛《桃花源記》：“嬴氏亂天紀，賢者避其世。” 玄宗：即唐玄宗李隆基，在位四十五年，又稱唐明皇。皇甫松《楊柳枝詞二首》二：“春入行宮映翠微，玄宗侍女舞烟絲。如今柳向空城綠，玉笛何人更把吹？”元稹《行宮》：“寥落古行宮，宮花寂寞紅。白頭宮女在，閑坐説玄宗。” 平寧：猶安定，安寧。元稹《處分幽州德音》：“四十年間，海内滋殖，風俗謹樸，君臣平寧，人無事端。”陳師道《上曾樞密書》：“談者必謂世方平寧，兵不足虞，人無奸雄，有不足畏。” 六合：天地四方，整個宇宙的巨大空間。《莊子·齊物論》：“六合之外，聖人存而不論；六合之内，聖人論而不議。”成玄英疏：“六合者，謂天地四方也。”天下，人世間。賈誼《過秦論》：“吞二周而亡諸侯，履至尊而制六合，執搞朴以鞭笞天下，威振四海。”李白《古風》三：“秦王掃六合，虎視何雄哉！” 同軌：車轍寬度相同。《禮記·中庸》：“今天下車同軌，書同文，行同倫。”引申爲同一、一統。《漢書·韋玄成傳》：“四方同軌，蠻貊貢職。”顔師古注：“同軌，言車轍皆同，示法制齊也。”《資治通鑑·齊武帝永明十一年》：“承平之主，所以不親戎事，或以同軌無敵，或以懦劣偷安。”胡三省注：“天下混一，則車同軌，書同文。”

　　④ 物：泛指萬物。《禮記·中庸》：“誠者物之終始。”鄭玄注：“物，萬物也。”《文選·班固〈幽通賦〉》：“渾元運物，流不處兮。”李善注：“物，萬物也。” 盛：極，甚。《莊子·德充符》：“平者，水停之盛也。”陶潛《搜神後記》卷二：“將軍好馬甚愛惜，今死，盛懊惋。” 微：衰微，衰弱，衰敗。《論語·季氏》：“禄之去公室五世矣！政逮於大夫四世矣！故夫三桓之子孫微矣！”曾鞏《移滄州過闕上殿札子》：“天寶以還，綱紀微矣！” 堞：城墙。《詩·大雅·皇矣》：“與爾臨衝，以伐崇墉。”毛傳：“墉，城也。”墙垣。《詩·召南·行露》：“誰謂鼠無牙？

何以穿我墉?"毛傳:"墉,牆也。"　毀:毀壞,破壞。《論語·季氏》:"虎兕出於柙,龜玉毀於櫝中,是誰之過與?"王安石《光宅寺》:"臺殿金碧毀,丘墟桑竹繁。"　鯨鯢:即鯨,雄曰鯨,雌曰鯢。盧綸《奉陪渾侍中上巳日泛渭河》:"舟楫方朝海,鯨鯢自曝腮。"比喻凶惡的敵人。《左傳·宣公十二年》:"古者明王伐不敬,取其鯨鯢而封之,以爲大戮。"杜預注:"鯨鯢,大魚名,以喻不義之人吞食小國。"元稹《鹿角鎮》:"誰能問帝子,何事寵陽侯? 漸恐鯨鯢大,波濤及九州。"元稹在這裏以鯨鯢比喻割據各地,不聽李唐節制的藩鎮。　隟:亦作"隙",壁縫,空隙。《孟子·滕文公》:"鑽穴隙相窺,踰牆相從。"王安石《酬吳仲庶小園之句》:"花影隙中看裊裊,車音牆外聽轔轔。"　螻蟻:亦作"螻螘",螻蛄和螞蟻,泛指微小的生物。《淮南子·人間訓》:"千里之堤,以螻螘之穴漏。"元稹《捉捕歌》:"道路非不妨,最憂螻蟻聚。豺狼不陷穽,螻蟻潛幽蠹。"元稹以螻蟻比喻暗控人主、敗壞國家的宦官。

⑤ 幽燕:古稱今河北北部及遼寧一帶,唐時及以前屬幽州,戰國時屬燕國,故名。顏延之《赭白馬賦》:"旦刷幽燕,晝秣荆越。"杜甫《恨別》:"聞道河陽近乘勝,司徒急爲破幽燕。"　狼顧:狼行走時,常轉過頭看,以防人或其他天敵襲擊。《戰國策·齊策》:"秦雖欲深入,則狼顧,恐韓魏之議其後也。"如狼之視物,形容凶狠而貪婪地企圖攫取。陳琳《檄吳將校部曲文》:"自董卓作亂,以迄於今……鋒捍特起,鸇視狼顧,爭爲梟雄者,不可勝數。"《晉書·劉聰載記》:"石勒鴟視趙魏,曹嶷狼顧東齊。"　齊:古國名,公元前十一世紀周分封的諸侯國,春秋初期國力富強,成爲霸主,戰國時爲七雄之一,公元前二二一年爲秦所滅,在今山東省泰山以北黃河流域和膠東半島地區,漢以後仍沿稱爲齊。韋執誼《市駿骨賦》:"田忌收老以成仁,卒強齊國;燕昭市骨而種德,乃獲樂生。"胡曾《詠史詩·即墨》:"即墨門開縱火牛,燕師營裏血波流。固存不得田單術,齊國尋成一土丘。"　趙:古國名,戰

國七雄之一，開國君主趙烈侯與魏、韓三家分晉，建立趙國，疆域大約在河北一帶。本文以齊趙代指割據河朔一帶割據的藩鎮。《史記·建元以來侯者年表》："平昌王長君，家在趙國，常山廣望邑人也。"王彥威《宣武軍鎮作》："汴水波瀾喧鼓角，隋堤楊柳拂旌旗。前驅紅旆關西將，坐間青娥趙國姬。"　虎視：謂如虎之雄視，比喻有伺機攫取之意。《後漢書·臧洪傳》："今王室將危，賊臣虎視，此誠義士效命之秋也。"《三國志·武帝紀論》："漢末天下大亂，雄豪並起，而袁紹虎視四州，強盛莫敵。"　割據：分割佔據，謂佔據一方領土，成立政權。杜甫《丹青引》："英雄割據雖已矣！文彩風流猶尚存。"蘇軾《策略》："亂臣割據，四分五裂，是伐之而已也。"　封壤：疆域，疆界。謝朓《與江水曹至干濱戲》："別後能相思，何嗟異封壤！"《舊唐書·德宗紀》："〔吳少誠〕凶狡成性，扇構多端，擅動甲兵，暴越封壤。"　傳序：謂父死子繼，世代相傳。《左傳·昭公七年》："日我先君共王引領北望，日月以冀，傳序相授，於今四王矣！"元稹《贈烏重胤等父制》："肆我高祖武皇帝傳序累聖，逮予冲人。"　孫子：子孫後代。杜甫《吾宗》："吾宗老孫子，質樸古人風。耕鑿安時論，衣冠與世同。"岳珂《桯史·籲天辨誣通叙》："既復其官爵，又賜之塚地，疏以寵命而禄其孫子。"　貢：進貢，進獻方物於帝王。《書·禹貢》："任土作貢。"孔穎達疏："貢者，從下獻上之稱。"杜甫《自京赴奉先縣詠懷五百字》："彤庭所分帛，本自寒女出。鞭撻其夫家，聚斂貢城闕。"　覲：諸侯秋季朝見天子。《周禮·春官·大宗伯》："春見曰朝，夏見曰宗，秋見曰覲，冬見曰遇，時見曰會，殷見曰同。"泛稱朝見帝王。《新唐書·李錡傳》："憲宗即位，不假借方鎮，故倔強者稍稍入朝。錡不自安，亦三請覲。"　卒：停止。《儀禮·士昏禮》："三飯卒食，贊洗爵酌。"鄭玄注："卒，已也。"《禮記·奔喪》："三日五哭卒。"鄭玄注："卒，猶止也。"　始：開始，開端，與"終"相對。潘岳《秋興賦》："晉十有四年，予春秋三十有二，始見二毛。"韓愈《曹成王碑》："王始政於溫，終政於襄。"

⑥ 聖父：對太上皇的尊稱。《宋史·樂志》：“既尊聖父，亦燕壽母。”這裏指唐憲宗李純，他是唐穆宗李恒的父親，這時已經故世，不在皇位，故稱。《舊唐書·穆宗紀》：“穆宗睿聖文惠孝皇帝諱恒，憲宗第三子……（元和）十五年正月庚子憲宗崩，丙午即皇帝位於太極殿東序。”　披攘：猶披靡。《文選·曹植〈責躬詩〉》：“朱旗所拂，九土披攘。玄化滂流，荒服來王。”呂向注：“披攘，猶披靡也。”杜牧《郡齋獨酌》：“腥膻一掃灑，凶狠皆披攘。”　霆駭：猶雷震，形容迅猛。傅毅《舞賦》：“或有蹶埃赴轍，霆駭電滅。”曹植《王仲宣誄》：“光光戎輅，霆駭風徂。”　波委：如水波聚積，形容眾多。李逢吉《石壁寺甘露義壇碑》：“入貨者波委，就役者子來。”吳仁璧《客路》：“人寰急景如波委，客路浮雲似蓋輕。回首故山天外碧，十年無計却歸耕。”　擒：捕捉，捉拿。《國語·吳語》：“員不忍稱疾辟易，以見王之親爲越之擒也。”引申爲制服。《史記·高祖本紀》：“項羽有一范增而不能用，此其所以爲我擒也。”　滅：除盡，使不存在。《易·剝》：“剝床以足，以滅下也。”《史記·孟嘗君列傳》：“客與俱下，斫擊殺數百人，遂滅一縣以去。”　斬除：斬斷去除。《六韜·林戰》：“斬除草木，極廣吾道，以便戰所。”砍殺消滅。岳飛《題青泥市寺壁》：“斬除頑惡還車駕，不問登壇萬户侯。”　支指：謂手枝生一指而有六指。《太平廣記》卷三六二引段成式《酉陽雜俎·姜皎》：“座上一妓絶色，獻酒整鬟，未嘗見手，衆怪之。有客被酒，曰：‘非支指乎？’”亦謂手指脚指。元稹《加裴度鎮州四面招討使制》：“《傳》云：‘死者不復生，刑者不復屬。’是以先王斬一支指，殺一犬豕，莫不伏念隱悼。”

⑦ “冀方獨迷”兩句：馬元調根據《舊唐書·憲宗紀》加注：“元和四年十月，招討鎮州，五年七月赦之。十年，王承宗有罪，絶其朝貢。十三年，獻德棣二州，復赦之。”《舊唐書·憲宗紀》：“（元和四年）九月甲辰朔，庚戌，以成德軍都知兵馬使、鎮府右司馬王承宗起復檢校工部尚書，充成德軍節度使。以德州刺史薛昌朝檢校左常侍，充保信軍

節度、德棣等州觀察等使。昌朝，薛嵩之子，婚於王氏，時爲德州刺史。朝廷以承宗難制，乃割二州爲節度，以授昌朝。制纔下，承宗以兵虜昌朝歸鎮州……冬十月癸酉朔……癸未，詔：'成德軍節度使王承宗……在身官爵，並宜削奪。'以神策左軍中尉吐突承璀爲鎮州行營招討處置等使，以龍武將軍趙萬敵爲神策先鋒將，内官宋惟澄、曹進玉、馬朝江等爲行營館驛糧料等使……（元和五年）秋七月己亥朔，庚子，王承宗遣判官崔遂上表自首，請輸常賦，朝廷除授官吏。丁未，詔昭洗王承宗，復其官爵，待之如初……（元和十年）六月辛丑朔，癸卯，鎮州節度使王承宗遣盜夜伏於靖安坊，刺宰相武元衡，死之。又遣盜於通化坊刺御史中丞裴度，傷首而免。是日，京城大駭，自京師至諸門加衛兵，宰相導從加金吾騎士，出入則轂弦露刃，每過里門，訶索甚誼。公卿持事柄者，以家僮兵仗自隨……（元和十三年三月）：（王承宗遣其子及牙將）至銀臺待罪，請獻德、棣二州，兼入管内租稅……庚辰，詔復王承宗官爵。"　**冀方**：古代泛指中原地區。《書・五子之歌》："有此冀方。"蔡沈集傳："堯授舜，舜授禹，皆都冀州。言冀方者，舉中以包外也。"《孔子家語・正論解》："《夏書》曰：'維彼陶唐，率彼天常，在此冀方。'"王肅注："中國爲冀。"這裏指在鎮州割據的王承宗等藩鎮。　**碣石**：山名，在今河北省昌黎縣北，碣石山餘脈的柱狀石亦稱碣石，該石自漢末起已逐漸沉没海中。《書・禹貢》："導岍及岐……太行、恒山至於碣石，入於海。"《漢書・武帝紀》："行自泰山，復東巡海上，至碣石。"原注"古碣石在平州之境，時平州屬盧龍軍"爲馬元調所加。高適《別馮判官》："碣石遼西地，漁陽薊北天。關山唯一道，雨雪盡三邊。"杜甫《昔遊》："昔者與高李，晚登單父臺。寒蕪際碣石，萬里風雲來。"　**徵**：證明，證驗。《淮南子・修務訓》："歌者樂之徵也，哭者悲之效也。"高誘注："徵，應也；效，驗也。"韓愈《賀慶雲表》："既徵於古，又驗於今。"　**承詔**：奉詔旨。《説文解字・叙》引《蒼頡篇》："幼子承詔。"《新唐書・百官志》："四夷朝見，則承詔勞問。臨軒命使册皇后、皇太子,則承詔降宣命。"

　　⑧ 臣:君王對父母、祖先、天地等的自稱,本文之"臣",是唐穆宗李恒的自稱。《史記·外戚世家》:"太后曰:'帝倦矣! 何從來?'帝曰:'今者至長陵得臣姊,與俱來。'"李德裕《武宗改名告天地文》:"臣繽丞丕緒,勵翼七年,不敢怠荒,以思無逸。"　寡昧:謂知識淺陋,不明事理。楊衒之《洛陽伽藍記·平等寺》:"臣既寡昧,識無光遠,景命雖降,不敢仰承,乞收成旨,以允愚衷。"陳師道《擬御試武舉策》:"不自聖賢詢於寡昧,延見田里之士,究觀文武之宜。"　虔奉:恭謹地承受。《晉書·武帝紀》:"炎虔奉皇運,寅畏天威,敬簡元辰,升壇受禪。"《舊唐書·劉蕡傳》:"虔奉典謨,克承丕構,終任賢之效,無旰食之憂。"　先旨:先人的旨意。《武后大享拜洛樂章·昭和》:"九玄眷命,三聖基隆。奉承先旨,明臺畢功。"元澄《條制營寺奏》:"自今已後,更不聽立,先旨含寬,抑典從請。"　洞開:敞開。班固《西都賦》:"閨房周通,門闥洞開。"柳宗元《祭楊憑詹事文》:"公稟間氣,心靈洞開。翺翔自得,誰屑群猜?"解開,消釋。元稹《上門下裴相公書》:"蕩滌痕累,洞開嫌疑,棄仇如振塵,愛士如救餒。"　誠明:至誠之心和完美的德性。語出《禮記·中庸》:"自誠明謂之性,自明誠謂之教,誠則明矣! 明則誠矣!"鄭玄注:"由至誠而有明德,是聖人之性者也。"李翺《復性書》上:"不知者謂夫子之徒不足以窮性命之道,信之者皆是也。有問於我,我以吾之所知而傳焉! 遂書於書,以開誠明之源。"　滌濯:洗滌。《周禮·天官·冢宰》:"及執事,眡滌濯。"鄭玄注:"滌濯,謂溉祭器及甑甗之屬。"《文選·張衡〈東京賦〉》:"滌濯静嘉,禮儀孔明。"薛綜注:"滌濯,謂洗滌也。"　痕:瘡傷痤癒後留下的疤,泛指痕迹。岑參《長門怨》:"綠錢侵履迹,紅粉濕啼痕。"陸游《劍門道中遇微雨》:"衣上征塵雜酒痕,遠遊無處不消魂。"　耻:耻辱,耻辱之事。司馬遷《報任少卿書》:"每念斯耻,汗未嘗不發背沾衣也。"岳飛《滿江紅·寫懷》:"靖康耻,猶未雪。臣子恨,何時滅!"

⑨ 承元雲奔：原注"憲宗十三年平淮西，承宗已送質獻地。至穆宗立，而承元始表請除帥，朝廷徙弘正入成德，而改承元爲義成節度使"是馬元調據《舊唐書·憲宗紀》、《舊唐書·穆宗紀》所加。 承元：即王承元，成德軍節度使王承宗之弟。《舊唐書·穆宗紀》："（元和十五年）冬十月庚午朔……庚辰……成德軍節度使王承宗卒，其弟承元上表請朝廷命帥，遣起居舍人柏耆宣慰之……乙酉，以魏博等州節度觀察等使、光祿大夫、檢校司徒、兼侍中、魏博大都督府長史、上柱國、沂國公、食邑三千户、實封三百户、田弘正可檢校司徒、兼中書令、鎮州大都督府長史、成德軍節度、鎮冀深趙等州觀察處置等使。以鎮冀深趙等觀察度支使、朝議郎、試金吾左衛胄曹參軍、兼監察御史王承元可銀青光祿大夫、檢校工部尚書、使持節滑州諸軍事、守滑州刺史、御史大夫、充義成軍節度、鄭滑等州觀察等使。" 雲奔：猶雲一般來歸，亦即"上表請朝廷命帥"之事。沈佺期《峽山賦》："於是雲奔電激，神殿一霎而至止；雕梁峻柱，金身丈六以巍然。"劉得仁《題從伯舍人道正裏南園》："種植今如此，塵埃永不侵。雲奔投刺者，日日待爲霖。" 總亦風靡：總即劉總，時爲幽州節度使。原注"長慶元年二月，總奏乞棄官爲僧"是馬元調所加。《舊唐書·穆宗紀》："（長慶元年）二月戊辰朔……己卯，幽州節度使劉總奏請去位落髮爲僧，又請分割幽州所管郡縣爲三道，請支三軍賞設錢一百萬貫。" 風靡：歸順，降伏。蔡邕《太尉汝南李公碑》："百司震肅，饕餮風靡，惡直醜正。"《資治通鑑·唐玄宗天寶十四載》："上始聞祿山反，河北郡縣皆風靡，嘆曰：'二十四郡，曾無一人義士邪！'" 賦輿：兵車，古代以田賦出兵，故稱兵車爲"賦輿"。《左傳·成公二年》："群臣帥賦輿，以爲魯衛請。"杜預注："賦輿，猶兵車。"賦稅。黃滔《大唐福州報恩定光多寶塔碑記》："二之年，陳末稻，均賦輿。" 州里：古代二千五百家爲州，二十五家爲里，本爲行政建制，後泛指鄉里或本土。《後漢書·周興傳》："臣竊見光祿郎周興，孝友之行，著於閨門，清屬之志，聞於州

里。”元稹《楊嗣復授尚書兵部郎中制》:“吏曹郎嗣復,州里秀異,議論宏博,宜其以所長自多。”

⑩ 將:將帥,將領。《孫子·計》:“將者,智信仁勇嚴也。”《史記·司馬穰苴列傳》:“將受命之日,則忘其家。”　士:將領。《老子》:“善爲士者不武,善戰者不怒。”王弼注:“士,卒之帥也。”武士,兵士。《荀子·王制》:“故王者富民,霸者富士,僅存之國富大夫。”楊倞注:“士,卒伍也。”韓愈《鄭公神道碑文》:“凡河東軍之士,與太原之氓吏,及旁九郡百邑之鰥寡,外夷狄之統於府者,聞公之薨,皆哭曰:‘吾其如何!’”　金:錢財,貨幣。《戰國策·秦策》:“嫂曰:以季子之位尊而多金。”張耒《勞歌》:“半袒遮臂是生涯,以力受金飽兒女。”　矢:一種古兵器,即箭,以木或竹製成。《史記·魯仲連鄒陽列傳》:“魯連乃爲書,約之矢,以射城中,遺燕將。”韓愈《張中丞傳後序》:“〔南霽雲〕將出城,抽矢射佛寺浮圖,矢著其上磚半箭。”　五紀:一紀爲十二年,五紀爲六十年。杜牧《冬至日寄小侄阿宜詩》:“家集二百編,上下馳皇王。多是撫州寫,今來五紀強。”蘇軾《蘇州閭丘江君二家雨中飲酒二首》二:“五紀歸來鬢未霜,十眉環列坐生光。”　逆命:違抗命令。《左傳·昭公四年》:“慶封唯逆命,是以在此,其肯從於戮乎?”杜預注:“逆命,謂性不恭順。”《南史·宋建安王休仁傳》:“尋諸方逆命,休仁都督征討諸軍事。”　一朝:一時,一旦。《淮南子·道應訓》:“使者謁之,襄子方將食而有憂色,左右曰:‘一朝而兩城下,此人之所喜也;今君有憂色,何也?’”《魏書·劉靈助傳》:“靈助本寒微,一朝至此,自謂方術堪能動衆。”　砥:平安,安定。《史記·五帝本紀》:“日月所照,莫不砥屬。”裴駰集解引王肅曰:“砥,平也,四遠皆平,而來服屬。”《舊唐書·李珏傳》:“今四海鏡清,八方砥平,厚斂於人,殊傷國體。”

⑪ 垂休:顯示祥瑞,降福。元稹《辨日旁瑞氣狀》:“此皆陛下禮行郊廟,誠達神祇……近臣興感,上帝垂休,克呈捧日之祥,以表動天之德。”司馬光《乞開言路札子》:“公私兩困,盜賊已繁,猶賴上帝垂

休,歲不大飢。” 垂祉:賜福。褚亮《祈穀樂章·肅和》:“履艮斯繩,居中體正。龍運垂祉,昭符啓聖。”柳宗元《禮部賀立皇太子表》:“此皆宗社垂祉,啓祐皇心,乾坤合謀,保安聖運。” 成功:成就的功業,既成之功。《史記·秦始皇本紀》:“今名號不更,無以稱成功,傳後世,其議帝號。”司空圖《太尉琅玡王公河中生祠碑》:“大寇既逃,鄰封共慶。遽求罷任,本切歸寧。堅避成功,益彰傑操。” 千祀:千年。謝瞻《張子房詩》:“惠心奮千祀,清埃播無疆。”柳宗元《吊屈原文》:“後先生蓋千祀兮,余再逐而浮湘。” 尚饗:亦作“尚享”,舊時用作祭文的結語,表示希望死者來享用祭品的意思。《儀禮·士虞禮》:“卒辭曰:哀子某,來日某隮祔爾于爾皇祖某甫。尚饗!”鄭玄注:“尚,庶幾也。”李翱《陵廟時日朔祭議》:“敬修時享,以申追慕。尚享!”

[編年]

　　《年譜》編年本文於長慶元年,理由是:“文首題:‘維長慶元年,歲次辛丑,五月景申朔,十四日己酉,孝曾孫嗣皇帝臣諱某。’元稹代穆宗作。”《編年箋注》編年:“此《祝文》首言‘維長慶元年歲次辛丑五月景申朔十四日己酉’,即所撰日期也。”《年譜新編》同樣編年長慶元年,理由亦同《編年箋注》所示。

　　有本文的“維長慶元年歲次辛丑,五月景申朔,十四日己酉”爲證,本文的撰作日月自然不成問題。但我們以爲,告太廟是早就預謀的重大活動,不是詩人之間偶然邂逅的即景賦詠,故本文不應該撰作於告太廟的當天,亦即長慶元年五月十四日臨時撰作。因爲本文是代唐穆宗李恒所作,呈請李恒過目也是必不可少的程序。故應該是在五月十四日之前的一二天之内,至少應該是在前一天晚上撰寫完成,地點在長安,元稹時任中書舍人翰林承旨學士之職。

◎ 批宰臣請上尊號第四表^{(一)①}

省表具知^(二)。朕以月正元日祇見於九廟^(三),對越於上玄。千官在前,萬乘居後。睹聲名文物之盛,望城社宮闕之尊②。尚念高祖、太宗艱難於經營,德宗、憲考殷憂於纘復^(四)。懼不克荷^(五),以羞前人。夤畏嚴恭,式冀無過③。而燕趙底定,戎獯和寧(時回鶻和親)。實惟列聖之休,焉敢自大其意④?

左右輔弼,庶尹師長,猥以鴻名,願加薄德。三詔執事,抑而不行⑤。物議愈堅,予衷未信。四陳章表,備列古今^{(六)⑥}。且曰告虔之時,寧忘繼志? 問安之下,胡不慰心? 有竊於顯榮^(七),難從於封執^{(八)⑦}。

於戲! 允恭克讓,既見奪於群情;克己爲仁,庶自勤於三省。勉依來請^(九),深用愧懷。

長慶元年五月某日^{(一〇)⑧}。

録自《元氏長慶集》卷四一

[校記]

(一) 批宰臣請上尊號第四表:楊本、叢刊本、《唐大詔令集》、《全文》同,《英華》、《淵鑑類函》作"批第四表",各備一説,不改。

(二) 省表具知:原本無,楊本、叢刊本、《唐大詔令集》、《淵鑑類函》、《全文》同,據《英華》補。

(三) 朕以月正元日祇見於九廟:楊本、叢刊本、《全文》同,《英華》、《淵鑑類函》作"朕以正月元日祇見於九廟對",《唐大詔令集》作

"朕以元月正日祗見於九廟對",各備一説,不改。

(四)德宗、憲考殷憂於纘復:楊本、叢刊本同,盧校作"德宗、憲考殷勤於不纘",《唐大詔令集》作"德宗、憲宗殷勤於纘復",《英華》、《淵鑑類函》作"德宗、憲考殷勤於丕緒復",《全文》作"德宗、憲考殷憂於纘服",各備一説,不改。

(五)懼不克荷:楊本、叢刊本、《唐大詔令集》、《全文》同,《英華》、《淵鑑類函》作"懼不克負荷",各備一説,不改。

(六)備列古今:楊本、叢刊本、《英華》、《唐大詔令集》、《全文》同,《淵鑑類函》作"備引古今",各備一説,不改。

(七)有竊於顯榮:楊本、叢刊本、《全文》同,《英華》、《唐大詔令集》、《淵鑑類函》作"事有切於顯榮",各備一説,不改。

(八)難從於封執:楊本、叢刊本、《全文》同,《英華》作"理難從於封執",《唐大詔令集》作"理難從於固執",《淵鑑類函》作"理難從於拘執",各備一説,不改。

(九)勉依來請:楊本、叢刊本、《全文》同,《英華》、《唐大詔令集》、《淵鑑類函》作"勉依來奏",各備一説,不改。

(一〇)長慶元年五月某日:原本無,楊本、叢刊本、《淵鑑類函》、《全文》同,《英華》作"五月",據《唐大詔令集》補。

[箋注]

① 批宰臣請上尊號第四表:本文繼《第一表》、《第二表》、《第三表》之後,唐穆宗在"長慶元年五月某日"最終允准臣僚"上尊號"的懇請,并於同年七月十八日舉行隆重的儀式,給自己加上"文武孝德皇帝"的桂冠,並有嚴綬領銜,撰文《文武孝德皇帝冊文》普告天下:"維長慶元年歲次辛丑,七月乙未朔,十八日壬子,金紫光禄大夫、檢校司空兼太子少保、上柱國、鄭國公、食邑三千户嚴綬文武官六千二百七十七人等言:臣聞天以萬物付聖人,聖人本天意而保乂之。惟犧農先

天而貞，惟軒轅奉天而行，惟堯舜法天而明，莫不絪縕粹精，昭建鴻名，以至於夏殷周漢，謙儉服義，仁愛忠利，亦著稱謂，代濟其美。當隋之末，我高祖神堯皇帝救拯焚溺，應天立極，蕩氛昏，揚凱澤，父教而母育，恩德高，肌骨肥。維天寶季歲，賊臣祿山，塵起幽陵，毒流四方。累聖含弘，視人如傷，餘柄勢滋，專土擅強。憲宗因天時，順人心，舉武經，明大刑，連拔堅險，顛踣同惡，冥冥沉沉，猶恃榛穢，干戈不得息者，綿六十七祀。逮我后之御曆，紹太宗之求賢審官，舉直錯枉，體玄宗之尊師敬道，清靜致理，法肅宗之循名求實，刑賞用中，廣德宗之亭毒含容，博採虛受。而後展嚴於配天，夷思於法宮，從物無私，推誠至公，需矣乎廣受！寂然乎感通！神武不殺，而天下會同。昔少康祀夏，聿修皇祖之訓；周武繼統，務廣文王之聲。爰洎宣王，克服蠻荊，勞來安集。洎漢光武，既平隴蜀，聽政忘寐。伏惟皇帝陛下，以至聖之姿，誕啟昌運，重明之業，紹開中興。豈無避違？從風悅化而自革；豈無氛翳？大明昇中而自除。皇澤暢於九圍，文命敷於萬國，則向之數王，何足稱哉？尚復孜孜，庶本不遑。勞謙日昃，講道求賢。議獄恤刑，去讒進直。以利物勤人爲政本，以檢身戒懼爲化先。自誠而明，日慎一日，是以天道惟新於景命，玄德亟聞於四方。億兆咸曰：‘大哉君心！’復曰：‘懋哉君功！降延禧之主，揚仁壽之風。恢帝圖，廓皇綱，崇鴻名，顯無疆。不然者，何以答上靈之眷命乎？何以惠庶氓之懇望乎？’於是垂白之老，緇黃之衆，與侯甸藩衛之士，守闕稽顙，日以上請。臣等所以勤勤懇懇，敢固以言；陛下猶堅秉撝，揖至於三四，不得已而降前詔。於是百辟卿士，考天人之意，稽典禮之義，進而言曰：‘陛下崇儒問道，恭默致化，文之明也；保大安乂，感懷夷夏，武之彰也。嚴恭寅畏，博愛廣敬，孝之大也；宣慈惠和，忠恕利物，德之盛也。臣等不勝大願，謹上玉册、玉寶，上尊號曰：‘文武孝德皇帝。’伏惟陛下敬天之錫，昭聖之功，高明有嚴，慎德無窮，赫赫融融，與天比崇。臣綏等誠歡誠懼，稽首，頓首。”隨後，唐穆宗授意元稹撰寫《冊文武孝德皇帝赦文》，晋升百僚，厚賜百姓，大赦天下。在長慶元年的"上尊號"活動中，除了與元稹親密無比的白居易而外，還有以嚴綬爲百官之首，一而再，再而三，直至再四；而估計元稹當時正在忙於處理長慶元年科試案事件，忙於撰寫《戒勵風俗德音》，故元稹没有參與批答第一表的撰寫，其餘批答第二表、第三表、第四表，都是元稹所撰，説明元稹與嚴綬，還有白居易，是這次"上尊號"活動的主要人物，也再一次説明，嚴綬與元稹，除了在江陵的密切交往而外，還有在長慶元年前後的互相配合以及第二年，亦即長慶二年爲嚴綬撰寫的《嚴公行狀》，爲一般的研究者所忽略，值得引起我們的重視與注意。

②　月正：正月。《書·舜典》："月正元日，舜格于文祖。"孔傳："月正，正月。"孔穎達疏："正訓長也，月正言月之最長，正月長於諸月，月正還是正月也。"元稹《郊天日五色祥雲賦》："臣奉某日詔書曰：'惟元祀月正之三日，將有事於南郊。'"李曄《改元天復赦文》："月正元日，新正吉辰……尋下詔書，遞行賞典。"　祇：敬。《詩·商頌·長髮》："昭假遲遲，上帝是祇。"《晉書·顧和傳》："若不祇王命，應加貶黜。"　九廟：指帝王的宗廟，古時帝王立廟祭祀祖先，有太祖廟及三昭廟、三穆廟，共七廟。王莽增爲祖廟五、親廟四，共九廟，後歷朝皆沿此制。《漢書·王莽傳》："取其材瓦，以起九廟。"潘岳《西征賦》："由偪新之九廟，誇宗虞而祖黄。"　對越：指帝王祭祀天地神靈。劉琨《勸進表》："臣聞天生蒸人，樹之以君，所以對越天地，司牧黎元。"《宋史·禮志》："當愁慘之際，行對越之儀，臣等實慮上帝之弗歆。"上玄：上天。《文選·揚雄〈甘泉賦〉》："惟漢十世，將郊上玄。"李善注："上玄，天也。"《周書·王悦傳》："梁主内虧刑政，外闕藩籬，匹夫攘袂，舉國傾覆。非直下民離心，抑亦上玄所棄。"　千官：衆多的官員。《吕氏春秋·君守》："大聖無事，而千官盡能。"曹唐《三年冬大禮五首》三："千官不動旌旗下，日照南山萬樹雲。"　萬乘：周制，天子地方千里，能出兵車萬乘，因以"萬乘"指天子。《孟子·梁惠王》："萬乘

之國，弒其君者，必千乘之家。"趙岐注："萬乘，兵車萬乘，謂天子也。"指帝王，帝位。《漢書·酈通傳》："隨廝養之役者，失萬乘之權；守儋石之祿者，闕卿相之位。"賈島《上邠甯邢司徒》："馬走千蹄朝萬乘，地分三郡擁雙旌。"　乘：車子，春秋時多指兵車，包括一車四馬。《左傳·成公十六年》："苗賁皇徇曰：'搜乘、補卒，秣馬、利兵，修陳、固列，蓐食、申禱，明日復戰！'"《資治通鑑·宋文帝元嘉二十八年》："初，上聞魏將入寇，命廣陵太守劉懷之逆燒城府、船乘，盡帥其民渡江。"胡三省注："乘，謂車也。"　聲名：名聲。《禮記·祭統》："銘者，論譔其先祖之有德善、功烈、勳勞、慶賞、聲名，列於天下，而酌之祭器，自成其名焉！以祀其先祖者也。"杜甫《奉贈王中允維》："中允聲名久，如今契闊深。"　文物：指禮樂制度，古代用文物明貴賤，制等級，故云。《左傳·桓公二年》："夫德，儉而有度，登降有數，文物以紀之，聲明以發之，以臨百官。"杜甫《行次昭陵》："文物多師古，朝廷半老儒。"　城社：城池和祭地神的土壇。《後漢書·曹節傳》："華容侯朱瑀知事覺露，禍及其身，遂興造逆謀……因共割裂城社，自相封賞。"酈道元《水經注·渭水》："太上皇思東歸，故象舊裏，制茲新邑，立城社，樹枌榆。"

③ 高祖：即唐高祖李淵，李唐的開國皇帝，公元六一八年至公元六二六年在位，年號武德。姚崇《請褒賞劉子元吳兢奏》："伏見貞觀十七年，監修國史房元齡與史官給事中許敬宗、著作佐郎敬播修《高祖實錄》二十卷成……"韓愈《永貞行》："嗣皇卓犖信英主，文如太宗武高祖。"　太宗：李唐第二代皇帝，輔助李淵建立大唐，公元六二七年至六四九年在位，年號貞觀，史稱"貞觀之治"。杜甫《北征》："園陵固有神，掃灑數不缺。煌煌太宗業，樹立甚宏達。"元稹《和李校書新題樂府十二首·立部伎》："胡部新聲錦筵坐，中庭漢振高音播。太宗廟樂傳子孫，取類群凶陣初破。"　艱難：指創業。《北史·周宗室傳論》："有周受命之始，宇文護實預艱難。"猶勞苦。葉適《福建運使直

顯謨閣少卿趙公墓誌銘》：“故江淮、荊湖兩司，皆論公當遷，以觀艱難勤力之臣。” 經營：籌畫營造。《書·召誥》：“卜宅，厥既得卜，則經營。”揚雄《法言·五百》：“經營然後知幹楨之克立也。”李軌注：“言經營宮室，立城郭，然後知幹楨之能有所立也。” 德宗：即唐德宗李适，公元公元七七九年至公元八〇五年在位，年號建中、興元、貞元。元稹《叙詩寄樂天書》：“時貞元十年已後，德宗皇帝春秋高，理務因人，最不欲文法吏生天下罪過。”白居易《有唐善人墓碑銘》：“爲校書時，以文行聞，故德宗皇帝擢居翰林。” 憲考：即顯考，指亡父。韓愈《鄆州溪堂》：“及我憲考，一牧正之。”元稹《蕭俛等加勛制》：“惟朕憲考集大命於朕躬，宅憂昏逾，罔克攸濟。”本文指唐穆宗已故父皇唐憲宗，公元八〇五年至八二〇年在位，年號元和。 殷憂：憂傷。謝靈運《歲暮》：“殷憂不能寐，苦此夜難頹。”杜甫《寄賈司馬嚴使君》：“憶昨趨行殿，殷憂捧御筵。” 纘復：繼承恢復。 纘：繼承。《詩·魯頌·閟宮》：“奄有下土，纘禹之緒。”武元衡《順宗至德大聖皇帝挽歌詞三首》三：“纘夏功傳啓，興周業繼昌。” 復：恢復。《史記·孟嘗君列傳》：“王召孟嘗君而復其相位。”曾鞏《初夏有感》：“自然感疾憊形體，後日雖復應伶俜。” 克荷：能够承當。《陳書·程文季傳》：“故散騎常侍、前重安縣開國公文季，纂承門緒，克荷家聲。”王禹偁《濟州衆等寺新修大殿碑并序》：“今院主大德無相，克荷先願，用伸孝思。” 羞：恥辱。《易·恒》：“不恒其德，或承之羞。”李陵《答蘇武書》：“殺身無益，適足增羞。” 寅畏：敬畏。《北史·房彥謙傳》：“刑賞曲直，升聞於天。寅畏照臨，亦宜謹肅。”王禹偁《賀雨表》：“寅畏昊穹之命，焦勞刑政之源。” 嚴恭：莊嚴恭敬。《書·無逸》：“昔在殷王中宗，嚴恭寅畏天命。”孔傳：“言太戊嚴恪恭敬，畏天命。”陳叔達《太廟裸地歌辭》：“大哉孝思，嚴恭祖禰。” 式：語助詞。《詩·大雅·蕩》：“式號式呼，俾晝作夜。”《舊唐書·文宗紀》：“載軫在予之責，宜降恤辜之恩，式表殷憂，冀答昭誠。” 冀：希望，盼望。《楚辭·離騷》：“冀枝葉之峻茂兮,願竢時乎吾將刈。"《南齊書·垣崇祖傳》:"淮北士民,力屈胡虜,南向之心,日夜以冀。"　無過:沒有過失。張九齡《諫廢黜三王奏》:"今太子既長無過,二王又賢,臣待罪左右,敢不詳悉。"常袞《故四鎮北庭行營節度使扶風郡王贈司徒馬公神道碑銘》:"公之事君也,奉之以實,納之以忠,造膝前籌,詞理明順,檢身無過,恭謹畏慎。"

④ 燕趙底定:指鎮冀節度使府王承元請帥於李唐與幽燕節度使府劉總提出分幽州爲三道,請求朝廷命帥之事。　燕趙:指戰國時燕、趙兩國,亦泛指其所在地區,即今河北省北部及山西省東部一帶,李唐時即幽州節度使與鎮冀節度使之轄境。《史記·春申君列傳》:"王之地一經兩海,要約天下,是燕、趙無齊、楚,齊、楚無燕、趙也。"崔湜《景龍二年春日赴襄陽途中言志》:"余本燕趙人,秉心愚且直。"底定:平定,安定。《周書·尉遲運傳》:"東夏底定,頗有力焉!"王禹偁《平陽公主贊并序》:"卒見削平多壘,底定京師。"　戎獯和寧:事見《舊唐書·穆宗紀》:"(長慶元年五月癸亥)皇妹太和公主出降迴紇登羅骨没施合毗伽可汗,甲子,命金吾大將軍胡証充送公主入迴紇使兼册可汗,又乙太府卿李鋭爲入迴紇婚禮使。"　戎獯:我國古代北方少數民族名,夏商時稱獯鬻,周時稱獫狁,秦漢稱匈奴,唐時稱回鶻。王融《永明十一年策秀才文》五:"所以關洛動南望之懷,獯夷遽北歸之念。"張說《都督郭君碑銘》:"觥觥將軍,雄略冠群。平西征北,震戎疊獯。"　和寧:和睦安寧。《禮記·燕義》:"是以上下和親而不相怨也,和寧,禮之用也。"孔穎達疏:"上下和親是和也,而不相怨是安寧也。"《漢書·劉向傳》:"四海之內,靡不和寧。"　列聖:指本朝已故諸皇帝。李華《無疆頌八首序》"敢述列聖爲《無疆頌》,式昭皇家大慶無窮。"劉禹錫《擬册皇太子文》:"咨爾元子王某,襲列聖之姿,體健行之質。"　休:蔭庇。《周書·静帝紀》:"藉祖考之休,憑宰輔之力。"曾鞏《仙源縣君曾氏墓誌銘》:"吾既孤而貧,有妹九人……賴先人遺休,嫁之皆以時。"　自大:自己尊大,自負。曹操《讓縣自明本志令》:"今孤

言此,若爲自大,欲人言盡,故無諱耳!"李上交《近事會元》卷二:"元和、長慶中,中丞行李不過半坊,今乃遠至兩坊,謂之籠街喝道,但以崇高自大,不思僭擬之嫌。"

⑤ 左右:近臣,侍從。《左傳·宣公二十年》:"〔楚子〕左右曰:'不可許也,得國無赦。'"《北史·堯君素傳》:"煬帝爲晉王時,君素爲左右。" 輔弼:輔佐君主的人,後多指宰相。《吕氏春秋·自知》:"故天子立輔弼,設師保,所以舉過也。"《史記·管蔡世家》:"然周武王崩,成王少,天下既疑,賴同母之弟成叔、冉季之屬十人爲輔拂,是以諸侯卒宗周。" 庶尹:衆官之長。《書·益稷》:"百獸率舞,庶尹允諧。"孔傳:"尹,正也,衆正官之長。"蔡沈集傳:"庶尹者,衆百官府之長也。"指百官。《文選·陸機〈辨亡論〉》:"庶尹盡規於上,四民展業於下。"吕延濟注:"庶尹,百官也。" 師長:大夫。《國語·楚語》:"自卿以下至於師長、士,苟在朝者,無謂老耄而舍我。"韋昭注:"師長,大夫。"《舊唐書·盧群傳》:"但得百寮師長肝膽,不用三軍羅綺金銀。"猥:副詞,猶辱、承,謙虛之詞。楊修《答臨淄侯箋》:"猥受顧錫,教使刊定,《春秋》之成,莫能損益。"干寶《搜神記》卷五:"家女子並醜陋,而猥垂榮顧。" 鴻名:大名,盛名。崔群《元和聖文神武法天應道皇帝册文》:"伏惟陛下景福是膺,如日之升。雖休勿休,翼翼兢兢。對越鴻名,丕赫成能。萬壽百祥,罔不豐登。天祚聖唐,惟聖丕承。臣綬等誠歡誠躍,頓首頓首,謹上。"嚴綬《文武孝德皇帝册文》:"絪緼粹精,昭建鴻名,以至於夏殷周漢,謙儉服義,仁愛忠利,亦著稱謂,代濟其美。" 薄德:小德,與"厚德"、"大德"相對,用爲謙辭。賈至《元宗幸普安郡制》"伊朕薄德,不能守厥位,貽禍海内,負兹蒼生。"陸贄《優恤畿内百姓並除十縣令詔》:"朕以薄德,托於人上。勵精思理,期致雍熙。鑒之不明,事或乖當。百度多闕,四方靡寧。" 三詔:三次下詔,指前面三次批答"上尊號"的奏表。 詔:詔書。《史記·秦始皇本紀》:"命爲'制',令爲'詔'。"裴駰集解引蔡邕曰:"詔,詔書。"韓愈

《送陸歙州詩序》："我作此詩，歌於遂道。無疾其驅，天子有詔。"　執事：有職守之人，官員。《書·盤庚》："嗚呼！邦伯師長百執事之人，尚有隱哉！"孔穎達疏："其百執事謂大夫以下，諸有職事之官皆是也。"元稹《范季睦授尚書倉部員外郎制》："新熟之時，豈宜無備？乃詔執事，聿求其才。乘我有秋，大實倉廩。"　抑：抑制，阻止。《戰國策·秦策》："約縱散橫，以抑強秦。"《史記·魏公子列傳》："遂乘勝逐秦軍至函谷關，抑秦兵，秦兵不敢出。"　不行：不施行。《書·呂刑》："上下比罪，無僭亂辭，勿用不行。"孔傳："無聽僭亂之辭以自疑，勿用折獄，不可行。"《史記·穰侯列傳》："於是穰侯不行，引兵而歸。"

⑥ 物議：眾人的議論。《宋書·蔡興宗傳》："及興宗被徙，論者並云由師伯……師伯又欲止息物議，由此停行。"孔平仲《續世説·方正》："子一知異不爲物議所歸，未嘗造門，其高潔如此。"　衷：內心。《左傳·僖公二十八年》："今天誘其衷，使皆降心以相從也。"駱賓王《上吏部裴侍郎書》："情蓄於衷，事符則感；形潛於內，迹應斯通。"章表：奏章，奏表。曹丕《與吳質書》："孔璋章表殊健，微爲繁富。"袁宏《後漢紀·桓帝紀》："從事中郎馬融爲冀作章表。"　備列：詳列。蕭穎士《蓮蕊散賦》："討奇篇於綠帙，搜秘卷於青囊；奚要術之備列，獨無聞於此方？"元稹《戒勵風俗德音》："而宰臣等懼其浸染，未克澄清，備列祖宗之書，願垂戒勵之詔。"　古今：古代和現今。《禮記·三年問》："故三年之喪，人道之至文者也……是百王之所同，古今之所壹也。"曾鞏《請令長貳自舉屬官劄子》："質之於古，實應先王之法；施之後世，可以推行：誠古今之通議也。"

⑦ 虔：恭敬，誠心。《左傳·莊公二十四年》："女贄，不過榛栗棗修，以告虔也。"杜預注："虔，敬也。"《文選·張衡〈西京賦〉》："豈伊不虔思於天衢。"薛綜注："虔，敬也。"　繼志：繼續前人之志。《通志·總序》："大抵開基之人，不免草創，全屬繼志之士爲之彌縫。"《宋史·禮志》："孝宗繼志，典章文物，有可稱述。"　問安：問候尊長起居，問

好。元稹《七女封公主制》：“朕以四海奉皇太后於南宮，問安之時，諸女侍側。”梅堯臣《送河東轉運劉察院》：“行臺知不遠，能使問安頻。”胡不：何不。《詩·鄘風·相鼠》：“人而無禮，胡不遄死？”《史記·張耳陳餘列傳》：“苟必信，胡不赴秦軍俱死？” 慰：安慰，慰撫。《詩·邶風·凱風》：“有子七人，莫慰母心。”毛傳：“慰，安也。”韓愈《和侯協律詠笋》：“侯生來慰我，詩句讀驚魂。” 竊：謂非其有而取之，不當受而受之。《莊子·山木》：“君子不爲盜，賢人不爲竊。”王先謙集解引宣穎曰：“虛叨爵祿，無異盜竊。”劉義慶《世說新語·言語》：“雖有竊秦之爵、千駟之富，不足貴也。”劉孝標注：“以詐獲爵，故曰竊也。”顯榮：顯赫榮耀。《楚辭·九辯》：“太公九十乃顯榮兮，誠未過其匹合。”王逸注：“呂尚耆老，然後貴也。”元結《喻友》：“人生不方正忠信以顯榮，則介潔静和以終老。” 封執：《莊子·齊物論》“其次以爲有物矣！而未始有封也”成玄英疏：“初學大賢，鄰乎聖境，雖復見空有之異，而未曾封執。”原謂執持事物的界域，後引申爲固執，執著。白居易《禽蟲十二章詩序》：“每章可致一哂，一哂之外，亦有以自警其衰耄封執之惑焉！”《續資治通鑑長編·宋真宗咸平六年》：“至於出納移用，均會有無，則專各封執，動相違戾。”

⑧ 允恭：信實而恭勤。《書·堯典》：“允恭克讓，光被四表，格於上下。”孔傳：“允，信。”孔穎達疏引鄭玄曰：“不懈於位曰恭。”《三國志·牽招傳》：“曹公允恭明哲，翼戴天子。伐叛柔服，寧静四海。”克讓：能謙讓。《孔子家語·六本》：“昔堯治天下之位，猶允恭以持之，克讓以接下。”《漢書·藝文志》：“合於堯之克攘，《易》之嗛嗛，一謙而四益，此其所長也。”顏師古注：“攘，古讓字。” 群情：群眾的情緒，民意。《北史·齊諸王傳論》：“事迫群情，理至淪亡。”司馬光《言御臣上殿札子》：“群情未洽，績效未著。” 克己：謂克制私欲，嚴以律己。《漢書·王嘉傳》：“孝文皇帝欲起露臺，重百金之費，克己不作。”韓愈《賀太陽不虧狀》：“陛下敬畏天命，克己修身，誠發於中，災銷於

上。”亦作“克己復禮”，約束自我，使言行合乎先王之禮。《論語·顏淵》“克己復禮爲仁。”何晏集解：“馬曰：‘克己，約身。’孔曰：‘復，反也。’身能反禮，則爲仁矣！”王應麟《困學紀聞·古志克己復禮》：“古也有志，克己復禮，仁也。”　三省：省察三事。《論語·學而》：“曾子曰：‘吾日三省吾身：爲人謀而不忠乎？與朋友交而不信乎？傳不習乎？’”後泛指認真反省自己的過失。《後漢書·郎顗傳》：“伏惟陛下躬日昃之聽，溫三省之勤，思過念咎，務消祇悔。”江淹《討沈攸之尚書符》：“符至之日，幸加三省。”　愧懷：自愧的心懷。白居易《答馮伉請上尊號表》：“雖鴻名未稱，每勞踖地之心。而人欲下從，即爽法天之德。勉依勤請，良用愧懷。”李德裕《處置楊弁敕》：“雖禁暴除殘，國之大典，然俾其陷辟，終用愧懷。”

［編年］

　　《年譜》、《編年箋注》、《年譜新編》編年：“《唐大詔令集》卷六載此表，注：‘長慶元年五月日。’”

　　我們以爲，一、根據《英華》尾注“五月”，《唐大詔令集》尾注“長慶元年五月日”，本文應該作於長慶元年五月無疑。二、元稹《批宰臣請上尊號第三表》撰成於長慶元年五月上旬，而根據《批宰臣請上尊號第二表》、《批宰臣請上尊號第三表》每表耗時十天左右的事實，此表應該撰作於五月中下旬。三、本文提及“戎獯和寧”，亦即《舊唐書·穆宗紀》所載“（長慶元年五月癸亥）皇妹太和公主出降迴紇登羅骨没施合毗伽可汗，甲子，命金吾大將軍胡証充送公主入迴紇使兼冊可汗，又乙太府卿李銳爲入迴紇婚禮使”之事。而“癸亥”是五月二十八日，“甲子”是五月二十九日，“戎獯和寧”應該是禮節繁複，絕非一日兩日就可以完成，五月中旬正是熱火朝天準備之時，故元稹在本文中順便提及。據此，本文應該撰作於長慶元年五月中旬，地點在長安，元稹時任中書舍人翰林承旨學士之職。

◎ 與樂天同葬杓直^{(一)①}

元伯來相葬，山濤誓撫孤^②。不知他日事，兼得似
君無^③？

録自《元氏長慶集》卷八

［校記］

（一）與樂天同葬杓直：楊本、叢刊本、《萬首唐人絶句》、《全詩》
均無異文。

［箋注］

① 與樂天同葬：長慶元年二月至五月間，元稹在中書舍人翰林
承旨學士任，白居易在主客郎中、知制誥任，兩人都在長安，故能够同
時參加好友李建的喪事與葬禮。　杓直：元稹白居易好友李建的字。
元稹有《唐故中大夫尚書刑部侍郎上柱國隴西縣開國男贈工部尚書
李公墓誌銘》、白居易也有《有唐善人墓碑》與《祭李侍郎文》，詳細記
述李建的生平及爲人，本書稿上文已作介紹，此不重複。《舊唐書·
李建傳》："建字杓直，家素清貧，無舊業。與兄造、遜於荆南躬耕致
養，嗜學力文。舉進士，選授秘書省校書郎。德宗聞其名，用爲右拾
遺、翰林學士。元和六年坐事罷職，降詹事府司直。高郢爲御史大
夫，奏爲殿中侍御史，遷兵部郎中、知制誥。自以草詔思遲，不願司文
翰，改京兆尹。與宰相韋貫之友善，貫之罷相，建亦出爲灃州刺史。
徵拜太常少卿，尋以本官知禮部貢舉，建取捨非其人，又惑於請託，故
其年選士不精，坐罰俸料。明年除禮部侍郎，竟以人情不洽，改爲刑
部。建名位雖顯，以廉儉自處，家不理垣屋，士友推之。長慶二年二

6468

月卒,贈工部尚書。"元積《貶江陵途中寄樂天朽直朽直以員外郎判鹽
鐵樂天以拾遺在翰林》:"暇日上山狂逐鹿,凌晨過寺飽看雲。算緡草
詔終須解,不敢將心遠羨君。"白居易《商山路有感并序》:序云:"前年
夏,予自忠州刺史除書歸闕。時刑部李十一侍郎、户部崔二十員外,
亦自澧、果二郡守徵還,相次入關,皆同此路。今年予自中書舍人授
杭州刺史,又由此途出。二君已逝,予獨南行,追歡興懷,慨然成詠。
後來有與予、朽直、虞平遊者,見此短什,能無惻惻乎? 儻未忘情,請
爲繼和。長慶二年七月三十日題於内鄉縣南亭云爾。"詩云:"朽直泉
埋玉,虞平燭過風。唯殘樂天在,頭白向江東。"

　　② 元伯來相葬:《後漢書・范式傳》:"范式字巨卿,山陽金鄉人
也……少遊太學,爲諸生,與汝南張劭爲友。劭字元伯,二人並告歸
鄉里,式謂元伯曰:'後二年當還,將過拜尊親,見孺子焉!'乃共克期
日。後期方至,元伯具以白母,請設饌以候之。母曰:'二年之別,千
里結言,爾何相信之審邪?'對曰:'巨卿信士,必不乖違。'母曰:'若
然,當爲爾醖酒。'至其日,巨卿果到,升堂拜飲,盡歡而別……後元伯
寢疾篤……元伯臨盡嘆曰:'恨不見吾死友!'……'山陽范巨卿,所謂
死友也!'尋而卒,式忽夢見元伯玄冕垂纓,屣履而呼曰:'巨卿,吾以
某日死,當以爾時葬,永歸黄泉,子未我忘,豈能相及!'式怳然覺寤,
悲嘆泣下,具告太守,請往奔喪。太守雖心不信而重違其情,許之。
式便服朋友之服,投其葬日馳往赴之。式未及到,而喪已發引。既至
壙將窆而柩不肯進,其母撫之曰:'元伯豈有望邪?'遂停柩移時,乃見
有素車白馬號哭而來,其母望之曰:'是必范巨卿也!'巨卿既至,叩喪
言曰:'行矣! 元伯死生路異,永從此辭!'會葬者千人,咸爲揮涕。式
因執紼而引柩於是,乃前式遂留止冢次,爲修墳樹,然後乃去。"此故
事後來被馮夢龍改編爲故事,編入《喻世明言》之中,詳情可參閲吳偉
斌整理校點的《喻世明言・張元伯自刎誓赴信約　范巨卿千里安葬
知己》。後來成爲吊友之典故,如張説《李工部挽歌三首》二:"會葬知

元伯,看碑識蔡邕。無由接神理,揮涕向青松。"權德輿《工部發引日屬傷足卧疾不遂執紼》:"子春傷足日,況有寢門哀。元伯歸全去,無由白馬來。" 山濤:《晉書·山濤傳》:"山濤,字巨源,河內懷人也……與嵇康、吕安善,後遇阮籍,便爲竹林之遊,著忘言之契。康後坐事,臨誅謂子紹曰:'巨源在,汝不孤矣!'"後來成爲爲朋友撫孤的典故。劉長卿《客舍贈別韋九建赴任河南韋十七造赴任鄭縣就便覲省》:"頃者遊上國,獨能光選曹。香名冠二陸,精鑒逢山濤。"溫庭筠《感舊陳情五十韵獻淮南李僕射》:"嵇紹垂髫日,山濤筮仕年。琴樽陳席上,紈綺拜床前。" 撫孤:存恤遺孤,撫養孤兒。杜甫《遣懷》:"不復見顔鮑,繫舟卧荆巫。臨餐吐更食,常恐違撫孤。"戴叔倫《舟中見雨》:"夢遠愁蝴蝶,情深愧鶺鴒。撫孤終日意,身世尚流萍。"

③ 他日:過些天,以後,將來的某一天或某一時期。《孟子·滕文公》:"墨者夷之因徐辟而求見孟子,孟子曰:'吾固願見,今吾尚病……'他日又求見孟子。"林逋《先生將終之歲自作壽堂因書一絶以志之》:"茂陵他日求遺稿,猶喜曾無封禪書。" 兼:同時具有或涉及幾種事物或若干方面。《易·繫辭》:"《易》之爲書也,廣大悉備。有天道焉!有人道焉!有地道焉!兼三材而兩之,故六。"韓愈《苦寒》:"四時各平分,一氣不可兼。隆寒奪春序,顓頊固不廉。" 無:副詞,用於句末,表示疑問,相當於"否"。白居易《問劉十九》:"晚來天欲雪,能飲一杯無?"楊巨源《寄江州白司馬》:"江州司馬平安否?惠遠東林住得無?" "不知他日事"兩句:元稹的身後之事有白居易、劉禹錫、李德裕一幫朋友的祭祀,頗爲悲壯。但當時元稹正是春風得意之時,而他詩歌的最後兩句多多少少流露了元稹當時深深的憂思,對自己身後的憂慮。而元稹身後的不幸遭遇可謂淒慘,元稹這時的預見可謂不無道理,值得我們注意。

[編年]

《年譜》編年本詩於"長慶元年五月作",《編年箋注》云:"長慶元年(八二一)二月,李建卒於長安修行里。贈工部尚書。同年五月歸祔於鳳翔先塋。元稹爲作墓誌,白居易爲作墓碑。此詩作於同時。見下《譜》。"《年譜新編》編年長慶元年,理由是:"元稹《唐故中大夫尚書刑部侍郎上柱國隴西縣開國男贈工部尚書李公墓誌銘》云:'……竟不克言而遂薨,年五十八,是歲長慶元年之二月二十有三日也……後四月,祔先君於鳳翔府某縣某鄉某里,實五月之二十有五日。'"

這是元稹與白居易一起參加安葬他們好友李建時所寫,白居易《有唐善人墓碑銘》,揭示了本詩的寫作時間,文云:"唐有善人曰李公,公名建字杓直……長慶元年二月二十三日夜無疾即世于長安修行里第。是歲五月二十五日歸祔於鳳翔某縣某鄉某原之先塋,春秋五十八。"元稹《唐故中大夫尚書刑部侍郎上柱國隴西縣開國男贈工部尚書李公墓誌銘》云:"公……諱建字杓直……竟不克言而遂薨,年五十八,是歲長慶元年之二月二十有三日也……後四月祔先君於鳳翔府某縣某鄉某里,實五月之二十有五日。"時元稹在中書舍人翰林承旨學士任,白居易在尚書主客郎中知制誥任,都在長安,完全可能參與李建的葬禮。賦詩的地點,應該就在"鳳翔府某縣某鄉某里"李建家族"先塋"之地,時在長慶元年五月二十五日李建安葬之時。

■ 酬樂天初著緋戲贈(一)①

據白居易《初著緋戲贈元九》

[校記]

(一) 酬樂天初著緋戲贈:元稹本佚失詩所據白居易《初著緋戲

贈元九》，見《白氏長慶集》、《白香山詩集》、《全詩》，未見異文。

[箋注]

① 酬樂天初著緋戲贈：白居易《初著緋戲贈元九》：“晚遇緣才拙，先衰被病牽。那知垂白日，始是著緋年。身外名徒爾，人間事偶然。我朱君紫綬，猶未得差肩。”白居易這首詩歌是贈給元稹的，但今存元稹詩文集中未見回酬之篇，應該屬於佚失之列，據此補。　著緋：穿紅色的官服，古代官服顏色不同，表示官吏品級的高低。如唐上元元年定制：文武三品以上服紫，四品服深緋，五品服淺緋，六品服深綠，七品服淺綠，八品服深青，九品服淺青。後常以“著緋”指當了中級官員。白居易《重和元少尹》：“鳳閣舍人京亞尹，白頭俱未著緋衫。南宮起請無消息，朝散何時得入銜？”白居易《聞行簡恩賜章服喜成長句寄之》：“吾年五十加朝散，爾亦今年賜服章……大抵著緋宜老大，莫嫌秋鬢數莖霜。”　戲贈：玩笑性質贈送的詩作。李百藥《戲贈潘徐城門迎兩新婦》：“秦晉稱舊匹，潘徐有世親。三星宿已會，四德婉而嬺。”盧象《戲贈邵使君張郎》：“少婦石榴裙，新妝白玉面。能迷張公子，不許時相見。”

[編年]

未見《元稹集》採録，也未見《年譜》、《編年箋注》、《年譜新編》採録與編年。

據朱金城先生《白居易箋校·白居易年譜簡編》，白居易元和十五年十二月二十八日晋升爲主客郎中、知制誥，亦即中書舍人。而長慶元年夏天，與元宗簡同制加朝散大夫，始著緋。《漁隱叢話前集》：“《蔡寬夫詩話》云：‘唐制：百官服色不視職事官而視其階官九品，與今制特異。樂天爲中書舍人知制誥，元宗簡爲京兆少尹，官皆六品，故猶着綠。其詩所謂'鳳閣舍人京兆尹，白頭猶未着緋衫。南宮啓請無消息，朝散何時復入銜'是也。後與元宗簡同制加朝散大夫，始登五品，故其詩曰：'命服雖同黃紙上，官班不共紫微前。青衫脫早差三日，白髮生遲校九年。'中書舍人雖正五品，必待加朝散而後易緋，此知其不繫於職事官也。"白居易詩即賦作於是長慶元年夏天，元稹當時正在中書舍人、翰林承旨學士之任，應該在長安，故隨即回酬也就順理成章之事。據此，元稹本佚失詩應該賦成於白居易、元宗簡"著緋"并白居易賦詩之後，時間應該在夏天。

● 授丘紆陳鴻員外郎等制(一)①

敕：朝議郎、行左補闕、上柱國丘紆：諫諍之臣，入言於密勿之際，群下莫得而知。然而政有污崇，由爾之得失也②。

朝議郎、行太常博士、上柱國陳鴻：禮秩之官，草儀於朝廷之內，四方之所觀聽。是以察其事，爲見爾之能否矣③！

以爾紆久於侍從，可以序遷；以爾鴻堅於討論，可以事舉④。並命省闥，足謂恩榮。慎乃攸司，無違夙夜。紆可膳部員外郎，鴻可虞部員外郎⑤。

録自《元氏長慶集》補遺卷四

[校記]

（一）授丘紆陳鴻員外郎等制：本文又見《英華》、《全文》，未見異文。

[箋注]

① 授丘紆陳鴻員外郎等制：本文諸多《元氏長慶集》不見刊載，

但《元氏長慶集》補遺卷四、《英華》、《全文》收録,據補。 丘紓:兩《唐書》無傳,僅個別文獻有零星記載:唐無名氏《大唐傳載》:"元和十五年,辛丘度、丘紓、杜元穎同時爲拾遺。令史分直故事,每自吟曰:'出身三十年,髮白衣仍碧。日暮倚朱門,從朱汗袍赤。'因爲之奏章服焉!"錢易《南部新書》:"元和十五年,辛邱度、邱紓、杜元穎同時爲遺補。令史分直,故事,但舉其姓曰:辛、邱、杜當入。" 陳鴻:兩《唐書》無傳,《長恨歌傳》作者,與白居易《長恨歌》同時行於世。《册府元龜》卷九七九:"長慶元年五月……甲子,以左金吾衛大將軍胡証檢校户部尚書,持節充送公主入回鶻及加册可汗使。光禄寺卿李憲加兼御史中丞,充副使。太常博士殷侑改殿中侍御史,充判官。以前曹州刺史李鋭爲太府卿,兼御史大夫,持節赴回鶻充婚禮使。宗正少卿嗣寧王子鴻兼御史中丞,充副使。以虞部員外郎陳鴻爲判官。"《新唐書·藝文志》:"陳鴻:《開元升平源》一卷(字大亮,貞元主客郎中)。"《宋史·藝文志》:"陳鴻:《東城父老傳》一卷。"另有《大統紀序》、《廬州同食館記》傳世。白居易《長恨歌序》:"前進士陳鴻撰《長恨歌傳》曰:'……'"白居易《長恨歌》撰成於元和元年,稱"前進士",故"貞元主客郎中"之説疑有誤,或許不是同一人。 員外郎:官名,本指正員以外的郎官。晉武帝始設員外散騎常侍,員外散騎侍郎,簡稱員外郎。隋開皇時,尚書省二十四司各設員外郎一人,爲各司的次官。唐及以後,各部都有員外郎位在郎中之次。許渾《李定言自殿院銜命歸闕拜員外郎遷右史因寄》:"白筆南征變二毛,越山愁瘴海驚濤。才歸龍尾含雞舌,更立螭頭運兔毫。"韓偓《余自刑部員外郎爲時權所擠値盤石出鎮藩屏朝選賓佐以余充職掌記鬱鬱不樂因成長句寄所知》:"正叨清級忽從戎,况與燕臺事不同。開口漫勞矜道在,撫膺唯合哭途窮。"

② 朝議郎:文散官,正六品。王涇《授學士李讓夷職方員外郎充職制》:"翰林學士、朝議郎、行左補闕、賜緋魚袋李讓夷……可行尚書

職方員外郎，依前充翰林學士，散官、賜如故。"杜牧《鄭處晦守職方員外郎兼侍御史知雜事制》："朝議郎、行尚書職方員外郎、上柱國、賜緋魚袋鄭處晦……可守本官兼侍御史知雜事，散官、勛賜如故。"　行：謂兼攝官職。孫逖《授楊齊宣起居郎制》："朝議郎、前行左補闕楊齊宣……可行起居郎。"常袞《授薛兼適左補闕制》："朝請郎、前行萬年縣丞薛兼適……可行左補闕，散官如故。"　補闕：官名，唐武后垂拱元年始置，有左右之分，左補闕屬門下省，右補闕屬中書省，掌供奉諷諫。陳子昂《西還至散關答喬補闕知之》："攬衣度函谷，銜涕望秦川。蜀門自茲始，雲山方浩然。"沈佺期《古意呈補闕喬知之》："盧家少婦鬱金堂，海燕雙栖玳瑁梁。九月寒砧催木葉，十年征戍憶遼陽。"　上柱國：唐宋以上柱國爲武官勛爵中的最高級，柱國次之，歷代沿用。白居易《馬上作》："處世非不遇，榮身頗有餘。勛爲上柱國，爵乃朝大夫。"白居易《初加朝散大夫又轉上柱國》："紫微今日烟霄地，赤嶺前年泥土身。得水魚還動鱗鬣，乘軒鶴亦長精神。"　諫諍：直言規勸。《韓詩外傳》卷一〇："言文王咨嗟，痛殷商無輔弼諫諍之臣而亡天下矣！"蘇軾《上神宗皇帝書》："歷觀秦漢以及五代，諫諍而死，蓋數百人。"　密勿：機要，機密。《三國志·杜恕傳》："與聞政事密勿大臣，寧有懇懇憂此者乎？"李德裕《謝賜讓官批答狀》："承詡俞之命，或慮闕遺；奉密勿之機，實憂不逮。"　群下：泛指僚屬或群臣。《莊子·漁父》："群下荒怠，功美不有，爵祿不持。"《漢書·王莽傳》："群下較然輸忠，黎庶昭然感德。臣誠輸忠，民誠感德，則於王事何有？"　污：貪贓，不廉潔。《韓非子·奸劫弒臣》："我不以清廉方正奉法，乃以貪污之心枉法以取私利，是猶上高陵之巔，墮峻溪之下以求生，必不幾矣！"《漢書·酷吏傳贊》："其廉者足以爲儀表，其污者方略教道，壹切禁奸。"　崇：興盛。《後漢書·杜篤傳》："篤未甚然其言也，故因爲述大漢之崇，世據雍州之利，而今國家未暇之故，以曉客意。"李賢注："崇，高盛也。"王勃《三國論》："然廢興有際，崇替遞來，每覽其書，曷能不臨卷而永懷,撫事而伊鬱也。" 得失:得與失,猶成敗。《管子·七臣七主》:"故一人之治亂在其心,一國之存亡在其主,天下得失,道一人出。"尹知章注:"明主得,暗主失。"《詩大序》:"國史明乎得失之迹,傷人倫之廢,哀刑政之苛,吟詠情性,以風其上。"

③ 太常博士:文散官,從七品上。皇甫曾《國子柳博士兼領太常博士輒申賀贈》:"博士本秦官,求才帖職難……講學分陰重,齋祠曉漏殘。"權德輿《尚書司門員外郎仲君墓誌》:"貞元十年舉賢良方正,拜太常博士,轉主客、司門二員外郎。" 禮秩:指禮儀等第和爵祿品級。《左傳·莊公八年》:"僖公之母弟曰夷仲年,生公孫無知,有寵於僖公,衣服禮秩如適。"司空圖《蒲帥燕國太夫人石氏墓誌》:"特彰禮秩之優,疊降珍華之錫。" 四方:天下,各處。《易·姤》:"後以施命誥四方。"《淮南子·原道訓》:"泰古二皇,得道之柄,立於中央,神與化遊,以撫四方。"高誘注:"撫,安也。四方,謂之天下也。" 觀聽:引申爲輿論。《後漢書·陰識傳》:"富貴有極,人當知足,誇奢益爲觀聽所譏。"蘇軾《賀楊龍圖啟》:"伏審新改直職,擢司諫垣,傳聞邇遐,竦動觀聽。" 能否:有才能與否。《左傳·襄公三十一年》:"公孫揮能知四國之爲,而辨於其大夫之族姓、班位、貴賤、能否,而又善爲辭令。"《晉書·武帝紀》:"古者歲書群吏之能否,三年而誅賞之。"

④ 侍從:隨侍帝王或尊長左右。《漢書·史丹傳》:"自元帝爲太子時,丹以父高任爲中庶子,侍從十餘年。"吳質《答魏太子箋》:"陳、徐、劉、應,才學所著,誠如來命,惜其不遂,可爲痛切。凡此數子,於雍容侍從,實其人也。" 序遷:按等級次第升遷。陸贄《論朝官闕員及刺史等改轉倫序狀》:"頃者臣因奏事,論及內外序遷。"元稹《崔薿檢都官員外郎兼侍御史制》:"效誠於長,議以序遷。" 討論:謂共同商討辯論。《南史·顧越傳》:"弱冠遊學都下,通儒碩學,必造門質疑,討論無倦。"羅隱《題玄同先生草堂三首》三:"常時憶討論,歷歷事猶存。" 舉:興辦,辦理。酈道元《水經注·濕餘水》:"南則絕谷,累

石爲關垣，崇墉峻壁，非輕功可舉。"范仲淹《竇諫議録》："貧困者有喪不能自舉，公爲出金葬之。"

⑤ 省闥：宮中，禁中，又稱禁闥，古代中央政府諸省設於禁中，後因作中央政府的代稱。《漢書·谷永傳》："臣永幸得給事中出入三年，雖執干戈守邊垂，思慕之心常存於省闥。"皇甫冉《送袁郎中破賊北歸》："黃香省闥登朝去，楊僕樓船振旅歸。"　恩榮：謂受皇帝恩寵的榮耀。裴光庭《奉和御製左丞相説右丞相璟太子少傅乾曜同日上官命宴都堂賜詩》："紫庭崇讓畢，粉署禮容陳。既荷恩榮舊，俱承寵命新。"劉長卿《送蔣侍御入秦》："朝見及芳菲，恩榮出紫微。晚光臨仗奏，春色共西歸。"　慎：謹慎，慎重。《易·頤》："君子以慎言語，節飲食。"孔穎達疏："故君子觀此頤象，以謹慎言語，裁節飲食。"杜甫《鄭典設自施州歸》："名賢慎所出，不肯妄行役。"　乃：助詞，無義。《書·大禹謨》："乃聖乃神，乃武乃文。"李白《化城寺大鐘銘》："遂與六曹豪吏，姑熟賢者，乃緇乃黃，翹趨梵庭，請揚宰君之鴻美。"　攸：助詞，無義。《書·盤庚》："汝不憂朕心之攸困。"王引之《經傳釋詞·攸》："攸，語助也……言不憂朕心之困也。某氏《傳》'攸'爲'所'，失之。"《詩·大雅·皇矣》："執訊連連，攸馘安安。"　司：職守，職責。王融《三月三日曲水詩序》："協律總章之司，厚倫正俗；崇文成均之職，導德齊禮。"韓愈《除崔群户部侍郎制》："選賢與能，於今雖重，擇才均賦，自古尤難。往慎乃司，以服嘉命。"　無違：特指不要違反禮法、天道。《論語·爲政》："孟懿子問孝，子曰：'無違。'"楊伯峻注引黃式三《論語後案》："古人凡背禮者謂之違。"朱熹《齋居感興二十首》三："至人秉元化，動静體無違。"　夙夜：朝夕，日夜。《書·旅獒》："夙夜罔或不勤，不矜細行，終累大德。"孔傳："言當早起夜寐。"柳宗元《爲劉同州謝上表》："庶當刻精運力，夙夜祗勤。上奉雍熙，旁流愷悌。"本文："紓可膳部員外郎，鴻可虞部員外郎"，而《編年箋注》："則陳鴻授膳部員外郎……"丘冠陳戴，幸請讀者辨別。

［编年］

《年谱》编年：一、"《制》云：'鸿可虞部员外郎。'"二、《册府元龟》："长庆元年五月……甲子……以虞部员外郎陈鸿爲（入回鹘婚礼使）判官。"结论："此《制》当撰於长庆元年五月以前。"《编年笺注》编年理由、编年结论同《年谱》。《年谱新编》编年理由同《年谱》、《编年笺注》，编年结论则是："制作於长庆元年五月甲子之前。"亦即长庆元年五月二十九日之前。

我们以爲，一、本文是元稹诸多制诰之一，据元稹知制诰臣的起止时间以及《册府元龟》长庆元年五月"甲子"的记载，本文毫无疑问应该撰成於元和十五年二月五日至长庆元年五月二十九日之间。但这样的结论过於粗疏，主要的问题是没有列举有力的证据排除本文不应该撰作於元和十五年。二、本文："朝议郎、行左补阙、上柱国丘紓。"据钱易《南部新书》"元和十五年，辛邱度、邱紓、杜元颖同时爲遗补"的记载，丘紓元和十五年在"左补阙"任，则其改拜"膳部员外郎"的时间，以长庆元年年初至五月二十九日之前较爲合理。三、《唐会要》卷五五："十五年十月，谏议大夫郑覃、崔郾、右补阙辛丘度、左拾遗韦瓘、温会於阁中奏事……"元和十五年十月，辛丘度尚在"补阙"任上，其改拜也应该在长庆元年年初。四、白居易有《辛丘度可工部员外郎李石可左补阙李仍叔可右补阙三人同制》，白居易元和十五年十二月二十八日始以主客郎中的资格知制诰，"辛丘度制"至早应该作於长庆元年年初，辛丘度与本文之丘紓虽然同时迁升，但制文由白居易、元稹分别撰写。据此，本文撰作时间最早应该在长庆元年年初，至迟不会超过五月二十九日，撰文地点在长安，元稹时任祠部员外郎、知制诰之职，或已经改任中书舍人、翰林承旨学士之职。